Jeffery Deaver arbeitete als Anwalt an der Wall Street sowie als Journalist. Er lebt in New York City und hat bereits sechs Spannungsromane geschrieben, die von der Kritik lobend aufgenommen wurden.

Dieses Buch wurde auf chlor- und säurefreiem Papier gedruckt.

Deutsche Erstausgabe Juni 1995

Titel der Originalausgabe »The Lesson of Her Death«

Originalverlag Doubleday, New York
Umschlaggestaltung Manfred Waller, Reinbek
Umschlagfoto Mall, Stuttgart
Satz MPM, Wasserburg
Druck und Bindung brodard & taupin, La Flèche
Printed in France
ISBN 3-426-67056-9

2 4 5 3 1

JEFFERY DEAVER

Tod im Hyazinthenbeet

Thriller

Aus dem Amerikanischen
von Marcel Bieger

Knaur

Für Carla Norton

DANKSAGUNG

Ich möchte Jerry Cowdrey aus Laguna Niguel, Kalifornien, für ihre Einsichten in die Mühen und das Lernpotential von behinderten Kindern danken, für die ihr höchste Anerkennung gebührt. Gleichermaßen richtet sich mein Dank an meine Schwester und Schriftstellerkollegin Julie Reece Deaver aus Pacific Grove, Kalifornien, und ein ganz besonderes Dankeschön geht an Karen Cowdrey aus Los Angeles, deren Wissen über die Psychotherapie und den menschlichen Verstand sich auf vielfältige Weise als überaus wertvoll erwiesen hat. Danken möchte ich auch meiner Redakteurin, Kate Miciak, zu deren geradezu unheimlichen Talenten unter anderem gehört, zu inspirieren, zu instruieren und in einem Autor den gleichen Enthusiasmus zu erwecken, den sie beim geschriebenen Wort empfindet. Und last not least geht mein tiefempfundener Dank an meine Agentin und Freundin, Deborah Schneider.

JWD, New York City, 1993

TEIL I

PROFIL

1

Mit jeder Meile, die sie hinter sich brachten, wurde ihr das Herz ein bißchen schwerer.

Das neunjährige Mädchen, das in sich zusammengesunken auf dem Beifahrersitz saß, rieb mit einem Finger über die abgewetzte beigefarbene Armlehne. Der Fahrtwind, der durch das geöffnete Seitenfenster hereindrang, blies der Kleinen eine blonde Strähne ins Gesicht. Sie strich sie sich aus der Stirn und sah den ernst dreinblickenden und grauhaarigen, fast vierzigjährigen Mann hinter dem Steuer an. Er fuhr vorsichtig und schaute stur auf die lange weiße Kühlerhaube des Wagens.

»Bitte«, sagte das Mädchen.

»Nein.«

Sie legte die Hände in den Schoß.

Wenn er an der nächsten Ampel anhalten mußte, würde sie vielleicht aus dem Auto springen.

Wenn er die Geschwindigkeit nur etwas herabsetzte ...

Ob es wohl sehr weh tun würde, fragte sie sich, wenn man sich aus einem Wagen in das hohe Gras am Straßenrand fallen ließ? Sie stellte sich vor, wie sie über die grünen Halme rollte und die kühlen Tautropfen auf Gesicht und Händen spürte.

Aber was dann? Wohin sollte sie laufen?

Vor ihnen sprang eine Ampel auf Grün, und das Mädchen zuckte zusammen, als wäre neben ihm eine Kanonenkugel abgefeuert worden. Der Wagen bog ab und rumpelte durch die Einfahrt in Richtung eines niedrigen Ziegelsteingebäudes. Das Mädchen begriff, daß damit die letzte Chance zur Flucht vorbei war.

Das Auto kam zum Stehen, und die Bremsen quietschten leise.

»Gib mit einen Kuß«, sagte der Mann, beugte sich über sie und

öffnete ihren Sicherheitsgurt. Der Gurt schnellte hoch, aber sie hielt sich daran fest, als hinge ihr Leben davon ab.
»Ich will nicht. Bitte!«
»Sarah!«
»Nur heute nicht, bitte!«
»Nein.«
»Laß mich nicht allein.«
»Raus mit dir!«
»Ich bin noch nicht soweit.«
»Tu dein Bestes.«
»Ich habe Angst.«
»Da ist nichts, wovor du ...«
»Bitte, laß mich nicht allein!«
»Hör zu«, sagte er hart, »ich bin ganz in der Nähe. Drüben am Blackfoot Pond. Das ist nicht einmal eine Meile von hier entfernt.«
Ihr Vorrat an Einwänden war erschöpft. Sarah öffnete die Wagentür, blieb aber sitzen.
»Gib mir einen Kuß.«
Sie beugte sich zu ihm und küßte ihn rasch auf die Wange. Dann stieg sie aus dem Auto in die kühle Frühlingsluft, die unangenehm nach Busabgasen stank. Sarah machte drei Schritte auf das Gebäude zu und verfolgte dann, wie der Wagen aus der Einfahrt fuhr. Sie mußte an die Garfield-Puppe denken, die an der Heckscheibe des Kombiwagens klebte. Ihr fiel wieder ein, wie sie sie selbst dort befestigt hatte. Zuerst hatte sie über die Saugnäpfe geleckt und dann das Kuscheltier an die Scheibe gedrückt. Aus irgendeinem Grund hätte sie bei dieser Erinnerung am liebsten laut losgeheult.
Vielleicht würde er einen Blick in den Rückspiegel werfen, sie in ihrer Not sehen, seine Meinung ändern und zurückkehren.
Der Wagen verschwand hinter einer Kuppe.
Sarah drehte sich um und betrat das Gebäude. Sie hielt ihre Frühstücksbox fest an die Brust gepreßt, während sie durch die

Flure schlich. Obwohl sie so groß war wie die anderen Kinder, die hier herumschwärmten, fühlte sie sich doch kleiner als sie. Und ihnen unterlegen. Schwächer.
Vor der Tür zu ihrem Klassenzimmer blieb sie stehen und warf einen Blick hinein. Ihre Nasenflügel blähten sich auf, und sie hatte solche Angst, daß sie eine Gänsehaut bekam. Nach einem Moment des Zögerns machte sie auf dem Absatz kehrt und marschierte fest entschlossen aus dem Gebäude. Sie erhielt manchen Stoß und Knuff, als sie sich gegen den Strom lärmender, lachender und rufender Kinder bewegte.

Kaum zehn Meter von der Stelle entfernt, an der man letzte Nacht die Leiche gefunden hatte, entdeckte er den Zettel.
Das Stück Papier, das an einen Rosendorn geheftet und von getrocknetem Blut rotbraun gefärbt war, flatterte in der feuchten Morgenbrise und schien seine Botschaft in das noch fahle Sonnenlicht hinauszumorsen.
Bill Corde kämpfte sich durch das Gewirr von Wacholdersträuchern, Ahornschößlingen und Forsythienranken zu dem Zettel vor.
Hatten die Beamten den Fetzen gestern nacht übersehen? Kaum vorstellbar.
Er schlug sich an einer herausragenden Wurzel das Schienbein auf und fluchte leise, doch das brachte ihn nicht davon ab, weiter zu dem Papier vorzudringen.
Corde war einsfünfundachtzig groß und fast vierzig. Doch sein kurzgeschnittenes Haar, das grau wie das einer Perserkatze war, ließ ihn älter erscheinen. Seine Haut war noch ziemlich blaß für die Jahreszeit, aber er hatte in dieser Saison erst zweimal Gelegenheit gefunden, angeln zu gehen. Aus der Ferne wirkte er schlank, doch ihm war nur zu bewußt, daß der Bauch sich mehr über den Gürtel wölbte, als ihm lieb sein konnte. Corde betrieb nicht viel Sport, und wenn, dann Softball. Am heutigen Morgen, wie an jedem anderen auch, war sein Diensthemd sauber und steif wie frisches Balsaholz,

und die Bügelfalte an seiner beigefarbenen Uniformhose war rasiermesserscharf.
Corde tat im New Lebanon Sheriff's Department als Detective Dienst und bekleidete den Rang eines Lieutenants.
Er erinnerte sich an diesen Ort, weil er vor kaum zwölf Stunden schon einmal hier gewesen war – vergangene Nacht, als das einzige Licht von den Taschenlampen der Deputies und dem fahlen Schein des Halbmonds gekommen war. Er hatte seinen Männern befohlen, das ganze Gebiet abzusuchen. Sie setzten sich aus zwei Gruppen zusammen. Die einen waren jung und nüchtern (die vom Militär gekommen waren) und die anderen jung und arrogant (die die Polizei-Akademie besucht hatten), aber alle waren mit Ernst bei der Sache.
Obwohl sie wahre Virtuosen waren, wenn es darum ging, Drogenabhängige festzunehmen, auffällige Autofahrer anzuhalten oder bei Ehestreitigkeiten zu vermitteln, war ein Mord etwas Fremdes für sie. Alles, was sie darüber wußten, stammte aus Schundromanen oder Krimiserien im Fernsehen. Genauso wie sie ihre Waffenausbildung eher auf herbstlichen Stoppelfeldern als in der Schießanlage der Akademie erhalten hatten. Und letzte Nacht hatte man sie ausgeschickt, einen Tatort zu untersuchen, und das hatten sie dann auch mit Verbissenheit und Eifer getan.
Aber keiner von ihnen hatte den Zettel entdeckt, zu dem Bill Corde sich gerade durchkämpfte.

Ach, du armes Mädchen …
… die liegt am Fuße eines drei Meter hohen Erddamms …
… die liegt in dieser kalten Nässe von Schlamm, niedrigem Gras und blauen Blumen …
… deren dunkles Haar gescheitelt, deren Gesicht lang und deren Hals dick ist. Ihre runden Lippen sind verzogen. Jedes Ohr trägt drei drahtdünne Goldringe. Ihre Zehen sind lang und schmal, die Zehennägel mit burgunderrotem Lack angemalt …

... die liegt auf dem Rücken, ihre Arme über der Brust gefaltet, so als hätte der Leichenwäscher sie schon zurechtgemacht. Die pinkfarbene Bluse ist bis zum Hals zugeknöpft. Ihr Rock bedeckt züchtig die Knie ...
»Wir haben ihren Namen. Sie heißt Jennie Gebben und ist Studentin.«

Letzte Nacht hatte sich Bill Corde über die Leiche gebeugt – sein Knie hatte protestiert –, bis sein Gesicht dem ihren ganz nahe war. Der perlweiße Halbmond hatte sich in ihren toten, aber noch nicht glasig gewordenen haselnußbraunen Augen widergespiegelt. Er hatte Gras, Methan, Ausscheidungen, Minze von ihren Lippen und Parfum von ihrer Haut gerochen – Düfte, die wie Dampf aus einer Pastete von ihr aufstiegen.
Er hatte sich wieder erhoben und war hinauf auf den Damm gestiegen, der das schmutzige Wasser des Blackfoot Pond festhielt, und hatte von oben auf sie hinabgeblickt. Das bleiche Licht des Mondes wirkte wie aus einer anderen Welt oder ein Special Effect in einem Film. In diesem Schein hatte man den Eindruck, als rührte sich Jennie Gebben. Keine lebendigen, normalen menschlichen Bewegungen, sondern mehr ein Zukken und ein Sich-Winden, so als verschmölze sie mit dem Schlamm. Corde hatte ihr, oder besser ihren Überresten, ein paar Worte zugeflüstert und dann den Beamten dabei geholfen, das Gelände abzusuchen.
Und jetzt, in der strahlenden Helligkeit des Morgens, schob er sich durch einen letzten Forsythienbusch und erreichte endlich den Rosenstrauch. Mit der Hand, die in einem dünnen Plastikhandschuh steckte, zog er den Zettel von den Dornen.
»Die ganze Scheißgegend?« rief Jim Slocum.
Corde gab ihm keine Antwort. Die Jungs vom Sheriff's Department hatten wohl gestern nacht doch nicht so schlampig gearbeitet. Sie konnten das Papier nicht übersehen haben, weil es aus der heutigen Ausgabe des *Registers* stammte.
»Das ganze ... äh ... Terrain?« fragte Slocum noch einmal.
Corde sah auf. »Ja, alles, von oben bis unten.«

Der Polizist murrte etwas vor sich hin und fuhr damit fort, das Gebiet rund um die Frauenleiche mit gelbem Plastikband zu umzäunen. Slocum war der dienstälteste Deputy der Polizeitruppe von New Lebanon und stand im Rang direkt hinter Corde. Er war ein muskulöser Mann mit einem runden Kopf und langen Ohren. 1974 hatte er sich das Haar auf Streichholzkopflänge schneiden lassen und diese Frisur bis zum heutigen Tag beibehalten. Außer zu Jagdausflügen oder Weihnachtsbesuchen bei den Schwiegereltern verließ er das County nur selten. Während er das Band abwickelte, pfiff er eine unidentifizierbare Melodie.

Ein kleiner Trupp Reporter hatte sich an der Straße zusammengefunden. Von Corde würden sie nichts erfahren, aber sie stammten alle aus der Gegend, und weil sie sich anständig verhielten, durften sie auch bleiben. Der heilige Reportereifer, eine gute Story zu ergattern, war ihnen allen anzumerken, doch sie störten die Beamten nicht bei der Arbeit und begnügten sich damit, ein paar Bilder zu schießen und den Tatort zu begutachten. Wahrscheinlich wollten sie, dachte Corde, Atmosphäre für ihre morgen erscheinenden Artikel und Berichte einfangen, die vermutlich wieder von Adjektiven und düsteren Menetekeln nur so strotzen würden.

Corde schob das Papier in eine Plastiktüte und sah sich um. Rechts stieg das Land vom Damm aus zu einem großen Wald an, welcher von der Route 302 durchschnitten wurde, einem Highway, der erst zu einem riesigen Einkaufszentrum, dann zu einem Dutzend Landstraßen, einem halben Dutzend State Highways und zwei Expressways und schließlich zu den neunundvierzig anderen Bundesstaaten und zwei benachbarten Ländern führte, wohin sich der flüchtige Mörder gewandt haben konnte, um dort unerkannt und sorglos bis ans Ende seiner Tage unterzutauchen.

Corde ging auf den Wald zu, preßte die Lippen aufeinander und ließ den Blick über die Baumreihen wandern. Slocum und er waren vor fünf Minuten, genau um acht Uhr dreißig, hier

eingetroffen. Der *Register* wurde ab sieben Uhr fünfzehn ausgetragen und in die Kioske gebracht. Wer immer das Stück Zeitung hier zurückgelassen hatte, mußte das während der letzten halben Stunde getan haben.
Mit einem Ohr dem Summen des Windes lauschend, der über Stacheldraht blies, untersuchte er den Boden unter dem Rosenbusch. An zwei Stellen war er wie von Schuhsohlen eingedrückt, doch in dem matschigen Untergrund hätte das auch von wer weiß was sonst sein können. Er drehte mit der Fußspitze einen erst vor kurzem abgefallenen Ast um. Ein Schwarm von Insekten, die wie winzige Gürteltiere aussahen, schwirrte davon. Corde marschierte den Damm hinauf und stützte sich auf die grünen Metallrohre, die dort als Geländer in den Boden eingelassen waren.
Tiefe Falten bildeten sich auf seiner Stirn, als er im Licht des Morgens das vom Wind bewegte Wasser des Teichs betrachtete. Der Wald erstreckte sich vor ihm bis zum Horizont, Hektar um Hektar, eingeschlossen in den durchbohrenden Strahlen.
Hör!...
Er legte den Kopf schief und hielt das Ohr dem Lichtstrom entgegen.
Schritte!
Er blickte noch einmal ins Herz der Baumreihen und hob eine Hand, um die Augen vor dem grellen Licht abzuschirmen. Doch alles schien vor ihm zu tanzen, und die Strahlen stachen in seine Augen. Er konnte alles und doch nichts sehen.
Wo?
Seine Hand wanderte langsam nach unten, bis sie den Griff seines Dienstrevolvers erreicht hatte.

Den größten Teil des Weges rannte sie.
Die Entfernung zwischen der New Lebanon Grade School und dem Blackfoot Pond betrug drei Meilen entlang der 302 (auf der zu gehen ihr strikt untersagt war), aber nur eine halbe Stunde durch den Wald – und für diese Route entschied sie sich.

Sarah mied die Marschgebiete, doch nicht etwa wegen möglicher Gefahren – sie kannte jeden Weg und Pfad in allen Wäldern rings um New Lebanon –, sondern weil sie befürchtete, die Schuhe schmutzig zu machen, die ihr Vater gestern abend auf Hochglanz poliert hatte; ganz zu schweigen davon, sich die mit Rosen bedruckten Kniestrümpfe zu ruinieren, die Großmutter ihr zu Weihnachten geschenkt hatte. Deshalb verließ sie nicht den Weg, der sich zwischen Eichen, Wacholdersträuchern, Kiefern und Farnen hindurchwand. In der Ferne schrie ein Vogel *ahhuuiii.* Sarah blieb stehen und hielt nach ihm Ausschau. Ihr war ziemlich warm geworden, und so zog sie die Jacke aus, öffnete den Kragenknopf der Bluse und rollte die Ärmel hoch. Dann lief sie weiter.

Als sie sich dem Blackfoot Pond näherte, entdeckte sie ihren Vater, der mit Mr. Slocum auf der anderen Seite des Teiches mitten im dichtesten Teil des Waldes stand. Sie hielten die Köpfe gesenkt, und es sah so aus, als suchten sie auf dem Boden nach einem verlorenen Ball. Sarah lief auf die beiden Männer zu, blieb aber abrupt stehen, als sie aus dem Schatten des Ahornbaumes hervortrat. Ein ungeheuer heller Sonnenstrahl blendete sie. Der Schein war wie Magie: goldgelb und angefüllt mit Staubkörnern, Nebelresten und winzigen Insekten, die im Lichtstrom glühten. Doch die Sonne war nicht der Hauptgrund dafür, daß sie zögerte. Im dichten Unterholz am Wegesrand glaubte sie kurz – es war wirklich schwer feststellbar – jemanden auszumachen, der in geduckter Haltung ihren Vater beobachtete.

Vielleicht hatten sich ihre Sinne nur von Blättern und Zweigen täuschen lassen.

Nein, jetzt bewegte sich dort etwas. Da versteckte sich tatsächlich jemand.

Ihre Neugier verwandelte sich in Angst. Sie drehte sich um, verließ den Pfad und lief den Hügel hinunter bis zum Teich, an dessen Ufer entlang sie zum Damm gehen konnte. Doch sie drehte sich immer wieder zu der Gestalt in den Sträuchern um, und plötzlich glitt ihr Fuß in dem glänzenden, schwarzen

Schuh auf einer zusammengefalteten Zeitung aus, die unter einem Haufen alter Blätter lag.
Sarah stieß einen Schrei aus und griff in ihrer Panik um sich. Ihre kleinen Finger fanden nur lange Grashalme, die sich sofort aus dem Boden lösten und ihr wie Luftschlangen den Hang hinunter folgten.

»Hast du auch was gehört?« rief Corde Slocum zu.
»Ja, kam mir so vor.« Slocum nahm kurz seinen Yogibär-Hut ab und wischte sich den Schweiß von der Stirn. »Ein Rascheln. Vielleicht Schritte.«
»Aber jetzt ist es weg, oder?«
»Ja, nichts mehr.«
Corde wartete noch vier oder fünf Minuten, lief dann den Damm hinunter und fragte: »Bist du fertig?«
»Ja, Sir. Fahren wir jetzt zurück?«
»Ich fliege mit einem Grashüpfer nach St. Louis, um mit dem Vater des Mädchens zu sprechen. Bin gegen drei Uhr wieder da. Sag den anderen Bescheid, daß wir um vier, nein, lieber halb fünf im Büro eine Lagebesprechung abhalten. Du bleibst hier, bis die Jungs von der Spurensicherung aufgetaucht sind.«
»Heißt das, ich soll mir hier nur die Beine in den Bauch stehen und nichts tun?«
»Sie kommen bestimmt gleich. Dauert sicher nicht lange.«
»Ach, du weißt doch, wie das hier auf dem Land so läuft. Bis die aufkreuzen, kann noch eine Stunde vergehen.« Slocums Art, Protest einzulegen, bestand darin, die hiesigen Zustände zu beklagen.
»Die Stelle muß abgeriegelt bleiben, Jim.«
»Also gut.« Slocum wirkte alles andere als begeistert, aber Corde würde es nicht dulden, einen Tatort unbeaufsichtigt zu lassen; vor allem dann nicht, wenn eine Bande von Reportern schon auf der Lauer lag.
»Ich möchte halt bloß nicht den ganzen Tag hier verplempern.«

»Ich kann mir wirklich vorstellen, daß ...«
Knacken im Unterholz. Schritte, die rasch näher kamen.
Die Polizisten fuhren herum und starrten auf den Waldrand.
Cordes Rechte wanderte wieder zum Revolver. Slocum ließ das Band fallen. Die Rolle machte sich selbständig, und eine deutlich sichtbare gelbe Spur zog sich über den Boden. Auch seine Hand bewegte sich zur Dienstwaffe.
Die Geräusche wurden lauter. Sie konnten den Verursacher noch nicht ausmachen, doch er kam eindeutig aus der Richtung des Rosenbusches.
»Daddy!«
Sarah rannte atemlos auf ihn zu. Das Haar folgte ihr wie ein Schweif, und auf ihrem schmutzigen Gesicht zeigten sich zahllose Schweißperlen. Einer ihrer Kniestrümpfe war bis zum Knöchel hinuntergerutscht, und Lehm und Dreck bedeckten einen Arm und ein Bein.
»Sarrie!«
Großer Gott! Seine Tochter. Er hatte den Revolver schon halb aus dem Holster gezogen und hätte, ohne zu zögern, abgedrückt. »Sarah, was machst du denn hier?«
»Tut mir wirklich leid, Daddy, aber ich habe mich so komisch gefühlt. Als ich in der Schule war, dachte ich schon, ich würde krank.« Die vorher eingeübten Worte kamen ihr etwas zu monoton über die Lippen.
Gott im Himmel ...
Corde ging vor ihr in die Hocke. Er roch das Aroma des Shampoos, das sie vor ein paar Wochen vom Osterhasen bekommen hatte. Veilchenduft. »Du sollst doch nie, *nie* dorthin kommen, wo dein Daddy arbeitet! Hast du das vergessen? Niemals, außer ich nehme dich mit.«
Sarah machte ein zerknirschtes Gesicht. Dann hob sie ihr verschmutztes Bein und zeigte ihm den Arm. »Ich bin hingefallen.«
Corde holte sein frisch gebügeltes Taschentuch hervor und wischte ihr den Dreck von der Haut. Nachdem er sich davon

überzeugt hatte, daß sie weder Schnittwunden noch Kratzer abbekommen hatte, sah er sie wieder ernst an. Der Ärger war ihm noch immer anzumerken, als er fragte: »Hast du da oben irgendwen gesehen? Hat dich im Wald jemand angesprochen?« Der Sturz hatte Sarah nicht das Mitgefühl eingebracht, das sie sich erhofft hatte. Und der Blick ihres Vaters erschreckte sie.

»Antworte mir!« verlangte er streng.

Was sagte sie jetzt am besten? Sie entschied sich dafür, den Kopf zu schütteln.

»Ist dir irgend jemand begegnet?«

Sarah zögerte und schluckte dann. »Mir ist in der Schule schlecht geworden.«

Corde betrachtete ihre hellen Augen. »Schatz, darüber haben wir doch schon oft genug geredet. Du wirst in der Schule nicht wirklich krank. Das bildest du dir nur ein.«

Ein junger Reporter hob seine Kamera und schoß ein Foto von den beiden, wie er ihr über das blonde Haar strich. Corde warf ihm einen finsteren Blick zu.

»Es fühlt sich aber so an, als hätte ich Heugabeln im Bauch.«

»Du weißt doch, daß du zur Schule gehen mußt.«

»Ich will aber nicht! Ich hasse die Schule!« Ihre schrille Stimme erfüllte die Lichtung. Corde sah sich kurz nach den Reportern um, die die Szene teils interessiert und teils mitfühlend verfolgten.

»Jetzt komm zum Wagen.«

»Nein!« schrie Sarah. »Ich will nicht. Du kannst mich nicht zwingen!«

Corde hätte sie am liebsten angebrüllt, mußte sich aber beherrschen. »Junge Dame, du steigst auf der Stelle ins Auto. Ich werde dir das nicht zweimal sagen.«

»Bitte ...« Sie sah maßlos enttäuscht aus.

»Keine weitere Diskussion.«

Sarah erkannte, daß ihr Plan nicht aufging, und trottete zum Streifenwagen. Corde beobachtete sie und rechnete fast damit,

daß sie jeden Moment losrennen und im Wald verschwinden würde. Sie blieb tatsächlich auf halbem Weg stehen und starrte auf die Bäume.
»Sarah!«
Sie drehte sich nicht um, sondern stieg ins Auto und knallte die Tür hinter sich zu.
»Kinder«, murmelte Corde.
»Hast du was gefunden?« erkundigte sich Slocum.
Corde band ein Kärtchen an die Plastiktüte, in der sich das Stück Zeitung befand, das er vorhin entdeckt hatte. Er schrieb seinen Namen darauf und reichte es dann seinem Kollegen. Der Artikel befaßte sich mit dem Mord in der letzten Nacht. Die Meldung war erst kurz vor dem Umbruch hereingekommen und bestand aus nur wenigen Zeilen. Derjenige, der den Artikel ausgeschnitten hatte, hatte sich dabei große Mühe gegeben. Die Schnittstellen wirkten so sauber, als hätte er eine Rasierklinge benutzt.
»Auden-Studentin vergewaltigt und ermordet«, hieß die Überschrift.
Das Foto darunter zeigte nicht den Tatort, sondern eine ältere Aufnahme von Corde, als er mit seiner Familie am alljährlichen Kirchweih-Picknick teilgenommen hatte. Die Bildunterschrift lautete: »Detective William Corde, Leiter der Ermittlungen im Mordfall, hier im März dieses Jahres zusammen mit seiner Frau Diane und seinen Kindern Jamie (15) und Sarah (9).«
»Verdammt, Bill.«
Slocum meinte nicht die Aufnahme, sondern die Worte, die in roter Tinte neben das Bild gekritzelt waren.
Dort stand: »Jennie mußte sterben. Das könnte auch anderen widerfahren.«

2

Sie stiegen langsam die Treppe hinauf. Der eine der beiden spürte unter seinen Stiefeln den teuren Teppichbelag, der andere bekam nichts davon mit.

Draußen heulte der Wind. Ein Frühlingssturm tobte sich über diesem vornehmen Vorort aus. Doch im Innern des eleganten Hauses herrschte angenehme Wärme, und Wind und Regen schienen weit weg zu sein. Bill Corde, der die Stiefel auf der Fußmatte abgerieben hatte, stand jetzt mit dem Hut in der Hand da und verfolgte, wie der Mann in der halbdunklen Diele anhielt und dann abrupt einen Türknauf drehte. Er zögerte einen Moment, ehe er eintrat und den Lichtschalter betätigte.

»Sie müssen nicht dort hineingehen«, sagte Corde leise.

Richard Gebben betrat, ohne ein Wort zu erwidern, das mit rosafarbenem Teppich ausgelegte Zimmer, in dem seine Tochter aufgewachsen war.

»Sie wird schon darüber hinwegkommen«, erklärte Gebben mit kaum vernehmbarer Stimme. Corde wußte nicht, ob er damit seine Frau oder seine Tochter meinte. Erstere lag unten im Schlafzimmer und war aufgrund der vielen Beruhigungsmittel, die sie eingenommen hatte, zur Zeit nicht ansprechbar. Letztere ruhte zweihundert Meilen weit entfernt auf dem emaillierten Tisch des Leichenbeschauers.

Sie wird schon darüber hinwegkommen.

Richard Gebben war Geschäftsmann, trug das Haar sehr kurz geschnitten und schien in seiner Pubertät unter starker Akne gelitten zu haben. Er stammte aus dem Mittleren Westen, war in den Vierzigern und galt als schwer reich. Für einen Mann wie Gebben wurde das Leben nicht vom Schicksal, sondern von den Realitäten bestimmt. Corde vermutete, daß Gebben gerade zu ergründen versuchte, warum seine Tochter ermordet worden war. »Sind Sie die ganze Strecke bis hierher gefahren?« erkundigte sich Gebben.

»Nein, Sir, ein Dienstflug.«
Gebben strich sich geistesabwesend mit dem Glas seiner Rolex über die mit Narben übersäte Wange. Dann rieb er sich auf seltsame Weise die Augen, so als könnte er nicht verstehen, warum er nicht längst in Tränen ausgebrochen war. Corde zeigte auf die Kommode. »Darf ich mir das einmal näher anschauen?«
»Ich erinnere mich noch, wie sie das letztemal zu Hause war und dann zur Uni zurückgefahren ist. Das war Thanksgiving ... Verzeihung, was sagten Sie?«
»Die Kommode. Ich würde gern einen Blick hineinwerfen.«
Gebben nickte automatisch. Corde trat an den Schreibtisch, öffnete ihn aber nicht. »Thanksgiving ... Sie ließ ihr Bett in der größten Unordnung zurück. Laken und Decke waren ein einziger Haufen. Nachdem sie abgeflogen war, kam ihre Mutter herauf und hat alles so hergerichtet, wie Sie es jetzt sehen ...«
Corde schaute auf die drei rosafarbenen und weißen Kissen, die sich auf der Tagesdecke befanden. Ein Plüschhund mit schwarzen Knopfaugen lugte unter ihnen hervor. »Meine Frau hat viel Aufhebens darum gemacht, den Hund genau richtig hinzulegen.«
Gebben atmete einige Male tief durch, um sich zur Ruhe zu bringen. »Sie ... Das Besondere an Jennie war, daß sie so sehr geliebt hat ...«
Was wollte er damit sagen? Daß sie das Leben geliebt hatte? Die Menschen? Blumen, Haustiere, Poesie? Aber Gebben führte den Satz nicht zu Ende, wohl weil es ihn verdroß, daß ihm in diesem Moment nur Klischees einfallen wollten. Corde wußte, daß der Tod einen so betroffen machen konnte, daß der Verstand davon gelähmt zurückblieb.
Er wandte sich von Gebben ab und näherte sich der Kommode. Eine merkwürdige Duftmischung drang ihm in die Nase. Ein Dutzend Parfumflaschen stand unter dem Spiegel am Ankleidetisch aufgereiht. Die mit L'Air du Temps war noch

voll, die mit Kölnisch Wasser fast leer. Er nahm sie in die Hand, betrachtete kurz das Etikett und stellte sie wieder hin. Seine Hand würde noch in einigen Tagen danach riechen. Er erinnerte sich daran, daß ihm dieser Duft schon letzte Nacht am Teich in die Nase gedrungen war.

Über dem Schreibtisch waren an einer Pinnwand aus Kork unzählige Postkarten und Schnappschüsse befestigt. Jennies Arm lag bei mindestens einem halben Dutzend Jungs um die Taille, die sich nur in ihren Gesichtern, nicht aber in ihren Posen voneinander unterschieden. Jennies schwarzes Haar wirkte im Sommer noch dunkler, was aber auch auf die Kodakfilme zurückzuführen sein mochte. Sie trug es oft nach hinten gebunden. Allem Anschein nach hatte sie gern Volleyball gespielt. Mehrere Aufnahmen zeigten, wie sie entschlossen und voller Spielfreude den Ball warf oder fing. Corde fragte, ob er eins von den Fotos mitnehmen dürfe, und nachdem Gebben nur mit den Schultern zuckte, entschied er sich für eine Nahaufnahme von ihrem Gesicht. Corde haßte diesen Teil seines Jobs, in dem er gezwungen war, mitten ins Zentrum des Schmerzes der Zurückgebliebenen vorzustoßen.

Corde deutete auf mehrere Bilder, auf denen Jennie mit Freunden und Freundinnen zu sehen war. Gebben erklärte ihm, daß alle mittlerweile andere Hochschulen besuchten, mit Ausnahme von Emily Rossiter, die mit Jennie im Studentenwohnheim das Zimmer teilte. Corde fielen außerdem folgende Dinge auf: Jennies Schülerausweis von der High-School, Eintrittskarten von Konzerten der Cowboy Junkies, von Bon Jovi, Billy Joel und Paula Poundstone sowie eine lustige Glückwunschkarte für die bestandene Führerscheinprüfung.

Corde zog den Stuhl unter dem Schreibtisch hervor und ließ sich darauf nieder. Dann betrachtete er die Schreibtischplatte mit ihren Kerben, Kratzern, Flecken und Kritzeleien, dem Tintenfaß und daneben ein gerahmtes Foto von Jennie mit einem Cockerspaniel. Weiter hinten stand eine Aufnahme, die sie zeigte, wie sie aus einer Kirche kam (vermutlich Ostern). Blaue Krokusse lagen zu ihren Füßen.

Sie starb auf einem Bett von milchig blauen Hyazinthen.

In einem schiefen selbstgemachten Tonbecher befand sich ein angekauter Bleistift, dessen Radiergummi vollkommen abgenutzt war. Corde zog ihn heraus und spürte unter seinen dicken Fingern die Zahnabdrücke. Er rieb ihn kurz zwischen Zeigefinger und Daumen und stellte sich vor, wie das Holz einst von ihrem Speichel feucht gewesen war. Nach einer Weile steckte er ihn wieder in den Becher.

Er durchsuchte die Fächer und Schubladen des Schreibtischs und fand High-School-Belege. Geschenkpapier und alte Geburtstagskarten.

»Hat sie keine Briefe oder Tagebücher?«

Gebben sah Corde zum erstenmal an. »Keine Ahnung. Wenn welche existieren, müssen sie dort sein.« Er nickte in Richtung Schreibtisch.

Corde ging noch einmal alles durch. Aber da waren weder Drohbriefe von abgewiesenen Freunden noch andere. Der Schreibtisch enthielt überhaupt keine Privatpost von Jennie.

Corde trat zum Kleiderschrank, schob die vielen teuren Kleider beiseite und untersuchte die Ablagen und Fächer. Als er auch hier nichts fand, was ihm weiterhelfen konnte, schloß er die Doppeltür des Schranks wieder.

Er stemmte die Fäuste in die Hüften und sah sich um.

»War Ihre Tochter verlobt? Hatte sie einen festen Freund?«

Gebben zögerte, ehe er antwortete: »Sie hatte eine Menge Freunde. Keiner von denen würde ihr je etwas antun. Jennie war bei allen beliebt.«

»Hat sie vielleicht vor kurzem mit jemandem Schluß gemacht?«

»Nein.« Gebben zuckte mit den Schultern, und Corde begriff, daß der Mann keine Ahnung vom Privatleben seiner Tochter hatte.

»Gab es jemanden, der ganz verrückt nach ihr war, aber keine Chancen bei ihr hatte?«

»Niemand, der Jennie kannte, hätte ihr je etwas antun können«, wiederholte Gebben und fügte nach einem Moment hinzu: »Wissen Sie, woran ich gerade denken mußte? Seit ich den Anruf erhielt, habe ich noch niemandem etwas davon gesagt. Ich arbeite noch daran, meinen ganzen Mut zusammenzunehmen. Für all diese Menschen – ihre Großeltern, ihre Freunde, die Familie meines Bruders – ist Jennie noch am Leben. Vermutlich glauben sie, daß sie in diesem Moment in der Bibliothek sitzt und büffelt.«

»Ich denke, ich lasse Sie jetzt allein, Sir. Falls Ihnen irgend etwas einfällt, von dem Sie glauben, daß es uns weiterhelfen könnte, zögern Sie bitte nicht, mich anzurufen. Und wenn Sie irgendwelche Briefe oder Tagebücher von Ihrer Tochter finden, schicken Sie sie mir bitte umgehend.« Er reichte Gebben eine seiner billigen Visitenkarten.

Dieser studierte den Aufdruck, als hätte er Mühe, ihn zu entziffern, dann blickte er Corde mit ernsten mandelförmigen Augen an. »Es wird schon irgendwie weitergehen.«

Für Corde klangen diese Worte so, als sähe der Mann seine Hauptaufgabe darin, ihn zu trösten.

Wynton Kresge saß in seinem Büro im Hauptverwaltungsgebäude der Auden University. Der Raum hatte eine hohe Decke und war mit Eiche verkleidet. Der marineblaue Teppich war von der gleichen Farbe wie die Matten in seinem Cutlass Supreme, doch mindestens doppelt so dick. Sein Mahagonischreibtisch verfügte über gewaltige Ausmaße. Wenn er am Telefon jemandem zuhören mußte, mit dem zu reden er keine sonderliche Lust hatte (was gar nicht so selten vorkam), überlegte er sich Möglichkeiten, dieses Monstrum aus dem Büro zu bekommen, ohne dafür ein Loch in die Wand schlagen zu müssen. Und an ausgesprochen langweiligen Tagen dachte er ernsthaft daran, das Stück zu bewegen. Die

körperlichen Voraussetzungen dazu besaß er durchaus: Kresge war einsneunzig groß und wog hundertdreißig Kilo. Der Umfang seiner Oberarme betrug dreiunddreißig Zentimeter, der seiner Oberschenkel fünfzig, und nur ein minimaler Prozentsatz davon war Fett. (Er hatte in seinem ganzen Leben noch keine Hantel gestemmt; die Muskeln hatte er vielmehr in der Zeit entwickelt, als er bei den Dan Devine Tigers, einem College-Footballteam, als Linebacker eingesetzt worden war.)
Auf seinem Schreibtisch befanden sich ein Telefon mit zwei Leitungen, eine Messingleuchte, eine Schreibunterlage, ein in Leder gebundener aufgeschlagener Terminkalender, ein eingerahmtes Foto von einer attraktiven Frau, sieben weitere Bilder von Kindern und ein Blatt Papier.
Letzteres hielt er mit beiden Händen auf der Schreibtischplatte, als befürchtete er, es könnte jeden Moment fortgeweht werden. Auf dem Blatt stand: »Jennie Gebben. Dienstag, 22.00 Uhr, Blackfoot Pond. McReynolds-Haus. Feste Freunde, Studenten, Dozenten. Raubmord? Vergewaltigung? Weitere Motive? Susan Biagotti?« Unter diesen Worten war eine grobe Skizze vom Campus, dem Teich und der Straße, die um ihn herumführte. Kresge berührte sein Ohrläppchen mit dem Ende seines silbernen Kugelschreibers, den er in der vergangenen Nacht poliert hatte, und betrachtete seine Notizen.
Er fügte der Skizze einige Details hinzu, strich ein paar Wörter durch und schrieb neue hin. Dann zog er eine gestrichelte Linie vom Campus zum Teich. Es klopfte an der Tür, und er zuckte erschrocken zusammen. Seine Sekretärin stürmte ohne weitere Ankündigung herein. Als sie vor dem Schreibtisch stehenblieb, war das Blatt längst zerknüllt und im Papierkorb verschwunden.
»Sie will Sie sehen«, erklärte die Sekretärin, eine hübsche Enddreißigerin.
»Soso ...«
»Sie sind hier wirklich weitab vom Schuß.«
»Wie bitte?«

»Ich dachte immer, der Ausdruck beziehe sich auf Drogen und habe die Bedeutung, man sitze auf dem Trockenen und sei vom Nachschub abgeschnitten?«
»Vom Nachschub abgeschnitten?«
»Aber mittlerweile habe ich herausgefunden, daß diese Redewendung recht alt ist und im übertragenen Sinne bedeutet, daß man sich fernab von dem Ort befindet, wo etwas los ist.«
»Wenn Sie es sagen ... Sofort?«
»Ja, sie meinte sofort.«
Kresge nickte. Er schloß die oberste Schublade auf, entnahm ihr eine dunkelgraue Taurus 9 mm Halbautomatic, überprüfte das Magazin und schob die Waffe in das Holster am Gürtel. Dann machte er sich auf den Weg. Die Sekretärin hielt seine nachdenkliche Miene für den Ausdruck grimmiger, vielleicht etwas zu theatralischer Entschlossenheit.

So wollte sie ihr Haus bauen: Sie würde ein schönes Stück Land finden – wie dort das wunderbare Feld mit den goldenen und weißen Blumen, das man durch das von grünsilbernen Bäumen umrahmte Fenster erkennen konnte. Das Fenster befand sich am Ende ihrer Zelle. Das lange Gras wehte in der sanften Brise träge wie der Schwanz eines Kätzchens. Sie würde ihre Freunde, die Tiere, rufen und ...
»Sarah, bist du noch bei uns?«
Ihr Kopf drehte sich abrupt vom Fenster fort, und sie mußte feststellen, daß zweiunddreißig Kinder und eine Erwachsene sie anstarrten. Sarahs Atem entwich mit einem leisen *Plopp,* und dann bekam sie keine Luft mehr. Sie sah in die Gesichter der anderen. Ihr Herzschlag geriet für einen Moment aus dem Rhythmus und galoppierte dann wie verrückt.
»Sarah, ich habe dich aufgerufen. Komm zu mir.«
Sie saß wie erstarrt da und spürte, wie die Hitze vom Gesicht in Arme und Brust strömte.
Mrs. Beiderson lächelte sie an. Sie schaute genauso lieb wie Sarahs Großmutter. Die Lehrerin lächelte sehr viel. Sie war nie

streng zu ihr, schrie sie nie an, hob nie ihre Hand gegen sie und schickte sie nie zum Rektor, wie sie das bei den Jungs tat, die etwas auf ihr Pult gekritzelt oder sich geprügelt hatten. Mrs. Beiderson sprach zu Sarah stets so sanft wie eine schnurrende Katze.

Sarah haßte sie mehr als alles andere auf der Welt.

»Jetzt komm doch zu mir nach vorn. Es ist nur eine Übungsaufgabe. Keine Angst, du wirst nicht benotet.«

Sarah starrte auf ihr Pult. Im Fach lag die Tablette, die ihre Mutter ihr mitgegeben hatte. Aber es war noch nicht Zeit, sie einzunehmen.

»Sarah, komm jetzt bitte.«

Sarah erhob sich und ließ die Arme herunterhängen, weil sie in diesem Moment zu schwer waren. Sie begab sich zur Vorderseite des Kerkers und drehte sich zur Klasse um. Mrs. Beidersons Blick schien wie Peitschenhiebe die Haut an ihrem Nacken aufzureißen. Sarah schaute kurz aus dem Fenster. Die Bäume – wieviel Freiheit sie doch verhießen! Sie konnte die Rinde riechen und das Getrappel kleiner Füße unter dem Pilz hören, der sich durch den Efeu schob. Und sie entdeckte die Tür des geheimen Tunnels, der in ihr Haus führte.

Dann fiel ihr Blick auf die Gesichter der Klassenkameraden: Priscilla Witlock kicherte, Dennis Morgan verzog seine fetten Lippen zu einem gehässigen Grinsen, und Brad Mibbock verdrehte die Augen. Prusten und Gelächter brandete so stark heran, daß es sie wie Nadeln in die Wangen stach. Sie sah, wie die Jungs ihre Fäuste vor der unaussprechlichen Stelle auf und ab bewegten. Sie bemerkte die Mädchen mit ihren roten Fingernägeln und klimpernden Armkettchen, Mädchen in ihrem Alter, aber mit perfekt runden Brüsten, schickem Make-up und hochhackigen Schuhen. Junge Dinger, die sich einen Spaß daraus machten, sie zu verspotten ...

Und Mrs. Beiderson, die nichts von alldem hörte oder sah, sondern nur Sarahs Wimmern mitbekam, sagte: »Sarah, dein Wort lautet ›klären‹.«

Das Wort traf Sarah mit der Wucht eines Hiebs auf dem Schulhof. Ihr Daddy hatte mit ihr »klären« geübt. Aber trotzdem war es ein furchtbar schweres Wort. Sie fing an zu weinen.
»Du hast das doch früher schon geschafft«, sagte die lächelnde Mrs. Beiderson mit ihrer verlogenen, hinterhältigen und schlangenfalschen Stimme. »Du strengst dich nicht genug an, Sarah. Wir alle müssen uns Mühe geben.« Sie berührte die Rosenkamee an ihrem Hals. »›Klären‹ steht auf der Liste. Hast du dir die Liste nicht angesehen?«
Sarah nickte.
»Nun, dann besteht überhaupt kein Grund, Tränen zu vergießen.«
Jetzt wußte auch der letzte in der Klasse, daß sie weinte.
»Ich kann es nicht.«
»Du möchtest doch bestimmt nicht, daß wir alle hier denken, du wärst verstockt, oder? Also, ›klären‹.«
Zwischen zwei Schluchzern begann sie: »K.«
»Sehr gut«, lobte die Natter lächelnd.
Sarahs Knie zitterten. »Ich kann es nicht. Es geht nicht.« Neue Tränen.
»Wie heißt der nächste Buchstabe?«
»Ich weiß es nicht.«
»Versuch es.«
»K-l-e...«
Mrs. Beiderson seufzte vernehmlich. »Also gut, Sarah ..., dann ...«
»Zu Hause konnte ich es noch ...«
»... setz dich wieder. Wer kann ›klären‹ buchstabieren?«
Priscilla Witlock machte sich nicht einmal die Mühe, sich von ihrem Platz zu erheben. Den Blick auf die Versagerin gerichtet, schnarrte sie die Buchstaben in dem Zeitraum herunter, den Sarah benötigte, um tief einzuatmen und so zu versuchen, ihre Angst zu ersticken.
Und dann spürte sie es. Zuerst nur ein leichtes Tröpfeln, dann ein wahrer Sturzbach. Ihr Höschen wurde immer nasser, und

sie preßte die Hand unten hin, um den Strom aufzuhalten. Aber sie wußte, daß es zu spät war. Die warme Flüssigkeit rann ihr bereits die Beine hinab, und Mrs. Beiderson sagte: »Ach, herrje.« Einige in der Klasse wandten den Blick ab, was fast noch schlimmer war als das Starren der anderen. Sie wußte, daß sich diese Geschichte in der ganzen Stadt verbreiten würde, und selbst ihr Großvater oben im Himmel würde davon erfahren ...

Sarah schlang die Arme um sich, rannte zur Tür und stieß sie mit der Schulter auf. Die Glasscheibe überzog sich mit einem Spinnennetz von Sprüngen. Sie raste die Treppe hinunter und nahm immer zwei Stufen auf einmal. Blindlings rannte sie den Flur zum Haupteingang entlang und hinterließ auf dem Linoleum die Tropfen und Kleckse ihrer Schande. Sie sahen aus wie Fragmente der Buchstaben, vor denen Sarah sich wieder einmal hatte geschlagen geben müssen.

Die Frau sagte: »Alles Notwendige wird unternommen werden, und damit ist es mir bitter ernst.«

Die Dekanin Catherine Larraby war fünfundfünfzig, und wenn man die Augen zusammenkniff, hätte man sie glatt für Margaret Thatcher halten können. Das gleiche graue Haar, das gleiche runde Gesicht. Auch die eher stämmige Figur war ähnlich. Die Wangenknochen ließen auf Entschiedenheit schließen. Die Augen wirkten müde, blickten aber streng drein. Eine gewisse Kälte ging von ihr aus, die Bill Corde für permanent und nicht etwa für die Reaktion auf den Tod der Studentin hielt. Die Dekanin hatte ihr Make-up nicht sehr sorgfältig aufgetragen, denn das Puder hatte sich in den Falten an den Mundwinkeln und auf der Stirn gesammelt.

Er atmete schwer und fühlte sich noch etwas benommen von dem unruhigen Rückflug von St. Louis und noch mehr von der eiligen Fahrt vom kleinen Flughafen zu diesem Treffen in der Universität.

Durch das Fenster ihres zugigen Büros blickte Corde auf das

Viereck des sorgfältig getrimmten Rasens, der von leuchtend grünen Bäumen umrahmt wurde. Studenten gingen über die Wege und Straßen. Für den Detective bewegten sie sich wie in Zeitlupe. Er erinnerte sich, daß es in seiner Jugend auf einem College viel hektischer zugegangen war. Damals hatte er sich nie anders als im Dauerlauf fortbewegt, um verschwitzt und unvorbereitet von einer Vorlesung zur nächsten zu gelangen.
Ein Mann kam zur Tür herein, ein großer, schwerer Schwarzer. »Detective Corde«, sagte die Dekanin, »darf ich Ihnen Wynton Kresge vorstellen, den Leiter der Campus-Polizei.« Corde schüttelte eine narbenübersäte Hand von den Ausmaßen einer Bratpfanne und zuckte sichtlich zusammen, als Kresges teure Jacke aufging und sich darunter eine schwere Automatic zeigte.
Als Dekanin Larraby weitersprach, sah sie zwar den Sicherheitsbeauftragten an, schien sich aber in Wirklichkeit an die sechzehntausend Eltern ihrer achttausend Zöglinge zu wenden. »Wir müssen diesen Mann fassen. Wir müssen ihn zur Strecke bringen.«
»Ich würde gern so rasch wie möglich damit beginnen«, sagte Corde, »die Freunde und Lehrer von Jennie zu befragen.«
Der dicke Zeigefinger der Dekanin strich dreimal über einen Stift. »Natürlich.« Und nach einer kleinen Pause: »Ist das unbedingt notwendig?«
Corde zog einen Stapel Karteikarten aus der Tasche. »Ich möchte vorab ein paar Antworten von Ihnen. Ich habe hier eine Adresse: McReynolds Hall. Ist das das Haus, in dem sie wohnte?«
»Korrekt. Sie war eine GVU«, antwortete Kresge. Dekanin Larraby runzelte die Stirn.
Corde notierte sich das. Er schrieb Informationen grundsätzlich in Großbuchstaben nieder. Seine Handschrift hatte etwas Orientalisches an sich. »GVU? ist das eine Studentenverbindung?«
»Nein, so bezeichnen sich die Bewohner des Hauses selbst«,

erläuterte der Sicherheitschef. »Es steht für Gottverdammt Unabhängig und bedeutet, daß sie weder einer Bruder- noch einer Schwesternschaft angehören.« Die Dekanin warf ihm einen mißbilligenden Blick zu, und so fügte Kresge noch rasch an: »Na ja, so sind Studenten eben.«

»Es gibt dabei so viele Verwicklungen zu bedenken«, bemerkte Dekanin Larraby.

»Wie bitte?« fragte Corde.

»Es könnte zu einer Klage kommen«, entgegnete die Dekanin. »Als ich letzte Nacht mit ihrem Vater gesprochen habe, meinte er, er behalte sich rechtliche Schritte vor. Ich habe ihm erklärt, daß die Tat nicht auf dem Universitätsgelände begangen wurde.«

»Das stimmt«, bestätigte Kresge.

Corde wartete höflichkeitshalber einen Moment, um den beiden Gelegenheit zu geben, noch etwas dazu zu äußern, dann sagte er: »Ich benötige eine Liste sämtlicher Studenten und Universitätsangestellten, die mit diesem Wohnheim zu tun haben ...«

»Es ist ein ziemlich großes Haus«, erklärte die Dekanin. »Ich fürchte, eine solche Maßnahme könnte eine Panik auslösen.«

»... und außerdem die Namen aller Lehrer und Studenten ihrer Vorlesungen und Seminare.« Corde fiel auf, daß die Dekanin sich keine Notizen machte. Aber neben ihm vernahm er entsprechende Geräusche. Kresge kritzelte etwas mit einem silbernen Stift in ein in Leder gebundenes Buch.

»Des weiteren muß ich wissen«, fuhr Corde fort, »ob Jennie irgendwelche Therapeuten oder Selbsterfahrungsgruppen besucht hat. Und ich brauche eine Liste aller Angestellten der Universität, die schon einmal mit dem Gesetz in Konflikt geraten sind.«

So eisig wie eine aus dem Amt gekippte Premierministerin entgegnete Dekanin Larraby: »Solche Leute haben wir hier nicht.«

»Oh, Sie wären überrascht«, sagte Corde.

»Ich finde das für Sie heraus«, versprach Kresge.
»Ich versichere Ihnen, daß wir hier keine Kriminellen angestellt haben.«
»Vermutlich nicht«, meinte Corde versöhnlich und wandte sich an Kresge. »Wollen Sie hier mein Kontaktmann sein?«
»Selbstverständlich.«
Corde ordnete seine Karteikarten. »Können Sie mir die gewünschten Informationen so rasch wie möglich zukommen lassen?«
»Kein Problem. Und es wird mir auch eine große Freude sein, für Sie einige der Studenten und Professoren zu befragen. Ich kenne eine Menge von ihnen persönlich, und ...«
Corde gestand sich ein, die Verhältnisse hier falsch gesehen und Kresge unterschätzt zu haben. »Das wird nicht nötig sein, trotzdem danke«, unterbrach er ihn lächelnd.
»Ich möchte Ihnen nur zur Hand gehen.«
Corde wandte sich an die Dekanin. »Können Sie mir ein Zimmer zur Verfügung stellen?«
Dekanin Larraby wirkte verwirrt. »Wollen Sie hier einziehen?«
»Nein, ich brauche einen Raum, in dem ich die Befragungen durchführen kann. Es empfiehlt sich, so etwas auf dem Campus zu tun.«
»Der Allgemeine Studentenausschuß verfügt über eine Anzahl von Räumlichkeiten«, sagte Kresge.
»Dann besorgen Sie mir dort bitte ein Zimmer«, entgegnete der Detective und hakte auf einer seiner Karten einen Punkt ab.
Kresge zögerte einen Moment, ehe er antwortete: »Natürlich.«
»Detective ...« begann die Dekanin, und in ihrer Stimme schwang ein Anflug von Verzweiflung mit. Beide Männer sahen sie an. Sie legte die Hände flach auf den Schreibtisch, so als wollte sie zu einem Vortrag ansetzen. Ihre Finger erzeugten ein leises Klacken, als sie das Holz berührten. Corde bemerkte zwei Ringe, einen mit einem dicken roten Stein an der Linken und einen mit einem noch größeren

gelben an der Rechten. Die hat sie sich wohl selbst gekauft, dachte er. »Wir haben hier ein ziemlich kniffliges Problem«, erklärte sie. »Wenn Sie den *Register* gelesen haben, wissen Sie, daß unsere Anstalt mitten in einer Finanzkrise steckt. Wir haben die niedrigste Immatrikulationsrate seit dreiundzwanzig Jahren.« Sie lächelte humorlos. »Die Zeit der Babyboomer scheint ihrem Ende zuzugehen.«

Corde hatte den *Register* gelesen, aber trotzdem keine Ahnung, wie es um die Finanzen der Auden University bestellt war.

»Natürlich liegt es in unserem Interesse, den Mörder so rasch wie möglich aufzuspüren. Aber wir wollen nicht den Anschein erwecken, als hätten wir die Dinge nicht im Griff oder wären gar in Panik geraten. Ich habe bereits einen Anruf von einem unserer Förderer erhalten. Er zeigte sich sehr besorgt. Und wenn unser Förderverein sich Sorgen macht, fange auch ich an, mir welche zu machen.«

»Wir haben die abendlichen Sicherheitspatrouillen verstärkt«, bemerkte Kresge.

Corde entgegnete, das sei gut so.

Die Dekanin fuhr fort, als hätten die beiden Männer kein Wort von sich gegeben: »Wir erhalten in diesen Tagen die Anmeldungen für das Herbstsemester, und bis jetzt haben wir deutlich weniger Bewerbungen als erwartet.« Sie strich sich mit dem kleinen Finger über die Wange und verfehlte eine Unebenheit im Make-up nur um einen Millimeter. »Ist es nicht wahrscheinlich, Detective, daß es sich bei dem Täter um einen Landstreicher handelt? Oder zumindest um jemanden, der in keiner Beziehung zur Universität steht?«

»Zum gegenwärtigen Zeitpunkt können wir noch keine Schlüsse ziehen, Dekanin«, antwortete Kresge.

Dekanin Larraby ignorierte ihn. Schließlich war sie seine Chefin, und außerdem verstand sie sowieso mehr von den Zusammenhängen als er oder der Detective.

»Zum gegenwärtigen Zeitpunkt wissen wir eigentlich noch gar nichts«, erklärte Corde.

»Da wäre noch etwas, das ich vielleicht erwähnen sollte«, sagte Kresge. »Der Biagotti-Mord.«
Die Dekanin lachte auf. »Wynton, Susan hat doch nicht einmal auf dem Uni-Gelände gewohnt. Sie wurde bei einem versuchten Raubüberfall getötet. So war es doch, nicht wahr, Detective?«
»Susan Biagotti? Ja, wenn ich mich recht erinnere, ging es dabei um einen Raub.«
»Unsere Anstalt hatte nichts damit zu tun«, fuhr die Dekanin fort. »Was soll das also, Wynton?«
»Der Fall ist nie aufgeklärt worden«, erwiderte Kresge. »Ich dachte ja nur, es sollte nicht unerwähnt bleiben.«
»Das hat doch nun wirklich überhaupt nichts mit dieser Geschichte hier zu tun.«
»Ich glaube auch nicht, daß da ein Zusammenhang besteht. Trotzdem werde ich mir die Akte noch einmal vornehmen.«
»Es gibt zwischen den beiden Fällen keine Verbindung«, erklärte die Dekanin säuerlich.
»Ja, Ma'am, das denke ich auch. Nun, je eher ich mich an die Arbeit mache, desto schneller fassen wir den Burschen. Sie verschaffen mir die Unterlagen, William?«
»Ich heiße Wynton.«
»Oh, entschuldigen Sie.«
»Ach, Detective, da wäre noch etwas, das ich Sie fragen möchte. Und zwar geht es um das mögliche Motiv für solch eine Tat. Ich ...«
»Tut mir leid«, fiel Corde ihm ins Wort, »aber ich bin schon recht knapp mit meiner Zeit. Ich wäre Ihnen sehr dankbar, wenn Sie innerhalb der nächsten Stunden so viele Informationen wie möglich heranschaffen könnten. Und kümmern Sie sich bitte um einen Raum für mich.«
Kresge nickte langsam mit ernstem Gesicht. »Das Zimmer steht Ihnen zur Verfügung, wann immer Sie es brauchen.«

Diane Corde hörte zu. Sie stützte den Kopf in die Linke und hielt mit der Rechten den Hörer ans Ohr. Und in der Armbeuge balancierte sie eine Einkaufstüte.
»Oh, nein ...« Sie lauschte noch einen Moment, dann ließ sie den Hörer sinken und rief: »Sarah? Bist du zu Hause, Sarah?«
Doch da war nur Stille, die lediglich vom Klicken und Brummen des Kühlschranks unterbrochen wurde.
»Nein, sie ist noch nicht da. Wenn sie etwas sehr beschäftigt, versteckt sie sich manchmal im Wald.«
Die Lehrerin klang sehr besorgt, während sie berichtete, was in der Schule vorgefallen war. Doch dann fügte Mrs. Beiderson hinzu, daß Sarah sich den ganzen Morgen über bis zum Buchstabiertest irgendwelchen Tagträumen hingegeben habe.
»Ich mag sie, Mrs. Corde, ich mag sie wirklich, das können Sie mir glauben. Aber Sarah muß sich mehr anstrengen. Die meisten Schwierigkeiten, die sie hat, kommen von ihr selbst.«
Diane nickte. Schließlich sagte sie die Worte, die sie schon so oft am Ende solcher Gespräche gebraucht hatte: »Wir reden mit ihr darüber, ganz bestimmt.«
Die beiden Frauen legten auf.
Diane Corde trug Bluejeans und eine burgunderrote Baumwollbluse. Mit dem goldenen Kreuz, das sie beim High-School-Abschluß erhalten hatte und das jetzt an ihrem Hals funkelte, wirkte sie wie eine Country-Sängerin, die sich mitten in ihrer zweiten Karriere befand. Ihr Mann sagte immer, ihre Frisur sei aufgedonnert, bloß weil sie das Haar zurückbürstete und mit Haarfestiger in Form hielt. Mit ihren breiten Schultern und schmalen Hüften besaß sie immer noch eine tolle Figur, der man nicht ansah, daß sie zwei Kinder zur Welt gebracht hatte und schon dreiundvierzig Jahre lang dem Zug der Erdschwerkraft standhielt. Auf ihrer Stirn zeigte sich eine halbmondförmige Narbe, die den halben Umriß des Bleirohrendes wiedergab, gegen das sie im Alter von vier gelaufen war.
Diane stellte die Einkaufstüte auf die Anrichte und lief zur Hintertür, um den Schlüsselbund aus dem Schloß zu ziehen.

Aber da waren keine Schlüssel.
Diane versuchte sich zu erinnern. Sie war aus dem Wagen gleich ins Haus gestürzt, als sie das Klingeln des Telefons gehört hatte. Jetzt sah sie überall nach, an den Garderobenhaken, in ihrer Handtasche und im Kühlschrank (mehr als einmal hatte sie die Schlüssel dort liegenlassen). Wenig überzeugt, aber der Vollständigkeit halber ging sie wieder nach draußen und blickte durch das offene Seitenfenster ins Innere des Kombis. Dort steckte der Schlüssel samt Bund noch im Zündschloß. Diane schüttelte angesichts ihrer Schusseligkeit den Kopf und zog den Schlüssel heraus. Sie kehrte zur Küche zurück und blieb auf halbem Weg stehen.
Wie hatte sie ohne Schlüssel ins Haus gelangen können?
Die Hintertür mußte offen gewesen sein.
Die Tür war nur mit einem Riegel gesichert, und der ließ sich einzig mit dem Schlüssel betätigen. Diane erinnerte sich noch genau daran, abgeschlossen zu haben, bevor sie zum Supermarkt gefahren war. In der Zwischenzeit mußte jemand das Haus betreten und vergessen haben, die Hintertür zu verriegeln.
Bill war seit zwölf Jahren bei der Polizei und hatte sich in dieser Zeit so manchen Feind gemacht. Deswegen hatte er den Kindern wohl mehr als tausendmal eingeschärft, stets die Türen abzuschließen, wenn sie aus dem Haus gingen.
Aber Sarah vergaß gern Ermahnungen, auch wenn sie sie mehr als tausendmal zu hören bekommen hatte.
Sie war vermutlich nach dem Mißgeschick gleich nach Hause gekommen und hatte sich gewaschen, um danach in den Zauberwald zu laufen und ihr Versteck aufzusuchen. Und dabei hatte sie natürlich vergessen, hinter sich abzuschließen. Noch ein Thema, über das ich mich eingehend mit ihr unterhalten muß ... Aber dann sagte sich Diane, daß ihre Tochter für diesen Tag schon genug durchgemacht hatte und es heute kein Schimpfen mehr geben würde. Sie ging in die Küche, ließ den Schlüsselbund in die Handtasche fallen und fing an, sich Gedanken über das Abendessen zu machen.

Sie hockt im magischen Kreis der Steine, hat die Knie angezogen und das Kinn darauf gelegt. Sarah Corde kann bereits wieder langsamer atmen. Sie hat Stunden dafür gebraucht. Als sie hier angekommen ist – sie ist die ganzen zwei Meilen von der Schule bis zu ihrem Versteck in einem Stück gelaufen –, waren ihr Kleid und ihre Unterhosen getrocknet; aber sie fühlt sich auch jetzt noch schmutzig, so als hätte ein Zauberer ein böses Gebräu über sie auskippt.

Wenigstens weint sie nicht mehr.

Sarah legt sich zurück auf das Gras, das sie auf den Feldern ringsum ausgerupft und dann wie ein Lager in einem Kreis aufgeschichtet hat. Nun hebt sie den Saum des Kleides bis über den Bauch, als wolle sie das Gift von den Sonnenstrahlen wegbrennen lassen, und schließt die Augen. Sie fühlt sich schläfrig. Der Kopf wird ihr so schwer wie ein Stein, und es kommt ihr vor, als triebe sie in einem Burggraben. Beiderbug Castle ...

Sarah öffnet die Augen und blickt hinauf in die Wolken.

Ein großer weißer Hund, so groß wie das ganze Land, ein Wagen, der von einem fliegenden Fisch gezogen wird, und dort drüben – wo sich Gewitterwolken ballen – ein Gott, der grimmig eine Keule schwingt. Er trägt goldene Sandalen, Zauberschuhe, die ihn hoch und fort von diesem gräßlichen Ort tragen, den man die Erde nennt ...

Als sie einschläft, verwandelt sich der Gott in einen Magier.

Später wacht sie auf und stellt fest, daß über eine Stunde vergangen ist. Der Wagen ist fort, ebenso wie der fliegende Fisch und der Gott mit der Keule.

Aber Sarah ist nicht allein.

Sie richtet sich auf, zieht den Rock nach unten und nimmt vorsichtig Redford T. Redford in die Hand, den gescheitesten Bären der Welt, der neben ihr sitzt und sie mit seinen lustigen Glasaugen anschaut. Dabei hat Sarah ihn doch heute morgen auf dem Bett zurückgelassen, nachdem sie sich mit Tränen in den Augen von ihm verabschiedet und sich dann auf den Weg zur Schule gemacht hatte. Sie hat keine Ahnung, wie er hierhergelangt ist. In dem Halsband, das er trägt, steckt ein zusammengefalteter Zettel, Sarah zieht ihn heraus, faltet ihn auseinander und wird kurz von Panik ergriffen, weil auf ihm Worte stehen, die sie buchstabieren und lesen muß. Dann beruhigt sie sich und fängt langsam und Wort für Wort an zu lesen. Nach fünfzehn Minuten qualvoller Mühe ist sie in der Lage, den ganzen Text zu lesen.

Die Nachricht erschreckt und entsetzt sie. Da sie ihrem Buchstabiervermögen nicht traut, sagt sie sich, daß sie etwas falsch gelesen haben muß. Sie macht sich noch einmal über den Text her und kommt zu dem Schluß, daß ihr kein Fehler unterlaufen ist. Ihr erster Gedanke ist, daß sie niemals das tun kann, was die krakeligen Buchstaben ihr vorschlagen.

Doch als sie sich umsieht und den dichten Wald betrachtet, in dem sie sich so oft nach einer Flucht aus der Schule versteckt hat und in dem sie sich mehr zu Hause fühlt als in ihrem Kinderzimmer, ebbt die Furcht langsam ab.

Und allmählich wird sie von erwartungsvoller Vorfreude erfüllt. Sarah steht auf und ist überzeugt, daß zumindest ein Teil der Nachricht hundertprozentig stimmt: Ihr bleibt wirklich nichts anderes mehr übrig.

3

Das New Lebanon Sheriff's Department war nicht sehr groß – vier Büros für den Sheriff, die Detectives Corde und Slocum sowie die Sekretärin Emma. Im Zimmer für die Deputies standen acht einfache graue Tische. Auf einer Seite führte ein langer Korridor zu den beiden Arrestzellen. An der Wand hing ein Waffenregal, das drei Schrotflinten und fünf schwarze AR-15 enthielt. In dem Raum befand sich ebensoviel ungelesenes und noch nicht abgelegtes Papier wie in jeder anderen Kleinstadt-Polizeibehörde des Landes.

Jim Slocum, gerade vom Teich zurück, schaute von seinem

Schreibtisch auf, an dem er in dem Sessel mit den kaputten Sprungfedern gesessen und im *Register* gelesen hatte. Sheriff Steve Ribbon ragte vor ihm auf. Ribbon, wuchtig und sonnenverbrannt wie das Fleisch eines gegrillten Lachses, klopfte mit einem Buch gegen seinen stämmigen Oberschenkel. Was will dieser Westentaschenangler nun wieder? Slocum hob eine Augenbraue. »Verdammtes Durcheinander.« Er hielt die Zeitung hoch wie ein Schülerlotse sein Stoppschild. Sie war mit dem Artikel über den Gebben-Mord nach oben gefaltet.
Ribbon nickte, als wollte er sagen: Ja, ja, hab ich schon gelesen. »Komm mit in meine gute Stube, Jim.«
Slocum folgte dem Sheriff die paar Schritte bis zu dessen Büro. Ribbon setzte sich. Slocum blieb im Türrahmen stehen.
Das war ja richtig clever, wir haben bloß unsere Positionen getauscht.
»Ist Bill hier?« erkundigte sich Ribbon.
»Er ist heute morgen nach St. Louis geflogen, um mit dem Vater des Mädchens zu sprechen ...«
»Er hat *was* gemacht?«
»Ist nach St. Louis geflogen. Um mit dem Vater des Mädchens ...«
»Des Mädchens, das getötet wurde? Dieses Mädchen? Warum hat er das getan? Denkt er, wir drucken unser Geld selbst?«
Slocum zog es vor, nicht anstelle von Bill Corde zu antworten, und sagte nur: »Er meinte, wir sollten uns alle wegen des Falls treffen. Um sechzehn Uhr, glaube ich.«
»Wir müssen unsere Pennies zusammenhalten. Ich hoffe, das ist ihm klar. Nun, jedenfalls wollte ich mich mal mit dir unterhalten. Dieser Mordfall macht mir Sorgen. Wie ich hörte, war es kein Raubüberfall?«
»Sieht nicht so aus.«
»Ich habe festgestellt, daß es ein paar Parallelen gibt zwischen dem, was hier geschehen ist, und einer Reihe anderer Fälle, über die ich gelesen haben. Kommt mir so vor, als könnten wir es hier mit einem Kultmörder zu tun haben.«

»Kult?« fragte Slocum vorsichtig.
Das Buch landete auf dem Schreibtisch. Ein Taschenbuch, geknickt vom Lesen in der Badewanne oder einer Hängematte. *Blutige Rituale.* Auf dem Cover waren drei Schwarzweißfotos von hübschen Mädchen zu sehen, angeordnet über der Farbaufnahme eines Stoßes blutbespritzter Tarotkarten. »Was ist denn das?« Slocum nahm das Buch in die Hand.
»Lies es. Denk darüber nach. Es handelt von diesem Satanisten unten in Arizona vor ein paar Jahren. Eine wahre Geschichte. Es gibt eine Menge Ähnlichkeiten zwischen dem, was hier passiert ist, und dem Kerl dort.«
Slocum blätterte bis zu den Fotos des Tatorts. »Du glaubst doch nicht, es ist derselbe Kerl?«
»Nee, den haben sie geschnappt. Sitzt lebenslänglich in Tempe, aber es gibt ... Ähnlichkeiten.« Ribbon dehnte das letzte Wort. »Ist irgendwie unheimlich.«
»Verdammt, die sahen richtig gut aus.« Slocum betrachtete die Seite des Buchs, auf der die Fotos vom High-School-Abschluß der Opfer abgedruckt waren.
Ribbon strich geistesabwesend seine Krawatte aus schwarzem Polyester glatt. »Ich möchte, daß du dich persönlich nach Higgins begibst. Die Staatspolizei hat dort oben eine eigene psychologische Abteilung. Sprich die Geschichte mit denen durch.«
»Meinst du wirklich?« Slocum las eine Passage, in der der Autor schilderte, was der Arizona-Killer einer Mitschülerin angetan hatte. Zögernd ließ er das Buch sinken und sagte: »Ich werde es Bill ausrichten.«
»Mußt du nicht. Ruf einfach die Jungs in Higgins an, und mach einen Termin aus.«
Slocum grinste. »Okay. Ich fliege auch nicht.«
»Was?«
»Ich fliege nicht dorthin.«
»Warum solltest du ... Oh, ja.« Dann fügte der Sheriff hinzu: »Wir müssen sicherstellen, daß die Geschichte allgemein bekannt wird.«

»Warum das?«
»Nun, die jungen Frauen in der Stadt müssen gewarnt sein«, erklärte Ribbon.
»Behindern wir uns damit nicht selbst?«
»Zu unseren Aufgaben gehört es auch, Leben zu retten.«
Slocum blätterte wieder in *Blutige Rituale*. Ribbon beugte sich vor und tippte auf das Buch. »Lies es. Wird dir gefallen. Es ist ein richtiger – wie nennt man das gleich – ein richtiger Schmöker.«

Man konnte kaum behaupten, daß die Stadt New Lebanon ihren vollmundigen Namen wirklich verdiente. Als der Ort um das Jahr 1840 herum gegründet wurde, waren alle guten Namen – die europäischen Hauptstädte und die klangvollen biblischen Ortsbezeichnungen – bereits vergeben. Zum Schluß der Debatte standen der New-Lebanon-Fraktion die New-Luxumberg-Anhänger gegenüber. Da erstere auf den alttestamentarischen Klang ihres Vorschlags verweisen konnte, war der Ausgang der Abstimmung vorhersehbar.
Die Stadt lag im Harrison County, benannt nach William Henry, allerdings nicht wegen seiner dreißig Tage dauernden Amtsperiode als Präsident, sondern wegen seiner Zeit als Gouverneur von Indiana, während der er die eingeborenen Indianerstämme dezimierte und es Counties wie jenem, das seinen Namen trug, ermöglichte, die Form anzunehmen, in der sie sich heute präsentierten: überwiegend weiß, überwiegend protestantisch, überwiegend ländlich. New Lebanons Wirtschaft basierte in erster Linie auf Milch, Mais und Sojabohnen, obwohl es auch ein paar kleinere Fabriken gab sowie eine große Druckerei, die viele Arbeiten für Verlage in Chicago, St. Louis und New York übernahm (darunter auch den Druck des skandalösen und stets begierig erwarteten Magazins *Mon Cher*, dessen Druckfahnen allmonatlich die Stadt wie die Spreu bei der Ernte überschwemmten).
In New Lebanon befand sich außerdem das einzige College mit vier Jahrgangsstufen im Umkreis von hundert Meilen. Die

Auden University erhöhte die Einwohnerzahl der Stadt in den Monaten von August bis Mai auf vierzehntausend und bot den Ortsansässigen die Möglichkeit, den Vorstellungen zweitklassiger Orchester und Avantgarde-Theatergruppen beizuwohnen, wovon diese allerdings trotz gegenteiliger Beteuerungen kaum Gebrauch machten. Die nationale College-Sportvereinigung NCAA stellte den einzigen echten Kontakt zwischen Auden und den Einheimischen her, von denen es sich praktisch niemand leisten konnte, siebzehntausend Dollar Studiengebühren zu zahlen, was einem, sofern man diesen Betrag viermal aufgebracht hatte, zu einem Abschluß in Geisteswissenschaften verhalf – und wozu sollte der schon gut sein?
Die Einwohner brachten den Studenten gemischte Gefühle entgegen. Die Universität war ein Gewinn, daran gab es keinen Zweifel – Tausende junger Leute, die nichts anderes zu tun hatten als essen zu gehen, Kinos zu besuchen und ihre Schlafräume neu einzurichten, und was noch besser war, genau wie bei Schweinen und Rindern tauchte jedes Jahr frischer Nachschub auf. Zudem empfanden manche Einheimische so etwas wie Stolz, wenn Andrew Schoen, Professor für Volkswirtschaft am Auden College, in der Fernsehsendung *Meet the Press* zu sehen war, oder wenn ein Buch des Englisch-Professors John Stanley Harrod positiv in der *New York Times* besprochen wurde, die immerhin siebenundvierzig Bewohner New Lebanons abonniert hatten.
Doch Auden war auch eine Last. Diese Geld bringenden jungen Leute betranken sich und übergaben sich anschließend, machten dumme Bemerkungen über die Einheimischen, verzierten die Bäume mit Toilettenpapier und warfen Fensterscheiben ein. Sie kauften alkoholische Getränke ohne Rücksicht darauf, ob jüngere Schüler sie dabei sahen, und liefen mit dem Gehabe von Bankiers umher. Sie verbrannten die Bilder von Politikern und gelegentlich auch mal eine Flagge. Sie waren schwul und lesbisch. Sie waren Juden und Katholiken. Und sie kamen von der Ostküste.

Bill Corde war kein Produkt von Auden, obwohl er aus New Lebanon stammte. Er war hier geboren und aufgewachsen und hatte die Stadt lediglich verlassen, um seine vier Jahre beim Militär abzuleisten (er hatte mit seiner M-16 in Westdeutschland neben Raketen Wache geschoben), hatte dann ein paar Jahre als Patrolman in Missouri verbracht und anschließend als Detective im St. Louis Police Department gearbeitet. Schließlich war er nach New Lebanon zurückgekehrt, und nach sechs mageren Monaten, in denen er an der Sonntagsschule unterrichtet und sich überlegt hatte, ins Versicherungsgewerbe einzusteigen, hatte er sich für einen Job im Sheriff's Department der Stadt beworben. Seine Erfahrung machte ihn zu einem Gottesgeschenk für Steve Ribbon, dessen größte Annäherung an eine Polizeiausbildung in seiner Dienstzeit bei der Air Force bestand (dort hatte er mit seinem Gewehr B-52-Bomber in Kansas bewacht). Nach einem Jahr als ältester Grünschnabel im Department wurde er zum Detective befördert und Leiter der Abteilung für Kapitalverbrechen.

An der Wand über seinem gediegenen Schreibtisch im einhundertvier Jahre alten Rathaus hingen ein paar gerahmte Dokumente: ein Diplom von der Southwestern State University sowie Zertifikate des ICMA Police Business Administration Institute of Training in Chicago und des Southern Police Institute in Louisville. Obwohl der Beweis dafür nicht dort hing, hatte er auch an verschiedenen FBI-Seminaren und Kursen in Recht und visueller Tatortanalyse teilgenommen. Zudem war er gerade erst aus Sacramento zurückgekehrt, wo er ein Arbeitswochenende am California Department of Justice absolviert hatte.

Die Zertifikate, die er stolz aufgehängt hatte, waren schlichte Teilnahmebescheinigungen – Corde war ein schlechter Student. Er sammelte Worte, die ihn beschrieben. Er war *beharrlich,* er war *fleißig,* und er war *ausdauernd.* Doch Bill Corde war ein typischer Vier-plus-Schüler, und daran änderte sich nichts, ganz gleich, ob er das Gebiet haßte (Englisch, Sozialwissenschaften) oder liebte (forensische Psychologie, Techniken zur Beweismittelanalyse). Er schrieb langsam und verfaßte zähflüssige Standardberichte, und obwohl seine offizielle Schicht von acht bis achtzehn Uhr dauerte, blieb er oft bis spät in die Nacht, um sich durch einen Artikel in *Forensics Today* oder dem *Journal of Criminal Justice* zu kämpfen oder die Profile von Verdächtigen in seinen eigenen Fällen mit jenen im *NASPD Felony Warrants Outstanding Bulletin* zu vergleichen.

Ein paar Leute in der Stadt – um genau zu sein jene, die für ihn arbeiteten – waren der Ansicht, Corde nähme seinen Job zu ernst. Immerhin war New Lebanon ein Ort, in dem die Tausenddollargrenze zwischen leichtem und schwerem Diebstahl nur selten überschritten wurde, und vier der sechs im letzten Jahr durch Schußwaffen verursachten Todesfälle waren darauf zurückzuführen, daß jemand vergessen hatte, seine Flinte ordnungsgemäß zu sichern, bevor er über einen umgestürzten Baumstamm kletterte. Allerdings lag seine Verhaftungsrate bei Kapitalverbrechen bei höchst erfreulichen vierundneunzig Prozent, und das Verhältnis zwischen Verhafteten und später tatsächlich Verurteilten betrug 8,7 : 10. Corde hatte diese Statistiken mit einem IBM-XT-Computer aus dritter Hand zusammengestellt, bei dem es sich um die größte Konzession des Departments an moderne Technologien handelte.

Corde beendete die Lektüre des vorläufigen Berichts, den der Leichenbeschauer über Jennie Gebben angefertigt hatte, und erhob sich von seinem Schreibtisch. Er verließ das Sheriff's Office und ging zur Kantine. Unterwegs tauchte wie aus dem Nichts ein Vierteldollarstück in seiner Hand auf und rollte wieder und wieder über die Rückseite seiner Finger. Die Bewegung war sanft und gleitend, wie man sie bei einem berufsmäßigen Spieler im Billardsalon erwarten mochte. Sein Vater hatte ihm diesen Trick beigebracht. Corde senior ließ den Jungen üben, während er die Hand über einen alten Brunnen im rückwärtigen Teil des Familienbesitzes ausstrekken mußte. Entglitt ihm eine Münze, machte es *plopp,* und sie war fort. Natürlich hatte ihn sein Vater nur mit seinen eigenen paar Kröten üben lassen. Corde hatte im Fernsehen eine ganze Reihe von Sendungen gesehen, die sich mit dem Verhältnis zwischen Männern und ihren Vätern beschäftigten, und dabei den Eindruck gewonnen, daß die Art, wie sein Vater ihm diese Kunstfertigkeit beigebracht hatte, irgendwie signifikant gewesen sei. Ansonsten gab es nur wenig, was er seinem alten Herrn verdankte. Sich gerade zu halten. Eine Abneigung gegen zweite Hypotheken. Die Begeisterung für Angeln und Jagen. Und in letzter Zeit die Furcht, der Verstand könnte schneller nachlassen als der Körper. Das war eigentlich schon alles.

Den Münzentrick beherrschte Corde wirklich gut.

Er betrat die Kantine, den einzigen Ort innerhalb des Rathauses, der groß genug war, um fünf kräftige Männer gleichzeitig aufzunehmen – vom Versammlungsraum einmal abgesehen, der gegenwärtig vom Komitee für die Hundertfünfzigjahrfeier New Lebanons mit Beschlag belegt wurde.

Corde nickte den Männern zu, die an dem Plastiktisch saßen: Jim Slocum, T. T. Ebbans, der schlanke Exmarine, der jetzt in der Abteilung für Schwerkriminalität beim Harrison County Sheriff's Department arbeitete, und der New Lebanon Deputy Lance Miller. Am gegenüberliegenden Ende des Tisches saß Wynton Kresge zwischen zwei leeren Stühlen. Aufgeregt wie ein angeleinter Jagdhund am ersten Tag der Saison, dachte Corde. Er ließ den Vierteldollar in der Hosentasche verschwinden und blieb vor der Reihe von Automaten stehen. Bevor er etwas von sich geben konnte, kam Steve Ribbon herein. Corde nickte auch ihm zu und lehnte sich gegen den Cola-Automaten.

»Hallo, Bill. Ich will den Kollegen nur ein paar Worte sagen, wenn du nichts dagegen hast.« Das gerötete Gesicht des Sheriffs hatte einen Ausdruck, als würde er sich nicht an die paar Männer wenden, sondern an eine tausendköpfige Menge. Sein prüfender Blick fiel auf Wynton Kresge, der gleich zwei Minderheiten in diesem Raum repräsentierte – er war schwarz, und er trug einen Anzug. Kresge erwiderte den Blick

einen Moment lang, begriff dann, daß darin eine Frage lag, und sagte: »Ich bin vom College.«
»Oh! Na gut.« Ribbon erhob seine Stimme, um alle anzusprechen. »Ich will nur ein paar Gedanken beisteuern. Ihr alle bildet in dieser Angelegenheit die Einsatztruppe. Und Bill hat die Leitung.« Er warf einen Blick auf Ebbans. »Ich nehme an, Sheriff Ellison ist damit einverstanden.«
»Ja, Sir«, erwiderte Ebbans. »Ich bin nur als Mitarbeiter hier.«
»Nun, ihr alle zusammen verfügt über eine Menge einschlägiger Erfahrungen.« Seine müden grauen Augen wanderten zu Corde. »Und ich habe mehr zu tun als ein Hund in einer Hydrantenfabrik.«
Corde nickte verständnisvoll. Die Forellen wandern, und im November steht eine Wahl bevor.
»Deshalb kann ich mich nicht in dem Maße mit dem Fall beschäftigen, wie ich das gern tun würde. Aber denkt stets daran, daß uns alle auf die Finger sehen werden. Man wird sehr gespannt sein, wie wir diese Angelegenheit handhaben, und deshalb möchte ich, daß ihr mit der nötigen Aggressivität vorgeht – wenn ihr versteht, was ich meine. Nun habe ich selbst ein paar Nachforschungen angestellt und muß sagen, daß ich ernstlich besorgt bin wegen dieser Kultgeschichte.«
Corde äußerte sich nicht dazu. Schließlich fragte Ebbans: »Kult?«
»Als erstes möchte ich, daß ihr ein Profil des Killers erstellt.«
»Das wird in derartigen Fällen stets gemacht«, erklärte Jim Slocum.
Wynton Kresge notierte sich diese Bemerkung.
»Genau«, sagte Ribbon. »Ich weiß, daß wir es in New Lebanon vorher noch nie mit dieser Sorte von Killern zu tun hatten, aber ich glaube, es ist wichtig für uns, möglichst schnell vorzugehen. Kultmörder muß man festnageln. Und herausfinden, wie sie ticken.«
Kresge machte sich rasch einige Notizen. Corde starrte ihn an, und er hörte auf zu schreiben.

Ribbon fuhr fort: »Ein Profil sollte vor allem zwei Dinge enthalten – zum einen eine physische Beschreibung unseres Mannes, und zum anderen das, was in seinem Verstand vorgeht. Sachen wie: Ist er sexuell gehemmt? Haßte er seine Mutter? Hat er Probleme, ihn, ihr wißt schon, hochzukriegen? Ist er als Kind geschlagen worden?«

Corde, der ein häufig benutztes Flußdiagramm zur Erstellung von Profilstudien Krimineller an der Bürowand befestigt hatte, nickte ernst und hielt die Luft an, bis seine Scham über den peinlichen Auftritt des Sheriffs nachließ.

»Klingt wichtig«, bemerkte Miller und fuhr sich über das Haar, das extrem kurz geschnitten war.

»Genau«, sagte Ribbon. »Ich habe einiges über Untersuchungen wie diese nachgelesen. Eine Sache, die mich beunruhigt, ist diese Mondgeschichte. Denkt darüber nach. Sie wurde in der Nacht des Viertelmondes getötet. Das könnte auf eine lunare Fixierung hindeuten. Und zwar auf eine, die besonders besorgniserregend ist. Wißt ihr, warum? Weil wir zweimal einen Viertel- und dazu Vollmond und Neumond haben. Das ergibt dann vier potentielle Tatfenster ...«

»Was ist denn das?« Wynton Kresge äußerte die Frage, die Corde auch gerade hatte stellen wollen.

Geduldig erklärte Ribbon: »Das ist die Periode, in der unser Mann wahrscheinlich wieder mordet. In diesem Fall würde ich sagen, sie reicht von sechsunddreißig Stunden vor dem Vollmond bis zu sechsunddreißig Stunden danach.«

Corde und Ebbans, die seit vier Jahren gemeinsame Untersuchungen durchführten, verdrehten gleichzeitig die Augen.

»Aha«, sagte Kresge und schrieb wieder.

Corde und Ebbans verdrehten abermals die Augen.

»Tja, soweit meine Gedanken zu dieser Sache. Alles übrige überlasse ich euch. Tut mir den Gefallen und schnappt diesen Irren.« Ribbon verließ den Raum.

Corde trat vor und suchte nach möglichst diplomatischen Worten. »Also schön, ich nehme an, wir sollten die Möglichkeit eines Serientäters im Auge behalten. Allerdings würde ich das nicht publik machen. Schließlich wollen wir nicht, daß irgend jemand auf dumme Gedanken kommt.« Slocum schien im Begriff, etwas zu sagen, schwieg dann aber, und so fuhr Corde fort: »Ich gebe uns zehn Tage, um einen Verdächtigen festzunehmen. Und ich will innerhalb von zwei oder drei Tagen eine positive Identifikation haben.« Aus seiner Zeit in St. Louis erinnerte sich Corde an die Achtundvierzig/Vier-Regel bei Morduntersuchungen: Wenn man es nicht binnen achtundvierzig Stunden nach einem Mordfall schafft, den Täter zu identifizieren, spricht die Wahrscheinlichkeit dafür, daß man mindestens vier Wochen braucht, um ihn ausfindig zu machen.

»Außerdem«, fügte Slocum hinzu, »haben wir in sieben Tagen oder so Vollmond.« Er blätterte in einem Almanach für Bauern.

»Ich glaube, Steve hat da einen wichtigen Punkt angesprochen«, erklärte Corde spitz. »Wir sollten diese Mondgeschichte im Kopf behalten, deswegen aber andere Spuren nicht vernachlässigen. Es ist etwas, das zu erwägen ist, mehr nicht.«

Corde öffnete den Umschlag, den Kresge mitgebracht hatte, und zog mehrere Blätter heraus. »Wynton war so freundlich, uns etwas Material über das Opfer zu beschaffen, und das möchte ich jetzt durchgehen.«

Aus einem eigenen Umschlag schüttelte Corde nun das Hochglanzfoto heraus, das Jennie Gebben auf dem Volleyballplatz zeigte. Sie hatte helle Augen und ein gewinnendes Lächeln. Auf ihrem T-Shirt zeichneten sich Schweißflecke ab. Corde bemerkte, daß sie auf dem Bild je zwei Metallringe in jedem Ohr trug. Wann war das dritte Loch hinzugefügt worden? überlegte er.

Er ließ das Foto herumgehen. Miller warf einen raschen Blick darauf und reichte es weiter.

»Nein«, sagte Corde ernst, »schau es dir gut an. Erinnere dich immer daran, wie sie ausgesehen hat.«

Miller wirkte für einen Moment irritiert, tat dann aber, was von ihm verlangt wurde.

Als das Bild die Runde gemacht hatte, erklärte Corde: »Ich bin heute morgen nach St. Louis geflogen, um ihren Vater aufzusuchen. Er war allerdings keine große Hilfe. Ich habe weder Tagebücher noch Briefe gefunden, doch er will weiter danach suchen. Er sagte, er kenne niemanden, der ihr etwas antun würde, aber ich habe ihm jetzt diesen Floh ins Ohr gesetzt. Und er wird sich, auch wenn es ihm selbst nicht bewußt ist, die Leute auf der Beerdigung genau anschauen und darüber nachdenken, wer gekommen ist und wer nicht. Vielleicht erinnert er sich an einen Freund oder sonst jemanden, der einen Groll gegen sie gehegt hat.«

»Deswegen haben Sie ihn also so bald aufgesucht? Ich hatte mich schon gefragt, weshalb Sie hingeflogen sind«, sagte Kresge.

»Tatsächlich?« erwiderte Corde geistesabwesend. Er wandte sich dem Material zu, das Kresge mitgebracht hatte. »Jennie Gebben war zwanzig und Junior-Studentin in Auden. Keine Darlehen oder Stipendien, also nehme ich an, ihr Daddy hat das meiste gezahlt. Sie studierte im Hauptfach Englische Literatur. Durchschnittsnote zwei Komma neun sieben. Hört mal, ich möchte, daß ihr euch das notiert.« Slocum und Miller griffen nach ihren Stiften. Corde fuhr fort: »Kassiererin des Folklore-Clubs. Einmal die Woche freiwillige Helferin bei ›Essen auf Rädern‹, jedenfalls zu Anfang des Semesters. Hat es nach ein paar Monaten aufgegeben. Dreimal die Woche Arbeit im Büro des Schatzmeisters.

Zu ihren Studiengängen in diesem Semester gehörte ›Französische Literatur III‹ bei Frau Professor Dominique LeFevre. ›Vom Bürgerkrieg bis zur Hundertjahrfeier‹, unterrichtet von Randolph Sayles. ›Zeitgenössische Literaturkritik‹ bei Elaine Adler-Blum. ›Chaucer‹ bei Robert ... Ostopowiscz. Junge, ist das ein Zungenbrecher. Und hier ist noch etwas. ›Die Beziehung zwischen Psychologie und Literatur: Das neunzehnte und zwanzigste Jahrhundert‹. Ihr Lehrer, ich meine, ihr Professor war Leon Gilchrist. Außerdem nahm sie an einer Übung zum selben Thema teil, und zwar bei Brian Okun. Und schließlich noch ›Die Wurzeln des Naturalismus‹ bei Charles Gorney.«

Corde überlegte kurz, worum es in diesen Vorlesungen gehen mochte. Er selbst hatte zwar zensurmäßig zur oberen Hälfte seiner Klasse gehört, allerdings auch nur, weil in seiner Schule viele technische Kurse angeboten worden waren. Er blätterte noch einmal das Material durch, das Kresge ihm mitgebracht hatte, stapelte dann die Seminarpläne aufeinander und legte sie beiseite.

»Entschuldigung«, sagte Kresge.

Corde blickte auf. »Ja?«

»Ich wollte nur berichten, daß ich in der Klinik nachgeforscht habe. Sie besuchte keinen Therapeuten und war in diesem Jahr nur einmal dort, um sich Antibiotika wegen einer Bronchitis zu besorgen.«

»Keine Therapie«, wiederholte Corde. Die Tatsache wurde säuberlich auf einer Karteikarte notiert. Er bemerkte nicht, wie Slocum und Miller nun die Augen verdrehten.

»Außerdem«, fügte der Sicherheitschef hinzu, »gehört es zu den Gepflogenheiten der Personalabteilung, niemals Vorbestrafte einzustellen. Falls es also doch welche unter unseren Leuten geben sollte, haben sie hinsichtlich ihrer Vergangenheit gelogen.«

»Hat sie jemals vor dem Disziplinarausschuß der Universität gestanden?« wollte Ebbans wissen. Kresge verneinte.

»Und nun«, sagte Corde, während er diese Fakten niederschrieb, »zum Mord: Dienstag abend gegen zweiundzwanzig Uhr wurde sie vergewaltigt und erwürgt, möglicherweise von jemandem, den sie kannte.«

»Wie kommen Sie darauf?« fragte Kresge.

Corde warf ihm einen irritierten Blick zu. »Sehen Sie ...«

»Weil sie nicht weggelaufen ist«, antwortete Ebbans, »und weil er nahe genug herangekommen ist, um sie niederzuwerfen, bevor sie sich gewehrt hat.«

»Woher wissen wir das?«

»Wenn sie gekämpft hätte, wäre mehr Zellstoff unter ihren Fingernägeln gewesen.«

»Kleenex?«

Slocum lachte, und Ebbans antwortete: »Haut. Die Haut des Mannes.«

»Oh«, meinte Kresge. »Aber wenn sie ihn kannte, dann war er wahrscheinlich kein ... äh ... Kultkiller.«

»Das kann man so nicht sagen, Chief«, entgegnete Slocum. »Ein erheblicher Prozentsatz von Ritualmördern kennt seine Opfer.«

»Oh! Das wußte ich nicht.«

Corde hatte den Eindruck, daß sich die Besprechung langsam, aber sicher vom eigentlichen Thema entfernte. Mit besonderem Nachdruck sagte er: »Wir haben es hier mit vielen Unbekannten zu tun. Möglicherweise war Raub nicht das Motiv. Vielleicht aber doch. Er könnte aufgeschreckt worden sein, bevor er ihre Wertsachen an sich gebracht hatte.«

Slocum lachte. »Bill, sie trug eine Diamanthalskette. Als er mit ihr fertig war, hätte er sie einfach so nehmen können.« Er deutete mit einer Handbewegung an, wie sich die Kette hätte wegreißen lassen. »Das hätte nicht mal zwei Sekunden gedauert.«

»Was sagt der Leichenbeschauer zur Todesursache?« erkundigte sich Ebbans.

»Genau das, wonach es ausgesehen hat. Traumatische Asphyxie: Geplatzte Blutgefäße in den Augen. Gebrochenes Zungenbein. Unser Mann hat zuerst die Hände benutzt und die Sache dann mit einem Seil oder Kabel zu Ende gebracht. Wir haben keinerlei Waffen gefunden. Der Leichenbeschauer meint, der Mann sei ungefähr einen Fuß größer gewesen als sein Opfer. Er war auch nicht übermäßig stark, denn er mußte seinen Würgegriff mehrfach neu ansetzen. Ausgeführt hat er die Tat von vorn. Ach ja, der Leichenbeschauer vermutet auch, daß er nicht verheiratet ist. Oder falls doch, daß die sexuelle Beziehung zu seiner Frau ziemlich schlecht ist.«

»Wieso das?« fragte Miller.

»Wegen der Samenmenge. Wahrscheinlich hatte er seit vier, fünf Wochen keinen Geschlechtsverkehr mehr.«

»Alle vier bis fünf Wochen? Dafür würden ihn die meisten Ehemänner beneiden«, warf Jim Slocum ein. Miller lachte laut auf, und die übrigen, ausgenommen Corde, grinsten.

Corde betrachtete seine Karteikarten und fächerte ein paar davon auseinander. »Ich will mich im Moment auf vier Bereiche konzentrieren. Erstens, die Mall und die Fahrer, die die 302 benutzt haben. Ich möchte, daß du das übernimmst, Jim. Es ist eine undankbare Aufgabe, aber die Straße ist recht belebt, und wir finden möglicherweise ein paar Leute, die in jener Nacht gegen zweiundzwanzig Uhr von der Mall aus heimgefahren sind.« Corde machte sich eine Notiz auf einer der Karten. »Oh, und prüf auch nach, ob irgendwer einen Anhalter mitgenommen hat.

Zweitens dachte ich, du, T. T., könntest dir die Häuser rings um den Teich vornehmen.«

Ebbans nickte, und Corde sprach weiter: »Drittens, Lance und ich richten uns in der Uni ein und sprechen mit den Studenten und Angestellten.«

»Ja, Sir.« Selbst im Sitzen schien Miller Haltung anzunehmen. Er erinnerte Corde an einen Wachsoldaten der Color Guard Marines. »Was genau ...«

»Das besprechen wir später. Außerdem möchte ich, daß du dich mit der Telefongesellschaft in Verbindung setzt und herausfindest, welche Gespräche von den Apparaten in den Wohnheimen in der Zeit von letztem Samstag bis Dienstag nacht rausgegangen sind.«

Miller stieß einen leisen Pfiff aus. »Da werden eine Menge Studenten eine Menge Anrufe gemacht haben, meinst du nicht?«

»Das wirst du schon merken«, antwortete Corde. »Außerdem brauchen wir eine Durchsuchungsgenehmigung für Jennies Zimmer. Das wird zwar nur pro forma sein, aber der Papierkrieg ist deine Angelegenheit.«

»Richtig.«

»Und schließlich möchte ich, daß sämtliche Fingerabdrücke, die wir am Tatort gefunden haben, mit denen aller bekannten Sexualtäter des Landes verglichen werden. T. T., wenn du das mit deinem Büro koordinieren könntest?«
»Wird gemacht. Ich werde die Ausdrucke anfordern.«
»Wynton, ich nehme nicht an, daß ihr die Fingerabdrücke von Studenten und Professoren sammelt?«
»Leider nicht, obwohl es mein sehnlichster Wunsch wäre.«
Corde zog abermals seine Notizen zu Rate, wandte sich dann an Kresge, hielt jedoch inne und betrachtete statt dessen prüfend jedes einzelne Gesicht. »In einem Punkt hatte Steve recht. Der *Register* und WRAL werden uns an den Fersen kleben. Also, niemand redet mit Reportern. Verweist alle an mich oder Steve oder Sheriff Ellison.«
Zustimmendes Gemurmel erfüllte den Raum.
Corde wandte sich wieder an den Sicherheitschef. »Sie besorgen uns einen Raum, William? Äh, Wynton, meine ich.«
»Beim Studentenausschuß. Hinter der Cafeteria. Zimmer 121. Sie können ihn die ganze Woche über haben, und die nächste auch noch, wenn Sie mir bis Freitag Bescheid geben.«
»Danke.«
Kresge räusperte sich umständlich. »Eine Sache sollte ich wohl noch erwähnen. Heute morgen bin ich auf dem Weg zur Arbeit zum Teich gefahren. Nur so, um ein bißchen spazierenzugehen.«
»Um welche Zeit?« Corde bemerkte eine gewisse Herausforderung in seiner eigenen Stimme und wünschte sich, er hätte öfter davon Gebrauch gemacht.
»Sechs Uhr dreißig. Um sieben bin ich wieder gefahren.«
»Haben Sie jemanden dort gesehen?«
»Jawohl, Sir«, sagte Kresge voller Enthusiasmus. »Ein Zelt an der Straße, ungefähr vierzig Meter hinter dem Damm. Sie wissen schon, eins von diesen Dingern, die bei dringenden Reparaturarbeiten aufgebaut werden ...«
»Das war letzte Nacht noch nicht da«, erklärte Corde. »Sie

haben es erst um fünf Uhr morgens aufgestellt. Ein Ast hatte eine Leitung heruntergerissen. Ich habe das bereits nachgeprüft.«

»Oh«, machte Kresge enttäuscht.

»Haben Sie sonst noch jemanden gesehen?«

»Nein.« Er zog sein ledernes Notizbuch hervor. »Es gibt aber noch eine ganz andere Sache, die ich zur Sprache bringen möchte. Das, worüber Sie und ich und die Dekanin geredet haben: Susan Biagotti.«

Corde und Ebbans tauschten Blicke aus, diesmal allerdings ohne Augenrollen.

»Wer ist das?« fragte Miller. »Der Name bringt irgendwas zum Klingeln.«

»Eine Studentin von Auden, die letztes Jahr getötet wurde.«

»Ach ja, richtig.«

Corde war damals für einen Monat zu einer kombinierten Einsatzgruppe aus County- und Landespolizei in Fredericksberg abgestellt worden. Der Fall landete bei Ribbon, und zu dem Zeitpunkt, als Corde nach New Lebanon zurückkehrte, waren schon viele Spuren kalt geworden. Sie hatten nicht einmal einen Verdächtigen, geschweige denn einen richtigen Fall.

»Ich habe vor, mir die Akten anzuschauen«, erklärte Corde. »Genau wie ich es der Dekanin gesagt habe.«

»Ich habe meine eigenen Unterlagen über den Fall«, teilte Kresge ihm mit. »Wenn Sie wollen, mache ich Ihnen Kopien.«

Corde lächelte nichtssagend. »Ich lasse es Sie wissen, wenn wir die Sachen brauchen.«

Als er seine Papiere einsammelte, fiel der Plastikbeutel zu Boden, der den Zettel enthielt, den er am Morgen am Teich gefunden hatte. Er hielt inne und hob ihn auf. Was war das? Sein Knie knackte nicht. Das Gelenk war neununddreißig Jahre alt und hatte fünf davon geknackt. Er fragte sich, ob es sich irgendwie selbst geheilt hatte, und legte den Zettel auf den Tisch. »Hier ist noch eine Sache, um die wir uns kümmern müssen.«

Die Deputies runzelten betroffen die Stirn, als er die Nachricht vorlas.
»Ich schicke das Papier heute noch rauf nach Higgins, um es analysieren zu lassen. Allerdings glaube ich kaum, daß es uns viel helfen wird, es sei denn, wir finden Fingerabdrücke darauf oder jemanden, der den Rest der Zeitung, aus der der Zettel ausgeschnitten worden ist, noch in seiner Hosentasche mit sich herumschleppt. Aber es wäre nicht schlecht, wenn ihr ein wachsames Auge auf euch und eure Familien hättet. Die meisten derartigen Drohungen sind zwar bedeutungslos, doch man weiß ja nie.«
»Die meisten Drohungen?« fragte Kresge. »Soll das heißen, so etwas passiert oft?«
Corde zögerte und sagte dann: »Genaugenommen ist es noch nie passiert.«
Ebbans schaute von dem Zettel hoch und schob ihn zu Corde zurück. »Ich weiß noch etwas über diesen Burschen«, verkündete er.
»Und was?« erkundigte sich Jim Slocum.
»Nun, man konnte die junge Frau von der Straße aus kaum übersehen, selbst wenn man nicht nach ihr Ausschau gehalten hätte. Warum hat er sie nicht wenigstens hinter den Truck gezogen? Und dann ist er am nächsten Morgen zurückgekommen, um diese Nachricht dazulassen? Das scheint ja so, als wäre es ihm egal, ob ihn jemand sieht. Für mich heißt das, der Kerl ist wirklich eiskalt.«
Corde nahm Miller den Plastikbeutel ab. »Eiskalt«, sagte er, »oder verrückt. So oder so haben wir ein Problem.«

4

Als Sarah ihr Haus erreichte, hatte sie die Botschaft auswendig gelernt, die jetzt in ihrer Rocktasche steckte, zusammen mit den fünf Zwanzigdollarscheinen, die darin eingewickelt gewesen waren.

Liebe Sarah,
ich habe gehört, wie Du Dich heute mit Deinem Daddy wegen der Schule gestritten hast. Ich weiß, er wird Dich zwingen, wieder dorthin zu gehen. Ich möchte Dir helfen. Es geht mir wie Dir, wir hassen beide die Schule. Du mußt fort. Lauf weg! Geh nach Chicago oder nach St. Louis. Etwas anderes bleibt Dir nicht übrig. Dort wirst Du in Sicherheit sein. Ich warte auf Dich.

Dein Freund

Dieser Gedanke ist ihr nicht neu. Sarah hatte schon ein dutzendmal daran gedacht, von zu Hause wegzulaufen. Letzten März, in der Woche vor der Mathearbeit, hatte sie eine Stunde an der Greyhound-Bus-Station verbracht und versucht, genügend Mut zu sammeln, um sich eine Fahrkarte zum Wohnort ihrer Großmutter zu kaufen. Doch dann hatte sie der Mut wieder verlassen, und sie war in tränenreicher Frustration nach Hause zurückgekehrt.

Weglaufen ...

Sarah blieb an der vorderen Türschwelle stehen. Als sie sich auf die Zehenspitzen erhob, konnte sie ihre Mutter im Wohnzimmer sehen. Sie duckte sich. Die Bewegung ließ das Papier in ihrer Tasche knistern. Während sie darauf wartete, daß ihre Mutter das Zimmer verließ, zog sie das Geld heraus, betrachtete die Banknoten und rieb sie vorsichtig, als wären es Seiten aus dem Zauberbuch einer Hexe. Sarah faltete sie wieder fest zusammen und steckte sie zurück in die Tasche.

Sarah Corde, neun Jahre alt, interessierte sich nicht für Schule, Hüpfkästchen, Kinderlieder, Hausarbeit, Nintendo, Nähen, Kochen oder Zeichentrickfilme im Fernsehen. Aber sie glaubte inbrünstig an Magie und Zauberer, und sie glaubte, daß diese Botschaft von einem besonderen Zauberer stammte, der schon seit Jahren über sie wachte. Er war allwissend, und er war nett, und – wenn man an all das Geld dachte – schien er auch noch verdammt reich zu sein.

Sarah war schließlich nicht dumm. Sie würde genau das tun, was der Zauberer vorgeschlagen hatte. Zudem stellte sie mit großer Freude fest, daß er, obwohl sie wahrscheinlich seinem Rat folgen und nach Chicago fahren würde, ihr so viel Geld gegeben hatte, daß sie damit bestimmt halb um die Erde reisen konnte.

Die Haustür fiel ins Schloß, und die Füße waren mit drei dumpfen Schlägen bereits sechs Stufen die Treppe hinauf, bevor Diane den Flur erreichte.

Sie trocknete sich die Hände ab, während sie zur Treppe ging und neben der Garderobe und einer hölzernen Schmuckplatte stehenblieb, auf der eine Gans zu sehen war, die eine blaue Mütze und ein Halstuch trug. Sie rückte sie geistesabwesend zurecht und rief: »Liebes! Sarrie?«

Keine Antwort.

Einen Moment später: »Liebes, komm runter.«

Eine schwache Stimme sagte: »Ich nehme ein Bad, Mommy. Ich bin vor dem Essen unten.«

»Liebes, Mrs. Beiderson hat angerufen.«

Stille.

»Sarah ...«

»Ich möchte baden, Mommy. Können wir später darüber reden? *Bitte?*«

»Komm runter. Sie hat mir erzählt, was in der Schule passiert ist.«

Sie setzten dieses Tauziehen noch für ein paar Minuten fort, wobei sich Diane langsam die Treppe zum Kinderzimmer hinaufbewegte. Es gab kein Schloß an der Tür, doch Diane zögerte, in das Territorium ihrer Tochter einzudringen. »Komm schon, Liebes, du kannst mir beim Essen helfen.«

»Ich *will* aber nicht!« entgegnete Sarah mit schriller Stimme.

Für Diane schien in diesen Worten ein beginnender Nervenzusammenbruch mitzuschwingen. Und so hielt sie es für angebracht, sich zurückzuziehen. Bitte keine Hysterie. Nur das nicht. Sarahs Anfälle waren für ihre Mutter ein Anlaß ständigen tiefempfundenen Kummers. Und sie brachten sie gleichzeitig innerlich zum Kochen. Da sie nicht in der Lage war zu unterscheiden, wann Sarah tatsächlich in Panik geriet und wann sie das nur vortäuschte, gab Diane in jedem Fall nach.

Feigling ...

Das Telefon läutete.

Diane starrte den Apparat an. »In Ordnung, Sarah, wir unterhalten uns später.«

Als sie die Küche betrat, bemerkte sie, daß es siebzehn Uhr war.

Sie wußte, wer da anrief.

Sie war mit ihm verheiratet.

Bill würde sich nach den Kindern erkundigen und danach, wie Diane den Tag verbracht hatte, und dann würde er plötzlich verlegen werden und ihr erzählen, daß er länger arbeiten müsse. Wieder einmal. Jeden zweiten Abend im letzten Monat war er gerade noch rechtzeitig zum Abendessen heimgekommen, und mehr als einmal hatte er die gemeinsame Mahlzeit ganz versäumt.

Und was noch schlimmer war: Jetzt hatte er einen Mordfall am Hals.

Sie erinnerte sich an die fette schwarze Schlagzeile im *Register* und an die paar Zeilen über das arme tote Mädchen. Beim Lesen hatte sie plötzlich Mitleid, und zwar sowohl mit sich selbst als auch mit den Eltern des ermordeten Mädchens. Sie wußte, daß sie Bill jetzt noch seltener sehen würde – bis der Täter gefaßt war.

Diane nahm den beigen Hörer ab.

Es war nicht ihr Mann.

Im Hintergrund vernahm sie merkwürdige Klänge, die sie an die nervtötende elektronische Rockmusik erinnerten, welche Jamie gern hörte und für die sie ihn meist schalt. Sie nahm an, es sei einer seiner Freunde.

»Corde«, meldete sie sich.

»Ist dort Mrs. Corde?« Die Stimme klang etwas höher als die

eines Tenors, wirkte aber glatter und selbstsicherer als die eines Heranwachsenden. Sie kannte alle Freunde von Jamie, doch der hier schien nicht dazuzugehören.
»Ja, am Apparat. Wer ist dort? Und könnten Sie bitte diesen Krach leiser stellen?«
Die Lautstärke der Musik verringerte sich. »Sind Sie Jamies Mutter?«
»Wollen Sie mit Jamie sprechen?«
»Nein, nein. Ich rufe von der New Lebanon High an. Ich bin der Senior-Berater der Freshman-Abteilung des Jahrbuchs, und – das ist wirklich ein furchtbares Durcheinander. Wir haben einen Stapel Formulare mit den biographischen Daten einiger Studenten verloren. Außerdem sind wir praktisch schon über den Ausgabetermin hinaus. Deshalb rufe ich die Leute an und fülle die Blätter telefonisch aus.«
»Nun, Jamie wird erst in ein paar Stunden heimkommen.«
»Könnten Sie mir nicht ein paar Informationen geben?«
»Also, ich weiß nicht ...« sagte Diane. Sie kannte die Risiken, die Mütter eingingen, wenn sie für ihre halberwachsenen Söhne Entscheidungen trafen.
»Heute ist der letzte Tag, an dem wir noch etwas in Satz geben können.«
»Was wollen Sie denn wissen?«
»Wer ist sein Klassenlehrer?«
Diese Frage schien harmlos genug. »Das müßte Mr. Jessup sein«, sagte sie.
»Ist er in irgendeiner Sportmannschaft?« erkundigte sich der Berater.
»Ringen. Außerdem macht er beim Turnen mit, nimmt aber nicht an den Wettkämpfen teil. Und nächstes Jahr will er sich für den Triathlon melden.«
»Triathlon? Dann fährt er also Rad?«
»Man kann ihn kaum davon wegbringen. Wenn wir ihn ließen, würde er sogar bis an den Eßtisch fahren.«
Der Junge lachte übertrieben laut über das, was ihm als recht

dünner Scherz erscheinen mußte. Dann fragte er: »Was für ein Rad hat er denn?«
»Ein italienisches. Mit fünfzehn Gängen. An den Markennamen erinnere ich mich nicht mehr. Ist das wichtig?«
»Nein, ich glaube nicht. An welchen Arbeitsgruppen nimmt er teil?«
»Bei den Naturwissenschaftlern und den Lateinern. Eine Weile war er auch in der Fotogruppe, hat das aber aufgegeben, um mehr Zeit für sein Training zu haben. Sagen Sie, kann er sich das alles noch einmal durchlesen?«
»Ich fürchte, nein. Wir wollen morgen mit dem Druck beginnen. Aber ich nehme an, es würde ihm auch nicht gefallen, wenn der Platz unter seinem Foto frei bliebe, oder?«
»Nein, wohl kaum.«
»Welches Musikvideo mag er am liebsten?«
»Ich habe keine Ahnung.«
»Und was ist sein Lieblingsfilm?«
»Könnte ich nicht sagen.«
»Wie ist es mit seinen Lieblingsgruppen?«
»Gruppen?«
»Musikgruppen.«
Diane war beunruhigt, wie wenig sie über diese Dinge wußte. Abrupt sagte sie: »Können Sie einen Augenblick warten?«, legte den Hörer neben den Apparat und lief in das Zimmer ihres Sohnes. Sie schnappte sich einen Schwung Kassetten und eilte damit zurück in die Küche. Dort las sie die Beschriftungen vor. »Tom Petty ... Hm, Paul McCartney – nun, an den erinnere ich mich natürlich.«
»Ha!«
»Dann U2 und Metallica und Ice Cube und Run DMC, was immer das sein mag. Und außerdem hat er drei Kassetten von dieser Gruppe Geiger. Ich nehme an, die kommen aus Deutschland.«
»Jedermann kennt Geiger.«
Na schön, ich bitte vielmals um Entschuldigung ...

Sie fuhr fort: »Ich weiß nicht, ob das seine Lieblingsmusik ist. Er hat eine Menge Kassetten.«
»Könnten Sie nicht die Entscheidung für ihn treffen?«
Auf gar keinen Fall. »Ich fürchte, diese Stelle wird dann frei bleiben müssen.«
»Ich glaube, das geht schon in Ordnung. Sie waren mir eine große Hilfe, Mrs. Corde.«
»Wann wird das Jahrbuch denn erscheinen?«
»Schon recht bald. Vielleicht bringe ich Jamies Exemplar selbst vorbei.« Die Stimmlage sank um ein paar Töne. »Ich würde Sie gern kennenlernen.«
Diane lachte lautlos in sich hinein; sie wußte um den zerbrechlichen Stolz Heranwachsender. »Nun, das wäre sehr nett.«
Angehimmelt von einem High-School-Schüler! Vielleicht hast du ja doch noch etwas von deiner alten Ausstrahlung behalten – und wenn auch nur in deiner Stimme.

Als er die Nachricht erhielt, dozierte er gerade. »Der Ausdruck, den manche Soldaten benutzten, lautete ›horizontale Erholung‹. Die medizinischen Unterlagen berichten, daß auf dem Höhepunkt des amerikanischen Bürgerkriegs fast zehn Prozent der Unionssoldaten an der einen oder anderen Art von Geschlechtskrankheiten litten ...«
Der stellvertretende Dekan Randolph Rutherford Sayles nahm den Zettel von einer studentischen Hilfskraft entgegen. Er erkannte die elegante Handschrift von Dekanin Larraby, die genauso bestimmt wirkte wie die beunruhigende Wortwahl, mit der sie ihn umgehend in ihr Büro bestellte.
Stille breitete sich aus. Er bemerkte, daß er immer noch auf das Blatt blickte und die Schleifen und Linien der Buchstaben und einen Tintenklecks anstarrte.
»... In Washington, D.C., befanden sich im südlichen Teil der Pennsylvania Avenue Dutzende von Bordellen – eine Gegend übrigens, in der jetzt, soweit ich weiß, zahlreiche Lobbyisten ihre Büros haben ...«

Sayles hatte die Haltung eingenommen, die zu seinem Markenzeichen geworden war: Er stand leicht vorgebeugt da, beide Hände auf das Lesepult gestützt. Und er pflegte einen klassischen professoralen Habitus, unordentlich, zerstreut und vorzugsweise in Tweed gekleidet, womit er voller Stolz gegen den typischen Brooks-Brothers-Stil opponierte, der zwar an der Wall Street inzwischen passé, doch in Cambridge, Hyde Park und Ann Arbor immer noch angesagt war. Sein sandfarbenes Haar blieb ungebändigt, und sein Gesicht zeigte meist den Ausdruck des geistesabwesenden Gelehrten, der er freilich nie gewesen war. »... Noch erstaunlicher ist freilich, daß es Hunderte dokumentierter Fälle gibt, wonach Frauen sich als Soldaten verkleideten und den Männern sexuelle Dienste gegen Entgelt anboten. Vielleicht stammt der Begriff ›Militärdienst‹ von dort her ...«

Diese kleinen Einschübe klangen frivol, doch die Studenten, die am Einschreibungstag seit sechs Uhr morgens Schlange gestanden hatte, um sich für »Vom Bürgerkrieg bis zur Hundertjahrfeier« einzutragen, schätzten sie sehr. Sayles hatte hart an der Perfektionierung seiner Vortragskünste gearbeitet. Nichts war wichtiger für ihn als die Vermittlung von Wissen. Seine Berufung hatte er mit dreißig erhalten, zwei Jahre nach der Veröffentlichung seiner Doktorarbeit und ein Jahr, nachdem sein Buch, *The Economics of Freedom,* eine vorzügliche Besprechung in der *Times* bekommen und sechs Monate lang auf dem ersten Platz der von der Nationalen Historikervereinigung herausgegebenen Liste empfohlener Werke gestanden hatte.

»Als sich der Krieg, von dem sowohl Yankees wie auch Rebellen ernsthaft angenommen hatten, er würde nicht mal sechs Monate dauern, länger und länger hinzog, nutzte sich die moralische Festigung der überwiegend protestantisch ausgerichteten Armeen zusehends ab ...«

Weitaus problematischer war Sayles' zweiter Job als stellvertretender Dekan, der ihm überhaupt nicht gefiel. Doch er war klug genug, um zu wissen, daß er nicht für alle Zeit ohne die Last administrativer Pflichten durchkommen konnte, und so hatte er sich bemüht, die Perversitäten kollegialer Auseinandersetzungen und Intrigen zu erlernen. Davon abgesehen, war sein Hauptforschungsgegenstand der Bürgerkrieg, und welche bessere Metapher konnte es für einen College-Campus geben? Er fühlte sich wie Grant, befehligte die Truppen und wachte über eine Horde brillanter, lebhafter Generäle – die Studenten –, die zuviel tranken und zuviel herumhurten (oder lauthals gegen das Trinken und Herumhuren wetterten), während er es gleichzeitig irgendwie schaffte, einen Krieg auszutragen. Und wie Grant war auch Sayles im diffizilsten Moment der Geschichte dieser Institution in seine gegenwärtige Position aufgestiegen.

»... Doch erst nach dem Doppelschlag der kriegsentscheidenden Niederlagen bei Gettysburg und Vicksburg wandten sich die Truppen des Südens dem wiedererstandenen religiösen Fundamentalismus zu ...«

Eine warme Frühlingsbrise strich durch die großen Fenster des Hörsaals herein, die so hoch waren, daß sie nur mit einer vier Meter langen Stange geöffnet oder geschlossen werden konnten. Der Raum war halb leer. Sayles überlegte, weshalb die Anwesenheit derart zu wünschen übrig ließ, und sein Blick fiel auf einen bestimmten leeren Platz, der von einem Kreis anderer unbesetzter Stühle umgeben war.

Ach ja, der Gedenkgottesdienst.

Er hatte nicht die Stärke gehabt, daran teilzunehmen. Der einzige Platz, an dem er sein konnte, war hier.

Die Glocke – kein elektronisches Gewimmer, sondern ein altmodischer Klöppel, der auf Stahl traf – läutete, und Sayles entließ die Studenten. Er blieb am Pult stehen, während sie aus dem Raum strömten, und las dann abermals die Mitteilung der Dekanin. Schließlich verließ er ebenfalls den Hörsaal und wanderte über einen breiten Weg, die Campusgebäude auf der einen Seite, den fünf Hektar großen Hof auf der anderen, zum Verwaltungsgebäude der Universität hinüber.

Im zweiten Stock betrat er einen großen Vorraum. Er marschierte an der einzigen Person in dem Raum vorbei, einer Sekretärin, mit der er vor geraumer Zeit einmal eine Affäre gehabt hatte, eine unscheinbare Frau mit einem knochigen Gesicht. Er erinnerte sich vage an Brüste wie dicke Pfannkuchen.
»Oh, haben Sie schon gehört, Professor? Eine Studentin ist...«
Er nickte zur Antwort und verschwand im eigentlichen Büro. Nachdem er die Tür hinter sich geschlossen hatte, setzte er sich in einen der dunkelroten Ledersessel vor dem Schreibtisch der Dekanin.
»Randy«, sagte sie, »wir haben ein echtes Problem.«
Er bemerkte, daß ihre Hand auf der heutigen Ausgabe des *Register* ruhte. Der Artikel über den Mord war angestrichen, und oberhalb der Überschrift stand: *Dekanin Larraby. FYI.* Er blickte auf das Foto von Bill Corde und dann zurück zur Dekanin. »Sie war in meiner Klasse.«
Dekanin Larraby nickte, ohne eine weitergehende Erläuterung zu erwarten. Sie schloß das gewichtige Werk, in dem sie gelesen hatte – es schien eher ein juristischer Wälzer als ein Lehrbuch zu sein –, und schob es an den Rand des Schreibtischs. Ihre Finger streichelten die Kanten des purpurnen Steins an ihrer linken Hand.
»Haben Sie mit der Polizei gesprochen?« fragte Sayles.
»Was?«
»Die Polizei?«
Verdrossen antwortete sie: »Ja, es war ein Detective hier. Dieser Mann, um genau zu sein.« Sie nickte in Richtung Zeitung. »Er wollte alles über die Gebben wissen.«
Die Gebben.
Sayles, dessen Brillanz wie bei den meisten Professoren zu einem großen Teil auf einem guten Gedächtnis beruhte, erinnerte sich genau, wie die Dekanin ihn vor ein paar Augenblicken begrüßt hatte, und fragte: »Was für ein Problem? Was hat die Polizei noch gewollt?«

Die Gebben. Matrikelnummer 144691.

»Die Polizei? Darum geht es jetzt nicht«, antwortete sie. »Das hier ist wirklich ernst. Ich hatte gerade ein Treffen mit den Leuten von Price Waterhouse. Es gibt keine Finanzmittel, die sich auf die Darlehenskonten verschieben ließen.«

»Was soll das heißen?« Der Schock traf Sayles hart. Das Bild von Jennie Gebben verschwand aus seinen Gedanken.

»Es ist nichts da.«

»Doch es hätte in diesem Semester ein Überschuß übrigbleiben müssen«, flüsterte er. »Ich dachte, dafür hätten wir gesorgt.«

»Tja«, sagte sie gereizt, »ist aber nichts mehr da.«

Oh, wie sehr er sie haßte. Sie hatte ihm gesagt, sie hatte ihm *versprochen,* es werde Geld da sein. Der Schock verwandelte sich in einen Mahlstrom des Zorns. Er schluckte und schaute aus dem Fenster auf den grasbewachsenen Platz, dessen Wege er sicher zehntausendmal beschritten hatte.

»Tatsache ist, das Geld ist nicht da.«

»Was sollen wir tun?« Seine Stimme wurde vor Panik lauter. »Können wir es irgendwo beschaffen?«

»Beschaffen? Über den Punkt sind wir längst hinaus.« Sie lächelte, aber auf eine gehässige Weise, und er dachte, ihr Gesicht sehe aus wie das einer bösartigen Schildkröte.

»Randy, ohne zusätzliches Geld wird die Universität geschlossen.«

»Was ist denn damit passiert? Wir sollten eigentlich zweieinhalb Millionen haben.«

Die Dekanin schüttelte den Kopf angesichts einer Frage, deren Antwort er selbst kannte. Warum verliert ein College Geld? Auden bewegte sich seit zehn Jahren am Rand der Zahlungsunfähigkeit. Konkurrenz durch billigere Staatsuniversitäten und Fachhochschulen, abnehmende Bevölkerungszahlen, steigende Gehälter, allgemeine Kostenexplosion ...

»Dieser Mord wird eine Menge Aufmerksamkeit auf die Anstalt und ihre Probleme lenken. Das ist das letzte, was wir brauchen können. Nicht jetzt. Wir können es uns nicht leisten, daß die

Eltern ihre Kinder abmelden. Und wir können weiß Gott auf Presseberichte über unsere Universität verzichten.« Sie sah nicht auf den *Register,* doch ihre Finger klopften unbewußt auf die schreckliche Schlagzeile.

Sayles bemerkte kühl: »Ihr Tod kam demnach höchst ungelegen.«

Der Dekanin entging die Ironie. »Weiß jemand von unserem Arrangement?« fragte sie.

Langes dunkles Haar. Es war ihr oft über ein Auge gefallen. Über welches? Das rechte. Sie war voller Gefühl und Leidenschaft gewesen. Die Gebben. Matrikelnummer 144691. Der Duft eines seine Blätter verlierenden Herbstwaldes hatte sie zu Tränen gerührt.

»Ob jemand davon weiß?« überlegte er laut. Nein, nicht einmal mehr sie. Sayles schüttelte den Kopf.

Die Dekanin stand auf und ging zum Fenster. Ihr Rücken war ihm zugewandt. Sie hatte eine kräftige Figur, elastisch und stark, und vermittelte die Ernsthaftigkeit und Seriosität, die man sich etwa bei Linienpiloten und Krankenschwestern wünscht. Eine große, strenge Frau mit leicht strähnigem Haar, deren Augen etwas angeschwollen waren vom Ringen gegen eine Ungerechtigkeit, für die sie nur zum Teil selbst verantwortlich war.

Jennie Gebben. Jennie, die mit ihren vorstehenden Zähnen seinen Schwanz umschließen und damit an seinem geschwollenen Fleisch auf und ab reiben konnte.

Jennie, die nicht in der Lage war, die europäischen Interessen in der Außenpolitik der Bürgerkriegsparteien zu analysieren, ohne einen Spickzettel zu benutzen, die dafür aber die viel wunderbarere Gabe besaß, ihre Knie in Sayles' Kreuz zu pressen und die harte Ferse genau in sein Arschloch zu drücken, um sein Becken gegen das ihre zu zwingen.

Matrikelnummer 144691.

»Randy, wir haben Mitte Juni eine Buchprüfung zu erwarten. Wenn Sie bis dahin nicht drei Millionen sechshunderttausend an flüssigen Mitteln auftreiben ...«

»Wie soll ich so viel Geld beschaffen?« Er hörte, wie seine Stimme einen weinerlichen Klang annahm, was ihm zuwider war, ohne daß er etwas dagegen unternehmen konnte.
»Sie?« fragte Dekanin Larraby. Sie polierte den purpurnen Stein am Stoff ihres Rocks und blickte dann Sayles an. »Ich glaube, das ist doch ziemlich klar, Randy. Sie wissen besser als jeder andere, was auf dem Spiel steht, wenn Sie das Geld nicht besorgen.«

Sie hatte die Idee aus einem TV-Film.
Es war ein Streifen über ein dreizehnjähriges Mädchen gewesen, das von seiner Mutter und seinem Stiefvater gehaßt wurde. Einmal schlossen sie die Ärmste im Haus ein, während sie zum Glücksspiel gingen. Das Mädchen lief von daheim fort, indem es erst aus dem Fenster sprang und sich dann in einem Frachtzug versteckte, der nach New York City fuhr.
Sarah drehte den Wasserhahn der Badewanne zu, in der sie, obwohl sie mit dampfend heißem Wasser und duftendem violettem Schaumbad gefüllt war, nicht saß, wie sie ihrer Mutter erzählt hatte. Sie war nach oben gelaufen, kurz unter die Dusche gegangen und hatte sich dann rasch angezogen. Jetzt trug sie ein T-Shirt, eine Latzhose, Nikes und eine Windjacke aus Nylon – ihre Reisekleidung – und lauschte, wie ihre Mutter unten das Abendessen vorbereitete.
In dem Film hatte das Mädchen, nachdem es in New York angekommen war, auf der Straße gelebt und Brot essen müssen, das jemand weggeworfen hatte. Sie hatte eine Zigarette geraucht, und gerade, als dieser große Kerl sie mit in sein Apartment nehmen wollte, um mit ihr etwas zu machen, wovon Sarah keine Vorstellung hatte, war die Mutter des Mädchens aufgetaucht, hatte sie in die Arme genommen, nach Hause gebracht und den Stiefvater hinausgeworfen. Und danach hatten sie eine Achthunderter-Nummer gezeigt, die man anrufen sollte, falls man irgendwelche Ausreißer kannte.
Was für ein dummer Film – ungefähr so realistisch und interessant wie ein Werbespot über Frühstücksflocken. Doch

er löste ein großes Problem, das Sarah hatte, denn er zeigte ihr, wie sie das ganze Geld des Zauberers sparen und trotzdem nach Chicago kommen konnte.
Sie dachte an den Zug.
In New Lebanon hielt kein Zug. Aber es gab einen Lastwagen. Es war ein großes Gefährt, das fast schon wie eine Art Zug aussah und jeden Nachmittag am Haus vorbeikam. Der Lastwagen hatte hinten eine Ladefläche, von der sie glaubte, daß sie sich dort festhalten könnte, und außerdem fuhr er immer sehr langsam am Haus vorbei. Und wenn er abends abgestellt wurde, konnte sie den Fahrer fragen, wo sich ein anderer Lastwagen finden lasse, dessen Ziel Chicago war.
Sarah packte ihren Barbie-Rucksack. Sie stopfte Mr. Jupiter, der zur Zeit als ihre Spardose diente, hinein, außerdem Jeans, Sweatshirts, Socken und Unterhosen, dazu Zahnbürste und Zahnpasta, einen Rock und eine Bluse, ihren Walkman und ein halbes Dutzend Buchkassetten. Natürlich würde Redford T. Redford, der schlauste Bär der Welt, mit ihr reisen. Außerdem nahm sie noch einige Sachen vom Frisiertisch ihrer Mutter. Lippenstift, Mascara, Fingernagelpolitur und eine Strumpfhose.
Es war jetzt siebzehn Uhr dreißig. Der Lastwagen kam normalerweise gegen achtzehn Uhr am Haus vorbei. Sarah ging in ihrem Zimmer umher. Ihr wurde plötzlich klar, daß sie ihren Vater vermissen würde. Sie fing an zu weinen. Ihren Bruder würde sie ebenfalls etwas vermissen. Und sie glaubte auch, daß sie ihre Mutter vermissen würde, war sich aber nicht sicher. Dann dachte sie an den Zauberer, der gesagt hatte: »Ich warte auf dich«, und die Schule fiel ihr wieder ein.
Sarah hörte auf zu weinen.
Sie schob das Fenster hoch, das auf den rückwärtigen Garten ihres Hauses hinausführte. Als sie den Rucksack hinauswarf, hörte sie die Münzen in Mr. Jupiter klingeln. Sie kletterte raus, hielt sich am Rahmen fest, wobei ihre Wange hart gegen die gelbe Wandverkleidung gedrückt wurde, ließ dann los und fiel die kurze Strecke bis zum weichen Boden.

5

Als Brian Okun den Telefonhörer auflegte, wurde ihm ein Widerspruch bewußt, der ein hübsches kleines philosophisches Rätsel ergeben hätte. Während sich der schwarze Hörer abwärts bewegte, dachte er: Er hat kein Recht, so mit mir zu reden. Und als er auf der Gabel landete: Er hat jedes Recht, so mit mir zu reden.

Okun war knochig wie ein Cowboy, und sein Gesicht wurde durch den schwarzen Bart verdunkelt, der unregelmäßig aus der bleichen Haut herauswuchs. Das mit Brillantine behandelte Haar hing wie ein weiches Barett über seine Ohren. Er saß in seiner kleinen Schlafkammer mit Blick auf den quadratischen Platz, die Hand noch immer auf dem Telefonhörer, und entwickelte seinen Gedankengang. Er hat das Recht nicht, denn als menschlichem Wesen steht mir ein gewisses Maß an Respekt und Würde zu. John Locke. Er hat jedes Recht, weil er der Chef ist und tun kann, was immer ihm beliebt. Niccolò Machiavelli.

Der Mann, dem dieser Gedankengang galt, war Leon Gilchrist, der Professor, für den Okun arbeitete. Als Gilchrist zwei Jahre zuvor nach Auden gekommen war, hatte die Schar eifriger Doktoranden, die einen Job als Wissenschaftlicher Assistent suchten, einen großen Bogen um ihn gemacht. Sein Ruf war ihm von der Ostküste her vorausgeeilt – ein Eigenbrötler, der häufig schlechte Laune hatte und nicht das geringste Interesse für Universitätssport, -politik oder -verwaltung aufbrachte. Während die meisten graduierten Studenten davon abgestoßen wurden, steigerte sich Okuns Erwartungshaltung eher noch, der sich im gleichen Maße durch Gilchrists Persönlichkeit angezogen fühlte, wie er von dessen Verstand beeindruckt war.

Sämtliche noch verbliebenen Zweifel bezüglich des Professors schwanden, als er Gilchrists *Das Es in der Literatur* las. Das Buch veränderte Okuns Leben. Er blieb die ganze Nacht auf und blätterte sich durch das komplexe Werk, als handelte es sich um einen *Illustrierte Klassiker*-Comic. Exakt um fünfzehn Uhr zehn am nächsten Nachmittag hatte er die Lektüre beendet, und um sechzehn Uhr saß er in Gilchrists Büro, wo er beharrlich verlangte, daß Gilchrist ihn als Lehrer für die Übungen zu seinem berühmten Kurs »Psychologie und Literatur« nahm.

Gilchrist stellte ihm ein paar harmlose Fragen zum Thema, langweilte sich aber schon bald angesichts Okuns Antworten und brachte den graduierten Studenten dann zum Schweigen, indem er ihm von einer Sekunde auf die andere den Job gab.

Okun bereute seinen Schritt fast ebenso schnell wieder. Der Professor erwies sich als weitaus eigensinniger und übellauniger, als die Gerüchte hatten vermuten lassen. Er war narzißtisch und analfixiert, stellte Okun fest, der, genau wie Gilchrist, zwei Abschlüsse hatte: Psychologie und Englische Literatur. So bemühte er sich, Gilchrist so gut wie möglich aus dem Weg zu gehen, und war überdies gezwungen, bei seinen ansonsten im Umgang mit Professoren erprobten Techniken zu improvisieren, ungefähr so wie ein Arzt, der neue Antibiotika entwickeln will und dabei auf einen Stamm teilweise resistenter Bakterien gestoßen ist.

Gilchrist war nicht auszutricksen. Okun war keineswegs überrascht, als er merkte, daß der Professor wesentlich gerissener war, als es den Anschein hatte, und ihm schon sehr bald auf den Kopf zusagte, er habe Ambitionen auf seinen, Gilchrists, Stuhl. Doch jetzt, nach zwei Semestern ständiger Grabenkämpfe, hatte Brian Okun, elegant, launisch, ein Enfant terrible der Gesellschaft für moderne Sprachen, nichts anderes vorzuweisen als Wunden, die er sich bei den Zusammenstößen mit seinem scholastischen Wellington geholt hatte.

Heute zum Beispiel – dieser Telefonanruf.

Der Professor war vergangene Woche nach San Francisco gereist, um auf der Berkeley Poetry Conference einen Vortrag zu halten, und sollte eigentlich heute abend zurückkehren, da morgen eine Vorlesung auf dem Stundenplan stand. Dessen ungeachtet hatte Gilchrist gerade angerufen, um mitzuteilen, er werde noch eine Woche bleiben, weil er einige Forschungen an der San Francisco State University durchführen wolle. Mit knappen Worten hatte er Okun aufgefordert, einen anderen Professor entsprechend einzuweisen, um an seiner Stelle die Vorlesung zu übernehmen.

Die Lehrveranstaltung trug den Titel »John Berryman: Selbsthaß und Suizid, betrachtet durch das Auge des Dichters«. Okun sah sich selbst als Berryman-Experten und brannte darauf, die Vorlesung zu halten. Doch das entsprach nicht Gilchrists Absichten. Mit einem höhnischen Lachen wies er Okun an, einen ordentlichen Professor zu suchen. Genau diesen Ausdruck hatte er benutzt. Ein *ordentlicher Professor* – eine schmerzliche Erinnerung daran, daß Okun es noch längst nicht so weit gebracht hatte. Okun stimmte zu und streckte dabei dem Telefon den emporgereckten Mittelfinger entgegen. Dann legte er auf, wobei ihm das interessante philosophische Dilemma klar wurde.

Jetzt wanderte Okun auf und ab, soweit das in einem vollgestellten, sieben Quadratmeter großen Raum möglich war. Als sein Geist sich der Vergangenheit zuwandte und auf einem Zickzackkurs durch die Zeit reiste, wurde ihm bewußt, daß sich vage Szenen einer viktorianischen Tragödie vor seinem inneren Auge entspannen. (Charles Dickens hatte während seiner USA-Reise im Jahre 1960 in genau diesem Gebäude eine Vorlesung gehalten, eine Tatsache, die Okun hegte und pflegte.) Doch das Bild, das er vor sich sah, stammte nicht aus einem von Dickens' Romanen; es war das eines Mädchens in einem weißen, glattgebügelten Nachthemd, dessen langes Haar wie dunkles Wasser über das Kissen wallte. Ein Mädchen mit einem blassen Gesicht. Der Mund war entspannt geöffnet und enthüllte die auf hübsche Art etwas vorstehenden Zähne. Die Lippen waren leicht gekräuselt, die Augen geschlossen. Sie hieß Jennie Gebben, und sie war tot.

Nur ein einziges Mal hatte Brian Okun seit seiner Graduierung in Yale daran gezweifelt, einmal den Nobelpreis zu erhalten. Fraglich war bloß, ob er ihn für ein Sachbuch bekommen würde, wie etwa eine bahnbrechende Analyse der Beziehung zwischen Yeats' verrückter Leidenschaft für Maude Gonne und seiner Dichtkunst, oder ob er eine Reihe entlarvender und bewegender Romane in der Tradition von Updike, Coomer oder Ford schreiben würde, voller origineller Charaktere, filigraner Bilder und slangbetonter Gespräche. Beides wäre in Ordnung. Brian Okun, erst siebenundzwanzig und kurz vor der Vollendung seiner Dissertation, sah sich und sein akademisches Ich in Höchstform.

Er glaubte allerdings auch, seine rechte Gehirnhälfte brauche mehr Lebenserfahrung. Und wie viele graduierte Studenten war er der Ansicht, daß Lebenserfahrung ein Synonym für Ficken war. Er beabsichtigte, sich in den nächsten fünf Jahren so viele Studentinnen vorzunehmen, wie seine Ausdauer im Bett und seine Geduld, das Danach zu ertragen, es zuließen. Unter Umständen würde er auch heiraten – eine Frau, die brillant war und häuslich genug, um ihm völlig ergeben zu bleiben. Die Hochzeit würde ungefähr zu der Zeit stattfinden, in der ihn die schwedischen Mädchen, deren Haar im Schein der brennenden Kerzen von den Kränzen auf ihrem Kopf schimmerte, in Stockholm am Morgen der Preisverleihung weckten.

Doch diese Träume wurden von einem besonderen Individuum gestört.

Jennie Gebben war ein sonderbares Geschöpf gewesen. Als er zum erstenmal ihrem Namen in der Anwesenheitsliste begegnet war, hatte er gestutzt. Sein Verstand hatte ihm einen Streich gespielt und ihm einen anderen Namen vorgegaukelt. Er dachte, er hätte *Jennie Gerhardt* gelesen, eine von Theodore Dreisers tragischen Heroinen und eine Protagonistin, die Professor Gilchrist ausgiebig in seiner berühmten Arbeit diskutiert hatte, in der er Dreiser psychoanalysierte. Okun hatte Jennie über den Schreibtisch hinweg angeschaut und ihren

Blick für einen Moment eingefangen. Er wußte, wie man Frauen ansehen mußte. Gleich danach hatte er den Namensirrtum erläutert. Einige in der Klasse nickten in selbstzufriedener Zustimmung, um ihn durch ihre Vertrautheit mit der naturalistischen Literatur zu beeindrucken.

Jennie bedachte Okun mit einem gelangweilten Blick und erklärte spröde, sie habe noch nie von ihrer Namensvetterin gehört.

Drei Tage später lud er sie ein, für seine Verhältnisse ein Rekord an Zurückhaltung.

An einer Universität wie Auden, angesiedelt in einer Stadt, die zwei Kinos mit insgesamt vier Sälen ihr eigen nannte, konnten sich heikle Beziehungen nicht so entwickeln, wie das in der Anonymität einer Großstadt der Fall war. Okun und Jennie verbrachten ihre Zeit mit Spaziergängen im Wald oder fuhren zum Steinbruch hinaus. Oder sie blieben die Nächte über in ihrem Zimmer oder seinem Apartment.

Er grübelte bis zur Besessenheit. Woher kam ihre ungeheure Anziehungskraft? Jennie war nicht künstlerisch begabt, hatte durchschnittliche Noten und besaß die für den Mittelwesten übliche künstlerische Sensibilität (was bedeutete, daß man ihr sagen mußte, was von Wert war und was nicht). Diese Beschränkungen machten ihm zu schaffen. Wenn er auflistete, was er an ihr liebte, fielen ihm nur Nebensächlichkeiten ein: die Art, in der sie bei gewalttätigen Szenen im Kino mit ihrer hübschen Hand den Mund bedeckte, die kleinen Ausrufe, die ihrer Kehle entschlüpften, wenn sie in einer klaren Frühlingsnacht den sternenerfüllten Himmel betrachtete, die Bewegung ihrer Schulter, mit der sie den Satinträger ihres BHs über den Arm hinabgleiten ließ, ohne dabei die Hände zu benutzen.

Natürlich gab es einige Dinge an Jennie Gebben, auf die er ganz verrückt war: Wenn sie im Bett den Wunsch äußerte, »etwas anderes« auszuprobieren und dann Vorschläge machte. Gefiel ihm Schmerz? Würde er bitte, bitte seinen Finger in ihr, nein, nein, nicht in meine Möse, bitte, ja, da, ganz tief rein ...

Mochte er das Gefühl von Seide, von Nylonstrümpfen? Und dann band sie einen schwarzen Strumpf mit Naht fest um seine Eier und streichelte seine Eichel, kraftvoll und schmerzhaft, bis er kam und sich auf die Stelle zwischen ihrem Kinn und Hals ergoß.

Mehrmals zog sie ihm eines ihrer Nachthemden an, und bei diesen Gelegenheiten kam er schon wenige Sekunden, nachdem er in sie eingedrungen war.

Das waren die Grundlagen ihrer Beziehung, und bei aller Leidenschaft, die Okun empfand, wußte er doch, daß man dieser Basis nicht trauen konnte. Jedenfalls nicht, wenn man mit Jennie Gebben zusammen war. Das Gurren und Stöhnen hatten für ihn eine zu große Bedeutung gewonnen. Und schließlich zerstörte er alles.

Es geschah, als er eines Nachts mit einem Heiratsantrag herausplatzte. Und sie, uninspiriert und im Grunde eine völlig durchschnittliche Person, hatte ihn unvermittelt auf erschrekkend mütterliche Art in die Arme genommen, den Kopf geschüttelt und gesagt: »Nein, Süßer. Das willst du nicht wirklich.«

Süßer. Sie nannte ihn Süßer. Es brach ihm das Herz.

Er geriet in Wut. Jennie war genau das, was er wollte. Seine Zunge fuhr über seine Lippen, und er schmeckte sie. Das war der Beweis, das war die Metapher: Er hungerte nach ihr. Okun heulte vor Jennie, während sie ganz ruhig blieb und mitfühlend den Kopf neigte. Dann strömte es auf beschämende Weise aus ihm heraus: Er wäre bereit, alles zu tun, was sie verlange, sich einen Job in der Privatwirtschaft zu suchen, für ein kommerzielles Magazin zu arbeiten, zu redigieren ... Er hatte sich selbst mit all der kitschigen Melodramatik der Durchschnittsliteratur besudelt.

Brian Okun, glänzender Schüler der esoterischen Wissenschaftszweige Psychologie und Literatur, erkannte diesen obsessiven Ausfluß als das, was er war. So war Okun auch nicht überrascht, als sich von einem Augenblick auf den anderen

Liebe in Haß verwandelte. Sie hatte ihn verwundbar gesehen, sie hatte ihn bemuttert – sie, die einzige Frau, die ihn je zurückgewiesen hatte –, und er verabscheute sie.
Selbst jetzt, Monate nach diesem Ereignis und einen Tag nach ihrer Ermordung, spürte Okun eine unkontrollierbare Woge der Wut wegen ihrer einfältigen, gönnerhaften Mütterlichkeit in sich aufbranden. Sicher, er war wieder zurück auf der Straße zum Nobelpreis. Doch sie hatte etwas sehr Grundlegendes in ihm erschüttert. Er hatte die Kontrolle verloren, und seine Leidenschaften waren mit ihm durchgegangen wie ein Auto auf eisglatter Fahrbahn. Er haßte sie dafür.
Ach, Jennie, was hast du mir angetan?
Brian Okun preßte die Hände zusammen und wartete darauf, daß das Zittern aufhörte. Doch es ließ nicht nach. Er atmete tief ein und hoffte, sein Herz würde ruhiger schlagen. Doch das tat es nicht. Er dachte: Wie unvergleichlich anders wäre sein Leben, wenn Jennie Gebben seinen Antrag angenommen hätte.

Der Geruch in den Fluren erinnerte an etwas Vorübergehendes. Klebrige billige Farbe, Sägemehl, Luftverbesserer und Räucherstäbchen überdeckten die Ausdünstung der Bettwäsche. Wie in einem Durchgangslager für Flüchtlinge. Die Wände waren grün und das Linoleum fleckig und grau.
Bill Corde klopfte an die Tür. Niemand antwortete.
»Miss Rossiter? Ich bin vom Sheriff's Department.«
Erneutes Klopfen.
Er schaute sich um. Der Korridor war leer. Corde drückte die Klinke nach unten und stieß die Tür auf.
Ein bestimmter Duft drang heraus und umhüllte ihn. Jennie Gebbens schweres Parfum. Corde erkannte es sofort wieder. Er hob die Hand, schnüffelte daran, und da war der gleiche Geruch – ein Überbleibsel von der Flasche auf ihrem Frisiertisch zu Hause.
Corde zögerte. Das hier war nicht der Schauplatz eines Verbre-

chens, und auch Studenten hatten ein Recht auf Privatsphäre und die Einhaltung der juristischen Gepflogenheiten. Er brauchte einen Durchsuchungsbefehl, um den Raum auch nur betreten zu dürfen.

»Miss Rossiter?« Als wieder keine Antwort kam, ging er hinein. Der Raum, den sich Jennie und Emily Rossiter geteilt hatten, besaß eine gewisse Symmetrie. Bücherregale und Spiegel hingen an gegenüberliegenden Wänden. Die Betten standen parallel zueinander, doch die Schreibtische waren in unterschiedlichen Winkeln angeordnet. Eines der Mädchen konnte durch das kleine Fenster auf den Parkplatz hinausblicken, wenn es von seinem Lehrbuch aufschaute, das andere würde nur eine Pinnwand sehen. Auf einem der Betten lag ein Plüschhase.

Corde untersuchte Jennies Seite des Zimmers. Ein erster Blick enthüllte nichts, was hilfreich gewesen wäre. Bücher, Notizhefte, Schreibutensilien, Poster, Souvenirs, Fotos von Familienmitgliedern (Corde bemerkte, daß die junge Jennie eine verblüffende Ähnlichkeit mit Sarah besaß), Make-up, Lockenwickler, Kleidung, Zettel, Süßigkeiten, Shampoos, Cremes. Wollene pastellfarbene Unterwäsche hing zum Trocknen auf einer weißen Leine. Ein U2-Poster, stapelweise Kassetten, eine Stereoanlage mit gesprungener Plastikverkleidung. Eine große Packung Kondome (Latex, nicht aus Schafdarm wie jenes, das am Tatort gefunden worden war). Kleider im Wert von mehreren tausend Dollar. Jennie war im Haushalt sehr penibel. Ihre Schuhe bewahrte sie in kleinen grünen Beuteln auf.

Corde bemerkte ein Foto von zwei jungen Frauen: Jennie und ein braunhaariges Mädchen von zarter Schönheit. Emily? War es dieselbe Frau, die auf einem der Bilder an der Wand in Jennies Zimmer zu Hause zu sehen war? Corde konnte sich nicht erinnern. Sie hatten sich gegenseitig die Arme um die Hüften gelegt und schnitten Grimassen in die Kamera. Ihr schwarzes und braunes Haar hatte sich ineinander verflochten und vereinte sich zu einem durchgehenden Schattenriß.

Schallendes Gelächter auf dem Stockwerk über ihm erinnerte ihn daran, daß er sich hier ohne Genehmigung aufhielt. Er stellte das Bild wieder hin und wandte sich Jennies Schreibtisch zu.

Corde fuhr auf der 302 die Anhöhe zu seinem Haus hinauf. Er hatte schon Dutzenden von Fahrern Strafzettel verpaßt, deren Geschwindigkeit auf diesem Teil der Straße nahezu sechzig Meilen pro Stunde erreicht hatte. Es war eine gerade Strecke, mit Tempo fünfundzwanzig ausgeschildert, nachdem vorher für geraume Zeit fünfzig gegolten hatte, und so, dachte Corde, konnte man es ihnen kaum vorwerfen, wenn sie zu schnell fuhren. Aber es war die Straße vor *seinem* Haus, wo *seine* Kinder spielten. Wenn er nicht in der Stimmung war, Strafzettel zu verteilen, stellte er den Streifenwagen so ab, daß die Nase etwas auf die Fahrbahn hinausragte, was die Raser beträchtlich abbremste und für eine Vielzahl von Reifenspuren auf dem Asphalt an der Hügelkuppe gesorgt hatte, die aussahen wie die Spuren von Kugeln im Trichter des Auffangbehälters auf einem Schießstand.

Um ein gutes Beispiel zu geben, bremste Corde, betätigte dann den Blinker und bog in seine Einfahrt ab. Er stellte den Wagen neben seinen Ford Pick-up, der aus vierter Hand stammte, aber erst siebenundsechzigtausend Meilen auf dem Tacho hatte. Corde trat in die tiefstehende Sonne hinaus und winkte Jamie zu, der in der Garage stand und sein Rad an den Haken an den Stützbalken aufhängte. In den Händen seines Sohnes schien das Rad nur ein oder zwei Kilo zu wiegen.

Der Junge war hellhäutig und schlank, zugleich aber sehr sehnig. Er trainierte regelmäßig, wobei er lieber häufiger mit leichten Gewichten arbeitete als sich auf Kraftprotzereien einzulassen. Jamie winkte seinem Vater zurück und marschierte dann in Richtung des hinteren Gartens, wo er einen Tennisball bis zur Spitze des Daches werfen und ihn unter allerlei gelenkigen Verrenkungen wieder auffangen würde.

Der Ausdruck auf seinem Gesicht war der gleiche, über den Corde mehr als ein Jahr lang gerätselt hatte, bis er schließlich merkte, daß er ihm von Diane her vertraut war. Er drückte Zufriedenheit aus, glaubte Corde, allerdings auch Vorsicht und Überlegenheit. Er war stolz auf seinen Sohn. Jamie war ruhig und gelassen, ein begeistertes Mitglied im Freshman-Ringerteam, ein Schüler, der ohne besondere Anstrengung passable Noten erhielt, besonders gute in Latein, Biologie und Mathematik, und zudem Sekretär des Science Club war.

Corde glaubte, sein Sohn würde einmal ein zweiter Gary Cooper werden.

Er bog zu dem umgepflügten Stück Erde neben dem Haus ab und stellte die Sprinkleranlage an, welche die Lehmlandschaft durchtränkte, die sich, wenn man den Angaben auf der Samenpackung trauen durfte, innerhalb von sechs Wochen in prachtvollen Rasen verwandeln würde. Corde, der den Rasen vor vier Wochen gesät hatte, schaute dem hin und her huschenden Wasserstrahl eine Minute lang zu und ging dann zu dem zweigeschossigen Haus, dessen Aluminiumfassade strahlend gelb leuchtete. Corde besaß einen Hektar Land, alles Rasenfläche (oder jedenfalls bald), unterbrochen von Wacholderbüschen und einigen Setzlingen, die in fünfzig Jahren zu respektablen Eichen herangewachsen sein würden. Der Grundbesitz grenzte an den schmalen Ausläufer einer Farm im Norden, hinter dem der Wald anfing. Die benachbarten Häuser, alle zweigeschossig oder im Kolonialstil gehalten, standen auf vergleichbaren Grundstücken längs der Route 302.

Er hörte das Dröhnen eines Dieselmotors. Auf der Straße schaltete der Fahrer einer weißen Zugmaschine, die einen Container transportierte, durch seine zahlreichen Gänge nach unten, während der Truck die Hügelkuppe offenbar genau mit der vorgeschriebenen Geschwindigkeit bewältigte. Corde beobachtete den mächtigen Lastwagen einen Moment lang und wandte sich dann wieder dem Haus zu.

Eine Bewegung an der Ecke des Grundstücks erregte seine

Aufmerksamkeit. Irgend etwas lugte aus den Büschen in Richtung Straße. Ein Hund?
Nein!
»Sarah!«
Seine Tochter richtete sich auf und blickte ihn voller Panik an, wie ein Reh, das den Jäger erspäht. Sie drehte sich um und rannte so schnell sie konnte auf den Truck zu, dessen Fahrer das Mädchen nicht bemerkt hatte.
»Sarah, halt!« rief Corde verblüfft. »Nein!« Er lief hinter ihr her.
Sie quiekte vor lauter Angst und stolperte fast über ihre Füße, während ihre Arme in Panik wild durch die Luft ruderten. Sarah rannte genau auf die wuchtigen Hinterräder des Trucks zu, die so groß waren wie sie selbst.
»Bleib stehen, Liebes! Bitte!« keuchte er. Die chemische Keule und ein Schnellader fielen aus seinem Dienstgürtel, und die Handschellen schlugen gegen seinen Rücken.
»Laß mich in Ruhe«, heulte Sarah und stürzte weiter auf die Räder des Lastwagens zu.
Sie warf den Rucksack weg und setzte zu einem wilden Spurt in Richtung des Trucks an. Es schien, als wollte sie direkt auf die riesigen donnernden Reifen springen, die hinter sich Kieselsteine in die Luft schleuderten.
Sarah war nur noch zwei Schritte von den Rädern entfernt, als Corde sie packen konnte und zu Boden warf. Sie landeten rutschend auf der Erde, während der Truck an ihnen vorbeirumpelte. Der Auspuff rülpste, als der Motor auf Touren kam und der Fahrer hochschaltete, ohne sich der Auseinandersetzung bewußt zu sein, die sich hinter ihm abspielte.
Sarah kreischte und trat um sich. Corde richtete sich, immer noch von Schreck erfüllt, halb auf und schüttelte sie an den Schultern. Seine flache Hand erhob sich wie zum Schlag, und er schrie: »Was machst du nur, was machst du nur?« Corde, der Jamie nur einmal und Sarah noch nie geschlagen hatte, nahm die Hand wieder runter. »Sag es mir!«

»Laß mich in Ruhe!«
Diane rannte auf sie zu. »Was ist denn los? Was ist passiert?«
Corde stand auf. Die Panik war verschwunden, doch an ihre Stelle war ein schmerzhaftes Gefühl des Vertrauensverlustes getreten. Er machte einen Schritt zurück. Diane fiel auf die Knie und nahm das Gesicht des Kindes in ihre Hände. Sie holte tief Luft, um mit der Strafpredigt zu beginnen, hielt jedoch inne, als sie die Verzweiflung in den Augen ihrer Tochter sah. »Sarah, wolltest du fortlaufen? Von zu Hause weglaufen?«
Sarah wischte sich mit dem Ärmel die Tränen weg und über die laufende Nase. Sie antwortete nicht. Diane wiederholte die Frage. Sarah nickte.
»Warum?« fragte ihr Vater.
»Darum.«
»Sarah ...« begann Corde streng.
Das kleine Mädchen schien zusammenzuzucken. »Es ist nicht meine Schuld. Der Zauberer hat es mir befohlen.«
»Der Zauberer?«
»Der Sonnenschein-Mann ...«
Das war einer der imaginären Freunde, mit denen Sarah spielte. Corde erinnerte sich, daß Sarah ihn erschaffen hatte, nachdem die Familie der Beerdigung von Cordes Vater beigewohnt und der Priester die Arme zur Sonne emporgestreckt hatte, wobei er von »Seelen, die in den Himmel aufsteigen« sprach. Es war Sarahs erste Begegnung mit dem Tod gewesen, und Corde und Diane hatten gezögert, den offensichtlich freundlichen Geist, den sie erschaffen hatte, zu vertreiben. Doch im vergangenen Jahr hatte Sarah immer häufiger von ihm erzählt, was sie dann zusehends beunruhigte.
»Er hat Redford T. Redford in den Wald fliegen lassen, und er hat mir gesagt ...«
Dianes Stimme klang schneidend. »Schluß mit diesem Unfug! Hörst du, junge Dame? Was hattest du vor?«
»Laß mich in Ruhe.« Der kleine Mund verschloß sich trotzig.

Corde sagte: »Es kommt schon alles wieder in Ordnung, Liebes. Mach dir keine Sorgen.«
»Ich gehe nie mehr zur Schule.«
Diane flüsterte mit drohender Stimme: »Tu das nie wieder, Sarrie, hörst du? Du hättest getötet werden können.«
»Das ist mir egal!«
»Sag so was nicht. Sag so etwas niemals!« Die schrillen Stimmen von Mutter und Tochter unterschieden sich nur in der Tonlage.
Corde berührte den Arm seiner Frau und schüttelte den Kopf. Dann sah er Sarah an. »Ist schon in Ordnung. Wir sprechen später darüber.«
Sarah bückte sich, hob ihren Rucksack auf und ging zum Haus. Mit einem Ausdruck grenzenlosen Bedauerns schaute sie zurück – allerdings nicht zu den blassen Gesichtern ihrer Eltern, sondern die Straße hinab, wo der silberne Lastwagen ohne sie in der Ferne entschwand.

Sie standen verwirrt und etwas hilflos in der Küche, so wie Liebende, die plötzlich geschäftliche Dinge bereden müssen. Diane erzählte ihrem Mann von Sarahs Mißgeschick in der Schule und brachte es dabei nicht fertig, ihn anzusehen.
Corde sagte zerknirscht: »Sie wollte heute nicht zur Schule. Ich habe sie dann hingefahren und praktisch gezwungen, auch hineinzugehen. Vermutlich hätte ich das nicht tun sollen.«
»Natürlich hättest du. Du darfst ihr diese Sachen nicht durchgehen lassen. Sie nutzt das aus.«
»Was können wir denn noch tun? Nimmt sie die Pillen?«
»Jeden Tag. Aber ich glaube nicht, daß sie irgend etwas bewirken. Sie scheinen nur ihren Magen durcheinanderzubringen.« Diane deutete vage in Richtung Vorgarten. »Hast du je gedacht, daß sie so etwas macht? O mein Gott.«
Warum nicht? Bei diesem Mordfall und allem anderen, warum nicht auch das noch? ging es Corde durch den Kopf. Er blickte aus dem Fenster auf Sarahs Fahrrad, das aufrecht auf seinen

Stützrädern stand. Es war ein niedriges pastellgrünes Schwinn, mit regenbogenfarbenen Bändern, die von den Gummihandgriffen herabhingen. Er dachte an Jamie und dessen großes Rad, mit dem er schnell und waghalsig herumraste wie ein Moto-Cross-Fahrer. Sarah konnte auf ihrem kleinen immer noch nicht ohne die Stützräder fahren. Das brachte Corde in Verlegenheit, wenn die Familie gemeinsame Ausflüge auf den Rädern unternahm. Er bemühte sich, den im Grunde unausweichlichen Vergleich zwischen seinen Kindern zu vermeiden. Er wünschte nur, Gott hätte das, was er den beiden in die Wiege gelegt hatte, gleichmäßiger verteilt. Auch wenn es schwerfiel, so versuchte Corde doch, seinen Stolz auf Jamie nicht zu deutlich zum Ausdruck zu bringen, denn er war sich stets bewußt, daß Sarahs Augen auf ihm ruhten. Sie bettelte ebenfalls um Anerkennung, auch wenn sie in ihren eigenen, engen Grenzen gefangen war.

Erheblich mehr Sorge bereitete ihm allerdings, daß es Männer gab, die verwirrten kleinen Mädchen anboten, sie heimzufahren. Corde und Diane hatten mit ihr darüber gesprochen, doch sie hatte darauf mit heftigem Gelächter reagiert und erklärt, ein Zauberer oder vielleicht auch ein magischer Hund würde sie schon beschützen, oder sie würde einfach davonfliegen und sich hinter dem Mond verstecken. Wenn Corde dann ernst wurde oder Diane damit drohte, ihr einen Klaps zu geben, verdüsterte sich ihr Gesicht. Doch sie konnten beide erkennen, daß Sarahs Glaube an übernatürliche Beschützer ungebrochen war.

Oh, Sarrie ...

Obwohl Corde noch immer regelmäßig zur Kirche ging, hatte er aufgehört zu beten. Das war vor genau neun Jahren gewesen. Er dachte, wenn es Sarah irgendwie helfe, würde er wieder damit anfangen.

»Es liegt daran, daß Sarah emotional be...«

Diane fuhr herum. »Sag das nicht! Sie hat einen hohen IQ. Die Beiderson hat mir das selbst bestätigt. Sie simuliert, will

Aufmerksamkeit bekommen. Und davon schenkst du ihr reichlich, mein Lieber ...«
Corde zog bei ihren Worten eine Augenbraue hoch.
»Okay, und ich auch«, gab Diane zu.
Corde war gereizt. »Nun, wir müssen etwas tun. So was darf nicht noch einmal passieren.« Er deutete zum Vorgarten und schreckte genau wie Diane davor zurück, direkt auszusprechen, daß ihre Tochter hätte sterben können.
»In zwei Wochen hat sie ihre Abschlußprüfungen.«
»Wir können sie jetzt nicht von der Schule nehmen«, erklärte Corde. »Es geht nicht, daß sie noch ein Jahr verliert.« Er schaute aus dem Fenster. Warum störte ihn der Anblick eines aufrecht stehenden Fahrrads so?
Es ermutigte ihn, daß sie ein paar Bücher allein lesen konnte.
Es ermutigte ihn, daß sie Freunde fand und auch halten konnte.
Es ermutigte ihn, daß sie hübsch war.
Es zerriß ihm das Herz, daß sie nicht wie Jamie war.
»Da ist etwas, das ich dir sagen sollte«, begann Corde zögernd, da er nicht wußte, wie seine Frau reagieren würde.
Er deutete auf den *Register*, der in der Mitte des Tisches majestätisch auf vier Dosen Tomaten ruhte. Der Artikel über den Mord war aufgeschlagen.
»Jemand hat diesen Artikel aus einem Exemplar herausgerissen und ihn am Tatort zurückgelassen. Darauf stand indirekt, wir sollten in diesem Fall besser nicht so gründlich ermitteln. Natürlich kann das ein übler Scherz gewesen sein, und auch wenn der Mörder höchstpersönlich es dort zurückgelassen hat, nehme ich die Sache nicht übermäßig ernst. Aber ich werde einen Deputy für dieses Haus abstellen.«
Das schien allerdings nur eine weitere kleine Last auf den schmalen Schultern seiner Frau zu sein. Diane stellte schlicht fest: »Dann sollten wir Sarah nicht mehr allein spielen lassen.«
»Nicht außerhalb des Grundstücks, nein. Wir müssen ihr das irgendwie klarmachen. Aber wir dürfen ihr keine Angst einjagen. Sie gruselt sich doch vor jeder Kleinigkeit.«

»Du verhätschelst sie«, entgegnete Diane. »Sie wird nie selbständiger, wenn du sie so behandelst.«
»Ich glaube nur, daß wir mit all dem vorsichtig umgehen müssen.« Corde schaute zu dem zweihundert Meter entfernten Stacheldrahtzaun hinüber und sah ein Hereford-Rind, das auf dem Gelände dahinter graste. Es erinnerte ihn an ein Bild, auf dem Sarah einmal versucht hatte, einen Dalmatiner zu zeichnen. Das Bild war rührend gewesen – die Kritzelei eines Kleinkinds. »Es bricht mir fast das Herz«, sagte er. »Es ist, als wäre sie ...«
»Sie ist *nicht* zurückgeblieben«, zischte Diane.
»Das habe ich nicht gesagt.«
»Meine Tochter ist nicht zurückgeblieben.« Diane wandte ihre Aufmerksamkeit dem Kühlschrank zu. »Ich will darüber nicht mehr reden.«

6

Raketen steigen aus dem Gras aus dem Schlamm nein nein nicht aus dem Schlamm Hilfsraketen Dathar Man er hat mächtige Muskeln zerstört sie alle mit seinem Xaser ... Ihre Körper stürzen ... stürzen in die Blumen.
Stürzen. In. Den. Schlamm ...

Philip Halpern saß hinter dem kleinen Haus unter der schmalen Veranda, die für ihn in diesem Moment den Kontrollraum seines Dimensionskreuzers darstellte. Er lauschte. Schritte waren im Haus zu hören. Sie verklangen wieder.
Stürzen in den Schlamm, in die Blumen. Nein nein nein ...
Philip war blond, einsfünfundsechzig groß und wog zweihundertfünfundvierzig Pfund. Er war der zweitschwerste in der ersten Jahrgangsstufe der High-School. Heute nacht saß er in Levi's Jeans Größe vierundvierzig und einem dunkelgrünen T-Shirt auf einem Haufen von Blättern, die der Wind unter die

Veranda geweht hatte. Philip senkte den Kopf und starrte auf den Beutel zu seinen Füßen. Es war mehr ein kleiner Sack, ein Sandwichbeutel jener Art, in dem seine Mutter den Lunch zu verpacken pflegte – Bologna-Sandwiches mit Hellmann's und Kartoffelchips und Bananen und Oreos, und dazu für den Kakao achtzig Cent in dumpf klimpernden Münzen. Obwohl das, was der Beutel in dieser Nacht enthielt, relativ wenig war, bewegte sich seine Hand beim Aufheben langsam, so als ob der Inhalt sehr schwer wöge.

»Phathar?« flüsterte eine Stimme ganz in der Nähe.

Philip zuckte zusammen und antwortete dann: »Jano, bist du das?« Er blinzelte und sah einen Jungen in seinem Alter durch die Geheimtür kriechen, die sie gemeinsam in den Zaun aus Maschendraht geschnitten hatten, der das Grundstück der Halperns umgab. »Jano, Scheiße, sei leise.«

Untereinander benutzten Philip und sein Freund Namen aus einem Science-fiction-Film, den sie sich viermal angeschaut hatten. Es war wie ein Code, ein Geheimnis, daß sie in dieser fremdartigen Welt miteinander verband.

»Phathar, ich habe dich mindestens zehnmal angerufen.« Janos Stimme klang anklagend.

Phathar flüsterte rauh: »Sei leise, ja? Halt die Klappe.«

Jano – der volle Name lautete Jano-IV aus der Verlorenen Dimension – kletterte durch die vergitterte Tür der Veranda. »Warum hast du nicht zurückgerufen? Ich dachte, du hättest Hausarrest oder so was. Mann, ich hätte heute morgen beinahe gekotzt, ehrlich.«

»Sei ... still. Okay?« Obwohl Phathar-VII, ebenfalls ein Krieger aus der Verlorenen Dimension, gelassen war und sich selbst unter Kontrolle hatte, befand sich Philip Halpern, jung und übergewichtig, auch ohne die Hilfe seines Freundes schon dicht am Rand einer Panik. »Und was soll man da machen?« fragte er.

»Ich weiß nicht. Ich hätte fast gekotzt«, wiederholte Jano und sah dabei so aus, als hätte er es tatsächlich getan. Sein Mund war feucht, die Augen gerötet, und obwohl es für richtige Sommersprossen noch zu früh im Jahr war, standen die braunen Punkte auf seinem Gesicht in einem krankhaften Kontrast zu der bleichen Haut.

»Wie sollten sie uns überhaupt finden?« meinte Phathar.

»O Gott!«

»Du benimmst dich wie ein kleines Mädchen.«

»Tu ich nicht!« Janos Augen blitzten.

Phathar, den Jano mit einem einzigen Hieb hätte zu Boden schlagen können, gab nach. »Schon in Ordnung, Alter, alles bestens.«

»Wir müssen die Akten vernichten«, sagte Jano.

»Ist dir klar, wie lange wir gebraucht haben, um sie anzulegen?«

»Da stehen die Namen von der Hälfte aller Mädchen in unserer Klasse drin«, entgegnete Jano. »All die Codes, all die Bilder.«

»Die habe ich in einer Geheimakte. Wenn irgend jemand versucht ...«

»Aber die Bilder ...« jammerte Jano mit einer Stimme, die keineswegs wie die eines Dimensionskriegers klang.

»Nein, paß auf«, sagte Phathar. »Wenn irgend jemand versucht, die Schublade zu öffnen, vernichtet sich alles selbständig. Ganz automatisch.«

Jano starrte in die Nacht hinaus. »O Mann, ich wollte, wir hätten das nie getan.«

»Hör auf, so zu reden«, flüsterte Phathar unbarmherzig. Ein Speicheltropfen spritzte auf Janos Arm. Der Ekel des Jungen zeigte sich deutlich auf seinem Gesicht, doch er wischte die Spucke nicht weg. Phathar fuhr fort: »Wir *haben* es getan. Wir. Haben. Es. Getan. Wir können sie nicht wieder zum Leben erwecken.«

»Dathar könnte es«, schniefte Jano.

»Na schön, wir aber nicht, also hör auf zu heulen.«

»Ich hätte fast gekotzt.«

Über ihnen öffnete sich quietschend eine Tür. Eine tiefe Stimme rief: »Phil!« Beide Jungen erstarrten. »Phil-lip.« Die Stimme seines Vaters schnitt durch die Nacht wie das Triebwerk eines Dimensionskreuzers, das auf Antimaterie-Betrieb umschaltet. »Wo zum Teufel steckst du? Du hast morgen Unterricht.«
Philip überlegte, ob er auch kotzen mußte. Selbst Phathar zitterte.
»Ich weiß, daß du mich hören kannst. Ich gebe dir zehn Minuten. Wenn ich noch mal kommen muß, dann gibt es was!«
Als die Tür zufiel, flüsterte Phathar: »Du mußt gehen. Wenn er dich hier findet, krieg ich Prügel.«
Jano blickte zur Unterseite der Veranda hoch und sagte dann: »Morgen.« Er verschwand lautlos. Phathar schaute dem sich entfernenden Schatten nach, hob die Hand und schloß die Finger zum Gruß der Dimensionskrieger.

Oh, sie gab sich Mühe. Sie schrieb die Worte ein dutzendmal und zerriß die ruinierten Blätter sorgfältig, bevor sie sie in den Papierkorb warf. Einmal hatte sie ihn schon enttäuscht, und jetzt wollte sie nicht alles dadurch noch schlimmer machen, daß ihre Eltern von ihm erfuhren.
Sie saß vorgebeugt an ihrem Schreibtisch und kämpfte mit den Buchstaben, gab dem Stift die Anweisung, sich in die eine Richtung zu bewegen, nur um dann zu sehen, wie er in die andere glitt. Statt nach oben zu wandern, um ein b zu schreiben, rutschte er nach unten und machte ein p. Oder er wich nach links aus, wenn er eigentlich nach rechts sollte.
Geht ein S so? Nein. Doch.
Sarah Corde haßte den Buchstaben.
Sie hörte, wie die Grashüpfer draußen in der kühlen Nacht auf ihren winzigen, kratzenden Fideln spielten, und sie vernahm auch den Wind, der durch die Bäume strich. Nacken und Rücken waren vor Anspannung verkrampft, während sie abermals eine halbe Stunde lang schrieb und dann das Ergebnis betrachtete.

> Es tut mir leit. Ich kann nicht veglaufen, sie lassen mich nicht und ein Polisist komt morgen zum aufpassn. Kannst du mir helfen? Du kannst dein Gelt wiederhaben. Du bist der Sonnenschein-Mann richtig? Kann ich dich treffen?

Sehr sorgfältig setzte sie ihren Namen darunter.
Einen Moment lang verspürte sie Angst, weil sie fürchtete, der Sonnenschein-Mann würde ihre Nachricht vielleicht nicht lesen können. Dann entschied sie, daß er, da er ja ein Zauberer war, in der Lage sein mußte, das meiste zu entziffern.
Sarah faltete das Papier zusammen und schrieb seinen Namen auf die Außenseite. Dann zog sie ihre Jacke an, hielt aber plötzlich inne, öffnete die Nachricht wieder und fügte noch die Worte hinzu: Es tut mir leit das ich nicht gut schreibe. Tut mir wirklich leit.
Anschließend schlüpfte sie zur Hintertür in die windige Nacht hinaus und lief bis zum Steinkreis.

Der Deputy tauchte fast auf die Sekunde genau um acht Uhr dreißig auf. Er war jung und eifrig und trug an der Hüfte einen .375 Colt Python mit Combat-Griffschalen und einem sechs Inch langen Lauf. Kurz gesagt, er war genau das, was ein Ehemann sich zum Schutz von Frau und Kindern wünschen konnte.
»Morgen, Tom.« Corde bückte sich nach dem in der Einfahrt liegenden *Register* und hielt dann die Fliegentür für den Deputy auf.
»Morgen, Detective. Das ist aber ein hübsches Haus.« Corde stellte ihn seiner Familie vor. Diane bot ihm eine Tasse Kaffee an. Er lehnte verlegen ab, als würde er dadurch ihre Kochkünste in Frage stellen.
Dann zog sich der Deputy in seinen Dodge zurück, der in der Einfahrt parkte, während sich die Familie an den Frühstückstisch setzte. Jamie und Diane sprachen erregt, fast schon

streitend über irgend etwas. Sarah saß stumm daneben, war aber überglücklich über die Neuigkeit, daß sie heute nicht zur Schule mußte. (»Nur heute, vergiß das nicht, nur dieser eine Tag, und für den Rest des Schuljahrs wird nicht mehr gefehlt, hast du das verstanden, junge Dame?« – Na klar! Wie oft hatte dieser Dialog schon genau so zwischen ihnen stattgefunden?)
Corde achtete nicht auf das, was seine Frau und sein Sohn besprachen, und er registrierte auch Sarahs gehobene Stimmung nicht, denn er las einen kurzen Artikel im *Register* und war schockiert.
»Verdacht auf Kultmotive beim Mord an Auden-Studentin.«
Er stellte die Kaffeetasse ab und stieß dabei die Sirupflasche um, ohne es zu bemerken. Diane warf ihm einen stirnrunzelnden Blick zu und griff nach der Flasche.
»... Untersuchungsbeamte des Sheriff's Department fassen die Möglichkeit ins Auge, daß ein Kultmörder oder religiös motivierter in New Lebanon umgeht ...«
Sein Blick wanderte über den Artikel.
»... und Raub war nicht das Motiv. Da sie in der Nacht des ersten Viertelmondes getötet wurde, gibt es Spekulationen, daß Miss Gebben geopfert wurde und möglicherweise nur ein Glied einer ganzen Kette ähnlicher Morde ist. Informationsquellen aus der engeren Umgebung des Sheriff's Department enthüllen überdies, daß Drohungen gegen die Mitarbeiter ...«
Drohungen? Plural?
»... Sheriff Steve Ribbon erklärte nachdrücklich, daß die Untersuchung dadurch nicht beeinträchtigt werde. ›Wir lassen uns von diesen Leuten auf keinen Fall einschüchtern, ganz gleich, wer sie sind oder wie krank sie auch sein mögen‹, sagte Ribbon. ›Wir haben ein paar heiße Spuren und werden ihnen intensiv nachgehen.‹«
»Verdammt«, murmelte Corde und machte damit dem morgendlichen Streit über Freiheit ein Ende. Er blickte von der Zeitung auf und bemerkte, daß seine Familie ihn anstarrte.
»Was ist los, Schatz?«

Er reichte Diane den Artikel und erklärte den Kindern, es sei nichts. Jamie schaute seiner Mutter über die Schulter, während sie las.
»Ein Kult?« fragte er.
Diane beendete die Lektüre. Jamie schnappte sich die Zeitung und las weiter.
»Was stimmt denn nicht an der Geschichte?« fragte Diane. »Mir ist nichts aufgefallen.«
»Zuviel Publicity«, murmelte Corde. »Ich finde, man sollte so was wie das möglichst unauffällig bearbeiten.«
»Ja, vermutlich«, sagte sie und räumte den Tisch ab.
Corde erhob sich, um seinen Revolvergürtel zu holen, doch bevor er die Küche verließ, schaute er zu seiner Frau hinüber. Sie war mit dem Geschirr beschäftigt und schien nicht mitbekommen zu haben, was ihn so beunruhigte, nämlich, daß diese Geschichte eine deutliche Botschaft an den Mörder war, die in Steve Ribbons Sprache ausgedrückt besagte: Du magst Corde bedroht haben, aber das spielt keine Rolle. Er macht mit Volldampf weiter und schert sich einen Dreck um deine Einschüchterungsversuche. Tu, was immer du willst, unseren guten Bill wirst du damit nicht aufhalten.

Sie verkündeten nicht gerade lauthals: »Ich war auf einer Verbindungsparty« oder »Ich hatte eine Verabredung in der Nacht, als es geschah« oder »Sie können fragen, wen Sie wollen, ich habe sie in jener Nacht nicht einmal gesehen«, auch wenn sie das am liebsten getan hätten. Aber sie waren defensiv, und sie hatten Angst. Wenn sie Cordes kühlen grünen Augen begegneten, senkten die Jungs ihre Blicke auf seine Waffe, und die Mädchen schauten zu Boden. Einige schienen sich unwohl zu fühlen, manche waren den Tränen nah oder weinten sogar.
Raum 121 des Studentenausschusses hatte noch nie einem so traurig Anlaß gedient.
Das Zimmer sah schlimmer aus als jeder Befragungsraum im

New Lebanon Sheriff's Department. Es war beige gestrichen und roch nach Parfum- und Aftershave-Sorten, wie sie von Heranwachsenden bevorzugt benutzt wurden, nach Kreide, Plakatfarbe, altem Kaffee und Fettresten von Mahlzeiten. Corde saß an einem leichtgewichtigen Metalltisch, den er mit den Knien hochheben konnte, wenn er nur die Zehen anspannte, und er kam sich lächerlich vor. Lance Miller befand sich auf der gegenüberliegenden Seite des Raums.

Den ganzen Morgen über trugen Studenten und Mitarbeiter der Uni ihre Version von »Die Jennie Gebben, die ich kannte« vor. Ihre Worte dienten vielen Zwecken – um sich zu rechtfertigen, den Schmerz über den Verlust zu lindern oder sich selbst wichtig zu machen.

Einige versuchten sogar, ihm zu helfen, den Mörder zu finden. Allein an diesem Morgen schrieb Corde zwei Päckchen Karteikarten voll. Um dreizehn Uhr machten sie eine Pause. Corde öffnete seine Aktentasche, um einen neuen Stapel herauszuholen. Als er die Zellophanumhüllung aufriß, warf Miller einen Blick in den Aktenkoffer und bemerkte, daß Corde ein Foto anstarrte, welches an der Innenseite befestigt war. Es war ein Bild von Jennie Gebben, deren Gesicht vom Schweiß glänzte. Als Corde gewahr wurde, daß Miller ihn betrachtete, schloß er den Koffer. Miller ging zur Cafeteria, um Sandwiches zu holen.

Nach dem Essen schaute Miller aus dem Fenster und sagte: »O Mann, da ist er ja schon wieder.«

Corde hob den Kopf und sah Wynton Kresge über den Gehweg herankommen. »Was mag er wohl wollen?«

Der Sicherheitschef betrat das kleine Zimmer mit einem Umschlag in der Hand.

»Hallo, Wynton«, sagte Corde, »was können wir für Sie tun?«

Kresge legte den Umschlag auf Cordes Tisch. »Was ist das?« erkundigte sich der Detective.

»Keine Ahnung. Ich war drüben in der Stadthalle und habe dort Detective Slocum getroffen. Als ich erwähnte, daß ich am Studentenausschuß vorbeikomme, fragte er, ob es mir etwas ausmache, das hier abzugeben, und ich sagte, es sei mir ein Vergnügen.« Er hielt abrupt inne und schien sich zu freuen, daß er die Erklärung so elegant vorgetragen hatte. Der Umschlag trug den Stempel: *Forensisches Labor, nur für den Dienstgebrauch – Fredericksberg.* Kresge fragte: »Die haben eine Abteilung an der State University, die sich mit Spurensuche beschäftigt?«

»Das hier kommt vom County Labor. Jim Slocum war im Büro? Er sollte sich eigentlich auf den Straßen und in der Mall umhören.«

»Soll ich irgendwas in der Mall überprüfen?« erkundigte sich Kresge. »Wäre mir ein Vergnügen.«

»Nein.« Corde war mißgestimmt. Er verließ den Raum 121 und ging zu einer Telefonzelle, die mit harmlosen Kritzeleien beschmiert war. Kresge blieb noch einen Moment mitten im Zimmer stehen und schaute verlegen die Wandtafel an. Dann verließ auch er den Raum und winkte Corde zu, als er an ihm vorbeikam. Der Detective, der den Telefonhörer an der Schulter eingeklemmt hatte, nickte und schaute zu, wie Kresges breiter, trapezförmiger Rücken den Flur hinab verschwand. Ein Deputy teilte ihm mit, daß Slocum nicht da sei. Ob er Corde zurufen sollte? »Nein«, antwortete dieser und hängte ärgerlich ein. Er kehrte in das Zimmer zurück und warf einen Blick in den Umschlag, den Kresge mitgebracht hatte.

»O nein!«

Miller schaute ihn fragend an.

»Wir haben ein Messer übersehen.«

»Am Tatort?«

»Genau.« Corde betrachtete eine schlechte Fotokopie. Der Labortechniker hatte die Waffe lediglich auf die Glasplatte des Kopierers gelegt. Die Ränder waren unscharf und der Hintergrund schmutzig schwarz. Er handelte sich um ein kurzes Klappmesser mit einem dunklen Griff und einer schmalen Klinge. Sie schien etwa zehn Zentimeter lang zu sein – fünf weniger, als nach dem staatlichen Grenzwert für verborgene Waffen zulässig war. Auf dem Griff befand sich eine Darstel-

lung – irgendeine Art Abzeichen – in der Form von gekreuzten Blitzen. Sie erinnert vage an Nazi-Embleme, dachte Corde.
Er las den kurzen Bericht der Harrison-County-Spurensicherungsabteilung. Das Messer war unter den Blumen an der Stelle, wo Jennie Gebben gelegen hatte, gefunden worden. Es war zugeklappt gewesen und offenbar nicht bei dem Angriff auf sie verwendet worden, denn es gab keine Spuren von Blut oder Haut auf der Klinge. Es konnte allerdings benutzt worden sein, um das Seil zu zerschneiden, mit dem der Mörder sie erwürgt hatte.
Steve Ribbon hatte eine handschriftliche Notiz beigefügt. »Bill – Angebot? Opfer? Weiterer Beweis für kultische Handlungen. Solltest dem nachgehen.«
»Dumm von uns, Lance. Verdammt dumm, so etwas zu übersehen. Und ich bin den Platz zweimal abgegangen. Slocum und ich, wir beide.« Cordes Haut kribbelte wegen des Fehlers.
Er zog einen anderen Bericht aus dem Umschlag – über den Zeitungsausschnitt und die bedrohliche Randbemerkung. Es waren keine Fingerabdrücke darauf gewesen. Die rote Tinte, in der mehrere Fasern gefunden worden waren, stammte von einem Filzstift, wie er in Millionen Läden überall im Land verkauft wurde.
Auf dem Untersuchungsauftrag, den er zusammen mit dem Drohschreiben eingereicht hatte, hatte Corde die Frage vermerkt: »Was wurde benutzt, um den Artikel aus der Zeitung auszuschneiden?«
Ein Laborant hatte geantwortet: »Etwas Scharfes.«
Schließlich enthielt der Umschlag auch noch die Durchsuchungserlaubnis für Jennies Hälfte des Zimmers. Er reichte sie Miller und trug ihm auf, sich mit einem Team der Spurensicherung dorthin zu begeben. Dabei fiel sein Blick auf die Notizen, die sich Miller gemacht hatte, und er erkannte, daß er dem, was der junge Deputy tat, mehr Aufmerksamkeit hätte schenken sollen. »Du hast die Ergebnisse des Rückspiels aufgeschrieben, an dem sie teilgenommen hat?«

»Sollte ich nicht?«
»Nein.«
»Oh. Ich dachte, du wolltest alle Einzelheiten.«
»Ja«, erwiderte Corde, »und deshalb wirst du die Mädchen in ihrer Unterkunft fragen, wann Jennie ihre Periode hatte.«
»So was kann man doch niemanden fragen.«
»Frag sie.«
Miller wurde knallrot. »Läßt sich das nicht irgendwie anders rauskriegen?«
»Frag!« bellte Corde.
»Okay, schon gut.«
Corde las eine weitere Notiz von Miller: »Zimmergenossin und JG kurz vor dem Abendessen am Dienstag abend. Hatten Auseinandersetzung – ›ernst‹ (Kampf?). Konnte nicht berichten, was gesagt wurde. JG unglücklich, als sie ging. Zimmergenossin: Emily Rossiter.«
Corde tippte darauf. »Das ist interessant. Ich will mit Emily reden. Geh jetzt rüber, und schick sie her.«

7

Bill Corde wurde durch die Leuchtstoffröhre irritiert, die über seinem Kopf flackerte, und zudem war er reichlich erschöpft, da er stundenlang das alberne und überspannte Gehabe von jungen Leuten, die zum erstenmal auf eigenen Füßen stehen, zu ertragen gehabt hatte. Er überlegte gerade, ob er für heute Schluß machen und zurück ins Büro fahren sollte, als ein junger Mann an der Türschwelle erschien. Eine dichte Masse schwarzgelockten Haars war zu einem Pferdeschwanz gebunden. Sein Gesicht war sehr schmal, er hatte hohe Wangenknochen und einen dunklen Bart. Bekleidet war er mit einem schwarzen T-Shirt und Bluejeans. »Sind Sie Detective Corde?«
»Ja, der bin ich. Kommen Sie herein.«
»Man hat mir gesagt, daß Sie mich sprechen wollen.«

»Wie heißen Sie? Nehmen Sie bitte Platz.«
»Brian Okun. Geht es um Jennie Gebben?«
»Ganz recht.« Corde blätterte seine Karteikarten durch. Langsam, Karte für Karte, überflog er seine krakelige Handschrift. Es dauerte recht lange. Schließlich blickte er auf. »Nun, wie gut kannten Sie sie?«
»Sie war in Professor Gilchrists Kurs ›Psychologie und Literatur‹. Er hält die Vorlesungen, und ich leite die Diskussionsgruppe, zu der sie gehörte.«
»Sie sind Mitglied der Fakultät?«
»Ich bin graduierter Student. Doktorand.«
»Und was haben Sie in Ihrer Gruppe gemacht?«
»Das sind Diskussionsrunden, wie ich schon sagte.«
»Worüber diskutieren Sie?«
Okun lachte verdutzt. »Interessiert Sie das wirklich?«
»Ich bin neugierig.«
»Die Frage in der letzten Woche lautete: ›Wie würden John Crowe Ransom und die Schule des Neuen Kritizismus an Dichtung herangehen, die von jemandem verfaßt wurde, bei dem man bipolare Depression diagnostiziert hat?‹ Haben Sie eine Ahnung, worum es beim Neuen Kritizismus geht, Officer?«
»Nein, habe ich nicht«, antwortete Corde. »Wissen Sie, ob Jennie mit jemandem ging?«
»›Mit jemandem gehen‹ – was soll das bedeuten? Das ist ein ziemlich vager Ausdruck.«
»Traf sie sich mit jemandem?«
Okun antwortete mit einem ironischen Unterton in der Stimme: »›Jemanden treffen‹? Meinen Sie damit Verabredungen?«
Es schien Corde, daß der junge Mann keineswegs feindselig war. Er wirkte ehrlich verwirrt, so als ob der Detective Fragen stellte, die sich nicht in normalem Englisch beantworten ließen. »Ich wüßte gern, ob Jennie mit jemandem eine mehr als oberflächliche Freundschaft verband.«
Okuns Blick huschte über Cordes Karten. »Ich nehme an, Sie wissen, daß ich ein paarmal mit ihr ausgegangen bin.«

Corde, der das nicht gewußt hatte, erwiderte: »Ich wollte Sie gerade danach fragen. Ist es üblich, daß Sie mit Studentinnen ausgehen?«
»Das hier ist eine College-Stadt. Mit wem sonst sollte ich ausgehen?« Okun hielt Cordes Blick stand.
»Ist es nicht ungewöhnlich für einen Professor, sich mit seinen Studentinnen einzulassen?«
»Ich bin kein Professor. Das habe ich Ihnen schon gesagt. Ich bin Doktorand. Wir waren also beide Studenten.«
Corde rieb mit den Fingern über eine Styroportasse mit kaltem Kaffee. Das quietschende Geräusch verursachte ihm eine Gänsehaut. »Ich wäre Ihnen dankbar, wenn Sie meine Fragen ohne Umschweife beantworten würden. Das hier ist eine ziemlich ernste Angelegenheit. Wie lange haben Sie sich mit ihr getroffen?«
»Wir haben die Sache vor ein paar Monaten beendet. Etwa ein Vierteljahr lang haben wir uns hin und wieder verabredet.«
»Warum haben Sie damit aufgehört?«
»Das geht Sie nichts an.«
»Vielleicht doch, mein Junge.«
»Sehen Sie, Sheriff, wir waren fünf- oder sechsmal aus. Ich habe nie eine Nacht mit ihr verbracht. Sie war süß, aber nicht mein Typ.«
Corde setzte zu einer Frage an.
Okun sagte schnell: »Ich habe keine Lust, Ihnen zu erklären, wie mein Typ aussieht.«
»Aus welchem Grund haben Sie Schluß gemacht?«
Okun zuckte mit den Schultern. »Man kann das eigentlich nicht als Schlußmachen bezeichnen. Es war nichts zwischen uns, nichts Ernstes. Und keiner von uns sah einen Anlaß, das Ganze noch fortzusetzen.«
»Wissen Sie, mit wem sich Jennie danach getroffen hat?«
»Mir ist nur bekannt, daß sie Verabredungen hatte, aber nicht, mit wem.«
Corde blätterte wieder in seinen Karteikarten. »Das ist interes-

sant. Mehrere andere Freunde von ihr erzählten mir ebenfalls, daß sie nicht genau wissen, mit wem sie sich in letzter Zeit getroffen hat.«

Okuns Augen verengten sich, und seine Zungenspitze leckte über eine Bartlocke. »Soso, ein geheimnisvoller Mann.«

»Wie war sie als Studentin?« erkundigte sich Corde.

»Knapp über dem Durchschnitt, aber ihr Herz hing nicht am Studium. Sie empfand keine Leidenschaft für die Literatur.«

»Gab es jemanden in Ihrem Kurs, dem sie besonders nahestand? Außer Ihnen?«

»Weiß ich nicht.«

»Haben Sie sie im letzten Monat persönlich gesehen?«

Okun verdrehte die Augen. *»Persönlich?«* fragte er zur Decke hinauf. »Ich nehme schon an, daß ich sie persönlich gesehen habe, meinen Sie nicht auch? Wie sonst soll man jemanden sehen können? Meinen Sie, ob ich *intim* mit ihr zusammen war? Oder sie privat gesehen habe?«

Corde dachte an die Zeit, als er George Kallowoski niedergeschlagen und gefesselt hatte, nachdem der Mann in seiner trunkenen Wut zehn Minuten lang versucht hatte, ein Messer in Cordes Schädel zu rammen. Von Kallowoski hielt er sehr viel mehr als von diesem Jungen. »Außerhalb der Vorlesungen meine ich.«

»Privat habe ich sie seit einem Monat nicht mehr gesehen. Ich nehme an, Sie erinnern sich, daß ich Ihnen schon gesagt habe, nie mit ihr intim gewesen zu sein.«

»Wissen Sie, ob es jemanden gab, der eine Auseinandersetzung mit ihr hatte? Irgend jemand, mit dem sie sich in letzter Zeit gestritten hat?«

»Nein.«

»Verstand sie sich mit ihrer Zimmergenossin?«

»Ich schätze schon, doch ich kenne Emily nicht besonders gut.«

»Aber Sie kannten Jennie gut genug, um zu wissen, daß Emily ihre Zimmergenossin war.«

Okun lächelte. »Oho, eine Schlußfolgerung. Bedeutet das, daß Sie mich erwischt haben?«
Corde fächerte seine Karteikarten auf wie ein Black-Jack-Spieler in Las Vegas. »Nun, Emily ...« Er schaute stirnrunzelnd hoch. »Ich dachte, Sie hätten mir gerade erzählt, Sie wären nie über Nacht in Jennies Zimmer geblieben.«
Okun, der die Befragung von höheren Sphären aus verfolgte, seufzte schwer. Er ließ sich dazu herab zu sagen: »Emily hat ein loses Mundwerk ... Ich habe mich euphemistisch ausgedrückt, als ich von ›die Nacht verbringen‹ sprach.«
»Euphemistisch?«
»Das bedeutet, es war nicht wörtlich gemeint, sondern metaphorisch.«
»Ich weiß, was euphemistisch bedeutet«, sagte Corde, der das Wort noch nie gehört hatte.
»Ich meinte damit, daß ich keine sexuelle Beziehung zu ihr hatte. Wir sind lange aufgeblieben und haben über Literatur diskutiert. Das war alles. Mir kommt es so vor, Officer, als wäre das eine Art persönlicher Rache.«
»Ich glaube nicht, daß Sie damit recht haben.«
Okun schaute gedankenverloren aus dem kleinen Fenster und sagte dann: »Ich weiß nicht, ob Sie auf dem College waren oder nicht, aber mir scheint, Sie haben nicht besonders viel Respekt vor dem, was ich hier mache.«
Corde erwiderte nichts darauf.
»Ich sehe vielleicht aus wie ein, wie würden Sie dazu sagen, Hippie? So hat man das wohl zu Ihrer Zeit genannt. Ich sehe vielleicht aus wie ein Hippie, aber es sind Leute wie ich, die der Hälfte dieser ungebildeten Welt beibringen, wie man miteinander kommuniziert. Und ich glaube, dies zu tun ist eine ziemlich wichtige Angelegenheit. Deshalb lehne ich es ab, mich wie einen Ihrer einheimischen Kriminellen behandeln zu lassen.«
»Sind Sie damit einverstanden, daß man eine Blutprobe bei Ihnen macht?« fragte Corde.

»Blut?«

»Für einen genetischen Test. Um es mit dem Samen zu vergleichen, der an Jennie Gebbens Körper gefunden wurde.«

Brian Okun sagte: »Leck mich«, stand auf und verließ das Zimmer.

Treiben Sie Ihren Mann in den Wahnsinn?

Diane Corde saß in dem getäfelten Büro und blätterte in einer Illustrierten.

Frage 1. Was ist das Wildeste, zu dem Sie und Ihr Partner bereit wären?

A. Gemeinsam Unterricht im Fallschirmspringen zu nehmen.

B. Sich im Freien zu lieben.

C. Sich tätowieren zu lassen.

D. Einen Tanzkurs zu besuchen.

Diane gefiel es hier nicht. Der Raum erinnerte sie zu sehr an die Praxis eines Tierarztes, der Schoßtiere sterilisierte und Wurmtropfen verabreichte. Das Ganze war nichts als ein billig getäfelter Warteraum mit einem Schiebefenster, hinter dem eine Kaugummi kauende Sekretärin saß, die so aussah, als würde sie gleich fragen: Zeit für Fluffys Staupe-Spritze, nicht wahr?

Frage 7. Wie überrascht wäre Ihr Partner, wenn Sie ihn eines Nachmittags anriefen und sagten, er solle Sie nach der Arbeit in einem luxuriös ausgestatteten Hotelzimmer treffen, wo Sie mit Champagner und Kaviar auf ihn warten?

A. Überhaupt nicht überrascht.

B. Etwas überrascht.

C. Sehr überrascht.

D. Befremdet.

Diane und Corde hatten sich vor sechzehn Jahren bei einem Essen für Singles kennengelernt, das von der Methodistenkirche im Bootshaus am Seever Lake veranstaltet wurde. Corde war lediglich mit ein paar Tüten Kartoffelchips aufgekreuzt und hatte sich mit einem dummen Scherz aus der Affäre gezogen (»Seid froh, daß ich nicht selbst etwas gekocht habe!«). Dann entdeckte er Diane Claudia Willmot, die gerade Gewürzgurken in eine Tupperware-Schale legte, und fragte sie, ob sie Lust habe, mit ihm einen Spaziergang zu machen. Sie willigte ein und bat ihn, eine Minute zu warten, damit sie ihre Handtasche holen könne. Nachdem sie das getan hatte, wanderten sie im Park umher, bis sie – dem Himmel sei Dank – ein heftiger Wolkenbruch zwang, in einem kleinen Schuppen Unterschlupf zu suchen. Und während die anderen Bohnen und Würstchen aßen und Witze erzählten, küßten sich Corde und Diane heiß und innig, und Diane beschloß, ihn zu heiraten.

Sie war vier Jahre älter als Corde, was nur für Menschen einer bestimmten Altersgruppe einen großen Unterschied macht – nämlich für Mittzwanziger, zu denen damals beide gehörten. Weinend fragte Diane ihn: »Was wirst du tun, wenn ich dreißig werde? Du bist dann immer noch jung.« Und Corde, dem der Altersunterschied tatsächlich Sorgen bereitete (allerdings weil er dachte, sie könnte ihn wegen eines älteren Mannes verlassen), entgegnete ihr etwas, das sich später als völlig zutreffend erweisen sollte: Er könne sich nicht vorstellen, daß sie zu altern anfange, bevor er nicht selbst grau geworden sei.

Ein Problem hatte er jedoch nicht bedacht. Diane war geschieden, nach zwei Jahren Ehe mit einem Geschäftsmann oben in Fredericksberg. Sie hatten sich schon getrennt, bevor sie Corde traf, und als sie ihm ihre Ehe eingestand und dann nervös auf seine Reaktion wartete, hatte er sich ganz cool als der verständnisvolle Gleichmütige gegeben. Später stellte er sich jedoch Diane und Stuart zusammen vor und gestand ein, daß ihm allein schon der Gedanke daran den Magen umdrehte. Diane war zunächst tolerant, doch dann begann Cordes Unsicherheit sie zu belasten. Sie wußte nicht, was sie tun sollte, um ihm die Sache zu erleichtern. Er schien sich keineswegs besser zu fühlen, wenn sie wieder und wieder die Halbwahrheit erzählte, sie und Stu hätten kein besonders gutes Sexualleben gehabt. Obwohl sie nicht nachfragte, ging sie doch davon aus, daß Corde seine Erfahrungen mit Frauen gemacht hatte, und sie hoffte wirklich, daß es sich so verhielt und er sich seine Hörner schon abgestoßen hatte. Aber es war nicht der Sex, der Corde zunehmend beschäftigte. Die Angelegenheit war wesentlich diffiziler. Er war eifersüchtig darauf, daß die Frau, die er heiraten wollte, ihre Geheimnisse einem anderen Mann gebeichtet hatte, daß sie vor ihm geweint, daß sie ihn getröstet hatte. Corde war auch nicht zu beruhigen, wenn er an diesen rückwirkenden Betrug dachte. »Aber das war doch, bevor ich dich kannte«, reagierte Diane gleich eingeschnappt und gewährte ihm damit absichtlich einen Blick auf ihre temperamentvolle Seite. Corde brütete weiter vor sich hin, und schließlich griff Diane zu einem Bluff: »Wenn du dich noch länger so aufführen willst, dann such dir doch eine Jungfrau, die all den Herzenskummer wert ist, den du dir deswegen machst.«

Ihre Hochzeit im folgenden Monat fand während eines Wolkenbruchs statt, der dem jenes Tages glich, an dem sie sich kennengelernt hatten. Beide betrachteten diesen Umstand als gutes Omen, was sich dann auch als zutreffend erwies. Wenn sie sich nach sechzehn Jahren Ehe mit Schatz anredeten, war das in der Regel auch durchaus ernst gemeint. Diane erklärte, das Geheimnis ihres Erfolges liege darin, daß sie fehlerhafte Gedächtnisschaltkreise hatten und dazu neigten, Streitigkeiten eher zu vergessen als zu vergeben. Keiner von beiden war je einer Affäre näher gekommen als in Form von verstohlenen (er) oder unreinen (sie) Gedanken – und das auch nur in der Art, daß sie etwa an Susan Sarandon und Kevin Costner dachten, wenn sie sich nachts liebten, nachdem sie sich vorher auf Video *Annies Männer* angesehen hatten.

Sie hatten einen Beinahebankrott überstanden, den Tod von Dianes Vater und Cordes Mutter, den Schlaganfall, der Cordes Vater in einen Fremden verwandelte und schließlich tötete, und ein paar Probleme, die sie gehabt hatten, als sie in St. Louis lebten.

In letzter Zeit beschäftigte sich Corde immer intensiver mit seinen Fällen und war seltener daheim. Trotzdem beruhte das Gefühl der Bedrohung, das Diane empfand, nicht auf den langen Stunden, die er mit seiner Arbeit verbrachte. Sie hatte eher den Eindruck, es seien aus irgendeinem Grund die Probleme mit Sarah, die sie entzweiten. Sie verstand das zwar nicht so richtig, doch sie spürte, daß darin die Ursache für den Riß in ihrer Beziehung lag, der ihr zudem in ihren dunkleren Momenten unvermeidlich erschien.

Diane schaute auf die Uhr, verspürte eine kurze Aufwallung von Verärgerung, weil man sie warten ließ, sah dann zur Empfangsdame hinüber, die den Kaugummi in ihrem Mund herumschob, bis sie einen angemessenen Platz dafür gefunden hatte, und dann fortfuhr, Rechnungen zu adressieren.

Frage 11. Macht Ihr Ehemann …

Die Praxistür öffnete sich, und eine Frau, die Ende Dreißig sein mochte, trat heraus. Sie trug ein wunderschönes pinkfarbenes Kleid, das strahlend zu vibrieren schien. Diane betrachtete das Kleid ausgiebig, bevor sie den Blick auf das Gesicht der Frau richtete. Das ist eine Hurenfarbe, schoß es ihr durch den Kopf. Mit einem geschäftsmäßigen Lächeln auf den Lippen sagte die Frau: »Hallo, ich bin Dr. Parker. Würden Sie bitte hereinkommen?«

Als Diane aufstand, dachte sie ernsthaft daran, die Flucht zu ergreifen. Ein Wartezimmer wie beim Tierarzt, ein pinkfarbenes Kleid, und alles, was sie über diese Frau wußte, stammte aus den Gelben Seiten. Doch trotz dieser Vorbehalte betrat Diane die Praxis und setzte sich in einen bequemen Sessel. Dr. Parker schloß die Tür hinter ihnen. Das Zimmer war klein, gelb gestrichen und – noch ein Fauxpas – enthielt keine Couch. Alle Psychiater besaßen doch eine Couch. So viel verstand Diane immerhin von der Materie. Dieses Büro war mit zwei Sesseln vor einem praktisch leeren Schreibtisch, zwei Anrufbeantwortern, einer Lampe und einem sauberen Aschenbecher auf einem Ständer eingerichtet. Und eine Packung Kleenex war vorhanden.

Das dicke Goldarmband stieß klickend gegen die Tischplatte, als Dr. Parker einen Füller aufschraubte und ein Notizbuch vom Tisch nahm.

Den Wandtest aber bestand die Psychiaterin. Eine Seite des Raums war von dunklen gebundenen Büchern bedeckt, die Titel trugen wie *Psychodynamik bei der Behandlung leicht gestörter Individuen* und *Prinzipien der Psychopharmakologie.* An der gegenüberliegenden Wand hingen die Diplome. Dr. Parker hatte an der University of Illinois »cum laude« promoviert und außerdem Abschlüsse der Northwestern Medical School und des American College of Psychiatrists. Drei Universitäten! Diane, die sich mit leicht unterdurchschnittlichen Noten durch das McCullough Teachers' College geplagt hatte, betrachtete die verwirrenden Urkunden voller lateinischer oder griechischer Sätze und Siegel und Stempel und richtete dann wieder ihren Blick auf Dr. Parker, die sie erwartungsvoll anschaute.

»Nun«, sagte Diane und faltete die schweißfeuchten Hände auf dem Schoß zusammen. Sie spürte, daß sie den Tränen nahe war. Als sie den Mund öffnete, um der Psychiaterin von Sarah zu berichten, sagt sie statt dessen: »Sind Sie neu in der Stadt?«

»Ich habe meine Praxis vor einem Jahr eröffnet.«

»Ein Jahr«, meinte Diane. »Ist New Lebanon nicht ein bißchen ruhig für Sie?«

»Ich mag Kleinstädte.«

»Kleinstädte.« Diane nickte. Für einen Moment herrschte Schweigen. »Nun, es ist eine kleine Stadt. Das ist wahr.«

»Als Sie anriefen, erwähnten Sie Ihre Tochter. Warum erzählen Sie mir nicht von ihr?«

Dianes Miene erstarrte. »Tja.«

Dr. Parkers Füller hob sich, bereit, über das Papier zu huschen und das Achtzehn-Karat-Armband hinter sich herzuziehen.

»Unsere Sarah hat ein paar Probleme in der Schule«, platzte Diane heraus.
»Wie alt ist sie?«
»Neun.«
»Und wieviel Monate?«
»Äh, sechs.«
»Das wäre die fünfte Klasse?«
»Die vierte. Wir haben sie ein Jahr später eingeschult.«
»Erzählen Sie mir von Sarahs Problem.«
»Sie ist ein kluges Mädchen. Das ist sie wirklich. Manche der Dinge, die aus ihrem Mund kommen ...« Sämtliche Beispiele entschwanden aus Dianes Geist. »Aber sie hat diese Einstellung ... Und sie ist faul. Sie bemüht sich nicht, macht ihre Hausaufgaben nicht und versagt bei Klassenarbeiten. Ich habe dieses Buch gelesen, *Dein Kind, das unbekannte Wesen.*« Sie machte eine Pause und wartete darauf, daß sich Dr. Parker anerkennend zu dem Taschenbuch äußerte. Doch diese hob fragend die Augenbrauen, was bei Diane den Eindruck erweckte, daß sie nicht viel von dem Buch hielt. »Darin steht, daß sich Kinder manchmal schlecht benehmen, um Aufmerksamkeit zu erwecken.«
»Sie sagten, sie sei klug. Kennen Sie ihren IQ?«
»Ich erinnere mich nicht genau«, meinte Diane und zuckte unwillkürlich zurück. Das war etwas, das sie hätte nachschauen sollen. »Tut mir leid. Ich ...«
»Das macht nichts. Wir können die Angaben von der Schule erhalten.«
»Aber sie benimmt sich feindselig, macht dumme Sachen und hat Wutanfälle. Und wissen Sie, was dann geschieht? Sie *bekommt* ihre Aufmerksamkeit. Ich nehme an, es liegt zu einem großen Teil daran, daß sie zurückgeblieben wirkt. Wir haben noch ein Kind – Sarah ist die zweite –, und wir glauben, daß sie eifersüchtig ist. Natürlich ist das Unsinn, denn wir verbringen sehr viel Zeit mit ihr. Mehr als mit Jamie. Ich lasse ihr so was auch nicht durchgehen. Ich bin nicht bereit, den ganzen

Unfug mitzumachen. Aber sie hört nicht mehr auf mich. Es kommt mir manchmal so vor, als wäre ich Luft für sie. Deshalb möchte ich, daß Sie mit ihr reden. Wenn *Sie* ihr sagen ...«

»Ist sie wegen dieser Sache schon bei einem Therapeuten oder Berater gewesen?«

»Nur bei einem Betreuer in ihrer Schule. Die New Lebanon Grade School. Er hat mir dieses Buch empfohlen. Dann habe ich noch mit unserem Pädiater gesprochen, Dr. Sloving. Er ist doch Experte für Kinder?«

Offenbar hielt Dr. Parker wenig davon, die Ansichten der Eltern zu bestätigen. Sie blickte Diane freundlich an und sagte nichts.

»Jedenfalls sind wir zu Dr. Sloving gegangen, und er hat ihr Ritalin verschrieben.«

»Gegen Konzentrationsmangel?«

Diane verspürte eine Woge der Erleichterung, weil sie dachte, daß wenigstens der tattrige alte Sloving das Problem korrekt diagnostiziert hatte.

Dr. Parker fuhr fort: »Hat sie sich ungewöhnlich verhalten, war sie hyperaktiv? Irgendein zwanghaftes Benehmen, etwa daß sie sich häufig die Hände wäscht?«

»Oh, sie ist schon ziemlich unruhig. Zappelig. Rennt ständig herum. Nervös. Macht mich richtig verrückt.«

»Hat Dr. Sloving irgendwelche psychologischen Tests durchgeführt?«

»Nein, er hat ihr eine Blutprobe entnommen.« Diane wurde rot und wandte ihre Augen von Dr. Parker ab. »Doch er kennt sie schon ihr ganzes Leben lang ... Ich meine, er *schien* zu glauben, das wäre die beste Art der Behandlung.«

»Nun«, sagte Dr. Parker ernst, »wenn die Diagnose Konzentrationsmangel lautet, was führt Sie dann zu mir?«

»Ich glaube, die Medizin nützt schon.« Diane zögerte. »Aber nicht sehr. Tatsächlich denke ich manchmal, daß sie gar nicht so gut ist. Um ganz ehrlich zu sein, mitunter wirkt Sarah so, wie soll ich sagen, geistesabwesend. Außerdem beeinträchtigt die

Medizin ihre Verdauung und scheint sie noch unruhiger zu machen. Sie sagt, sie bekomme davon Bauchgrimmen.« Diane blickte auf ihre Hände hinab und bemerkte erstaunt, daß die Knöchel weiß wie Elfenbein waren. »Die Wahrheit ist, es scheint schlimmer zu werden. Ihre Noten sind immer noch katastrophal. Gestern wollte sie ausreißen. Das hat sie bisher noch nie getan. Und ihre Wutanfälle sind auch schlimmer geworden. Sie gibt mehr Widerworte als je zuvor. Und sie spricht sogar mit sich selbst.«

»Ich möchte jetzt ein paar Dinge von Ihnen wissen.«

Eine wahre Lawine von Fragen folgte. Diane versuchte zu begreifen, worauf die Psychiaterin hinauswollte, aber es war zwecklos; immer, wenn sie glaubte, sie hätte verstanden, worum es ihr ging, schlug sie eine andere Richtung ein.

»Sieht sie viel fern?«

»Zwei Stunden am Abend, aber nur, wenn sie ihre Hausaufgaben gemacht hat. Am liebsten mag sie Filme. Die anderen Sendungen und Werbespots findet sie meistens dumm. Sie nennt sie ätzend.«

Auf Dr. Parkers Gesicht zeigte sich der Anflug eines Lächelns. »Ich sehe mich gezwungen, dem zuzustimmen. Erzählen Sie weiter.«

»Sie tut so, als könnte sie nicht besonders schnell lernen ... Ich will nicht direkt behaupten, daß sie simuliert, aber ...« Diane bemerkte, daß sie genau das gerade gesagt hatte. »Nun, manche Dinge begreift sie so rasch, daß es einfach nicht paßt, wenn sie dann etwas Dummes macht.«

»Was fällt ihr denn leicht?«

»Sich an Filme oder an Geschichten, die wir ihr vorgelesen haben, zu entsinnen. Und an die Figuren darin. Sie kann ganze Szenen perfekt nachspielen und erinnert sich ausgezeichnet an die Dialoge. Ach ja, und sie ist recht gut darin, das Ende eines Films zu erraten. Sie kostümiert sich auch gerne. Aber das betrifft immer nur ... erfundene Dinge. Alles, was mit dem wirklichen Leben zu tun hat – Schule, Kochen, Turnen,

Radfahren, Spiele, Sport, Nähen –, all das scheint ihr fernzuliegen.« Diane mied Dr. Parkers Blick. »Gestern hat sie sich vor der Klasse in die Hosen gemacht.«

Dr. Parkers Lippen preßten sich zusammen, und sie schüttelte den Kopf. Diane schaute zu, wie sie eine kurze Notiz niederschrieb, die ihre Tochter möglicherweise für den Rest ihres Lebens verfolgen würde. Sie nahm sich ein Kleenex, tat so, als würde sie sich die Nase putzen, zerknäulte es dann mit ihren kräftigen Fingern und zerriß es langsam in winzige Fetzen.

Noch mehr Fragen. Das war hart für Diane. O ja, sie gab sich Mühe, aber es gehörte zu ihrem Naturell, Familienprobleme ebenso zu verstecken wie den Schmuck ihrer Mutter – alle Wahrheiten, alle Diamanten, alles Gold holte man nur bei seltenen, besonderen Gelegenheiten hervor. Sie brauchte ihre ganze Kraft, um dieser glatten, übertrieben angezogenen Fremden all die Fakten zu erzählen – über Bill, über Jamie, über die Großeltern und über Sarahs Zurückgezogenheit und ihre geschickten Manipulationen. Dr. Parker schaute auf die Uhr. Langweile ich sie? dachte Diane.

Die Psychiaterin fragte: »Als Sie schwanger waren, haben Sie da getrunken oder irgendwelche Medikamente eingenommen?«

»Ich habe nichts getrunken, nein. Gelegentlich habe ich Tylenol genommen. Aber nur ein paarmal. Ich wußte, daß das nicht gut ist.«

»Wie ist die Beziehung zu Ihrem Mann?«

»Ausgezeichnet.«

»Streiten Sie ab und zu? Haben Sie je über Scheidung gesprochen?«

»Nein, nie.«

»Trinkt einer von Ihnen zur Zeit oder nimmt Drogen?«

»Wir trinken nur bei gesellschaftlichen Anlässen etwas«, erklärte Diane indigniert. »Drogen nehmen wir nie. Wir gehen regelmäßig zur Kirche.«

Es folgte eine Pause, während Dr. Parkers Füller über das Papier eilte. Dann meinte Diane: »Wir dachten, wenn jemand wie Sie ihr sagen würde, sie solle mit dem Unsinn aufhören und anfangen zu arbeiten, nun, dann ...« Ihre Stimme erstarb. Die Psychiaterin nagte an ihrer schmalen Unterlippe und ruinierte damit den Lippenstift. Der teure Füller wurde wieder zugeschraubt. Schließlich lehnte sie sich in ihrem Ledersessel zurück. »Ich habe schon früher mit lerngestörten Kindern gearbeitet ...«

»Aber sie ist nicht gestört«, wandte Diane schnell ein. »Ich habe Ihnen doch gesagt, ihr IQ ...«

»Gestörte Lernfähigkeit hat nichts mit dem IQ zu tun, sondern ...«

»Dr. Parker, Sarah ist ein kluges, aber schüchternes kleines Mädchen«, erklärte Diane geduldig. »Sie hat sich da ein ...« Diane erinnerte sich an einen Ausdruck aus dem Buch *Dein Kind, das unbekannte Wesen,* »... ein bestimmtes Verhaltensmuster angeeignet, um die Aufmerksamkeit von meinem Mann und mir und von ihren Lehrern zu gewinnen. Und wir haben ihr praktisch in die Hand gespielt. Jetzt brauchen wir einen Experten wie Sie, der ihr sagt, daß sie sich anpassen und endlich zu lernen beginnen soll. Wir haben ihr viel zuviel durchgehen lassen. Auf Sie wird sie hören. Deshalb bin ich hier.«

Dr. Parker wartete einen Moment. Dann sagte sie: »Ich möchte Ihnen etwas erklären, worüber Sie nachdenken und auch mit Ihrem Mann sprechen sollten. Zunächst einmal, nach dem, was Sie mir berichtet haben, bin ich gar nicht so sicher, ob Ihre Tochter wirklich an durch Konzentrationsmangel bedingter Lernschwäche leidet. Eine Reihe von Psychiatern vermutet, es handle sich dabei um ein Phänomen, das sich von echter Hyperaktivität unterscheidet. Aufgrund meiner eigenen Untersuchungen glaube ich, daß sie miteinander verflochten sind. Wenn ich Sie recht verstanden habe, zeigt Sarah keine generelle Überaktivität – was wir als hyperkinetisches Verhalten bezeichnen. Ihre Ruhelosigkeit ist möglicherweise nur eine sekundäre Erscheinung; sie hat andere Probleme, und die machen sie zappelig und ängstlich. Ritalin ist da bestenfalls eine temporäre Behandlung.«

»Aber Dr. Sloving hat gesagt, es würde ihr helfen zu begreifen und das zu behalten, was sie gelernt hat.«
»Ich verstehe, und dafür spricht auch einiges. Aber bei allem Respekt für Ihren Internisten glaube ich doch, daß Ärzte Ritalin ein bißchen zu schnell verschreiben. Viele Eltern ziehen eine Diagnose wie ›durch Konzentrationsmangel bedingte Lernschwäche‹ vor, weil ihnen eine physische Erklärung für die Schwierigkeiten ihrer Kinder lieber ist als eine psychologische.«
»Sarah ist nicht verrückt«, entgegnete Diane eisig.
»Natürlich nicht«, erklärte Dr. Parker nachdrücklich. »Eine entwicklungsbedingte Lernschwäche ist ein keineswegs seltenes und durchaus behandelbares Problem. Früher wurde so etwas mit den Worten dumm, faul oder widerspenstig beschrieben. Fachleute denken längst nicht mehr so darüber. Viele andere Menschen aber schon.«
Diane spürte die Kritik, die in den ruhigen Worten der Psychiaterin enthalten war. »Wie können Sie so etwas sagen? Sie müßten einmal sehen, wieviel Mühe sich Bill mit ihr gibt. Und jeden Tag hole ich sie nach unten und sorge dafür, daß sie ihre Hausaufgaben macht. Manchmal verbringe ich eine ganze Stunde vor dem Frühstück mit ihr.«
Dr. Parker erwiderte in einem beruhigenden Ton: »Ich bin sicher, daß es für Sie und Ihren Mann sehr schwierig gewesen ist. Aber es ist wichtig, nicht davon auszugehen, daß Sarah faul oder dumm oder auch nur störrisch ist.«
»Es war sehr schwer für mich, überhaupt zu Ihnen zu kommen«, platzte Diane wütend heraus. »Ich will nur, daß Sie ihr sagen, sie soll sich gefälligst mehr Mühe geben ...«
Dr. Parker lächelte. »Mir ist klar, daß dies hier nicht einfach für Sie ist, Mrs. Corde. Sie hätten gerne eine schnelle Lösung für die Probleme Ihrer Tochter, aber ich glaube nicht, daß wir eine finden werden. Wenn sie ein entwicklungsbedingtes Problem hat, wie ich annehme, dann verlangt die Behandlung, daß die Eltern *weniger* von dem Kind erwarten und nicht mehr. Wir müssen den Streß und den Druck, unter dem sie steht, verringern.«

»Aber das ist doch genau das, was *Sarah* will.«

Dr. Parker hob die Hände, und obwohl sie lächelte, glaubte Diane, daß ihr die Psychiaterin mit dieser Geste zu verstehen geben wollte, daß sie diese Runde gewonnen hatte. Sie kochte innerlich, weil diese Frau aus einer Unterredung einen Wettkampf um das Schicksal ihrer Tochter machte. Diane wurde auch kein bißchen ruhiger, als Dr. Parker erklärte: »Zuerst werde ich eine Reihe von Tests vornehmen müssen, um genau festzustellen, welche Probleme vorliegen.«

Oh, ich weiß sehr gut, was Ihnen vorschwebt, Süße. Ich kann die Dollarzeichen in Ihren Augen erkennen.

»Dann müßte Sarah zu regelmäßigen Sitzungen herkommen, und wir würden sie behandeln – vermutlich zusammen mit einem Lernspezialisten.«

»Nun ja«, sagte Diane kühl. Sie war noch immer ungehalten, weil ihr Eindruck nicht schwinden wollte, gerade ziemlich zurechtgewiesen worden zu sein.

»Sollen wir einen Termin vereinbaren?« erkundigte sich Dr. Parker.

Diane raffte genug gute Erziehung zusammen, um höflich zu antworten: »Ich glaube, ich sollte erst mit Bill darüber reden.« Sie stand auf und verfolgte, wie sich das in Pink gekleidete Miststück ebenfalls erhob, warmherzig lächelte, ihr die Hand reichte und sagte: »Ich erwarte dann Ihren Anruf. Es war mir ein Vergnügen.«

Ja, für Sie vielleicht. Ohne die Miene zu verziehen, schüttelte Diane die Hand der Psychiaterin und ging hinaus.

Draußen auf dem Parkplatz zerriß sie Dr. Parkers Visitenkarte in vier Teile und ließ sie vom Wind davontreiben.

Corde und T. T. Ebbans standen an einem Tisch im Hauptraum des Sheriff's Department und beugten sich über den Computerausdruck, den Ebbans von der Datenbank angefordert hatte. Die Überschrift lautete: *»Bekannte Sexualstraftäter«.*

In den vergangenen drei Jahren hatte der Bezirksstaatsanwalt in einer ganzen Reihe von Fällen Ermittlungen angestellt oder Anklage erhoben, darunter gegen elf Vergewaltiger, vier weitere Vergewaltiger, die ihre Opfer besonders schwer verletzt hatten, drei Kinderschänder, drei Exhibitionisten, etliche Voyeure sowie drei reichlich verwirrte Einwohner, bei deren Delikten das liebe Vieh eine gewisse Rolle gespielt hatte.
»Wir leben in einer vergleichsweise wenig perversen Gemeinde«, bemerkte Ebbans, als er feststellte, daß diese Zahlen – von den Schafen einmal abgesehen – erheblich unter dem Landesdurchschnitt lagen.
Corde und Ebbans hatten gerade erfahren, daß sämtliche aufgelisteten Vergewaltiger hinter Schloß und Riegel saßen. T. T. erklärte, er werde sicherheitshalber auch die Exhibitionisten und Voyeure überprüfen, gab sich aber keinen großen Hoffnungen hin, daß dabei viel herauskäme.
»Die reinste Zeitverschwendung, ich weiß«, sagte Corde, »aber wir müssen es tun.«
Ribbon gesellte sich zu ihnen und zupfte an seinem Ohrläppchen, während er schmunzelnd die Liste durchsah. Dann betrat Lance Miller das Büro. Er kam gerade vom Wohnheim zurück. Corde bemerkte, daß der Deputy sich reichlich unbehaglich zu fühlen schien.
»Was ist los, Lance?«
Der junge Mann hängte seinen Hut an einen Haken neben der Tür und strich sich mit seinen rosigen Fingern durch den militärischen Haarschnitt. Dann ging er zu der Gruppe älterer Beamter hinüber. Sein Blick wanderte unruhig durch das Büro. »Nun, Bill, ich bin zusammen mit den Jungs von der Spurensicherung zu diesem McReynolds-Haus, dem Wohnheim, gegangen. So wie du es mir gesagt hast.«
Corde wedelte ungeduldig mit der Hand. »Kommt sie, um eine Aussage zu machen? Emily?«
»Nun, ich habe nur kurz mit ihr gesprochen. Sie ist wirklich hübsch.«

»Wer?« fragte Ribbon.
»Jennies Zimmergenossin«, erklärte Corde.
»Emily war verdammt aufgebracht«, fuhr Miller fort. »Sie meinte, es sähe so aus, als wäre jemand in ihr Zimmer eingebrochen und hätte sämtliche Briefe von Jennie gestohlen. Sie ...«
»Soso«, sagte der Sheriff. »Das ist ja interessant.«
»Emily war bei einem Gedenkgottesdienst, der gestern in einer der Kirchen für Jennie abgehalten wurde, und hatte die Zimmertür nicht abgeschlossen. Als sie zurückkehrte, hatte jemand die Mappe gestohlen, die Jennies Briefe und alle wichtigen Unterlagen enthielt.«
Corde nickte.
»Ich habe mich deswegen umgehört, aber praktisch jeder war bei dem Gottesdienst, und niemand konnte irgendwelche Hinweise bezüglich des Einbruchs geben.«
»Möglicherweise Mitglieder des Kultes«, warf Ribbon ein und schaute Corde mit hochgezogenen Augenbrauen an.
»Da ist noch etwas«, sagte Miller. Sein Blick war über den Tisch gewandert und an einem in grüner Computerschrift gedruckten Satz hängengeblieben: »Fälle gewaltsamer Sodomie«.
»Emily gab mir ein paar Dinge, die der Einbrecher nicht gestohlen hat.«
»Gut«, meinte Corde.
»Eins davon war ein Kalender vom letzten Jahr.« Miller räusperte sich umständlich.
»Und?« fragte Ribbon.
»Es ist ein Taschenkalender. Er lag in Emilys Schreibtisch, weshalb er auch nicht gestohlen wurde.«
»Was ist damit, Lance?« Corde wurde langsam ungeduldig.
Miller schien erleichtert, daß er sich jetzt auf sichtbare Beweise stützen konnte. Er öffnete das abgegriffene graue Büchlein und suchte ein Datum vom Januar des vergangenen Jahres. In dem Feld für einen Samstagabend gegen Ende des Monats standen die Worte: »Bill Corde. Einundzwanzig Uhr. Bei mir.«

8

»Ich habe sie befragt.«
»Im Rahmen eines Falls?«
»Des Biagotti-Falls«, sagte Corde. Sein Blick klebte auf der zerknitterten Seite der letzten Januarwoche in Jennies Kalender. Am Donnerstag mußte sie ihre chemisch gereinigte Kleidung abholen. Am Freitag wollte sie zum Drugstore, um Shampoo, Kleenex und Sudafed zu besorgen.
Am Samstag würde sie Bill Corde treffen. Einundzwanzig Uhr. Bei ihr.
Weder Ebbans mit seiner Sympathie für Corde noch Miller in seiner Unerfahrenheit in diesem Job wollte etwas mit dieser Sache zu tun haben.
Ribbon blickte in Cordes Augen, die wie zwei unruhige grüne Seen aussahen.
Der Sheriff kramte in seinen Erinnerungen und sagte: »Ja, richtig, das war, nachdem du von dieser Einsatzgruppe zurückgekommen bist. Muß so gegen Ende Januar gewesen sein.« Er schien darüber maßlos erleichtert. »Und sonst kanntest du sie nicht?«
»Nein.«
Doch dann verdüsterte sich Ribbons Gesicht abermals, und sein Blick wanderte zu dem Kalender. »Sie nennt dich hier Bill. Wie erklärst du dir das?«
Ebbans ging zu seinem provisorischen Schreibtisch und setzte sich, um einen Telefonanruf zu tätigen, oder gab das zumindest vor.
Corde sagte ganz ruhig: »Als ich Jennie anrief, um sie zu fragen, wann ich wegen des Biagotti-Falls mit ihr reden könne, kamen wir ins Gespräch, und es stellte sich heraus, daß wir in St. Louis ziemlich nahe beieinander gewohnt hatten. Am Ende des Gesprächs nannte ich sie Jennie. Ich nehme an, deshalb hat sie Bill hingeschrieben.«
»Kanntet ihr euch schon in St. Louis?«

»Worauf willst du eigentlich hinaus?«

»Auf gar nichts, Bill. Ich will auch überhaupt nichts unterstellen. Aber ich muß nun mal diese eigenartige Situation klären.«

»Was ist daran eigenartig?«

»Ich will einfach nur alles auf den Tisch gelegt haben.«

»Es liegt alles auf dem Tisch.«

»Gut. Aber nachdem du nun schon aufgebracht bist, werde ich noch eine einzige Frage stellen, und dann vergessen wir das Ganze. Befindet sich in der Biagotti-Akte eine Niederschrift dieses Gesprächs, das du mit Jennie geführt hast?«

»Nein.«

»Warum nicht?«

»Weil ich mir nichts notiert habe. An jenem Samstag bin ich zum Studentenheim gefahren. Um einundzwanzig Uhr. Jennie und ich haben ungefähr fünfzehn Minuten miteinander gesprochen. Sie kannte die Biagotti flüchtig, aber das war auch schon alles. Jennie gehörte zu den vielleicht fünfzig Studenten, mit denen ich über den Fall geredet habe.«

»Doch du hast an dem Abend nicht mit fünfzig geredet.«

»Nein, aber mit ziemlich vielen. Und auch am Sonntag morgen. Und am Sonntag abend. Und ...«

»Das ist eine gute Antwort ...«

»Das ist eine wahre Antwort«, entgegnete Corde verärgert.

»Okay, Bill, jetzt sei nicht sauer. Wenn ich nicht frage, könnte es jemand anders tun. Vergessen wir die ganze Sache.«

Ribbon tippte auf die Liste mit den Sexualverbrechern. »Das hier war eine gute Idee, dieses Sex-Zeug. Man sollte auch noch okkulte Buchläden und so was überprüfen. Ich glaube, es gibt da einen nicht weit vom Campus entfernt an der Waverly oder Stinson Street. Sie haben ein Schwarzes Brett neben der Tür hängen. Schau nach, ob dort Ankündigungen für kultische ... Was veranstalten diese Kulte eigentlich? Gottesdienste oder Versammlungen oder was?«

»Wahrscheinlich Gottesdienste«, meinte Miller eifrig. »Weil sie doch religiös sind, meine ich.«

»Nun, ich würde das nachprüfen.« Ribbon marschierte in sein Büro zurück. Der Fußboden ächzte unter seinen schweren Schritten.
Corde bemerkte, daß Ebbans und Miller ihn anstarrten. Ebbans tippte eine Nummer ins Telefon ein. Corde reichte Miller Jennies Kalender. »Leg das zum Beweismaterial, Deputy. Und jetzt gehen wir wieder an die Arbeit.«

Nachdem er mit Dekanin Larraby gesprochen hatte, fühlte er sich für einige Zeit wie General George Thomas, der sich 1863 den Beinamen Fels von Chicamauga erwarb, als er sich während der dortigen Schlacht – obwohl die Aussichten ungünstig standen und trotz großer Verluste – als ungeheuer zuversichtlich und stark erwiesen hatte.
Doch im Moment wird der Professor und stellvertretende Dekan Randolph Rutherford Sayles von einer Verzweiflung durchbohrt, die so scharf ist wie ein dreikantiges Musketenbajonett aus dem Bürgerkrieg. Er sitzt seit drei Stunden zusammen mit vier Treuhändern der Auden University von der Ostküste im Holiday Inn an der Umgehungsstraße und raucht die dreizehnte Zigarette an diesem Nachmittag. Ihre tatsächlichen Absichten sind ihm unbekannt, doch mittlerweile ist er zu einer Schlußfolgerung gelangt: Das hier sind Männer, die Auden als eine Art Handelsschule betrachten. Zwei von ihnen sind Anwälte, einer ist Direktor einer großen gemeinnützigen philanthropischen Organisation, und einer ist Arzt. Ihr Interesse bezieht sich auf die politikwissenschaftliche Fakultät, das wirtschaftswissenschaftliche Seminar und die biologische Abteilung.
Sie ahnen natürlich nichts von der milden Verachtung, die Sayles für ihre philisterhafte Betrachtungsweise des Erziehungssystems empfindet. Er kann es sich auch nicht leisten, daß sie dessen gewahr werden; diese vier sind für knapp elf Millionen Dollar jährlicher Zuschußgelder verantwortlich, die sie entweder persönlich beisteuern oder im Rahmen ihrer

Aktivitäten akquirieren. Sayles, der Geschichtsprofessor, hält sie für reiche Trottel; Sayles, der assoziierte Schatzmeister, dem derzeit das Wasser bis zum Hals steht, verströmt überschwenglichen Charme, während sie im Speisesaal der Riverside einen miserablen Fruchtsalat zu sich nehmen.

Gelegentlich scheinen sie des Professors müde zu werden, und dann senkt sich ihr Blick auf ein fünfseitiges Dokument, das Sayles früher am Tag verfaßt hat und das er mit ähnlichen Gefühlen betrachtet, wie die Inspektoren der Luftaufsichtsbehörde die zerfetzten Überreste einer Boeing 747 betrachten mögen.

»Gentlemen, die Auden University ist eine nicht gewinnorientierte Bildungseinrichtung, was unser Institut nach dem Internal Revenue Code, Absatz 503c, von der Zahlung von Einkommensteuern befreit. Eine nicht gewinnorientierte Einrichtung zu sein, bedeutet allerdings nicht, daß wir es uns ungestraft leisten könnten, Geld zu verlieren.« Hahaha! Sayles blickt der Reihe nach jeden einzeln an. »Während also die Begriffe rote und schwarze Zahlen für uns nicht die gleiche Bedeutung haben wie etwa für General Motors oder IBM, so erwägen wir doch ernstlich, die Universitätsfarben von Schwarz und Gold in Karmesinrot zu ändern ...«

Er ist leidenschaftlich und witzig und macht Scherze wie ein Alleinunterhalter, eine nutzbringende Fertigkeit, die er sich im Lauf der Jahre, in denen er Zwanzigjährige unterrichtet, angeeignet hat. Doch diese Ostküstler erweisen sich als immun und scheinen sogar peinlich berührt zu sein. Einer sagt: »Wir sollten in globalen Maßstäben zu denken beginnen. Warum wandeln wir die Universität nicht in ein juristisches Zentrum von internationalem Rang um oder geben der Betriebswirtschaftslehre etwas mehr Gewicht?«

»Hm. Das würde einen sehr hohen Kapitaleinsatz erfordern«, gibt Sayles zu bedenken. Mindestens fünfzig Millionen.

»Oder vielleicht ein gebührenpflichtiges Weiterbildungsprogramm?«

Sayles nickt bedächtig. Du blöder Arsch. Farmer und Supermarktangestellte schmeißen ihr Geld nicht raus, um abends Heidegger zu studieren, denkt er, und laut sagt er: »Hm. Dafür dürfte nur eine geringe Nachfrage bestehen.«

Einer der Treuhänder, ein durchtrainierter, Golf spielender Anwalt, dem selbst der Fruchtsalat zu kalorienreich ist, sagt: »Ich glaube, wir sollten nicht vorschnell auf Unterstützung nach Absatz 42f verzichten.« Nach dem staatlichen Ausbildungsgesetz können private Bildungseinrichtungen Beihilfen erhalten, sofern sie eine große Zahl von zu Minderheiten gehörenden Studenten aufnehmen, und zwar ohne Rücksicht auf deren Zensuren.

Die anderen blicken ihn verwirrt an. Zumindest in diesem Punkt hat Sayles Verbündete. Der Anwalt erklärt: »War nur so ein Gedanke.«

»Drei Komma sechs Millionen«, sagt Sayles langsam. Die Diskussion dreht sich wieder und wieder im Kreis. Allmählich versteht Sayles etwas. Diese Männer umwerben normalerweise Klienten, Patienten und Manager, die ihnen routinemäßig Schecks über zwanzigtausend oder auch hunderttausend Dollar ausschreiben. Sie leben mit Frauen zusammen, die sich Strähnen ins Haar färben und das Gesicht liften lassen, und sie werden von Chauffeuren zu Kunstmuseen, Restaurants und Büros gefahren. Abgesehen von den halbjährlichen Treffen in Auden, Palm Springs und Aspen, trifft man sie niemals westlich des Gebiets der Amish-Leute in Pennsylvania. Er kommt zu dem Schluß, daß ihr Interesse an der Alma mater allein finanzieller Natur ist, nicht mehr und nicht weniger. Ihre Vorschläge, die erbärmlich, oder schlimmer, allzu offensichtlich sind, machen ihn krank; sie bewegen sich auf dem Niveau von Schülern, die einen Aufsatz zum Thema »Wie kann man Auden retten?« schreiben.

Als die letzten Tropfen Sirup aus den Fruchtschalen gesaugt werden, wächst in Randy Sayles die erschreckende Einsicht, daß er allein steht in seinem Kampf, die Universität vor dem

Untergang zu retten. Die Universität. Und seine eigene Karriere. Und vielleicht seine Freiheit.

Die Ostküstler versprechen, ihre Denkerkappen aufzubehalten. Sie versprechen, ihre persönlichen Beiträge zu erhöhen. Sie versprechen, eine Kampagne unter den Wohltätern im Osten zu starten. Dann schütteln sie Sayles die Hand und klettern in die Limousine (von der Universität gemietet, sechsundfünfzig Dollar die Stunde), um sich zum Harrison County Airport befördern zu lassen.

Sayles ist völlig verzweifelt. Er kehrt in sein Büro zurück und füllt mit Hilfe eines hauseigenen Anwalts einen Antrag nach Absatz 34 auf staatliche Dringlichkeitshilfe für private Bildungseinrichtungen aus. Viel zuwenig. Bestenfalls könnte Auden sechshunderttausend Dollar erhalten. Doch Sayles drängt den Anwalt, den Antrag dennoch auszufüllen und per Fax weiterzuleiten. Wie betäubt verfolgt er, wie der grau gekleidete Jurist sein Büro verläßt. Vor seinem inneren Auge taucht ein Bild aus einer seiner eigenen Vorlesungen auf – nicht das von George H. Thomas, der seine Truppen zum eisernen Durchhalten bewegte, sondern eher das des Unionsgenerals Irvin McDowell bei Manassas Junction, der zweiten Schlacht von Bull Run, wo er ohnmächtig mit ansehen mußte, wie seine Soldaten unter dem schrecklichen Donnern der Kanonen der Konföderierten dahingerafft wurden.

Sondermeldung des *Register* – Der Kadaver einer frischgeschlachteten und gehäuteten Ziege wurde gestern im Klassenraum des vierten Schuljahrs der New Lebanon Grade School aufgefunden.

Der Kadaver wurde um sechs Uhr morgens von einem Hausmeister entdeckt. Offensichtlich wurde er dorthin gebracht, nachdem die Schule um Mitternacht abgeschlossen worden war. Der Eindringling verschaffte sich Zutritt, indem er durch das Fenster eines Waschraums im

Erdgeschoß einbrach. Zu diesem Zeitpunkt befand sich niemand im Gebäude.

Blut, das vermutlich von dem Tier stammt, wurde in großen Mengen an die Wände des Klassenzimmers geschmiert.

Der Klassenraum wird wegen der erforderlichen Reinigung mehrere Tage lang nicht benutzt werden können.

Ermittlungsbeamte äußerten die Vermutung, dieser Zwischenfall könne in Verbindung stehen zu der Vergewaltigung und Ermordung einer Studentin der Auden University durch den sogenannten »Mond-Mörder« in der Nacht des 20. April. Angestellte der Schule berichteten, der Übeltäter habe das Wort »Luna« mit Blut an die Wand des Klassenzimmers geschrieben.

»Luna« stammt aus dem Lateinischen und bedeutet Mond.

Vertreter der Schulbehörde stellten Geld aus dem Notfallfonds für einen Wachmann in Aussicht, der sich für den Rest des Schuljahres während der Unterrichtszeit im Schulgebäude aufhalten soll.

Unterdessen haben sich der Lehrerverband und Vertreter der Elternschaft an das Büro von John Treadle, Landrat von Harrison County, gewandt und eine für die gesamte Stadt geltende Sperrstunde verlangt sowie zusätzliche Polizeikräfte zur Aufklärung der Vorfälle. Einer der Elternvertreter, der seinen Namen nicht genannt haben wollte, erklärte, daß die Eltern, wenn der Mörder nicht innerhalb der nächsten Tage dingfest gemacht werde, erwägen sollten, ihre Kinder nicht mehr zum Unterricht zu schicken.

Nächster Vollmond wird in fünf Tagen sein, in der Nacht zum Mittwoch, dem 28. April.

»Es gleitet uns aus den Händen«, sagte Bill Corde.

Steve Ribbon strich die Zeitung glatt. Er schien entschlossen zu

sein, nicht auf Cordes mürrischen Kommentar zu antworten. Statt dessen fragte er: »Eine Ziege?«
»Dieses Zeug ...« Corde schüttelte den Kopf. »Ich meine, die Menschen lesen das. Sie glauben das ...«
»Wir können die Presse nicht kontrollieren, Bill. Das weißt du. Wie sah die Handschrift aus? Die an der Wand des Klassenzimmers?«
»Wie sie ausgesehen hat? Keine Ahnung. Willst du, daß wir einen Graphologen ...«
»›Luna‹ stammt aus dem Lateinischen und ...«
»Diese Mondgeschichte macht die Menschen nur verrückt«, protestierte Corde. »Da draußen herrscht schon eine regelrechte Hysterie.«
»Wir können die Tatsachen nicht leugnen.«
»Steve, das mit dieser Ziege – das waren Jugendliche.«
»Jugendliche?«
»Ein Streich oder so was. Halbstarke von der High-School.«
»Ich weiß nicht recht, Bill.«
»Selbst wenn es Jennies Mörder war, hat er nichts anderes gemacht, als ein paar Spuren zu hinterlassen, die den Eindruck erwecken sollen, die Sache hänge irgendwie mit dem Mond zusammen.«
»Wenn der Schuh paßt ...«
»Nein«, erwiderte Corde, »er tut das, um uns auf eine falsche Fährte zu locken. Ich meine, warum sollte er eine Ziege töten? Warum nicht ein weiteres menschliches Opfer?«
»Nun, daß er keinen Menschen umgebracht hat, heißt noch nichts. Vielleicht war der Rahmen des Tatfensters begrenzter, als ich dachte.«
Corde überlegte einen Moment. »Sag mal, Steve, wäre es nicht möglich, daß diese Sache gar nicht erst passiert wäre, wenn der Bursche nicht im *Register* den Bericht über Kulte gelesen hätte?«
»Du spielst jetzt auf *mein* Interview an, oder?«
Corde fiel keine passende Antwort ein. Er zuckte mit den Schul-

tern. »Wir haben rings um Jennies Leiche keinerlei Hinweise auf kultische oder satanistische Aktivitäten gefunden.«
»Das Messer. Du vergißt das Messer.«
Corde kaute auf der Unterlippe. »Um die Wahrheit zu sagen, ich weiß nicht, was ich von dem Messer halten soll.« Er sah keinen Grund, dieses Gespräch mit Ribbon weiter zu vertiefen.
»Da ist noch etwas, das ich vorhabe. Ich möchte eine Anzeige veröffentlichen, um so nach Zeugen zu suchen. Wir könnten ihnen zusichern, alles vertraulich zu behandeln.«
»Was würde das kosten?« fragte der Sheriff.
»Der *Beacon* wäre nicht sehr teuer, aber wir müßten die Anzeige auch im *Register* bringen. Kosten wird es etwa vierhundert pro Woche. Wir bekommen einen Sonderpreis.«
»So viel haben wir nicht im Etat. Der ist bereits durch deinen Flug nach St. Louis überzogen.«
»Ich fürchte, wir müssen es trotzdem tun«, erwiderte Corde. »Wir kommen nicht weiter und brauchen dringend Hilfe.«
»Dann mach es im *Beacon,* doch den *Register* können wir uns nicht leisten«, erklärte Ribbon. »Ich habe aber noch eine andere Idee. Du solltest sämtliche Irrenärzte im County nach ihren Patienten befragen. Und nachforschen, wer im letzten Monat alles aus Gunderson entlassen worden ist. Das ist eine Vorgehensweise, die von vielen Ermittlern bei Serientätern angewendet wird.«
»Eine psychiatrische Klinik für leichtere Fälle, die zweihundert Meilen entfernt ist?« fragte Corde.
»Eine Menge Verrückter werden in Gunderson eingeliefert.«
»Und jeder der Irrenärzte wird sich auf seine Schweigepflicht berufen.«
»Das ist mir ziemlich egal. Zumindest steht dann in den Akten, daß wir nachgeforscht haben, und auf diese Weise sind wir bestens abgesichert.«
»Wir haben nicht mal genug Leute, um unsere derzeitige Arbeit zu erledigen, wie sollen wir da jemanden zu all den Therapeuten im County schicken?«

Die beiden Männer blickten sich schweigend an. Nach einer Weile sagte Corde entschlossen: »Ich übernehme die Verantwortung dafür, wie ich den Fall handhabe.«
Ribbon strich sich mit dem aufgerissenen Knöchel über die rundliche, gerötete Wange. »Darüber müssen wir keine Worte verlieren, Bill.« Er lächelte. »Du hast absolut recht. Es ist *dein* Fall. Und *deine* Verantwortung. Du tust, was *du* für richtig hältst.«

Die blasse Spätnachmittagssonne fiel auf ihren Schreibtisch und das Blatt Papier, das vor ihr lag. Sarah streckte den Arm aus, und der Lichtstrahl schien ihre Hand zu wärmen. Staubflitter trieben durch den Strahl und brachten Sarah auf den Gedanken, daß sie, wenn sie nicht größer wäre als eine Staubflocke, davonschweben und durch das geöffnete Fenster nach draußen segeln könnte. Niemand würde sie sehen. Niemand würde davon erfahren.
Sie strich das Papier glatt, das völlig zerknittert und feucht war. Ein wenig war sie deswegen enttäuscht; es sah aus wie simple rote Tinte auf Schreibmaschinenpapier. Dabei hatte sie gehofft, er würde seine Botschaft in Stein schreiben oder auf einen großen Bogen vergilbten Pergaments.
Ihre Zungenspitze berührte den Pickel auf der Oberlippe, und sie beugte sich voller Konzentration vor. Sarah fand lesen noch schwieriger als schreiben, denn obwohl es ihr schrecklich schwer fiel, sich zu erinnern, wie ein Wort buchstabiert wurde und wie die Buchstaben aussehen sollten, konnte doch immerhin sie selbst entscheiden, welche Worte sie benutzte. Lesen bedeutete das genaue Gegenteil. Man mußte sich Worte anschauen, die ein anderer ausgewählt hatte, und dann herauszufinden versuchen, was sie bedeuteten.
Das war eine arge Quälerei.
Sie seufzte, verlor den Faden und mußte wieder von vorn anfangen. Zwanzig Minuten später war sie endlich fertig. Ein regelrechtes Glücksgefühl überkam sie – nicht nur, weil sie es geschafft hatte, die Nachrichten zu entziffern, sondern auch wegen des Inhalts selbst.

Sarah,
ich habe Deine Nachricht bekommen, und ich war sehr froh darüber. Mach Dir keine Sorgen wegen Deiner Rechtschreibung. Für mich spielt es keine Rolle, wie gut Du schreiben kannst. Ich passe auf Dich auf, und ich komme Dich bald besuchen. In der Garage wartet eine Überraschung auf Dich.
Und ja, ich bin ...

Der Sonnenschein-Mann

Ja, sie war glücklich, obwohl sie auch eine gewisse Enttäuschung verspürte. Er hatte diese Nachricht hinterlassen, während ihre Mutter unterwegs gewesen war, Tom, der Deputy, auf der Veranda gelesen und Sarah selbst sich einen Film im Fernsehen angeschaut hatte.
Warum, überlegte sie, hatte der Sonnenschein-Mann nicht auf sie gewartet und ihr die Botschaft persönlich überreicht, statt den Zettel dort zu lassen, wo sie ihn gefunden hatte – unter dem Kopfkissen ihres Bettes?

Wau ...
Diane Corde marschierte in der Küche auf und ab.
»Sie war richtig hochkarätig, wenn du weißt, was ich meine.«
»Wau«, sagte Corde. »Aber jetzt leg mal eine Pause ein.« Er öffnete das erste seiner beiden Feierabendbiere. Das hier war seine Lieblingsmarke, und er genoß den Klang, wenn er die Lasche der Dose aufriß. Heute bereitete ihm dieses Ritual jedoch nicht die geringste Freude.
Diane zog die Tür des Gefrierschranks auf, holte eine Vierpfundpackung Hackfleisch heraus und ließ sie krachend in die Spüle fallen. Eissplitter spritzten wie Schrapnellgeschosse umher. Corde wich einen Schritt zurück und meinte: »Ich habe doch nur gefragt, wie es gelaufen ist.«
»Wie es gelaufen ist? Wir dürfen hundertzehn Dollar zahlen – hundertzehn! – dafür, daß diese Frau, du hättest sie mal sehen

sollen, eine Psychiaterin, die ein pinkfarbenes Kleid trägt, nein, du solltest sie besser nicht sehen, daß diese Frau mir etwas über meine eigene Tochter erzählt. Also wirklich!«

»Jetzt reg dich mal ab. Was hat sie gesagt?«

»Ich habe mich absolut korrekt verhalten. Ich war höflich. Und ich habe sogar versucht, ein paar freundliche Scherze zu machen.« Diane drehte sich zu ihrem Mann um. »Ich glaube, sie kommt von der Ostküste.«

»Was hat sie gesagt?« wiederholte Corde geduldig.

»Sie hat auf Dr. Sloving geschimpft, und mich hat sie behandelt, als ob ich Sarrie die Hilfe verweigern würde, bloß weil ich Angst hätte, die Leute würden behaupten, sie wäre verrückt.«

Corde blinzelte und versuchte daraus schlau zu werden.

»Ich meine, sie will, daß wir hundertzehn Dollar zahlen – ehrlich, hundertzehn Dollar! – nur für eine Stunde ...«

»Ich bin doch versichert.«

»... um mit Sarah ein paar Tests zu machen.« Sie verschränkte die Arme und marschierte wieder auf und ab. »Ich meine, sie hat mir direkt ins Gesicht gesagt, Sarah habe eine Lernschwäche.«

»Hat sie das?« fragte Corde. Diane starrte ihn an. Er fügte hinzu: »Eine Lernschwäche, meine ich?«

»Ah, sehr schön!« polterte Diane. »Du stellst dich also auf ihre Seite. Toll!«

Corde seufzte. »Ich stelle mich auf gar keine Seite.« Er trat den Rückzug an. »Du hast gedacht, für hundertzehn Dollar würde man mehr bekommen.«

»Das will ich meinen.« Zwei Kartoffeln landeten in der Spüle. Sarah erschien an der Tür, und Diane verlangsamte ihren Schritt. Das kleine Mädchen schaute sie an und sagte vorsichtig: »Mommy, es ist Zeit für meine Pille.«

Zwei weitere Kartoffelhandgranaten flogen in die Spüle. »Nein«, erklärte Diane, »die nimmst du nicht mehr. Gib mir die Flasche.«

»Keine Pillen mehr?«

»Sie nimmt keine Pillen mehr?« fragte auch Corde.
»Nein.«
»Gut, ich mag sie sowieso nicht. Sie schmecken eklig, und ich krieg davon Bauchweh.«
»Jetzt übst du mit deinem Vater für die Schularbeit in der nächsten Woche ...«
»Ich will nicht ...«
»Du wirst tun, was man dir sagt, junge Dame!« Diane holte Zwiebeln aus dem Kühlschrank. *Rumms,* ab in die Spüle. »Und am Samstag nehme ich dich mit zu Dr. Parker. Das ist eine nette Dame. Sie wird dir in der Schule helfen.«
»Okay«, gab Sarah nach. Die Angst vor Klassenarbeiten wog erheblich schwerer als die Angst vor einer wütenden Mutter.
»Liebes«, sagte Corde zu ihr, »lauf schon mal ins Wohnzimmer. Ich bin in einer Minute bei dir.« Als sie gegangen war, legte Corde den Kopf schief und sagte zu seiner Frau: »Entschuldige?«
Diane wirkte erschöpft. »Was soll ich entschuldigen?«
»Ich dachte ... ich meine, was du gerade gesagt hast. Ich dachte, du wolltest Sarah nicht zu ihr bringen.«
»Hamburger?« fragte Diane.
»Äh, ja, gern.«
»*Natürlich* bringe ich sie hin.« Diane zielte mit einem Bündel Karotten auf ihren Mann und flüsterte heiser: »Diese Frau ist ein Miststück und eine aufgedonnerte Schlampe, und wenn sie meiner Tochter nicht helfen kann, dann möge der Himmel *ihr* helfen.«

Philip Halpern trug die Papiertüte nervös vor sich her, während er sich durch den verwilderten hinteren Teil des Gartens zwängte, um zu der schmierigen steinernen Grillgrube zu gelangen, in der sich Holzscheite und halbverbrannte Steak- und Hähnchenknochen auftürmten. Der Junge setzte die Tüte auf einem Aschehaufen ab und wühlte in seinen durch den fetten Körper zusammengedrückten Hosentaschen. Schließlich zog er ein Streichholzheftchen aus der Brusttasche seines T-Shirts. Er tat dies mit der vorsichtigen Zurückhaltung eines Menschen, der zwar keine Angst vor dem Feuer selbst hat, wohl aber vor den unkalkulierbaren Risiken, die, wie man ihn gewarnt hatte, im Umgang mit dem Feuer verborgen sein konnten. Das Streichholz entzündete sich in einer Wolke stechenden Schwefels. Er hielt es an die Tüte. Sie fing Feuer. Philip überlegte, ob der Rauch giftig sein könnte. Er wünschte, er hätte seinen Freund Jano danach gefragt ...

O nein ...

Philip hörte Schritte. Er blickte auf und sah durch den Qualm die Umrisse seines Vaters, ein schwergewichtiger Mann mit kurzgeschnittenem Haar, der Bluejeans und ein T-Shirt trug. Das einzige, was er an der wuchtigen Gestalt klar erkennen konnte, war die rote Glut der Zigarette, die er zwischen den Fingern hielt. Philip spürte, wie sein Herzschlag aussetzte.

»Was machste denn da, Junge?« Seine Stimme klang freundlich.

»Nichts.«

»Hast du mich gefragt, ob du etwas verbrennen darfst?«

»Nein, Sir.«

»Hast du die Streichhölzer selbst angezündet?«

»Ich habe nur herumgespielt.«

»Mit Streichhölzern herumgespielt?«

»Es ist im Grill«, erwiderte Philip und bemühte sich, seine Stimme fest klingen zu lassen.

»Ich kann *sehen*, daß das Streichholz im Grill ist. Hast du mich gefragt, ob du ein Streichholz anzünden darfst?«

»Nein, Sir.«

»Was ist das da?«

»Hä?«

»Was habe ich dir darüber gesagt, wie man anständig antwortet? Hast du das vergessen?«

»Es tut mir leid.«

»Also, was ist das? Das, was du da verbrennst?«

»Nur ein paar Zeitungen, die ich gefunden habe.«

»Noch mehr von diesen Magazinen?«
»Nein, Sir.« Bitte, bitte, bitte. Laß mich einfach in Ruhe. Bitte.
Philip spürte, wie Tränen über seine Wangen rollten. Er war froh über die Dunkelheit; der sicherste Weg, sich ein paar Ohrfeigen einzuhandeln, bestand darin zu heulen. »Nur ein paar Zeitungen.«
»Wo hast du diese Magazine her?«
»Es waren keine Magazine.«
Die Papiertüte flammte plötzlich auf, als der Inhalt Feuer fing. Philip glaubte, er würde einen schrecklichen Geruch bemerken. Einen menschlichen Geruch. Er hatte die Vorstellung eines kleinen Weltraumwesens, das von wirbelnden Flammen umhüllt war. Er schluckte. Im flackernden Licht sah er das Gesicht seines Vaters, der ihn mit gerunzelter Stirn betrachtete.
»Du warst Dienstag nacht unterwegs. Ich habe in deinem Zimmer nachgeschaut, und du warst nicht da.«
Philips Stimme versagte. Sein Herz klopfte wie ein überdrehter Automotor, sog alles Blut aus seiner Brust und pumpte es in Gesicht und Schläfen.
»Habe ich recht?«
Philip nickte.
»Ein Mann antwortet, ein Mädchen nickt«, erklärte sein Vater.
»Jawohl, Sir, ich war fort.«
»Wo?«
»Nur spazieren.«
»Hm«, machte sein Vater. »In Ordnung. Handschlag.«
»Bitte, Dad ...«
»Jammer nicht rum.«
»Ich wollte ... Tut mir leid. Ich wollte nur ...«
Nur was? Philip wußte nicht, was er hätte sagen sollen. Die Wahrheit über die Papiertüte konnte er ihm nicht erzählen. Er wollte, daß sie zu Asche verbrannte, wollte, daß sein Vater starb, wollte dünn sein. Er wollte aufhören, an Mädchenbrüste zu denken, an Schlamm ...
»Bitte.«

»Streck die Hand aus.«
»Bitte.« Doch während er noch sprach, hob sich seine Hand. Er fand, es schmerzte weniger, wenn er hinschaute, und so blickte er jetzt auf seine Finger.
»Du bekommst einen für die Streichhölzer, einen für die Magazine und einen fürs Lügen.«
»Ich habe nicht ...«
»Zwei fürs Lügen.«
Sein Vater hob die Faust und schlug mit den Fingerknöcheln hart auf Philips Handrücken. Der Junge jaulte vor Schmerz.
Philip wußte, wie er seinen Vater töten würde. Nicht durch Strangulation, so wie die Hononen Prinzessin Nanya umgebracht hatten, sondern mit irgendeiner Pistole. Er wollte den Körper seines Vaters durchbohren. Philip phantasierte weiter, als die dicken Knöchel des Mannes sich hoben und senkten, Knochen wie Eisen, Knochen wie Xaser-Torpedos.
Wieder der brennende Schmerz. Philip stellte sich vor, wie sein Vater am Straßenrand lag, während das Blut aus tiefen Wunden herausströmte.
Die Flammen im Grill flackerten in der kühlen Brise, und die davon ausgehende Hitze ließ nach. Die Hand seines Vater hob sich zum letztenmal.
Philip stellte sich vor, wie sein Vater auf einem Bett aus blauen Blumen starb, auf einem schlammigen Stück Boden verendete.

Bill Corde erschauert kurz und, wacht auf. Es ist zwei Uhr morgens.
Er ist ein Mann, dessen Träume in der Logik verankert sind, der fest daran glaubt, daß Traumbilder die Ereignisse der Woche so sicher und zuverlässig reflektieren, wie Zündkerzen einen Funken erzeugen, wenn sie den Strom durch eine frisch gereinigte Verteilerkappe erhalten. Träume sind keine Omen heimtückischer Götter, und sie spiegeln keine düsterschwarzen, längst vergessenen Begierden.
Trotzdem liegt Bill Corde heute nacht wach im Bett, mit klop-

fendem Herzen und Beinen, die so naß geschwitzt sind, daß er für einen schrecklichen Moment überlegt, ob er die Kontrolle über sich verloren hat, so wie sein Vater in den letzten zwei Monaten seines Lebens. Er greift nach unten und spürt mit mäßiger Erleichterung den Schweiß auf seinen Schenkeln.

Im Traum hatte sich folgendes abgespielt: Corde saß auf einer Veranda, derjenigen, an die er sich aus seiner Kindheit erinnerte. Nur war er jetzt erwachsen und so grau wie die Farbe auf den rissigen Eichendielen des Fußbodens. Es hatte einen schrecklichen Fehler gegeben, ein Mißverständnis, das so schlimm war, daß Corde vor Schmerz weinte. »Ich weiß«, antwortete er der unsichtbaren Person im Innern des Hauses, die ihm gerade die Nachricht mitgeteilt hatte, »ich weiß, ich weiß, ich weiß ... Aber ich habe all diese Jahre etwas anderes angenommen. Ich habe etwas anderes geglaubt ...«

O nein, o nein ...

Wie hatte er sich so irren können?

Was die körperlose Stimme ihm gesagt und was Corde schließlich, so traurig es war, hatte einsehen müssen, war, daß er, obwohl er geglaubt hatte, er hätte zwei Kinder, in Wirklichkeit nur eins besaß – das andere war nichts als ein Bündel Heu, das in seinem Garten zusammengerecht worden war.

In seinem Traum schluchzte er und wachte dann auf.

Jetzt, während er in seinem feuchten Schlafanzug daliegt und Dianes gleichmäßigem Atem lauscht, spürt er den Schlag seines Herzens. Er vermutet, daß der Traum selbst nicht länger als fünf oder zehn Sekunden gedauert hat. Doch er glaubt, daß er für den Rest seines Lebens die Tränen in Erinnerung behalten wird, die er um sein verlorenes Kind vergossen hat – und um sich selbst, denn die Hälfte seiner Freude am Leben mit seiner Familie in all den langen Jahren war falsch gewesen.

Der burgunderfarbene Cadillac Eldorado fuhr auf den Parkplatz und bog in eine Lücke ein, wo in schwarzen Buchstaben der Name *Mr. Gebben* stand.

Der Fahrer des Wagens betrachtete das Schild einen Moment lang und dachte an den Parkplatz, den er gerade verlassen hatte – den des Stolokowski-Beerdigungsinstituts weiter oben an der Straße. Das Schild dort, auf dem *Für Familien und Gäste* gestanden hatte, war nicht schwarz gewesen, sondern strahlend blau. Richard Gebben überlegte, daß darin eine traurige Ironie lag; das Blau des Schildes am Beerdigungsinstitut entsprach exakt dem Farbton im Logo seiner eigenen Firma.

Er stieg aus dem Wagen und ging mit hängenden Schultern zu dem niedrigen Gebäude hinüber. Das Dröhnen einer Linienmaschine erfüllte für einen Augenblick den Himmel, als ein Jumbo-Jet auf dem nahe gelegenen Lambert Field zum Start ansetzte. Sobald die dicke Glastür hinter ihm zuschwang, schwächte sich der Lärm zu einem Wispern ab. »Oh«, sagte die Empfangsdame und starrte ihn überrascht an. Niemand sonst sprach, als er vorbeiging.

In seinem Vorzimmer nahm Gebben die Umarmung der tränenüberströmten Sekretärin hin.

»Sie sollten nicht ...« fing sie an. »Ich meine, Sie hätten heute nicht kommen müssen, Mr. Gebben.«

Er sagte sanft: »Ich bin aber trotzdem gekommen.« Dann flüchtete er in sein Büro. Er saß in einem Drehsessel und schaute hinaus auf ein von Unkraut bedecktes Stück Land, das von einem mit Stacheldraht gekrönten Gitterzaun umgeben war, und auf ein stillgelegtes Bahngleis.

Gebben – dieser Hüne, ein Mittelwestler mit pockennarbigem Gesicht, der die Gebben Pre-Formed Inc. aus dem Nichts geschaffen hatte, ein einfacher Mensch, der in der Lage war, entschlossen Entscheidungen zu treffen – dieser Mann fühlte sich heute wie gelähmt. Er brauchte Hilfe, ja, hatte sogar darum gebetet.

Jetzt drehte sich Gebben langsam mit seinem Sessel und schaute zu, wie sich derjenige Mann, der ihm diese Hilfe geben sollte, der Bürotür näherte. Er bewegte sich vorsichtig, aber nicht furchtsam, und besaß eine erstaunliche physische Präsenz, selbst inmitten großgewachsener Männer. Dieser Helfer stand nun auf Gebbens Türschwelle, schweigend, die breiten Schultern etwas vorgebeugt. Dies war der einzige Mensch auf der Welt, um den zu treffen Gebben bereit war, die Totenwache bei seiner Tochter zu unterbrechen. Der Mann betrat das Büro und setzte sich, nachdem er dazu aufgefordert worden war, in einen alten, aufgepolsterten Sessel gegenüber dem Schreibtisch.

»Mein Beileid, Mr. Gebben.«

Obwohl Gebben keinen Zweifel an der Aufrichtigkeit dieser Worte hatte, fielen sie bleiern von den rissigen Lippen des Mannes.

»Danke, Charlie.«

Charles Mahoney war einundvierzig Jahre alt, zwei Meter vier groß und wog zweihundertachtzig Pfund. Er hatte dreizehn Jahre lang bei der Polizei von Chicago gearbeitet. Vor fünf Jahren war ein mit Handschellen gefesselter Mordverdächtiger, der sich in Mahoneys Gewahrsam befand, gestorben, weil zwei seiner Rippen gebrochen waren und die Lunge durchbohrt hatten. Auf der Brust des Verdächtigen hatte sich der deutlich sichtbare Abdruck des Griffs eines Polizei-Dienstrevolvers gefunden. Mahoney konnte keine einleuchtende Erklärung dafür liefern, wie es zu diesem sonderbaren Unglücksfall gekommen war, und so zog er es vor, lieber den Dienst zu quittieren, statt zu riskieren, daß die Geschworenen im Cook-County-Gericht eine sehr überzeugende Erklärung fanden.

Mahoney war heute Leiter der Sicherheitsabteilung von Gebbens Pre-Formed. Dieser Job gefiel ihm besser als die Polizeiarbeit. Wenn jetzt Menschen innerhalb des Gitterzauns oder im Lagerhaus oder auf dem Parkplatz gefunden wurden, die Abdrücke auf der Brust oder gebrochene Rippen hatten, interessierte das niemanden. Abgesehen von jenen natürlich, deren Rippen gebrochen waren, und denen konnte Mahoney unverblümt empfehlen, die Klappe zu halten und froh zu sein, daß sie nicht mehr abbekommen hatten. Besonders glücklich waren sie darüber natürlich nicht. Aber sie hielten die Klappe.

Richard Gebben, der zu einem Jahrgang gehörte, welcher vom Militärdienst verschont geblieben war, wußte natürlich um die Geschichte, die sich in Chicago ereignet hatte, denn Mahoney war so etwas wie ein Ersatz-Kriegskamerad für ihn. Sie tranken gelegentlich miteinander und erzählten Kriegsgeschichten und Reiseabenteuer, wobei freilich Mahoney meist das Reden übernahm und Gebben sich auf Bemerkungen wie: »Das muß schon eine verdammt tolle Zeit gewesen sein« oder »Das hätte ich auch gerne erlebt« beschränkte. Die Rechnung übernahm jeweils Gebben.
Jetzt blickte Gebben Mahoney für einen Moment direkt in die Augen. »Ich möchte dich bitten, etwas für mich zu tun, Charlie.«
»Sicher, wenn ich ...«
»Laß mich ausreden, Charlie.«
Mahoneys Blick ruhte auf einem Spielzeuglastwagen, wie ihn Gebbens Personalabteilung zu Weihnachten verteilte. An der Seite des Anhängers war das blaue Logo der Company zu sehen. Mahoney hatte keine Kinder, weshalb er auch nie einen Truck bekommen hatte. Ein bißchen wurmte ihn das.
»Wenn du bereit bist, mir zu helfen, zahle ich dir zehntausend Dollar in bar. Vorausgesetzt ...«
»Zehntausend?«
»Vorausgesetzt, daß das, was ich dir jetzt sage, niemals diesen Raum verläßt.«

9

Sie stellte in Gedanken die Worte eines hinter dem anderen auf und sprach sie dann laut. »Wenn tugendhafte Männer sanft vorüberschreiten/und flüstern ihren Seelen ...«
Sie lag in dem Einzelbett auf einem gelben Laken, das aus Universitätsbeständen stammte, und unter einer warmen Dekke, die ihre Mutter bei Neiman-Marcus gekauft hatte. Die

Lampen im Zimmer brannten nicht, und das Licht, das durch die Vorhänge drang, war so hellblau wie die Auspuffgase eines Lastwagens. Tränen rannen aus ihren Augen, und Speichel tropfte auf das Laken neben ihrem Kopf.

Sie erinnerte sich an das letzte, was Jennie Gebben zu ihr gesagt hatte. »He, Kleines, ich seh dich bald.«

Emily Rossiter flüsterte hektisch: »Während ihre Freunde leidvoll sprechen/erlischt der Odem und ...«

Es funktionierte nicht. Die Worte waren ohne Macht. Sie ließ das Buch für einen Moment auf ihrer Stirn liegen und warf es dann auf den Boden. Emily, die zwanzig Jahre alt und bezaubernd schön war, hatte langes und lockiges Haar, das sie jetzt wie in einer zwanghaften Handlung mit den Fingern drehte. Abermals rezitierte sie das Gedicht.

Als es an der Tür klopfte, rang sie erschrocken nach Luft.

»Emily Rossiter?« Die Stimme eines Manns. Die Türen waren dünn. Es kam ihr so vor, als würde das Klopfen in ihrem Herzen widerhallen. »Hier ist Deputy Miller. Ich war schon einmal da. Hätten Sie wohl etwas Zeit, um mit Detective Corde zu sprechen? Er möchte Sie dringend sehen.«

Eine Frauenstimme, die der Hausmutter, fragte: »Emily? Bist du da? Dieser Gentleman möchte mit dir reden.«

»Ich würde Sie auch hinfahren.«

Emily hörte, wie sie miteinander sprachen, konnte die Worte aber nicht verstehen. Sie ...

O nein! Der Schlüssel! Die Hausmutter hat einen Hauptschlüssel. Emily schlug die Decke beiseite. Sie glitt aus dem Bett und blieb voller Panik wie ein Kind in der Mitte des Zimmers stehen, die Knie aneinander gedrückt. Es klopfte abermals.

Emily huschte in ihren Wandschrank und setzte sich dort auf den Boden, der mit herabgefallenen Kleidungsstücken, Staubbällchen und Wäschereizetteln bedeckt war. Leise zog sie mehrere ihrer Wintersachen von den Bügeln und verbarg sich vollständig darunter.

»Emily?«

Atme langsam, atme langsam. Hier finden sie dich nicht ... Bei mir bist du sicher, Kleines.
Doch es schob sich kein Schlüssel ins Schloß. Einen Moment später hörte sie sich entfernende Schritte. Jetzt könnte sie den Schrank wieder verlassen, aber irgendwie war es so tröstlich, unter Satin und Kaschmir verborgen zu sein, daß sie beschloß, hier zu verharren. »So wirst du bei mir bleiben/wenn andre feige flüchten ...«
Emily verkroch sich tiefer in die Mäntel.
Sie hatten Jennie fortgeholt.
Sie hatten ihre Briefe weggenommen.
Und jetzt wollen sie mich auch ...
He, Kleines ... Emily legte den Kopf auf das dicke Polster einer Wildlederjacke.
»Deine Stärke wird den Kreis beschließen/und läßt enden mich, wo ich begann.«

Das grüne Schwinn-Fahrrad stand aufrecht in der Garage. Es war über und über von den kleinen Lichtern einer Weihnachtsbaumkette bedeckt. Jemand hatte sie um die Lenkstange, die Schutzbleche und die Stützräder gewickelt. Die Lämpchen brannten, und das Rad glühte wie eine Stadt, die man aus einem zur Landung ansetzenden Flugzeug heraus sieht.
Sie glühten auch als Spiegelung auf der Oberfläche der Wasserpfütze auf dem Garagenboden.
Sarah stand in der Einfahrt und betrachtete das Rad voller Ehrfurcht. Der Anblick erinnerte sie an den Film *E. T.,* den sie fünfmal gesehen hatte, und besonders an jene Szene, in der die Kreatur das Fahrrad durch die Luft fliegen läßt.
Sie ging um das Rad herum und bestaunte fasziniert die Lichter. Dieses Gefährt hatte ihr Angst eingejagt, seit sie es vor zwei Jahren bekommen hatte. Auf Betreiben ihrer Mutter hatte sie mehrmals versucht, ohne die Stützräder damit zu fahren, und wäre dabei fast kopfüber auf dem Beton der Einfahrt gelandet. Sie hatte es liegen lassen und war vor

Schreck weinend ins Haus gelaufen. Selbst mit den Stützrädern vermied Sarah es, damit zu fahren, wenn andere Kinder oder Jamie, der auf seinem Rad mit den fünfzehn Gängen so rasend schnell dahinjagte, sie sehen konnten.
Doch was sie hier erblickte, erschreckte sie nicht. Es war ein Fahrrad, aber es war auch noch etwas anderes. Etwas mehr. Etwas Schönes und etwas Geheimnisvolles. Solange das Kabel mit der Steckdose verbunden war und die Lampen leuchteten, war es natürlich nicht möglich, damit zu fahren. Aber sie konnte darauf sitzen und so tun, als würde sie in die Pedale treten und durch den Himmel fliegen.
Sie könnte zur Hütte des Sonnenschein-Manns fliegen und ihm danken ...
Sie könnte die Königin des Himmels sein, so als wären die gelben Lichter die Sterne ihrer eigenen Milchstraße ...
Sarah trat in die Pfütze hinein und streckte die Hand nach dem Lenker aus.
»Sarrie, was tust du denn da?«
Jamie stand in der Einfahrt, zog die Fahrradhandschuhe aus braunem Leder an, nahm den Styroporhelm ab und legte ihn auf ein Regalbrett. Einen Moment lang blieb er mit in die Hüften gestützten Händen stehen, dann ging er auf ihr Rad zu.
»Nichts.« Sie trat zurück und blickte zu Boden.
»Hast du das gemacht?«
Sie antwortete nicht.
»Das sieht vielleicht blöd aus.«
»Ich bin nicht blöd«, sagte sie leise.
Er zog den Stecker aus der Wand und begann, die Kette abzuwickeln.
»Nein, nicht!«
»Hier! Schau dir das an!« rief er und hielt ein Stück Kabel hoch, das um den Rahmen des Rades gewunden war. Die Plastikisolierung fehlte, und ein Teil des Kupferdrahts lag blank und war um das Pedal gewickelt. Er zeigte auf den Boden unter dem Rad. »Und da ist Wasser verschüttet.«

»Schrei mich nicht an!«
»Wenn du dumme Sachen anstellst, mußt du eben angeschrien werden.«
»Hör auf! Hör auf!«
»Fang jetzt bloß nicht mit einem deiner gespielten Wutanfälle an! Bei mir wirkt das nicht!«
Er wickelte Isolierband um die freiliegenden Drähte, rollte das Kabel dann sorgfältig zu einem Kranz auf und legte es in die Schachtel zurück, auf der *Weihnachtslichter* stand.
»Das hättest du nicht tun sollen«, murmelte sie drohend.
Diane tauchte im Eingang auf. »Was ist hier draußen los? Ich habe euch bis ins Schlafzimmer gehört.«
»Sarah hat mit den Christbaumlichtern gespielt«, sagte Jamie.
»Sarah, stimmt das?«
Das kleine Mädchen schob schmollend die Lippen vor. »Er hat mich dumm genannt.«
Diane wandte sich ihm zu. »Jamie?«
»Nun, sie *war* dumm. Sie hätte sich einen Stromschlag holen können oder so was.«
»Es war schön, und er hat es zerstört.«
»Mom«, sagte er, am Ende seiner Geduld.
Diane sah ihre Tochter streng an. »Du weißt, daß du die Dekorationen in Ruhe lassen sollst. Wenn du etwas kaputtgemacht hast, wirst du es von deinem Taschengeld ersetzen.«
»Ich habe überhaupt nichts getan!« schrie Sarah und stürmte aus der Garage.
Jamie hob sein Rad von den Pflöcken in der Garagenwand und stellte es auf die Erde. Diane ging zu ihm hinüber und zischte in einem drohenden Flüsterton: »Wie oft habe ich dir gesagt, du sollst sie nicht dumm nennen.«
»Sie hat mit ...«
»Mir ist egal, was sie getan hat. Das ist für sie das Schlimmste überhaupt. Mach das nie wieder.«
»Mom.«
»Laß es einfach bleiben.«

»Du weißt nicht, was ...«
»Hast du mich verstanden?«
Seine kräftigen Hände drückten die Bremshebel des Rades.
Diane wiederholte ihre Frage. »Ja«, brummte er schließlich.
Dianes Stimme wurde sanfter. »Wenn du siehst, daß sie so etwas anstellt, dann komm und sag es mir. Deine Schwester macht gerade jetzt eine schwere Zeit durch. Und solche Kleinigkeiten gehen ihr sehr nahe.«
»Ich habe doch schon gesagt, daß ich es kapiert habe.«
Ärgerlich ließ er das Rad vor und zurück rollen.
Diane wischte sich die Hände am Rock ab. »Tut mir leid, daß ich die Nerven verloren habe.«
»Macht nichts«, murmelte er. »Ist schon in Ordnung.«
»Dein Kampf ist heute abend, nicht wahr?«
»Ja.«
»Wir kommen hin.«
»Du und Sarah.«
»Dein Vater muß noch arbeiten. Es ist ein sehr wichtiger Fall.«
Er schwang sich auf das Rad und rollte die Einfahrt hinab.
»Ich möchte, daß du dich vom Deputy zur Schule bringen läßt. Dein Vater will nicht, daß ihr allein irgendwo hingeht.«
Er zuckte mit den Schultern.
»Jamie!« rief sie mit einem Blick auf das Regal neben der Tür.
»Warte! Dein Helm ...«
Doch der Junge schien nichts zu hören und legte sich scharf in die Kurve, als er aus der Einfahrt auf die Straße hinausschoß.

Er glaubte, es sei ein Schädel, war sich aber nicht sicher.
»Sie sind Watkins?«
»Bin ich.«
Nee, kann nicht sein. Jim Slocum betrat das kleine fensterlose Büro im State Building in Higgins und stellte sich vor. Besonders beeindruckt war er nicht; sein eigenes Büro im New Lebanon Sheriff's Department war größer und hatte außerdem ein Fenster, das sich öffnen ließ. Dieser Raum hier roch

nach Zwiebeln und war mit Büchern, Fernschreiben und Fotokopien vollgestopft. Er warf einen Blick auf einige der Dokumente und hielt sie für ausgesprochen langweilig. *Monatlicher demographischer Bericht des Justizministeriums über Todesfälle durch Gewalteinwirkung. Intrafamiliäre Gewalttaten im Überblick – Ausgabe für den Mittelwesten.*

Slocum schielte zu dem mit Glastüren verschlossenen Bücherschrank hinter Watkins hinüber. Nein, das war eine Pampelmuse, die jemand dort hingelegt und dann vergessen hatte.

Earl Watkins war klein und rundlich und trug ein enges blaues Hemd. Eine runde Nickelbrille saß auf seiner Nase, und sein Mund bildete ein weiches O über einem tief eingekerbten Kinn. »Nehmen Sie Platz.«

Slocum ließ sich auf dem harten Eichenstuhl nieder. »Sagen Sie mal, was ist das dort drüben?«

Watkins schaute in die Richtung, in die der Deputy zeigte. »Das da? Ein Schädel. Sehen Sie das Einschußloch?« Der schwergewichtige Watkins, auf dessen Hemd sich Schweißflecken zeigten, war Special Agent bei der Abteilung für Gewaltverbrechen der State Police.

»Wir hoffen, Sie können etwas Licht in die Situation bringen, in der wir uns befinden«, begann Slocum. »Etwa, indem Sie ein Profil des Täters erstellen. Ich kann Ihnen sagen, da gehen ein paar unheimliche Dinge vor.«

»Unheimliche Dinge?« fragte Watkins langsam.

Slocum gab ihm einen Überblick über den Gebben-Mord und fügte hinzu: »Passiert ist es in der Nacht des Halbmonds, und unter ihr lag dieses Kultmesser.« Er reichte Watkins eine Fotokopie.

Watkins betrachtete das Bild kurz, ohne eine Reaktion zu zeigen. »Aha. Wann hatte sie Geburtstag?«

Slocum blinzelte. Er öffnete seine fast leere Aktentasche, schaute hinein und schloß sie wieder, als ihm einfiel, daß er den größten Teil seiner Akte auf seinem Schreibtisch vergessen

hatte. »Äh, ich habe jemanden beauftragt, das ganze Zeug zu ordnen. Ich lasse Ihnen eine Kopie zukommen.«
»Mehrere Täter?« erkundigte sich Watkins.
»Keine Ahnung. Es gab ringsum eine Menge Fußabdrücke. Hauptsächlich von Männern. Ich habe sie fotografieren lassen. Wenn Sie wollen, können Sie Abzüge haben.«
»Nein.« Watkins schaute auf die Fotokopie mit dem Messer. »Hm. Hat er sie aufgeschlitzt?«
»Nein, erwürgt.«
»Ich weiß nicht, was das für ein Emblem ist. Haben Sie eine Idee?«
»Es sieht deutsch aus. Wie bei den Nazis, wissen Sie.«
»Es ist aber kein Hakenkreuz.«
»Nein«, sagte Slocum, »das meine ich auch nicht. Mir ist so etwas mal im Fernsehen aufgefallen. Die Gestapo hatte diese Abzeichen ...«
»Nicht die Gestapo. Die SS. Die Schutzstaffel.«
»Ja, genau. Blitzstrahlen.«
»Nur waren die bei denen parallel angeordnet. Diese hier sind gekreuzt.« Watkins wedelte mit dem Blatt. »Steht ein Hersteller auf dem Messer?«
»Nein. Auf dem Griff befand sich nur das Wort ›Korea‹.«
»Was ist mit dem Samen?« erkundigte sich Watkins. »Als der Kerl sie vergewaltigt hat, wieviel ist da rausgekommen?«
Slocum suchte die Antwort an der Decke des Büros. Er hatte den Eindruck, daß Watkins ein bißchen zu eifrig nach dieser Sache fragte, und überlegte, ob er vielleicht schwul war. Immerhin trug der Special Agent keinen Ehering. »Der Pathologe hat drei Unzen geschätzt.«
»Hm«, machte Watkins. Er verschränkte die Finger im Nacken und stellte Slocum dann Dutzende von Fragen – ob Fesseln benutzt worden seien, ob der Mörder das Opfer entführt oder am Tatort getroffen habe, ob es Hinweise auf Alkohol gebe, ob Jennies Körper in einer besonderen Haltung in die Blumen gebettet worden sei, ob man Fremdkörper in Anus oder Vagina

gefunden habe, wie attraktiv sie gewesen sei, ob es Bißspuren oder sonstige Hinweise gebe, daß der Täter ihr Blut oder ihren Urin getrunken habe.

»Das ist ja widerlich«, entfuhr es Slocum, der sich von dieser Frage unangenehm berührt fühlte.

»Irgendwelche Fingerabdrücke?«

»Auf dem Messer, ja. Und an anderen Stellen haben wir auch noch einige gefunden. Ich lasse sie mit denen bekannter Sexualtäter vergleichen.«

»Das ist schon mal ein guter Anfang.«

»Ich will sichergehen, daß so etwas nicht noch mal passiert«, erklärte Slocum mit grimmigem Ernst.

»Und, haben Sie Erfolg damit?« Der Detective wirkte amüsiert. Er rieb über die Fotokopie und betrachtete anschließend geistesabwesend die schwarze Farbe an seinem Daumen. Dann unterbrach er Slocums Bericht über die Ziege, die in der Schule gefunden worden war, mit der Aufforderung: »Erzählen Sie mir von Nummer zwei.«

»Soweit ich weiß, war es nur eine Ziege.«

»Das andere *Opfer.*«

»Wir haben kein anderes Opfer. Nur die Gebben.«

»Als Sie anriefen«, sagte Watkins, während sein Blick auf einen Papierschnitzel gerichtet war, »sprachen Sie von *Morden.*«

»Tatsächlich? Bisher haben wir nur einen. Aber wir befürchten, daß nächste Woche ein weiterer passiert. Wenn Vollmond ist.«

»Steve Ribbon ist Ihr Sheriff, richtig?«

»Ja, stimmt.«

»Und Hammerback Ellison ist der Sheriff vom Harrison County? Die stellen sich beide im Herbst zur Wiederwahl.«

Die Grenze zwischen dem, was er sagen sollte und was besser nicht, war für Jim Slocum immer recht nebelhaft gewesen. »Ja, ich glaube schon. Ganz genau weiß ich das aber nicht.«

Watkins wischte sich den Schweiß von der Stirn. Das war der Geruch, schoß es Slocum durch den Kopf. Keine Zwiebeln.

Schweiß. Watkins grinste. »Eine Menge Leute sagen, Steve Ribbon sei nicht ganz dicht.«
Slocum wich Watkins' Blick aus und betrachtete den Rücken des Buches *Moderne Soziopathologie.* »Davon weiß ich nichts.«
»Ja, das dachte ich mir schon.« Watkins grinste erneut, als hätte er gerade ein Tor geschossen. »Nun, wenn ihr mehr aus dieser Geschichte machen wollt, als dran ist ...«
»He ...«
»... dann ist das allein eure Sache.« Das Lächeln verschwand aus Watkins' Gesicht. »Mit nur einem Mord und den wenigen bisher bekannten Fakten ist es zu früh, um herauszufinden, was da genau vorliegt. Sie brauchen mehr Informationen.«
»Können Sie uns nicht ein paar Hinweise geben bezüglich unserer Vermutung, daß es sich um einen Kultmörder handelt?«
»Ich kann Ihnen das Profil eines klassischen Kultmörders mitgeben, wenn Sie möchten. Aber betrachten Sie das nicht als Allheilmittel. Ich habe keine Ahnung, ob es auf diesen Fall paßt oder nicht.«
»Das verstehe ich. Klar.«
»Sie wollen trotzdem, daß ich weitermache?«
»Ja.« Slocum reckte sich und schlug sein Notizbuch auf. Dabei fiel sein Blick wieder auf den Schädel, was ihn auf den Gedanken brachte: Wie kann man sich so einen für sich selbst besorgen?

»Mist«, sagte Amos Trout. »Warum muß das ausgerechnet jetzt passieren?«
»So geht das doch immer. Sie sollten ...«
»Ich kann mir keinen neuen leisten. Sie müssen ihn flicken.«
Trout stand zusammen mit dem Mechaniker in der linken Garage der Autowerkstatt an der Oakwood Mall und blickte mit grimmiger Miene in ein Wasserbecken, in dem ein Goodyear-Reifenschlauch lag, aus dessen Seite ein stetiger Strom von Luftblasen entwich.
Trout war vierundvierzig, trug schwarze Hosen und ein kurz-

ärmliges weißes Hemd. Das langsam schütter werdende Haar war kurz geschnitten und nach hinten gekämmt. In der Sicherheitstasche an seinem Gürtel steckten drei Stifte, ein Taschenrechner und eine Steuerkarte, die ihn als Handelsreisender auswies. Trout verkaufte Bodenbeläge für jeden Bedarf. Er warf einen trübsinnigen Blick auf die Blasen. »Was wird das Flicken kosten?«

»Fünffünfundsiebzig.«

»Wenn ich daheim wäre, würde ich das selbst machen«, bemerkte Trout.

»Sie sind aber nicht daheim.«

»Scheint ein ziemlich kleines Loch zu sein. Heute morgen bin ich mit dem Reifen problemlos bis hierher gekommen. Ich könnte ihn einfach aufpumpen und mich auf mein Glück verlassen.«

»Könnten Sie. Würde ich an Ihrer Stelle aber nur tun, wenn ich einen guten Ersatzreifen dabeihätte.«

Trout hätte sich wegen des Reifens nicht so viele Gedanken gemacht, wenn er nicht vorgehabt hätte, heute abend mit seiner Frau nach Minnesota zu fahren, um dort dicke fette Bisamratten zu fangen und ansonsten gemütlich mit einem Cocktail in der Hand auf Campingstühlen zu sitzen und die Natur zu genießen. Er beabsichtigte, erst in vier Wochen wieder in die berufliche Tretmühle zurückzukehren.

»Flicken Sie ihn«, sagte er. »Und machen Sie es gut. Ich habe damit eine längere Fahrt vor.«

Der Mechaniker begab sich an die Arbeit. Einen Moment später hielt er ein Stück Glas hoch wie ein Arzt in Dodge City, der gerade eine Kugel aus dem Arm eines Revolverhelden entfernt hat. »Das war es. Mit Gürtelreifen wäre Ihnen das nicht passiert.«

Trout betrachtete die Scherbe. »Ich wußte doch, daß ich irgendwo drübergefahren bin. Dienstag nacht war ich ziemlich spät auf der 302 unterwegs. Kennen Sie die Kurve am Damm? Den Blackfoot Pond? Da, wo jeder angeln geht?«

Der Mechaniker bestrich einen Flicken mit Klebstoff und drückte ihn auf das Loch. »Hm.«
»Also, ich biege um die Kurve, und da rennt mir doch dieser Kerl genau vor den Wagen.«
»Vielleicht haben Ihre Scheinwerfer einen Wackelkontakt. Ich könnte das schnell überprüfen …«
»Die sind bestens, außer daß bei einem das Fernlicht nicht funktioniert.«
»Ich könnte rasch …«
»Ist schon in Ordnung. Also, ich fuhr von der Straße runter, um dem Mann auszuweichen. Hat mächtig gerumpelt. Der Bursche erstarrte regelrecht. Und ich bin über eine Bierflasche gerollt. Wissen Sie, diese Angler lassen allen Müll herumliegen. In Minnesota ist das anders.«
»Ach, tatsächlich?«
»Ich war zu Tode erschrocken, als ich diesen Kerl sah. Und er schaute genauso aus, wie ich mich fühlte.«
»Kann man ihm nicht verdenken. Ich möchte auch nicht von einem Buick gerammt werden.«
»Ja, ja.« Trout blickte auf die Uhr. Es war bereits nach zwei. Er bezahlte für die Reparatur. »Gibt's bei Ihnen Propangas?«
»Wenn Sie einen Tank haben, können Sie ihn hier füllen.«
»Nein, ich meine für einen Campingkocher.«
»Nein, dafür müssen Sie in einen Campingladen.«
»Das werde ich dann mal machen. Wird eine lange Mittagspause heute. Aber was soll's, ich bin ja schon fast im Urlaub.«

Das Sirren der Gänge war bei dem Fahrtwind, der ihm um die Ohren pfiff, kaum zu hören.
Jamie Corde schaltete hoch, als er die Kuppe des Hügels an der Old Farm Road erreichte. Unter ihm, eine Meile entfernt, lag die Schule – teergedeckte Ziegelsteingebäude, die zwischen den Parkplätzen und limonengrünen Rasenflächen kauerten. Das hier war seine Lieblingsstrecke, ein steil abfallendes Stück Straße und zum richtigen Zeitpunkt weitgehend verkehrsfrei.

Obwohl er jetzt auf einem italienischen Rennrad mit fünfzehn Gängen fuhr, war er auch mit seinem alten dreigängigen Schwinn, das einen Tachometer besaß, oft diese Strecke hinabgerast. An einem Sommertag, als die Reifen durch die Hitze weich und griffig geworden waren, hatte er es geschafft, auf fünfzig Meilen pro Stunde zu kommen, bevor er an der Ampel bremsen mußte, die dort stand, wo die Old Farm Road die Route 116 kreuzte.

Er rollte bergab.

Jamie Corde liebte es zu laufen, und er war ein sehr schneller Läufer, doch er wußte, daß nichts dem Gefühl der Geschwindigkeit gleichkam, die man ohne eigene Anstrengung erreichte – etwa einen schneebedeckten Berg in Colorado hinabzujagen oder einen Abhang wie diesen hinunterzurollen, mühelos, während die Gangschaltung neben den festgeschnallten Füßen ratterte.

Das Rad lag ruhig in seinem festen Griff, und die unterbrochene Mittellinie wurde zu einem einzigen grauen Band. Er beugte sich vor und konzentrierte sich ausschließlich darauf, herumliegenden Kieselsteinen auszuweichen. Er dachte nicht an seine Mutter oder seine Schwester und auch nicht an seinen Vater. Abgesehen von ein paar aufblitzenden Erinnerungen an Greg LeMond bei der Tour de France, dachte Jamie Corde ausschließlich an Geschwindigkeit.

Auf halber Strecke überholte er zu seinem großen Vergnügen einen Wagen. Sicher, es war nur ein alter Volkswagen mit einem Dieselmotor, der von einer Frau gefahren wurde, die Mrs. Keening, seiner steinalten Lateinlehrerin, ähnelte. Aber es war dennoch ein Auto, und er hatte es überholt. Und die Miene der Fahrerin, die den Kopf gedreht und ihn ungläubig angestarrt hatte, erfüllte ihn mit zusätzlicher Freude.

Eine halbe Meile voraus am Fuß des Hügels lag die Kreuzung. Enttäuscht stellte er fest, daß er den Zeitpunkt seiner Abfahrt falsch eingeschätzt hatte. Wenn er noch etwas länger oben auf der Kuppe gewartet hätte und erst dann losgefahren wäre, als die Ampel auf Rot umsprang, wäre er vielleicht genau bei Grün unten angekommen und hätte glatt durchfahren können. Doch gerade jetzt wechselte das Licht auf Gelb. Auf der Route 116 herrschte reger Verkehr, weshalb die Ampel so geschaltet war, daß die Fahrer auf der Old Farm Road minutenlang warten mußten.

Langsam zog er den Hebel der Hinterradbremse an. *Zonk.* Ein plötzlicher Schmerz. Etwas hatte seine rechte Wade getroffen. Jamie dachte, er hätte ein kleines Tier erwischt, eine Feldmaus oder ein Streifenhörnchen, das dann durch das wirbelnde Rad hochgeschleudert worden war. Fast gleichzeitig verkrampfte sich seine Hand um den Bremshebel. Er warf einen Blick auf den Lenker und stellte fest, daß der Hebel bereits fest am Metall des Handgriffs anlag.

Jamie schaute nach unten auf das Hinterrad. Was gegen sein Bein geschlagen hatte, war kein Tier gewesen, sondern der Gummibremsklotz, der aus seiner Halterung geflogen war. Das Metall schien etwas verbogen zu sein, und er erkannte voller Schrecken, daß er gestern, als er das Rad an die Pflöcke in der Garage gehängt hatte, die stählerne Hülle getroffen haben mußte, die den Bremsklotz festhielt. Sein Vater hatte ihn immer wieder ermahnt, gut aufzupassen, wenn er das Rad aufhängte, und er hatte seine Worte mit schöner Regelmäßigkeit ignoriert.

Jamie war jetzt zweihundert Meter von der Kreuzung entfernt und wurde immer noch schneller. Seine Geschwindigkeit mußte fast schon fünfundfünfzig Meilen betragen. Das Fahrrad fing an zu vibrieren. Mit zitternden Händen packte er den Lenker fester, als er über Steine und kleine Äste raste; er war jetzt zu schnell, um noch auszuweichen. Angstschweiß näßte Nacken und Achselhöhlen. Er spürte die Kälte, als die Feuchtigkeit im Fahrtwind verdunstete. Langsam zog Jamie die Vorderradbremse an. Keine Wirkung. Er zog fester, und das Hinterrad hob sich plötzlich und hätte ihn fast über den Lenker geschleudert. Jetzt waren es noch hundert Meter bis zur Kreuzung. Jamie zog die vordere Bremse so fest an, wie er es wagen durfte, doch das Rad beschleunigte noch immer. Eine Reihe hoher Eichen tauchte in seinem Blickfeld auf und verschwand wieder. Ein Wagen der Straßenwacht, ein paar Zaunpfähle. Der Randstreifen war hier sehr schmal. Parallel zur Straße verlief ein Stacheldrahtzaun, der ihn zerfetzen würde, falls er versuchte, das Rad in den Graben zu lenken.

Jamie Corde, Student mit vorzüglichen Noten in Physik, weiß, daß die Höchstgeschwindigkeit, die ein fallender Körper innerhalb der Erdatmosphäre erreichen kann, bei etwa hundertdreißig Meilen pro Stunde liegt, und ihm ist auch bekannt, daß menschliche Organe eine plötzliche negative Beschleunigung von mehr als fünfzig Meilen nicht überstehen. Er wirft einen Blick auf den Verkehr der Route 116. Lastwagen und Autos sausen vorbei. Tränen, hervorgerufen vom Wind und von seiner Panik, rinnen aus seinen brennenden Augen und verschwinden in den Haaren. Jamie setzt sich aufrecht hin, um den Windwiderstand zu vergrößern. Ein Gebet aus der Sonntagsschule fällt ihm ein. Er streckt die Füße zum Boden, doch der Asphalt zerfetzt das Nylon der Schuhspitzen fast augenblicklich. Also stellt er die Füße wieder auf die Pedale, und das Rad rast weiter.

10

Fünfundsiebzig Meter ...

Der Hügel war in ebenen Boden übergegangen, doch das Fahrrad bewegte sich noch immer mit einer Geschwindigkeit von fast sechzig Meilen vorwärts. Das Geräusch der Räder und das Sirren der Gangschaltung wurde vom Heulen des Fahrtwinds übertönt. Ein paar Insekten starben, als sie schmerzhaft gegen sein Gesicht prallten. Der leichte Rahmen des Fahrrads erzitterte bedenklich bei jedem Stein, den es überrollte.

Jamie fuhr auf den Mittelstreifen der Old Farm Road, wo weniger Schutt auf der Straße lag. Eine Flaschenscherbe oder ein Ölfleck konnte ihn umbringen.

Fünfzig Meter bis zur Kreuzung ...

Er glaubte, hinter sich eine Hupe zu hören. Möglicherweise versuchte die Fahrerin des Volkswagens, ihn zu warnen.

Vierzig Meter ...

Der Fahrer eines Autos, das an der Ampel wartete, schaute in seinen Rückspiegel, und Jamie konnte sein Erschrecken in dem glänzenden Rechteck erkennen, das die Augen des Mannes reflektierte.

Dreißig ...

Zwei japanische Importwagen sausten über die Kreuzung in Richtung Norden. Ein Tanklastzug rumpelte nach Süden.

Und Jamie Corde begann in die Pedale zu treten.

Er konnte nicht rechtzeitig anhalten. Das war sicher. Entweder schaffte er es, zwischen den Autos hindurchzuhuschen, oder er würde zerschmettert. Er beugte sich vor, nahm eine möglichst aerodynamische Haltung ein, schaltete in den höchsten Gang, ließ die Handbremse los und trat in die Pedale wie nie zuvor in seinem Leben. Er spürte, wie ihn eine große Ruhe überkam. Die Autos befanden sich in einer anderen Welt. Auch der Wind, der Stacheldrahtzaun und die Straße. Sogar das Fahrrad. Die Furcht verschwand. Er schwebte jetzt über diesen Dingen. Die blauhaarige Frau in dem Volkswagen, der Fahrer, dessen Augen im Rückspiegel zu sehen waren, die Bäume, die Vögel, die angesichts seiner Geschwindigkeit erschrocken hochflatterten – nichts davon war noch von Bedeutung. Er lächelte und bemühte sich, fest genug zu strampeln, um mit den rasenden Reifen Schritt zu halten, und wurde dabei schneller und schneller.

Fünfzehn Meter ...

Der Wagen, der an der Ampel wartete, war ein Nissan mit dem Kennzeichen DRT 345.

Zehn ...

Eine alte Bremsspur zog sich in einem Bogen über beide Fahrbahnseiten.

Treten treten treten treten!

Eine alte Obstkiste lag zerbrochen am Straßenrand, blaues Seidenpapier quoll daraus hervor.

... schneller als das Licht ...

Die Bremsspur des südwärts fahrenden Taurus-Kombiwagens begann drei Meter vor der Stelle, an der das Fahrrad auf die Kreuzung hinausfuhr. Das Heck des grauen Wagens brach nach links aus, als die Räder blockierten. Der Fahrer lenkte gegen, was dazu führte, daß der Wagen in die andere Spur rutschte und genau auf die Stelle zuhielt, an der das Rad den Highway passieren würde.

Die Beifahrerin versteckte ihr Gesicht unter dem Armaturenbrett.

Die dumpfe Hupe brüllte auf.

Der Fahrer warf einen Arm über die Augen.

Ping.

Jamie hatte den Eindruck, jemand würde dicht neben seinem Kopf mit den Fingern schnipsen, als er vor dem Kühler des Kombiwagens vorbeisauste. Die Stoßstange verfehlte sein Hinterrad nur um Millimeter. Ihre Gesamtgeschwindigkeit hatte annähernd hundertzehn Meilen pro Stunde betragen.

Seine Ohren klangen vom Dröhnen der Hupe und dem endlosen Kreischen der blockierten Räder. Dann lag die Route 116 hinter ihm, und er fuhr so entspannt über den von Kieseln und Schmieröl verschmutzten Weg, als hätte er eine saubere, glatte Rennstrecke vor sich. Jamie lockerte die verkrampften Beine und ließ das Rad rollen. Hupen kreischten hinter ihm her, und er wußte, daß er zumindest von den Insassen eines Kombiwagens aus tiefstem Herzen verflucht wurde.

Aber was hätte er schon tun können, als weiterzufahren und sie hinter sich zurückzulassen?

Jamie Corde bemühte sich, seine Geschwindigkeit zu halten.

Als er die Schule erreichte, stand er aufrecht in den Pedalen. Er blickte zum Himmel empor, holte tief Luft, schwang eine Faust über dem Kopf und lachte und heulte wie ein Cowboy im Wüstenkoller.

Jim Slocum riß den Schokoriegel auf, biß ein Stück ab und drückte es gegen den Gaumen. Er ließ einen Dollar auf den Tresen fallen.
»Bin sofort bei Ihnen, Officer«, sagte die junge Frau hinter der Theke.
»Oh, es eilt nicht so.«
Slocum lehnte sich an den Tresen des Sweets 'n Things Shop in der Oakwood Mall. Er biß abermals von dem Milky Way ab, das noch immer seine Lieblingsschokoriegelmarke war. So war es immer gewesen, und so würde es immer sein. Die Tür des Süßwarenladens öffnete sich, und Slocum sah einen halbwüchsigen Jungen hereinkommen. Fett, in schauerlicher Kleidung. Langes blondes Haar, mit Gel oder von Dreck in Form gehalten. Slocum erkannte Philip Halpern. Dieser blickte den Deputy mit unverhohlener Überraschung an. Er ging zu der Wand hinüber, wo die Gläser mit den billigen Süßwaren aufgereiht standen, und begann eine Plastiktüte zu füllen.
Slocum schüttelte mißbilligend den Kopf. Er ärgerte sich über die Fettleibigkeit des Jungen und über dessen Mangel an Willenskraft. Am liebsten hätte er ihm gesagt: Wenn du so weitermachst, trifft dich mit zwanzig der Schlag. Aber dann behielt er diesen Gedanken doch lieber für sich. Wie alle Deputies in New Lebanon war auch er schon wegen familiärer Streitigkeiten zu Creth Halperns heruntergekommenem Bungalow gerufen worden. Der Vater konnte einem wirklich Angst einjagen – sowohl wegen des unheimlichen Ausdrucks in seinen Augen als auch wegen seiner Launen. Er hatte erlebt, wie der Exseemann auf der Couch lag und sich Hautfetzen vom aufgeschürften Knöchel zupfte und dabei lächelnd auf die blutigen Streifen an der eingebeulten Kühlschranktür blickte.

Seine Frau, die aus allen Poren nach Gin stank und sich einen Eisbeutel an die Stirn ihres hübschen Gesichts hielt, pflegte in solchen Fällen mit der Ernsthaftigkeit eines Betrunkenen aufzuschauen und zu sagen: »Wir haben nur ein bißchen herumgealbert.« Philip, der oft genug selbst blaue Flecken aufwies, versteckte sich normalerweise in seinem Zimmer. Es gab auch noch eine Tochter. Slocum ging jede Wette darauf ein, daß sie sich spätestens mit sechzehn schwängern und heiraten lassen würde.

Junge, wenn du so fett bleibst, nehmen sie dich nicht bei der Army, und was willst du dann machen? Jim Slocum war überzeugt, daß sich alle emotionalen Probleme durch Football oder ausreichenden Schulsport beheben ließen.

Der Kunde, den die Angestellte bedient hatte, ging aus dem Laden.

»Miss«, wandte sich Slocum an das Mädchen, »ich muß alle Kaufleute hier in der Mall befragen, ob sie am Dienstag abend lange geöffnet hatten.«

»Geht es um diese Studentin, die ermordet worden ist?«

»Ja.«

»Ist dieser Kerl, Sie wissen schon ...« Zwei Falten erschienen auf der Stirn der besorgt wirkenden jungen Frau.

»Was?«

Sie berührte ihr kräftig mit Gel behandeltes braunes Haar. »Nun, Debbie Lipp hat mir erzählt, daß er hinter Brünetten her ist. Gestern habe ich mir etwas Färbemittel geholt. Ich habe die Farben, die ich trage, natürlich aufeinander abgestimmt, und blond würde nicht dazu passen, aber ...«

Slocum sah, wie eine Träne langsam über den Lidstrich unter ihrem Auge rollte.

»Ich würde das nicht machen, Miss. Nach allem, was wir wissen, ist er nicht hinter Brünetten her. Ihr Haar sieht wirklich hübsch aus, so wie es ist.« Er lächelte. »Und auch sexy.«

»Ich habe Angst, Officer.« Ihre Stimme zitterte. »Ich muß abends nach Hause fahren, und die Schicht von Ed, meinem

Mann, endet erst um dreiundzwanzig Uhr. So sitze ich drei Stunden im Wohnwagen! Ganz allein ... Ich kann nicht fernsehen wegen der Geräusche draußen. Ich kann nicht lesen. So sitze ich einfach nur da. Ich bin sogar zu nervös, um zu nähen, und ich werde es nicht einmal schaffen, die Jacke, die ich meiner Nichte zum Geburtstag versprochen habe, rechtzeitig fertigzubekommen.« Sie weinte stumm vor sich hin.

»Wir tun alles, was in unserer Macht steht, um diesen Mistkerl zu erwischen. Aber ich wollte mich eigentlich nach dem Dienstag erkundigen.«

»Ich fürchte, ich kann Ihnen nicht helfen. Wir schließen dienstags um neunzehn Uhr.«

Tja, da haben wir es. Einbahnstraße. »Wissen Sie was, geben Sie mir ein Viertelpfund von diesen Gummibonbons. Welche Geschmacksrichtung haben die?«

»Diese hier? Wassermelone.«

»Gut.« Slocum bezahlte. Als er das Wechselgeld entgegennahm, lächelte er einschmeichelnd. »Ich komme hin und wieder hier vorbei. Dann besuche ich Sie und schaue nach, wie es Ihnen geht.«

Sie schluckte und tupfte sich mit dem Zipfel ihres Ärmels eine Träne weg. »Es wäre mir lieber, Sie würden alles tun, um den Kerl zu fassen.«

»Nun, das werden wir«, sagte er steif, nahm die Bonbons und ging zur Tür. Unterwegs warf er dem jungen Halpern einen Blick zu. »Wenn du Hunger hast, iß einen Apfel.«

Slocum schlenderte an den dank der Rezession verlassenen Teilen der Mall vorbei, bis er den letzten Laden auf seiner Liste erreichte. Bodenbeläge für jeden Bedarf. Drinnen saß eine junge Frau mit kurzgeschnittenem Haar an einem Tisch und schrieb sorgfältig etwas in ein Auftragsbuch. »Tag«, sagte Slocum.

»Hallo, Officer, was für einen Teppich suchen Sie denn? Wir haben ein Sonder...«

»Ist dieses Geschäft am Dienstag abend lange geöffnet?«

»Natürlich. Viele Teppichläden schließen wochentags früh, aber wir sind die Nummer eins in Teppichen und die Nummer eins im Service. Und die Abende sind wichtig für uns. Viele Männer kommen nach der Arbeit her, um sich anzusehen, was ihre Frauen tagsüber ausgesucht haben.«

»Haben Sie am letzten Dienstag gearbeitet?«

»Nein, Sir, da war Mr. Trout hier. Amos Trout.«

»Kommt er heute noch her?«

»Oh, er ist schon da. Nur im Moment ist er gerade unterwegs, weil er Probleme mit seinem Wagen hat. Mr. Trout hat ziemlich spät Mittagspause gemacht. Er müßte aber jeden Augenblick hier sein.«

»Dann komme ich später noch mal vorbei.«

Slocum verließ den Laden und stieß nach wenigen Schritten auf Adeline Kraskow. »Sieh mal einer an«, rief er und lief um sie herum.

»Hallo, Jim«, sagte sie mit ihrer rauhen Stimme. Sie war jung und könnte hübsch ausschauen, wenn es ihr nur gelingen würde, ihr schwarzes Haar mit den weißen Streifen zu bändigen. Die Strähnen erinnerten ihn an Elektrokabel. Es hätte auch nicht geschadet, mit einem Teil ihrer gewaltigen Brüste ihre zahnstocherdünnen Beine aufzupolstern (Slocum hätte nicht geglaubt, daß ihm eine derartige Umverteilung jemals sinnvoll erschienen wäre). Addie hatte trockene Haut, hohe Wangenknochen und benutzte nur selten Make-up. Slocum nahm deshalb an, daß sie ganz verzweifelt auf der Suche nach einem Mann war.

»Was gibt's Neues?« erkundigte er sich.

»Ich schreibe an einer Story, die davon handelt, wie diese Kultmördergeschichte die Geschäftsleute beunruhigt.«

»Ist es so schlimm?«

»Schlimmer. Die Menschen haben Angst. Sie bleiben daheim und geben kein Geld aus. Und was machst du hier?«

»Darf ich nicht drüber reden.«

Eine Minute lang standen sie schweigend voreinander. Eine Reihe von Gedanken schoß durch Slocums Kopf: daß er seiner

Frau versprochen hatte, sie zur Mall zu bringen, daß er das auch am Sonntag machen könnte und daß er mit diesem Amos Trout vom Teppichladen reden könnte, während sie ihre Einkäufe erledigte. »Ich mache gerade eine kleine Pause. Hast du Lust auf einen Drink?«

»Klar. Warum nicht?« sagte Adeline Kraskow. Sie schob ihren Notizblock in die große Handtasche und schlenderte dann mit ihm durch die Mall.

Sie kannten sich jetzt ziemlich genau ein Jahr, seit dem Zeitpunkt, als sie angefangen hatte, die Polizeiberichte für den *Register* zu schreiben. Adeline Kraskow wußte nicht, daß Slocum regelmäßig Sex in allen Stellungen mit ihr hatte und ihm von ihr auch schon ein dutzendmal einer geblasen worden war – natürlich nur in seiner sehr lebhaften Vorstellung und immer nur dann, wenn er auf wesentlich weniger aufregende Weise mit seiner Frau, mit der er seit elf Jahren verheiratet war, oder mit seiner rechten Hand beschäftigt war. Er vermutete, daß er, wenn Addie im wirklichen Leben jemals ihre Zigarette ausdrücken und seinen Reißverschluß öffnen würde, so schlaff wie ein monatealter Rhabarberstengel wäre, aber trotzdem genoß er es, neben ihr zu sitzen und zu spüren, wie ihre Knie sich zufällig oder absichtlich gegen seinen Oberschenkel drückten, während sie ihm ihre ernsthaften Reporterfragen stellte. Jetzt führte er sie zu einer dunklen Nische im einzigen Restaurant der Mall, das eine Alkohollizenz besaß, das T. K. Hoolihan's.

»Bist du im Dienst?« fragte sie.

»Ich ermittle verdeckt, und deshalb darf ich etwas trinken.«

»Du trägst eine Uniform. Wie kannst du da verdeckt ermitteln?«

»Nun, immerhin trage ich unter der Uniform keine Dienstkleidung. Nein, ich fürchte, das zählt wohl nicht.« Er lachte, um zu zeigen, daß er einen Scherz gemacht hatte. Addie lächelte charmant, aber nicht ohne Zweifel. Sie bestellten Scotch und Slocum bezahlte.

»Danke.« Sie zündete eine Zigarette an, inhalierte und blies den Rauch dann in Richtung der Plastikimitation einer Tiffanylampe. »Hast du schon irgendwelche Spuren?«

»Ich habe doch bereits gesagt ...«

»Besteht eine Verbindung zum Mord an Susan Biagotti?«

»Bill würde es nicht gefallen, wenn ich darüber rede.«

»Das würde es sicher nicht. Aber ich kann nicht nur Leute befragen, die auch gefragt werden wollen. Der Biagotti-Mord ist nie aufgeklärt worden. Steve Ribbon stellt sich zur Wiederwahl, nachdem er den Fall damals ziemlich in den Sand gesetzt hat. Und jetzt ist ein zweites Mädchen tot.«

»Addie ...«

»Du weißt gar nicht, wie hartnäckig ich sein kann«, entgegnete sie. »Erzähl mir was. Irgendwas. Egal was. Ich verspreche dir auch, daß dein Name in dem Artikel nicht auftaucht.«

Slocum seufzte.

Addie beugte sich überlegen vor und flüsterte: »Hand aufs Herz, Jim.«

Die Wärme, die sie den Eltern verwehrte, schenkte sie den Kindern. Zumindest das mußte Diane ihr zugestehen.

»Hallo, Sarah«, rief die Frau überschwenglich. »Ich bin Dr. Parker. Wie geht es dir heute?«

In die darauffolgende Stille, in der sich die drei in dem veterinärmäßigen Wartezimmer gegenüberstanden, meinte Diane: »Liebes, du weißt doch, was man sagt.«

»Ich will nicht buchstabieren«, erklärte Sarah in einem sturen, schnippischen Tonfall. »Und zur Schule gehe ich auch nicht mehr.«

»Na schön, Sarah«, erwiderte die Psychiaterin aufmunternd, »es gibt auch noch ein paar andere Dinge, über die wir sprechen sollten. Am besten denken wir heute gar nicht an deinen Buchstabiertest, in Ordnung?«

»Sarah«, schimpfte Diane, »ich will nicht, daß du dich so aufführst.«

Dr. Parker stellte sich nicht zwischen Mutter und Tochter. Sie lächelte einfach weiter und streckte die Rechte aus. Sarah schüttelte die Hand kurz, trat dann wieder einen Schritt zurück und setzte eine Miene auf, bei der Diane traurig dachte, daß ihre Tochter jetzt tatsächlich so aussah wie der Satansbraten, zu dem sie sich entwickelt hatte.

»Komm doch herein«, sagte Dr. Parker. »Ich habe da ein paar Sachen, die ich dir zeigen möchte.« Sie führte Sarah in ihr Büro. Diane schaute durch die Tür und bemerkte eine Reihe dunkelgrüner Kästchen auf dem Tisch, die mit den Buchstaben WISC-R gestempelt waren. Dann warf sie einen Blick auf Dr. Parker, um deren heutige modische Ausstattung zu begutachten. Ein enganliegendes rotes Seidenkleid. Mit schwarzen Strümpfen. Und das in New Lebanon! Hatte nicht irgendeine berühmte Gangsterbraut ein solches Kleid getragen, als sie ihren Liebhaber verriet?

Diane wollte Sarah folgen, doch Dr. Parker schüttelte den Kopf und nickte zur Couch im Wartezimmer. »Diesmal nur Sarah und ich.«

»Oh! Ja, natürlich.«

Diane, die sich zurechtgewiesen fühlte, zog sich auf die Couch zurück und schaute zu, wie die Empfangsdame ein Päckchen Kaugummi aufriß und einen Streifen in den Mund schob. Als diese bemerkte, daß Diane sie ansah, hielt sie die Packung fragend hoch.

»Vielen Dank, aber ich mag keinen Kaugummi.«

Kurz bevor sich die Tür zum Sprechzimmer der Psychiaterin schloß, erhaschte Diane noch einen Blick auf das Gesicht ihrer Tochter, die ängstlich auf die Kästchen schaute. Das Türschloß klickte. Diane seufzte und kramte ziellos in einem Stapel voller zerlesener Zeitschriften. Schließlich nahm sie eine heraus und blätterte darin.

Ein paar Minuten später schloß Diane wieder das Heft, lehnte sich auf der Couch zurück und ließ sich von dem Gefühl, besiegt worden zu sein, davontragen.

Besiegt von ihrem Ehemann, in dessen Gegenwart Sarah

entspannt und fröhlich war – ihr Mann, der Sarahs sprunghafte, verschlungene Sprache beherrschte, was Diane nie gelang. Besiegt auch von Sarah selbst durch deren geschickten Einsatz von Tränen und Panikanfällen.

Und von dieser Hure von Irrenärztin, die so scharf auf ihr bißchen Geld war.

Und durch ihre eigene Schuld.

Diane Cordes Augen betrachten blicklos ein Hochglanzmagazin mit verderbten Fotos junger Mädchen, während ihre Beine unter dem schrecklichen Druck der Vergeltung zittern. Diane Corde ist eine ziemlich gläubige Methodistin, und man hat ihr beigebracht, an göttliche Gerechtigkeit zu glauben und daran, daß Vergeltung gut und reinigend sei. Aber dem ist nicht so. Denn die Person, die jetzt den Preis für die Sünden bezahlen muß, ist nicht die Mutter, die sie begangen hat, sondern die Tochter.

Haben Sie getrunken, während Sie schwanger waren?

Nein. Natürlich nicht.

Was für eine Frage! Niemand trank während der Schwangerschaft. Niemand nahm Schlaftabletten. Niemand nahm auch nur *Aspirin.* Lieber Himmel, man mußte schließlich nur einen Blick in die Gesundheitstips der *Post-Dispatch,* des *Register* oder des *Reader's Digest* werfen, dann wußte man, wie man sich zu verhalten hatte, wenn man schwanger war.

Alkohol trinken? Keine schwangere Frau, die bei Verstand ist, würde das tun.

Es sei denn, es sei denn ...

Es sei denn, um ein Beispiel herauszugreifen, jemand, den du sehr liebst, hat etwas sehr Schlimmes getan. Zum Beispiel dein Ehemann. Und nachdem die Sache bekannt wird – durch die Zeitungen –, sehen dich die Nachbarn merkwürdig an, oder sie übersehen dich. Und manche Menschen rufen dann spät in der Nacht an und lauschen einfach nur einen Moment lang, bevor sie einhängen, als wollten sie herausfinden, ob dein Atmen noch schlimmer klingt als das ihre.

Es sei denn, diese Person, dein Ehemann zum Beispiel, sagt nichts und tut nichts, bis das Geld ausgeht und die einzige Lösung darin besteht, aus einem hübschen Vorort in eine kleine, langweilige Stadt auf dem Land zu ziehen und dort ein neues Leben zu beginnen.

Sein Leben.

Und als Folge davon auch deins.

War das nicht Grund genug, hin und wieder etwas zu trinken, selbst in der Schwangerschaft? Nur um das Schweigen eines Mannes zu ertragen, der nichts tut, was die schlimmste Art des Schweigens ist. Ab und zu eine Tablette. Noch ein paar Drinks. Und noch ein paar mehr ... Um das Netz der Trübsal zu zerstören, das den Frühstückstisch umgibt. Um einschlafen zu können, selbst wenn du dann am nächsten Morgen das Gefühl hast, ein Hund hätte sich in deinen Hinterkopf verbissen. Aber niemand trinkt während der Schwangerschaft.

Oh, Sarah ...

Diane Corde schaute zu der billigen Tür hinüber, die sie von ihrer behinderten Tochter trennte, und konzentrierte sich dann wieder auf das Magazin. Sie las jedes einzelne Wort eines Artikels über eine Bootsfahrt auf der Loire, als würde sie am nächsten Morgen über dieses Thema geprüft.

»Ich mag sie nicht«, verkündete Sarah auf dem Heimweg im Auto.

»Wieso nicht?«

»Sie hat mich all diese blöden Sachen tun lassen. Bilder malen und Fragen beantworten. Das habe ich doch schon alles in der Schule gemacht.«

»War sie nicht nett zu dir?«

»Mrs. Keinensohn ...«

»Beiderson.«

»Mrs. Beiderson ist nett, und trotzdem fühle ich mich bei ihr doof. Ich habe mich auch doof gefühlt, als ich diese Tests in Dr. Parkers Büro machen mußte.«

»Sie versucht, dir zu helfen.«
»Ich hasse sie!«
»Sarah, du sollst so etwas nicht sagen.«
»Sie will mich an der Rechtschreibprüfung in der Schule teilnehmen lassen. Ich habe gesehen, wie du hinterher mit ihr gesprochen hast. Das war es doch, was sie gesagt hat, oder?«
Ja, das war es. Diane zögerte und antwortete dann: »Dr. Parker möchte, daß du weiter lernst. Nächstesmal, wenn du zu ihr gehst, will sie dir ein paar Tricks beibringen, die dir helfen sollen, solche Prüfungen zu bestehen.«
»Ich gehe *nicht* wieder zur Schule.«
Dianes Geduld war plötzlich verpufft, und so sagte sie lieber nichts.
»Ich hasse sie. Ich komme mir in der Schule dumm vor. Der Sonnenschein-Mann ...« Ihre Stimme brach ab.
»Wir alle haben die Schule gehaßt. Dein Vater und ich haben dir das oft genug erklärt. Jedem geht das so«, sagte Diane mit zusammengebissenen Zähnen. »Weißt du noch, wie gut du im Frühling mit dieser Geschichte abgeschnitten hast? Die über die Vögel.«
Sarah hatte eine Drei bekommen, die höchste Note, die sie je in Englisch erreicht hatte, und das mit einer einzigen Seite. Andere Schüler hatten vier oder fünf vollgeschrieben.
»Ich will nicht an diesen Prüfungen teilnehmen«, jammerte Sarah. »Zwing mich nicht dazu!«
»Ich werde heute abend mit dir üben. Und danach gehen wir zu Jamies Kampf.«
»Nein«, erklärte sie. »Ich will, daß Daddy mir hilft.«
»Dein Vater muß lange arbeiten.« Diane bog in die Auffahrt ein. Sie winkte dem Deputy, der in seinem Wagen hockte, den er vor dem Haus abgestellt hatte. Er nickte zurück und wandte sich wieder seiner Zeitung zu. Diane trat hart auf die Bremse.
»Er muß immer arbeiten«, maulte Sarah.

Sie stiegen aus dem Wagen und gingen durch die Garage zur Hintertür.
»Nein, das stimmt nicht. Er verbringt sehr viel Zeit mit dir. Heute versäumt er auch Jamies Kampf.«
»Ringen ist blöd.«
»Sprich nicht so über deinen Bruder! Er ist wenigstens gut in der Schule ...«
Diane erschrak über ihre Worte. Sie warf Sarah heimlich einen Blick zu, doch diese hatte den Ausrutscher nicht bemerkt.
»Mommy, schau, da liegt etwas auf den Stufen.«
Diane sah einen kleinen weißen Umschlag. Sarah hob ihn eifrig auf und betrachtete ihn, dann gab sie ihn stirnrunzelnd ihrer Mutter. Sie gingen ins Haus hinein. Diane blieb im Flur stehen, wo das Sonnenlicht durch die offene Tür hereinströmte. Es fiel auf ihre Hände und färbte sie blutrot.
»Geh nach oben, und hol deine Bücher.« Das kleine Mädchen stieß einen schweren Seufzer aus und stampfte die Treppe hinauf.
Der Umschlag war an *Officer Corde* adressiert. Rote Tinte, nachlässige Handschrift. Diane riß ihn auf und zog den Inhalt heraus.
»Was ist drin?« rief Sarah.
Diane zuckte zusammen. »Nichts, Liebes.«
Sie schob das Polaroidfoto in den Umschlag zurück, und den steckte sie rasch in die Tasche. Danach rief sie das Sheriff's Department an, wo sich die Sekretärin meldete. »Emma, hier ist Diane Corde. Such meinen Mann, er soll heimkommen. Sag ihm, mit uns ist alles in Ordnung, aber ich brauche ihn hier, und zwar sofort.«
Sie legte den Hörer auf und lief in Richtung Eingangstür, um sich den Deputy vorzunehmen. Doch sie kam nur bis zum Wohnzimmer, wo sie stehenblieb, sich gegen die Wand lehnte und den Tränen freien Lauf ließ.

11

Bill Corde ging vor Sarah in die Hocke. Er erwog seine Worte sorgfältig und sagte dann: »Liebes, ich muß dich jetzt etwas fragen, und ich möchte, daß du mir wirklich die Wahrheit sagst. Hand aufs Herz?«

»Klar, Daddy.« Sie erwiderte seinen Blick mit gespannter Vorsicht. »Habe ich irgendwas falsch gemacht? Es tut mir leid.«

»Nein, nein, Liebes.« Der bußfertige Ausdruck in ihren Augen traf Corde wie ein Stich ins Herz. »Ich möchte nur etwas wissen. Hat vielleicht irgend jemand in den letzten Tagen ein Foto von dir gemacht?«

»Ein Foto von mir? Nein.«

»Oder vielleicht auch nur gefragt, ob er dich fotografieren darf? Irgendein Fremder auf dem Heimweg von der Schule?«

»Nein.«

»Bist du ganz sicher?«

»Habe ich irgendwas falsch gemacht?« Sie sah aus, als würde sie jeden Moment anfangen zu weinen.

»Nein, nichts. Ist schon in Ordnung. Du hast gar nichts falsch gemacht. Jetzt lauf, und wasch dir die Hände fürs Abendessen.«

Corde kehrte zu Steve Ribbon und Tom zurück, die langsam den Zaun hinter Cordes Grundstück abgingen. »Nichts, Bill«, sagte Ribbon. »Nicht eine einzige Fußspur.«

»Trockenes Gras. Was hast du erwartet?«

»Ich war den ganzen Nachmittag hier«, erklärte der Deputy entschuldigend. »Aber ich kann nicht gleichzeitig vor und hinter dem Haus sein.«

»Ich mache dir ja keinen Vorwurf, Tom.«

Ribbon schirmte seine Augen wie ein Wüstenkrieger mit der Hand ab und spähte zum Wald hinüber. »Lebt dahinten eigentlich jemand?«

Corde stützte sich auf einen von Termiten angenagten Zaunpfahl und blinzelte in die untergehende Sonne. »Fünfhundert

Hektar Wald, das meiste davon Privatbesitz. Ein paar Häuser. Dahinter liegt der Fluß, und dann sind da das Naturschutzgebiet, die Universität und das Stadtzentrum. Er kann praktisch von überall her gekommen sein. Vielleicht hat er seinen Wagen auf der 302 in der Nähe der Brücke abgestellt und ist dann zu Fuß gegangen. Von den Nachbarn hat keiner etwas gesehen.«

Corde betrachtete noch einmal gründlich das Foto, das jetzt in einem Plastikbeutel steckte. Es war das Bild eines Mädchens in Sarahs Alter – das Gesicht war nicht drauf –, das im Gras lag. Sein Rock war bis zum Bauch hochgezogen, und das weiße V seiner Unterwäsche befand sich genau im Mittelpunkt des Fotos.

Auf der Rückseite stand in roten Druckbuchstaben: SIE ARBEITEN ZUVIEL, DETECTIVE.

»Teufel auch.« Er krümmte sich, als würde ihm das Bild körperliche Schmerzen bereiten. »Ich glaube nicht, daß es Sarah ist. Sie sagte, niemand habe sie in letzter Zeit fotografiert, und ich weiß, daß sie mich nicht anlügen würde. Aber verdammt...«

»Wir sollten eine Handschriftenanalyse machen lassen«, meinte der Deputy. »Von dem hier und dem Zeitungsausschnitt am Teich.«

»Ich bin sicher, es ist dieselbe Schrift«, erklärte Corde. »Sogar ich kann die Ähnlichkeit erkennen.«

»Keiner hat was gesehen? Auch dein Sohn nicht?«

»Nein. Niemand war hier.«

»Das alles tut mir wirklich sehr leid, Bill«, sagte Ribbon.

»*Dir* tut es leid?« murmelte Corde auf dem Weg ins Haus.

Diane saß auf der Couch, die Hände im Schoß verschränkt. Corde setzte sich neben sie und nahm ihre Hände in seine. »Vielleicht ist das nur ein schlechter Scherz, der nichts mit dem Fall zu tun hat.«

»Ein Scherz? Das war *unsere* Tochter!« flüsterte sie aufgebracht.

»Das wissen wir nicht genau. Es könnte praktisch jeder sein. Sie hat mir gesagt, niemand habe sie fotografiert.«

»Das hat sie dir gesagt? O Bill, du kennst doch Sarah. Die Hälfte der Zeit lebt sie in ihrer eigenen Welt.«

»Er versucht mich einzuschüchtern, das ist alles. Sieh mal, wenn das auf dem Foto tatsächlich Sarah ist und er ihr etwas antun will, warum hat er das dann nicht längst getan?«
Diane kniff die Augen zusammen. In ihrem Gesicht bildeten sich Falten und ließen sie für einen Moment zehn Jahre älter ausschauen, als sie war.
»Wenn überhaupt jemand in Gefahr ist, dann bin ich das«, meinte Corde.
»Da geht es mir aber gleich viel besser«, entgegnete sie bissig.
»Liebes, dieser Kerl ist nicht dumm. Einen Polizeibeamten umzubringen, ist ein Kapitalverbrechen.«
»Weiß er das auch?« fragte sie wütend.
»Diane.«
Sie rannte in die Küche.
Es gab nichts mehr, was er noch hätte tun können, und so ging Corde wieder nach draußen, um mit Ribbon zu sprechen. Zehn Minuten später streckte Diane den Kopf aus der Tür und erklärte mit düsterer Stimme, das Abendessen sei fertig. Corde fragte Steve Ribbon und den Deputy, ob sie bleiben wollten, aber beide hatten keine Zeit oder, was wahrscheinlicher war, keine Lust. Nachdem sie gegangen waren, begab sich Corde ins Wohnzimmer, wo kurz darauf auch Jamie und Sarah auftauchten. Die Familie setzte sich zu Tisch.
Corde erklärte den Kindern, daß es möglicherweise ein paar Menschen gebe, die nicht so ganz glücklich über seine Arbeit an dem Fall seien. Deshalb sollten sie nicht allein weggehen und sich ansonsten immer nah beim Haus aufhalten. Vor allem aber sollten sie nicht mit Fremden reden. Dann fand Corde irgendwie die Kraft, dem Gespräch eine heitere Wendung zu geben, und erzählte von einem Videoband mit Baseballpannen, das er kürzlich gesehen habe. Nur einmal kam eine unbehagliche Stimmung auf, als Corde plötzlich bewußt wurde, daß er mitten im Satz aufgehört hatte zu sprechen und durch das schwarze Fenster in Richtung hinteren Garten starrte. Rasch stand er auf und zog die Vorhänge zu. Die anderen schauten

ihn verwundert an. Er setzte sich wieder und aß eine dritte große Portion grüner Bohnen, obwohl er die eigentlich gar nicht mochte, doch irgendwie wirkte das komisch, und so verlief der Rest des Abends wieder mehr oder weniger normal.

T. T. Ebbans hatte die Angewohnheit, Menschen abends und daheim zu vernehmen. Nach Möglichkeit vermied er es, Befragungen während der Bürostunden durchzuführen, wenn die Leute hellwach waren und sich instinktiv Lügen und Entschuldigungen ausdachten, sei es für den Chef, die Kollegen oder die Kunden.

Zudem schätzte Ebbans die Abendstunden, die ihn an eine völlig andere Periode seines Lebens erinnerten. Der ölige Geruch der Nacht, die Stille, das Verblassen der kräftigen Farben des Tages und das Gefühl des sich beschleunigenden Herzschlags – das alles war das Vorspiel jener Unternehmungen eines Fünfmanntrupps, die gleichermaßen die Höhe- und Tiefpunkte seines Lebens darstellten.

Um zweiundzwanzig Uhr dreißig erreichte er das letzte Haus. Es war im Kolonialstil erbaut und stand auf einem Grundstück, das sich bis zum Ufer des Blackfoot Pond erstreckte. Normalerweise war um diese Stunde in New Lebanon schon Schlafenszeit für alle unter fünfzehn und über dreißig, doch hinter den Fenstern dieses Hauses war noch Licht zu sehen. Ebbans betätigte den Messingtürklopfer in Form eines Löwenkopfes einmal, und fast augenblicklich schwang die Tür auf. Offensichtlich erwartete ihn das Pärchen schon. Die Kommunikation zwischen den Anwohnern des Blackfoot Pond war ausgezeichnet.

Sie stellten sich gegenseitig vor. Hank, ein großer Mann mit einem mächtigen Bauch und dichtem Haar, sagte: »Kommen Sie herein, Officer. Darf ich Ihnen etwas anbieten?«

»Ein Glas Wasser, wenn das nicht zu viele Umstände bereitet.«

»Natürlich nicht.« Lisa, die noch in der weißen Bluse und dem kurzen roten Rock war, die sie bei ihrer Arbeit als Grundstücksmaklerin getragen hatte, huschte davon wie eine aufgeschreckte Maus.

Hank führte Ebbans in ein gepflegtes Wohnzimmer. Auf einem weißen Plüschteppich stand ein cremefarbenes Sofa, das von einer durchsichtigen Plastikhülle bedeckt war. Lisa kam ins Zimmer und reichte dem Deputy ein Glas Wasser. Beide starrten ihn an, als er das Wasser in einem Zug herunterstürzte. Er war eigentlich gar nicht so durstig, aber er hatte keine Ahnung, wo er das Glas abstellen sollte. Also drückte er es Lisa in die Hand. »Vielen Dank.« Sie brachte es in die Küche und kehrte einen Moment später zurück, und sie setzten sich. Die Plastikhülle knirschte laut.

»Sie sind wegen des Mordes hier«, meinte Hank.

»Ich frage jeden aus der Gegend, ob er zur Tatzeit irgend etwas gesehen oder gehört hat. Also gegen zweiundzwanzig Uhr.«

»Das war am Dienstag, richtig?« sagte Lisa, die ihre Finger bewegte, als würde sie auf einem unsichtbaren Kalender rückwärts zählen.

»Nichts«, erklärte Hank. »Wir haben gar nichts gesehen.«

»Nein«, bestätigte Lisa. »Überhaupt nichts. Tut mir leid, daß wir Ihnen nicht weiterhelfen können.«

Hank fügte hinzu, er wünschte, es wäre anders, aber Ebbans wisse ja, wie es sei.

Der Deputy ließ sie eine Weile schmoren, bevor er Lisa fragte: »Dann darf ich wohl vermuten, daß sie in einer anderen Nacht etwas gesehen haben?«

Lisa spreizte ihre Finger unwillkürlich. Ebbans bemerkte, daß ihre Handflächen Schweißflecke auf dem roten Rock hinterlassen hatten. »Wie bitte?«

Hank erklärte: »Wir haben nichts ge...«

»Sie haben nachgefragt, ob das am Dienstag war«, sagte Ebbans zu Lisa. »Ich habe nur überlegt, ob Sie damit ausdrücken wollten, daß Sie in einer anderen Nacht etwas gesehen haben.«

Lisa starrte ihn eine Minute lang an und stieß dann ein kurzes Lachen aus. »Oh, jetzt verstehe ich, was Sie meinen. Nein, ich wollte nur wissen, ob das am Dienstag war, um mich zu orientieren. Wegen Sean. Er ...« Sie blinzelte. Hanks Kopf drehte sich langsam zu ihr hin. Ebbans stellte sich vor, daß sie den ganzen Abend darüber debattiert hatten, wie sie ihr Geheimnis hüten könnten. Lisa fing an zu zittern. Wie laut würde die Diskussion zwischen den beiden wohl werden, wenn er erst das Haus verlassen hatte.

»Sean ist ...?« fragte Ebbans.

»Unser Sohn«, murmelte Hank.

»Er war am Dienstag hier. Ja, richtig, ich hatte es nur vergessen«, sagte Lisa. Sie schluckte schwer, und Ebbans fragte sich, ob sie wohl anfangen würde zu weinen. »Sean kam ziemlich spät vom Training im Schießclub zurück.«

»Um wieviel Uhr was das etwa?«

Sie warf einen Blick auf ihren Mann und beschloß, nicht zu lügen. »Gegen zweiundzwanzig Uhr.«

»Ist Sean jetzt hier?« fragte Ebbans.

»Ja, ist er«, gab Hank zu. »Aber ich bezweifle, daß er Ihnen helfen kann.«

»Es war schon recht dunkel«, warf Lisa ein. »Ich glaube nicht, daß er in der Lage war, viel zu sehen.«

»Alles, was Sie mir erzählen, wird vertraulich behandelt. Niemand erfährt, wer uns bestimmte Informationen gegeben hat.«

Hank ging zur Treppe und rief seinen Sohn. Ein großer Junge in Jeans und T-Shirt erschien ein paar Sekunden später. Er lächelte selbstsicher und blickte dem Deputy direkt in die Augen. Ebbans, der zwei Töchter hatte und das nie auch nur für eine Minute bedauert hatte, dachte, er wäre stolz, einen Sohn wie Sean zu haben. »Du hast von dem Mädchen gehört, das unten am Damm getötet wurde?«

»Ja, Sir. Wir haben am nächsten Morgen davon erfahren.«

»Deine Eltern erzählten gerade, daß du gegen zweiundzwanzig Uhr vom Schießclub heimgekommen bist. Welche Waffe benutzt du denn?«

»Eine Winchester 75. Mit einem Wettkampflauf.«

»Das ist eine gute Waffe. Und welchen Rang hast du?«
»Scharfschütze. In allen Positionen.«
Ebbans schob beeindruckt den Unterkiefer vor und fragte: »Warst du am Dienstag gegen zweiundzwanzig Uhr noch draußen?«
»Als ich die Müllsäcke zur Tonne gebracht habe, habe ich einen Waschbären bemerkt und ihn in Richtung Teich gescheucht. Auf der anderen Seite des Damms habe ich zwei Leute sitzen sehen.«
»Was haben sie gemacht?«
»Hab keine Angst, zuzugeben, daß du es nicht weißt, wenn es so ist«, warf Lisa ein.
»Es sah so aus, als hätten sie Angelzeug bei sich, aber vielleicht waren es auch nur Sporttaschen. Jedenfalls haben sie nicht geangelt.«
»Kannst du sie beschreiben?«
»Tut mir leid, Sir, nicht besonders gut.« Er nickte in die Richtung, in der sich der Damm befand. »Es war ziemlich weit weg. Im Grunde konnte ich nur ihre Umrisse sehen. Wie Silhouetten.«
»Kannst du sagen, ob es Männer oder Frauen waren oder Jugendliche? Waren sie farbig oder weiß?«
»Nun, ich hatte den Eindruck, daß es Jungs waren, Schüler von der High-School, meine ich.« Und dann fügte er noch hinzu: »Ich glaube nicht, daß es Afroamerikaner waren.«
»Hast du erkennen können, was sie gemacht haben?«
»Nach ein paar Minuten standen sie auf, nahmen mit, was immer sie da bei sich hatten, und gingen zum Damm hinüber. Dann blitzte etwas in der Hand des einen auf. Nach der Art, wie er es hielt, dachte ich, es könnte ein Messer sein.«
»Wäre es auch möglich, daß es eine Flasche oder eine Limonadendose war?« erkundigte sich Ebbans.
»Ja, Sir, wäre möglich. Sie saßen eine Weile auf dem Damm, und dann sah ich, wie einer von ihnen auf etwas deutete, woraufhin beide sich duckten und zu den Büschen hinüberliefen. Ich dachte, es wären vielleicht Spinner, und deshalb ...«

»Spinner?«
»Na ja, irgendwelches Gesindel eben, Sie wissen schon. Deshalb habe ich die Fahrräder in die Garage gebracht.«
»Hast du die beiden noch mal gesehen?«
»Nein, Sir. Aber jemanden, der nahe an ihrem Versteck vorbeikam. Ein alter Mann. Er hat geangelt. Ich schätze, er war etwa sechzig, ungefähr so alt wie mein Großvater. Er hat Blinker benutzt, trug aber einen Anglerhut mit Fliegen dran. Einen roten.«
»Hast du den seither wiedergesehen?«
»Nein, Sir, doch wenn Sie möchten, daß ich nach ihm Ausschau halte, tue ich das gern.«
»Nein, Lieber«, sagte Lisa, »ich glaube, du hast schon mehr als genug getan.«
Hank fügte mit der ganzen Autorität eines leitenden Angestellten hinzu: »Das ist nicht unsere Aufgabe, mein Sohn.«
»Sie werden doch seinen Namen nicht weitergeben, oder?« fragte Lisa. »Besonders nicht an Reporter.«
»Alle Namen werden vertraulich behandelt, das verspreche ich Ihnen.« Ebbans schaute auf die Uhr, erklärte, er müsse jetzt gehen, und bedankte sich bei Lisa für das Wasser und bei Hank für die Zeit, die sie geopfert hatten. Zu dem Jungen sagte er: »Ich weiß deine Hilfe zu schätzen – und auch alles, was du sonst noch für uns tun könntest.«
An der Tür schüttelte er lediglich Seans Hand.

Sie sprachen im Dunkeln miteinander.
»Denk über das nach, was du sagst«, erklärte Brian Okun. »Was du Melancholie nennst, war Zynismus.«
Die junge Frau erwog diesen Einwand und meinte dann: »Nein, das glaube ich nicht.«
»Wieviel hast du von Wallace Stevens gelesen?«
Sie befanden sich in Okuns Apartment im Zentrum von New Lebanon, eine halbe Meile vom Campus entfernt. Die Umgebung des dreistöckigen Wohnblocks war der einzige Teil der Ortschaft, der einer richtigen Stadt wenigstens ähnelte.

»Genug, um zu wissen, daß er sehr traurig war«, erwiderte Dahlia.

»Traurige Männer schreiben keine Poesie wie er. Nur Skeptiker. Von seinem Werk geht eine besondere Kraft aus.«

»Was ist mit ›Sunday Morning‹?« fragte sie. »Nennst du das Kraft? Diese Frau hat doch überhaupt keine Energie. Sie ist praktisch paralysiert durch die Vorstellung, daß Gott nicht existiert.«

»›Sunday Morning‹ ist sein ...« Okun suchte nach einem Wort, das gebührende Verachtung ausdrückte, »... zugänglichstes Gedicht. Es zählt nicht. Aber da du es nun schon erwähnt hast, muß ich darauf beharren, daß nur ein Zyniker so ein Bild entwerfen würde.«

Dahlia stammte aus Wichita, hatte jedoch indische Vorfahren. Sie war klein und üppig (Okun bezeichnete sie als »drall« – eine weitere Verneigung vor Dickens). Er wünschte, sie wüßte mehr über moderne Dichter. »Du vergißt, daß Stevens Anwalt bei einer Versicherungsgesellschaft war. Ein Geschäftsmann. Warte! Warte ...«

Okun, der nackt zwischen Dahlias dunklen, weichen Schenkeln lag, spannte sich für einen Moment, zog seinen Penis aus ihr heraus und ergoß sich auf den schwarzen Pelz ihres Schamhaars. Er drückte sie an sie und blieb einen Augenblick so liegen. Dann küßte er ihre Brüste und fragte: »Alles okay?«

Womit er meinte, ob sie einen Orgasmus gehabt hatte. Als sie zögernd: »Ja, schon« sagte, rollte er von ihr herunter und rezitierte aus dem Gedächtnis Stevens' Gedicht »Notes Toward a Supreme Fiction«.

Sie hatten sich ein Jahr lang hin und wieder verabredet, bevor Okun sich in Jennie Gebben verliebte. Nach der Trennung von Jennie trafen Okun und Dahlia sich wieder, wenn auch seltener als zuvor, und pflegten bei diesen Gelegenheiten einen eher lethargischen Sex. Über Heirat, Monogamie oder ähnliche Themen hatten sie nie auch nur ein Wort verloren.

Okun schaltete das Deckenlicht ein und zündete sich eine Zigarette an. Er blickte zu einem Farbfleck an der Decke, der

ihn aus irgendeinem Grund immer an Vincent van Goghs abgeschnittenes Ohr erinnerte. »Ich war heute in Leon Gilchrists Büro.«
»Er hält sich irgendwo außerhalb auf, nicht wahr?«
»San Francisco. Irgendeine Konferenz in Berkeley über Dichtkunst.«
»Er wirkt aber nicht wie einer der Typen von Berkeley.«
»Ich habe keine Ahnung, was für ein Typ er ist. Einer von der seltsamen Sorte, würde ich sagen.«
»Er ist brillant«, meinte Dahlia.
»Das Offensichtliche von sich zu geben heißt, sich selbst herabzusetzen«, sagte Okun – ein selbsterfundener Aphorismus, den er häufig verwendete.
»Er ist süß«, entgegnete sie.
»Süß? Schwachsinn!«
»Na ja, ich weiß nicht. Vielleicht auch nicht. Aber er ist leidenschaftlich. Ach, ich habe Probleme, ihn einzuordnen. Er ist unbeschreiblich.«
»Das ist ein Oxymoron. Wie kann er gleichzeitig leidenschaftlich und unbeschreiblich sein?«
Sie wischte sich das schwarze Haar zwischen den Beinen mit seinem Laken ab. »Keine Ahnung.«
»Er hatte einen Beurteilungsbogen meiner Arbeit für den Fakultätsausschuß in seinem Schreibtisch.«
»Du hast seinen Schreibtisch durchsucht?«
»Weißt du, was er geschrieben hat?«
»Wie konntest du in seinem Schreibtisch herumschnüffeln?« fragte sie.
»Er hat geschrieben, er werde im nächsten Semester nicht mehr mit mir zusammenarbeiten. Und er hat verlangt, daß sich mein Doktorvater meine Dissertation sehr genau ansieht.«
Sie war schockiert. »Er hat was?«
»Gilchrist behauptet da, ich sei arrogant und es mangele mir an der nötigen Reife, um ein guter Professor zu werden. Und

wenn man unbedingt vorhabe, mich fest einzustellen, dann höchstens als Bibliothekar.«

Das alles traf zu. Als Okun die ersten Worte auf Gilchrists Beurteilungsbogen gelesen hatte, hatte er sich körperlich krank gefühlt. Mittlerweile hatte er eine gewisse Distanz gewonnen, doch als er jetzt die vernichtende Kritik des Professors wiedergab, zitterten seine Hände vor Wut.

»Brian! Warum hat er das getan?«

»Weil er ein rachsüchtiger Arsch ist. Ich bin genauso klug wie er, meine gesellschaftlichen Umgangsformen sind geschliffener als seine, und ich will seinen Job. Er hat nur eins und eins zusammengezählt.«

»Warum hast du seinen Schreibtisch durchsucht?«

»Ich bin sein wissenschaftlicher Assistent!« rief Okun. »Wenn ich keinen Zugang zu seinen Unterlagen habe, wer dann?« Zögernd fügte er hinzu: »Kannst du ein Geheimnis für dich behalten?«

»Brian.«

»Es gibt da eine Sache, wegen der ich lange mit mir gerungen habe. Ich muß jetzt einfach jemanden ins Vertrauen ziehen. Es geht um ihn. Gilchrist.«

»Du brennst doch darauf, es mir zu erzählen.«

»Ich sollte es aber besser nicht tun.«

»Nun sag's schon.«

»Wußtest du, daß er und Jennie Gebben ein Verhältnis hatten?«

»Das Mädchen, das ermordet worden ist? Ach du lieber Gott!«

»Von Anfang September an.«

»Nein!«

»Er steht auf Sadomaso.«

»Ja, das war mir bekannt«, sagte Dahlia, was Okun überraschte, der sich dieses Detail ausgedacht hatte – genau wie die ganze Affäre. Er fragte, wo sie das gehört habe. Sie schüttelte den Kopf. »Weiß ich nicht mehr.«

Okun fuhr fort: »Er hat sie gefesselt und ihre Titten ausgepeitscht. Ach ja, und er hat auf sie gepißt. Ich nehme an, sie hat ihn auch bepißt.«

»Großer Gott!«

Ihr schockierter Gesichtsausdruck gefiel ihm. Okun lächelte und kicherte dann leise. Dahlia blickte ihn stirnrunzelnd über das Kissen hinweg an, schnitt dann eine Grimasse und schlug nach seinem Arm. »Das hast du dir ausgedacht, du Miststück.«

Er lachte laut. »Ich bezweifle, daß Gilchrist Jennie überhaupt wahrgenommen hat. Aber du hast die Geschichte trotzdem geschluckt.«

»Du Blödmann. Du willst also ein Gerücht in die Welt setzen, stimmt's?«

»Jedenfalls lasse ich mich nicht mit einer schlechten Bewertung von ihm durch den Wolf drehen. Da ist er an den Falschen geraten.«

»Aber er könnte ins Gefängnis kommen.«

»Mach dich nicht lächerlich, Liebes ... Er war in San Francisco, als sie ermordet wurde. Das werden sie schon früh genug herausfinden. Ich will ihn schließlich nicht ins Gefängnis, sondern nur zum Schwitzen bringen.«

»Weißt du, was ich glaube?«

»Daß ich rachsüchtig und kleinlich bin?« fragte er neugierig.

»Ich glaube, du solltest den Teil mit dem Pissen weglassen. Das ist einfach widerlich. Außerdem wird das niemand glauben.«

»Ein berechtigter Einwand«, meinte Okun, der stets bereit war, gute Ratschläge anzunehmen. »Gib mir einen Kuß.«

»Nein.«

»Warum nicht?«

»Weil du mir angst machst, Brian.«

»Ich?«

»Ja, du.«

»Küß mich.«

»Nein.«

»Doch«, befahl er. Und sie gehorchte.

Der Sicherheitsposten führte Corde und Ebbans durch den Müllsammelraum von Jennies Studentenheim zu einem Notausgang.

Es war früh am nächsten Morgen. In der feuchten Luft lag der Geruch von Flieder, Hartriegel und erhitztem Teer von den Dächern hoch über ihren Köpfen.

Corde und Ebbans waren wieder zum Studentenheim gefahren, um nach Emily zu suchen. Sie war nicht da. Aber ihr Bett sah benutzt aus, und das Stück Seife in der cremefarbenen Schale war noch naß. Die Detectives hatten fast zwanzig Minuten in ihrem Zimmer gewartet, doch sie war nicht zurückgekommen. Gerade als es so aussah, als wollte der ohnehin unfreundliche Wächter unwirsch werden, schaute Corde aus dem Fenster auf den Parkplatz hinunter und murrte etwas vor sich hin.

Er notierte auf einer seiner Visitenkarten eine Nachricht an Emily, legte sie auf ihren Schreibtisch und forderte Ebbans auf, mitzukommen.

T. T. setzte sich in Bewegung, gefolgt von dem Wächter, einem Mann mit einer mächtigen Säufernase, der den ganzen Morgen über noch nicht ein einziges Mal gelächelt hatte.

Corde drückte auf den stählernen Riegel der grauen Feuerschutztür und trat auf den Parkplatz hinter dem Studentenheim hinaus. Die drei Männer liefen einen schmalen Grasstreifen entlang, der das Gebäude vom Parkplatz trennte. Gras und Büsche. Und grün und weiß gestrichene Ölfässer. »Sind das die Schulfarben?« erkundigte sich Corde bei dem Wächter.

»Nee, die sind schwarz und golden.«

»Häßlich«, bemerkte Ebbans.

»Man muß sie nur grüßen, nicht tragen«, brummte der Wächter. »Zumindest ich ziehe sie nicht an.«

Dann zeigte sich, daß nicht alle Ölfässer grün und weiß gestrichen waren.

Eins war schwarz.

»Feuer?« fragte Corde, während er zu dem Faß hinüberging.

»Dumme Streiche.« Der Wächter rieb sich die dicke, von roten

Äderchen übersäte Nase und murmelte: »So sind sie eben. Denken, ihnen gehört die Welt, diese Studenten. Glauben, sie könnten sich alles erlauben.«
Corde spähte in die Tonne.
»Wir müssen sie umkippen. Aber langsam.«
Zusammen legten sie das schwere Faß auf die Seite. Eine kleine Aschelawine stieß eine graue Wolke empor. Corde und Evans knieten sich hin und untersuchten den Inhalt vorsichtig, wobei sie sich bemühten, die kleinen Aschestückchen nicht zu zerstören. Sie fanden zwei geschwärzte Metallspiralen, die einmal Notizbücher zusammengehalten hatten. Der Rest bestand hauptsächlich aus unidentifizierbaren Aschehäufchen und Stücken geschmolzenen Plastiks.
Corde entdeckte mehrere Fragmente unverbrannten weißen Papiers. Es stand nichts darauf geschrieben. Er legte sie weg. Dann fand er eine mit Zahlen bedeckte halbe Seite eines grünen Computerausdrucks.
»Was ist das hier?«
Ebbans zuckte mit den Schultern. »Für schwierige Fälle bin ich nicht zuständig.«
Corde steckte den Zettel in eine Plastiktüte.
Ebbans zog eine winzige Pinzette aus dem Griff eines Schweizer Armeemessers und beugte sich vor. Vorsichtig barg er ein abgebranntes Stück purpurfarbenes Papier aus der Asche. Nur die linke obere Ecke war unversehrt geblieben.

14. März 1
Jennie Ge
McReyn
Aude
New

»Ihre Briefe«, sagte Ebbans. In seiner Stimme klang Triumph mit. »Hier haben wir sie, Bill.«
»Einen Haufen Asche haben wir.«

Ebbans benahm sich bei der Arbeit häufig wie ein Hund, der eine Spur aufgenommen hat. »Vielleicht, vielleicht auch nicht. Laß uns weitermachen und abwarten, was wir finden.«
Die beiden Männer knieten sich wieder hin und begannen ihre Suche von neuem. Als sie eine Stunde später aufhörten, hatten sie als Lohn für ihre Mühe nichts anderes vorzuweisen als die Papierschnipsel, die sie gleich zu Anfang gefunden hatten. Und zwei Uniformen, die so verschmutzt waren, daß keine Reinigung da noch helfen konnte.

Selbst aus der Entfernung sieht er die Furcht in ihren Augen, ihrer Haltung, ihrem Gang.
Bill Corde fährt durch die Cress Street, eine Abkürzung zum Sheriff's Department, und beobachtet die Menschen auf den Bürgersteigen von New Lebanon. Mehr Geschäfte als üblich haben an diesem Morgen noch geschlossen, obwohl heute ein herrlicher Frühlingstag in einer Stadt ist, die seit hundertfünfzig Jahren früh erwacht.
Die Menschen sind unruhig. Wie Vieh vor einem Gewitter. Corde schlägt auf das Lenkrad und wünscht, er hätte die Bürger nicht mit schlachtreifen Tieren verglichen.
Ace Hardware, Lamston's, Long's Variety, Webb's Lingerie and Foundations ... Geschäfte oder die Nachfolger identischer Geschäfte, die hier schon immer existiert haben. Läden, an denen er seit Jahren vorbeikommt, in denen er einkauft oder auf deren Notrufe er reagiert hat, Geschäfte, deren Eigentümer er bei den Elternversammlungen trifft. Doch heute, als er langsam durch die von der Morgensonne gestreckten Schatten fährt, erkennt er die Straße und ihre Bewohner kaum wieder. Corde empfindet das, was ein Soldat in einer fremden, besetzten Stadt fühlen muß. Er denkt an seine eigene Zeit in Uniform – damals, als er sich in einem alten Stadtviertel von Berlin verlaufen hat.
Corde hält den Wagen an der Ampel der Main Street an.
Ein plötzliches Pochen am Fenster läßt ihn zusammenzucken. Gail Lynn Holcomb, eine Klassenkameradin aus der High-

School, klopft abermals mit geröteten Knöcheln gegen die Scheibe. Er kurbelt das Fenster herunter und blickt in ihr zu stark gepudertes Gesicht.

»Bill, wie geht diese Sache voran?« Es ist nicht nötig, sich präziser auszudrücken. »Soll ich Courtney von der Schule nehmen? Ich glaube, das wäre besser.«

Er lächelt zuversichtlich und sagt, sie müsse sich keine Sorgen machen.

Aber er merkt, daß seine Worte ins Leere gehen. Sie *macht* sich Sorgen. Ja, sie hat Angst.

Und als er ihr sagt, er halte den Mord für einen isolierten Vorfall, bemerkt er noch etwas anderes. Er sieht, daß sie ihn ablehnt.

Corde ist neun Jahre lang Kleinstadt-Deputy gewesen, was acht Jahre länger sind als man braucht, um den zwiespältigen Status von Polizisten in einer Stadt wie New Lebanon zu verstehen. Die Menschen hier respektieren ihn, weil man es sie so gelehrt hat, und was Kleinstädter in ihrer Jugend lernen, bleibt für immer haften. Die Menschen klopfen mit dicken, nervösen Fingern an sein Fenster und bitten ihn um Rat, laden ihn zum Essen im Rotary Club ein und kaufen ihm beim Wohltätigkeitsfest des Elternbeirats Erdnüsse ab. Sie scherzen mit ihm, schütteln ihm die Hand und weinen sich an seiner breiten Schulter aus.

Doch es existiert eine Kluft, die groß ist und niemals schrumpft. Denn wenn Bill Corde für irgend etwas steht, dann dafür, daß der lange Arm des Bösen bis ins Herz dieser sicheren kleinen Stadt reichen kann, wo es eigentlich nichts zu suchen hat. New Lebanon verdient nicht das gleiche Schicksal wie East St. Louis oder die South Side von Chicago oder die Bronx, doch Bill Corde ist der uniformierte Beweis dafür, daß sich New Lebanons Schicksal nur im Ausmaß, nicht aber seinem Wesen nach davon unterscheidet.

Was Corde jetzt in Gail Lynn sieht, diesem aufgeregten blonden Nervenbündel, die dank Kartoffelchips, Cola und in

Zellophan verpackten Süßigkeiten in die Breite gegangen ist, die zwar nicht mit dem Make-up-Pinsel umgehen kann, aber eine gute Frau und Mutter ist, das ist pure Erbitterung.
Oh, wie sehr sie ihn verabscheut!
Denn jetzt muß sie, statt sich lärmenden Seifenopern zu widmen, mit ihrem Ehemann und ihrer Tochter über das Abschließen von Türen und das Verriegeln von Fenstern diskutieren, muß ihnen klarmachen, welche Routen sie auf dem Weg zur Schule, zum Einkaufszentrum, zur Arbeit nehmen sollen ...
Denn morgen früh könnte Courtney mit ihren dicken Handgelenken und dem hellblauen Lidschatten unvorsichtigerweise eine Toilette der Mittelschule betreten, wo ein Mann in einer der Kabinen wartet, der ein Stück Draht in Händen hält, das für die Kehle eines jungen Mädchens bestimmt ist ...
Denn schon jetzt ist das Leben für Gail Lynn Holcomb eine unbarmherzige Kette von Bürden, und diese zusätzliche braucht sie ganz bestimmt nicht – dieses angsterfüllte Gemurmel, das mit jedem Tag lauter und lauter wird, an dem Bill Corde, der ruhig und sicher in seinem schwarzweißen Dodge sitzt, es wieder nicht schafft, den wahnsinnigen Mörder zu fassen.
»Wir tun alles, was wir können«, erklärt Corde abschließend.
Die Ampel springt auf Grün.
»Mach dir keine Sorgen«, ruft er noch und fährt auf die Kreuzung hinaus. Sie antwortet nicht, sondern preßt nur die fleckigen Lippen zusammen und starrt hinter dem Wagen her, der in die Main Street abbiegt.

12

Sondermeldung des *Register* – Ermittler der Sheriff's Departments von New Lebanon und Harrison County haben ein Profil des sogenannten »Mond-Mörders« erstellt, der am 20. April eine zwanzigjährige Studentin der Auden University vergewaltigt und ermordet hat.

Experten für das Verhalten Krimineller haben herausgefunden, daß der Mann, dessen Motiv möglicherweise darin bestand, das Opfer als Teil eines kultischen Rituals zu ermorden, vermutlich knapp über oder unter zwanzig Jahre alt und weiß ist und nicht weiter als zehn Meilen vom Tatort entfernt wohnt.

Der Täter besitzt wahrscheinlich ein übersteigertes Interesse an okkulter Literatur, die zu einem großen Teil im Grunde pornographischer Natur ist. Des weiteren kann angenommen werden, daß er sexuelle Probleme hat und möglicherweise selbst als Kind mißbraucht worden ist.

Es ist anzunehmen, daß er in desolaten Familienverhältnissen aufgewachsen ist, und zumindest ein Elternteil dürfte regelmäßig zu extrem harten Disziplinierungsmaßnahmen gegriffen haben. Er ist ein Einzelgänger.

In keiner bekannten Religion und keinem Kult werden oder wurden dem Mond Menschenopfer dargebracht. Das bedeutet, daß der »Mond-Mörder« unter Umständen eine eigene »Religion« entwickelt hat, etwa wie Charles Manson oder Jim Jones. Der Mond könnte dabei von besonderer Bedeutung sein, weil er in der Mythologie und in manchen Religionen das Weibliche repräsentiert. Der Mörder fürchtet und haßt Frauen.

Die Ermittlungsbeamten erwägen die Möglichkeit, daß diese Tat in Verbindung steht mit dem Mord an Susan Biagotti, 21, einer anderen Auden-Studentin, die aus Indianapolis stammte und im vergangenen Jahr erschlagen wurde.

Man befürchtet, daß der Mörder eventuell in der nächsten Vollmondnacht am Dienstag, dem 28. April, wieder zuschlägt. Die Deputies und die Campus Police von Auden haben ihre Streifengänge verstärkt und bitten alle jungen Frauen dringend, sich nicht allein im Freien aufzuhalten.

Corde warf den *Register* auf Jim Slocums Schreibtisch und fragte: »Wie konnte das passieren?«

Slocum rieb sich die Wange. »Du hast mich erwischt. Steve hatte die Idee, mich nach Higgins zu schicken, um mit den Jungs von der Staatspolizei zu reden. War so eine Eingebung von ihm.«

»Dann hast du also nicht die Straßen und die Mall überprüft, wie ich es von dir verlangt hatte?«

»Doch, das habe ich auch noch gemacht. Bin fast zweihundert Meilen mit dem Wagen rumgefahren. Habe aber nichts rausgefunden.«

»Und, hast du mit einem Reporter gesprochen?«

»Warum sollte ich mit einem Reporter reden?« Er schlug mit der Hand auf die Zeitung. »Vielleicht war es ein bißchen sorglos, daß ich nach meinem Besuch bei der State Police ein Memo geschrieben und an alle mit dem Fall Beschäftigten verteilt habe. Es liegt in deinem Korb. Hast du es nicht gesehen? Ich vermute aber eher, daß es bei der State Police eine undichte Stelle gibt.«

Corde war wütend. Er brüllte quer durch das Büro: »Keine Reporter! Nichts geht an die Presse, das nicht vorher mit mir abgesprochen worden ist. Verstanden?« Vier Deputies nickten mit starren Mienen zu den ungerechtfertigten Vorwürfen.

»Aber Bill«, sagte Slocum, »da kommt doch eine ganze Menge zusammen. Denk an diese Mondsache. Die wahnsinnige Botschaft, das Messer ...«

»Nichts als eine Reihe von Zufällen«, entgegnete Corde schroff.

»Jeder weiß doch, was bei Vollmond los ist. Erinnerst du dich an Ed Wembkie?«

»Es geht hier jedoch nicht um einen Burschen, der von seiner Farm vertrieben wurde und dann durchgedreht ist.«

»Ed hat diesen Bankier in der Nacht des Vollmonds umgebracht.«

»Es war aber auch zugleich der Tag, an dem der Marshal die

Versteigerung für Wembkies Farm bekanntgegeben hat. Und was soll das Gerede über die Biagotti? Wer hat das aufgebracht?«

Slocum zuckte mit den Schultern. »Wir kümmern uns doch tatsächlich darum. Oder du hast zumindest gesagt, du wolltest das tun.«

»Jim, mir ist egal, ob es stimmt«, sagte Corde leise. »Ich mache mir Sorgen, daß darüber in der Presse berichtet wird.« Corde versetzte der Zeitung einen Stoß. »Es gibt nichts, was wir jetzt noch daran ändern könnten. Aber in Zukunft ...«

»In Zukunft werde ich den Jungs von der State Police nicht über den Weg trauen«, erklärte Slocum ernst. »Das steht mal fest.«

Corde blickte einen Moment lang auf den Artikel und schnalzte mit der Zunge. »Okay, was passiert ist, ist passiert. Jetzt möchte ich, daß du zu den Trucker-Raststätten hier und entlang der 116 rausfährst und ein paar Flugblätter verteilst, auf denen wir nach Zeugen suchen. Diese Strecke ist ein Zubringer für die Interstate, wenn man aus Richtung Hallburton kommt.«

»Die Stadt ist doch praktisch tot. Ich bezweifle, daß es da überhaupt noch Lastwagen gibt.«

»Tu es trotzdem. Heute nachmittag liefert Fast-Copy die Blätter.«

Slocum seufzte.

Corde ging in sein Büro und riß das Fenster auf. Noch bevor er sich gesetzt hatte, marschierte T. T. Ebbans mit einem weiteren Exemplar des *Register* herein.

»Sieht so aus, als hätten wir eine undichte Stelle«, meinte er ärgerlich.

Corde schnaubte und warf die Tür ins Schloß. »Solange es den Sheriff nicht stört, haben wir auch keine undichte Stelle.« Er wühlte in seinem Korb und fand Slocums Memo. Es enthielt im wesentlichen die gleichen Informationen wie der Artikel. Ganz oben hatte Slocum die Bemerkung »Etwas zum Nachdenken« hingekritzelt. Corde reichte Ebbans das Memo, der es las und dann bemerkte: »Watkins weiß normalerweise, was er tut, aber es ist noch viel zu früh für so ein Profil. Das müßte ihm eigentlich klar gewesen sein.«

Corde nickte zu Ribbons Büro hinüber. »Weißt du was, T. T.«, flüsterte er, »Steve würde wie ein Genie aussehen, wenn er in seinem Bezirk einen Kultmörder zur Strecke bringt. Meinst du nicht auch? Insbesondere, wenn er dem Kerl auch noch den Biagotti-Mord anhängen kann.«

»Das stimmt zwar«, entgegnete Ebbans, »aber ...«

»Wenn wir den Kerl schnappen, wette ich mit dir fünf zu zehn, daß Ribbon Biagotti in derselben Pressekonferenz erwähnt. Außerdem lenkt er mit dem Gerede über diesen Mond-Mörder die Aufmerksamkeit von der Uni ab, und das ist genau das, was ihm vorschwebt.«

»Wieso das?«

»Du lebst nicht in New Lebanon, T. T. Zum Teufel, die Universität bezahlt praktisch im Alleingang unsere Gehälter. Wenn Auden verschwindet, was bleibt dann noch? Reichlich wenig. Farmen. Ein paar Geschäftsleute. Versicherungsvertreter.«

Corde warf den *Register* in den Papierkorb und wanderte langsam im Büro auf und ab. Plötzlich blieb er stehen. »Ich kann das einfach nicht so durchgehen lassen.«

Ebbans schaute ihn fragend an.

»Heute kam eine Frau zu mir. Sie war sehr verängstigt, als wäre der Killer schon hinter ihr her. Demnächst erschießt noch jemand den Zeitungsjungen, nur weil er der Haustür zu nahe gekommen ist. Wer kümmert sich noch um Beweise, wenn alle glauben, sie würden von einem Werwolf oder etwas in dieser Art zerfleischt?«

»Die Geschichte ist bereits in Umlauf, Bill«, wandte Ebbans ein. »Es gibt nichts, was du da noch tun könntest.«

»Doch, etwas gibt es noch.«

Corde nahm den Hörer ab und rief erst den *Register* und dann WRAL, den lokalen TV-Sender in Higgins, an. Er erkundigte sich nach dem jeweiligen Redaktionsschluß und fragte, ob sie

an einem Statement des Chefermittlers im Auden-Fall interessiert seien. Er erhielt ein paar Auskünfte und legte dann auf. Ebbans blickte zu Ribbons Büro hinüber und zog eine Augenbraue hoch. »Ihm wird das gar nicht gefallen.«
Corde zuckte mit den Schultern und verbrachte eine höchst anstrengende halbe Stunde mit dem Abfassen einer Verlautbarung. Nachdem er sie ein dutzendmal umgeschrieben hatte, schob er sie Ebbans hin.

> Die Ermittler des New Lebanon Sheriff's Department verfolgen mehrere Spuren im Fall der vergewaltigten und ermordeten Auden-Studentin. Obwohl der Eindruck erweckt wurde, bei dem Mord handle es sich um eine Art kultische Handlung oder um eine Opferung, betrachten die Ermittler das lediglich als eine potentielle Möglichkeit unter vielen. So überprüfen sie auch, ob nicht ein Freund oder Bekannter des Opfers von der Auden University irgendwie inwolwiert ist. Jeder, der irgendwelche Informationen beisteuern kann, wird dringend gebeten, sich sofort mit dem New Lebanon Sheriff's Department in Verbindung zu setzen. Absolute Diskretion wird zugesichert.

»Du hast involviert falsch geschrieben, und außerdem klingt es nicht wie ein Zeitungsartikel. Die formulieren solche Sachen anders. Glatter oder so.«
»Ach, das kümmert mich nicht. Die werden es schon aufpeppen. Was hältst du von dem, *was* darin steht?«
Ebbans las den Text noch einmal, zuckte dann mit den Schultern und meinte: »Ich glaube, du hast dich ganz gut aus der Affäre gezogen – zumindest genug, um Ribbon nicht bloßzustellen. Eines solltest du allerdings bedenken, Bill. Wenn wir weiter so tun, als wären wir hinter einem Kultmörder her, könnte das den wahren Täter in Sicherheit wiegen und ihn glauben machen, er wäre außer Gefahr. Ich halte es für unwahrschein-

lich, daß er dann noch die Drohungen gegen dich in die Tat umsetzt. Wenn du aber dies hier verbreitest, wird er sich möglicherweise doch weiter um dich kümmern.«
Von der Seite hatte es Corde noch gar nicht betrachtet. Nachdenklich strich er das Blatt mit der Verlautbarung glatt. »Es ist ein Risiko, das stimmt. Aber es ist *mein* Risiko, und ich glaube, ich muß es eingehen. Wir sollten endlich ein paar Zeugen auftreiben.«

Als Corde vom Mittagessen zur Arbeit zurückkehrte und auf den Parkplatz der Stadthalle einbog, sah er Steve Ribbon aus seinem Wagen klettern.
Der Sheriff winkte ihn kalt lächelnd zu sich. Corde ging zum Wagen des Sheriffs hinüber, und beide lehnten sich gegen den Kotflügel.
»Hallo, Steve.«
Der Sheriff nickte.
Sonnenlicht fiel auf Ribbons Gesicht und enthüllte ein Muster roter Flecken auf seinen Wangen. Das erinnerte Corde daran, daß Ribbon jedes Jahr zu Weihnachten freiwillig die Rolle des Nikolaus übernahm und durch Schnee und Matsch an der Ostgrenze der Stadt stapfte, wo er Wohnwagen und heruntergekommene Bungalows besuchte, in denen hauptsächlich alleinerziehende Elternteile mit ihren Kinder lebten.
Immer, wenn Corde sich über Steve Ribbon ärgerte, so wie heute morgen gegenüber T. T. Ebbans, versuchte er sich daran zu erinnern, was dieser Mann am 24. Dezember unternahm.
»Hör mal, Bill, es gibt da ein Problem, über das ich mit dir reden muß.« Den *Register* hatte er unter seinen kräftigen Arm geklemmt.
»Schieß los.«
»Ich war gerade drüben beim County. In Hammerbacks Büro. Letzte Nacht hat er einen Anruf von Dekanin Larraby aus Auden bekommen. Du kennst sie doch, oder?«

Corde nickte.
»Also, kommen wir zum Punkt.« Ribbon räusperte sich umständlich. »Ich habe den Bericht über die verbrannten Briefe gelesen. Das waren die von der Gebben, richtig?«
»Ja.«
Ribbon stieß die Luft durch die zusammengepreßten Zähne aus, wobei er den Luftstrom immer wieder mit der Zunge unterbrach. *Tsss tsss tsss* ... Als seine Lungenflügel leer waren, atmete er tief ein und sagte: »Jemand hat dich an dem Tag, als sie gestohlen wurden, aus ihrem Zimmer kommen sehen.«
Corde schaute nach unten auf den von kleinen Steinchen bedeckten Asphalt.
»Mittwoch nachmittag«, fuhr Ribbon fort. »Der Tag, nachdem sie getötet wurde.«
»Mittwoch. Ich war dort. Ich wollte mit Jennies Zimmergenossin reden.«
»Nun, du hast nichts davon erwähnt. Als Lance uns erzählte, daß die Briefe fehlen und ...«
»Steve, ich war ohne Durchsuchungsbefehl dort. Die Tür war nicht verschlossen, und die Leute wußten, daß das Mädchen tot war. Ich hatte Angst, Beweismittel würden verschwinden. Also habe ich mich mal rasch in dem Zimmer umgesehen, und das war's auch schon.«
»Hast du die ...«
»Die Briefe waren nicht da, nein.«
»Tja, Himmel noch mal, Bill.« Ribbon zog es vor, den ernsten Verdacht, um den sich der größte Teil seiner Gedanken drehte, nicht auszusprechen – den Verdacht nämlich, Corde selbst habe die Briefe vernichtet. Statt dessen sagte er: »Alles, was du dabei mitgenommen hättest, wäre nicht verwertbar gewesen. Das hätte die ganze Ermittlungsarbeit ruinieren können.«
»Wenn ich etwas gefunden hätte, hätte ich sofort wegen eines Durchsuchungsbefehls telefoniert und anschließend brav vor der Tür Wache geschoben, bis Lance oder T. T. damit aufge-

kreuzt wäre. Ich hatte wirklich nur Sorge, daß Beweise verschwinden könnten.«
»Was ja nun trotzdem passiert ist.«
»Ja, das stimmt.«
Ribbons Blick schwang wie ein langsames Pendel von der Stadthalle zu einem Chevy Pick-up und wieder zurück. »Ich glaube eigentlich nicht, daß das ein Problem ist. Zumindest jetzt noch nicht. Hammerback hat wichtigere Dinge, um die er sich kümmern muß, und die Dekanin hat keine Ahnung von Durchsuchungsbefehlen und solchen Sachen. Sie ist einfach nur sauer, weil wir uns in der Uni umsehen und sie nicht wissen lassen, was wir da eigentlich genau machen. Aber sei vorsichtig, Bill, in diesem Fall stecken Dinge, die uns den Arsch kosten können, wenn wir nicht aufpassen.«
Corde sah Ribbon direkt in die Augen. »Ich habe diese Briefe nicht verbrannt.«
»Ja. Ich weiß, daß du das nicht getan hast. Dieser Gedanke wäre mir auch nie gekommen. Ich wollte dir nur sagen, was ein paar Leute, die dich nicht so gut kennen wie ich, vielleicht annehmen könnten. Damit du ein bißchen auf der Hut bist, wenn du verstehst, was ich meine. Gut. Und jetzt sollten wir wohl wieder zurück in die Tretmühle.«

Die Eingangstür vom Sheriff's Department flog auf, und Wynton Kresge marschierte herein. Corde konnte sich Kresge mittlerweile kaum noch anders vorstellen, als großspurig in einen Raum hereinplatzend und einen Umschlag schwenkend. Der Mann wurde langsam zu einem richtigen Klischee. Kresge legte den Umschlag auf den Schreibtisch und blieb dann stolz wie ein Jagdhund stehen, der gerade dem Jäger eine abgeschossene Wachtel gebracht hat.
»Danke, Wynton.« Corde setzte sich an einen unbenutzten Schreibtisch und öffnete den Umschlag. Er kochte innerlich noch immer wegen der Unterhaltung mit Ribbon und fertigte Kresge mit einem knappen: »Das ist alles« ab.

Die Verwandlung, die jetzt mit Kresge vor sich ging, geschah in weniger als einer Sekunde. Ebbans sah es kommen und blinzelte. Corde hingegen erwischte es völlig unvorbereitet.
»Eine Sache würde mich interessieren, Detective«, sagte Kresge laut und mit einer dunklen James-Earl-Jones-Stimme.
Corde schaute hoch. »Wie bitte?«
»Als was sollte ich mich Ihrer Meinung nach bezeichnen?«
»Was?«
»Ich hatte gehofft, Sie könnten mir zu einer gewissen Erleuchtung verhelfen. Sollte ich mich als Boten betrachten?«
»O Mann!« murmelte Ebbans.
»Oder sollte ich mich vielleicht Lauf-und-Hol's nennen?«
»O Mann!« stöhnte Ebbans wieder.
Corde sah ihn verdutzt an. »Wovon reden Sie eigentlich?«
»Ich rede davon, daß ich nicht für Sie arbeite. Ich kriege keinen verdammten Penny von der Stadt, also mache ich alles, was ich für Sie tue, freiwillig. Und Sie behandeln mich, als würde ich Pizza ausliefern.«
Corde blickte hilfesuchend zu Ebbans hinüber, doch der verzog keine Miene. Dann schaute er wieder zurück zu Kresge.
»Was ...«
»Dieses Mädchen wird ermordet, und ich sage: ›Lassen Sie mich helfen, die Leute zu befragen.‹ Ich sage: ›Lassen Sie mich helfen, Informationen zu sammeln.‹ Ich sage: ›Lassen Sie mich helfen, Zeugen aufzutreiben.‹ Und Sie behandeln mich wie einen Botenjungen. Sie sagen ...«
»Ich habe nicht ...«
Wynton brüllte: »Sie sagen: ›Nein, Wynton, nein danke, du bist ein *schwarzer* Mann! Ich brauche deine Hilfe nicht!‹«
»O Mann!« murmelte Ebbans noch mal.
»Sie sind verrückt!« schrie Corde.
»Ich sehe hier nicht besonders viele Deputies für Sie arbeiten. Und ich sehe hier auch nicht so viele Verdächtige herumstehen, daß man einen Bus brauchte, um sie fortzuschaffen. Ich biete Hilfe an, und was sagen Sie? ›Das ist alles. Du kannst gehen. Ich

rufe dich, wenn ich wieder ein paar Papiere brauche.‹« Die Wut stand Kresge deutlich im Gesicht geschrieben.
Überall im Büro war die Arbeit zum Erliegen gekommen. Selbst die Sekretärin, die Notrufe entgegennehmen sollte, hatte ihren Raum verlassen und lehnte, den Kopfhörer noch über den Ohren, am Türrahmen.
Corde erhob sich mit rot angelaufenem Gesicht. »Ich muß mir das nicht anhören.«
»Ich möchte nur wissen, was Sie gegen mich haben.«
»Ich habe gar nichts gegen Sie.«
»Sie lehnen meine Hilfe ab, weil ich schwarz bin.«
Corde machte eine ärgerliche Handbewegung. »Ich will Ihre Hilfe nicht, weil Sie keine Ahnung haben, was Sie tun müssen.«
»Woher wollen Sie das wissen? Sie haben es ja noch nicht ausprobiert.«
»Sie haben mich nie gefragt, ob Sie helfen können.«
»Den Teufel habe ich nicht!« Kresge schaute Ebbans an. »Habe ich gefragt, ob ich helfen kann? Habe ich mich freiwillig angeboten?«
»Das hat er getan, Bill«, sagte Ebbans.
Corde starrte ihn an.
»Ich wünsche Ihnen viel Glück, Detective«, erklärte Kresge. »Wenn Sie irgendwelche Hilfe von der Sicherheitsabteilung der Universität benötigen, wenden Sie sich an eine der Wachen. Sie erkennen sie an den Uniformen. Die Männer verdienen siebenfünfundzwanzig die Stunde und werden froh sein, irgendwelche Sachen für Sie zu holen. Sie dürfen ihnen auch Trinkgeld geben, wenn Sie wollen.«
Corde und Ebbans verdrehte beide die Augen in der Erwartung, die Glasscheibe werde aus der Tür herausfliegen, wenn Kresge sie zuknallte. Der jedoch schloß sie vorsichtig und stapfte dann den gewundenen Weg zur Straße hinunter.
Ebbans fing an zu lachen. Corde, dessen Gesicht vor Ärger ganz rot war, drehte sich zu ihm um. »Das ist überhaupt nicht komisch.«

»Doch, ist es.«
»Was ist denn mit ihm los? Was habe ich ihm getan?«
»Steht höfliches Benehmen in dieser Gegend nicht auf dem Lehrplan?« fragte Ebbans zurück.
»Sehr witzig!« Sie hörten, wie sich ein Wagen mit quietschenden Reifen vom Parkplatz entfernte. »Verdammt! Ich weiß überhaupt nicht, was ich getan haben soll.«
»Er könnte wirklich eine Hilfe sein«, meinte Ebbans. »Warum entschuldigst du dich nicht?«
»Entschuldigen? Wofür denn?«
»Du hast ihn nicht ernst genommen.«
»Er ist ein *Wachmann.*«
»Du nimmst ihn noch immer nicht ernst.«
»Mir ist völlig egal, ob er schwarz ist«, sagte Corde. »Wie kommt er bloß auf diese Idee?«
»Jetzt stell dich nicht so dumm.«
»Verdammter Idiot.«
»Er könnte dich anzeigen«, bemerkte Ebbans. »Wegen Diskriminierung.«
Corde brauchte fast eine Minute, um zu merken, daß Ebbans ihn auf den Arm nahm. »Fahr doch zur Hölle.«
»Du nimmst jeden anderen ernst, nur ihn nicht.«
Corde schüttelte ärgerlich den Kopf und stand auf, um zum Kaffeeautomaten zu gehen. Kurz darauf kam er, an der verbrannt schmeckenden Flüssigkeit nippend, zurück und nahm sich den Umschlag vor, den Kresge gebracht hatte. Eine Weile starrte er auf das halbe Dutzend Lebensläufe, ohne sie wirklich wahrzunehmen, und meinte dann: »Ich hoffe, er zeigt mich an. Es würde mir gefallen, ihm vor Gericht ein paar Dinge zu erzählen.«
»Jetzt reg dich wieder ab, Bill«, sagte Ebbans.
Corde begann mit der Lektüre der Berichte. Nach einem Moment schaute er auf, wollte etwas von sich geben, schloß dann aber den Mund wieder und las weiter. Eine halbe Stunde später hatte er sich beruhigt. »Hier ist ein CV drauf. Was bedeutet das?« erkundigte er sich bei Ebbans.

»Keine Ahnung. Wo steht das denn?«
»Immer oben auf der Seite. Oh, Moment, hier ist es mal ausgeschrieben. *Curriculum Vitae.* Was ist das?«
»Vielleicht heißt es Lebenslauf auf griechisch.«
»Akademiker ...« brummte Corde und las weiter.
Nachdem er fertig war, ging er die Berichte noch mal durch und sagte dann zu Ebbans: »Vielleicht haben wir hier etwas Interessantes.«
»Was denn?«
Corde reichte Ebbans eine Kopie von Randolph Sayles' CV. »Was sagt dir das?«
Ebbans las es sorgfältig. »Ich habe nichts bemerkt. Erklär's mir.«
»Er war einer von Jennies Professoren. In den letzten zwölf Jahren war er als Gastprofessor an drei anderen Universitäten. An zweien davon blieb er jeweils ein Jahr. Die dritte, Loyola in Ohio, verließ er schon nach drei Monaten.«
»Und?«
»Nach Loyola, steht hier, verbrachte er die nächsten neun Monate mit Forschungen und der Abfassung eines Buches, bevor er nach Auden zurückkehrte. Neun Monate. Das ist genau der Rest der üblichen Einjahresfrist, wenn man die ersten drei Monate abzieht.«
»Na ja, diese Professoren reisen viel in der Weltgeschichte herum, nicht wahr?« meinte Ebbans. »Ist doch möglich, daß er sich einfach frei genommen hat.«
»Aber er hat nicht ein einziges Buch veröffentlicht, seit er aus Loyola zurück ist. Und das war vor vier Jahren.«
»Vielleicht kommt es demnächst heraus.«
»Nun, wir können ja mal spekulieren. Wäre es nicht denkbar, daß er in Loyola rausgeflogen ist und nicht sofort hierher zurückkommen wollte, weil das merkwürdig ausgesehen hätte? Er hätte dann auch erklären müssen, weshalb man ihn gefeuert hat.«
»Das ist ziemlich weit hergeholt, Bill.«

Corde griff zum Telefon. Er wählte erst die Nummer der Fernsprechauskunft an und dann diejenige, die er dort erhalten hatte. Unterdessen redete Ebbans weiter: »Ich weiß nicht. Gefeuert worden zu sein, ist ein reichlich dünner Grund, um ihn zum Verdächtigen zu machen, findest du nicht?«

Es bedurfte einiger Überredungskunst, bis der Dekan von Loyola in Columbus, Ohio, bereit war, Corde die gewünschten Auskünfte zu geben, und das auch nur, nachdem er sich über eine zweite Leitung mit dem hauseigenen Anwalt in Verbindung gesetzt hatte, der ihm jeweils mitteilte, ob er eine bestimmte Frage beantworten sollte. Wie sich herausstellte, erachtete er schließlich alle Fragen als zulässig.

Nachdem er aufgelegt hatte, sagte Corde zu Ebbans: »Die Anklage wegen Tätlichkeit wurde fallengelassen. Trotzdem stimmte Sayles zu, den Vertrag aufzulösen. Was hältst du jetzt davon?«

»Ich glaube, es gibt noch etwas anderes.« Ebbans deutete auf den Lebenslauf. »Randy Sayles ist Schatzmeister.«

»Das bringt irgendwas bei mir zum Klingeln.«

»Jennie Gebben hat für ihn gearbeitet.«

Sie saßen draußen im Garten und wurden abwechselnd von kühlen und warmen Luftströmungen gestreift. Als Corde und Diane dicht nebeneinander auf der Picknickdecke hockten, erinnerte er sich an dieses Phänomen aus seiner Teenagerzeit. Sie hatten es heißkalte Luft genannt. Wogen warmer Luft wechselten mit kühleren ab, die bei Einbruch der Dämmerung über die Felder rings um die New Lebanon High-School trieben. Ein Klassenkamerad hatte dafür folgende Erklärung: Wenn ein Mann und eine Frau es miteinander trieben, wurde die Luft um sie herum sehr warm und blieb auch noch stundenlang so; wie die Jungen damals spürten, war demnach der Beweis, daß gerade irgendwo windaufwärts ein Dutzend Mädchen flachgelegt worden war.

Corde und Diane waren nach draußen gegangen, um einen

angekündigten Meteoritenschwarm zu beobachten. Nachdem sie das erschreckende Foto erhalten hatten, hatte Corde sich bemüht, früh nach Hause zu kommen und für den Rest des Abends auch dortzubleiben. Ihm war der Artikel über die Meteoriten aufgefallen, und nachdem Jamie und Sarah im Bett waren, hatte er seine überraschte Frau gefragt, ob sie an einem Rendezvous hinten im Garten interessiert sei. Diane hatte eine Decke ausgebreitet, und dann saßen sie, eine halbe Flasche Wein neben sich, eng aneinandergeschmiegt da, lauschten den Grillen und Käuzchen und spürten, wie der heißkalte Wind über sie hinwegstrich.

Der Himmel war klar und wurde vom fast vollen Mond beherrscht. Innerhalb von fünfzehn Minuten hatten sie zwar nur einen Meteoriten gesehen, doch der war sehr spektakulär gewesen: ein langer leuchtend weißer Streifen, der sich über die Hälfte des Himmels hinzog. Sie hatten das Nachbild noch vor Augen, als sich der brennende Fels schon längst aufgelöst hatte.

»Kann man sich dabei was wünschen?« fragte Diane.

»Ich bin mir nicht sicher, doch ich glaube schon.«

»Wenn du dich für etwas entschieden hast, darfst du es nicht laut sagen«, erklärte Corde. »Mit Meteoren ist das so ähnlich wie mit Geburtstagskerzen.«

Diane küßte ihn und packte dabei seine Lippe mit den Zähnen. Sie lagen auf der taufeuchten Decke und küßten sich fast fünf Minuten lang hart, beinahe brutal. Seine Hand glitt unter ihren Sweater und in den BH. Er spürte, wie sie sich versteifte, als ihre Brustwarze augenblicklich hart wurde.

»Leidenschaft«, flüsterte er grinsend.

»Kälte«, erwiderte sie lachend. »Ich kenne einen Platz, wo es wärmer ist.«

»Ich auch.« Seine Rechte glitt zu ihren Jeans hinab.

Diane ergriff sie mit beiden Händen. »Komm mit.« Sie stand auf und zog ihn zum Haus hinüber.

»Hat das irgendwas mit deinem Wunsch zu tun?« erkundigte er sich.

Sie lagen ungefähr in der gleichen Stellung wie im Garten. Nur waren sie jetzt nackt und befanden sich auf einer Steppdecke, die Dianes Mutter im Jahr der iranischen Botschaftsbesetzung begonnen und im Jahr der Challenger-Explosion fertiggestellt hatte. Das Licht war gedämpft, und Corde hatte den letzten Rest Lippenstift von ihrem Mund geleckt. Er rollte sie auf den Rücken.

»Warte eine Minute«, sagte sie und stand auf. »Ich muß es mir erst einsetzen.«

Die versprochene Minute verstrich. Mehrere andere auch. Er hörte Wasser laufen. Eine Zahnbürste wurde benutzt. Er legte sich auf den Rücken, ergriff seinen Penis und drückte ihn, damit er hart blieb.

Er hörte die Toilettenspülung rauschen und wie der Medizinschrank geöffnet und wieder geschlossen wurde. Cordes Penis war jetzt hart wie bei einem Teenager.

Für ungefähr zehn Sekunden.

»Ohhh, Bill ...«

Der schmerzerfüllte hohe Ton in Dianes Stimme war furchtbar. Ein Schrei wäre weniger quälend gewesen. Corde war sofort auf den Füßen und stürzte zum Badezimmer. Erst als er dort ankam, fiel ihm ein, daß er sich die Zeit hätte nehmen sollen, den Nachttisch zu öffnen und die Pistole herauszuholen.

Die blaue Diaphragmadose lag vor Dianes Füßen. Die Gummischeibe klebte wie ein blaßgelbes Pflaster im Waschbecken.

Diane schluchzte und hatte die Arme um sich geschlungen, als wollte sie ihre Nacktheit selbst vor ihrem Ehemann verbergen. Bill bemerkte ein kleines weißes Quadrat auf dem Boden. Er hob es auf, während Diane ihren roten Bademantel vom Haken hinter der Tür nahm, hineinschlüpfte und den Gürtel fest zuband. »Es war in der Dose«, flüsterte sie, zog einen langen Streifen Toilettenpapier von der Rolle und nahm damit das Diaphragma aus dem Becken. Sie trug es wie eine totgeschlagene Wespe zum Mülleimer und warf es hinein. Mit der

Plastikdose machte sie das gleiche und schrubbte sich dann die Hände mit Seife und heißem Wasser.

Dieses Polaroidfoto war zur gleichen Zeit aufgenommen worden wie das andere, das auf der Hintertreppe gelegen hatte. Es zeigte wieder Sarah, oder wer auch immer das Mädchen sein mochte, mit bis zum Bauch hochgeschobenem Rock. Der Aufnahmewinkel war ungefähr der gleiche, und das galt auch für die Lichtverhältnisse. Tatsächlich gab es nur zwei Unterschiede. Der Fotograf war viel näher herangekommen und nur noch ein paar Schritte von dem Mädchen entfernt.

Und die in roter Tinte auf die Rückseite geschriebene Botschaft war anders. Sie lautete: ICH KOMME NÄHER.

13

Corde öffnete den Gewehrschrank und holte seine lange, abgenutzte Remington heraus. Er schob drei Patronen ins Magazin und nahm aus einer Tischschublade ein verchromtes zylinderförmiges Schloß, dessen beide Teile er auseinanderzog, rechts und links vom Abzug anbrachte und mit einem leisen, metallischen Laut wieder zusammenschob. Einen der Schlüssel befestigte er an seinem eigenen Bund, den anderen brachte er zusammen mit dem Gewehr ins Wohnzimmer, wo Diane saß und den Fußboden anstarrte. Ihr Mund war zu einer dünnen Linie zusammengepreßt.

»Wie schafft er das?« fragte sie mit brüchiger Stimme.

»Ich weiß es nicht, Liebes.«

»Wie kommt er an dem Deputy vorbei?«

»Ich vermute, er hat die beiden Fotos zur gleichen Zeit hier deponiert. Wahrscheinlich ist er schon lange wieder fort.«

»Vermuten ... wahrscheinlich ... Gibt es denn niemanden, der etwas über diesen Mann weiß?«

Corde massierte geistesabwesend sein Knie. Nein, wir wissen nichts. Wir wissen überhaupt nichts.

Einen Moment später sagte er: »Ich werde morgen mit Tom sprechen. Er soll Patrouillen rings um das Haus und in den Wäldern anordnen.«
Corde stellte das Gewehr in die Ecke. »Es ist keine Patrone in der Kammer. Du mußt einmal durchladen. Der Sicherungsbügel ist offen. Einfach durchladen und abdrücken. Du weißt ja, wie das geht. Und ziel tief.« Er gab ihr den Schlüssel, und sie stand auf, um ihn in die Handtasche zu stecken. Jetzt, mit dem Gewehr vor Augen, wirkte sie ruhiger.
»Einen Moment noch.« Corde nahm den Schlüssel aus ihrer Handtasche und ging damit ins Schlafzimmer. Kurz darauf kam er mit einer dicken goldenen Halskette zurück. Er befestigte den Schlüssel an der Kette, verschloß sie dann hinter Dianes Nacken und küßte sie auf die Stirn.
»Das ist die Kette, die du mir geschenkt hast, als du mir auch deinen Klassenring gegeben hast«, sagte sie.
»Ich dachte mir, sie wäre gerade richtig, um jedem klarzumachen, daß er die Finger von dir lassen soll.« Der Schlüssel ruhte zwischen ihren Brüsten.
Sie lächelte, umarmte ihn und weinte noch etwas.
»Die Kette ist nicht echt«, erklärte Corde. »Nur vergoldet.«
»Es gibt auf der ganzen Welt kein Mädchen, das so etwas nicht sofort merken würde. Aber der Ring war für mich auch viel wichtiger.«
Corde nahm ihr Gesicht in die Hände. »Wir werden das hier gut überstehen. Weder dir noch den Kindern wird irgend etwas passieren. Er macht das nur, um mich einzuschüchtern. Ganz sicher.«
Diane trocknete ihre Tränen und ging in Richtung Schlafzimmer. »Gebe Gott mir die Kraft«, sagte sie.

Zunächst fiel es niemandem in der Stadt sonderlich auf. Hauptsächlich waren es ja auch Kleinigkeiten. Etwa, daß mehr Menschen als üblich den *Register* kauften und als erstes die Seite mit dem Wetterbericht aufschlugen, wo auch die

Mondphasen für die nächsten dreißig Tage abgedruckt waren.
Der Verkauf von Schrotpatronen und Gewehrmunition lief doppelt so gut wie sonst um diese Jahreszeit, in der für alle Tiere Schonzeit herrschte. Die Sportabteilung von Sears, in der normalerweise in diesem Monat Unmengen von Baseballausrüstungen verkauft wurden, machte jetzt den größten Umsatz mit billigen .22ern, .30-'06ern und sogar Crossman-CO_2-Luftpistolen.
Das Geschäft der Restaurantketten wie HoJo's und Baskin-Robbins kam praktisch zum Erliegen, als die Eltern sich weigerten, ihre Töchter nach Einbruch der Dunkelheit noch aus dem Haus zu lassen. Studenten, die sich normalerweise abends draußen herumtrieben, um ihre Finger unter der Kleidung von Kommilitoninnen auf Forschungsreise zu schicken, sahen sich jetzt gezwungen, daheim zu bleiben und ihre Lehrbücher von den Spinnweben zu befreien. Eine ganze Reihe von Studentinnen meldete sich krank und reiste drei Wochen früher als geplant nach Hause.
Eine Menge Hunde in der Stadt wurden hungrig gehalten.
Cordes mühselig formulierte Pressemitteilung, die die Einwohner von New Lebanon beruhigen sollte, hatte keinen Einfluß auf die allgemeine Hysterie.
Bob Siebert kehrte spät abends zu seinem Wohnwagen an der Route 302 zurück. Er öffnete die Tür und sah sich seinem fünfjährigen Sohn gegenüber, der mit der Ruger-225-Jagdflinte mehr oder weniger auf das Herz seines Vaters zielte. Siebert, der sich als Silhouette gegen das Mondlicht abzeichnete, erstarrte und war viel zu erschrocken, um etwas zu sagen. Erst nachdem er das kurze Klicken des Schlagbolzens gehört hatte, holte er wieder Luft. Er schnappte sich das Gewehr, stieß ein leicht irre klingendes Lachen aus und dankte dem Herrn, daß sein Sohn nicht gewußt hatte, wie man eine Patrone in die Kammer schob. Sein Lächeln verschwand allerdings, als er das Schloß öffnete und der Blindgänger herausfiel. Sieberts Beine

gaben nach, seine Hosen wurden naß, und er sank schluchzend auf den Boden. »Ich dachte, du wärst der Mond-Mann, Daddy«, sagte der Junge.
Und am Dienstag, einen Tag vor Vollmond, tauchten die ersten Graffiti auf.
Niemand sah, wer dafür verantwortlich war, und anfangs erkannte auch kaum jemand, was die Zeichnungen bedeuten sollten. Clara und Harry Botwell fuhren in ihrem 1976er Buick Electra heimwärts, nachdem sie im Wrangler Shrimps und Salat gegessen hatten. Clara, die weniger getrunken hatte, saß am Steuer. Harry zeigte auf die Wand der First Bank von New Lebanon und sagte: »Schau, jemand hat ein großes Gummibonbon auf die Seite der Bank gemalt.« Clara betrachtete die Wand und fragte, weshalb es auf der Seite liege und warum überhaupt irgend jemand ein Gummibonbon malen sollte. »Heilige Mutter Gottes«, rief sie dann, »das ist kein Gummibonbon, das ist ein Halbmond.« Voller Panik trat sie das Gaspedal durch, überfuhr eine rote Ampel und rammte einen Celica. Das Pärchen kam unverletzt davon, doch der Fahrer des Toyota mußte mit einem gebrochenen Arm ins Krankenhaus.
Die Bankfassade war nicht die einzige Stelle, an der ein Halbmond aufgetaucht war. Dreihundert Bürger wählten in dieser Nacht die Notrufnummer 911 (die meisten von ihnen zum erstenmal in ihrem Leben), um ein halbes Dutzend dieser Halbmond-Graffitis zu melden. Die Anrufer waren alle zutiefst erschüttert – es war Blut, was der Künstler benutzt hatte.

An diesem Abend saß Randolph Sayles, Professor, stellvertretender Dekan und Verteidiger der ehrenwerten Konföderierten Staaten von Amerika, in seinem Garten hinter dem Haus, rauchte eine Zigarette und betrachtete den vom Mondlicht erhellten Abendhimmel. In seiner Hand hielt er ein Fax. Sayles schnippte die Asche auf den Boden vor sich und schaute hinterher. Zwischen seinen mit Schlamm bedeckten Stiefeln war eine Baumwurzel aus der Erde herausgewachsen und hatte sich nur ein paar Zentimeter weiter wieder in den Boden zurückgezogen, so als wäre ihr selbst dieser kurze Ausflug in die Welt unerträglich. Er hörte Schritte, die ihm vertraut waren.

Joan Sayles war eine linkische Frau mit kurzgeschnittenem blondem Haar, abfallenden Hüften und Hängebusen. Heute trug sie eine weiße Bluse, die vorn im Stil von Lana Turner zugebunden war, und kurze, unförmige Shorts. Sie setzte sich neben ihren Mann. Weißes, faltiges Fleisch hing von ihren Oberschenkeln herab.

Sie war ordentliche Professorin für Soziologie in Auden und ein Jahr älter als Sayles. Ihr IQ lag um zwei Punkte höher als seiner, obwohl beide zur absoluten Spitzengruppe gehörten. Als sie sich im letzten Jahr vor der Graduierung kennenlernten, war einer von ihnen noch unberührt gewesen, und das war nicht Joan. Schon als Assistentin hatte sie professorale Fähigkeiten besessen und zudem ein instinktives Gespür für die interne Institutspolitik. Er hatte diese Talente geschätzt und zu spät bemerkt, daß sie sie nicht nur einsetzte, um sich eine Anstellung, sondern auch Sayles selbst zu sichern. Erfolg hatte sie an beiden Fronten; sie heirateten einen Tag, nachdem Sayles das Rigorosum überstanden hatte. Und wenn er auch nie echte Leidenschaft für sie empfunden hatte – jedenfalls nichts, das dem nahe gekommen wäre, was er fühlte, wenn er an seinem Vorlesungspult stand –, so war das schon in Ordnung. Er liebte sie (glaubte er zumindest). Immerhin brauchte er eine Frau (dessen war er ziemlich sicher), und zudem waren eine gewisse Stabilität und eine intelligente Gattin gewissermaßen die Säulen des Erfolgs an einer Universität im Mittelwesten.

»Was machst du hier draußen?« fragte sie und blinzelte in das violette Mondlicht. Dabei verzogen sich ihre Mundwinkel zu einem feuchten, grotesken Lächeln, das Sayles nicht unbedingt sehen wollte. Sie bemerkte eine kleine, mit Schlamm bedeckte Schaufel neben ihm, und dann fiel ihr Blick auf seine Stiefel. »Gartenarbeit bei Mondlicht?«

Er hatte den Eindruck, daß ihre Frage, die so harmlos neugierig klang, eine versteckte Spitze enthielt.

Was weiß sie? überlegte Sayles.

»Ein bißchen Luft schnappen«, antwortete er dann. »Hattest du heute abend nicht eine Besprechung?«

»Ist vorbei.« Sie hatte einen Stapel weißer, von einem Gummiband zusammengehaltener Papiere bei sich. Auf dem obersten Blatt waren eine Menge Striche und Anmerkungen zu sehen, und als Note stand eine knappe Vier darunter. Joan war für ihre Zensuren gefürchtet.

»Was machst du hier draußen?« wiederholte sie. Als er nicht antwortete, fragte sie: »Gibt es einen besonderen Grund dafür, daß du mich ignorierst?«

Er entschuldigte sich mit einer Ernsthaftigkeit, die beide überraschte, und reichte ihr dann das Fax. Der Staat hatte Audens Antrag auf Soforthilfe abgelehnt.

»Aha.« Joan gab ihm das Fax zurück und steckte sich eine Zigarette an. Sie ließ sie aus dem Mundwinkel herabhängen, wodurch ihre Lippen noch loser und schiefer erschienen. Joan inhalierte den Rauch und entfernte dann mit dem Finger etwas von ihrer Zunge. »Tut mir leid.«

Sayles drückte als Antwort ihr Knie. »Weißt du, was einer meiner Studenten geschrieben hat?« sagte sie. »Die Frage lautete, ob ein Bevölkerungszentrum wie New Lebanon auch ein geistiges Zentrum entwickeln kann. Er meinte, nein, es würde sich eher eine Art Vakuum entwickeln. Allein dafür habe ich ihm eine Eins minus gegeben.«

»Clever«, bemerkte Sayles.

»Wenn ich noch einmal von vorn anfangen könnte, würde ich etwas Frivoleres aussuchen. Romanische Sprachen oder Kunstwissenschaft. Nein, ich weiß. Russische Literatur.«

Sie berührte abermals prüfend ihre Zunge, so als wollte sie sichergehen, daß sie nicht gefühllos war.

»Die Polizei möchte mit mir reden«, sagte er.
»Wegen der Studentin aus deiner Vorlesung? Die ermordet wurde?«
Sayles nickte.
»Hast du mit ihr geschlafen?«
Das war keine echte Frage. Sie weiß es also.
Sein Schweigen war eine Antwort, die sie verstand. »Hat es Spaß gemacht?«
»Gelegentlich.«
»Die glauben doch nicht, daß du etwas damit zu tun hast, oder?«
»Natürlich nicht.«
Woher weiß sie es?
Joan rauchte ihre Zigarette zu Ende und warf sie auf den Boden, trat sie aber nicht aus. Dann sagte sie mit einem Blick auf den Stapel Papiere: »Weißt du, mich wundert, daß Studenten im zweiten Semester noch immer nicht in der Lage sind, Sätze sinnvoll aneinanderzureihen.« Sie ging über den schmalen Pfad zum Haus zurück und kam dabei an einem Streifen Erde vorbei, der von den herabgefallenen Früchten einer Reihe von Maulbeerbäumen rot gefleckt war.

T. T. Ebbans wünschte sich, er könnte die Stelle des Mannes einnehmen, mit dem er gerade sprach – des Mannes, der hier am Ufer des schlammigen Des Plaines an einem Ast lehnte und durch eine zwanzig Fuß lange Angelschnur mit einem Haken verbunden war, der sich irgendwo in dem trüben Wasser befand. Der Mann mit dem roten Hut.
»Hübsche Fliegen«, meinte Ebbans und nickte in Richtung des Hutes.
»Ja, Sir.«
Ebbans beugte sich vor und schaute in den Plastikeimer, in dem drei reglose Katzenwelse trieben. »Wird es einem Fliegenfischer nicht langweilig, immer wieder Köder an Katzenwelse zu verfüttern?«

»Ich fische nicht mit Fliegen. Die sind nur an dem Hut. War ein Geschenk von meiner Frau.« Einen Moment später fügte er hinzu: »Ich habe einen Schein. Hab ihn nur daheim gelassen.«
»Hm«, machte Ebbans. »Haben Sie zufällig am Dienstag abend unten am Blackfoot Pond geangelt?«
»Das hier ist mein Abend.«
»Wie bitte?« fragte Ebbans.
»Ich arbeite in der Nachtschicht im Containerwerk. Um sieben Uhr morgens habe ich Feierabend und gehe dann zu Bett. Danach Frühstück. Angeln. Wieder zur Arbeit. So sieht mein Leben aus. Ihr Abend ist mein Tag.«
»Ein junger Mann hat am Teich jemanden gesehen, auf den Ihre Beschreibung paßt.«
Der Angler murrte etwas vor sich hin.
»Am Dienstag ist dort ein Mädchen umgebracht worden«, sagte Ebbans.
»Dort war das? Donnerwetter! Ja, ich war am Dienstag da.«
»Wann sind Sie gegangen?«
»Muß so gegen einundzwanzig Uhr dreißig oder zweiundzwanzig Uhr gewesen sein. Ich war wegen des Sturms ziemlich spät dran.«
»Haben Sie irgendwen gesehen?«
»Als ich ging, tauchten zwei Jungs auf. Sie hatten Angelzeug dabei, haben aber nicht gefischt. Ich dachte, sie wollten erst mal ein paar Würmer sammeln.«
»Waren es Kinder?«
»Schienen Teenager zu sein.«
»Kennen Sie sie?«
»Ich hab sie nicht aus der Nähe gesehen. Sie waren unten am Damm und liefen in Richtung Teich. Einer von ihnen war ziemlich fett, weshalb sie recht langsam gingen. Der Dicke trug dunkle Kleidung. Der andere war dünn und hatte eine Jacke an, die vielleicht grau war.«
»Wie alt?«
»High-School. Keine Ahnung.«

»Beide weiß?« erkundigte sich Ebbans.
»Was sonst in dieser Gegend?«
»Ich würde gern mit diesen Jungen reden, oder wenigstens mit einem von ihnen. Falls Sie sie sehen, wäre ich Ihnen dankbar, wenn Sie uns benachrichtigen.«
»Darauf können Sie sich verlassen.«
»Wenn Sie das tun, vergesse ich dem Fischereiamt von dem Angelschein zu erzählen, den Sie zu Hause gelassen haben.«
»Ich hatte bestimmt vor, mir einen zu besorgen«, meinte er. »Aber Sie wissen ja, wie das ist. Immer eins nach dem anderen.«

Die First Methodist Church von New Lebanon gab neute bekannt, daß die Sonntagsschule bis auf weiteres geschlossen bleibt. Grund für diese Maßnahme ist der Vandalismus des Mannes, den die Behörden den »Mond-Mörder« nennen.

Die »Behörden« nennen ihn so?

Die mit Blut ausgeführte Zeichnung eines Halbmonds wurde an der Tür der Mädchentoilette im ersten Stock des Gebäudes der Sonntagsschule an der 223 Maple Street, direkt neben der Kirche entdeckt.
Das Blut stammt von einer Ziege, deren Kadaver vor wenigen Tagen in der New Lebanon Grade School gefunden wurde.

Woher wissen die das? Ich wußte es nicht.

Der Schulbesuch ist dramatisch zurückgegangen, seit der Mond-Mörder die Straßen von New Lebanon durchstreift ...

Die Straßen »durchstreift«?

Heute nacht ist der erste Vollmond seit dem Mord an der Auden-Studentin ...

Jennie. Sie heißt Jennie Gebben.

Die Einwohner werden dringend aufgefordert, von Sonnenuntergang bis Sonnenaufgang daheim zu bleiben …

Bill Corde saß im Zimmer 121 des Studentenausschusses von Auden und starrte die Morgenausgabe des *Register* fünf Minuten lang an, bevor er sie beiseite warf. Er öffnete einen Umschlag, den er im Büro mitgenommen hatte, als er sich auf den Weg hierher machte. Der Umschlag enthielt einen Bericht des Labors, in dem festgestellt wurde, daß das bei den Zeichnungen verwendete Blut vom Kadaver der Ziege stammte.

Wieso wußten sie das? Ich wußte es nicht.

Ein Mann erschien im Türeingang. Corde blickte zu ihm hoch.

»Entschuldigung. Ich bin Professor Sayles. Sie wollten mich sprechen?«

»Kommen Sie herein. Nehmen Sie Platz.« Corde steckte den Laborbericht in die Tasche und deutete mit der Hand auf den Stuhl vor seinem Miniaturschreibtisch.

Sayles setzte sich hin, schlug langsam die langen Beine übereinander und schob den Stuhl etwas zurück. »Geht es um den Mord an Jennifer Gebben?«

»Sie war in Ihrer Vorlesung?« fragte Corde.

»Ja, das war sie.« Sayles warf einen Blick auf seine Uhr. Eine zerknitterte, abgeschabte Manschette ragte aus dem Ärmel seiner blauen Jacke. »Sie hat auch zeitweilig für mich gearbeitet. In der Finanzabteilung.«

»Kannten Sie sie gut?«

»Ich bemühe mich, alle meine Studenten kennenzulernen.«

»Aber Jennie kannten Sie besser als andere«, sagte Corde.

»In der Vorlesung, die sie besuchte, sind viele. Der Kurs über das Jahrhundert des Bürgerkriegs ist sehr beliebt. Ich versuche, wenn möglich, alle meine Studenten kennenzulernen. Das halte ich für wichtig. Persönliche Anrede kann sich sehr inspirierend auf den Unterricht auswirken. Erinnern Sie sich nicht mehr daran?«

Corde, der den größten Teil seiner Schulzeit mit dem Bemühen zugebracht hatte, die Aufmerksamkeit der Lehrer möglichst nicht auf sich zu lenken, fragte: »Warum hat Jennie für Sie gearbeitet? Ich nehme an, daß sie nicht auf das Geld angewiesen war.«

»Weshalb nehmen Sie das an?« fragte Sayles zurück.

»Sie gehörte nicht dem Arbeitsprogramm für Studenten an und hatte auch keinerlei Studienkredite aufgenommen. Wäre doch wahrscheinlich, daß sie erst diese Möglichkeiten ausgeschöpft hätte, bevor sie eine Teilzeitstellung für fünf Dollar zehn die Stunde antrat.«

»Geld an bedürftige Studenten zu verteilen, ist in gewisser Weise eine altruistische Tätigkeit. Jennie hat im vergangenen Jahr bei der Organisation der Wanderung zugunsten der AIDS-Hilfe mitgemacht. Und sie war auch freiwillige Helferin bei Essen auf Rädern.«

»Für einen oder zwei Monate«, warf Corde ein.

»Für einen oder zwei Monate.«

»Aber wie kam es dazu, daß sie für *Sie* gearbeitet hat?«

»Wir unterhielten uns darüber, wie merkwürdig es doch sei, daß ich – ein Geschichtsprofessor – bei der Finanzverwaltung gelandet sei, und sie fragte, ob sie mich unterstützen könne.«

»Unter welchen Umständen fand diese Unterhaltung statt?«

»Also, Officer«, Sayles war verärgert, »daran kann ich mich nun wirklich nicht mehr erinnern.«

»Gab es jemanden in der Vorlesung, mit dem sie enger befreundet war?«

»Darauf habe ich nie geachtet.«

»Haben Sie sie jemals mit irgendwem gesehen, der kein Student war?«

Sayles zuckte mit den Schultern. »Nein.«

»Wie oft haben Sie zusammen gearbeitet?«

»Mehrmals pro Woche.«

»Hatten Sie auch privaten Umgang mit ihr?«
»Nein. Ein paarmal haben wir nach der Arbeit noch etwas gegessen. Meist mit anderen zusammen. Das war alles.«
»Das betrachten Sie nicht als privat?«
»Nein, keineswegs.«
Corde beobachtete die dunklen Augen des Mannes, die immer wieder auf drei schmutzige Fingernägel an seiner rechten Hand blickten.
»Professor, wurden Sie vom Loyola aufgefordert, Ihren Unterricht dort zu beenden?«
Sayles griff nach seinem rot und blau gestreiften Schlips, hielt jedoch auf halbem Weg inne und ruckte statt dessen leicht mit dem Kopf, als wollte er die Quelle seines Unbehagens genauer in Augenschein nehmen. »Ja, das stimmt.«
»Geschah das, weil Sie sich mit einer Studentin eingelassen hatten?«
»Eingelassen? Ja.«
»Sie haben sie geschlagen?«
»Nein, habe ich nicht. Wir hatten ein Verhältnis. Ich habe es beendet. Sie war nicht besonders glücklich darüber und hat die Polizei angerufen, um zu melden, daß ich sie geschlagen habe. Das war eine Lüge.«
»Hatten Sie ein Verhältnis mit Jennie Gebben?«
»Nein. Und ich glaube, ich nehme es Ihnen übel, daß Sie mich so etwas fragen.«
»Ich tue hier nur meine Arbeit«, erklärte Corde müde.
»Und wenn Sie denken, irgend jemand von der Universität hätte etwas mit ihrem Tod zu tun«, Sayles' Stimme wurde schroff, »dann befinden Sie sich gewaltig im Irrtum. Bereits jetzt gibt es mehr als genügend haltlose Gerüchte über den Mord. Es ist schon schwer genug, eine Universität zu führen und Geld dafür aufzutreiben, auch ohne daß Eltern und Förderer verschreckt werden. Lesen Sie die Zeitung. Ihre Behörde behauptet, es sei ein Ritualmord.«
»Wir müssen alle Möglichkeiten in Betracht ziehen.«

Wieder blickte Sayles auf die Uhr. »In fünf Minuten habe ich eine Vorlesung.«
»Wo waren Sie in der Nacht, in der Jennie ermordet wurde, Professor?«
Er lachte. »Meinen Sie das ernst?« Corde zog eine Augenbraue hoch, und Sayles erklärte: »Ich war zu Hause.«
»Gibt es jemanden, der das bestätigen kann?« Corde sah kurz auf den schmalen Ring am Finger des Professors. »Ihre Frau vielleicht?«
Sayles' Stimme wurde leise vor Ärger. »Ich war allein. Meine Frau hat bis Mitternacht in der Bibliothek gearbeitet.«
»Wenn ich recht verstanden habe, hat sich Brian Okun mit Jennie getroffen?«
»Sich getroffen? Er hat mit ihr geschlafen.«
Corde machte sich in seiner krakeligen Handschrift eine Notiz auf einer Karteikarte. »Können Sie mir sagen, wo Sie das gehört haben?«
»Daran kann ich mich nicht erinnern.«
»Was halten Sie von ihm?«
»Von Brian? Es ist absurd, Brian zu verdächtigen, Jennie etwas angetan zu haben.«
»Wie schätzen Sie ihn ein?«
»Er ist brillant, muß aber noch lernen, seine Intelligenz etwas zu zügeln. Im Moment ist er noch zu sehr von seinen eigenen Fähigkeiten überzeugt. Aber er hätte Jennie nie etwas angetan.« Sayles schaute zu, wie Corde langsam etwas notierte. »Kann ich jetzt gehen?«
Nachdem Corde fertig war, blickte er auf. »Ich ...«
»Sehen Sie, ich vermag Ihnen nicht zu helfen. Mehr kann ich Ihnen dazu nicht sagen.« Sayles erhob sich. Seine Unfreundlichkeit trat jetzt deutlich zutage.
Dieser Ärger schien in keinem Verhältnis zu den Umständen der Befragung zu stehen. Zunächst verstärkte sich dadurch Cordes Verdacht gegenüber diesem Mann. Doch ein Blick in Sayles' Gesicht belehrte ihn eines Besseren. Der Grund für die

Entrüstung des Professors war Verachtung. Verachtung seiner selbst, weil er Jennie Gebben geliebt hatte. Trotz ihrer Talente im Bett, die, wie Corde vermutete, außergewöhnlich gewesen sein mußten, wenn sowohl Sayles als auch Okun ihre Jobs wegen der jungen Frau riskiert hatten, war Jennie doch nichts als eine durchschnittliche Studentin gewesen, ein Mädchen aus der Vorstadt mit einem zu dicken Hals, Tochter eines kleinen Geschäftsmannes, freiwillige Helferin bei Essen auf Rädern, alles in allem eine sehr gewöhnliche junge Frau.
Und hier stand Dr. Randolph Sayles, gedemütigt durch die Liebe, die er für dieses durchschnittliche Mädchen empfunden hatte.
So ließ Corde ihn gehen. Und wie eine Katze, die es schließlich geschafft hat, sich aus den Armen ihres Herrn zu befreien, marschierte der Professor aus dem Zimmer – weder besonders schnell noch besonders langsam und ganz damit beschäftigt, die Erinnerung an die unangenehme Gefangenschaft zu verdrängen.

Als Corde ins Büro zurückkehrte, entdeckte er auf Slocums Schreibtisch den Stapel fotokopierter Flugblätter, mit denen eigentlich schon längst die Route 116 hätte gepflastert sein müssen. Slocum, erzählte man ihm, sei unterwegs, um Berichten über verschwundene Ziegen nachzugehen.
Langsam spürte Corde die Auswirkungen der vergangenen, nicht besonders angenehm verlaufenen Nacht. Erst hatte die Sache mit dem zweiten Foto für Aufregung gesorgt, dann waren da die Schuldgefühle, weil er wieder einmal einen Wettkampf seines Sohnes versäumt hatte, und schließlich hatte ihn nachts um eins ein ungestümer Traum aus dem Schlaf gerissen. Da er nicht wieder einschlafen konnte, hatte er zwei Stunden lang am Fenster des rückwärtigen Badezimmers gesessen, die Flinte quer auf dem Schoß, und den Wald nach irgendwelchen Anzeichen des geheimnisvollen Eindringlings abgesucht. Einmal war er sicher gewesen, ein Gesicht gesehen

zu haben, das zum Haus herüberspähte. Corde hatte das Gewehr durchgeladen und war nach draußen gegangen, wobei seine Hände gleichermaßen vor Aufregung wie vor Kälte gezittert hatten. Doch als er barfuß hinten an der Gartentür stand, hatte sich das Gesicht als vom Mondlicht beschienenes Gewirr aus Zweigen und Blättern erwiesen.

Auf dem Rückweg hatte ihm dann Sarah, die plötzlich die Treppe herabkam, einen höllischen Schrecken eingejagt. Die beiden starrten sich einen Moment lang an – Corde erschrocken, Sarah hingegen eher enttäuscht. Sie war auf dem Weg zur Hintertür gewesen, und Corde dachte im ersten Augenblick, sie würde schlafwandeln. Doch nein, sie wollte bloß ein Glas Wasser holen. »Warum gehst du denn nicht in dein eigenes Bad?« fragte Corde, während sich sein rasender Herzschlag langsam wieder normalisierte. Sarah hatte das Wasser getrunken und dabei aus dem Fenster geschaut, bis ihr Vater sie ungeduldig zurück ins Bett scheuchte.

Erst gegen fünf Uhr hatte Corde etwas Schlaf gefunden.

Dann hatte es auch noch beim Frühstück Streit gegeben. Sarah hatte sich mit schriller Stimme der Aufforderung ihrer Mutter widersetzt, vor der Schule noch etwas zu üben. Corde hatte sich bemüht, beide zu beruhigen, ohne dabei selbst Stellung zu beziehen, was letztendlich dazu geführt hatte, daß sowohl Mutter als auch Tochter wütend auf ihn waren.

Jetzt hockte Corde seit zehn Minuten bei geschlossener Tür in seinem Büro und sortierte die Stapel seiner durch den vielen Gebrauch weich und speckig gewordenen Karteikarten immer wieder neu. Schließlich bedeckten die Karten die gesamte Schreibtischfläche.

Eine abgegriffene Vierteldollarmünze taucht in Cordes Hand auf und wandert über die Rückseiten seiner Finger. Er starrt die Karten an, und ein paar Minuten später befindet sich Bill Corde nicht mehr im Sheriff's Department, sondern auf dem Campus von Auden. Es ist auch nicht mehr heute, sondern Dienstag, der 20. April, sechzehn Uhr dreißig.

Corde sieht, wie Jennie Gebben Professor Sayles' Hörsaal verläßt und die drei Blocks bis zur Universitätsbuchhandlung geht, um einen Scheck über fünfunddreißig Dollar einzulösen. Auf dem Film der Überwachungskamera an der Kasse ist zu erkennen, daß sie eine weiße Bluse und eine Weste mit verdeckter Knopfleiste trägt. Eine dicke Strähne des dunklen glatten Haars fällt über ihre Stirn. In dem Moment, als das Foto gemacht wird, sind ihre Augen halb geschlossen. Die Zeitangabe auf dem Film lautet 16:43:03. Jennie geht weiter zum Studentenheim, wo sie gegen siebzehn Uhr eintrifft. Sie und Emily Rossiter bleiben etwa eine Stunde lang in ihrem Zimmer. Die Tür ist geschlossen. Die Mitbewohnerinnen auf dem Flur hören, daß es zwischen den beiden zu einem Streit kommt, doch niemand versteht genug, um etwas über den Anlaß der Auseinandersetzung sagen zu können.
Nach Lance Millers Bericht über die Benutzung der Telefone sind während der Zeit, in der sich Jennie im Studentenheim aufhielt, keine Ferngespräche vermittelt worden, und fast alle Ortsgespräche wurden zu unbeteiligten Empfängern durchgestellt. Der einzige Anruf, dessen Empfänger nicht eindeutig identifiziert werden konnte, ging an die Auden School of Arts and Sciences. Von welcher der vierundsechzig Nebenstellen dieser Anruf angenommen wurde, läßt sich nicht mehr herausfinden. Sowohl Randy Sayles' als auch Brian Okuns Nummern gehören zu diesen vierundsechzig Anschlüssen. Und auch Emilys Nummer befindet sich darunter; sie arbeitet als Assistentin an der soziologischen Fakultät.
Gegen achtzehn Uhr fünfzehn nimmt Jennie eine Dusche und geht dann mit noch feuchtem Haar zusammen mit drei anderen Studentinnen zur Cafeteria. Sie haben Emily eingeladen, mitzukommen, doch sie hat übellaunig abgelehnt. Die vier essen zu Abend und unterhalten sich dabei. Jennie beeilt sich mit ihrer Mahlzeit und bricht schon früh auf. Auch sie hat schlechte Laune. Ihre Begleiterinnen kehren gegen neunzehn Uhr dreißig zum Wohnheim zurück und schauen sich etwa

eine halbe Stunde lang eine Spielshow im Fernsehen an. Jennie betritt den Aufenthaltsraum, sieht ein paar Minuten fern und blickt dann auf ihre Uhr. Sie wirkt unkonzentriert und nervös. Gegen zwanzig Uhr fünfzehn verläßt sie den Aufenthaltsraum und sagt zu einer Kommilitonin, sie sei gegen Mitternacht zurück.

Erst um zweiundzwanzig Uhr achtundfünfzig wird Jennie Gebben wieder gesehen. Sie ist vergewaltigt und ermordet worden, und ihre Leiche liegt in einem Bett aus blauen Hyazinthen am schlammigen Fuß des Blackfoot-Pond-Damms.

Am Schauplatz ihres Todes: Neunzehn Abdrücke von Schuhen und Stiefeln, wobei die meisten, der Größe nach zu urteilen, von Männern oder Halbwüchsigen stammen. Der Ford Pickup, übersät mit fünfhundertdreißig unvollständigen und hundertvierzig vollständigen Fingerabdrücken. Fetzen gewöhnlichen, nicht zurückverfolgbaren Schreibmaschinenpapiers. Zellophanhüllen von mehreren Snacks, wie sie von Wise, Frito-Lay, und Nabisco verkauft werden. Zigarettenkippen, Bier- und Limonadenflaschen und -dosen, ein Kondom, dessen Samenspuren nicht mit denen übereinstimmen, die am Opfer gefunden wurden. Und das Messer (dessen Herkunft das FBI trotz Unterstützung durch die Polizeipräfektur von Seoul und gefaxten Anfragen an zwölf Professoren für Religion, Kriminologie und Parapsychologie überall im Land nicht hat ermitteln können).

Keiner der am Tatort gesicherten Fingerabdrücke paßt zu denen, die sich in den Akten des Harrison County befinden. Derzeit werden die Abdrücke in Higgins und in Washington, D.C., mit den staatlichen und bundesstaatlichen Unterlagen verglichen. Von den in Jennies Zimmer gefundenen hundertvierundachtzig mehr oder weniger vollständigen Fingerabdrücken stammen vierundsechzig entweder von Jennie selbst oder von auf demselben Flur wohnenden Kommilitoninnen. Die übrigen sind bisher noch nicht identifiziert.

Emily Rossiter hat sich, nachdem sie den Diebstahl von Jennies

Briefen gemeldet hat, unkooperativ gezeigt. Sie ist weder im Zimmer 121 aufgetaucht, noch hat sie auf Cordes Telefonanrufe reagiert.
Corde hat die Akten über den Biagotti-Fall sorgfältig durchgearbeitet – jener Fall, durch den er Jennie Gebben kennengelernt hat. Am 15. Januar befand sich Susan Biagotti in ihrem Apartment außerhalb des Campus, wo sie bei einem Raubüberfall mit einem Hammer erschlagen wurde. Wie Corde Ribbon mitgeteilt hatte, konnte Jennie nichts zur Aufklärung des Verbrechens beitragen. Die beiden Mädchen hatten sich zwar gekannt, jedoch nur flüchtig. Susan lebte zwei Häuser von Brian Okuns Wohnung entfernt, aber eine weitergehende Verbindung zwischen den beiden kann Corde nicht feststellen. Susan wurde drei Tage nach Neumond ermordet.
Die in dem Ölfaß hinter Jennies Wohnheim entdeckten angebrannten Papierfetzen stammten aus drei verschiedenen Quellen. Langfaseriges recyceltes weißes Schreibmaschinenpapier, hergestellt von Hammermill, geripptes veilchenblaues Schreibpapier von Crane's und grün-weiß gestreiftes, perforiertes Computerpapier, dessen Hersteller noch nicht feststeht. Eine Ninhydrin-Analyse hat zwei unvollständige Fingerabdrücke auf dem Schreibpapier und einen vollständigen auf dem Computerausdruck geliefert. Alle drei sind von Jennie. Laut Laborbericht stammt die in dem Faß gefundene Aschenmenge von etwa fünfzig bis fünfundsiebzig Blatt Papier. Die verkohlten Reste waren so stark zerstört, daß sich weder Wasserzeichen noch Beschriftung oder Fingerabdrücke erkennen ließen.
Auf dem Computerausdruck stehen Dollarbeträge zwischen $ 2670 und $ 6800. Die Beschriftung stammt von einem Neun-Nadel-Drucker. Die extrem blassen Schriftzeichen legen die Vermutung nahe, daß der Drucker entweder mit Höchstgeschwindigkeit gearbeitet hat oder aber ein abgenutztes Farbband verwendet wurde. Nach dem Bericht der Labortechniker sind sowohl das Papier als auch das Farbband viel zu verbreitet, um eine sinnvolle Spur zu ergeben.

Jennie starb an traumatischer Asphyxie. Der Mörder würgte sie zunächst mit den Händen und benutzte dann ein Seil oder eine Schnur, um ihren Tod sicherzustellen. Die Schnelligkeit, mit der sie ihr Leben aushauchte, macht ein erotisch motiviertes Würgespiel unwahrscheinlich. Sie starb nicht im Stehen; die Absätze ihrer Schuhe hinterließen tiefe Spuren im Schlamm, bevor sie abgeschüttelt wurden, und die Fußsohlen waren sauber. Der Samen in und an ihrem Körper stammt von einem einzigen Individuum mit der Blutgruppe B positiv. Es gibt Spuren sowohl von vaginalem als auch analem Verkehr.
Niemand hat bisher das bei dem Mord benutzte Seil gefunden, obgleich ein Laborant ein Stück plastikverkleidete Wäscheleine entdeckte, das an einem Haltegriff in dem verlassenen Wagen hing und eine frische Schnittstelle aufwies. Der Gerichtsmediziner erklärte, die Verletzungen an Jennies Hals paßten zu einem Seil dieser Art. An dem Kultmesser fanden sich keine Spuren des Seils, woraus sich jedoch keine Rückschlüsse ziehen lassen. Von größerer Bedeutung ist der Umstand, daß die Schneide scharf wie eine Rasierklinge war und der Befund des forensischen Labors besagt, daß die Wäscheleine aus dem Ford mit einem scharfen Instrument durchtrennt wurde. An der Messerklinge wurden Baumwollfasern gefunden, die zu Jennies Unterwäsche paßten.
Über Jennie Gebben selbst weiß Corde folgendes:
Sie ging häufig aus, allerdings handelte es sich dabei nicht um die üblichen Verabredungen, die im Burger King anfangen und in einem Kino enden. Nein, sie verschwand abends einfach, mitunter auch für das ganze Wochenende. Sie erzählte nur selten, mit wem sie sich traf, doch was sie berichtete, erregte beträchtliches Aufsehen. Jennies Lieblingsthema war Sex. Nicht Jungen oder Verabredungen oder Verlobungsringe. *Sex.* Jennie war mehrfach dabei erwischt worden, wie sie im Bad des Studentenheims masturbierte, und es störte sie offenbar nicht, wenn sie dabei beobachtet wurde. Frivole Gespräche bereiteten ihr Vergnügen. (»Einmal saßen Jennie und ich im Lesesaal.

Alles war still, und plötzlich schaut sie hoch und fragt: ›Hast du ihn dir jemals in den Arsch schieben lassen?‹ und ich darauf nur: ›O mein Gott, hast du das gerade wirklich gesagt?‹«)

Die Zurückhaltung, die sie an den Tag legte, wenn es darum ging, von ihren Liebhabern zu erzählen, nährte die Gerüchte, daß sie mit Professoren schlief. Im vergangenen Jahr war sie offenbar während des größten Teils des Frühlingssemesters mit einem bestimmten Professor zusammen. Beide hielten das Verhältnis strikt geheim, doch es wurde allgemein angenommen, er sei Mitglied der pädagogischen Fakultät gewesen, und auch von einer geplanten Heirat war die Rede.

Eine ganze Reihe von Studentinnen bezeichnen Jennies Sexualverhalten als skandalös, doch wenn sie sich dazu äußern, schwingt immer ein gewisser Neid mit.

Viele erklären auch, sie hätten immer den Eindruck gehabt, Jennie sei im Grunde ständig auf der Suche und keineswegs glücklich gewesen. Mehrere geben ähnliche Versionen desselben Zwischenfalls wieder: Eines Nachts habe Jennie allein im Treppenhaus des Wohnheims gesessen und geweint. Die Echos der Betonwände hätten ihre Stimme zu einem erschütternden Klagelaut verzerrt. »Ich bin so *einsam* ...« glaubte eine Studentin verstanden zu haben. Eine andere, die ein Stockwerk tiefer wohnte, hatte die Worte: »Wenn ich ihn doch nur für mich haben könnte ...« gehört.

Jennie war nicht religiös und besuchte nie eine der Kirchen von New Lebanon. Sie besaß ein paar Kassetten mit New-Age-Musik und mehrere Kristallhalsketten, brachte aber nur wenig Interesse für Spiritismus oder Okkultismus auf. Die Studenten haben widersprüchliche Aussagen über die Beziehung zu ihren Eltern gemacht. Ihre Mutter behandelte Jennie sehr kühl. Die Verbindung zu ihrem Vater hingegen war recht stürmisch. Am Telefon sagte sie ihm mitunter in befremdlich leidenschaftlichen Worten, wie sehr sie ihn liebe und vermisse. Bei anderen Gelegenheiten knallte sie den Hörer auf die Gabel und schnaubte dabei: »Was für ein Arsch.«

Bill Corde läßt die Münze auf den Schreibtisch fallen, betrachtet seine Karteikarten, erwägt all die gesammelten Fakten und versucht, sich den Mörder vorzustellen. Doch was er sieht, ist beklagenswert wenig. Weitaus weniger als das Profil, das der *Register* abgedruckt hat (und das ihn nicht zuletzt deswegen so geärgert hat, weil er bezweifelt, daß er selbst jemals ein so lebendiges Bild eines Kriminellen zeichnen könnte). Cordes eigenes System zur Profilerstellung, das vom National Center for the Analysis of Violent Crime stammt, ist auf dem vergilbten Papier abgedruckt, das an der Pinnwand hinter seinem Schreibtisch hängt. Es erfordert die langwierige Aufstellung ungeheurer Datenmengen, die dann zu Modellen zusammengefaßt werden, aus denen sich schließlich das Profil des Kriminellen ergibt. (Corde ist sich bewußt, daß dieser Arbeitsplan voller Zuversicht noch einen letzten Schritt vorgibt: die Festnahme des Täters. Doch dieses Stadium scheint gerade im jetzigen Augenblick unerreichbar, sieben Tage, nachdem Jennie Gebbens Leiche in einem Bett aus Hyazinthen neben dem düsteren, stillen Teich gefunden wurde.)
Corde kennt viele Einzelheiten über Jennie Gebben. Er spürt, daß Brian Okun ihn angelogen hat, und Randy Sayles vermutlich auch. Und er weiß, daß sich zwei Jungs kurz vor Jennies Tod in der Nähe des Damms aufgehalten haben, von denen einer vermutlich ein Messer hatte. Die Spur wird kälter, und es gibt noch so viel, was er in Erfahrung bringen muß. Mehr Befragungen müssen durchgeführt, mehr Tatsachen ausgegraben werden ... Trotzdem fragt er sich insgeheim, ob er die Ermittlungen nicht nachdrücklich genug durchgeführt hat und jetzt hofft, ein Bild des Mörders würde plötzlich vom Himmel herabflattern, ein Bild, so klar und deutlich wie das Porträt von Jennie, das an der Innenseite seines Aktenkoffers befestigt ist.
Bill Corde sieht erneut die Karteikarten durch.
Corde glaubt viel und weiß nur wenig. Er hält eine große Menge an Informationen in Händen, doch die Wahrheit ist

irgendwo zwischen den Fakten verborgen, in den Lücken seiner Erkenntnisse, in den Schatten zwischen den Karten. Im Moment sieht er lediglich eine Dunkelheit, die so undurchdringlich ist wie das Wasser im Blackfoot Pond. Er kann darin nicht mehr erkennen als in den im Mondlicht glitzernden Facetten der Halskette eines toten Mädchens.

Corde hofft auf eine bahnbrechende Erleuchtung, doch er fürchtet, daß er darauf noch sehr, sehr lange warten muß.

14

Ihre Probleme begannen beim ersten asymmetrischen Block.

Resa Parker blätterte in dem grünen Buch, auf dessen Umschlag in großen Buchstaben der Titel *Test zur Prüfung der visuell-motorischen Integration* stand, und notierte den exakten Punkt, an dem Sarah Cordes Fähigkeiten sie im Stich ließen: bei dem Versuch, die Strichzeichnung eines unregelmäßigen Rechtecks zu kopieren.

Die Psychiaterin legte das Buch zur Seite und zog noch einmal die *Wechsler-Intelligenz-Skala für Kinder* zu Rate. Nach den Ergebnissen des *Gray-Lese-Tests,* der unter strikter Einhaltung des Zeitlimits durchgeführt werden muß, besaß Sarah, die in der vierten Klasse war, die Lesefähigkeiten eines Kindes im ersten Schuljahr. Ohne den Streß des Zeitlimits stellte sie sich ein bißchen geschickter an.

Die Ergebnisse waren schlechter, als Dr. Parker erwartet hatte. Jetzt saß Sarah ihr gegenüber und kämpfte sich durch den letzten diagnostischen Test, mit dem ihre schriftliche Ausdrucksfähigkeit geprüft wurde. Dr. Parker registrierte die verängstigte Haltung, die unruhigen Augen, die zitternden Knie und die Schweißausbrüche. Sie, die selbst einmal sechs Jahre lang in analytischer Behandlung gewesen und dort mit ihren eigenen Ängsten und Unsicherheiten konfrontiert worden war, bemühte sich, dem Kind Ruhe und Zuversicht zu vermitteln. »Laß dir Zeit, Sarah.« Breites Lächeln. »Kein Grund zur Eile.«

Sie beobachtete, wie das Mädchen vorging. Sarah sprach unbekannte oder schwierige Worte nicht laut aus. Sie starrte ohne jegliche Lippenbewegung so lange vor sich hin, bis sie eine Vorstellung von der Schreibweise der Worte gewonnen hatte und sie in ungelenken Buchstaben aufs Papier malen konnte. Sie beugte sich stirnrunzelnd vor, als versuchte sie, die Worte zu beschwören. In ihren Augen war deutlich der Schmerz darüber abzulesen, daß sie immer wieder an ihre Grenzen stieß.

Kinder von Polizisten litten häufiger an Lernschwierigkeiten als die anderer Eltern, und Dr. Parker stellte bei sich selbst deswegen eine gewisse Abneigung gegenüber Bill Corde fest. Natürlich würde sie ihm diesen Vorwurf niemals enthüllen, aber es würde ihm schwerfallen, ihn zu entkräften. Diane Corde hatte die Angewohnheit, vieles von dem, was sie äußerte, erst diverse Male zu filtern, und deshalb fragte sich Dr. Parker, ob dieser Mann seiner Tochter tatsächlich soviel half, wie Diane behauptete, oder ob das nur eine Wunschvorstellung von ihr war.

Der Psychiaterin war noch etwas anderes bewußt, nämlich wie gering die Fortschritte sein würden, die das kleine Mädchen letztlich zu verzeichnen haben würde, und welche gewaltigen Anstrengungen und Kosten selbst dieser mäßige Zugewinn erfordern würde.

»Ich fürchte, deine Zeit ist um«, sagte Dr. Parker und nahm Sarah, die schweißgebadet und regelrecht außer Atem war, das Heft weg. Sie betrachtete den traurigen Versuch des Kindes, eine Geschichte zu der simplen Illustration im Testbuch zu schreiben – ein Junge mit einem Baseball. Sarah hatte mit den Worten begonnen: »Er hiß Freddie. Und er wolte Baseball spilen, aber ...« Die Handschrift war miserabel. Die Geschichte erstreckte sich über eine halbe Seite; ein durchschnittliches Kind hätte in derselben Zeit mit Leichtigkeit drei oder vier Seiten gefüllt. »In Ordnung, Sarah, sehr gut. Das war der letzte Test.«

Sarah schaute mit düsterer Miene zu, wie der Testbogen in der Akte verschwand. »Habe ich bestanden?«

»Das sind keine Tests, die zu bestehen sind. Sie erzählen mir nur etwas über dich, damit ich dir helfen kann, in der Schule besser zu werden.«

»Ich will nicht wieder in die Schule.«

»Das verstehe ich, Sarah, aber es wäre nicht besonders gut für dich, wenn du noch ein Jahr verlierst. Du möchtest doch sicher nicht, daß all deine Schulkameraden in die nächste Klasse versetzt werden, nur du nicht, oder?«

»Doch«, antwortete Sarah, ohne zu zögern, »das würde mir gefallen.«

Dr. Parker lachte. »Nun, wie wäre es, wenn ich Mrs. Beiderson anrufe und ihr vorschlage, daß du deine Tests mündlich beantworten darfst? Wäre das in Ordnung?«

»Dann müßte ich die Antworten also nicht aufschreiben?«

»Genau.«

»Ob sie das mitmacht?«

»Da bin ich ganz sicher.« Dr. Parker hatte diesen Anruf schon längst erledigt.

»Was ist mit dem Buchstabiertest? Ich habe Angst vor dem Buchstabieren.« Die Stimme wurde schriller. Bewußt schriller, registrierte Dr. Parker. Sarah hatte diese Methode schon früher mit Erfolg angewandt.

»Ich möchte gern, daß du daran teilnimmst. Würdest du das für mich tun?«

»Ich muß dann vor den anderen stehen. Und die lachen mich aus.«

»Nein, du darfst das allein machen. Nur du und Mrs. Beiderson. Sonst niemand.«

Mit dem ihr eigenen instinktiven Verhandlungsgespür erkannte Sarah, daß dies die besten Konditionen waren, die sie herausholen konnte. Sie schaute Dr. Parker an und nickte zögerlich. »Na gut.«

»Schön. Und jetzt ...«

»Darf ich die Geschichte zu Hause fertigmachen?«
»Die Geschichte?«
»Freddie und der Baseball.« Sie nickte zu dem Buch hinüber.
»Tut mir leid, Sarah, doch die Zeit dafür ist vorbei.«
Das Gesicht des Mädchens verzog sich zutiefst enttäuscht. »Aber ich habe den wichtigen Teil noch gar nicht geschrieben.«
»Nein?« fragte Dr. Parker. »Wie sieht denn der wichtige Teil aus?«
Sarah schaute zu den Diplomen an der Wand hoch, die Diane Corde in der vergangenen Woche so verzweifelt betrachtet hatte, was der Psychiaterin keineswegs entgangen war. Dann wandte sie den Blick wieder Dr. Parker zu, sah ihr direkt in die Augen und sagte: »Freddie schlägt den Ball auf die Straße, und dort rollt er über den Bürgersteig und in einen Drugstore hinein. Und dort ist Mr. Pillsit...« Sarahs Augen wurden groß. »Er hat früher für die Chicago Eagles gespielt. Das war ein Baseball-Team, das echte Adler besaß, die immer herabschossen, die Bälle fingen und sie zum nächsten Base trugen. So gewannen sie jedes Spiel. Und Mr. Pillsit sagt zu Freddie ...«
Dr. Parker hob die Hand. »Sarah, hast du diese Geschichte irgendwo gelesen?«
Das Mädchen schüttelte den Kopf. »Nein, ich habe sie mir gerade ausgedacht, so wie ich sollte. Jedenfalls glaubte ich, ich sollte das. Tut mir leid ...« Ihr Blick senkte sich. »Habe ich etwas falsch gemacht?«
»Nein, überhaupt nicht. Erzähl weiter.«
»Mr. Pillsit sagt zu Freddie: ›Wenn du wirklich lernen willst, Baseball zu spielen, kann ich dich zum besten Spieler machen, den es je gegeben hat. Du mußt aber den höchsten Baum im Adlerwald finden und bis zum Wipfel hinaufklettern. Bist du tapfer genug, um das zu tun?‹«
Freddie war natürlich bereit, diese Aufgabe zu übernehmen. Sarah fuhr begeistert mit ihrem Bericht seiner Abenteuer fort und bemerkte dabei gar nicht, daß die mit Ketten geschmückte

Hand der Psychiaterin vorwärts glitt, wie beiläufig den goldenen Füller ergriff und mit raschen Bewegungen Freddies Suche nach dem magischen Baseball in Kurzschrift niederschrieb – wie er mit Hugo der Kralle, dem bösesten Adler, den es je gegeben hatte, kämpfte, wie er dem Team ein neues Clubhaus baute, nachdem das alte abgebrannt war, und wie er von zu Hause fortlief und in einem großen Nest zusammen mit einer Familie schöner goldener Adler lebte. Freddie kehrte nie mehr zu seinen Leuten zurück, obwohl er ein berühmter Baseballspieler wurde. Als Sarah zum Ende kam, hatte Dr. Parker zehn Seiten des Stenoblocks gefüllt. »Das ist eine sehr interessante Geschichte.«

»Nein«, erwiderte Sarah und klang dabei wie ein Filmkritiker, der über eine TV-Produktion spricht. »Aber auf dem Bild waren nun einmal Freddie und ein Baseball zu sehen, und deshalb konnte ich mir nichts Besseres ausdenken.«

Dr. Parker blätterte langsam den Block durch und sagte dann: »Na schön, ich muß mir jetzt die Sachen ansehen, die du für mich gemacht hast, und du mußt noch für deine Prüfungen lernen.«

»Ich will, daß mein Daddy mir hilft.«

Nach einem Moment blickte die Psychiaterin auf. »Entschuldige, Sarah. Was hast du gesagt?«

»Ich will, daß mein Daddy mir beim Lernen hilft. Ist das in Ordnung?«

»Natürlich«, antwortete Dr. Parker geistesabwesend. Ihre Gedanken wurden noch völlig von einem Jungen, einem Baseball und einem sprechenden Adler beherrscht.

»Das hier ist mein staatlicher Waffenschein, und hier ist meine Lizenz als Privatdetektiv, ausgestellt in Missouri.«

Sheriff Steve Ribbon betrachtete die Plastikausweise des Mannes. Er hatte noch nie einen staatlichen Waffenschein gesehen. Oder eine Schnüffler-Lizenz aus Missouri.

»Schaut aus, als wäre es in Ordnung«, sagte er.

Charlie Mahoney steckte die Ausweise wieder ein. Er trug einen Geschäftsanzug aus feinstem Stoff, der grau aussah, aus der Nähe betrachtet jedoch schmale blaue und pinkfarbene Linien aufwies. Ribbon gefiel dieser Anzug sehr. Er bot dem Besucher mit einem Kopfnicken einen Stuhl an und bemerkte, daß dieser zwei verschiedene Formen der Selbstsicherheit ausstrahlte: die amtsbedingte eines Bullen, der schon sehr lange im Dienst war, und das ruhige Selbstvertrauen eines Mannes, der einen anderen getötet hat.

Mahoney warf einen teuren braunen Regenmantel über einen leeren Stuhl und nahm gegenüber von Ribbons Schreibtisch Platz. Er sprach ohne Herablassung, aber auch ohne besonderes Interesse über das herrliche Frühlingswetter, die Probleme, New Lebanon auf dem Luftweg zu erreichen, und das ländliche Flair der Stadt. Dann verstummte er und betrachtete die topographische Karte des County, die hinter Ribbon an der Wand hing. In diesem Moment fühlte sich der Sheriff ausgesprochen unbehaglich. »Was genau kann ich für Sie tun?« fragte er.

»Ich bin hier als Berater.«

»Berater.«

»Ich vertrete die Hinterlassenschaft von Jennie Gebben. Früher war ich bei der Mordkommission von Chicago, weswegen ich über reiche Erfahrung als Untersuchungsbeamter verfüge. Und ich biete Ihnen meine Dienste an. Natürlich ohne etwas dafür zu berechnen.«

»Die Sache ist die ...«

»Ich habe mehr als zweihundert Mordverdächtige verhaftet oder an deren Verhaftung mitgewirkt.«

»Nun, was ich gerade sagen wollte, ich meine, das Problem ist, Sie sind kein Beamter.«

»Das stimmt«, gab Mahoney zu. »Ich will offen zu Ihnen sein. Sie können sich gar nicht vorstellen, wie aufgebracht Mr. Gebben über diese Sache ist. Das bezieht sich natürlich nicht auf Ihre Fähigkeiten, den Täter zu fassen, Sheriff. Mr. Gebben

hatte einfach nur das Gefühl, er müßte mich herschicken. Jennie war sein einziges Kind.«
Ribbon blinzelte und verspürte tief in seinem Innern ein gewisses Mitgefühl. »Ich kann mir vorstellen, was er durchmachen muß. Ich habe selbst Kinder. Aber Sie wissen ja, wie es ist. Die lieben Vorschriften. Ich nehme an, die gab es auch in Chicago.«
»Sicher, mehr als genug.« Mahoney betrachtete Ribbons gerötetes Gesicht und gab seiner Stimme einen harten Unterton, als er sagte: »Kann aber nicht schaden, wenn wir uns ein bißchen unterhalten, oder?«
»Nein, das wohl nicht.«
»Sind Sie für den Fall zuständig?«
»Nun, letzten Endes schon«, antwortete Ribbon. »Aber wir haben hier einen Detective, der die meiste Beinarbeit macht. Bill Corde. Guter Mann.«
»Bill Corde. Hat er Erfahrung mit derartigen Dingen?«
»Ja, durchaus.«
»Welche Vorgehensweise hat er gewählt?«
»Nun, er glaubt, es wäre jemand gewesen, der Jennie gekannt hat. Höchstwahrscheinlich jemand von der Uni.«
Mahoney nickte in einer Art, die seine Besorgnis ausdrückte. »Er verläßt sich also auf Wahrscheinlichkeiten.«
»Wie bitte?«
»Er geht konservativ vor. Rein statistisch gesehen, werden die meisten Opfer von jemandem ermordet ...«
»... den sie kennen.«
»Ganz recht. Aber nach allem, was ich gelesen habe, unterscheidet sich dieser Fall von den üblichen. Mehr Haken und Ösen, wenn Sie wissen, was ich meine.«
»Durchaus.« Ribbon dämpfte die Stimme. »Ich habe mir ziemlich viel Sorgen gemacht über das, was hier abläuft. Bei der ganzen Geschichte gibt es ein paar kultische Unterschwingungen.«
»Kultisch.« Mahoney nickte abermals, doch jetzt drückte er

damit Zustimmung aus. »Als wäre sie geopfert worden oder etwas in dieser Richtung. Genau. Diese Ziegen und das Blut. Der Mond und all das. Wer immer auf die Idee mit dem kultischen Hintergrund gekommen ist, hat da ausgezeichnete Arbeit geleistet.«

Ribbons Vorbehalte schwanden, doch er sagte: »Ich habe immer noch Bedenken, Sie da mit einzubeziehen, Mr. Mahoney. Ich ...«

»Charlie«, warf Mahoney ein, »Charlie.« Er hob die Hände mit den von Nikotin verfärbten Zeigefingern. »Tun Sie sich zumindest selbst den Gefallen, und hören Sie sich an, was ich über die Belohnung zu sagen habe.«

»Belohnung?«

»Mr. Gebben ist ein sehr wohlhabender Mann. Er setzt eine Belohnung von fünfundzwanzigtausend Dollar für die Ergreifung des Mörders aus.«

Ribbon biß sich in die Wange, um das Grinsen zurückzuhalten, das sich auf seinem Gesicht auszubreiten drohte. »Nun ja, das ist wirklich großzügig ... Aber natürlich können Sie sich denken, daß eine derart hohe Belohnung eine Menge Prämienjäger auf den Plan rufen wird. In diesem County besitzen viele Menschen eine Waffe und dürfen sie auch legal benutzen.«

Mahoney runzelte die Stirn und entgegnete: »Ich hätte noch erwähnen sollen, daß die Belohnung nur für Profis bestimmt ist. Für Polizeibeamte. Auf diese Weise besteht nicht die Gefahr, daß Menschen, die keine Ahnung haben, wie man in solchen Fällen vorgeht, zu Schaden kommen.«

»Mr. Mahoney.«

»Ich bin ein Bulle, Sie sind ein Bulle ...«

»*Charlie.* Charlie, es könnte nicht gut ... Nun, ich meine, wenn wir einen von auswärts mitmachen lassen, könnte das den Eindruck erwecken, daß wir mit der Sache nicht allein klarkommen.«

»Es könnte aber auch so aussehen, als würden Sie sich derart um das Wohl der Gemeinde sorgen, daß Sie deswegen einen

Spezialisten hinzugezogen hätten.« Mahoney warf einen demonstrativen Blick auf die Uhr. »Tja, jetzt liegt alles bei Ihnen. Wenn Sie wollen, können Sie mir morgen einen Tritt verpassen und mich davonjagen. Aber ich bleibe zumindest für diese Nacht in der Stadt und kenne hier keine Menschenseele. Wie wäre es, wenn Sie und ich ein paar Drinks nehmen und Kriegsgeschichten austauschen. Sehr viel anderes kann man in New Lebanon ja wohl nicht tun, oder?«

Ribbon hätte beinahe eine Bemerkung über jenen Zeitvertreib gemacht, der darin bestand, Studentinnen bei Mondlicht zu vergewaltigen, hielt sich aber zurück. »Nun, ein paar Dinge gäbe es schon«, meinte er, »doch abgesehen vom Angeln macht nichts davon so viel Spaß wie Trinken.«

Sie nahm mit zitternden Fingern die Karte von ihrem Schreibtisch und starrte das kleine weiße Rechteck an. Die Karte war steif und an den Ecken sehr scharf, und eine davon bohrte sich schmerzhaft in ihren Daumen, dessen Nagel abgekaut war. Ein winziger Blutstropfen trat heraus und hinterließ eine kleine Blutspur auf der Karte.

Emily Rossiter wollte sich aufs Bett setzen, doch dann fiel ihr ein, daß *sie* vielleicht dort gesessen hatten. Wahrscheinlich hatten sie den Raum zwischen Matratze und Federung durchsucht. Das Kopfkissen abgetastet. Mit den Händen über die Laken gestrichen, auf denen sie und ihre Liebste gelegen hatten. Sie ließ die Karte los und sah, während sie hinabfiel, immer wieder die Worte »Bitte rufen Sie mich an ... Det. William Corde« aufblitzen und verschwinden, bis die Karte im Papierkorb landete. Emily überlegte, ob auch der Abfall durchwühlt worden war. Dann ging sie hinaus auf den Flur und zur Telefonzelle.

Sie wählte eine Nummer und zuckte leicht zusammen, als sich jemand meldete. »Hier ist Emily ... Ich muß Sie sehen. Nein, jetzt.« Sie lauschte einen Moment den vehementen Protesten und erklärte dann trotzig: »Es ist wegen Jennie.« Die Stimme am anderen Ende der Leitung verstummte.

»Also, sage ich, das reicht mir jetzt, warum haust du nicht einfach ab, und darauf sagt Donna ...«

Philip Halpern dachte nur: Halt die Klappe.

In dem Zimmer, das er sich mit seiner Schwester teilte, stand das einzige Telefon. Und seine vierzehnjährige Schwester benutzte es fast ununterbrochen.

Die kühle abendliche Aprilbrise wehte durch das Fenster und bewegte den grünen Vorhang, der Philips Hälfte von der seiner Schwester trennte. An den schlecht gestrichenen Wänden klebten Dutzende von in der Mitte geknickten Postern, wie man sie im Mittelteil von Teenager-Magazinen findet. Für einen kurzen Moment schlug der Wind den billigen Vorhang ein Stück beiseite, und Luke Perry und Madonna konnten einen Blick auf den Road Warrior und Schwarzeneggers Terminator werfen.

In Philips schal riechender Hälfte befanden sich stapelweise Comics, Science-fiction-Romane, Zeichenblöcke, Plastikfiguren von Comic-Helden und -Schurken, Hunderte von Magazinen, *Fangoria, CineGore, Heavy Metal.* Vielen davon fehlte die Titelseite – da Philip sich den Kauf nicht leisten konnte, holte er sich regelmäßig die unverkauften Hefte, die mit abgerissenen Titelbildern im Müll hinter dem Zeitungsladen lagen. Auf dem Schreibtisch und der Ankleidekommode befanden sich sorgfältig zusammengebaute, aber stark verschmutzte Plastikmodelle von Raumschiffen. In den Ecken sammelte sich der Staub.

Am auffälligsten in diesem Zimmer war ein handgemaltes Schild, das in großen Buchstaben verkündete: *Eintritt verboten.* Umrahmt wurden diese Worte von diversen Runenzeichen und winzigen gemalten Drachen und Fabelwesen.

Philip lag in seinem Bett auf einer Matratze, die jetzt trocken war, aber Hunderte von Urinflecken aufwies. Er hatte seinen Eltern erzählt, er müsse für eine Klassenarbeit üben, und sich in sein Zimmer zurückgezogen. Sein Vater hatte angenehm überrascht gewirkt, bevor er das Fernsehgerät einschaltete, um

sich *Glücksrad* anzuschauen. Philip dachte allerdings nicht daran, zu üben. Er las Heinlein, er las Asimov, er las Philip H. Dick (er glaubte, er sei von Dicks Geist besessen), er lag auf dem Bett und starrte die Blumen an, während er in Gedanken einen Laser entwarf – bis schließlich seine Schwester hereinkam und ihre Freundin anrief.
Hör. Mit. Dem. Scheiß. Auf.
Plötzlich riß ihr Vater die Tür auf und sagte: »Schluß mit dem Telefonieren. Licht aus.« Seine Hand drückte den Lichtschalter nach unten. Die Tür schloß sich wieder.
»... nee, mein Alter ... muß jetzt aufhören. Ja, bis morgen.«
Philip richtete den Laser auf das Nachbild seines Vaters, um ihn auszuprobieren. Er funktionierte hervorragend. Philip erfand ausgesprochen effektive Waffen.
Er zischte, als er in Gedanken abermals feuerte.
»Arschloch!« rief Rosy.
»Sag ihm das.«
»Ich rede mit dir.« Er hörte den Reißverschluß ihrer Hose und überlegte, was sie wohl im Bett anhaben würde.
»Bist 'ne Nutte«, sagte Philip.
»Hättest du gerne, was?«
»Miststück.«
»Idiot.«
Die Sprungfedern ihrer Matratze quietschten, als sie sich ins Bett fallen ließ. Philip lag reglos zehn Minuten lang da, bis er ihr gleichmäßiges Atmen vernahm. Voll angekleidet richtete er sich auf und spürte, wie die durch das Fenster hereinströmende kalte Luft über ihn hinwegstrich. Er kletterte aus dem Fenster, und als er den schwammigen Boden berührte, glitt er in die Verlorene Dimension; es war Phathar der Krieger, der kurz stolperte, sich dann aufrichtete und voller Selbstvertrauen in den vom Mondlicht überfluteten hinteren Teil des Gartens hinausschritt.

15

Professor Randolph Sayles überlegte, weshalb er keine Grashüpfer oder Zikaden hörte. Er lauschte. Es war Ende April. War es noch zu früh dafür? Sayles verstand nichts von Entomologie. Die naturwissenschaftlichen Fächer hatten ihm nie gelegen. Schon in der Grundschule hatte ihm die Biologiezensur den Notendurchschnitt verdorben. Selbst jetzt, sechsundzwanzig Jahre später, ärgerte er sich noch immer darüber.
Als sie auftauchte, hatte er bereits zehn Minuten lang im Veterans Memorial Park gewartet. Er hielt Emily Rossiter für eine der schönsten jungen Frauen, die er je gesehen hatte. Sie besaß lockiges braunes Haar, das ein blasses Gesicht mit griechischen oder römischen Zügen umrahmte. Allein ihrer Schönheit wegen hätte er mit Freuden den Rest seines Lebens mit ihr verbracht.
Doch als sie sich ihm jetzt durch ein Spalier von Ahornbäumen näherte, deren Triebe silbern im Mondlicht erstrahlten, schockierte ihn ihr Anblick. Sie wirkte wie eine Obdachlose mit strähnigem, unsauberem Haar, aufgedunsenem Gesicht und schmutziger Kleidung. Ihre Augen bewegten sich unruhig, und das matte Lächeln wirkte leicht irre.
Doch trotz ihres verrückten Benehmens und auch trotz seines Ärgers und seiner Angst vor ihr wünschte sich Randy Sayles nichts so sehr, als mit ihr zu schlafen. Hier, auf der Stelle, im Gras, im Schmutz, heiße Körper in der kalten Frühlingsluft ... Er wollte sie zu Boden zwingen und sich gegen sie pressen ... Er wollte ihr salziges, ungewaschenes Fleisch schmecken ...
Einmal hatte er versucht, sie zu verführen, ein Vorfall, der unbefriedigend und zudem dicht an der Grenze zur Vergewaltigung verlaufen war. Sie hatte sich schließlich mit einem kräftigen Schlag gewehrt, der ihm die Lippe aufriß. Sonderbarerweise steigerte diese eher unangenehme Erfahrung seine Lust auf sie noch.
Sayles stand mit hängenden Schultern und in den Hosenta-

schen vergrabenen Händen da, als sie zwei Schritte vor ihm anhielt. Sie befanden sich unter einer Laterne, deren Licht trüber und unheimlicher wirkte als das des Vollmonds.

»Sie wissen, was mit ihr passiert ist, nicht wahr?« Die Worte schienen geradezu aus ihrem Mund herauszustolpern.

»Was wollen Sie?«

»Wegen Jennie. Sie wissen, was passiert ist?«

Emily setzte sich in Bewegung, so plötzlich, als wäre ihr gerade eine Verabredung eingefallen. Sayles folgte ihr, blieb aber ein bißchen hinter ihr zurück. So liefen sie fünf Minuten lang und bogen dann nach Norden auf einen Weg ab, der zu einem von Betonbänken umgebenen gemauerten Ring führte, hinter denen sich eine hohe Buchsbaumhecke erhob. Falls sich jemand näherte, würden sie das drei, vier Minuten vorher bemerken.

Wenn Sayles sich mit Studentinnen unterhielt, pflegte er sich automatisch nach Fluchtwegen umzusehen.

»Wo haben Sie gesteckt?« fragte er. »In Ihrem Zimmer?«

»Ach, Kleines«, flüsterte Emily, an niemanden gewandt.

»Sie sollten sich überlegen, heimzufahren. Melden Sie sich krank. Ich kann das für Sie arrangieren, wenn Sie möchten.«

»Kleines.«

»Was war das, was Sie am Telefon erzählen wollten? Sie haben etwas durcheinander geklungen.«

»Ich hätte nicht gedacht, daß es so schwer sein würde. So schwer ohne sie.«

»Was wollen Sie eigentlich?«

Das Mondlicht beleuchtete zwei Spuren, die von den Augen über ihre Wangen hinab zum Mund verliefen. Sayles hatte noch immer die Hände in den Hosentaschen. Emily hatte die Arme vor ihren Brüsten verschränkt, die Sayles nie gesehen hatte. »Sie haben Jennie in der Nacht, als sie starb, getroffen, nicht wahr?« Sie sprach mit einer Ruhe, deren Ursprung er nicht auszuloten vermochte; war es Entschlossenheit, Resignation?

»Nein«, antwortete Sayles.
»Ich glaube Ihnen nicht.«
Sie standen in dem kleinen Park des Campus, einem Ort, an dem Liebende im Lauf der Jahre alle Arten von Kleidung aufgeknöpft hatten, während sie in dem duftenden Gras lagen. Doch heute nacht war der Park verlassen oder machte zumindest diesen Eindruck. »Sie wissen, was passiert ist, nicht wahr?« fragte Emily.
Nach einem Moment sagte Sayles: »Warum fragen Sie mich danach?«
»Ach, Kleines«, murmelte Emily. »Ach Kleines Kleines Kleines ...«
Sayles flüsterte wütend: »Was reden Sie da? Was wissen Sie?« Die Gefühle überfluteten ihn, und obwohl er es nicht wollte, packte er ihre Schultern mit festem Griff.
Sie schien plötzlich aufzuwachen, machte einen Schritt zurück, schüttelte den Kopf und schrie: »Sie tun mir weh ...«
»Hallo, ist da wer?« rief eine tiefe Stimme. Schritte waren zu hören, doch die Person selbst wurde durch die Buchsbaumhecke verdeckt. Emily riß sich los. Sayles setzte ihr nach. Sie ruderte wild mit den Armen, als wollte sie eine wütende Biene verscheuchen.
»Sagen Sie es mir!« flüsterte Sayles eindringlich.
Emily ging rasch den Pfad hinunter. Sayles wollte ihr folgen, doch der Störenfried, einer der Sicherheitsbeamten, leuchtete mit seiner Taschenlampe in ihre Richtung. Beide wichen dem Lichtstrahl aus. Emily fing an zu laufen.
»Warten Sie!« flüsterte Sayles. Dann drängte er sich durch die Büsche, um dem Wächter zu entgehen. Er eilte durch die Dunkelheit in die Richtung, in der er Emily vermutete.

Phathar trabte langsam den Pfad entlang und atmete keuchend. Dabei fiel ihm der schreckliche Sportunterricht ein, der morgen auf dem Stundenplan stand. Die Schüler sollten zu einem Tausendmeterlauf starten, was in seinen Augen die reinste Form hononischer Folter war. Er stellte sich vor, wie er mit hüpfenden Fettmassen über den Sportplatz lief, während die anderen – die natürlich schon alle längst durchs Ziel gekommen waren – ihn verspotteten und auslachten. Lauf, Phil, lauf! Seine Eingeweide rumorten.

Phathar kam aus dem Wald heraus und ging etwa zwanzig Meter, bis er das Wasser und den Schlamm riechen konnte. Er stand jetzt am Fuß des Damms am Blackfoot Pond. Phathar spürte ein Kribbeln in der Leistengegend, und er mußte sich selbst gegenüber eingestehen, daß sich Phathar ungeachtet der Schrecknisse der letzten Dienstagnacht tief in seiner dimensionalen Seele wünschte, die halbe Stunde, die er hier verbracht hatte, noch einmal durchleben zu können.

Lichter. Das Geräusch eines schnell herankommenden Wagens. Er duckte sich und lief zu einer niedrigen Schierlingstanne. Die Lichter strichen wie die Suchscheinwerfer in einem Gefangenenlager über seinen Kopf, und der Wagen verschwand mit singenden Reifen im Nebel, der den Ton zu verstärken schien. Phathar stapfte in den Schlamm und begann seine Suche nach dem Messer, das er, wie er später voller Schrecken bemerkte, in jener Nacht verloren hatte. Eine derartige Achtlosigkeit paßte überhaupt nicht zu Phathar (war aber typisch für einen fetten, ungeschickten Jungen von der High-School). Er suchte die ganze Gegend ab und benutzte dabei einen kleinen Leuchtstift, den er mit schwarzer Pappe umwickelt hatte, um das Licht abzuschirmen.

Allmählich bekam Phathar bessere Laune. Der Geruch von Schlamm und Wasser und das dumpfe Grollen der Ochsenfrösche erinnerten ihn an den Biologieunterricht, sein Lieblingsfach. Einmal hatte er dem Lehrer nachts geholfen, Frösche am Ufer des Des Plaines zu sammeln, und am nächsten Tag hatte dieser sich vor der Klasse bei Philip dafür bedankt. Philip war vor Stolz über das seltene Lob rot angelaufen. Anschließend hatte er sich mutig genug gefühlt, jedem seine Hilfe anzubieten, der sich nicht traute, das Rückenmark der Frösche freizulegen. An jenem Tag hatte er wohl einem Dutzend Frösche Sonden ins Hirn eingeführt. Ein Mädchen hatte ihm gedankt und ihn tapfer genannt. Und Philip hatte wie betäubt hinter ihr hergeglotzt.

Nachdem er den Matsch eine halbe Stunde lang ergebnislos nach dem Messer abgesucht hatte, gab er auf. Noch länger konnte er nicht bleiben, denn es bestand immer die Gefahr, daß sein Vater unerwartet ihr Zimmer inspizierte. Er machte sich wieder auf den Weg zum Pfad. Plötzlich hörte er Schritte. Philip erstarrte. Schweiß bildete sich auf seiner Stirn, und die Nackenhaare stellten sich auf. Abermals zog er sich zu der Schierlingstanne zurück. Die Schritte kamen näher, und Philip duckte sich unter die herabhängenden Äste. Vorsichtig beugte er sich etwas vor, um zu sehen, wer dort kam.

Eine junge Frau!

Philip vergaß seine Angst. Statt dessen durchlief ein erwartungsvoller Schauer seinen fülligen Körper.

Noch eine Studentin, wie es schien. Ungefähr im gleichen Alter wie die erste. Nur hübscher. Ohne so ein Pferdegebiß. Wieder spürte er das Kribbeln in der Leistengegend, allerdings kam es diesmal schon fast einer Vibration gleich. Sie war allein. Philip fragte sich, wie ihre unter dem dicken Sweater verborgenen Titten aussehen mochten. Ihr Rock war weit und schwang mit ihren Schritten. Philip spürte eine schmerzhafte Erektion. Das Mädchen ging direkt an der Tanne vorbei und blieb plötzlich mitten auf der Lichtung stehen.

Dann lief sie mit zu Boden gerichtetem Blick hin und her, bis sie zu einem Beet blauer Blumen kam. Dort sank sie auf die Knie und verschmierte ihren Rock mit Schlamm. Sie beugte sich vor. Philip konnte nicht erkennen, was sie da trieb, hörte aber, wie sie vor sich hin murmelte.

»Emily!« Die Stimme eines Mannes, der offenbar außer Atem war, erklang von der Straße her.

Philips Erektion verschwand, und er zog sich weiter unter den Baum zurück. Das Mädchen duckte sich tiefer und schien fast

mit den Blumen zu verschmelzen. In zehn Metern Entfernung lief der Mann die Route 302 entlang. Er blieb stehen und schaute zum Teich hinüber. Das Mondlicht fiel auf sein Gesicht, und Philip konnte erkennen, wie er blinzelte. Der Mann blickte genau zu der Stelle, wo sich die Studentin versteckte, bemerkte sie jedoch nicht. Er rief noch einmal und machte sich dann auf den Rückweg. Schon bald war er außer Sicht.
Die junge Frau erhob sich. Philip konnte Blätter rascheln hören, als sie aufstand. In der Nähe schrie eine Eule. Philip zog einen Zweig beiseite, um sie besser sehen zu können. Er fragte sich, was für einen Arsch sie wohl haben mochte. Und ob ihre Brüste so dufteten wie die des anderen Mädchens – ein bißchen wie ein Kürbiskuchen. Und ob die Haare zwischen ihren Beinen blond oder braun waren. Die Erektion kehrte zurück und drückte hart gegen seine engen Jeans.
Langsam ging das schöne Mädchen den Weg entlang. Philip bemerkte, daß sie ihre Handtasche vergessen hatte. Er ließ den Ast los, der zurückschnappte und ihm die Sicht nahm. Dann kam er unter dem Baum hervor und trat auf die Lichtung hinaus, wo er die Handtasche aufhob. Ohne sie zu öffnen, hielt er sie an sein Gesicht. Er roch den Duft von Limonenparfüm, von Leder und Make-up. Philip schob sie in sein Hemd und folgte dem Mädchen.

Der Vollmond steht hoch über New Lebanon.
Die meisten der Männer sind dank der Tarnfarben ihrer Jagdkleidung praktisch unsichtbar, und nur gelegentlich sieht man das Glitzern von Ferngläsern oder die Lichtreflexe auf blauschwarzen Gewehrläufen. Die Männer verbergen sich im Gebüsch, versuchen den Dornen zu entgehen und frösteln stärker, als man jetzt, Anfang Mai, erwartet hätte. Andere wandern zu zweit oder zu dritt durch verlassene Straßen. Wieder andere fahren in Autos umher. Ein paar Kriegsveteranen haben ihre Wangenknochen geschwärzt und verspüren eine Lust wie seit fünfundzwanzig Jahren nicht mehr.

Eine Gruppe von Männern stapft über die Felder. Sie wissen, daß ihre Chancen, hier auf den Killer zu treffen, eher gering sind; sollte er aber doch auftauchen, wird er im Mondlicht wenigstens ein gutes Ziel abgeben. Ihre Gewehre sind mit Steinsalz, Schrotkugeln oder Rehposten geladen, und einige der Jäger haben auch ihre Geschosse aufgebohrt, mit Quecksilber gefüllt und mit Wachs wieder geschlossen, um so ganz sicher zu gehen, daß der Killer nie wieder sein Unwesen treiben wird, selbst wenn sie ihn nicht tödlich treffen sollten.
Ein paar haben Bier und Brathähnchen mitgebracht und machen ein Lagerfeuer in der Hoffnung, den Mörder allein durch ihre Gegenwart abzuschrecken. Andere nehmen ihre Aufgabe als Wächter ernster und glauben, die gesamte Zukunft New Lebanons hänge von ihrem Einsatz ab. Jim Slocum und Lance Miller haben die Abzeichen ihrer polizeilichen Autorität abgelegt und sich einer dieser Gruppen angeschlossen.
Bis kurz vor zwanzig Uhr sind keine Schüsse zu hören. Zu diesem Zeitpunkt biegt Bill Corde, der sich auf dem Heimweg befindet, gerade auf die Route 302 ein. Der erste Schuß fällt – wenig überraschend –, als einer der Jäger eine Ladung Schrot auf einen seiner Kollegen abfeuert. Glücklicherweise benutzt der Schütze eine Flinte ohne Laufverjüngung, so daß sein Opfer lediglich von fünf oder sechs Kugeln getroffen wird. Das zweite Opfer ist eine Katze, das dritte ein Filmplakat von einem Tom-Cruise-Streifen, was ein Zufall gewesen sein mag, vielleicht aber auch nicht.
Gegen einundzwanzig Uhr vergißt Waylon Sinks, der in der Hand eine Literflasche Budweiser und in der anderen ein Remington-Gewehr Kaliber 16 balanciert, den Abzug zu blockieren, bevor er über einen Zaun klettert, und bringt sich auf höchst unangenehme Weise dabei selbst um. Beim New Lebanon Sheriff's Department, beim Büro des County-Sheriffs und auch auf der allgemeinen Notrufnummer gehen Dutzende von Anrufen ein. Meist sind es Meldungen über den

Mond-Mörder, der mal mit einem langen Messer, mal mit einem Seil gesehen worden ist. Meistens steht er irgendwo auf Hinterhöfen und schaut durch die Fenster, doch manchmal klettert er auch an Wänden hoch oder poltert über Hausdächer. Es gibt nicht viel, was die Deputies da tun könnten. Die Beamten machen ihre Runden, und unter den Lichtkegeln ihrer Taschenlampen lösen sich die bedrohlichen Schatten in nichts auf.

Das Mondlicht strahlt auf New Lebanon herab.

Es strahlt so stark, daß man es fast hören kann, wie das Summen einer Glühbirne oder das Rauschen des Blutes in den Ohren, wenn man den Atem vor Angst anhält. Das Mondlicht strahlt herab, und überall in der Stadt kann man ängstliche Gesichter an den Fenstern sehen und die Hunde heulen hören – doch sie bellen nicht etwa das weiße Auge des Mondes an, sondern die permanent vorbeischleichenden Gestalten, die trotz der unheimlichen Beleuchtung düster wirken.

Corde kam gegen zwanzig Uhr dreißig nach Hause. Er schickte Tom, den Deputy, heim zu seiner verängstigten Frau und den Kindern. Diane und Jamie waren bei einem Ringerwettkampf in der High-School, den sich Corde auch gerne angeschaut hätte. Er betrat das Haus und überlegte dabei, ob er Tom irgendeine Belohnung hätte geben sollen; der eifrige junge Mann hatte sich in den vergangenen Tagen eher als Babysitter denn als Wachtposten betätigt.

Corde zog die mit Schlamm bedeckten Schuhe aus und umarmte Sarah. In der Küche wusch er sich Gesicht und Hände und schenkte dann eine Diät-Cola für Sarah und ein Mineralwasser für sich ein. Da nur noch die Warner-Brothers-Gläser sauber waren, nahm er für sich das mit dem Bild von Road Runner und gab Sarah Schweinchen Dick.

Dann machten sie sich an die Arbeit.

Sarah war heute ziemlich unkonzentriert, und die Übungsstunde verlief von Anfang an eher schlecht. Sie war nicht bei der Sache, erzählte Unfug, machte dumme Witzchen und kicherte albern. Corde wurde deswegen allmählich sauer, denn Diane hatte ihm von den Sonderkonditionen bei der Prüfung berichtet, die für Sarah mit Mrs. Beiderson vereinbart worden waren, und das Verhalten seiner Tochter schien ihm angesichts dieses Entgegenkommens ausgesprochen undankbar.

Sie saßen auf der Couch im Wohnzimmer, umgeben von zahllosen Papieren. Sarah wirkte in dem ganzen Durcheinander so klein und überwältigt, daß Corde die Blätter einsammelte und zu einem einzigen Stapel aufschichtete. Auf ihnen standen Sarahs Übungen für den Buchstabiertest. Ihr bisher bestes Ergebnis bei zwölf Versuchen waren zweiundzwanzig richtig geschriebene Wörter. Zweiundzwanzig von fünfzig. Dreiunddreißig waren nötig, um den Test zu bestehen.

Corde hatte an diesem Tag einen Scheck über achthundertachtzig Dollar für Dr. Parker ausgeschrieben, was genau das Doppelte dessen war, was ihn die Isolierung des Dachbodens kosten würde.

»Komm, wir versuchen es noch einmal«, sagte er.

»Ich will diesen Test nicht machen, Daddy. Bitte! Ich fühle mich nicht gut.«

»Wir müssen aber noch ein paar Wörter durchgehen, Liebes. Nur noch die mit M.«

»Ich bin müde.«

Müde war Cordes aufgedrehte kleine Tochter im Moment ganz sicher nicht. Sie hockten einander wie in Schützengräben gegenüber, zwischen sich die Liste mit den Wörtern.

»Also los, die Wörter mit M.« Corde versuchte einen Scherz: »M wie in ›muntere‹ Wörter.«

»Ich will den verdammten Test nicht machen.«

»Du sollst nicht fluchen.«

»Das ist ein Scheiß-Test! Ich will nicht ...«

»Junge Dame, benutz dieses Wort ja nicht noch mal.«

»Ich will ihn nicht machen! Und ich hasse Dr. Parker!«

»Nur noch die Wörter mit M.«
»Ich bin müde«, quengelte sie.
»Sarah. Buchstabier jetzt ›Murmel‹.«
Sarahs Augen huschten hin und her, die Unterlippe war zwischen die Zähne gezogen, der Rücken durchgedrückt. »M-U-R-M-E-L.«
»Sehr gut, Liebes. Wirklich toll«, sagte Corde beeindruckt. »Murmel« wurde auf der Habenseite verbucht, und dazu gesellten sich noch »machen«, »merken«, »mischen« und »Milch«. Weniger Glück hatte Sarah mit den Wörtern »Mitte«, »Melodie«, »Melone« und »Mixer«. Corde kam auf die Idee, Zeichnungen der gefragten Wörter anzufertigen, doch obwohl dieser Einfall vielversprechend erschien, brachte er wenig Erfolg.
Sarahs Laune wurde zusehends schlechter. Sie zappelte mit den Beinen und verkrampfte die Hände immer wieder zu Fäusten.
»Jetzt buchstabier ›Mutter‹.«
Sarah begann zu weinen.
Corde schwitzte. Er hatte derartige Übungsstunden schon so oft erlebt, und wenn Sarah sich geschlagen gab, ging es ihm selbst meist ganz ähnlich. Er hatte dann das Bedürfnis, sie durchzuschütteln, sie bei den Schultern zu packen, auf Jamie zu zeigen und zu sagen: Du hast dasselbe Blut wie er. Es gibt keinen Unterschied zwischen euch. Kannst du das nicht einsehen? Du mußt dich nur anstrengen! Richtig anstrengen! Warum tust du das nicht? Corde hatte gute Lust, die Psychiaterin anzurufen und ihr zu sagen, sie solle ihren modebewußten Hintern auf der Stelle herbewegen. Mit müder Stimme erklärte er: »Du machst das schon recht gut. Sehr viel besser als am Anfang.«
»Ist gar nicht wahr!« widersprach Sarah und stand auf.
»Setz dich, junge Dame. Das Wort davor hast du geschafft, also versuch jetzt auch dieses, ›Mutter‹.«
»M-U…«

Corde hörte, wie sie hyperventilierte, und Dianes Anstrengungen bei ihrer Geburt kamen ihm kurz ins Gedächtnis. Atme, atme, atme …

»… E-R. Nein, warte. M-U-T… Jetzt weiß ich's nicht mehr. Warte.«

Corde legte das Blatt auf den Tisch zu den anderen Fehlversuchen, nahm einen leeren Bogen und fing an zu schreiben. »M-U-T-T…«

»Nein!« kreischte sie.

Corde sah hoch angesichts der Lautstärke und der Angst, die in diesem Schrei mitschwang. »Sarah!«

»Ich weiß es nicht! Ich weiß es nicht!« rief sie heulend. Corde sprang auf und warf dabei den Stuhl um. Er hielt ihr Geschrei für einen beginnenden Anfall.

»Sarah!« brüllte er abermals und packte sie an den Schultern. »Sarah, Schluß damit!«

Sie kreischte hysterisch auf.

Corde schüttelte sie so heftig, daß ihr blondes Haar um den Kopf wirbelte. Das Glas kippte um, und die braune Flüssigkeit ergoß sich über den Teppichboden. Sarah riß sich los und rannte die Treppe hinauf zu ihrem Zimmer. Überall im Haus erbebten die Fenster, als sie die Tür zuknallte.

Corde, dessen Hände noch immer zitterten, wischte gerade die verschüttete Cola mit ein paar Küchentüchern auf, als es an der Tür klingelte.

»Lieber Himmel, was ist jetzt wieder?«

Steve Ribbon lehnte am Türpfosten und blickte über den Rasen. »Hast du eine Minute Zeit, Bill?«

Corde schaute kurz in die Richtung von Sarahs Zimmer und wandte sich dann wieder dem Sheriff zu. »Komm rein.«

Ribbon rührte sich nicht. »Ist deine Familie da?«

»Nur Sarah. Jamie und Diane sind bei einem Wettkampf. Sie müßten aber jeden Moment zurückkehren.«

Der Sheriff schwieg eine Weile. »Warum kommst du nicht raus?«

Corde schüttelte den Kopf. »Ich will nicht zu weit weggehen. Sarah fühlte sich nicht besonders.« Er trat einen Schritt auf die Veranda hinaus, und Ribbon schloß die Tür hinter ihm. Corde wischte sich ein paar Tropfen Cola von den Fingern. Der Dienstwagen des Sheriffs stand in der Einfahrt, und Jim Slocum saß am Steuer. Auf dem Rücksitz hockte ein massiger blonder Mann mit einem grobschlächtigen Gesicht, der die Augen fest auf die Kopfstütze vor sich gerichtet hatte.

Ribbons Blick wanderte prüfend über das vom Mondlicht erleuchtete Grundstück. Schließlich sagte er: »Bill, ich muß mit dir reden. Man hat Jennies Zimmergenossin gefunden. Emily Rossiter.«

Corde verschränkte die Arme.

Man hat gefunden ... Nicht *wir* haben gefunden. Corde verstand den Unterschied.

Jetzt betrachtete er das sauber eingegrenzte Stück Rasen im Vorgarten. Von seinem derzeitigen Standpunkt aus gesehen erinnerte es ihn an eine geometrische Figur, deren Namen ihm entfallen war – ein an einer Seite verschobenes Rechteck.

»Jemand hat ihr einen Schlag über den Schädel versetzt und sie dann direkt neben dem Damm in den Blackfoot Pond geworfen. Sie ist ertrunken. Außerdem hat er ihr noch etwas ziemlich Unerfreuliches angetan.« Ribbon machte eine Pause. »Die am Tatort entdeckten Schuhabdrücke gleichen denen, die wir bei der Leiche von Jennie Gebben gefunden haben. Ich weiß, wie du darüber denkst, Bill, aber es sieht so aus, als wäre da tatsächlich ein Kultmörder unterwegs.«

TEIL II

HANDFESTE BEWEISE

16

Der Gerichtsmediziner war gereizt. Zum zweitenmal innerhalb von sechs Wochen stand er mitten in der Nacht am Ufer des dunklen Teichs im Matsch. So konnte nicht verwundern, daß von seinem üblichen Gebaren – er gab sich gern wie ein jovialer Fernseharzt – nichts mehr zu bemerken war.

Mit Schmutzstreifen im Gesicht und verdrecktem Haar, das wie bei einem Glatzköpfigen, der damit seine Blöße verdecken will, am Kopf klebte, lag die immer noch wunderschöne Emily Rossiter mit dem Gesicht nach oben auf einer Decke. Eine schwarze, gefährlich aussehende Wunde verunstaltete ihre Schläfe. Und am Unterleib ragte mitten aus dem dunklen Schamhaar ein tief eingedrungener Angelhaken. An diesem befestigt war ein langes Stück starker Angelschnur, die ihr zwischen den Beinen den Rock hochgezogen hatte.

Eine Traube von Einheimischen und Reportern hatte sich am Rand des Tatorts gebildet – einem leicht abfallenden Stück Rasen von einem Garten, der bis zum Blackfoot Pond reichte. Der Gerichtsmediziner, ein Mann von etwa fünfzig Jahren, sagte zu T. T. Ebbans: »Schlag an die rechte Schläfe mit einem rauhen, unregelmäßigen Objekt. Tod durch Ertrinken.«

»Vergewaltigung?«

»Diesmal nicht.«

»Und was ist mit dem Angelhaken?« wollte Ebbans wissen. »Wurde der nach ihrem Tod hineingestoßen?«

»Sie haben den Nagel auf den Kopf getroffen.«

»Da hast du den typischen Fall von postmortaler Verstümmelung«, erklärte Jim Slocum Ebbans. »Ist bei Ritualmördern recht verbreitet.«

Ebbans schob sich an den Reportern vorbei und teilte ihnen mit,

daß Sheriff Ribbon in zehn Minuten eine Pressekonferenz abhalten werde. Er sah Bill Corde oben an der Straße und ging zu ihm.
»Detective Corde!« Addie Kraskow winkte mit beiden Armen. Ihr abgenutzter Presseausweis tanzte auf ihrer Brust auf und ab. »Sie waren doch vor kurzem noch davon überzeugt, daß es sich hierbei nicht um einen Serienmörder handelt. Sind Sie immer noch dieser Ansicht?«
Corde ignorierte sie, und Ebbans sagte zu ihr: »Die Pressekonferenz ist in zehn Minuten.«
Addie verfolgte die Frage nicht weiter, denn sie hatte das Opfer entdeckt und schickte jetzt ihren Fotografen los, um ein Bild von der Leiche zu machen, die nun im schwarzen Sack in den Krankenwagen getragen wurde. Die Ambulanz hatte in der Einfahrt angehalten, direkt neben einem rosa und weiß gestrichenen Kinderdreirad. Alle Kameramänner eilten wie aufgescheuchte Küchenschaben herbei, um den Leichensack zusammen mit dem Dreirad in den Kasten zu bekommen.
Die Rettungstaucher erschienen und zogen sich ihre Anzüge an. Einer von ihnen warf einen Blick auf den Teich und murmelte: »Hurenpisse.«
Corde forderte den Mann auf, sich gefälligst zusammenzureißen.
An der Peripherie des Treibens lehnte Wynton Kresge an einem alten beigefarbenen Dodge Aspen, auf dessen Dach sich ein Blaulicht drehte. An der Tür prangte das Wappen der Auden University, komplett mit Namenszug und dem Wahlspruch *Veritas et Integritas.* Ebbans nickte dem Sicherheitschef zu. Corde und Kresge beachteten einander nicht.
»Wenn ich nicht aufpasse, laufe ich bei dieser Sache mit dem Arsch auf Grundeis, oder?« fragte Corde Ebbans.
»Verhalt dich einfach so wie immer, Bill. Mehr kannst du sowieso nicht tun.«
»Hatten die Jungs Gelegenheit, sich umzusehen, bevor alle Welt angefangen hat, hier herumzutrampeln?«
»Sie war Jungfrau. Wir haben nicht viel mehr als die Stiefelspu-

ren entdecken können, aber fest steht, daß sie noch Jungfrau war.«
Corde warf einen Blick auf die Gruppe von Polizisten, die am Teich standen. Unter ihnen befand sich der blonde Mann, den er auf dem Rücksitz von Ribbons Wagen gesehen hatte.
Ebbans folgte seinem Blick und erklärte: »Charlie Mahoney.«
»Was will der denn hier?«
»Er vertritt die Familie.«
»Welche Familie denn?«
»Er arbeitet für Jennies Vater.«
»Und was hat er dann hier verloren?«
»Darfst du mich nicht fragen.«
»Dann wollen wir mal feststellen, was wir bisher zusammengetragen haben.« Corde setzte sich in Richtung Wasser in Bewegung.
»Warte einen Moment, Bill.«
Er blieb stehen. Ebbans trat zu ihm und sagte so leise, daß Corde sich zu ihm beugen mußte: »Ich möchte bloß, daß du weißt ...« Er zögerte. »Ach, ist doch alles gequirlte Scheiße.«
Corde war erstaunt. So hatte er seinen Kollegen noch nie erlebt. »Was ist denn, T. T.?«
Beide starrten auf einen Eindruck im Gras, der von einem Rad der Bahre stammte, auf der man Emily zum Krankenwagen gerollt hatte.
»Ist zwischen dir und Jennie irgend etwas gewesen?«
Corde hob den Kopf und blickte in die sich drehenden grellen Lichter auf der Ambulanz. »Raus mit der Sprache, was willst du damit sagen?«
»Im Büro sind ein paar Bemerkungen gefallen – bloß Gerede, nicht mehr –, daß du die Briefe verbrannt haben sollst, weil du, ach, du weißt schon ...«
»Weil ich was?«
»Nun, einer meinte, weil ihr ein Verhältnis hattet. Und weil du deswegen die Beweise vernichten wolltest. Ich persönlich glaube das nicht, aber ...«
»Das habe ich nicht getan, T. T.!«

»Weiß ich doch. Ich will ja auch nur, daß dir bekannt ist, was so geredet wird. Nicht mehr als Gerüchte. Bloß halten sie sich irgendwie ziemlich hartnäckig.«

Corde hatte lange genug in der Stadtverwaltung gearbeitet, um zu wissen, daß es nur zwei Gründe dafür gab, wenn Gerüchte nicht verstummen wollten. Entweder steckte jemand dahinter, der die ganze Geschichte am Kochen halten wollte, oder an den Gerüchten war wirklich etwas dran.

»Wer ist der Drahtzieher?« fragte er.

»Keine Ahnung. Hammerback scheint auf deiner Seite zu sein. Aber da Wahlen anstehen, hält er sich in puncto Unterstützung ziemlich bedeckt. Und wenn sich herausstellen sollte, daß du Dreck am Stecken hast, läßt er dich sofort wie eine heiße Kartoffel fallen. Aber ganz ehrlich, ich habe wirklich nicht die leiseste Ahnung, wer dir an den Karren fahren will.«

Die Tautropfen zu Cordes Füßen spiegelten das Licht der Scheinwerfer wider und funkelten wie Hunderte von kleinen Christbaumlichtern. »Ich bin dir wirklich dankbar, T. T., daß du mich davon in Kenntnis gesetzt hast.«

Ebbans trottete zum Krankenwagen, und Corde ging zum Teich, dessen Oberfläche voll von den Luftbläschen der Taucher war, die den Grund nach Indizien für den Tod der schönen jungen Frau absuchten. Emilys Geschichte und ihre Geheimnisse waren nun für immer verloren und würden nie mehr sauber geordnet ihren Weg auf Bill Cordes Karteikarten finden.

Lange Zeit stand er breitbeinig mitten in einem Schlammloch, starrte aufs Wasser und ertappte sich dabei, nicht an Fingerabdrücke, Waffen, Fußabdrücke oder Gewebespuren zu denken, sondern an das Leben der beiden jungen Frauen, die an diesem unglückseligen Ort ihr Ende gefunden hatten. Welche Lehre würden diese Tode letztendlich erteilen?

»Sie ist jetzt wieder ruhig«, sagte Diane Corde zu Dr. Parker in ihrem Büro. »Ich habe noch nie erlebt, daß sie einen solchen Anfall bekommen hat. Bill erzählte, er habe sie nur aufgefordert, ein bestimmtes Wort zu buchstabieren, und schon sei sie wie eine Tobsüchtige ausgerastet.«

Mutter. Das war das Wort gewesen, doch das teilte Diane der unnahbaren Psychiaterin nicht mit. Genauso verschwieg sie ihren Ärger darüber, wie kalt und sachlich Corde ihr berichtet hatte, bei welchem Wort Sarah derart in Panik geraten war.

Dr. Parker sagte: »Ich wünschte, Sie hätten mich gleich angerufen. Dann hätte ich ihr Tranquilizer verabreichen können. Sarah hatte einen Panikanfall. So etwas kann bei Kindern die schlimmsten Folgen nach sich ziehen.«

Obwohl die Psychiaterin nicht unfreundlich klang, spürte Diane sofort wie einen Peitschenhieb die Kritik, die hinter den Worten steckte. Giftig entgegnete sie: »Ich war zu dem Zeitpunkt außer Haus, und mein Mann hatte gerade eine schlechte Nachricht erhalten. Wir können uns wirklich nicht zerreißen und uns um alles gleichzeitig kümmern.«

»Dafür bin ich ja da.«

»Tut mir leid«, kam es Diane ganz automatisch über die Lippen, und im nächsten Moment ärgerte sie sich darüber. Warum sollte sie sich dieser Frau gegenüber schuldig fühlen?

»Ich habe Sarah aus der ...«

»Ich weiß«, unterbrach Dr. Parker sie. »Ich habe gleich nach Ihrer Benachrichtigung in der Schule angerufen.«

»Das haben Sie getan?«

»Natürlich, das mußte ich doch. Schließlich ist Sarah meine Patientin. Und somit fällt das Geschehene in meinen Verantwortungsbereich.« Das offene Eingeständnis verblüffte Diane, aber dann spürte sie, daß die Psychiaterin ihr Verhalten nicht rechtfertigen, sondern lediglich Fakten klarstellen wollte. »Ich habe allerdings ihre Stärke unterschätzt. Sie versteht es hervorragend, ihre negativen Gefühle hinter einer Fassade zu verbergen. Bislang war ich der Ansicht, sie würde besser mit Streß fertig. Doch da habe ich mich geirrt. Ich möchte sie bis zum Ende des Schuljahrs vom Unterricht beurlauben. Wir müssen sie erst emotional stabilisieren.«

Dr. Parker trug heute einen hochgeschlossenen dunkelgrünen Hosenanzug. Diane war gleich beim Betreten des Büros aufgefallen, wie geschmackvoll die Psychiaterin diesmal gekleidet war. Sie hatte schon vorgehabt, ihr deswegen ein Kompliment zu machen, ließ es dann aber doch sein.

Dr. Parker öffnete einen dicken Ordner. Darin befanden sich mehrere Hefte. Diane erkannte gleich Sarahs Handschrift.

»Ich habe meine Diagnose abgeschlossen, und ich möchte gern mit Ihnen über die Ergebnisse reden. Punkt eins, ich hatte recht damit, das Ritalin abzusetzen.«

Ich bin mir sicher, daß Sie immer recht haben.

»Sarah weist keine Anzeichen für Hyperaktivität auf, und solange sie sich nicht unter Druck befindet, ist sie sehr ausgeglichen. Bei meiner Beobachtung ihrer Ruhelosigkeit und Unaufmerksamkeit ist mir allerdings aufgefallen, daß es sich dabei um Symptome ihrer primären Unzulänglichkeit handelt.«

»Das haben Sie vorher schon einmal angedeutet.«

»Ja, das habe ich.«

Natürlich, wie konnte ich das überhaupt erwähnen?

»Ich habe Sarah mehreren Tests unterzogen: der Wechsler-Intelligenz-Skala für Kinder, dem Grayschen Vorlese-Test, Bender-Gestalt-, diversen Auffassungs-Tests und dem Informal Test of Written Language Expression, einer schriftlichen Übung. Die Resultate zeigen, daß Ihre Tochter an einer Lese-Retardation leidet.«

»Es ist mir ganz gleich, was Sie sagen!« platzte es aus Diane heraus. »Sarah ist nicht zurückgeblieben!«

»Ich habe ja auch nicht behauptet, daß sie zurückgeblieben ist, Mrs. Corde. Sie leidet lediglich an einer Leseschwäche. Man nennt das auch Entwicklungs-Dyslexie.«

»Dyslexie? Ist das nicht das Verwechseln von Buchstaben?«

»Unter anderem. Menschen, die an Dyslexie leiden, haben Schwierigkeiten mit dem Angehen von Wörtern – darunter versteht man das Herangehen an uns unbekannte Wörter –

und damit, Wörter und Sätze zusammenzustellen. Diese Menschen haben auch Mühe mit dem Schreiben und weisen eine große Intoleranz gegen jede Form von Drill auf. Sarah leidet darüber hinaus auch an Dysorthographie, also dem Unvermögen, Wörter richtig zu schreiben.«

Kommen Sie schon, Frau Doktor Siebengescheit, lassen Sie es doch, hier mit Fremdwörtern um sich zu werfen, und fangen Sie endlich an, das zu tun, wofür ich Sie bezahle.

»Außerdem weist Sarah die Symptome von Dyskalkulie auf, dem mathematischen Gegenstück zur Dyslexie. Aber ihr Hauptproblem ist das Lesen und Buchstabieren. Davon abgesehen, bewegt sich ihr IQ im obersten Bereich. Genauer gesagt, sie rangiert in der Spitzengruppe. Sarahs IQ ist höher als der eines durchschnittlichen Medizinstudenten.«

»Meine Sarah?« flüsterte Diane.

»Ihr IQ liegt sechs Punkte über dem Ihres Sohnes. Ich habe die entsprechenden Unterlagen verglichen.«

Diane runzelte die Stirn. Das war doch unmöglich. Auf einmal zweifelte sie wieder an der fachlichen Kompetenz der Psychiaterin.

»Sarahs Lesevermögen ist etwa drei Jahre hinter dem ihrer Altersgenossen zurück, und von anderen, ähnlich gelagerten Fällen wissen wir, daß sich dieser Abstand durchaus vergrößern kann. Ohne Sonderunterricht wird sich Sarah im Alter von fünfzehn im Lesen auf dem Stand einer Elfjährigen und im Schreiben auf dem einer Neun- oder Zehnjährigen befinden.«

»Was kann man denn da machen?«

»Privatlehrer und Spezialunterricht. Und zwar am besten ab sofort. Dyslexie ist schon für einen normalen Schüler ein großes Problem, aber für jemanden von Sarahs überragender Intelligenz und Kreativität ...«

»Kreativität?« Diane hätte am liebsten laut aufgelacht. Dr. Parker mußte Sarahs Akte mit der eines anderen Patienten vertauscht haben, das war die einzig mögliche Erklärung.

»Sarah besitzt überhaupt keine Kreativität. Sie hat noch nie ein Bild gemalt, kann keinen Ton halten und ist noch nicht einmal in der Lage, auf einer Gitarre herumzuschrammen. Und daß sie sich weder schriftlich noch mündlich auszudrücken vermag, muß ich Ihnen ...«

»Mrs. Corde, Sarah ist eine der kreativsten Patientinnen, die ich je hatte. Und ich halte sie für durchaus in der Lage, all die Dinge zu tun, die Sie gerade aufgezählt haben. Sarah war bislang einfach zu gehemmt, so etwas überhaupt zu versuchen. Das rein Mechanische an diesen Tätigkeiten schreckt sie ab. Mrs. Corde, Sarah ist darauf gedrillt worden zu scheitern. Ihr Selbstwertgefühl ist äußerst gering.«

»Aber wir haben sie doch stets ermutigt.«

»Mrs. Corde, Eltern neigen dazu, ihre Sprößlinge, die mit Schwächen behaftet sind, zu den Dingen zu ermutigen, die augenscheinlich alle anderen Kinder können. Aber Sarah ist nicht wie andere Kinder. Und derartige Ermutigung taugt nur dazu, das Kind noch regelmäßiger scheitern zu lassen.«

Zum erstenmal war Diane froh darüber, daß Dr. Parker eine so kalte Atmosphäre geschaffen hatte. Denn so fiel es ihr nicht schwer, geradeheraus zu fragen: »Schön und gut, aber was wollen Sie eigentlich für meine Tochter tun?«

»Zuerst möchte ich, daß Sie einen Privatlehrer einstellen. Ich weiß, die sind nicht gerade billig, aber Sie brauchen einen, und zwar einen der Besten. Ich würde Ihnen auch dringend raten, sich mit der darauf spezialisierten Schule von Auden in Verbindung zu setzen.«

»Aber warum können Bill und ich ihr nicht weiterhelfen?«

»Weil Sarah einen Spezialisten benötigt.«

»Ja, nur ...«

»Es ist von größter Wichtigkeit, daß sie sich in die Hände von jemandem begibt, der weiß, was er tut.«

Diane dachte, daß es doch erstaunlich ist, wie man jemanden gleichzeitig hassen und bewundern kann.

»Außerdem möchte ich selbst auch mit ihr arbeiten. Solange

wir nicht ihr Vertrauen in die eigenen Fähigkeiten aufgebaut haben, wird sie keine Anzeichen von Besserung zeigen. Glauben Sie mir, ihr Selbstwertgefühl ist erheblich geschädigt worden.«

»Aber was können Sie tun, das wir nicht schon versucht haben? Gut, unsere Methoden, ihr etwas beizubringen, mögen falsch gewesen sein, doch Sie scheinen zu vergessen, daß wir sie immer und in allem unterstützt haben. Wir sagen ihr oft genug, wie lieb und wie begabt sie ist.«

»Ich fürchte, sie glaubt Ihnen das nicht. Und wie sollte sie auch? Sie treiben sie ständig an, sich noch mehr anzustrengen, und das führt zu einem immer größeren Fiasko. Sie sagen ihr, wie gut sie dieses oder jenes gemacht hat, aber sie merkt ganz genau, daß das nicht stimmen kann, weil sie in der Schule regelmäßig versagt. Sie erzählen ihr, sie sei gescheit, dabei sprechen alle ihre Erfahrungen für das genaue Gegenteil. Mrs. Corde, Sie haben im besten Glauben gehandelt, aber Ihre Bemühungen waren eher kontraproduktiv. Wir müssen Sarah viel mehr auf den Gebieten ermutigen, wo sie gut ist.«

»Haben Sie denn nicht zugehört, was ich Ihnen eben gesagt habe? Sarah ist auf keinem Gebiet gut. Es macht ihr ja nicht einmal Spaß, mir beim Kochen oder Nähen zuzusehen oder zu helfen. Das einzige, was sie tut, ist für sich allein zu spielen, sich Filme anzuschauen oder vor dem Fernsehapparat zu hocken.«

»Ja, ganz genau.« Dr. Parker lächelte wie ein Schachspieler, der gerade Schach und matt verkündet hat.

Diane blinzelte nervös. Was habe ich denn jetzt schon wieder Falsches gesagt?

»Ich möchte Sarah so rasch wie möglich sehen. Machen Sie doch bitte mit Ruth einen Termin aus.« Ihre Augen, die so geübt darin waren, jemanden zu entlassen, fingen an, eine andere Akte zu studieren.

»Ach so, verstehe.« Diane erhob sich. Doch dann zögerte sie und setzte sich wieder hin. »Entschuldigen Sie ...«

»Ja?«

»Wie kommt es eigentlich zu Dyslexie?«
»Oh, tut mir leid, darüber hätte ich natürlich mit Ihnen reden müssen.« Dr. Parker schloß den zweiten Ordner und widmete Diane ihre ganze Aufmerksamkeit. »Ehrlich gesagt, wir wissen es nicht genau. Früher haben viele Mediziner die Dyslexie auf physische Probleme zurückgeführt, wie zum Beispiel eine Erinnerungskonfusion zwischen den beiden Gehirnhälften. Mittlerweile teilt niemand mehr diese Ansicht, obwohl Hör- oder Sehschwierigkeiten wichtige Faktoren für Dyslexie sein können. Meiner Überzeugung nach hat die Dyslexie ähnlich anderen Entwicklungsstörungen eine natürliche und eine Ernährungskomponente. Die Krankheit ist im wesentlichen genetischen Ursprungs, und auch die pränatale Periode spielt dabei eine nicht unerhebliche Rolle. Aber es ist auch von großer Bedeutung, wie Eltern und Lehrer auf das Kind reagieren.«
»Pränatal?« fragte Diane und fuhr gleich fort: »Wenn eine Frau also während der Schwangerschaft raucht, trinkt oder Drogen nimmt, könnte das bei ihrem Kind zu Dyslexie führen?«
»Bis zu einem gewissen Grad ist das möglich, doch in solchen Fällen verzeichnen wir in der Regel auch einen herabgesetzten Intelligenzquotienten ...« Die Psychiaterin blätterte in ihren Unterlagen. »Und Sie haben doch erklärt, sich während der Schwangerschaft äußerst abstinent verhalten zu haben.«
»Ja, das stimmt«, bestätigte Diane. »Ich war nur neugierig ... Sie wissen doch, wenn jemand, den man sehr liebt, mit einem Problem zu kämpfen hat, will man soviel wie möglich darüber in Erfahrung bringen.« Diane stand auf. Sie bemerkte, daß Dr. Parker sie beobachtete. »Ich lasse mir also von Ruth einen Termin geben.«
»Einen Moment noch, bitte.« Dr. Parker schraubte ihren Füllfederhalter zu. »Wissen Sie, Mrs. Corde, meine Art zu therapieren unterliegt gewissen Grundsätzen. Einer davon lautet, daß wir unsere Eltern sind.« Sie lächelte, und Diane hatte das Gefühl, daß es jetzt zum erstenmal ehrlich gemeint

war. »Für mich sind Eltern die Primärversorger, und das nicht nur im positiven Sinn. Was sie uns geben und für uns tun – und uns antun –, umfaßt auch ein paar weniger angenehme Dinge. Glücklicherweise überwiegt in den allermeisten Fällen das Gute.«

Diane sah sie an und versuchte, keinerlei Emotion zu zeigen.

»Ich habe in diesem Raum eine Menge Eltern kennengelernt und auch viele Menschen, die wegen ihrer Eltern zu mir gekommen sind. Was immer Ihnen Kummer bereitet, Mrs. Corde, versuchen Sie, nicht zu streng mit sich ins Gericht zu gehen. Meiner Meinung nach ist Sarah ein überaus glückliches Mädchen.«

Streng juristisch gesehen, handelte es sich dabei um unbefugtes Betreten. Aber auf dem Land nahm man es mit den Grenzen nicht so genau wie in der Stadt. Hier konnte man meilenweit auf fremdem Grund spazierengehen, jagen oder angeln. Solange man keine Schäden hinterließ und nichts dagegen hatte, wenn andere auf dem eigenen Land herumliefen, störte sich niemand daran.

Corde duckte sich unter den Drahtzaun und lief in den halb verwilderten Wald hinter seinem Grundstück. Er folgte eine Weile den Wegen und bog dann auf eine Lichtung ab, aus deren Zentrum sich ein großer Fels erhob, der aus irgendeiner Eiszeit hier zurückgeblieben war. Der Stein war sechs Meter hoch und seine Oberfläche glatt wie die Haut einer Forelle. Corde kletterte hinauf und hockte sich in eine der Vertiefungen auf der Westseite.

Sie trägt einen türkisfarbenen Rollkragenpullover, der ihren fleischigen Hals verdeckt.

Im Süden konnte er gerade noch das graue Dach ausmachen. Es sah von hier so aus, als würde es von einigen jungen Kiefern getragen, dabei bedeckte es in Wahrheit sein Haus. Er bemerkte die hellere Stelle neben dem Schornstein, wo er im letzten Sommer neue Schindeln angebracht hatte.

»Du hast doch früher in St. Louis gelebt, nicht wahr?« fragte Jennie Gebben.

Gott, ist sie hübsch! Langes, glattes Haar. Volle, reife Brüste unter dem weichen Stoff. Weiße Strümpfe unter den schwarzen Jeans. Sie trägt keine Schuhe, und so erkennt er unter dem Nylon recht lange, rot lackierte Zehennägel.

»Ja, habe ich tatsächlich«, entgegnet er und räuspert sich. Er spürt die Nähe ihrer Studentenbude und riecht Weihrauch und ein herbes Parfum.

»Das war vor acht oder neun Jahren, nicht wahr? Ich war damals noch klein, aber bist du in jener Zeit nicht in den Nachrichten gewesen?«

»Jeder Bulle kommt früher oder später mal in die Nachrichten, sei es bei einer Pressekonferenz oder bei einer Drogenfestnahme.«

Es ist Samstagabend, im Januar vor einem Jahr. Äste schlagen draußen gegen das Fenster. Bill Corde sitzt in einem Sessel. Jennie schiebt die Füße unter die Beine und macht es sich auf dem Bett bequem.

»Nein, es war mehr als nur das«, fährt sie fort. »Nicht bloß eine Pressekonferenz. Warte ... Jetzt fällt es mir wieder ein. Das war doch ...«

Sie schweigt.

Bill Corde befand sich wieder in New Lebanon und saß auf dem glatten Fels. Er sah zu, wie die Sonne hinter den Sträuchern, dem Schierling und den jungen Eichen am Horizont versank.

Schüsse abgefeuert! Schüsse abgefeuert! Zehn Uhr dreiunddreißig. Einheit, bitte antworten Sie ...

Mit jedem Zentimeter, den die Sonne tiefer rutschte, spürte er, wie der Wald erwachte. Die Gerüche wurden intensiver – Lehm, Moos, faulende Blätter, die vom letzten Herbst übriggeblieben waren, Rinde und das Gelege von Tieren ...

... diese Sitzung des Schießuntersuchungsausschusses des St. Louis Police Department. Vorfall Nr. 84-403. Detective Sergeant William Corde, tätig im Raubdezernat von St. Louis County, gegenwärtig und bis zum Abschluß dieser Anhörung vom Dienst suspendiert ...

Corde dachte, am glücklichsten wäre er als einfacher Jäger. Er hätte gern im vergangenen Jahrhundert gelebt. Natürlich gab es am Ende des 20. Jahrhunderts im amerikanischen Mittelwesten einiges, das ihm gut gefiel oder ihn erheiterte. Pick-ups, die Fernsehübertragungen der Spiele der St. Louis Cardinals und der Chicago Cubs, Pizza, Computer und nichtätzendes Schießpulver. Aber wenn man ihn nach seiner ehrlichen Meinung fragte, würde er antworten, auf all das leicht verzichten zu können, um eines Morgens aufzuwachen, nach unten zu gehen und dort Diane anzutreffen, wie sie im großen Backofen Fladenbrot machte, um dann mit Jamie draußen den lieben langen Tag Fallen aufzustellen oder zu jagen – und das durch endlose Meilen von Wald wie diesem hier.

Antwort: Nun, Sir, die Verdächtigen ...

Frage: Sie glaubten zu wissen, daß die Betreffenden mit Sturmgewehren bewaffnet waren?

Antwort: Nein, nicht mit Sturmgewehren, aber wir wußten, daß sie bewaffnet waren ... Die Verdächtigen hatten das Geld und den Schmuck an sich gebracht und hielten sich noch in dem Geschäft auf. Ich habe meine Männer in die Seitengasse hinter dem Laden geschickt, denn ich hatte vor, durch einen Seiteneingang in den Komplex einzudringen und die Täter zu überraschen.

Corde lauschte dem Knacken von einigen Zweigen, als ein unsichtbares Tier sich seinen Weg durch den Wald bahnte. Es kam ihm eigenartig vor, daß das Tier vielleicht keine drei Meter von ihm entfernt vorüberzog und er absolut keine

Gefahr verspürte. Wenn überhaupt, nahm er nur die Indifferenz der Umgebung wahr, und er hatte das Gefühl, von der Natur als etwas Unbedeutendes abqualifiziert worden zu sein, das zu behelligen der Mühe nicht wert sei.

Frage: Sergeant Corde, können Sie uns den genauen Hergang schildern?

Antwort: Ja, Sir. Eine Reihe von Türen führten aus dem Geschäftskomplex hinaus auf die Seitengasse. Durch einen Irrtum meinerseits hatte ich die Männer zur Tür mit der Nummer 143 geschickt.

Frage: Ein Irrtum Ihrerseits?

Antwort: Ja, eine dumme Verwechslung. Die Tür, die in die Juwelierhandlung führte, trug die Nummer 1-3-4. Ich ...

Frage: Sie haben also die Zahlen verwechselt?

Antwort: Ja, Sir. Der Feuerinspektor hatte mir die richtige Nummer gesagt, und ich hatte sie mir notiert. Doch als ich meinen Männern über Funk Anweisung gab, wohin sie sich begeben sollten, lag der Block verkehrt herum, und da habe ich die Zahlen vertauscht.

Frage: Also haben Ihre Männer die Mall durch die falsche Tür betreten?

Antwort: Nicht direkt. Sie haben es probiert, aber die Tür war versperrt. Während die Beamten versuchten, sie aufzukriegen, erschienen die Täter in der Gasse und haben das Feuer auf sie eröffnet.

Frage: Mit welchen Folgen?

Antwort: Die Polizisten kehrten ihnen gerade den Rücken zu. Zwei Beamte wurden getötet, zwei weitere verwundet.

Frage: Konnten die Tatverdächtigen festgenommen werden?

Antwort: Bis heute erst einer. Die anderen sind weiterhin flüchtig.

Corde wurde für sechs Monate bei einer fünfzigprozentigen Gehaltskürzung vom Dienst suspendiert. Er kündigte eine Wo-

che vor Ablauf der Frist. Während der Zeit saß er in seinem Vororthaus herum und dachte nach – über die Männer, die getötet worden waren, und über die Jobs, die ihm jetzt offenstanden. Er spielte den Vorfall an der Mall mehr als tausendmal in Gedanken durch. Corde ging nicht mehr in die Kirche und verspürte kaum den Drang, eine Bar aufzusuchen. Er hielt nicht einmal zu Hause einen alkoholischen Vorrat. Seine Zeit verbrachte er hauptsächlich vor dem Fernsehapparat. Hin und wieder ließ er sich von einem Sicherheitsdienst anheuern oder arbeitete auf dem Bau. Schließlich reichten die Ersparnisse nicht mehr, um die Hypothekenzinsen für das Haus zu zahlen, und da Diane gerade mit Sarah schwanger war, blieb ihnen nichts anderes übrig, als nach New Lebanon zurückzukehren. Aussaat und Ernte, Bäume fällen und zersägen ... lange, endlos lange Tage. Dann entdeckte er in der Zeitung die Anzeige, in der ein Deputy gesucht wurde, und bewarb sich auf der Stelle.
Nach dem Umzug hierher blieben ihm noch fünf Jahre mit seinem Vater, bevor diesen der Schlag traf. Fünf Jahre, in denen er so oft Gelegenheit gehabt hätte, mit ihm über das zu reden, was in der Fairway Mall geschehen war. Aber die beiden Männer sprachen in all der Zeit nur über die Fasanenjagd, Filme, den Vergaser und die Erinnerungen an seines Vaters Frau beziehungsweise Cordes Mutter.
Eines Tages, einen Monat bevor das Blutgerinnsel einen klaren und für einen so einfachen Menschen etwas zu komplizierten Verstand ausschaltete, war Bill gerade damit beschäftigt, in der Garage seines Vaters eine Rasenmäherschneide zu reinigen und zu wetzen. Als er Schritte hörte, blickte er auf und sah seinen Vater, der gebeugt und blaß draußen stand und den Deckel von einem Joghurtbecher ableckte. »Wird Zeit, daß wir über St. Louis reden, meinst du nicht?« sagte er. Bill Corde stand auf. Das Knie machte ihm wieder Ärger, und er kam nur langsam hoch. Er sah seinen Vater an und räusperte sich. Dann sagte dieser: »Ich wette zehn Dollar, daß St. Louis von New York geschlagen wird.« Bill wischte sich die vom Gras verschmutzten Hände an der Hose ab,

griff in seine Tasche und gab ihm einen Zehner. »Topp, die Wette gilt«, erwiderte er. Sein Vater entfernte sich, und Bill kehrte voller Gewissensbisse zu der Schneide zurück.

Frage: Würden Sie sagen, das Unglück wäre wahrscheinlich nicht geschehen, wenn jemand anders den Polizisten die Nummer von dem Zettel vorgelesen hätte? Oder wenn Sie sich etwas mehr Zeit genommen und die Nummer langsam abgelesen hätten?

Antwort: (unverständlich)

Frage: Könnten Sie Ihre Antwort bitte wiederholen?

Antwort: Dann wäre es vermutlich nicht zu dem Unglück gekommen, Sir.

Corde hatte nie jemandem in New Lebanon etwas davon erzählt. Dabei lag seine Akte noch in St. Louis, und jeder hätte sich informieren können. Wenn Steve Ribbon, Hammerback Ellison, Jim Slocum, Addie Kraskow oder jemand vom *Register* sich die Mühe gemacht hätte, sich für den Fall zu interessieren, hätte er dort alles schwarz auf weiß vorgefunden. Aber im Sheriff's Department von New Lebanon hatte man sich von seiner Berufserfahrung beeindrucken lassen und seiner nicht unbedingt ganz falschen Aussage Glauben geschenkt, er habe in St. Louis gekündigt. Man glaubte ihm auch, daß er es müde geworden sei, ständig gegen die Kriminalität an der Riverside zu kämpfen, und daß es ihn in seinen Geburtsort zurückgezogen habe, wo es doch viel ruhiger und beschaulicher zuging. Schließlich war er ja verheiratet, hatte einen sechsjährigen Sohn, und seine Frau war erneut schwanger.

Wer sollte bei einer solchen Biographie mißtrauisch werden?

Wieder ein Knacken, diesmal noch näher. Corde drehte sich um, und das Tier zeigte sich. Ein Hirsch. Und nicht weit davon zwei Hirschkühe. Er liebte es, diese Tiere zu beobachten. Ihre Bewegungen waren so überaus elegant. Doch wenn sie stehenblieben – und dabei stets den Eindruck erweckten, in höchster

Eile und zu etwas furchtbar Wichtigem unterwegs zu sein, so daß sie einem kaum mehr als einen kurzen Blick schenken konnten –, wirkten sie wahrhaft königlich. Corde wünschte, er besäße die Gabe, Gedichte zu schreiben. Wie gern hätte er jetzt das in Worte gefaßt, was er bei diesem Anblick empfand, was er in den Augen des Rotwilds las.
Die schmelzende Sonne.
Die unsichtbaren Bewegungen des Waldes im Dämmerlicht.
Den untilgbaren Schmerz, den man verspürt, wenn man kurz vor der Meßlatte scheitert, die Gott einem gesetzt hat.
Mit einem weiteren Knacken eines Zweigs waren die Tiere verschwunden. Bill Corde rutschte den Fels hinab und machte sich langsam auf den Weg zu seinem Zwanzigstes-Jahrhundert-Heim, wo der Pick-up, das Fernsehgerät und seine Familie auf ihn warteten.

17

LETZTE MELDUNG: Zwei Tage nach der Ermordung einer zweiten Studentin der Auden University durch den mittlerweile als »Mond-Killer« bekannten Täter hat John Treadle, der Landrat für das Harrison County, das Sheriff's Department angewiesen, in der Gegend rund um New Lebanon Nachtstreifen einzuführen.
»Dennoch muß ich allen jungen Frauen dringend anraten«, erklärte er gegenüber dem *Register,* »sich, solange wir den Täter nicht gefaßt haben, nicht nach Einbruch der Dunkelheit allein draußen aufzuhalten.«
Die Leiche der aus St. Louis stammenden Studentin Emily Rossiter wurde in der Vollmondnacht auf dem Blackfoot Pond treibend entdeckt. Sie hatte einen Schlag auf den Kopf erhalten, war dann in den Teich geworfen worden und dort ertrunken. Ihr Körper wies Verstümmelungen auf.

»Wir geben hundertundzehn Prozent, um diese Kultmorde aufzuklären«, versprach Steve Ribbon, der amtierende Sheriff von New Lebanon, gestern abend und fügte hinzu, daß er sogar eine auswärtige Stelle um Unterstützung bei seinen Ermittlungen gebeten habe.
»Der Mann, von dem ich spreche, besitzt eine jahrelange Erfahrung beim Morddezernat einer größeren Stadt und konnte uns bereits jetzt mit einigen wertvollen Erkenntnissen bezüglich der Denkweise des gesuchten Mörders versorgen.«
Sheriff Ribbon machte Sicherheitsbedenken dafür geltend, daß er den Namen dieses Mannes und seine genaue Rolle bei den Ermittlungen nicht preisgeben könne.
Die Industrie- und Handelskammer der Stadt schätzt, daß die Mordserie New Lebanon bereits jetzt Einnahmeverluste in Höhe von einer Million Dollar beschert hat.

Ihre größte Angst ist, daß ihr Vater irgendwie den Sonnenschein-Mann abgeschreckt haben könnte.
Seit einigen Tagen schon steht ihr Daddy später auf, frühstückt mit der Familie und ist zum Abendessen wieder zurück. Und schlimmer noch, er unternimmt lange Spaziergänge in den Wald hinter dem Haus, dorthin, wo der Sonnenschein-Mann lebt. Sarah hält sich für eine große Expertin in Sachen Zauberer, und sie weiß, daß solche Männer und Frauen diejenigen ablehnen, die nicht an sie glauben. Und ihr Vater gehört ganz gewiß zu dieser Sorte Menschen.
Sie hat Redford T. Redford wieder und wieder über den Zauberer befragt, aber bislang ist der Bär stumm geblieben. Sarah hat auch in dem magischen Kreis kleine Geschenke und unter größten Mühen geschriebene Botschaften für den Sonnenschein-Mann hinterlassen. Doch er hat sie weder genommen noch darauf geantwortet.
Sarah denkt in der letzten Zeit wieder daran, von zu Hause

fortzulaufen. Aber weil ihre Mutter Dr. Parkers Plan zugestimmt hat, sie für die nächsten Wochen nicht mehr in die Schule zu schicken, ist Sarah bereit, ihr Fluchtvorhaben einstweilen aufzuschieben. Sie lauscht ihren Hörspielkassetten, sieht viel fern und spielt mit ihren Stofftieren.

Nachts sitzt Sarah am Fenster und starrt nach draußen. Einmal, als der Mond besonders hell scheint, glaubt sie einen Mann zu erkennen, der durch den Wald stapft. Sie macht in ihrem Zimmer Licht und winkt ihm zu. Der Betreffende bleibt stehen, sieht in Richtung Haus, reagiert aber ansonsten nicht auf sie. Es schaut fast so aus, als würde er im Gegenteil verschwinden. Sie blickt ihm nach, bis die Bäume zu schwanken beginnen und am Nachthimmel die Sterne, Planeten, Riesen und Tiere radschlagen. Sarah kriecht unter ihre Decke. Sie hält ihr Stück magisches Quarz ganz fest und schickt dem Sonnenschein-Mann, der sich irgendwo dort draußen aufhalten muß, eine Gedankenbotschaft.

Sarah wünscht sich, daß ihr Vater wieder länger arbeiten muß. Und nach zwei Tagen wird ihr dieser Wunsch erfüllt. Er steht in aller Frühe auf und ist beim Frühstück schon nicht mehr da. Und als er abends heimkehrt, liegt Sarah längst im Bett. Nachdem sie einander zwei Tage nicht zu sehen bekommen haben, findet sie auf dem Frühstückstisch eine kleine Nachricht von ihm vor. Die Worte klingen langweilig und gestelzt. Traurig gelangt Sarah zu dem Schluß, daß der Sonnenschein-Mann viel klüger als ihr Vater ist.

Sie hofft, daß der Zauberer wiederkommt und auch sie klug macht. Sarah ist fest davon überzeugt, daß er dazu in der Lage ist. Sie weiß aber auch, daß es sehr schwer sein wird, diesen Wunsch in Erfüllung gehen zu lassen, und daß sie sich deshalb in Geduld üben und noch ein kleines Weilchen länger warten muß.

Philip schloß die Tür seines Zimmers, und sofort verwandelten sie sich wieder in die Krieger. Große, würdevolle und nie

fehlende Männer, die sich damit abmühten, diese fremdartige Dimension zu verstehen.
Jano sah sich im Raum um. »Ist deine Schwester da?«
»Nee.«
Die jungen Männer, die sie kannten, und das waren etliche, sprachen von ihr nie als »Rose« oder »Rosy«, sondern nur als »die Halpern«, und nach Philips Überzeugung war auch nicht mehr über seine Schwester zu sagen.
»Und?« flüsterte Jano neugierig.
»Und was?« Phathar schob sich eine übervolle Hand Popcorn aus einer Riesentüte in den Mund.
»Hast du es getan?« Janos Augen waren gerötet, und es sah ganz so aus, als hinge ein getrockneter Klumpen Rotz unter seiner Nase. Phathar fragte sich, ob sein Freund und Kamerad geweint hatte (er war bislang stets der Ansicht gewesen, er sei das einzige männliche Erstsemester, das noch heulte).
»Das Mädchen am Teich. Emily Soundso. Warst du das?«
»Nee.« Phathar schob sich die nächste Ladung in den Mund.
»Das glaube ich dir nicht«, flüsterte Jano.
»Ich war es nicht, Blödmann.«
»Du wolltest sie vögeln, und dabei hast du sie umgebracht.«
»Nein, habe ich nicht.« Er arbeitete mit einem dicken Finger daran, ein Stück Maishülle zu entfernen, das sich zwischen Schneidezahn und Gaumen festgesetzt hatte.
»Ich hab ganz schön Angst. Was sollen wir jetzt tun?«
»Wie wär's mit Popcorn essen?«
»Du bist einfach unglaublich, Mann. Ich meine, sie ist tot, und du sitzt hier ...«
»Ja und? Du hast doch gesehen, wie die Hononen die Valanier niedergemäht haben. Sie sind einfach mit ihren Xasern reingestürmt und haben sie niedergemacht. Frauen, Kinder, einfach alle.«
»Das war doch bloß ein Film.«
»Ich habe sie trotzdem nicht abgemurkst«, wiederholte Phathar.

»Hast du das Messer gefunden?«
»Hätte ich können, wenn ich nicht allein gewesen wäre.«
»Ich hab's einfach nicht mehr geschafft. Das habe ich dir doch schon erklärt. Vielleicht hast du das Messer ja gar nicht verloren.«
»Doch, es ist weg.«
»Mann, wir müssen alle Beweise vernichten«, sagte Jano.
»Ich habe dir bereits erzählt, daß ich die Unterlagen mit einem Destruktor versehen habe. Tolle Sache. Schau her.« Phathar trat vor einen verschlossenen metallenen Aktenschrank. Er öffnete ihn und zog eine Schublade auf. Darin befanden sich Karten, Zeichnungen und Tabellen. Obenauf lag eine Heizschlange. »Das habe ich aus *Popular Mechanics.* Wenn du den Schrank öffnest, ohne den Schalter abzustellen ...« Er griff in das Fach und zeigte auf zwei Hölzer, die mit einem Draht verbunden waren und wie eine Wäscheklammer aussahen. »Wenn also jemand die Schublade aufzieht, schließt sich der Kreislauf. Die Heizschlange wird binnen Sekunde rotglühend und verbrennt alles.«
»Ist ja Wahnsinn!« rief Jano begeistert. »Aber kann dabei nicht das ganze Haus Feuer fangen?«
Phathar gab ihm darauf keine Antwort. Die beiden hörten, wie Philips Vater draußen vor der Tür einen alten Schlager sang, der sich wie »Strangers in the Night« anhörte.
Jano schaute in die unterste Schublade. »Was ist denn das?« Er zog eine von Schlamm ganz verdreckte braune Handtasche heraus.
Phathar erstarrte. Er befand sich in einer kniffligen Lage. Jano war sein einziger Freund auf der High-School, und da verbot es sich, das zu tun, was er jetzt am liebsten getan hätte, nämlich ihn anzubrüllen und aufzufordern, die Tasche sofort wieder zurückzulegen. So sagte er nur: »Die hat ihr gehört.«
Jano öffnete sie. »Dem Mädchen? Der zweiten Ermordeten? Dann hast du es also doch getan!«
Phathar nahm ihm die Handtasche ab und schloß sie. »Wür-

dest du dich jetzt endlich beruhigen? Ja, ich habe sie gesehen, aber ...«

»Mann, warum gibst du es nicht einfach zu?«

»Weil ich sie nicht ermordet habe!«

»Und warum hast du dann immer noch ihre Handtasche?«

»Weiß ich auch nicht.« Tatsächlich hatte sich Phathar das selbst schon einige Male gefragt. »Vielleicht weil sie gut riecht.«

»Hat das Mädchen auch gut gerochen?« Jano klang jetzt nicht mehr so schockiert, sondern eher neugierig.

»Mann, bist du taub oder stocktaub?«

»Komm schon, Phathar, ich erzähle dir doch auch alles. Also, wie ist es gewesen?«

»Du kannst einem wirklich auf die Nerven gehen. Nun gut, ich bin ihr eine Weile gefolgt, habe mich dann aber verzogen. Da lief nämlich so ein Typ herum.«

»Wer denn?«

»Woher soll ich das wissen?«

»Sie haben diese Emily im Teich gefunden. Bah! Stell dir vor, du hättest es mit ihr getan. Bei der Drecksbrühe wäre dir danach bestimmt der Schwanz abgefallen. Was ist denn in der Handtasche?«

»Weiß ich nicht. Ich habe sie noch nicht geöffnet.« Phathar stellte die Handtasche ins unterste Fach, legte eine seiner Heizspulen darüber und schob die Lade zu.

»Ich halte das für keine gute Idee.«

»Wieso?«

»Selbst der Destruktor braucht eine Weile, um Leder zum Brennen zu bringen.«

Phathar mußte zugeben, daß Jano damit recht haben könnte. Er holte die Handtasche wieder heraus und reichte sie seinem Freund. »Nimm du sie. Schmeiß sie irgendwo fort.«

»Kommt nicht in Frage. Damit man auf dem Ding meine Fingerabdrücke entdeckt? Warum verbrennst du die Tasche nicht einfach?«

»Geht nicht. Mein Vater würde mich dafür vermöbeln. Vielleicht verstecke ich sie unter der Veranda. Und wenn er dann abends wieder Karten spielt, hole ich sie heraus und verbrenne sie.«

Aus dem Wohnzimmer kam ein lautes Klirren von brechendem Glas. Die beiden Jungs starrten auf die Wand, hinter der das Getöse ertönt war. Philip stopfte die Handtasche rasch in die leere Popcorntüte und warf sie zusammen mit einigem Gerümpel in den grünen Abfallsack, der in einer Ecke seines Zimmers stand. Dann liefen die beiden nach draußen in die Diele.

Philips Mutter kauerte auf allen vieren auf dem Boden. Der Rock war ihr bis über die Hüften gerutscht. Die Augen in dem hübschen Gesicht waren fast geschlossen, und ihr Kopf rollte hin und her, während die Muskeln ihrer schmalen Arme sich alle Mühe gaben, die Schultern hochzuhalten. Mr. Halpern stand über hier, hielt sie an der orangefarbenen Bluse fest und sagte verzweifelt: »Es wird alles wieder gut. Es kommt alles wieder in Ordnung. Nein, nein, es wird doch alles wieder gut.« Und sie entgegnete mit schriller Stimme: »Laß mich in Ruhe! Laß mich in Ruhe!« In der einen Hand hielt sie ein Bündel Kleenextücher. Auf dem mit Flecken übersäten Teppich war Erbrochenes, und ein säuerlicher Gin-Geruch lag in der Luft. Philip fing an zu weinen.

»Mrs. Halpern«, flüsterte Jano.

Philips Vater bemerkte die Jungs erst jetzt. »Raus mit euch beiden, aber schnell!«

»Sie ist krank«, widersprach Jano.

Schluchzend entgegnete Philip: »Nein, sie ist nicht krank.«

»Nun haut endlich ab!« brüllte sein Vater. »Raus mit euch, alle beide!« Er stampfte mit dem Fuß auf, als wollte er Hunde verscheuchen.

»Bitte«, bat Philip Jano.

»Aber ...«

»Bitte«, wiederholte er. Jano verließ das Haus. Philip starrte ihm durch das Wohnzimmerfenster nach und hörte das

Schlurfen der Schuhe seiner Mutter. Sein Vater trug sie in einen Sessel und redete leise auf sie ein. Philip lief in sein Zimmer, verschwand dann durch die Hintertür und kroch unter die Veranda.

Dort versteckte er die Abfalltüte unter einem Haufen schwarzer Erde.

Oh, er war das alles so leid.

Er war es leid, daß sein Vater zerrissene T-Shirts trug und sich als Tagelöhner verdingte. Er war es leid, daß seine Mutter ihm matschige Sandwiches in die Lunchbox packte – wenn sie überhaupt daran dachte, ihm etwas mitzugeben – und daß sie ständig vergaß, ihm seine Sachen zu waschen. Philip war überall von Feinden umgeben. Wohin er auch sah, lauerten sie schon auf ihn. Seine Schwester ließ sich wie ein Wanderpokal von den Jungs weiterreichen, und er war zu dick. Sie war »die Halpern«, er nur »Philip«. In Physik stand er ziemlich schlecht, in Biologie nur etwas besser. Und während irgendwo im Haus ein weiteres Glas zerschmetterte, beherrschte ein einziger Gedanke sein Bewußtsein: Er sah vor seinem geistigen Auge ein schüchternes Mädchen, das am Labortisch lehnte und ihm sagte, wie mutig er sei, während er einem Frosch eine Nadel ins Gehirn schob, ihm dann den Bauch aufschlitzte und zuschaute, wie der glitschige Klumpen von einem Herz weiter und weiter und weiter schlug.

Bill Corde saß in dem berühmt-berüchtigten Raum 121. Er war ganz allein inmitten der nun bereits vertraut gewordenen Gerüche von fettigem Fleisch, säurehaltigem Papier und Kaffee.

Immer mehr Studenten, immer mehr Karteikarten. Die Fragen, die er heute stellte, ähnelten denen von letzter Woche, und doch waren sie nicht identisch.

Heute zog er Erkundigungen über *zwei* Opfer ein.

Corde machte sich in seiner krakeligen Schrift Notizen. Doch die Stunden hier erwiesen sich als unproduktiv. Er hörte nur neue Variationen dessen, was er vorher schon vernommen hatte, oder man schilderte ihm absonderliche Details, die zu nichts führten. »Emily hat dieses schulterfreie Kleid sehr oft getragen. Doch dann ist es ihr im Waschsalon gestohlen worden. Und zwar kurz vor ihrem Tod. Um ganz genau zu sein, am Tag vor ihrem Tod.« Corde notierte sich auch das, obwohl er keine Ahnung hatte, wie diese Information zu verwerten war oder ob sie ihm je irgendwie weiterhelfen konnte, denn er fürchtete sich davor, selbst die kleinste Kleinigkeit zu mißachten. Dieses Gefühl beschlich ihn häufiger.

Viele Gedanken kamen ihm bei den Befragungen, und mehr als einmal beschlich ihn eine gewisse Unruhe, wenn diese Charlie Mahoney, den geheimnisvollen Berater, betrafen. Ribbon hatte ihn ihm vorgestellt, aber der Mann hatte kaum ein Wort mit Corde gewechselt und es furchtbar eilig gehabt, aus dem Büro zu kommen. Seitdem hatte Corde ihn nicht wiedergesehen.

Als Corde sich bei Ribbon erkundigte, welche »Einsichten« sie denn Mahoney zu verdanken hätten, hatte der Sheriff, wie nicht anders zu erwarten, recht nebulös geantwortet: »Mahoney ist hauptsächlich als Beobachter bei uns. Was ich der Presse über ihn mitgeteilt habe, war nur dazu gedacht, die Öffentlichkeit zu beruhigen.«

Verdammt, wer hat die Öffentlichkeit denn erst in Unruhe versetzt mit all diesem Gerede vom Mond-Killer?

»Ich möchte nicht, daß ein Fremder an diesem Fall arbeitet«, entgegnete Corde.

»Das weiß ich«, sagte der Sheriff und kehrte in sein Büro zurück.

Corde saß immer noch im Zimmer 121 und warf einen Blick auf seine Uhr. Sechzehn Uhr. Er machte sich auf den Weg zur Cafeteria und bestellte einen Eiskaffee. Nach drei Schlucken war der Becher leer. Am liebsten wäre er jetzt nach Hause gefahren. Aber dann fehlte ihm doch der Mut dazu – oder sein Pflichtgefühl erwies sich als zu stark –, und er marschierte in

das Zimmer zurück. Er winkte eine der dort wartenden Studentinnen zu sich herein und schickte die anderen, die er morgen befragen würde, heim.
Es sollte sich für ihn lohnen, noch nicht nach Hause gefahren zu sein, denn diese Studentin verriet ihm Jennie Gebbens Geheimnis.
Sie war etwas zu rundlich, hatte dicke Handgelenke und schien sich ihres Doppelkinns zu schämen, denn während des ganzen Gesprächs hielt sie den Kopf gehoben. In dieser Pose und mit dem teuren Kleid, das sie trug, hätte man sie für eine Prinzessin des Geldadels an der Ostküste halten können.
Der schleppende Südstaaten-Akzent machte diesen Eindruck jedoch sofort zunichte. »Ich hoffe sehr, Ihnen helfen zu können, Officer. Das ist eine furchtbare Geschichte, nicht wahr?«
Hatte sie eine der beiden Ermordeten gekannt? Nur Jennie. Wie lange kannte sie sie schon? Zwei Jahre. Ja, sie hatten teilweise dieselben Veranstaltungen besucht. Nein, sie waren nie gemeinsam mit Jungs ausgegangen.
»Kennen Sie Professor Sayles oder Brian Okun?«
»Nein, tut mir leid.«
»Wissen Sie vielleicht, mit wem Jennie in der letzten Zeit ausgegangen ist?«
Sie legte den Zeigefinger an den fleischigen weißen Hals.
Er mußte geradezu zwanghaft an Jennies Hals denken. Corde wandte lieber rasch den Blick von ihr ab und sah auf seine Karteikarten.
»Meinen Sie damit Männer, mit denen sie sich getroffen hat?«
»Ja, ganz gleich, ob Professoren, Studenten oder sonstwer.«
»Auch Frauen?«
Die Spitze von Cordes Stift senkte sich sofort auf eine der Karten.
»Fahren Sie bitte fort.«
Die Studentin spielte mit dem Tüll am Ärmel ihres Kleides.
»Nun, Sie haben doch sicher von Jennies Affäre mit diesem Mädchen erfahren, oder?«

Nach einer kurzen Pause schrieb er »Bisexuell?« auf die Karte und wollte dann mehr erfahren.
Sie fuhr sich mit der Zunge über die rosafarbenen Lippen, und ihr Mund bildete ein großes O. »Na ja, bloß Gerüchte. Sie wissen ja, wie das ist.«
»Bitte ...«
Nach einer Weile sagte sie: »Wie man sich erzählt, haben ein paar Mädchen im Studentenheim vor einiger Zeit Jennie mit einer jungen Frau im Bett erwischt.«
Ihre Haut war nicht mehr weiß, sondern fast rotglühend.
»Wer war diese Frau?«
»Nach dem, was ich gehört habe ... Nun ja, die Position, die sie im Bett eingenommen hatte, machte es recht schwierig, ihr Gesicht zu erkennen ... wenn Sie verstehen, was ich meine.«
»Und wer waren die Mädchen, die Jennie mit ihr entdeckt haben?«
»Keine Ahnung. Ich bin eigentlich davon ausgegangen, daß Sie das alles schon wußten ... Aber sicher sind Sie doch über den Streit informiert, oder?«
»Erzählen Sie mir bitte mit Ihren eigenen Worten davon.«
»Nun, das war am Sonntag vor ihrem Tod. Jennie hat ewig telefoniert. Es war schon spät, und sie hat die meiste Zeit geflüstert, aber ich gewann den Eindruck, daß sie mit jemandem redete, dem sie den Laufpaß gegeben hatte. Sie kennen doch sicher den Tonfall, den man dann anschlägt. Man muß gemeiner und barscher werden, als man das eigentlich vorhatte, weil die andere Seite das Nein einfach nicht akzeptieren will. Sie wurde mit der Zeit immer heftiger. Die Telefonzelle befindet sich direkt neben meinem Zimmer, und ich wollte schon rausgehen und sie bitten, gefälligst etwas leiser zu sprechen, als ich die Worte hörte: ›Nun, ich liebe aber sie und nicht dich, und mehr gibt es dazu nicht zu sagen.‹ Und dann hat sie eingehängt.«
»Haben Sie das auch richtig verstanden, ›ich liebe sie‹?«
»Ja, da bin ich mir hundertprozentig sicher.«

»Hat Jennie angerufen, oder ist sie angerufen worden?«
»Sie ist angerufen worden.«
»War ein Mann oder eine Frau dran?«
»Sie klang so, als würde sie mit einem Mann sprechen, aber vermutlich gehe ich da zu sehr von mir aus. Bei einer wie Jennie hätte es sowohl ein Mann als auch eine Frau sein können. Das ist alles, was ich weiß.«
»Sonst hat mir niemand davon berichtet.«
Sie zuckte mit den Schultern. »Haben Sie die anderen denn danach befragt?«
»Nein.«
»Sehen Sie, da haben Sie doch schon die Erklärung.«
Als die Studentin gegangen war, packte Corde seine Karteikarten zusammen und warf sie in die Aktenmappe. Er sah, daß die Telefonzelle draußen auf dem Gang gerade frei war, und eilte hin. Während er, nachdem er gewählt hatte, darauf wartete, daß am anderen Ende jemand an den Apparat ging, liefen zwei junge Männer laut redend an der Zelle vorbei. »Du hörst mir einfach nicht zu. Ich sage, es gibt Wahrnehmung und es gibt Realität. Beide sind gleich wichtig. Paß auf, ich werde es dir beweisen. Siehst du den Bullen dort drüben ...« In diesem Moment meldete sich T. T. Ebbans, und Corde erfuhr nie, was der eine dem anderen demonstrieren wollte.

Er war tatsächlich scharf auf sie.
Was für ein Phänomen! In seinem Mund entwickelte sich starker Speichelfluß, seine Nasenflügel waren aufgebläht, als könnte er sie riechen, und er wollte ihr nur noch die weiße Bluse aufreißen und sich über ihre Brüste hermachen.
Brian Okun sagte zu Victoria Feinstein: »Ich möchte ein Seminar über Geschlechtsidentität in der Romantik abhalten. Wären Sie interessiert, daran teilzunehmen?«
»Hört sich nicht übel an.« Sie schlug die Beine übereinander, die in engen schwarzen Jeans steckten.
Die beiden saßen in der Arts-and-Sciences-Cafeteria, und vor

ihnen stand je eine Tasse Kaffee. Victoria war Okuns beste Studentin. Sie war vom Central Park West, Ecke Seventy-second Street gekommen und wie ein Sturmwind über den Campus gefegt. Er hatte ihre erste Seminararbeit gelesen, »Gynokritizismus bei der neuen alten Linken«, war äußerst angetan von ihren großen hochstehenden Brüsten und dem runden, festen Hintern und so zu dem Schluß gelangt, daß sie alle Vorzüge, die Jennie Gebben hatte, besaß und noch ein paar mehr.
Unglücklicherweise wurde ihm bald klar, daß er mit dieser Einschätzung mehr recht gehabt hatte, als ihm lieb sein konnte. Und er mußte feststellen, daß sie auf einigen Gebieten – zum Beispiel der Semiotik oder der südamerikanischen Literatur – bei weitem beschlagener war als er, was sie ihn auch gern im Seminar spüren ließ. Okuns schwindende Hoffnungen wurden endgültig zunichte gemacht, als er Victoria eines Tages dabei entdeckte, wie sie eine andere Frau auf den Mund küßte. Trotzdem war er immer noch scharf auf sie und unterhielt sich gern mit ihr, wenn sich die Gelegenheit dazu ergab.
Und jetzt bereitete es ihm ein wenig ein schlechtes Gewissen, sich auf eine so plumpe Art dem Ziel doch noch näher bringen zu wollen.
»Warum denn gerade in der Romantik?« fragte Victoria. »Warum nicht in der Klassik?«
»Weil das schon gemacht worden ist.«
»Und wieso dehnen Sie das Thema nicht aus? Die römische Augustus-Zeit im Vergleich mit der Romantik. Sie können doch Latein, oder?«
»Ja, *mirabile dictu.* Aber ich habe den Seminarplan bereits ausgearbeitet. Ich hoffe, Sie ziehen eine Teilnahme in Erwägung. Ich möchte alle dabeihaben: Heteros, Schwule, Transvestiten und Transsexuelle.«
»Das Thema des Seminars ist also nicht geschlechtsspezifisch?« sagte Victoria.
Er lachte laut und dachte: Ach, warum willst du nicht auf meinem Schwanz sitzen und Rodeo reiten?

Sie war höflich genug, die Frage selbst zu stellen, bevor er sie dorthin steuern mußte. »Machen Sie das in Vertretung für Gilchrist?«
»Nein, das ist meine eigene Idee. Leon hält sich gerade in San Francisco auf und kommt erst in einigen Tagen zurück.«
Gilchrist hatte ihn am vergangenen Abend angerufen, ihm mitgeteilt, daß er in drei Tagen wieder da sei, und ihm aufgetragen, eine erste Fassung des Abschlußexamens anzufertigen. Okun wußte, warum dieser Drecksack genau in dem Moment angerufen hatte, in dem sich sein Assistenzprofessor anschickte, Gilchrists Unterricht fortzusetzen – Leon wollte einfach sichergehen, daß Okun sich nicht vor seine Studenten stellte.
»Was hat er denn dort zu tun?« fragte Victoria.
»Vielleicht seine Wunden lecken.«
»Wie soll ich denn das verstehen?«
»Sie wissen doch ... das Mädchen.«
»Welches Mädchen?«
Er täuschte Verwunderung vor. »Aber waren nicht Sie es, die mir davon erzählt hat?«
»Ich weiß wirklich nicht, wovon Sie reden.«
»Na, wie hieß sie doch gleich? Die Studentin, die zuerst ermordet wurde? Jennie Sowieso. Ich war der festen Ansicht, Sie hätten mir davon erzählt. Von den beiden.«
»Wollen Sie damit sagen, daß Gilchrist und Jennie es miteinander getrieben haben?« Sie klang ehrlich überrascht.
»Waren wirklich nicht Sie das, die mir das erzählt hat?«
»Nein.«
»Von wem könnte ich es dann erfahren haben ... Zu dumm, ich erinnere mich nicht mehr. Ist egal. Wie dem auch sei, ich habe gehört, daß die beiden ein Verhältnis hatten.«
»Das arme Mädchen«, sagte Victoria und runzelte die Stirn. »Also mit Gilchrist. Ich hätte nie gedacht, daß die beiden zusammenfinden könnten. Soviel mir bekannt ist, steht er doch auf Sadomaso.«

Okun nickte und schluckte den Ärger darüber hinunter, daß er hier zum zweitenmal jemandem begegnete, der mehr über seinen Professor wußte als er.
»Seine Vorliebe für Leder überrascht mich etwas«, fuhr sie fort. »Meiner Einschätzung nach entsprach Gilchrist dem klassischen Typ des britischen Päderasten. Wissen Sie, ich bin der Ansicht, daß Vergewaltiger kastriert gehören.«
Okun dachte kurz nach. »Daraus ließe sich vielleicht ein neues Seminar machen. ›Verstümmelung und Kastration als Metapher in der westlichen Literatur‹.«
Victorias Augen leuchteten auf. »Sehen Sie, da haben Sie doch Ihr Thema!«

18

Sie war sich nicht sicher, wo die Vibrationen herrührten. Vielleicht hatte sich irgendwo etwas gelöst oder verschoben. Möglicherweise war in einem Reifen zuwenig Luft.
Auf der Heimfahrt von der Auden University bemerkte Diane jedenfalls, daß das Lenkrad zitterte. Ihr Ring klapperte lautstark auf dem Plastik. Plötzlich wurde ihr klar, daß mit dem Kombiwagen alles in Ordnung war. Das Rütteln stammte vielmehr vom Zittern ihrer Finger. Zum erstenmal in ihrem Leben brachte eine Geldangelegenheit sie so durcheinander.
Diane hatte gerade das Gespräch mit der für die Aufnahme zuständigen Dame der Laborschule von Auden hinter sich. Die Frau hatte einen sehr professionellen Eindruck gemacht (keine schicken Modefarben, keine klirrenden Armketten, kein grelles Make-up) und ihr sachlich die Aufnahmeprozedur erläutert. Sarahs Akte, die Dr. Parker bereits der Anstalt geschickt habe, werde vom Aufnahmekollegium der Spezialschule geprüft. Danach werde man einen entsprechenden Vorschlag ausarbeiten, welche der Klassen Sarah besuchen sollte oder ob für sie eher Privatunterricht in Frage komme.

»Ich bin mir eigentlich ziemlich sicher, daß Ihre Tochter aufgenommen wird«, erklärte die Frau.
Diane wäre vor Freude fast in Tränen ausgebrochen.
Dann hatte die Frau ein Formular in die Hand genommen. »Mal sehen ... Die Gebühren für die Klasse, die für Sarah in Frage käme, belaufen sich auf achttausendvierhundert Dollar. Nun können wir ...«
»Im Jahr?« fragte Diane entsetzt.
»Keine Sorge«, sagte sie lächelnd, »unsere Gebühren belaufen sich immer auf das gesamte Jahr und nicht etwa auf ein Semester.«
Keine Sorge ...
Achttausendvierhundert.
Als Diane noch bei Dr. Bullen, dem ältesten lebenden Gynäkologen in New Lebanon, als Empfangssekretärin gearbeitet hatte, hatte sie in einem ganzen Jahr nicht soviel verdient.
»Gibt die Versicherung etwas dazu?«
»Die Krankenversicherung? Nein.«
»Das ist aber ziemlich viel.«
»Die Auden-Laborschule gehört zu den besten des Landes.«
»Wir haben gerade eine größere Anschaffung gemacht.«
»Nun ...«
Schweigen legte sich über den Raum. Schließlich sagte Diane: »Dr. Parker sprach davon, daß für Sarah auch ein Privatlehrer möglich sei. Wie teuer käme der uns denn?«
Die Frau erklärte freundlich, daß ein Privatlehrer zweihundertsiebzig Dollar in der Woche nehmen würde.
Beinahe doppelt soviel.
Keine Sorge ...
Diane strich ihren dunkelblauen Rock glatt und studierte eine neue Falte im Stoff. Sie fühlte sich wie betäubt. Vielleicht wirkten schlimme Neuigkeiten wie ein Anästhetikum.
»Sie sehen also«, fuhr die Frau fort, »daß die Schule im Endeffekt günstiger ist.«
Nun, dem konnte Diane nicht so ganz zustimmen. Was war

denn daran günstig? Diane kam es so vor, als wollten alle aus Sarahs Problem ihren Vorteil ziehen, angefangen bei Dr. Parker, dieser Schlampe, über diese Schlange von Frau hier, die wohl zu viele Folgen *L.A. Law* gesehen hatte, bis hin zu den hochnäsigen Privatlehrern, die nichts anderes bewirken konnten, als Sarahs Verstand auf den Level zu heben, den Gott dafür vorgesehen hatte.

»Nun, ich denke, daß ich erst mit meinem Mann darüber reden muß.«

»Lassen Sie mich Ihnen nur versichern, Mrs. Corde, daß wir Ihrer Tochter eine wirkliche Hilfe sein können. Sarah weist genau die Defizite auf, für die unsere Lehrmethoden geschaffen wurden.«

Tatsächlich, Miss? Meine Freude ist grenzenlos.

»Soll ich dann Sarahs Anmeldung schon mal dem Kollegium vorlegen? Dafür werden übrigens keine Gebühren erhoben.«

Es gibt tatsächlich etwas umsonst?

»Warum nicht?« entgegnete sie völlig entmutigt.

Sie erreichte jetzt ihr Haus. In der Einfahrt winkte sie Tom zu, der ordentlich gekleidet und mit rotem Gesicht neben seinem Streifenwagen stand. Nach zwei Drohbriefen mit Polaroidbildern und dem zweiten Mord hatte er es auf sich genommen, zu verschiedenen Tageszeiten seine Runde um den hinteren Teil des Gartens zu ziehen. Dazu brachte er stets das Opernglas seiner Frau mit, das sie sich, wie er erklärte, für den Abend zugelegt hatte, an dem sie das Plymouth Playhouse Dinner Theater besuchen wollten. Mit dem Glas hielt er regelmäßig Ausschau nach verdächtigen Bewegungen am Waldrand. Es sah einfach zu dämlich aus, wenn dieser grobschlächtige Junge das zierliche Präzisionsgerät in seinen fleischigen Händen hielt. Aber Diane war ihm für seine Bemühungen dankbar. Seit seinen Runden hatte es keine Drohungen mehr gegeben, und ihr Gefühl, belauert zu werden, hatte ebenfalls deutlich nachgelassen.

»Eine Tasse Kaffee, Tom?«

Er lehnte, dem Himmel sei Dank, ab und wandte sich wieder dem Wald zu.
Jamie kam aus dem Haus und zog sich ein T-Shirt über seinen schlanken, muskulösen Oberkörper. Er war das Sinnbild von Schönheit und Anmut, und Diane genoß es, ihm dabei zuzusehen, wie er auf sein Rad stieg und die Balance hielt, während er sich die fingerlosen Handschuhe überstreifte.
»Wo fährst du denn hin?«
»Zum Training.«
»Wann findet der Wettkampf statt?«
»Am Samstag.«
»Was macht dein Arm?«
»Ist okay. Hab keine Schwierigkeiten mehr damit.«
»Die Garage sieht wieder hübsch aus.«
»Danke. Ich habe die Fenster geputzt. Sie waren völlig verschmiert.«
»Du hast *Fenster geputzt?*« fragte sie in gespieltem Erstaunen.
»Sehr lustig! Ich habe übrigens das alte Frisbee wiedergefunden.«
»Dann spielen wir heute abend, du und ich.«
»Meinetwegen. Wir sollten uns eins mit Leuchtfarbe zulegen, das man auch im Dunkeln sehen kann. So, jetzt muß ich aber los.« Er startete freihändig, fuhr die Einfahrt hinunter und befestigte dabei die Klettverschlüsse an seinen Handschuhen. Sie verfolgte, wie er sich vorbeugte und seine muskulösen Beine die Pedale bewegten, und dachte: In ein paar Jahren laufen ihm alle Mädchen nach.
Im Haus spielte Sarah mit einem Stofftier. Nachdem Diane ihr mitgeteilt hatte, daß sie nun endgültig bis zum Ende des Schuljahres nicht mehr am Unterricht teilnehmen mußte, strahlte sie wie am Weihnachtstag bei der Bescherung. Das verdroß Diane, denn ihr kam die Freude ihrer Tochter wie die eines verzogenen Kindes vor, das am Ende wieder einmal seinen Willen durchgesetzt hatte.
»Der Sonnenschein-Mann ist doch zurückgekehrt.«

»Tatsächlich?« fragte Diane geistesabwesend.
»Ja, er hat mich vor Mrs. Keinensohn gerettet.«
»Sarah, das sollst du doch nicht sagen.«
»Gut, dann eben Mrs. Beiderson.« Sie sprang auf und rannte in die Küche.
Diane hängte ihre Jacke auf. »Wer war noch mal der Sonnenschein-Mann?«
»Aber Mommy!« Sarah klang entsetzt. »Das ist doch der Zauberer, der im Wald lebt. Heute habe ich ihn wiedergesehen. Eine Zeitlang habe ich befürchtet, er wäre fortgezogen, doch heute ist er gekommen. Er hat einen Fluch auf Mrs. Kei...« sie grinste boshaft, »auf Mrs. Beiderson gelegt. Und jetzt muß ich nicht mehr in die Schule!«
»Nur dieses Schuljahr nicht mehr. Ich habe nicht gesagt, daß du nie mehr hingehen mußt.«
Obwohl Sarahs Beharren darauf, daß es Zauberer und anderes magisches Volk gebe, Diane für gewöhnlich nervte, wünschte sie sich in diesem Moment, sie hätte auch einen Sonnenschein-Mann, der ihr hin und wieder unter die Arme griff – oder zumindest ein Bündel Scheine in ihre Brieftasche zauberte, um die Gebühren für den Sonderunterricht bezahlen zu können. Als Diane die Post durchsah, fragte sie: »Hat dein Vater angerufen?«
»Nein.«
Diane ging in die Küche und holte vier große Schweinekoteletts aus dem Kühlschrank. Sie hackte Pilze klein, schmorte sie mit Oregano und Paniermehl und ließ die Füllung abkühlen, während sie Taschen in die Koteletts schnitt.
»Bist du sicher, daß Dad sich nicht gemeldet hat? Vielleicht hat Jamie den Anruf entgegengenommen.«
»Mom, hast du vergessen, daß wir eine Pinnwand haben? Siehst du darauf vielleicht irgendeine Nachricht?«
»Ein bißchen mehr Freundlichkeit stünde dir gut zu Gesicht«, gab Diane entrüstet zurück.
»Okay, er hat nicht angerufen.«

Diane schnitt eine Tasche ins letzte Fleischstück.
»Ich gehe nie mehr in die Schule!« verkündete Sarah fröhlich.
»Ich habe dir doch gesagt, nur für ...«
Das Mädchen lief die Treppe hinauf und sang: »Nie, nie wieder ... Der Sonnenschein-Mann, der Sonnenschein-Mann ...«
Kinder. Manchmal ...

Die junge Frau sagte: »Ich glaube, es war Leon Gilchrist.«
Cynthia Abrams war schon fast dürr, besaß einen scharfen Verstand und gab sich bescheiden. Sie gefiel Corde auf Anhieb. Sie hatte langes und glänzendes schwarzes Haar, ihre Augen strahlten Vertrauen aus, und sie trug Ohrringe in der Form von afrikanischen Götzen. Cynthia war Seminarsprecherin und die Direktorin der Campus-Vereinigung ACT-UP. Sie saß vorgebeugt, stützte sich auf die Ellbogen und hielt höflichkeitshalber ihre brennende Zigarette zur Seite, während sie seine Fragen beantwortete.
Corde blickte auf seine Karten und entdeckte dort den Namen des Professors. Eine Notiz besagte, daß Gilchrist sich zur Zeit des ersten Mordes in San Francisco aufgehalten habe und erst vor drei Tagen zurückgekehrt sei. Er malte neben den Namen ein Fragezeichen.
»Und Sie sind der Ansicht, daß die beiden ein Verhältnis hatten?«
»Das kann ich natürlich nicht beschwören. Aber es gab da etliche Gerüchte, daß sie sich in den vergangenen Jahren häufiger mit Professoren eingelassen haben soll. Mit ein oder zwei von ihnen soll es ihr sogar ziemlich ernst gewesen sein. Und vor einiger Zeit habe ich in diesem Zusammenhang auch den Namen Gilchrist gehört.«
»Was hat man sich denn über den Professor erzählt?«
»Daran kann ich mich nicht erinnern.«
»Wissen Sie vielleicht, ob es zwischen den beiden Streit gegeben hat?«
»Nein. Die Wahrheit ist, daß ich überhaupt nichts weiß. Ich

gebe Ihnen nur die Gerüchte wieder, die an mein Ohr gedrungen sind.«

Corde warf einen Seitenblick auf seine offene Aktentasche und sah darin das Bild von Jennie Gebben. »Kennen Sie jemanden, der auf Jennie oder ihre Zimmergenossin sauer war?«

»Nein. Aber da gibt es etwas anderes, das ich Ihnen mitteilen möchte. Sie machen auf mich den Eindruck eines vernünftigen Mannes, und ich hoffe, ich kann offen mit Ihnen reden.«

»Schießen Sie los.«

»Die Schwulengemeinde von Auden erfreut sich in New Lebanon nicht gerade der größten Beliebtheit.«

Das war keine Neuigkeit für Corde. Er hatte schon einmal an einem Hearing teilgenommen, bei dem die Forderung aufgestellt worden war, homosexuellen Verkehr, der in gegenseitigem Einverständnis stattfand, aus dem Katalog der Sexualdelikte zu streichen. Corde war dafür gewesen, zum einen, weil er der Ansicht war, daß sexuelle Vorlieben nur die etwas angingen, die sie betrieben, und zum anderen, weil dann nicht länger die Kriminalstatistiken aufgebläht wurden und man wertvolle polizeiliche Dienststunden vergeudete. Nie zuvor hatte er in der Harrison-County-Mehrzweckhalle solche Wortkanonaden vernommen wie bei dieser Diskussion, die von beiden Seiten aufeinander abgefeuert wurden.

»Wissen Sie, daß Jennie bisexuell war?« fuhr Cynthia fort.

»Ja.«

»Dieses Faktum ist noch nicht an die Presse gelangt, doch wenn die Reporter davon Wind bekommen, hege ich die schlimmsten Befürchtungen. Man vermengt ihre sexuelle Veranlagung bestimmt mit den satanischen oder rituellen Aspekten der Morde. Und ich empfinde Abscheu dabei, Homosexualität und Gewalttätigkeit in einen Topf zu werfen.«

»Ich glaube nicht, daß man solche Schlußfolgerungen ziehen wird«, entgegnete Corde. »Und ganz gewiß wird niemand aus dem Sheriff's Department entsprechende Äußerungen ...«

Ein neuer Gedanke kam ihm, der mit sanftem Druck nach

oben drängte. »War Emily ...«, er wußte, daß er sich auf dünnem Eis bewegte und jetzt nichts Falsches sagen durfte, »... war sie eine Lesbe?«
»Keine Ahnung. Ich habe sie nicht sehr gut gekannt.«
»Halten Sie es für möglich, daß der Mord an Jennie wegen ihrer Bisexualität begangen wurde?«
»Sie meinen einen Sexismus-Mord?«
»Ein solches Delikt steht noch nicht in unseren Gesetzbüchern.«
Sie hob die Brauen. »In zwei Jahren mache ich meinen Abschluß. Ich hoffe sehr, daß sich das bis dahin geändert haben wird.«
»Ich habe Sie eigentlich deswegen danach gefragt, weil ich immer noch nach einem Motiv suche.«
»Ja, klar. Es besteht natürlich stets die Möglichkeit einer Gewalttat gegen Schwule, vor allem in Gegenden, die weniger vorurteilsfrei sind als andere.«
Corde wog in Gedanken ein solches Motiv ab, kam aber nicht weit damit. Er wünschte, er hätte alle seine Karteikarten ausgebreitet vor sich liegen, um sämtliche Aussagen der Studenten und Professoren miteinander vergleichen zu können, denn er benötigte dringend weitere Informationen über Emily.
»Vielen Dank, Sie waren mir eine große Hilfe«, sagte er. »Gibt es vielleicht sonst noch etwas, woran Sie sich erinnern?«
»Nein, aber ich würde gern noch etwas sagen.«
»Immer heraus damit.«
»Letzte Nacht hatten meine Zimmergenossin Victoria und ich eine längere Diskussion.«
»Und?«
»Sie brachte den Vorschlag auf, man solle alle Vergewaltiger operativ kastrieren. Würden Sie Ihre Unterschrift unter eine entsprechende Petition an das Parlament dieses Landes setzen?«
»Wohl kaum. Als Mitglieder des Sheriff's Department sind uns alle politischen Äußerungen strikt untersagt.«

Er konnte sich nicht daran erinnern, wann er zuletzt so unfreundlich empfangen worden war.

»Detective, es ist doch wohl sonnenklar, daß Sie nach einem Verrückten fahnden, nach einem Psychopathen. Er stammt nicht aus unserer Studentenschaft und erst recht nicht aus dem Kreis unserer Professoren. Jeder hier in der Fakultät besitzt einen ausgezeichneten Leumund und hat sich noch nie etwas zuschulden kommen lassen. Ich finde Ihre Gerüchtewirtschaft einfach widerlich.«

»Ja, Ma'am«, sagte Corde zu Dekanin Catherine Larraby. »Ich hatte eben nach Leon Gilchrist gefragt. Und es hat den Anschein, als hätten Sie mir noch keine Antwort darauf gegeben.«

»Sie wollen doch nicht etwa andeuten, er könnte irgend etwas mit dem Tod dieser beiden Mädchen zu tun haben?« fuhr die Dekanin ihn an.

»Hatte Gilchrist je Schwierigkeiten mit Studenten? Hier oder woanders?«

»Ich werde Ihnen darauf keine Antwort geben. Leon Gilchrist ist eine brillante Lehrkraft. Wir können wirklich von großem Glück sprechen, ihn bei uns zu haben ...«

»Ich habe von mehreren Seiten erfahren, daß Jennie Beziehungen zu mindestens einem Professor unterhielt. Eine Person, die ich befragt habe, gab der Überzeugung Ausdruck, es habe sich dabei um Gilchrist gehandelt.«

»Professoren in Auden ist es nicht erlaubt, sich privat mit Studenten zu treffen. Ein solcher Vorfall wäre Grund genug für eine sofortige Entlassung. Wer hat diesen ungeheuerlichen Verdacht ausgesprochen?«

»Die betreffende Person hat mich gebeten, ihren Namen vertraulich zu behandeln.«

Dekanin Larraby suchte nach einer Möglichkeit, ihm die Information doch noch zu entlocken. Als sie auf nichts Erfolgversprechendes stieß, meinte sie: »Das ist ausgeschlossen. Ich halte das Ganze für eine böswillige Unterstellung. Leon ist nicht bei allen beliebt.«

»Nein?« Corde notierte sich das auf der entsprechenden Karteikarte.
»Jetzt machen Sie bloß nicht aus einer Mücke einen Elefanten!« sagte die Dekanin verärgert. »Professoren sind oftmals wie Kinder, Leon hat eine kindische Marotte, die zu kontrollieren ihm manchmal schwerfällt. Und damit macht er sich Feinde. Menschen mit einem so enormen Verstand sind geradezu prädestiniert, zur Zielscheibe von Gerüchten zu werden. Übrigens haben Sie meine Frage noch nicht beantwortet. Gehört Gilchrist zum Kreis der Tatverdächtigen?«
»Nein.«
»Während der Morde hat er auf der Berkeley Poetry Conference einen Vortrag gehalten.«
»War Ihnen das schon vorher bekannt, oder erfuhren Sie erst hinterher davon?«
»Wie bitte?« fragte sie vorsichtig.
»Ich möchte nur wissen, ob Sie nach dem Mord an Jennie einen Verdacht gegen Professor Gilchrist hatten und deswegen anfingen, sich nach seinem Verbleib während der Tatzeit zu erkundigen.«
Ihre Augen wurden kalt wie Stahl. »Ich habe Ihnen nichts mehr zu sagen, Detective.«
»Wenn Sie bitte nur noch ...«
»Das Mädchen ist von einem Irren umgebracht worden!« Die schrille Stimme der Dekanin schnitt durch den Raum. »Und zwar von demselben, der die Schule und die Kirchen verwüstet hat. Demselben, der auch Emily auf dem Gewissen hat. Wenn Sie sich ernsthaft um diesen Psychopathen gekümmert hätten, statt Ihre Zeit mit banalem College-Klatsch zu vertun, wäre Emily heute sicher noch am Leben.«
»Wir müssen jedem noch so kleinen Hinweis nachgehen, Dekanin.«
»Ich garantiere Ihnen, daß Leon keine Beziehung zu Jennie unterhielt und daß er weder mit ihrem Tod noch mit dem von Emily etwas zu tun hat. Und wenn Sie mich jetzt bitte entschul-

digen wollen, ich befinde mich mitten in einer Reihe von Etatsicherungskonferenzen, die im übrigen erst dadurch notwendig geworden sind, weil Sie und Ihre Kollegen sich als nicht in der Lage erwiesen haben, diesen Verrückten zu fassen.«
Als Corde gegangen war, riß die Dekanin den Hörer von der Gabel und fuhr ihre Sekretärin an: »Ist Gilchrist schon wieder zurück? ... Wann wird er erwartet? ... Wer ist denn sein Assistent?« Sie klopfte, während sie warten mußte, ärgerlich mit dem Fuß auf den Boden. »Wer? Okun? Rufen Sie ihn an, und teilen Sie ihm mit, daß ich ihn zu sehen wünsche. Sagen Sie ihm, es sei äußerst dringend.«

Charlie Mahoney hatte die Nase gestrichen voll von New Lebanon. Der letzte Stein des Anstoßes, der ihn endgültig in seinem Urteil bestätigt hatte, war die miserable Mahlzeit in Ewell's Diner gewesen: fürchterlicher Hackbraten (voller Knorpel), geradezu widerlicher Kartoffelbrei (wie Tapetenkleister) und billiger Bourbon (zu ölig). Diesem Essen folgte ein früher Abend in seinem Motelzimmer, wo er immer noch vor dem kleinen Fernsehgerät hockte, das über keinen Kabelanschluß verfügte. Die Langeweile brach bei ihm vollends während eines Werbeblocks auf Kanal sieben aus – ganze vier Minuten mit langweiligsten Reklamespots für Schweinefutter, Dünger, Gebrauchtwagen und Kerosin.
Wer um alles in der Welt läßt sich schon durch Fernsehwerbung zum Kauf von Kerosin anregen?
Er streckte sich auf dem durchgelegenen Bett aus, und sein Blick war auf die stuckverzierte Decke gerichtet. Stuck. Wer hat sich so etwas ausgedacht? Und wer war auf die Idee gekommen, Stuck an eine Decke zu klatschen, die man die ganze Nacht anstarren mußte, weil es in diesem verdammten Kaff nichts anderes zu tun gab? Wie viele Collegenutten hatten wohl schon mit hochgezogenen Beinen auf diesem Bett gelegen, zur Decke geblickt und sich gefragt: Wer um alles in der

Welt hat Stuckarbeiten erfunden, und wann, um Himmels willen, wird der Kerl auf mir endlich fertig?
Als Mahoney es müde wurde, sich über die Innenarchitektur des Mittleren Westens Gedanken zu machen, kam ihm Richard Gebben in den Sinn.
Mahoney war kein Mann, der von allzuviel Herzenswärme für seine Mitmenschen geplagt wurde, am allerwenigsten für seine Auftraggeber. Aber als er in St. Louis bei dem Mann saß, hatte er verwundert feststellen müssen, daß er so etwas wie Mitgefühl für Richard Gebben empfand, der geistesabwesend den Spielzeuglastwagen auf seinem Schreibtisch hin und her fahren ließ.
Gebben, der Mann, der mit vorgefertigten Teilen die Welt umkrempeln wollte.
»Ihre Mutter ... ich weiß nicht, wann sie darüber hinwegkommt ... vielleicht sogar nie. Aber Gott sei Dank weint sie nicht mehr. Darüber hinaus tut sie nichts, bis auf die wenigen Male, wenn sie von diesen unerklärlichen Energieausbrüchen geplagt wird. Sie liegt im Bett, und im nächsten Moment springt sie auf und läßt sich von nichts davon abhalten, das Silber zu polieren. Das Silber, Charlie. Verdammt noch mal, wofür haben wir denn das Hausmädchen?«
Ein Jet startete, und sein Dröhnen erfüllte das beigefarbene Büro. Die DC-10 war schon weit über Illinois, als Gebben zu sprechen fortfuhr.
Er begann von Reputation zu reden, von den Medien und von gewissen Mißverständnissen. Und von beunruhigenden Entdeckungen. Dann schwieg er, als eine Maschine vom Landefeld gezogen wurde. Er starrte aus dem Fenster auf den großen grauen McDonnell-Douglas-Hangar und fing an, von seiner Tochter, der Hure, zu sprechen.
Für Mahoneys Ohren – der in seiner langen Dienstzeit mit allen Arten von sexuellen Praktiken in Berührung gekommen war, die menschliche Gehirne sich ausdenken konnten – hörte es sich nicht besonders schockierend an, daß Jennie sowohl

mit Männern als auch mit Frauen das Bett geteilt hatte. Das einzige, was ihn ein wenig verblüffte, war der Umstand, für welch enorme Anzahl von Personen sie im Zeitalter von AIDS die Beine breit gemacht hatte.

»Charlie, es ist mir ganz gleich, was Sie in dieser Sache zu tun gedenken. Ich sehe nur, daß dieser Corde ihr ganzes Leben auseinandernimmt. Er sucht bereits nach ihren Tagebüchern und Briefen. Das darf ich nicht zulassen, Charlie. Sie wissen doch, was aus solchen Nachforschungen erfolgt. Jedes noch so kleine Detail aus dem Leben des Betreffenden wird unter die Lupe genommen und an die große Glocke gehängt. Die Zeitungen sind ganz verrückt auf solche Schnüffeleien und fabrizieren daraus die ekelhaftesten Geschichten. So etwas passiert laufend. Sie haben derartiges schon mehr als einmal miterlebt, Charlie.«

Nein, Charlie hatte so was noch nicht miterlebt. Das einzige, was er einmal miterlebt hatte, war, wie Ismalah R. Devon Jefferies gelinkt hatte, der daraufhin nach Hause zu seiner Bude in der South Halsted gelaufen war, sich seine MAC-10 geschnappt und Ismalah R. dann mit vierzig oder fünfzig Schüssen durchsiebt hatte. Das Arschloch war in seinen Schuhen gestorben, und niemand hatte sich im geringsten daran gestört.

Solche Dinge hatte Mahoney miterlebt.

Und was er jetzt sah, war ein sichtlich erregter Richard Gebben, der mit kummervoller Miene und feuchten Augen das wenige zu retten versuchte, was von seiner Tochter noch zu retten war.

So hatte Gebben Mahoneys Auftrag in New Lebanon umrissen. Zehntausend Dollar hatten ihn veranlaßt, keine Fragen zu stellen und bedingungslos zuzustimmen.

Aber Mahoney wußte, daß mehr hinter der Sache steckte.

Gebben hatte viele Reisen an Orte unternommen, wo seine vorgeformten Stahlplatten auf wenig bis gar keine Nachfrage stießen – ökonomisch also nicht unbedingt sinnvolle Trips nach Acapulco, Aspen, Puerto Vallarta oder Palm Beach. Und stets ließ er sich dabei von einer üppigen Blondine als Sekretärin, Marketing-Assistentin oder Stenotypistin begleiten. Dieses Rollenmodell hatte seine Tochter von ihm erhalten. Oh, sie hatte ihre Lektion gut gelernt, vielleicht so gut, daß sie ihr den Tod eingebracht hatte.

Und wer wußte schon, ob Gebben seine Tochter nicht selbst nachts besuchte, wenn Mommy tief und fest schlief ...

Als Polizist hatte Mahoney viele Arten seelischer Schmerzen gesehen. Er erinnerte sich noch gut an den Tag, als er in einem nach Scheiße stinkenden Mietshaus drei Treppen hinaufgelaufen war, um einer jungen Frau die traurige Nachricht zu überbringen. Sie hörte ihm ruhig zu, nickte heftig und hielt ihre kleine Tochter im Arm, in deren abstehende Locken kleine Spielzeuge eingeflochten waren: winzige Züge, Flaschen, Hunde und Puppen. Die Frau sagte immerzu nur: »Versteh, versteh.« Und Mahoney dachte: Was verstehst du denn, du dummes Ding. Es gibt hier nichts Kompliziertes, das es zu verstehen gilt. Dein Mann hat schlicht und ergreifend bei einer Drogen-Razzia das Gehirn weggeblasen bekommen.

Aber er wußte natürlich, daß der Tod kompliziert war.

So kompliziert, daß sie ihn nie verstehen konnte. So verdreht wie Gebbens Gründe dafür, die Geheimnisse seiner Tochter für immer verborgen zu halten. Und hinter diese Gründe würde Mahoney, während er hier auf dem abgenutzten Bett lag und sich von blöden Werbespots berieseln ließ, nie so richtig kommen.

Aber wozu auch? Er hatte seine zehntausend Dollar und einen besonderen Auftrag.

Der erschien im nächsten Moment in Gestalt von Steve Ribbon. Der Sheriff klopfte an die Tür und rief: »Charlie? Ich bin ein bißchen spät dran, tut mir leid. Sind Sie da?«

»Komme sofort.«

Mahoney ließ ihn eine volle Minute warten, ehe er sich streckte, aufstand und die Tür öffnete.

Ribbon grinste blöde wie ein Polizeikadett am Tag seiner Graduierung. Er war zehn Jahre älter als Mahoney, wirkte neben ihm aber wie ein schüchterner Teenager. Mann, dachte Mahoney, in diesen Kleinstädten weiß man noch, was sich gehört.
»Steve«, sagte er überschwenglich, »wie geht's denn so?«
Die beiden gaben sich die Hände. Ribbon trat ein und erklärte: »Das hat mir gut gefallen. Die Art, wie Sie beim Türöffnen die eine Hand in der Jacke gelassen haben.«
»Ist so 'ne Angewohnheit von mir.«
»Sah jedenfalls sehr professionell aus. Sie haben mir doch neulich davon erzählt, wie man sich im Feindgebiet verhalten soll. Hab Ihnen 'ne Überraschung mitgebracht. Mögen Sie 'nen Schluck?«
»Aber immer.«
Ribbon füllte zwei Plastikbecher vom Motel mit Scotch. Sie stießen miteinander an und tranken einen Schluck. Der Sheriff war in Uniform erschienen. Mahoney warf nur einen kurzen Blick auf den Yogibär-Hut, und schon nahm Ribbon ihn ab und legte ihn auf die Kommode.
»Sie sind des Lebens in unserer kleinen Stadt doch noch nicht müde geworden, oder?«
»Was, hier soll es mir nicht mehr gefallen? Kommt mir vor wie der Himmel auf Erden.« Mahoney zog sich die Jacke aus, hängte sie auf und füllte die Gläser erneut.
Ribbons Blick fiel unweigerlich auf die dunkelgraue Automatic an Mahoneys Hüfte.
»Steve, ich hab mich gestern mit den Deputies Ebbans, Slocum und ein paar anderen Jungs über den Fall unterhalten. Hab mir von ihnen berichten lassen, wie es mit den Ermittlungen vorangeht.« Mahoney sah dem Sheriff in die Augen. Sie hielten dem nur kurz stand, blickten dann weg, kehrten zurück und wandten sich gleich darauf wieder ab. Das bereitete ihm Vergnügen. Genauso hatte er Verdächtige immer angesehen, und sie hatten die gleiche Reaktion gezeigt. Er vermißte diesen

Teil seiner Arbeit sehr. »Es gibt da ein paar Dinge, die ich mit Ihnen besprechen muß.«

Jetzt schaute Ribbon – genau wie die Verdächtigen – auch noch an ihm vorbei, so als wollte er sich unbedingt das Tapetenmuster oder die Zimmereinrichtung einprägen.

»Aber zuerst die guten Neuigkeiten. Ich habe vorhin mit Mr. Gebben gesprochen.«

»Tatsächlich?«

»Erinnern Sie sich noch an die Belohnung, von der die Rede war?«

»Belohnung?« Ribbon runzelte die Stirn. Dann nickte er. »Ja, richtig, Sie haben das mal erwähnt.«

»Nun, er hat mich ermächtigt, jetzt schon einen Teil davon auszuhändigen.«

»Aber wir haben doch noch niemanden festgenommen, Charlie.«

»Na ja, ich habe ihm berichtet, was für gute Arbeit Sie hier leisten, und dafür möchte er sich erkenntlich zeigen.«

»Das ist aber wirklich sehr großzügig von ihm.«

»Er ist eben ein recht großzügiger Mann. Aber ich fürchte, vorher müssen wir uns über etwas eher Unerfreuliches unterhalten.«

»Unerfreulich?«

Der Sheriff leckte am Rand seines Bechers entlang, und Mahoney ließ ihn für eine Minute zappeln, bevor er fortfuhr: »Ich möchte noch einmal betonen, daß ich mich hier nicht aufdrängen will, Steve. Sie sind und bleiben der Boß.«

»Ich schätze Ihren Rat, Charlie. Sie sind ein größerer Experte in solchen Dingen als jeder einzelne von uns.« Ribbon schien dringend Halt zu brauchen. Er leerte seinen Becher und füllte ihn gleich wieder auf.

»Es widerstrebt mir, so etwas überhaupt sagen zu müssen.«

»Ach was, Charlie, wir sind doch hier unter uns.«

»Nun, es dreht sich um diesen Bill Corde.«

Corde bog in die Einfahrt zur Stadtverwaltung ab und sah drei Deputies, die um einen funkelnagelneuen Nissan Pathfinder mit Allradantrieb herumstanden. Ein wirkliches Prachtstück. Corde verliebte sich auf der Stelle in das Gefährt. Er empfand nichts Schlimmes dabei, ausländische Waren zu kaufen, solange sie mehr taugten als die amerikanischen. Sein Problem bestand vielmehr darin, ausländische Waren bezahlen zu können. Er hatte mal eine Probefahrt mit einem Pathfinder gemacht und wußte daher, daß er für den Erwerb desselben zweiundzwanzigtausend Dollar auf den Tisch legen mußte.

Corde wandte seine Aufmerksamkeit von dem Wagen ab und dem fetten Dodd Humphries zu, dem er aus dem Streifenwagen und über den Parkplatz half. Als er an dem Pathfinder vorbeikam, fragte er die Kollegen: »Wer ist denn der stolze Besitzer?«

»Steve ist damit gekommen.«

Corde lachte voll ehrlicher Überraschung. »Unser Steve Ribbon?«

»Aber ja. Er ist einfach in den Laden marschiert und mit dem Wagen wieder herausgekommen.«

»Ist das denn die Möglichkeit? Und ich dachte schon, er wollte den alten Dodge fahren, bis er auseinanderbricht.« Corde betrachtete das blitzende Chrom und den burgunderroten Metallic-Lack und sagte zu Lance Miller: »Er ist mit schlechtem Beispiel vorangegangen. Bald will jeder hier einen schicken neuen Dienstwagen haben.«

Sie betraten das Sheriff's Department. Die halbe Besatzung stand draußen und begaffte den Pathfinder. Jim Slocum saß an seinem Schreibtisch und ging ein halbes Dutzend Briefe durch. Corde vermutete, daß es sich dabei um die üblichen Bekennerschreiben oder sonderbaren Tips handelte, die bei jedem veröffentlichten Mordfall hereinströmten.

»Dodd, Sie können das doch nicht immer wieder tun«, ermahnte Corde den Gefangenen.

»Was tun?« lallte der Mann.

Der Gefangene hatte mit seinem Toyota Pick-up den Mast

einer Reklametafel an der 116 abrasiert und sich damit eine neun mal vier Meter messende Sperrholzplatte auf den Kühler geladen. Miller brachte ihn in die Zelle hinter dem Büro. Als er zurückkehrte, blickte Corde vom Verhaftungsbericht auf.
»Zwei Komma vier Promille. Das würde ich nicht mehr als stark angetrunken, sondern als stinkbesoffen bezeichnen.«
»Tja, jedenfalls kotzt er wie ein Reiher. Und aus seinem Hemd rieselt es Windschutzscheibenstückchen. Der ganze Boden ist voll.«
»Gib ihm doch eine Küchenrolle, und sag ihm, er soll alles aufwischen. Wie kann man sich nur an einem Werktagmorgen so vollaufen lassen?«
»Diesmal ist er seinen Führerschein los«, brummte Miller.
»Spielt wohl keine Rolle mehr«, entgegnete Corde. »Das war nämlich sein letzter Pick-up.«
Steve Ribbon zeigte sich in der Tür und sah zu Corde hinüber. »Kann ich dich mal 'ne Minute sprechen, Bill?«
Corde folgte ihm in sein Büro. Der Sheriff schloß hinter ihm die Tür, dann ließ er sich an seinem Schreibtisch nieder, blies die Wangen auf, bis er wie ein Kugelfisch aussah, und gab mit einem Bleistift seine Version von Gene Krupas Schlagzeug-Solo in der Royal Albert Hall zum besten. Corde gelangte zu dem Schluß, daß eine längere Unterhaltung anstand, und nahm gegenüber dem Schreibtisch Platz.
»Bill ...« Der Bleistift hielt mitten in der Luft inne und krachte dann wie eine abstürzende Rakete auf den Tisch. »Verdammte Bürokratie, Bill!«
Corde wartete.
»Bezirksverwaltung, das Land, einfach alle!«
»Okay, was ist, Steve?«
»Ich habe einen Anruf von Ellison erhalten.«
»Aha.«
»Bill, es fällt mir verdammt schwer, dir das zu sagen.«
Corde lachte humorlos. »Bring es möglichst rasch über die Lippen, dann hast du es hinter dir.«

»Die Bezirkspolizei übernimmt den Fall.«
Es dauerte einen Moment, bis Cordes Wangen sich rot färbten.
»Also die Bezirkspolizei.«
»T. T. wird sie unterstützen.«
»Nun ja, Steve, streng juristisch gesehen, kann die Bezirkspolizei jeden Mordfall übernehmen, wenn sie das für geboten hält. Aber in der Praxis ist so etwas doch noch nie ...«
»Bill!«
»So etwas ist noch nie vorgekommen. Ja, ich ärgere mich darüber. Ich kann mir auch nicht vorstellen, daß wir irgend etwas getan haben, um Ellison so reagieren zu lassen.«
»Es ist wegen der Sache im Studentenheim.«
»Was für eine Sache?«
Ribbon starrte auf die Stelle, an der der Bleistift seine Bruchlandung gemacht hatte. »Bei der Bezirkspolizei glauben sie, du hättest ihre Tagebücher und Briefe verbrannt, Bill.«
»Die von Jennie?«
»Sie halten es für eigenartig, daß du so unmittelbar nach dem Mord nach St. Louis geflogen bist. Und als du dort nichts gefunden hast, bist du gleich in ihr Zimmer im Studentenheim, hast alles Schriftliche an dich gebracht und vernichtet. Sieh mich nicht so an, Bill. Sie sind der Überzeugung, daß mal was zwischen dir und Jennie war und daß du alles Belastungsmaterial beiseite schaffen willst. Nächsten Monat findet diesbezüglich eine Untersuchung statt, und bis dahin bist du von dem Fall abgezogen.«

19

Wynton Kresges Ururgroßvater, der auf den Namen Charles Monroe gehört hatte, war einer von zwei Sklaven auf einer kleinen Farm in der Nähe von Fort Henry, Tennessee, gewesen. Laut Familienchronik ging er am Neujahrstag des Jahres 1863, an dem die Emanzipationsproklamation wirksam wurde, zu seinem Herrn und erklärte ihm: »Es tut mir leid, Ihnen das sagen zu müssen, Mr. Walker, aber ab heute gilt ein neues Gesetz, nach dem Sie keine Sklaven mehr halten dürfen. Und das betrifft auch uns beide.«

Walker fragte: »Hat man das in Nashville beschlossen?«

»Nein, Sir, das hat man in der Hauptstadt beschlossen, in Washington, D.C.«

»Himmel noch mal!« rief Walker und fügte hinzu, daß er sich das genauer ansehen müsse. Aber da weder er noch seine Frau des Lesens kundig war, mußten sie jemanden bitten, ihnen den Gesetzestext vorzutragen. Es sprach für Walkers charmante Unbedarftheit, daß er Abigail, die andere Sklavin auf seinem Hof, damit beauftragte. Abigail las die Proklamation aus einer Abolitionistenbroschüre vor, verschwieg aber, daß die Sklavenbefreiung allein für den Norden galt, wohingegen die Sklaven in den Südstaaten, zu denen auch Tennessee gehörte, nach Lincolns Wunsch erst noch befreit werden mußten.

»Hol mich der Teufel, da hat Charles also recht gehabt«, sagte Walker danach. Dann wünschte er ihm alles Gute und fragte, ob er vielleicht Lust habe, weiter auf der Farm zu arbeiten, natürlich von nun an gegen Bezahlung. Monroe antwortete, er würde gern bleiben. Sie handelten einen Lohn aus, wozu auch Kost und Unterkunft gehörten, und so blieb Charles Monroe auf der Walker-Farm, bis er Abigail heiratete. Die Walkers richteten ihre Hochzeit aus, und Monroe ließ seinen Erstgeborenen auf den Namen Walker taufen.

Soweit zur Familienchronik.

Vermutlich war diese Geschichte genauso beschönigt und zur Hälfte frei erfunden wie so viele andere auch. Am interessantesten war für Wynton Kresge an dieser »Sage«, wie seine Kinder darauf reagierten. Für seinen ältesten Sohn, den achtzehnjährigen Darryl, war die Vorstellung einfach unerträglich, von Sklaven abzustammen. Er hatte sich ausbedungen, daß in seiner Gegenwart nie darüber geredet wurde. Kresge betrübte es, daß der Junge sich seiner Herkunft schämte. Da er in den USA und nicht an der Elfenbeinküste aufgewachsen war, hätte er doch früher oder später von allein darauf kommen müssen, wie seine Vorfahren hierher gelangt waren. Warum schockierte ihn die Vorstellung also so sehr?

Kresges älteste Tochter, die sechzehnjährige Sephana, war das genaue Gegenteil. Sie redete häufig darüber, besser gesagt, über Monroes Schande. Genauso nannte sie es. Sie haßte Monroe dafür, weiter für Walker gearbeitet zu haben, und sie verachtete ihn dafür, seinem Herrn nicht eine Kugel durch den Kopf gejagt und dessen Farm in Brand gesteckt zu haben. An den Wänden von Sephanas Zimmer hingen Poster von Spike Lee und Wesley Snipes. Sie war ein auffällig hübsches Mädchen. Kresge wollte mit dem berühmten Vater-Tochter-Gespräch lieber noch ein paar Jahre warten.

Kresges fünftes Kind, das nach dem berühmten Vorfahren benannt war, war erst acht und liebte diese Geschichte. Der kleine Charles verlangte oft, daß man den legendären Tag nachspiele. Sein Vater mußte dann die Rolle von Mr. Walker übernehmen, während er so agierte, wie er sich das Handeln seines Namensvetters vorstellte. Kresge fragte sich manchmal, was sein jüngstes Kind, der zweijährige Nelson, wohl von Charles Monroe halten würde, wenn er alt genug war, die Geschichte zu hören.

Solcherart Gedanken kamen ihm immer wieder in den Sinn, während er in seinem massigen Sessel saß und zu lesen versuchte. Aber die nervöse Energie in ihm machte ihn ganz kribblig, und so stand er schließlich auf und marschierte zum Fenster am anderen Ende seines Büros. Dort legte er die Hände auf die Fensterbank, und dann folgte ein Felgaufschwung nach dem anderen, bis er von seinen Achselhöhlen Schweißgeruch wahrnahm.

Vom Fenster aus blickte man nicht auf das Quadrupel, sondern auf einen Streifen des Geschäftszentrums von New Lebanon – Kaufhausfassaden, blitzende Leuchtreklamen und einen Teil der großen Satellitenschüssel auf dem Dach des Tavern. Kresge war immer noch angespannt, und seine Muskeln zuck-

ten, weil sie falsch belastet worden waren. Alles hier war so artig: das Büro, die Universität, die *weiße* Universität und die ganze Atmosphäre. Man mußte sich hier stets unter Kontrolle halten und sich bei allem und jedem erklären. Alle Tatverdächtigen waren artige Studenten, fleißig und strebsam, und wenn sie einmal etwas angestellt hatten, dann konnte man darin kaum mehr als einen Studentenscherz sehen.
Er saß auf dem Fensterbrett und ließ die Schultern hängen.
Das Nachdenken über seinen Vorfahren (vermutlich hauptsächlich über den Punkt, daß Monroe im Endeffekt seine Freiheit bekommen hatte) rührte an Wynton Kresges großem Problem: Er war das, was er eigentlich nicht sein wollte.
Viel lieber wäre er ein richtiger Polizist.
Wie gern hätte er in irgendeiner abgelegenen Stadt wie Des Moines, Iowa, oder in Käffern wie Girardeau, Missouri, oder Sandwich, Illinois, als Bulle Dienst getan. Und es hätte ihn viel mehr ausgefüllt, auf irgendeiner Interstate Verkehrssünder aufzuschreiben. Was für eine traumhafte Vorstellung, in einem aufgemotzten Dodge hinter Rasern, Kinderschändern oder Betrunkenen am Steuer herzujagen.
Die größte Ironie seines Schicksals war jedoch, daß er tagtäglich Anfragen von Bullen aus dem ganzen Land erhielt. Von echten, richtigen Polizisten! Sie alle wollten für ihn arbeiten.
»Sehr geehrter Sir, als Polizist mit zehnjähriger Diensterfahrung möchte ich in einem privaten Sicherheitsdienst arbeiten. Wenn Sie in Ihrer Abteilung irgendeine Position frei haben, würde ich mich freuen, von Ihnen zu hören ...«
War so etwas zu fassen? Jedes dieser Schreiben traf Kresge wie ein Schlag auf den Kopf.
Er wäre sofort vor jedem dieser Antragsteller auf die Knie gefallen und hätte ihm den Polizeiakademiering geküßt, nur um mit ihm tauschen zu dürfen. Goldtressenträger, Supervisoren, Koordinatoren aus der Zentrale, Schutzmänner, Techniker, aus jeder Sparte kamen die Briefe. Sie alle wollten lieber auf Kresges Ledersessel sitzen und die drei Stunden zwischen

Dienstbeginn und Mittagspause damit verbringen, sich Gedanken darüber zu machen, wo man beim Heimspiel am besten die Sicherheitskräfte postierte, als weiter als Bulle tätig zu sein. Und was reizte Wynton Kresge so sehr daran, Streife zu fahren? Er wollte am Steuer einer MFP sitzen (Mobile Fern-Patrouille, was nichts weiter als ein normaler Streifenwagen ist), die Wohnungstüren von Mordverdächtigen eintreten, Drogendealer gegen zerfallene Ziegelsteinmauern stoßen und sie anbrüllen: WO IST DIE WARE? (Nannten Polizisten das so? Er hatte eine Menge über ihren Slang in Erfahrung gebracht, aber leider noch nicht alles.)

Und damit stand er vor seinem eigentlichen Problem. Wynton Kresges erstes Lebensziel war gewesen, Polizist zu werden. Sein mindestens ebenso wichtiges zweites Ziel lautete, stets sicherzustellen, daß sein Jahreseinkommen die Anzahl seiner Lebensjahre übertraf. Zur Zeit kam er auf dreiundfünfzigtausend Dollar im Jahr (für seine zweiundvierzig Lebensjahre ein Ergebnis, auf das er stolz sein durfte). Und damit saß er in der Falle. Sein Einkommen war mit dem eines Senior Detectives oder eines höheren polizeilichen Verwaltungsbeamten in einer größeren Stadt vergleichbar (aber für einen Anfänger, einen »Frischling« ein vorerst unerreichbarer Traum). Wenn er tatsächlich umsatteln würde, müßte er zunächst, ohne ein Einkommen zu erhalten, die Schulbank der Polizeiakademie drücken und danach mit erbärmlichen Zwanzigtausend Anfangsgehalt auskommen – vielleicht Fünfundzwanzigtausend, wenn er viele Überstunden einlegte. Wäre Kresge allein gewesen, hätte er eine solche Umstellung sicher verkraftet. Auch zusammen mit einer Ehefrau wäre es irgendwie gegangen.

Aber Wynton Kresge hatte sieben Kinder. Er liebte den Gedanken, er wäre Polizist, doch genauso liebte er seine Kinder und war stolz darauf, ein guter Vater zu sein. Kresge stellte sich vor, sie von der Schule herunterzunehmen, eine Familienkonferenz einzuberufen und seinen Leuten zu erklären, daß nun alle den Gürtel erheblich enger schnallen mußten, denn Dad

würde von nun an auf die Hälfte seines Gehalts verzichten und Polizist werden. (Er hörte schon die Stille, die sich über das Wohnzimmer senken würde, nachdem er das von sich gegeben hatte.)
Deshalb begnügte er sich damit, sich zigmal Wiederholungen von *Miami Vice* anzusehen und seine Männer darauf zu drillen, mit EG-Studenten (der Bullen-Ausdruck für emotional gestört) und mit Demonstranten umzugehen, die das Stadion anzünden wollten (was bislang noch nie vorgekommen war). Außerdem trug er immer seine 9 mm Automatic geladen an der Hüfte, um sie sofort ziehen zu können, wenn ein Amokläufer mit seinem Sturmgewehr um sich ballerte (ein Ereignis, das ebenfalls in all seinen Dienstjahren ausgeblieben war).
Das war nicht viel, um Wynton Kresge das Gefühl zu geben, so etwas wie Polizeiarbeit zu leisten.
Diese Überlegungen und das Nachdenken über Jennie Gebben und Emily Rossiter waren seine Beschäftigung an diesem heißen Nachmittag. Jetzt kehrte er zu seinem Schreibtisch zurück, balancierte ein Buch in einer Hand und warf es dann in die Luft, als sollte es ihm wie eine Münze bei der Entscheidungsfindung helfen. Als er den Band mit dem Cover nach oben wieder auffing, war ihm klar, was er zu tun hatte, und er verließ abrupt sein Büro.

Sie ist heute nacht vor zwei Wochen gestorben. Und ich habe vierzehn Tage dafür gebraucht, den Fall zu verlieren.
Corde verbrachte vor den Verkaufsautomaten fünf Minuten damit, nach Kleingeld zu suchen und auf das Stechen des Zorns zu warten, das dann doch nicht kam. Schließlich warf er fünfunddreißig Cent ein und wählte einen Kaffee mit Milch und Zucker. Die dampfende Flüssigkeit strömte laut in den Pappbecher. Es hörte sich genauso an, als würde ein Mann pinkeln.
T. T. Ebbans trat neben ihn und hatte beide Hände in den Hosentaschen. Corde hielt ihm ein paar Münzen hin. Ebbans

suchte sich die passenden raus und zog sich einen Toffee-Riegel. »Tut mir leid, Bill.«
Corde trank einen Schluck. Das Gebräu schmeckte salzig. Aus dem Hahn der Maschine strömte je nach Anforderung Kaffee oder Hühnerbouillon.
»Sieht aus wie ein richtiger Hinterhalt, in den du da geraten bist. Ich verstehe auch nicht, was hier eigentlich vor sich geht. Was hat Ribbon denn gesagt?«
»Daß ich den Fall los bin. Er will zwar versuchen, meine Anhörung abzuschmettern, aber ich glaube nicht, daß er sich dabei große Mühe geben wird. Er hat ja auch vorher kaum eine Hand gerührt, um mich davor zu bewahren, von oben in den Arsch getreten zu werden.«
»Die verbrannten Briefe?«
»Ja.«
»Hat denn irgendwer gesehen, daß du sie an dich genommen hast? Gibt es irgendeinen Zeugen? Fingerabdrücke oder sonst was?«
»Wir befinden uns erst im Stadium der Hexenverfolgung«, entgegnete Corde. »Der eigentliche Prozeß kommt später – nachdem mein Name tüchtig durch den Dreck gezogen wurde.«
Und nachdem sie die Sache in St. Louis herausgefunden haben. Aber dann ist sowieso alles zu spät für mich.
Als Ebbans nach einer Pause weitersprach, war die Veränderung in seiner Stimme unüberhörbar. »Hammerback hat mir aufgetragen, mich um alle Ausbrüche und Entlassungen aus dem Gunderson-Hospital zu kümmern.«
»Davon habe ich schon gehört«. Corde schüttelte den Kopf.
»Tja, und dann soll ich auch noch die Schulberater und Psychiater in dieser Stadt abklappern und sie fragen, ob sie Patienten mit gefährlichen Tendenzen behandelt haben.«
»Von denen wirst du überhaupt nichts erfahren. Ärztliche Schweigepflicht.«
»Na ja, irgend so was stand in dem Buch, das Ribbon immerzu anderen aufdrängt.«

Corde zeigte in Richtung Blackfoot Pond. »Emily war Jennies Zimmergenossin. Hört sich reichlich eigenartig an, daß ein Kultmörder sich ausgerechnet die Zimmergenossin als zweites Opfer ausgesucht haben soll, was?«
»Ich gebe ja nur weiter, was man mir gesagt hat.«
»Weiß ich doch, T. T.«
Ebbans setzte sich im Pausenraum an einen Tisch und starrte auf eine Ausgabe des *Register*, die dort lag. Die Schlagzeile lautete: *»Der Terror geht weiter – Studentin bedroht.«*
»Was soll das denn?« fragte T. T. schließlich und deutete auf die Zeitung.
»Es hat sich herausgestellt, daß ihr Exfreund der Täter war. Sie hatte ihm vorher den Laufpaß gegeben. Aber in dieser Situation mußte die Zeitung einfach an den Mond-Killer erinnern. Verdammt! Gottverdammte Scheiße ... Tja, jetzt ist es dein Fall, T. T. Ich habe dir doch erzählt, was ich neulich erfahren habe, nämlich daß Jennie ein Verhältnis mit einer Frau hatte. Und daß sie Krach mit jemandem hatte, der über diese Liaison nicht allzu glücklich war. Nun, vielleicht wurden die beiden Frauen umgebracht, weil sie lesbisch waren. Ach so, du solltest auch ein Auge auf Gilchrist werfen. Ich schätze, er kann uns allerlei Neues über Jennie erzählen.«
»Ich weiß nicht ... Der Auftrag lautet, daß wir uns hundertprozentig auf die Kultsache konzentrieren sollen. Wir haben ausdrücklichen Befehl, die Uni-Schiene und ihr Privatleben zu vergessen.«
Corde schloß für einen Moment die Augen und rieb sie. »Hol mich der Teufel, das ist ja großartig. Zuerst verliere ich den Fall, dann heißt es, vergeßt die Uni, und schließlich wollen sie nichts mehr davon hören, daß Jennie statt mit einem Mann mit einer Frau ins Bett steigt ... Ich weiß nicht mehr, was hier vorgeht, T. T. Das größte Problem scheint mir nicht der Killer, sondern unser Verein zu sein. Nicht die bösen Jungs machen den Ärger, sondern die guten.«
»Sieht ganz so aus.«

Corde kippte den Kaffee weg. »Weißt du, was ich denke? Du sitzt zwischen Hammer und Amboß.«
»Wie meinst du das?«
»Na ja, du und ich glauben, daß es sich bei dem Mörder nicht um einen irren Fanatiker handelt. So wie der Hase jetzt läuft, kommen viel verschwendete Zeit, eine mittelschwere Panik und eine Menge hämischer Presseberichte auf uns zu. Du bewegst dich auf einem Drahtseil.«
»Tja, Bill, das ist nicht ganz falsch. Ich hoffe, du bist jetzt nicht sauer, aber wenn es sich doch herausstellen sollte, daß ...«
»Dann bist du der strahlende Held und wirst befördert. Aber mit Ellison und Ribbon im Nacken würde ich mir an deiner Stelle keine allzu großen Hoffnungen machen.«
»Ich weiß, worauf du anspielst. Ehrlich gesagt, ich will den Kerl nur fassen. Alles andere interessiert mich nicht. Und was das angeht, was sich hinter den Kulissen tut, davon verstehe ich nicht viel. Mann, es kommt mir so vor, als würden bestimmte Personen den Tod der beiden Mädchen für ihre eigenen Zwecke ausnutzen. Sie verdrehen alles so, wie es ihnen gerade paßt. Und das macht mich krank.«
Ebbans war mit seinem Toffee-Riegel fertig, faltete das Einwickelpapier zusammen und schnippte es mit zwei Fingern fort. Dann sah er sich vorsichtig um und sagte leise: »Ich weiß, daß du nicht mehr mitspielen darfst und jetzt auf den Straßen nach Besoffenen Ausschau halten mußt. Aber da du mich mit all deinen Ermittlungsergebnissen und noch einem Haufen Tips versorgt hast, erscheint es mir nur fair, wenn ich dir dafür etwas zurückgebe.«
»Und das wäre?«
»Ich habe dir doch erzählt, daß jemand den Daumen auf die Verbindungen zur Uni halten will. Der Befehl dazu, die Finger davon zu lassen, kam von Ribbon und Hammerback. Und weißt du, wer denen das aufgetragen hat?«
»Aber klar doch.« Corde verzog das Gesicht. »Dekanin Larraby.«

»Falsch«, entgegnete Ebbans, »Randy Sayles.«
Corde runzelte die Stirn. »Na, wer hätte das gedacht. Das ist ja wirklich eine Neuigkeit. Aber das behalten wir schön für uns.«
»Ich schweige wie ein Grab.«

Als sie den Pausenraum verließen, lief Corde direkt in den hünenhaften Wynton Kresge. »Oh, Entschuldigung«, sagte er freundlich und lächelte sogar, ehe ihm einfiel, daß er ja eigentlich wütend auf den Sicherheitschef war.
Kresge blinzelte und fing ebenfalls an zu lächeln, ehe er sich seinerseits daran erinnerte, daß er auf Corde nicht gut zu sprechen war. Und so drehte er sich wieder zu Jim Slocum um, in dessen Bürotür er stand, und zeigte auf eine Stelle in einem aufgeschlagenen Buch, das er in der Hand hielt.
»Ja, Sir«, sagte Slocum zu ihm, »aber ich versichere Ihnen, daß wir die Sache so ziemlich unter Kontrolle haben. Trotzdem danke für Ihre Bemühungen.«
»Ich möchte Sie ja nur bitten, sich das hier einmal durchzulesen.« Kresge hörte sich an, als stritte er sich mit einer unhöflichen Kellnerin.
»Wir befinden uns in einer recht angespannten Situation, wie Sie sich bestimmt vorstellen können«, entgegnete Slocum formell.
Corde verließ das Sheriff's Department, stieg in seinen Streifenwagen und startete den Motor. Einen Moment später kam Kresge aus dem Gebäude und marschierte zu seinem Wagen, der zwei Parklücken vor Cordes Auto abgestellt war. Seins sah brandneu aus. Offenbar hatte jeder, bis auf Corde, einen neuen Wagen. Kresge schleuderte sein Buch durch das offene Fenster auf den Beifahrersitz, stieg dann ein und startete ebenfalls. So saßen die beiden Männer nur sieben Meter voneinander entfernt in ihren Wagen, ließen die Motoren im Leerlauf dröhnen und blickten stur nach vorn.
Schließlich nahm Corde einen tiefen Atemzug, stellte den Motor ab, wartete noch einen Moment, stieg dann aus und ging zu Kresge. »Können wir reden?«

Jetzt drehte auch Kresge den Zündschlüsseln herum und verließ seinen Wagen. »Wegen letzter Woche«, begann Corde, »nun, was ich sagen will ... also, es tut mir leid. Zuerst hatte ich nicht geglaubt, daß Sie recht haben könnten, und ich versichere Ihnen, es hatte nichts damit zu tun, wer Sie sind oder was Sie machen, aber vielleicht war ich ja doch das, als was Sie mich bezeichnet haben, und wenn dem so ist, möchte ich mich entschuldigen.«
Einen Moment herrschte angespanntes Schweigen zwischen den Männern, und Corde fiel nichts anderes ein, als die Hand auszustrecken. Kresge starrte sie an und schien sich in die Ecke gedrängt zu fühlen. Doch dann nahm er sie und drückte sie.
»Manchmal ist mit mir wirklich nicht gut Kirschen essen.«
»Und ich komme mir bei meiner Arbeit gelegentlich so vor, als würde ich gegen Wände laufen. Kann schon ziemlich frustrierend sein.«
»Das verstehe ich sehr gut«, sagte Kresge und warf einen bezeichnenden Blick zum Sheriff's Department.
»Was wollten Sie denn eigentlich bei uns?«
Kresge holte das Buch vom Beifahrersitz. »Das hier habe ich heute zu Ende gelesen. Ich will nun nicht behaupten, Experte auf diesem Gebiet zu sein, aber ich glaube trotzdem, daß Sie nach dem Falschen suchen.«
Corde entzifferte den Titel des Werks: *Psychotisch handelnde Individuen – Band III – Kriminelles Verhalten.*
»Hören Sie zu«, sagte der Sicherheitschef, schlug das Buch auf, fand eine unterstrichene Passage und las vor: »In einer Studie über psychopathische und soziopathische (hier synonym verwendet) Morde in England, Schottland und Nordirland in den Jahren 1956 bis 1971 sind wir (Irvine & Harrington, 1972) zu dem Schluß gekommen, daß die Rate der Morde, die aufgrund von astrologischen oder astronomischen Vorzeichen begangen wurden, geradezu verschwindend gering ist. Unter allen psychopathischen Mördern, die wegen ihrer Verbrechen verurteilt wurden, findet sich nur ein einziger, der in Vollmondnächten zu seinen Taten getrieben wurde. In ausführlichen

Interviews und Untersuchungen in Manchester, der Heimatstadt dieses Mannes, wurde festgestellt, daß er in den fünfzehn Jahren bis zu seiner Verhaftung etwa fünfmal im Jahr wahllos Tiere oder Menschen getötet hatte, und zwar stets in Vollmondnächten. Er hatte aber nie einen irgendwie gearteten sexuellen Kontakt mit seinen Opfern. Allein die Vorstellung erzeugte in ihm schon Abscheu. Scotland Yard hat zwar erklärt, daß von 1961 an (frühere Daten liegen leider nicht vor) pro Jahr etwa zehn Morde in Vollmondnächten begangen worden sind, doch dieses anscheinend psychopathische Verhalten wird nur als Tarnung benutzt. In Wahrheit steckten Rache, Vergewaltigung, Raubmord oder Auseinandersetzungen unter den Mitgliedern des organisierten Verbrechens dahinter.«

»Das haben Sie gerade da drinnen vorgetragen?« Corde deutete in Richtung Sheriff's Department.

»Ich habe es versucht, aber niemand wollte mir zuhören.«

»Würden Sie mir das Buch leihen? Oder die entsprechende Stelle kopieren? Das war ziemlich viel auf einmal, und ich möchte es gern in Ruhe lesen.«

»Übermorgen ist die Leihfrist abgelaufen.«

»Dann mache ich mir heute abend eine Kopie davon«, sagte Corde. Nach einem Moment fragte er: »Wenn Sie also nicht davon ausgehen, daß ein Psychopath dahintersteckt, wer ist es Ihrer Meinung nach denn dann gewesen?«

»Bislang hat sich kaum jemand für meine Meinung interessiert.«

»Sagen Sie sie mir. Einfach nur so.«

»Nun, zuerst war ich mir ziemlich sicher, daß der Liebhaber des Mädchens den Mord begangen hat. Entweder ein Professor oder ein Student. Sie sollten mal mit wachen Augen über den Campus laufen und verfolgen, was dort so alles geschieht. Eben junge Leute unter sich, die tun und lassen, was ihnen Spaß macht. Eine leichte Beute für die Lehrkräfte, die männlichen und die weiblichen. Sie können mir glauben, die eine Seite ist um keinen Deut besser als die andere. Deswegen habe ich anfangs auf den Liebhaber getippt. Doch dann stieß ich auf

etwas anderes ...« Kresge streckte den Arm aus, ballte dann die Hand zur Faust und sah Corde erwartungsvoll an.
»Ja, und?« fragte dieser.
»Sie wissen doch, das Messer«, sagte der Sicherheitschef. »Deswegen bin ich jetzt der Ansicht, daß ein Junge die Tat begangen hat. Vielleicht irgendein Punk.«
Corde nickte, hatte aber noch immer nicht begriffen. »Was denn für ein Messer?«
Kresge hob wieder den Arm: »Ich komme in Frieden. Aus einem Land, das hier ist und doch nicht hier.«
»Wovon reden Sie eigentlich?«
»Haben Sie denn nicht *Die Verlorene Dimension* gesehen?«
Corde mußte das verneinen.
»Der Film ist vor ein paar Monaten hier im Kino gelaufen.«
»Tut mir leid, daran kann ich mich nicht erinnern.« Corde dachte an Streifen, in denen Wesen aufgetaucht waren, die rote Augen hatten. »Moment mal, war das nicht der Film mit den Schlangenkreaturen?«
»Ja, die Hononen. Sie bekriegten die Naryaner in der Verlorenen Dimension.«
»Aber was soll das denn bedeuten?« Er hob wie zuvor Kresge den Arm.
»Das ist der naryanische Gruß.« Kresge lachte abschätzig. »Sie können sich wirklich an nichts mehr erinnern?«
»Nicht ein bißchen.«
»Ich meine, Sie und Ihre Kollegen haben keine Ahnung? Von dem Messer?«
Die Kultwaffe.
»Ich habe es eben auf dem Schreibtisch des Deputys gesehen«, sagte Kresge.
»Das Symbol auf dem Messer? Es stammt aus einem Film?«
»Sie haben es wirklich nicht gewußt, was?«
Corde schüttelte den Kopf. »Ich fasse es einfach nicht!« Er drehte sich zum Gebäude der Stadtverwaltung um. »Verdammt, jemand muß es ihnen sagen!«

Doch schon nach wenigen Schritten blieb er stehen, starrte den Komplex an und saugte für einen Moment an den Innenseiten seiner Wangen. »Wynton, wollen Sie mit mir eine kleine Fahrt machen?«
»Ja, Zeit hätte ich schon. Können wir den Streifenwagen nehmen?«
»Ja, aber nur ich darf die Sirene betätigen.«
»Einverstanden.«

20

Sie erreichten die Spielwarenhandlung kurz vor Ladenschluß. Zusammen liefen sie zur Tür. Kresge wartete mit in die Hüften gestemmten Fäusten, während Corde anklopfte. Nach einem Moment erschien der Inhaber.
»Können Sie uns hereinlassen, Owen? Es ist wirklich wichtig.«
»Ich schließe gerade, Bill. Wird Zeit fürs Abendessen.«
»Machen Sie auf, wir müssen mit Ihnen reden. Etwas Geschäftliches.«
»Können Sie mich nicht morgen anrufen?«
»Ich bin in offizieller Eigenschaft hier, Owen.«
Der schwergewichtige Mann mit einem Schnurrbart, einem karierten Hemd und Bluejeans öffnete schließlich die Tür. Im Innern brannte kaum noch Licht. Die Kostüme und Monstermasken, die eine ganze Wand einnahmen, verliehen dem Laden die Atmosphäre eines Wachsmuseums bei Nacht. An einigen Spielzeugen am anderen Ende des Raums blinkten rote Lichter. Corde blinzelte und marschierte dann zu dem Regal, vor dem Owen stand. Dort lagen dreißig Messer wie das, das man unter Jennie Gebben gefunden hatte.
»Was ist denn das?«
»Was glauben Sie wohl, was das ist?« gab der Inhaber in einem Tonfall zurück, als hätte Corde ihn gefragt, wer George Washington sei.

»Owen, bitte.«
»Das sind naryanische Überlebensmesser. Sie wissen doch, der Film *Die Verlorene Dimension.*«
»Und was hat das Symbol auf ihnen zu bedeuten?«
»Das sind die Insignien des naryanischen Reiches«, antwortete Owen und streckte dann wie einige Minuten zuvor Kresge den Arm aus. »Ich komme in Frieden ...«
»Ja, ich weiß Bescheid. Wer stellt die Dinger her? Die Filmgesellschaft?«
»Sie haben die Lizenz dazu an irgendwelche Firmen in China oder Korea vergeben. Und die stellen alle mögliche Sachen her. Helme, Xaser-Guns, Dimensionsmäntel, Schals ... eben all das Zeugs, das schon im Film zu bewundern war.«
»Er kann sich an den Film nicht mehr erinnern«, erklärte Kresge.
»Ehrlich nicht?« fragte Owen. »Na ja, ist genauso ein Erfolg wie vor ein paar Jahren die Ninja Turtles. Sie verkaufen alles: T-Shirts, Spielzeug ... So etwas nennt man aufeinander abgestimmte Werbung.«
»Wie viele von den Messern haben Sie schon verkauft?«
»Die sind der absolute Renner.«
Corde warf Kresge einen Blick zu. »So etwas habe ich schon befürchtet. Also, wie viele?«
»Muß wohl die dritte Palette sein, die jetzt im Regal liegt. Warum?«
»Das hat mit unseren Ermittlungen zu tun.«
»Ach so.«
Corde griff in seine Jackentasche und reichte Owen einen Stift und einen Stoß leerer Karteikarten. »Könnten Sie bitte die Namen von allen Personen aufschreiben, denen Sie ein solches Messer verkauft haben?«
»Sie machen wohl Witze!« sagte Owen lachend und sah dann Kresge an. »Er hat doch einen Scherz gemacht, oder?«
Der Sicherheitschef antwortete: »Ich fürchte, er meint es ernst.«

Owen verging das Lachen. »So gut wie jedes Kind in New Lebanon hat ein solches Messer gekauft. Ich brauche Stunden, um wenigstens die Hälfte der Namen zusammenzukriegen.«
»Dann sollten Sie besser gleich damit anfangen.«
»Kommen Sie, Bill, es ist Zeit fürs Abendessen.«
»Je eher Sie anfangen, desto eher bekommen Sie etwas zwischen die Zähne, Owen.«

Bill Corde stellte den Streifenwagen auf dem Parkplatz neben dem anderthalb Meter hohen Logo des *Fredericksberg Register* ab – der Schriftzug war in den über hundert Jahre alten Typen gefaßt, die auch heute noch den Kopf der Zeitung zierten. Er und Kresge marschierten in die Anzeigenannahme. Die junge Frau, die hinter dem Tresen saß, machte eine Kaugummiblase und schob die Masse dann in irgendeinen Winkel ihres Mundes. »Hallo, Gentlemen, kann ich Ihnen helfen?«
»Letzte Woche habe ich wegen einer fortlaufenden Anzeige angerufen«, sagte Corde, »die mit den Ermittlungen in New Lebanon in Zusammenhang stand.«
»Ach ja, es ging doch um das ermordete Mädchen. Ich habe gehört, daß es mittlerweile ein weiteres Opfer geben soll.«
»Habe ich da mit Ihnen gesprochen?«
»Nein, mit meiner Chefin, Juliette Frink. Sie hat sich für den Rest des Tages frei genommen. Aber ich kann Ihnen bestimmt weiterhelfen. Wie lange soll die Anzeige erscheinen?«
»Ich würde sagen, eine Woche.«
»Und welches Format?«
Corde betrachtete die Anzeigenmuster, die unter einer verkratzten Plexiglasscheibe auf dem Tresen ausgebreitet lagen. »Was meinen Sie, Wynton?«
»Am besten ziemlich groß, oder?«
Corde zeigte auf eine Anzeige. »Ich denke, ich nehme das Format hier.«

»Zwei Spalten mal fünfundsiebzig«, notierte die Frau auf einem Block. »Und wo soll sie erscheinen?«
»Oh, darüber habe ich noch gar nicht nachgedacht. Auf der Titelseite?«
»Wir drucken auf der Titelseite keine Anzeigen ab.«
»Tja, ich weiß nicht. Welcher Teil wird denn am meisten gelesen?«
»Zuerst die Comics, dann der Sport.«
»Ich fürchte, auf der Comicseite können wir eine solche Anzeige kaum plazieren«, murmelte Corde.
»Aber wenn wir sie im Sportteil erscheinen lassen, erreichen wir damit nicht die weiblichen Leser«, bemerkte Kresge.
»Ich lese auch den Sportteil«, widersprach die Frau.
»Wie wäre es denn mit den Kinoanzeigen?« schlug Kresge vor.
»Hört sich gut an«, meinte Corde.
Die Frau notierte sich alles. »Juliette hat gesagt, daß Sie als Angehöriger des öffentlichen Dienstes einen Rabatt erhalten. Das macht vierhundertvierundachtzig Dollar und siebzig Cent. Hinzu kommen die Satzkosten, die noch einmal fünfundzwanzig Dollar betragen. Auch Schüsse?«
»Schüsse?« fragte Corde verwirrt und mußte an die kleinen Einschnitte in Jennies Hals, die die Schnur hinterlassen hatte, und an den Angelhaken in Emilys Unterleib denken. Die Mädchen waren doch gar nicht erschossen worden.
»Schnappschüsse. Bilder.«
»Ach so, nein, nur Text.« Er schrieb den Anzeigentext auf und reichte ihr dann seine Kreditkarte. Sie nahm sie und ging damit zur Abrechnungsmaschine.
»Läuft das auf Spesen?« fragte Kresge. »Bekommen Sie die Auslagen zurückerstattet?«
»Warum sollen Sie es nicht erfahren?« Corde grinste matt. »Man hat mich vorhin von dem Fall abgezogen.«
Kresge runzelte die Stirn, und auf seinem Gesicht zeigten sich weitere tiefe Falten. »Man hat Sie gefeuert?«
»Nein, nur suspendiert.«

»Und aus welchem Grund?«
»Weil die leitenden Herren der Ansicht sind, ich hätte ein paar Briefe aus Jennies Zimmer verschwinden lassen.«
»Haben Sie das denn getan?« fragte der Sicherheitschef so ehrlich entsetzt, daß Corde lachen mußte. »Nein, natürlich nicht.«
»Kommt mir irgendwie unfair vor«, sagte Kresge. »Dann bezahlen Sie die Anzeige etwa aus eigener Tasche?«
»Ja.«
Doch wie sich gleich darauf herausstellen sollte, wurde er dieser Ausgabe enthoben. Die Frau kehrte mit verlegenem Gesichtsausdruck zurück und sagte: »Tut mir leid, Officer, aber Sie sind über dem Limit. Ich kann die Karte nicht akzeptieren.« Sie gab sie ihm zurück.
Corde verspürte den Drang, ihr alles zu erklären. Aber damit hätte er ihr eine lange Geschichte erzählen müssen, in der zwei Kinder – eines davon mit einer starken Schreib- und Leseschwäche und ein Junge, der in einigen wenigen Jahren das College besuchen sollte –, eine größere Anschaffung und diverse Reparaturen im Haus eine größere Rolle spielten. So machte er nur »Oh« und sah hilfesuchend die Wand hinter dem Tresen an.
»Miss«, sagte Kresge, »Auden hat doch hier ein Konto, nicht wahr?«
»Die Universität? Aber ja, Sir. Genauer gesagt, das Büro für studentische Angelegenheiten. Es gibt regelmäßig Anzeigen für Theateraufführungen und Sportveranstaltungen auf. Ich war im letzten Herbst beim Heimspiel. Mann, das dritte Viertel! Das werde ich mein ganzes Leben nicht vergessen.«
»Ja, Ma'am, war wirklich ein Schlagerspiel«, stimmte der Sicherheitschef zu. »Können Sie das Uni-Konto mit diesen Anzeigengebühren belasten?«
»Arbeiten Sie für Auden?«
»Ja, das tue ich.« Er zeigte ihr seinen Dienstausweis. »Wir haben es hier mit einer offiziellen Universitätsangelegenheit zu tun. Ich unterzeichne mit meinem Namen.«

Sie griff unter den Tresen und zog ein Formular heraus. »Unterschreiben Sie nur hier unten. Die Vier und die Zwölf auf der Dreißigyardlinie von Ohio. Hat Ladowski einen Fallstoß gemacht? Nein, Sir. Und es war nicht einmal eine Bombe, sondern nur eine Handabgabe an Flemming. Er ist über das ganze Feld gelaufen, und dann – Simsalabim! – lag das Ei hinter der Linie.«
»Wenn ich es recht bedenke«, meinte Kresge, »dann lassen Sie die Anzeige doch zwei Wochen laufen, und versehen Sie sie mit einem fetten Rand wie bei der hier.«
»Wird gemacht.«
»Das war wirklich nett von Ihnen, Wynton«, sagte Corde. »Ich glaube, ich bin Ihnen zu Dank verpflichtet.«
»Anscheinend vergessen alle«, entgegnete Kresge ganz ruhig, »daß die beiden auch meine Mädchen waren.«

Corde verbrachte den Abend damit, mit den Eltern der Kinder zu sprechen, die ein naryanisches Dimensionsmesser gekauft hatten. Er gab sich gut gelaunt, warf immer wieder einen Scherz ein und unternahm auch sonst alles, um diese Menschen nicht in Panik zu versetzen. Nein, wir verdächtigen Ihren Todd/Sammie/Billie/Albert natürlich nicht, wenn er schon zusammen mit Jamie Mitglied im Wissenschaftsclub ist ...
»Ich sammle nur Informationen«, erklärte er den Eltern.
Die meisten nickten düster, beantworteten bereitwillig seine Fragen und lachten etwas zu laut über seine Scherze.
Die Angst war ihnen deutlich anzumerken.
Der zweite Mord hatte für alle die Kult-Theorie bestätigt. Die Worte, die Corde zu der pummligen Gail Lynn Holcomb gesagt hatte, um sie zu beruhigen, hatten sich als vollkommen falsch erwiesen. Die Menschen hatten jetzt wirklich Grund, sich zu fürchten. Soweit es die braven Bürger von New Lebanon anging, war Satan persönlich in ihren Ort gekommen und hatte quasi als Visitenkarte zwei Morde vorgelegt, denen unweigerlich weitere folgen würden.
Corde ging von Haus zu Haus und hörte ausnahmslos allen

Eltern geduldig zu, was sie über den Verbleib ihres Sohnes in der Nacht des 20. April zu sagen hatten. Dabei wußte er, der er selbst Vater war, daß die Väter und Mütter schon über hellseherische Fähigkeiten verfügen mußten, um ihm darüber genau Auskunft geben zu können.
Natürlich notierte er sich nur das Wesentliche, bekam aber nicht einen wirklich brauchbaren Hinweis.
Weit nach Mitternacht bemerkte er in seinem Kopf eine verstaubte Schublade. Sie schien die Bestimmungen des Sheriffs über den Dienst zu enthalten. Er warf einen kurzen Blick hinein und glaubte einen Paragraphen zu entdecken, der sich mit Beamten befaßte, die trotz Suspendierung weiter an einem Fall arbeiteten. Von Dienstpflichtverletzung war da die Rede, und auch von Amtsanmaßung. Und etwas weiter unten bekam er »Vergehen« zu lesen. Aber da es in der Schublade wirklich sehr dunkel war, hätte das Wort auch »Straftat« lauten können.
Corde fühlte sich auf einmal sehr müde und fuhr nach Hause.
Ein County Deputy, Toms Nachtvertretung, saß in der Einfahrt. Corde dankte ihm und schickte ihn heim. Seine Kinder schliefen bereits in ihren Zimmern. Seine Frau war auch schon zu Bett gegangen. Das war ihm nicht unbedingt unangenehm. Er hatte keine große Lust, ihr zu erzählen, daß er vom Dienst suspendiert worden war.
Am nächsten Morgen stand er früh auf. Er küßte Diane, versäumte aber eine günstige Gelegenheit, ihr die schlechten Neuigkeiten mitzuteilen, und verließ das Haus, um sich heimlich mit T. T. Ebbans auf dem Hartbodenplatz neben dem Sheriff's Department zu treffen, auf dem die Deputies manchmal Basketball spielten. Beide Männer kamen sich vor wie Spione oder Undercover-Agenten, während sie dort herumliefen, wo man sie von den schmutzigen Bürofenstern aus nicht sehen konnte.
Corde berichtete ihm von dem Messer, Ebbans schlug sich mit der flachen Hand an die Stirn. »Verdammt noch mal, ich hab den Film doch gesehen!«

»Ich auch, T. T., und mit Sicherheit jeder andere Deputy in dieser Stadt ebenfalls.« Er grinste. »Ich wette, Ribbon hat sogar die Comicfassung des Films gelesen. Letzte Nacht habe ich mit etwa dreißig Personen gesprochen. Hier hast du die Liste mit meinen Notizen. Ist aber nicht viel dabei rausgekommen.«

Ebbans nahm den Zettel. »Sei auf der Hut, Bill.«

Corde klopfte auf sein Holster.

»Das meine ich nicht. Hast du vielleicht schon vergessen, daß du suspendiert bist?«

»Die Sache ist viel zu wichtig, um sie Ribbon zu überlassen. Hast du mitgebracht, um was ich dich gebeten habe?«

Ebbans reichte ihm eine Plastiktüte, in der sich der Rechnungscomputerausdruck befand, den sie in dem ausgebrannten Ölfaß gefunden hatten. »Verlier das bloß nicht, Bill. Ich gehe damit ein großes Risiko ein.«

»Ich glaube, ich habe einen Experten aufgetrieben, der etwas damit anfangen kann.«

»Und ich habe mir diesen Gilchrist etwas genauer angesehen. Ich fürchte, den können wir komplett vergessen. Er ist nach San Francisco geflogen, um da am Samstag vor Jennies Ermordung einen Vortrag zu halten. Und als Emily getötet wurde, war er auch noch dort. Ich glaube, er ist noch immer nicht zurück.«

»Vielleicht solltest du dich trotzdem mal mit ihm unterhalten. Er kennt möglicherweise einige von Jennies Freunden. Und Freundinnen.«

»Ich werde es heimlich und sehr diplomatisch tun. Bei den psychisch Kranken sind wir noch nicht viel weitergekommen, und die Nachfrage bei den Okkult-Buchhandlungen bringt uns rein gar nichts. Die ganze Kultmordgeschichte entpuppt sich immer mehr als Windei. Ich denke, wir sollten Hammerback und Ribbon von dem hier Mitteilung machen.«

»Damit würde ich lieber noch etwas warten«, sagte Corde düster. »Sonst bist du nämlich, ehe du dich versiehst, ebenfalls

suspendiert, und dann wird Jim Slocum der leitende Ermittlungsbeamte.«
»Das wäre ein Spaß«, entgegnete Ebbans grinsend. »Dann müßten wir Vampiren und Werwölfen ihre Rechte vorlesen.«

»Spreche ich mit Mrs. Corde? Mein Name ist Ben Breck.«
Diane hielt lustlos den Hörer ans Ohr. So leutselig, wie der Mann redete, wollte er ihr bestimmt etwas verkaufen. »Ja bitte?«
»Ich bin in der Laborschule der Auden University tätig. Sie haben doch bei uns wegen eines Privatlehrers angefragt, nicht wahr?«
Richtig getippt, der Mann wollte ihr etwas verkaufen, aber Diane hörte ihm trotzdem weiter zu, denn Breck hatte was sehr Interessantes anzubieten.
»Ich komme von der University of Chicago und halte hier eine Gastprofessur. Ich habe kürzlich die Anmeldung Ihrer Tochter für den Spezialunterricht gesehen.«
Und wie teuer kommen Sie uns, Herr Gastprofessor aus der großen Stadt? Einhundert in der Stunde? Oder zweihundert?
»Unsere Tochter ist Patientin bei Dr. Resa Parker, einer Psychiaterin in dieser Stadt. Sie hat vorgeschlagen, daß wir einen Privatlehrer nehmen.«
»Ich kenne Dr. Parker. Ich habe schon sehr viel Privatunterricht gegeben, und ich glaube, ich kann Ihnen eine Hilfe sein.«
»Dr. Breck, ich bin Ihnen wirklich für Ihren Anruf dankbar, nur ...«
»Das liebe Geld.«
»Wie bitte?«
»Sie machen sich Sorgen wegen der hohen Gebühren in Auden. Und ganz unter uns, das kann ich sehr gut verstehen. Was man dort verlangt, ist tatsächlich himmelschreiend. Mir selbst würde es auch gegen den Strich gehen, soviel zahlen zu müssen.«
Sieh mal einer an, ein Arzt mit Humor. Wie erfrischend.

»Ich muß gestehen, daß das Geld bei unseren Überlegungen eine Rolle spielt.«

»Nun, dann glaube ich, daß mein Angebot Ihnen schon eher fair vorkommt: Ich nehme zwanzig Dollar die Stunde.«

Vor zwei Wochen wäre Diane bei solchen Gebühren noch blaß geworden, doch jetzt kam ihr sein Vorschlag so vor, als hätte sie das große Los gezogen. »Ist das alles?«

»Ich würde zusätzlich darum bitten, die Resultate meiner Arbeit mit Ihrer Tochter veröffentlichen zu dürfen. Natürlich bleibt sie anonym. Ich will meine Arbeit im *American Journal of Psychology* publizieren. Und ich schreibe an einem Buch, das Lehrern dabei helfen soll, die Probleme von lernbehinderten Kindern schneller erkennen und besser auf sie eingehen zu können.«

»Na ja, ich weiß noch nicht so recht ...«

»Denken Sie bitte in Ruhe darüber nach, Mrs. Corde. Aus den hier vorliegenden Unterlagen läßt sich schließen, daß Ihre Sarah über ein großes Potential verfügt.«

»Haben Sie denn schon mit Fällen wie dem von Sarah zu tun gehabt?«

»Mit Hunderten, Mrs. Corde. In der Mehrzahl dieser Fälle war es uns möglich, die Lücke zwischen Lese- und Altersreife um fünfzig Prozent zu verkleinern. Bei einigen sogar noch mehr.«

»Welche Techniken verwenden Sie denn?«

»Feedback, Monitorüberwachung, Verhaltenstechniken. Also nichts Revolutionäres. Und wir verabreichen weder Drogen, noch findet bei uns irgendeine medizinische Behandlung statt ...«

»Sarah spricht nicht sehr gut auf Medikamente an. Auf Ritalin hat sie zum Beispiel ziemlich schlecht reagiert.«

»Ich setze nie Ritalin oder etwas Ähnliches ein.«

»Nun ja, ich denke, ich werde mit meinem Mann darüber reden.«

»Ich hoffe bald von Ihnen zu hören. Sarah und ich können einander bestimmt viel weiterhelfen.«

NOCH SIEBEN TAGE BIS HALBMOND –
HABEN SIE IHRE MAGNUM BEREIT?

T. T. Ebbans marschierte ins New Lebanon Sheriff's Department und fragte sofort: »Wer hat das da aufgehängt?«
Jim Slocum blickte von der heutigen Ausgabe des *Register* auf und antwortete: »Das war ich.«
»Würdest du es bitte abnehmen?«
»Klar, ist auch nicht so wichtig. Sollte nur so eine Art Gedächtnisstütze sein. Zur Hebung der Moral und so.«
Ebbans ließ sich hinter seinem Schreibtisch nieder. Auf ihm lagen fünfzehn Briefe von Bürgern, die behaupteten zu wissen, wer der Mörder sei. Unter den übrigen Schreiben war eines, dessen Verfasser erklärte, in einem früheren Leben habe er Jack the Ripper gekannt, und dessen Geist habe sich in einem Altersheim am Rand von Higgins manifestiert. Des weiteren hatten sich neunundzwanzig Personen telefonisch gemeldet, um etwas über den Fall auszusagen. Bei den ersten beiden, die Ebbans zurückrief, erhielt er lediglich ein »Der Anschluß ist zur Zeit nicht besetzt« zur Antwort. Beim dritten bekam er eine Bandaufzeichnung zu hören, auf der ihm ein Mann detailreich beschrieb, wie gern er Schwänze lutschte. Ebbans gab den Rest der Anrufzettel Slocum und sagte ihm, er solle sich darum kümmern.
Cordes Neuigkeit mit dem Hononen-Messer hatte in ihm sowohl Begeisterung als auch Depression ausgelöst. Er freute sich darüber, endlich eine echte Spur zu haben – wie bei jedem richtigen Polizisten war ihm ein handfester Hinweis tausendmal lieber als ein Dutzend psychologischer Gutachten oder stundenlange Spekulationen und Beratungen. Gleichzeitig machten ihn Bills Worte betroffen, weil sie auch bedeuteten, daß die vorgegebene Ermittlungslinie, die man ihm und den anderen Deputies angeordnet hatte, nicht mehr als ein Schuß in den Ofen war. Er erinnerte sich an Cordes Warnung, auf

welchem schmalen Grad er sich bewege. Zuerst hatte er diese Bemerkung in Gedanken abgetan, aber jetzt gewann sie doch an Gewicht. Die heutige Schlagzeile des *Register* – *»›Kultwaffe‹ bei den Morden ist Film-Spielzeug«* – hatte Ribbon überhaupt nicht gefallen. Verschnupft hatte er zu Ebbans gesagt: »Da hätten sich deine Jungs gleich drum kümmern sollen.«
Meine Jungs ...
Ebbans wandte sich einem Stapel von Entlassungspapieren aus einer Nervenheilanstalt in Higgins zu. Zehn Minuten später ging die Tür auf, und ein Mann in Jeans und einem Arbeitshemd stand auf der Schwelle. Ebbans runzelte die Stirn und versuchte das Gesicht irgendwo einzuordnen.
Der Mann mit dem roten Hut, heute jedoch ohne.
»Detective?«
»Kommen Sie rein.«
Der Mann sagte: »Nun, die Sache ist die, ich dachte, es würde Sie vielleicht interessieren. Sie haben mich doch nach den Jungs gefragt, die ich in der Nacht gesehen habe, in der das Mädchen ermordet wurde. Die Jungs am Teich, nicht wahr? Also, einer von ihnen war eben wieder da. Er hatte seine Angelausrüstung dabei, sie aber nicht benutzt. Statt dessen ist er nur herumgelaufen und hat sich überall umgesehen. Das könnte doch der Mond-Mörder sein, oder?«
Ebbans erhob sich. »Ist er immer noch dort?«
»Als ich gefahren bin, trieb er sich noch da herum.«
»Miller, du und ich machen eine kleine Fahrt!«

Was ist eigentlich der Grund?
Warum ist ausgerechnet dieser Typ dein Freund?
Jano wußte keine Antwort darauf. Philip war ein Spinner. Er war ein Fettkloß und hatte eine unsaubere Haut – nicht im Sinne von vielen Pickeln, die hatte schließlich jeder, sogar Steve Snelling, der jedes Mädchen abbekam, das er haben wollte. Unsaubere Haut bedeutete bei Philip, daß sie schmutzig war. Hinter den Ohren zeigte sich ständig eine Grauschicht,

und ein ähnlicher Grauschleier lag auch auf seinen Kleidern. Außerdem roch er ziemlich streng. Und sportliche Betätigung war für ihn ein Fremdwort. Er konnte nicht einmal Softball spielen, ganz zu schweigen von Fitneßübungen. Jano hatte einmal mitgekriegt, wie Philip sich auf einen Barren mühte. Die beiden Holme hatten sich unter der Last gefährlich durchgebogen.

Warum also war er ausgerechnet mit so einem befreundet?

An diesem Nachmittag lief Jano am Blackfoot Pond entlang, bewaffnet mit der grauen, mitgenommen aussehenden Angelbox, der Rute und der Schnur. Er bewegte sich behutsam vorwärts und versuchte, nicht an die schreckliche Nacht des 20. April zu denken. Jano fühlte sich furchtbar. Nicht eigentlich niedergeschlagen, sondern eher voller Angst, fast einer Panik nahe. Jeden Moment rechnete er damit, daß ein kreischender Hononen-Krieger in einem unsichtbar machenden Dimensionsmantel von hinten auf ihn zustürmte, um ihn zu zerreißen. Janos Herz hämmerte wie rasend in der Brust und heizte das Blut auf. Der Schrecken überspülte ihn wie heißes Wasser aus der Dusche. Wie ein Schauer der Dinge, die einst kommen werden.

Vor seinem geistigen Auge sah er das Mädchen im Schlamm liegen. Die weißen Finger in die Erde gekrallt, die Augen weit aufgerissen und die bloßen Füße mit den langen Zehen ...

Nein, nein, nein! Sie ist keine Schauspielerin in irgendeinem Actionfilm, die sich fünfzehn Meter groß auf der Leinwand des Kinos in der Mall zeigte. Sie ist real, ist genau das, als was sie sich präsentiert: hübsch, gut proportioniert und riecht nach Minze, nach Gras und nach duftenden Blumen. Die junge Frau liegt ganz reglos da und atmet nicht. Sie ist tot.

Jano zitterte und spürte, wie die Hononen-Truppen ihn umkreisten. Dann entdeckte er, daß er auf die zerdrückten blauen Blumen unter seinen Füßen starrte. Und er stellte sich vor, wie Philip die junge Frau ertränkte, wie er sie unter Wasser hielt. Und was sollte er, Jano, jetzt tun? Mit wem konnte er darüber reden? Mit niemandem ... Das Gefühl der Panik erreichte seinen Höhepunkt, und er rang nach Atem.

Nach einer Weile beruhigte er sich.

Warum ist ausgerechnet Philip dein Freund?

Nun, er und Phathar unterhielten sich oft und viel über Sci-fi. Und über Filme. Und über Frauen. Für jemanden, der noch nie mit einem Mädchen ausgegangen war, wußte Philip erstaunlich gut über Sex Bescheid. Er war geradezu ein wandelndes Lexikon all der Ausdrücke, die Fünfzehnjährige draufhatten. Philip konnte ihm so manches Wissenswerte erklären. Zum Beispiel, wie Schwule sich gegenseitig die Hand in den Arsch schoben und dann zur Faust ballten; oder daß man daran, wie ein Mädchen sich bückte, um ihre Schuhbänder zu schnüren, erkennen konnte, ob sie noch Jungfrau war oder nicht.

Doch er sagte sich, daß das wichtigste gemeinsame Band zwischen ihnen der Haß auf ihre Väter war. Phathar hatte eine Scheißangst vor seinem, und das nicht ohne Grund, denn sein Alter war komplett wahnsinnig. (Einmal an Halloween hatte Philips Vater den Kindern aufgelauert, die von Haus zu Haus zogen und Süßigkeiten erbettelten, und war ihnen dann mit beiden Armen voller blutiger Kuheingeweide erschienen. Er hatte nichts weiter getan und nur zugesehen, wie die Kinder in Todesangst davonliefen.) Aber Janos Vater war noch schlimmer. Er kam ihm vor wie ein Hononen-Krieger, der sich mit seinem Dimensionsmantel unsichtbar machte und durch das Haus lief, als existierte Jano gar nicht. Er schlich an ihm vorbei, bedachte ihn mit eigenartigen Blicken und verschwand wieder.

... Der dreidimensionale Wirbel schwoll immer weiter an und zerplatzte schließlich im Hier und Jetzt. Und alle purpurfarbene Energie des naryanischen Reiches ergoß sich über die Erde ...

Der Film hatte ein Happy-End gehabt. Von diesem Leben erwartete Jano das nicht. Er stieg den Damm hinauf, kniete sich an den Rand, beugte sich vor und betrachtete sein graues

Spiegelbild im ruhigen Wasser. Solch unbewegtes Wasser gefiel ihm nicht. Es ließ sein Gesicht wie einen Totenschädel erscheinen. Sein Antlitz war so schmal. Er senkte den Kopf zur Oberfläche und fragte sich, wie es sich wohl anfühlen würde, statt Luft Wasser einzuatmen.
Sieh dir das an, Jano. Hast du je ein Mädchen dort berührt? Hast du je ein Mädchen geschmeckt?
Er starrte auf die Oberfläche. Ein ölig saurer Gestank drang in seine Nase.
Hast du jemals ein Mädchen gevögelt, Jano?
Nur noch wenige Zentimeter, dann konnte er das Wasser schmecken. Es lecken. Auf die gleiche Weise, wie Phathar es ihm ermöglicht hatte, den kalten Mund, die Zunge und die Fotze der Toten zu schmecken. Er konnte das ganze Wasser austrinken, sie somit in sich aufnehmen und für immer in sich verbergen. Eine Prinzessin, die ...
»Verzeihen Sie bitte, junger Mann.« Die Stimme prasselte wie eine kalte Dusche auf seinen Rücken. Er fuhr hoch. »Haben Sie einen Moment Zeit?« Der Deputy war groß und sehr hager. Janos Mund war so trocken wie ein Bürgersteig im Sommer. Er bewegte die Zunge zwischen den Zähnen hin und her und sagte kein Wort.
»Wie heißen Sie?«
»Ich habe nichts getan.«
»Ich möchte ja auch nur mit Ihnen reden.« Der Deputy lächelte, aber Jano kannte diese Art von Lächeln und wußte, daß es nicht echt war. Ein falsches Lächeln. Eines, wie sein Vater es oft aufsetzte. »Ich habe gehört, Sie und ein Freund haben hier vor zehn Tagen nachts geangelt.«
Janos Zunge war wie gelähmt. Er spürte, wie seine Haut sich vor Entsetzen zusammenzog, und er stellte sich vor, daß sein dichtes Haar deutlich sichtbar vibrierte. Dann ertönten Schritte hinter ihm, und er drehte sich um.
Lance Miller grinste ihn an und sagte: »Hallo, Junge, wie geht's?«

Jano gab auch ihm keine Antwort.
Der andere Deputy wandte sich an Miller. »Du kennst ihn?«
»Aber klar, T. T., das ist der Sohn von Bill Corde. Habt ihr beiden euch denn noch nicht miteinander bekannt gemacht, Jamie?«

21

Mit allen Anzeichen höchster Empörung in der Stimme entgegnete Randy Sayles: »Ich habe eine Vorlesung zu halten.«
»Ich soll Ihnen ausrichten, jetzt oder gar nicht.«
»EINE VORLESUNG!«
»Professor«, sagte die Fakultätssekretärin, »ich gebe nur seine Worte weiter.«
»Scheiße.«
»Aber, aber, Herr Professor, es besteht überhaupt kein Grund, vulgär zu werden.«
Es war neun Uhr morgens. Er saß an seinem Schreibtisch, hatte den Hörer in der Hand und drückte ihn so fest, als wollte er aus ihm eine Antwort auf sein Dilemma herauspressen. Sayles' letzte Vorlesung in diesem Jahr sollte in einer Stunde beginnen. Sie handelte von den landesweiten Hundertjahrfeiern in den USA des Jahres 1876. Den Höhepunkt sollte ein überaus gelungener Bericht über General Custers Niederlage gegen die Sioux am Little Big Horn im selben Jahr bilden. Allein schon die Vorstellung, diese Vorlesung ausfallen lassen zu müssen, erschien ihm obszön. Dieser elende Scheiß um die fehlenden Gelder, die aufgetrieben werden mußten, hatte seinen Lehrplan schon erheblich beeinträchtigt, und jetzt bebte er vor Zorn.
»Sagen Sie ihm, er soll dranbleiben«, erklärte er ihr und wählte die Nummer der Dekanin. Ihre Sekretärin teilte ihm mit, daß sie zur Zeit nicht im Hause sei.
»Scheiße!«

Ja oder nein? Ja oder nein? »Okay, ich fahre zu ihm. Geben Sie Darby Bescheid, daß er für mich einspringen soll.«
»Da werden die Studenten aber enttäuscht sein.«
»*Sie* haben mir doch gerade gesagt, jetzt oder nie!«
»Entschuldigen Sie bitte, ich wollte nur ...«
»Setzen Sie sich mit Darby in Verbindung.« Sayles warf wütend den Hörer auf die Gabel, stürmte aus seinem Büro und lief zum Wagen. Als er aus der Lücke auf dem Professorenparkplatz schoß, hinterließen die Reifen wie bei einem Sechzehnjährigen, der mit einer gestohlenen Corvette startete, zwei lange Gummispuren.

Er lief auf dem goldfarbenen Teppich auf und ab und starrte auf den Fleck von der Cola, die Sarah dort in der Nacht verschüttet hatte, in der Emily ermordet worden war.
»Ach, Bill.«
»Das heißt noch nicht, daß ich gefeuert bin. Ich beziehe immer noch Gehalt.«
»Was war mit den Briefen?«
»Woher soll ich das wissen? Wir haben Asche und kleine Fetzen gefunden.«
Er sah seine Frau an. Bevor Diane etwas tat, vor dem ihr graute, wurden ihre Augen immer ganz groß. Verblüffend groß und schwarz wie die Nacht. Und genau das geschah jetzt auch wieder.
Bill wartete einen Moment, als würde er seinen Pulsschlag messen. Dann sagte er: »Ich habe sie nicht an mich genommen.«
»Nein.«
Er wußte nicht, was sie damit meinte. Hieß das, daß sie ihm zustimmte oder daß sie ihm widersprach?
Einen Moment später fragte Diane: »Sie wissen noch nichts von St. Louis, oder?«
»Ich habe ihnen nie etwas davon erzählt.« Er verschwieg ihr, daß Jennie Gebben der Vorfall bekannt war.

Sie nickte. »Dann sollte ich mich wohl nach einer Stelle umsehen.«
»Ich habe dir doch gerade gesagt, daß ich nicht auf der Straße sitze.«
»Ich denke ja auch nur laut. Das ist eine Sache ...«
»Nun, ich kann daran überhaupt nichts Schlimmes sehen.«
»... über die wir reden müssen.«
Aber an diesem Abend sprachen sie nicht mehr darüber. Um genau zu sein, sie kamen nicht dazu, denn in diesem Moment hielt ein Streifenwagen in der Einfahrt.
Corde beugte sich aus dem Fenster. Er roch Ammoniak. Nach einem endlos langen Moment ging die Wagentür auf. »Es ist T. T. Jemand hockt auf dem Rücksitz. Transportiert er vielleicht einen Gefangenen?«
Ebbans verließ den Wagen und öffnete die Hintertür. Langsam stieg Jamie aus.

Halbert Strumm, der in einer nicht erschlossenen Enklave von Harrison County lebte, die als Millfield Creek bekannt war, hatte sein Vermögen mit Tierkadavern gemacht. Er zermahlte Knochen und Organe zu einem Dünger für Zimmerpflanzen. Strumm pflegte in aller Ernsthaftigkeit und mit leicht bebender Stimme zu erklären, daß so mancher alte Wallach mit einem gewissen Stolz seinen letzten Gang angetreten habe, weil er in dem Bewußtsein sterben konnte, in Kürze liebevoll auf einen eingetopften Philodendron gestreut zu werden, der von seiner Fensterbank aus die ganze New Yorker Park Avenue überblicken konnte. Solche Erzählungen waren der Anlaß dafür, daß alle Angestellten von Strumm sowie auch die meisten seiner Bekannten ihn für einen Spinner hielten oder sich über ihn lustig machten.
Obwohl er die Auden University nie besucht hatte, hatten er und seine Frau Bettye sich stets als generöse Förderer der Anstalt erwiesen. Ihre Großzügigkeit war jedoch stets an Bedingungen geknüpft, mit anderen Worten, sie wollten im

Gegenzug etwas für ihre Spende haben. Zum Beispiel brachten Abonnementkarten für eine bestimmte Konzertserie einen Scheck von tausend Dollar ein. Für einen Logenplatz im Stadion gab es immerhin noch fünfhundert. Schon fünftausend Dollar war den Strumms eine Reise in den Sudan wert, um dort zusammen mit Archäologiestudenten Ausgrabungen zu tätigen; die ständige Anwesenheit der beiden und ihre zahllosen Fragen hatten den Studenten die Arbeit tüchtig vergällt.

Randy Sayles, der jetzt in die Einfahrt des Strumm-Anwesens einbog, war sich nicht sicher, ob den beiden der Vorschlag zusagen würde, den er ihnen diesmal unterbreiten wollte. Strumm, ein breitschultriger und kahlköpfiger Riese mit gewaltigen Händen, führte den Professor in ein Treibhaus. Und dort fanden sie sich inmitten Tausender Pflanzen wieder, die um keinen Deut gesünder aussahen als die in Sayles' Garten (und die bekamen nicht die irdischen Überreste von alten Tieren als Leckerbissen gereicht). Darin lag eine Ungerechtigkeit, die bei Sayles immer wieder größte Depressionen hervorrief.

»Hal, wir haben ein Problem und benötigen Ihre Hilfe.«

»Sie brauchen Geld. Sie kommen doch immer nur wegen Geld.«

»Da haben Sie recht.« Sayles mußte ein paarmal schlucken, um sich im Zaum zu halten. »Ich kann und will es auch gar nicht bestreiten, Hal. Aber Ihnen ist doch sicher bewußt, was Auden für diese Stadt bedeutet. Es fehlt wirklich nicht viel, und wir müssen die Anstalt schließen.«

Strumm runzelte die Stirn und riß eine grüne Ranke von einer Efeupflanze. »Sieht es tatsächlich so ernst aus?«

»Wir haben den Angestellten in Schreiben schon Entlassungen und Gehaltskürzungen ankündigen müssen.«

»Du liebe Güte.« Die nächste Ranke wurde entfernt.

»Wir brauchen dringend zusätzliche Mittel, genauer gesagt, Ihre Hilfe. Immerhin haben Sie sich in der Vergangenheit stets als überaus großzügig erwiesen.«

»Wissen Sie was, Professor, ich fühle mich heute in Geberlaune.«
Sayles schlug das Herz so schnell, daß der Rhythmus im ganzen Brustkorb widerhallte. Er hörte das Blut durch seinen Kopf rauschen.
»Vielleicht gefällt es mir ja, Ihnen aus der Klemme zu helfen. Ich nehme an, Sie sprechen von größeren Summen.«
»Das ist wohl wahr.«
»Sie wissen sicher, daß ich nur eine staatliche Universität besucht habe.«
»Das habe ich nicht gewußt«, sagte Sayles, »aber ich kann nichts Schlimmes daran finden.«
»Natürlich ist da nichts gottverdammt Schlimmes dran«, entgegnete Strumm aufgebracht. »Wir hatten dort kein gutes Team. Um die Wahrheit zu sagen, es war ein lausiges Team. Ich denke oft, wenn ich noch mal ganz von vorn anfangen könnte, würde ich eine Uni mit einem guten Team besuchen.«
»Auden besitzt eine ziemlich fähige Mannschaft.«
»Und auch ein hübsches Stadion.«
Sayles konnte das nur bestätigen, weil es durchaus der Tatsache entsprach. »Es ist dem Soldier Field in Chicago nachempfunden.«
»Wirklich? Ich hatte stets einen großen Traum«, sagte Strumm. »Wenn ein Mann älter wird, denkt er immer häufiger an seine großen Träume.«
»Das geht uns allen so.«
»Einer meiner großen Träume war der, einen Haufen Geld zu verdienen.«
Tja, du verrückter alter Schwanzlutscher, das ist dir doch gelungen.
»Ein weiterer war der, etwas von meinem Reichtum an eine Anstalt wie Auden weiterzugeben.«
Willst du mich auf den Arm nehmen, oder ist dir wirklich ernst damit?
»Und als freundliche Geste für meine Großzügigkeit ...«

Los, spuck es aus!
»... würde man mir zu Ehren ein Footballstadion bauen. Sehen Sie, ich hatte meine Chance bekommen, sie aber nicht genutzt. Das Zweitbeste wäre ein Stadion, das nach mir benannt ist.«
»Nun, Hal, wir haben, wie erwähnt, bereits ein Stadion.«
»Ja, es ist nach einem Barnes benannt. Wer war das überhaupt?«
»Einer unserer Studenten, der in den zwanziger Jahren seinen Abschluß gemacht hat. Ein ausgesprochener Philanthrop. Er hat uns sein Vermögen vererbt, und davon zehren wir heute noch.«
»Soll ich das so verstehen, daß Sie nicht gewillt sind, das Stadion umzutaufen?«
»Hal, die Testamentsverfügung ist immer noch in Kraft. Wir können rein gar nichts dagegen tun.«
Strumm betrachtete eine kranke Pflanze und bestreute die Blätter anschließend mit dem Inhalt einer Tüte »Strumm's Extra«. Wofür steht das »Extra«? fragte sich Sayles.
»Gut, dann ist das Thema damit wohl erledigt. Ich sage Ihnen was, ich habe noch einen Traum. Ich wollte immer, daß man einen Reaktor nach mir benennt.«
»Einen Atomreaktor?«
»Ich glaube, in Champaign-Urbana steht ein Forschungsreaktor, der den Namen von irgendwem trägt. Ich glaube, ein Reaktor ist fast so gut wie ein Stadion.«
»Hal, Auden braucht keinen Reaktor. Wir haben noch nicht einmal eine eigene naturwissenschaftliche Fakultät. Bei uns dominieren die Geisteswissenschaften.«
Was befand sich in den gelbweißen Tüten? Alte Pferdekadaver? Reste von alten Schweinen? Strumms Exkremente?
»Ich würde Auden einen Scheck über zweihunderttausend Dollar ausstellen, wenn Sie einen Reaktor bauen und ihn nach mir nennen.«
»Hal, wir brauchen dreieinhalb Millionen«, entgegnete Sayles am Rande seiner Beherrschung.

Und wieder wanderte eine kleine Ranke auf den Boden.

»So viel ... hm. Ich könnte nicht einmal einen Bruchteil davon lockermachen. War ein schlechtes Jahr für meine Firma. Wenn es mit der Wirtschaft bergab geht, verzichten die Menschen als erstes auf ihre Zimmerpflanzen. Ja, so ist es wirklich. Und mein Geschäft ist nicht so krisensicher, wie immer behauptet wird.«

»Auden droht geschlossen zu werden.«

»Selbst wenn man mir ein Stadion *und* einen Reaktor gäbe, wäre nicht mehr als eine Viertelmillion drin.«

»Wir könnten einen Lehrstuhl nach Ihnen benennen. Oder ein Hörsaalgebäude. Wir verfügen über einige. Sie könnten sich sogar eins aussuchen.«

»Dreihunderttausend, mehr ist beim besten Willen nicht möglich. Für eine tiermedizinische Fakultät eventuell sogar dreihundertfünfzigtausend.«

»Wir haben keine Verwendung für Tiermedizin, Hal!«

»Tja, wenn das so ist.«

Die nächste Ranke.

Sayles raste mit siebzig Meilen in der Stunde zum Campus zurück. Er stellte den Wagen in der ersten Lücke ab, und es war ihm vollkommen egal, daß er mit zwei Rädern auf dem Bürgersteig stand. Dann rannte er durch die Flure seiner Fakultät bis zur Tür seines Vorlesungssaals und wartete dort einen Moment, um sich zu sammeln. Dabei hörte er, wie Glenn Darby den Studenten gerade erklärte, daß er, Professor Sayles, heute leider nicht kommen könne.

Er atmete tief durch, stieß die Tür auf und marschierte wie ein römischer Feldherr über den Mittelgang zum Podium. Sayles hatte bereits die Hälfte des Wegs zurückgelegt, als die Studenten seine Anwesenheit bemerkten. Die ersten klatschten Beifall, der zu tosendem Applaus anschwoll, und bald waren auch Hochrufe und Begeisterungspfiffe zu vernehmen. Als er endlich das Podium erreicht hatte, an seinem Pult stand und das Mikrofon einschaltete, wurde ihm eine Standing ovation zuteil. Er brauchte fünf Minuten, um seine Studenten wieder zur Ruhe zu bringen.

Dann, die Tränen standen ihm in den Augen, begann er zu sprechen und teilte den Anwesenden mit bewegter Stimme mit, daß dies seine letzte Vorlesung in Auden sein werde, ja, eigentlich seine letzte Vorlesung an irgendeiner Hochschule.

Corde lief nicht mehr auf und ab. Er saß jetzt auf der Couch, war in sich zusammengesunken und machte ein grimmiges Gesicht. Diane hatte neben ihm auf einem Stuhl Platz genommen und die Hände in den Schoß gelegt. Jamie hockte zwischen seinen Eltern und wirkte wie ein Häufchen Elend.

»Mein Sohn, die Sache ist ziemlich ernst. Das muß ich dir wohl nicht lange erklären.«

»Ich habe aber doch nichts getan!«

»T. T. sagte, du hättest ihm erzählt, in der Nacht, in der Jennie Gebben ermordet worden ist, allein am Teich gewesen zu sein.«

»Das stimmt ja auch. Ich habe dort nur geangelt, aber niemanden gesehen.«

»Schatz, bitte«, sagte Diane.

Sie starrte eine Obstschale an, und so war nicht ersichtlich, ob sie damit ihren Mann oder ihren Sohn gemeint hatte.

»Jamie, wir möchten dir ja gerne glauben. Es ist aber leider so, daß T. T. mit ein paar Leuten geredet hat, und die haben alle ausgesagt, in jener Nacht *zwei* Jungs am Teich gesehen zu haben. Und die Beschreibung des einen paßt haargenau auf dich.«

»Dann glaubt ihr mir also nicht, haltet mich wahrscheinlich für einen Lügner.« Das war keine Anklage, sondern eine simple Feststellung. Er konnte seinem Vater nicht in die Augen sehen, was diesem nicht unlieb war, weil es ihm ebenso schwerfiel, seinem Sohn ins Gesicht zu blicken.

»Jamie, wir müssen wissen, was geschehen ist. Ich kann mich nicht daran erinnern, wo du in jener Nacht gewesen bist, und ich ...«

»Du weißt doch von keiner Nacht, wo ich gewesen bin.«

»So redet man nicht mit seinem Vater!« fuhr Diane ihn an.
Aber Jamie beugte sich vor und fuhr unbeeindruckt fort: »Wo war ich zum Beispiel vergangene Nacht? Oder vorgestern nacht? Aber woher solltest du das auch wissen?«
»Jamie!« rief Diane empört.
Jamie schwieg für einen Moment. Dann erklärte er: »Ich war angeln, und zwar ganz allein.«
Als altgedienter Kriminalist kannte Corde Dutzende von Tricks, wie man bei einem Verhör die wahre Geschichte herauskitzeln konnte. Bluffs, Fangfragen, Freundlichkeiten und Einschüchterungen. Er hatte sie alle aus seinen Journalen, Seminaren und Rundschreiben gelernt. Und er vervollkommnete seine Kenntnisse in Schulungskursen. Er hatte sie bei allen angewandt, von kleinen Autodieben bis zu Einbrechern. Aber er konnte es nicht über sich bringen, diese Tricks bei seinem Sohn einzusetzen. Wie gern hätte er jetzt die Wahrheit erfahren, doch Jamie sollte sie ihm freiwillig erzählen.
»Hast du oben auf dem Damm geangelt?«
»Nicht direkt am Damm, eher im Garten von jemandem.«
»Ich habe dir doch gesagt, daß du nicht unbefugt fremde Grundstücke betreten darfst.«
Jamie schwieg.
»Hast du die junge Frau dort gesehen, oder ist dir da sonst jemand begegnet?«
»Nein. Ich habe nur eine Weile geangelt und bin dann wieder nach Hause gegangen.«
»Warum hast du mir nicht früher davon erzählt? Du wußtest doch, daß ich den Fall bearbeite.«
»Weil ich ganz allein dort war und niemanden gesehen habe.«
»Jamie, bitte ...«
Der Junge senkte den Kopf. »Ich gehe jetzt auf mein Zimmer.«
»Jamie ...« Corde beugte sich vor und legte ihm eine Hand aufs Knie. Doch er reagierte nicht darauf. Corde stellte ihm jetzt die Frage, die er die ganze Zeit über verdrängt hatte: »Neulich Mittwoch nacht warst du auch nicht zu Hause, oder?«

»Was sagst du denn da, Bill?« rief Diane entsetzt.
Jetzt sah Jamie seinem Vater in die Augen. »Er will wissen, wo ich in der Nacht gewesen bin, in der man das zweite Mädchen ermordet hat.«
»Einen Moment mal, mein Sohn. Du kannst die Sache nicht auf die leichte Schulter nehmen. T. T. und Steve werden dich deswegen verhören wollen ...« Jamie erhob sich und schlenderte aus dem Wohnzimmer. Corde lief vor Zorn rot an und sprang auf. Doch dann besann er sich und ließ sich wieder auf die Couch fallen.
»Du weißt doch hoffentlich, daß er nichts damit zu tun hat«, sagte Diane.
»Ich weiß nur, daß er am Teich gewesen ist.« Corde sah sie verdrossen an. »Und ich weiß auch, daß er lügt. Aber mehr weiß ich leider nicht.«

Liebe Sarah ...
Sie las die Nachricht ein weiteres Mal, konnte sich wegen der Stimmen aus dem Wohnzimmer aber nur schlecht darauf konzentrieren. Irgendwas war los mit Jamie. Mit ihrem Bruder war das schon so eine Sache. Manchmal machte er ihr angst, dann wieder vergötterte sie ihn. Vor allem, wenn er sie in das einbezog, was er tat. Zum Beispiel, wenn er einen Witz so lange wiederholte, bis sie ihn verstanden hatte, oder wenn er sie zum Einkauf in der Mall mitnahm. Aber da gab es auch die Male, da er sie so behandelte, als wäre sie gar nicht vorhanden, und sie hatte oftmals den Eindruck, daß er durch sie hindurchsah. Seine Miene war dann verschlossen, und er tat sehr geheimnisvoll. Sarah hatte hinten in seinem Kleiderschrank Magazine voll mit Frauen gefunden, die nichts anhatten, und auch einen ganzen Stoß Ausgaben von *Fantagore*, wo Filmbilder von Monstern oder von aufgeschlitzten oder zerstückelten Menschen gezeigt wurden.
Sie vermutete jetzt, daß ihr Vater diese Heftchen ebenfalls entdeckt hatte und ihm nun heftige Vorwürfe machte.

Sarah versuchte, die Stimmen zu ignorieren, um sich ihrem eigentlichen Problem zuwenden zu können.
Was sollte sie bloß dem Sonnenschein-Mann geben?
Er hatte etwas ganz Besonderes verdient. Etwas Persönliches von ihr. Doch wenn sie darüber nachdachte, was sie wohl geben könnte, war ihr Verstand vollkommen leer. Vielleicht ein ...
Im Wohnzimmer wurde es lauter. Jamie war ziemlich sauer, und ihre Eltern klangen sehr ernst. In einem solchen Ton hatten sie auch damals gesprochen, als Grandpa mitten in der Nacht so krank geworden war und sie ihn ins Krankenhaus bringen mußten, aus dem er nicht mehr zurückgekehrt war.
Dann trat plötzlich Stille ein, und sie hörte nur noch, wie Jamie auf sein Zimmer ging. Er warf die Tür hinter sich ins Schloß und drehte seine Stereoanlage auf. Schon wieder die Musik aus dem Science-fiction-Film, den er sich schon drei- oder viermal angeschaut hatte.
Was würde dem Sonnenschein-Mann gefallen?
Wenn ihre Eltern zu einer Party gingen, backte ihre Mutter vorher immer einen Kuchen, den sie mitnahm. Aber Sarah konnte noch nicht backen. Sie sah sich in ihrem Zimmer um, und ihr Blick wanderte über die Spielsachen, die Videobänder und die Stofftiere ... Ja, das hielt sie für eine gute Wahl. Der Sonnenschein-Mann hatte Redford T. Redford vor zwei Wochen zum Steinkreis fliegen lassen. Damit stand wohl fest, daß er Tiere genauso liebte, wie diese ihn liebten.
Sie nahm einen zimtbraunen Bären aus dem Regal, den ihre Mutter auf den Namen Chutney getauft hatte.
Sarah band Chutney einen rosafarbenen Schal um den Hals und begab sich dann mit ihm zum Fenster. Zusammen sahen sie hinaus in den Garten. Dann zog sie die Nachricht aus der Tasche und las sie laut vor, damit der Bär hören konnte, was der Sonnenschein-Mann ihr mitzuteilen hatte.

Liebe Sarah,
triff mich morgen bei unseren magischen Steinen. Sei um drei Uhr dort. Sag niemandem etwas davon. Ich werde dann dafür sorgen, daß Du nie wieder in die Schule mußt.

»Ich vermute, bei dieser Frage wohnen zwei Seelen in Ihrer Brust«, sagte Dekanin Larraby.
»Nun ja, natürlich ...« entgegnete Brian Okun lahm. »Er ist mein Vorgesetzter. Ich habe von ihm mehr über Literatur gelernt als von jedem anderen. Und mein Respekt vor ihm ist grenzenlos.«
»Er hielt sich in San Francisco auf, als hier die Morde begangen wurden«, fuhr die Dekanin fort. »Also entbehren doch die Gerüchte, er habe etwas mit dem Tod der Mädchen zu tun, jeder Grundlage.«
»Soll das etwa heißen, Leon wurde der beiden Taten verdächtigt?«
»Ach, Sie wissen ja, wie unsere Polizei arbeitet. Das sind doch alles Narren. Aber mich interessieren nicht in erster Linie die beiden Studentinnen. Mich beschäftigt vielmehr die Frage, ob Professor Gilchrist ein Verhältnis mit Jennie Gebben oder Emily Rossiter hatte. Wissen Sie, ob er mit einer von ihnen intim geworden ist?«
»Haben Sie mich aus diesem Grunde herrufen lassen?«
»Sie kennen ihn am besten.«
Okun schüttelte den Kopf. »Aber wenn er nicht mehr unter Verdacht steht ...«
Die Dekanin sah ihn mit ihrem viereckigen Gesicht mütterlich an. Sie glaubte, in dieser Pose besonders aufrichtig zu wirken, doch die Drohung in ihrer Stimme verriet ihre wahren Absichten. »Ich halte es für besonders verabscheuungswürdig, wenn ein Professor seine Autorität dazu mißbraucht, seine Studentinnen zu verführen.«
»Da stimme ich Ihnen voll und ganz zu. Aber ich glaube keine

Sekunde daran, daß Professor Gilchrist so etwas getan hat. Und außerdem ging es in den Gerüchten, die mir zu Ohren gekommen sind, nur um ihn und Jennie, nie um ihn und Emily.«

»Also wissen Sie doch etwas.«

Er schwieg einen Moment lang, und sein Blick wanderte nervös hin und her. »Man kann den Campus-Tratsch doch nicht für bare Münze nehmen ...«

»Wenn er mit Jennie Gebben im Bett gewesen ist, entlasse ich ihn auf der Stelle.«

»Natürlich lauert hier überall die Versuchung. Und Sie wissen bestimmt, daß er alleinstehend ist.« Okun schüttelte den Kopf. »Aber nein, was sage ich denn da. Nach meiner Kenntnis hat er sich nie privat mit ihr getroffen.« Er senkte die Stimme: »Es gibt da bestimmte Gerüchte, die behaupten, er sei, nun ja, homosexuell.«

Die Dekanin verzog das Gesicht. »Das ist beinahe genauso schlimm«, murmelte sie.

Okun atmete tief durch: »Ich ...«

»Ja?«

Okun schwieg eine ganze Weile, dann schüttelte er den Kopf. »Verzeihen Sie, das war nur so eine Idee, die mir jedoch nach einiger Überlegung immer unmöglicher erscheint.«

»Sprechen Sie es bitte aus.«

Okuns Blick wanderte wieder umher und blieb am Diplom der Dekanin hängen. University of Kentucky.

»Ich hoffe, Ihre vorrangige Loyalität gilt Auden«, drängte sie.

Er seufzte. »Dekanin, diese Geschichte macht mich genauso betroffen wie Sie. Um ganz offen zu reden, ich habe eine Menge Zeit mit Leon verbracht und verdanke ihm sehr viel. Er hat meinen großen Respekt wirklich verdient, und ich würde nichts lieber tun, als ihn von allen Verleumdungen und Verdächtigungen reinzuwaschen. Ich suche fieberhaft nach Möglichkeiten, seine Unschuld zu beweisen. Lassen Sie mich deshalb sein Büro nach einem Hinweis auf Jennie durchsuchen. Vielleicht einen Brief oder eine kurze Notiz. Oder einen Eintrag in seinem Terminkalender. Wenn ich nichts finde, ist die Sache erledigt, und wir belassen es dabei, daß Leon das Opfer eines bösartigen Gerüchts wurde. Falls ich aber doch auf etwas stoßen sollte, verspreche ich, es Ihnen umgehend zu geben, damit Sie dann die Entscheidung treffen können, die Sie fällen müssen.«

»Das ist sehr mutig von Ihnen.«

»Nein, mit Mut hat das nichts zu tun. Man ist hier immer sehr gut zu mir gewesen. Ich schulde Auden eine Menge.« Er legte eine kleine Kunstpause ein. »Es gibt da allerdings ein Problem ...«

»Ja?«

»Nun, ich würde ein großes Risiko auf mich nehmen. Man könnte meine Tat als Spionieren werten.« Er breitete die Arme aus und grinste verlegen. »Wenn Leon je herausfinden sollte, daß ich in seinen persönlichen Angelegenheiten herumgekramt habe, würde er mich umgehend vor die Tür setzen.«

»Wenn sich herausstellt, daß er mit Jennie geschlafen hat, fliegt er von der Uni. Damit würde er für Sie keine Bedrohung mehr darstellen.«

»Aber wenn sich der Verdacht als unbegründet erweisen sollte ...« Willst du nicht begreifen, du blöde Kuh? »Damit würde dann ein ziemliches Risiko für mich entstehen.«

»Natürlich.« Die Dekanin dachte nach. Okun wartete ungeduldig, daß ihre Gedanken endlich bei einem Ziel anlangten. Schließlich erklärte sie: »Es gäbe eine Möglichkeit, Sie zu schützen. Sie haben sich doch hier um eine Lehrstelle beworben, nicht wahr?«

»Natürlich hängt das davon ab, ob meine Dissertation angenommen wird.«

»Ich könnte ja mal mit unserem Personalkomitee sprechen. Allerdings bin ich nicht in der Lage, Ihnen ein besonders hohes Gehalt in Aussicht zu stellen.«

»Ich bin Wissenschaftler«, entgegnete er bescheiden. »Allein Forschung und Lehre sind mir wichtig.«

Durch das offene Fenster drang das Dröhnen eines alten Rasenmähers herein, zusammen mit einer Brise, doch Okun nahm den Geruch von frisch geschnittenem Gras nicht wahr. Er warf einen Blick auf den Mann an der Maschine, der sich wie ein Roboter bewegte, und verspürte einen eigenartigen Anflug von Mitleid mit dem Gärtner und dessen uninspiriertem Dasein. Eine Menge dumpfer Jahre ohne das belebende Kokain des Intellekts standen ihm bevor.

Die Dekanin fragte mit einem verschmitzten Lächeln: »Haben wir gerade so etwas wie ein Abkommen geschlossen?«

Ein Wort von Nietzsche kam ihm in den Sinn. Er formulierte es in Gedanken auf die momentane Situation um, und das Ergebnis gefiel ihm: Der Mensch ist das einzige Tier, das Versprechen gibt und Drohungen wahr macht.

22

Nach einer schlaflosen Nacht fuhr Corde mit Jamie ins Sheriff's Department. Mit roten Augen und hin und her gerissen zwischen Wut und mangelndem Schlaf saß er die ganze Zeit über schweigend im Wagen. Jamie hingegen redete ununterbrochen, sprudelte geradezu über, so als wären sie nicht auf dem Weg zu einem Verhör, sondern zum Angeln. Tatsächlich wirkte er so freudig erregt wie nicht mal bei ihren Angelausflügen. Und das verstärkte Cordes Zorn nur noch.

Er erinnerte sich daran, wie Jamies Augen immer geleuchtet hatten, wenn er, obgleich dies nicht erlaubt war, im Streifenwagen mitfahren durfte. Doch das war schon lange her. In den letzten Jahren hatte er wenig Interesse daran gezeigt, dieses Erlebnis zu wiederholen. Corde warf ihm einen Seitenblick zu und richtete seine Aufmerksamkeit dann erneut auf die Straße. Irgendwo in Jamie steckte ein genaues Abbild von ihm, von seinem eigentlichen Selbst. Deswegen glaubte Corde ja auch so oft, daß Worte zwischen ihnen überflüssig waren. Aber jetzt tat es weh, tat es verdammt weh zu sehen, wie Jamie sein wahres Ich genauso hinter einer Mauer verbarg, wie er selbst das zu tun pflegte. Denn sein fortwährendes Schwatzen war in Wahrheit nicht mehr als eine Tarnung, eine Schutzvorrichtung. Und so schwieg Corde während der ganzen fünf Meilen Fahrt zum Sheriff.

»Hallo, Bill. Hallo, Jamie«, grüßte T. T. Ebbans.
Miller winkte den beiden etwas verkrampft zu. Corde fiel die astrologische Karte ins Auge, die unübersehbar über Slocums Schreibtisch hing. Er nickte in Richtung der beiden Männer. Durch die offene Tür von Ribbons Büro sah er den Sheriff, der sich gerade mit Charlie Mahoney, dem Repräsentanten der Familie, unterhielt. Ribbon blickte auf, entdeckte Jamie und ging dann zu den anderen. Mahoney aber blieb in der Tür stehen.
Ein langes Schweigen legte sich über den Raum. Schließlich ergriff Corde das Wort. »James hat mir versichert, daß er an jenem Abend allein gewesen ist.«
Ebbans nickte mehrmals. Er hatte ein nichtssagendes Lächeln aufgesetzt. »Nun«, begann er und war dann still. Von den anderen machte keiner den Mund auf. Ribbon starrte den Jungen an. Corde betrachtete den Fußboden.
»Jamie«, fand Ebbans schließlich die Sprache wieder, »wir möchten dir nur ein paar Fragen stellen. Das macht dir doch nichts aus, oder?«
»Nein, Sir.«
»Warum gehen wir dann nicht in das hintere Büro?«
Der Junge sah seinen Vater an und folgte dann Ebbans. Als Corde Anstalten machte, sich ebenfalls in Bewegung zu setzen, sagte Ribbon: »Auf ein Wort, Bill.« Ebbans und Jamie verschwanden gerade durch eine Tür in den hinteren Trakt des Gebäudes, ohne sich noch einmal umzudrehen. »Du wartest besser hier.«
»Ich möchte aber gern bei meinem Jungen sein.«
»Hat er dir denn gar nichts erzählt?« fragte Ribbon leise.

»Er sagte, er sei allein gewesen und habe weder das Mädchen noch sonst irgend jemanden gesehen.«
»Glaubst du, er könnte gelogen haben?«
Corde sah Ribbon direkt an. »Nein. Wenn du mich jetzt bitte entschuldigen würdest.«
Der Sheriff legte ihm eine Hand auf den Arm. »Wir haben darüber geredet, Bill, und halten es für besser, wenn du nicht dabei bist.«
»Er ist noch minderjährig, und ich habe das Recht, ihm während des Verhörs Beistand …«
»Jamie steht nicht unter Verdacht, Bill. Wir verhören ihn lediglich als Zeugen.«
»Ich …«
Ribbon schüttelte den Kopf. »Es ist sowohl für die Ermittlungen als auch für dich besser, wenn du jetzt nicht dort hineingehst. Wir wollen mögliche Verfahrensfehler von vornherein ausschließen.«
Corde starrte auf die Tür und dachte, wie einfach es doch wäre, sich von Ribbons Hand zu befreien und ins hintere Zimmer zu marschieren. Doch statt dessen nahm er nur den Hut ab und legte ihn auf den Schreibtisch neben sich.
Steve Ribbon ließ ihn los, trat ans Fenster und sagte nach einer Weile: »Wir sollten bei nächster Gelegenheit mal wieder angeln gehen.«
»Aber sicher sollten wir das«, erwiderte Corde leise.

»Du kleines Stück Scheiße.« Mahoney lief langsam um Jamie herum.
Er wunderte sich darüber, daß der Junge noch nicht in Tränen ausgebrochen war, und beschloß, eine härtere Gangart einzulegen. »Du bist ein dreckiger Lügner. Ich weiß das, und dein Vater weiß das auch. Und dir selbst ist das ebenfalls bewußt.«
»Ich war ganz allein dort.« Jamie starrte auf die Tür. Deputy Ebbans war vor einigen Minuten verschwunden, um ein paar Colas zu besorgen. Langsam dämmerte dem Jungen, daß das

nur eine Ausrede gewesen war und er so schnell nicht zurückkehren würde.
»Jetzt vergiß diesen Schwachsinn endlich. Was denkst du denn, worum es hier geht? Daß du nach der Sperrstunde noch unterwegs gewesen bist, oder was? Glaubst du tatsächlich, daß wir dir deswegen etwas anhängen wollen? Ich rede hier von Haftstrafe! Von ein paar Jährchen in Warwick. Wie alt bist du eigentlich? Sechzehn?«
»Fünfzehn.«
Zum erstenmal zitterte die Stimme des Jungen.
»Jetzt bist du fünfzehn, aber bis es zum Prozeß kommt und du vor dem Richter stehst ...«
»Ich?« Er klang nun wirklich verängstigt.
»... bist du sechzehn, und dann heißt es ab mit dir in den Erwachsenenflügel. So einfach ist das, Junge. Du sitzt ganz schön tief in der Scheiße.«
Jetzt kamen ihm die Tränen.
»Ich habe es nicht getan. Das schwöre ich.«
Mahoney beugte sich über ihn. »Du hast wirklich von nichts eine Ahnung, was, du kleiner Wichser? Wir müssen einen Täter finden. Und weil bis jetzt keiner gefunden wurde, steht zumindest für mich fest, daß wir dich vor Gericht bringen.«
Jamie wischte sich mit dem Handrücken über die Augen. »Wo ist mein Vater?«
»Er sagte, er habe noch etwas zu erledigen.«
»Nein, er hat gesagt, er wolle hier bei mir sein.«
»Er hat damit nur gemeint, dich hierher zu bringen. Und er hat uns erzählt, daß du ihn belogen hast.«
Jamie starrte wieder auf die Tür. Er biß die Zähne aufeinander und atmete schneller. »Hat er nicht.«
»Er hat gesagt, du habest ihn belogen und wirst auch uns belügen.«
»Das hat er nicht gesagt. So etwas würde er nie tun!«
»Mit wem warst du am Teich, verdammt noch mal? Habt ihr Ringelpiez gespielt und euch gegenseitig am Schwanz gezupft?«

»Ich bin kein Homo!«
»Bist du nicht? Dann magst du sicher saftige kleine Pflaumen. Stell dir vor, da kommt so ein hübsches Ding vorbei und ist ganz allein. Eine wirklich scharfe College-Braut. Warst du derjenige, der über sie hergefallen ist?«
Die Tränen kullerten wieder. »Ich habe nichts getan.«
»Wie oft hast du dir den Film angesehen?«
»Welchen Film?«
Mahoney beugte sich so weit vor, bis sein Gesicht direkt vor Jamies war, und brüllte: »Hörst du jetzt endlich damit auf, mich für dumm verkaufen zu wollen? Wie viele Male hast du dir die *Verlorene Dimension* angeschaut?«
Jamie senkte den Kopf und zog an einem eingerissenen Fingernagel. »Ein paarmal. Ich weiß nicht genau, wie oft.«
»Dein Vater hat uns eine von deinen Unterhosen gegeben«, fuhr Mahoney leiser fort, »und zwar eine von denen, in die du reingewichst hast. Somit besitzen wir Proben von deiner Wichse. Und die vergleichen wir mit den Spermaproben, die wir an dem Mädchen gefunden haben.«
»Mein Vater ...« flüsterte Jamie.
»Wir wissen, daß ihr zu zweit wart.«
»... hat Ihnen meine Unterwäsche gegeben?«
»Wir haben mittlerweile genug beisammen, um dich in den Bau zu bringen. Aber uns ist nicht daran gelegen, dieses andere Arschloch frei herumlaufen zu lassen. Wenn du uns seinen Namen nennst, kannst du gehen. Darauf hast du mein Wort.«
Jamie sah verzweifelt zur Tür.
»Ich war allein.«
Mahoney wartete ungefähr eine Minute, dann sprang er auf und warf seinen Stuhl um. »Mann, das bringt meine ganze Verdauung durcheinander. Bei Typen wie dir muß ich immer scheißen. Ich bin in drei Minuten wieder da. Denk inzwischen mal gründlich nach.«
Mahoney verließ den Raum. Die Tür blieb eine Handbreit offen, und durch den Spalt konnte Jamie die Hintertür des

Rathauses sehen. Er starrte durch die Scheibe hinaus auf den Parkplatz und die mächtigen Bäume am Rand.
Draußen war ein schöner Maitag. Die Sonne schien hell vom Himmel, und die Insekten, die durch ihr Licht flogen, glühten wie Funken. Schulkinder stellten sich auf dem Hof auf, um sich in Softball-Mannschaften aufteilen zu lassen. Andere joggten, spielten Fußball oder Tennis.
Dort draußen war eine ganz andere Dimension als die, in der Jamie sich jetzt befand.
Das Sonnenlicht wurde immer heller. Nein, es bewegte sich auf ihn zu. Zu seiner Überraschung stellte er fest, daß er stand und nicht mehr auf dem unbequemen Stuhl hockte, daß er das Verhörzimmer durchschritt, daß er hinaus auf den dunklen Flur trat, daß er die ganze Zeit auf die Scheibe in der Tür starrte. Er blieb im Flur stehen. Das Licht kam immer noch näher. Zuerst langsam, dann schneller und schneller und schließlich mit der Geschwindigkeit einer Sturzflut. Sein Herz hämmerte wie wild, so als wollte es noch mehr Tempo machen als das Licht. Jetzt füllte es alles vor ihm aus, strich über seine schwitzende Haut. Und Jamie begriff, daß er nicht seinen Herzschlag hörte, sondern seine Schritte auf dem Holzdielenboden. Er streckte die Arme aus, spreizte die Finger, und schon explodierte die Scheibe. Eine Million Glassplitter eilten Jamie bei seinem Flug ins goldene Licht voraus.

Der eine Mann sprang bei dem Knall auf, der andere blieb ganz ruhig sitzen.
Mahoney verfolgte, wie der schockierte T. T. Ebbans in den Flur hinter dem Sheriff's Department rannte und auf die Ausgangstür starrte. Sie war jetzt fast ohne Glas und schwang langsam ins Schloß zurück.
Ebbans lief zum Verhörraum, warf einen Blick hinein und entdeckte dann durch das Loch in der Hintertür Jamie, der davonrannte.
»Deputy. Sie sollten ihn besser ...«

Ebbans drehte sich zu Mahoney um. »Jamie würde nie ohne Grund so panikartig fliehen. Was haben Sie ihm gesagt?«

Mahoney nickte in Richtung Tür. »Sie sollten ihn besser verfolgen. Sie wissen doch, wohin er will, nicht wahr?«

»Entschuldigen Sie, Sir«, entgegnete Ebbans, »aber ich halte Sie für ein Riesenarschloch.«

»Deputy, an Ihrer Stelle würde ich mich beeilen.«

»Was machen Sie denn hier?« wollte Corde wissen.

Mahoney schlenderte durch den Aufenthaltsraum und warf einen verächtlichen Blick auf seinen Kaffee. »Drecksbrühe.«

»Waren Sie da drinnen bei meinem Sohn?«

»Ich hab nur mal reingeschaut. Er und T. T. unterhielten sich gerade.«

Corde lief in den Flur und entdeckte, daß der Verhörraum leer war. Als er zurückkehrte, tat Mahoney gerade reichlich Zucker in seinen Kaffee. »Wo ist er?«

»Ihr Sohn? T. T. sagte etwas davon, daß er mit ihm zum See gehen und sich dort umsehen wolle. Glaub ich zumindest.«

Corde marschierte zur Tür. »Er hätte mir Bescheid sagen sollen.«

Mahoney bemerkte die Beweisumschläge, die die Polaroidfotos enthielten, und entzifferte die Aufschriften. »Was ist denn das?«

Ribbon zögerte mit der Antwort, so als wartete er auf Cordes Einverständnis. »Jemand hat die Fotos für Bill abgegeben. Er meint, seine Tochter könnte darauf abgebildet sein.«

»Haben Sie sie ihr gezeigt und sie danach befragt?«

»Nein, sie hat die Aufnahmen nicht zu Gesicht bekommen. Meine Tochter leidet an einer Lernschwäche. Zur Zeit macht sie einiges durch. Die Bilder würden sie nur unnötig aufregen.«

»Tja«, sagte Mahoney und lachte schnaubend, »das ist sicher keine reine Freude für das Mädchen, aber ...«

»Ich habe sie gefragt, ob sie jemand in der letzten Zeit fotografiert habe, und sie hat nein gesagt.«

»Haben Sie nicht gerade erklärt, daß sie ein bißchen langsam im Denken ist?«
»Sie ist nicht schwachsinnig«, antwortete Corde so ruhig wie möglich. »Im Gegenteil, sie hat einen überdurchschnittlichen IQ. Sarah leidet lediglich an einer Lese- und Rechenschwäche.«
»Tatsächlich? Und wenn nun jemand zu ihr gesagt hat, er wolle Bilder von ihr machen, aber sie dürfe niemandem ein Sterbenswörtchen davon erzählen? So etwas kommt oft genug vor.«
»Ich kenne meine Tochter.«
Mahoney griff nach den Aufnahmen. »Besitzt Ihr Sohn vielleicht eine Polaroidkamera?«
Corde wandte sich Ribbon zu. »Kann ich dich einen Moment sprechen, Steve?«
Die beiden zogen sich ins Büro des Sheriffs zurück. Ribbon ließ die Tür offenstehen, aber Corde schloß sie. Er verlor nur selten die Beherrschung. Dummerweise wußte er nie im voraus, wann es soweit war.
»Okay, Bill, ich verstehe ...«
Corde biß die Zähne zusammen. »Ich kann ihn nicht ausstehen. Mit Mahoney will ich nichts mehr zu tun haben!«
»Er ist doch nur ...«
»Laß mich gefälligst ausreden! Mag schon sein, daß Jamie etwas mehr weiß, als er zugibt. Doch du kennst ihn genauso gut wie jeden anderen Jungen in dieser Stadt. Er würde nie solche Aufnahmen von Sarah machen. Ich will mir solchen Scheiß nicht mehr anhören müssen.«
»Aber Mahoney kennt Jamie eben nicht, und du kannst ihm keinen Vorwurf daraus machen, daß er solche Fragen stellt.«
»Und ob ich das kann! Die ganze Geschichte ist uns über den Kopf gewachsen. In der Stadt herrscht Panik. In der Zeitung zählt man die Tage bis zum nächsten Vollmond. Wenn nicht ein Wunder passiert, haben wir es bis dahin mit mindestens zehn Leichen zu tun!«
»Du erinnerst dich hoffentlich, daß der Mond meine Idee war und nicht die von Charlie.«

»Hat er Jamie verhört?«
Ribbon suchte nach den passenden Worten. »Er hat T. T. geholfen. Bill ... er ist ein Mordspezialist.«
»Steve, ich bitte dich ...«
»Wir brauchen alle Hilfe, die wir bekommen können. Schließlich haben wir es hier nicht mit einem dummen Studentenstreich zu tun.«
»Weißt du, wohin T. T. meinen Sohn gebracht hat?«
»Ich habe keine Ahnung, daß er mit ihm fort ist, geschweige denn, wohin.«
Corde verließ das Büro und marschierte in den Aufenthaltsraum.
»Einen Moment, Detective«, sagte Mahoney.
Corde ging unbeirrt weiter zur Tür.
»He, Detective ...«
Corde ließ sich nicht aufhalten.

Das Fenster war offen, und das schwere Aroma von Flieder und von den anderen Gerüchen, die die Brisen mit sich trugen, vermischte sich mit der abgestandenen Luft des Zimmers. Im Haus war es ziemlich still. Philips Vater war längst zur Arbeit gegangen. Seine Mutter schlief noch. Sie hatte die Kinder nicht rechtzeitig für die Schule geweckt. Philip lag mit einer Tüte Cracker im Bett. Krümel bedeckten seine Brust und seinen Bauch. Er wartete darauf, daß es zehn Uhr wurde, denn dann war der Sportunterricht vorüber, und er würde seine Mutter wecken, damit sie ihm eine Entschuldigung für sein Zuspätkommen schrieb.
Er hörte Schritte von draußen. Träge rollte er sich im Bett herum, bis er aus dem Fenster schauen konnte.
»He, Phil!« Die Stimme klang dringend.
Philip sah zu den Fliederbüschen hinüber. Dort stand Jamie Corde, völlig verschwitzt und leichenblaß. »Hallo, Jano, was gibt's denn?«
»Ich war eben an der Schule. Was machst du eigentlich zu

Hause?« Bevor Philip darauf antworten konnte, fuhr er hastig fort: »Komm raus, ich muß mit dir reden.«
Philip wälzte sich aus dem Bett, zog seine Jeans und ein Sweatshirt an und schlich durchs Haus. Seine Schwester träumte unter einem Berg von rosafarbenen Decken. Seine Mutter lag im Elternschlafzimmer. Ihr Mund stand offen, und sie schnarchte. Ihr Lippenstift hatte feuchte rote Flecken auf dem Kissen hinterlassen, die aussahen wie Blut. Philip erreichte die Hintertür und trat hinaus auf die Veranda.
»He, Mann!« rief er, bevor er barfuß die Stufen hinuntertappte, »was ist denn ...«
»Ich war gerade bei der Polizei.«
Philip blieb abrupt stehen. »Was hast du ihnen gesagt?«
»Nichts«, antwortete Jamie weinerlich, »absolut nichts.«
Mist. Das Messer. Darum ging es. Das war sonnenklar. Philip spürte, wie sich auf seiner Stirn Schweißtropfen bildeten. Er ging zu den Büschen und hockte sich dort hin. Jamie setzte sich neben ihn.
»Was wissen die Bullen denn?«
»Daß ich am Teich war. In jener Nacht. Und nicht allein. Sie haben sogar so etwas wie eine Beschreibung von dir.«
»Scheiße! Wie konnten sie das herausfinden?« Mißtrauen zeigte sich auf seinem Gesicht.
»Ich habe kein Wort gesagt. Mein Vater ... Er ...« Jamie konnte es einfach nicht aussprechen. Zu entsetzlich war ihm die Vorstellung, daß sein Vater seine schmutzige Wäsche durchwühlte und schließlich eine getragene Unterhose in einen Plastikbeutel stopfte. Jamie fing an zu weinen. »Sie haben gesagt, wir müßten ins Gefängnis! Was sollen wir nur tun? O Scheiße, Mann!«
Jamies Hände zitterten, aber Philip war ganz ruhig. In der Dimension, in der er den Großteil seiner Zeit verbrachte, war nichts unmöglich, war nichts so, wie es den Anschein hatte. Ahornbäume entpuppten sich als Natriumtriebwerke von intergalaktischen Raumschiffen. Bei Bürgersteigen handelte es

sich in Wahrheit um kristallene Bergpfade, die sich viele hundert Meter über dem plasmaenergetischen Kern des Planeten wanden. Und die Sterne waren keine Himmelskörper, sondern Löcher in dieser armseligen dreidimensionalen Welt, durch die die allmächtigen, superintelligenten und viele Trillionen Lichtjahre großen Wächter hinabblickten. In Philips Welt waren fette Jungs in verschmutzten Bluejeans drahtige, muskulöse Helden, die sich bei Gefahr in ihre Mäntel hüllten und so ihren schrecklichen Feinden entkamen.

»Wir müssen verschwinden«, sagte er leise.

»Verschwinden?«

»Ja, durch ein Dimensionstor.« Und flüsternd fügte er hinzu: »Für immer in eine andere Welt.«

»Das war doch bloß ein Film, Blödmann«, widersprach Jamie.

Aber Philip fuhr unbeirrt fort: »Wir sitzen beide in der Scheiße. Oder willst du etwa ins Gefängnis? Und was dann? Wieder heimkehren zu deinem Vater?« Er lächelte überlegen. »Diese Dimension hier stinkt, Jano.«

Jamie schwieg.

»Wir haben einen Eid abgelegt«, erinnerte ihn Philip. »Einen Eid ...«

»Wir hätten ihr das nicht antun dürfen.«

»Auf unser Leben haben wir geschworen.« Philip blickte durch eine Lücke in den Fliederbüschen zum Himmel. »Die Dimension dort ist real. Im Gegensatz zu unserer. Wir haben einen Eid abgelegt. Den willst du doch nicht etwa brechen, oder?«

Jamie riß einen schwarzen Zweig ab, entfernte die Knospen und kleinen Blüten, so als würde er Fleisch von einem Knochen schälen, und schleuderte die Rute mit aller Kraft fort.

»Erinnerst du dich an Dathar?« fragte Philip. »Daran, wie er vom Regierungsgebäude gesprungen ist? Seine Feinde dachten schon, jetzt hätten sie ihn, aber da ist er ihnen doch noch entkommen.«

»Er ist nicht entkommen, sondern dabei gestorben. Die Wächter haben ihn später ins Leben zurückgebracht.«

»Das ist doch dasselbe«, flüsterte Philip. »Auf jeden Fall ist er entkommen.«
Jamie sagte nichts dazu.
Das Heulen einer Sirene, das sich wie ein Zahnarztbohrer anhörte, war von der Straße her zu vernehmen. Philip verging das Lächeln, als der Streifenwagen mit quietschenden Reifen zum Stehen kam. Er starrte seinen Freund an. »Du hast es ihnen gesagt!«
»Nein!« Jamie sprang auf.
Schritte ertönten. Männer rannten auf sie zu. Ebbans, Miller, Slocum und zwei weitere Deputies.
»Du hast mich verraten!« kreischte Philip, während er versuchte, seinen massigen Körper in Bewegung zu setzen. Seine Füße fingen an zu laufen, und bei jedem Schritt wackelten sein dicker Bauch und seine Brüste. Er fühlte ein Stechen in den schlaffen Beinmuskeln und einen dumpfen Schmerz in seinem überlasteten Herz.
»He, Junge, bleib sofort stehen!«
»Haltet ihn auf!«
Slocum grinste breit. »Er läuft wie eine angestochene Sau!«
Ein anderer lachte laut und rief: »Wir hätten ein Lasso mitbringen sollen!«
Die Deputies hatten keine Mühe, Philip einzuholen und zu Boden zu werfen. Sie lachten und scherzten, als hätten sie ein grunzendes Ferkel erwischt, daß sie am Rost braten wollten. Rasch tauchten Handschellen auf und schlossen sich um wabbelige Handgelenke.
Einer der Polizisten stellte Jamie eine Frage, von der dieser jedoch nichts mitbekam, denn er hörte nur Philips Stimme, die mit ihrem Kreischen den ganzen Garten erfüllte: »Du hast mich verraten! Du hast mich verraten! Du hast mich verraten!«

23

Corde blieb einen Moment vor dem Haus stehen.
Seinem Blick bot sich ein kaputter Rasenmäher, ein von Termiten zerfressener Stapel Feuerholz, rostige Werkzeuge, vier überquellende Abfallsäcke und eine alte Tonne voll mit stinkendem Regenwasser. Die weiße Farbe auf der Hauswand blätterte großflächig ab; darunter war das Grün eines früheren Anstrichs deutlich zu erkennen.
In all dieser Ödnis fielen vor allem drei Farbtupfer auf: orangerote Geranien in Tontöpfen.
Im Wohnzimmer hielten sich T. T. Ebbans, Jim Slocum, Lance Miller und die beiden County Deputies auf. Charlie Mahoney war nicht zugegen. Vor den Polizisten hockten Philip und Jamie auf der Couch. Creth Halpern stand neben seinem Jungen und starrte auf ihn hinab. Er hatte die Arme vor der Brust verschränkt, und um seinen Mund zeigte sich ein unheimliches Lächeln. Jane Halpern hing etwas von den anderen entfernt in einem Sessel. Ihre Augen waren stark gerötet, und ihre Lippen glänzten feucht. Corde kannte sie nicht besonders gut. Er wußte nur, daß sie auf der High-School die Klasse unter ihm besucht hatte und eine ausgesprochen hübsche und schlanke Cheerleaderin gewesen war. Heute war sie nur noch dürr und Alkoholikerin.
Im Haus stank es nach verdorbenen Lebensmitteln und Schimmel. Corde nahm auch einen Tiergeruch wahr und erinnerte sich daran, vorhin einen Hund bemerkt zu haben, der im Unkraut neben dem Geräteschuppen herumgeschnüffelt hatte. Die Tür stand weit offen, und das helle Sonnenlicht, das hereindrang, wirkte in dem Halbdunkel unnatürlich und offenbarte Staubbällchen in den Ecken und eine Dreckschicht auf den Möbeln. Der düstere Eindruck, den man gewann, wurde noch von dem Umstand verstärkt, daß an allen Fenstern die Jalousien heruntergelassen waren. Corde trat auf etwas Hartes – ein getrockneter Hundehaufen. Er setzte sich neben Jamie. »Alles klar mit dir, mein Sohn?«

Der Junge starrte ihn schweigend und mit so unverfälschtem Haß an, daß Corde das Herz schwer wurde. Er gab Ebbans ein Zeichen, und die beiden Männer gingen nach draußen. »Was war los, T. T.? Habt ihr, Mahoney und du, dem Jungen angst gemacht, um ihm dann hierher folgen zu können?«
Er hielt es Ebbans zugute, daß dieser seinem Blick nicht auswich und eine ehrliche Antwort gab: »Tut mir leid, Bill, aber genauso ist es gewesen. Mahoney bat mich, Jamie ein paar Minuten verhören zu dürfen, und Steve hat gesagt, das gehe in Ordnung. Aber ich schwöre dir, ich habe nicht gewußt, was dieser Bastard vorhatte.«
»Du glaubst doch nicht, daß Philip es getan hat, oder?«
»Dann sieh dir mal an, was wir gefunden haben.« Ebbans führte ihn zu seinem Streifenwagen. Auf dem Rücksitz lag ein fast meterhoher Stapel von Pornomagazinen, Zeichenblöcken und gewaltbetonten Comics. Corde blätterte in einem Block und betrachtete die grob gezeichneten Raumschiffe und Monster. Dann stieß er auf Bilder von leicht bekleideten Frauen, die in Türmen oder Verließen angekettet waren und von schlangenartigen Kreaturen bedrängt wurden. Philip hatte aus dem Schuljahrbuch die Köpfe von Mitschülerinnen ausgeschnitten und sie auf die Gefangenen geklebt. Viele dieser Darstellungen waren mit dem Zeichen der Naryaner signiert.
Corde mußte unwillkürlich an das Foto von Sarah denken, das sie mit dem Rock über den Hüften zeigte.
»Er hatte Brandsätze installiert«, berichtete Ebbans. »Als wir in dem Schrank, in dem er all diesen Mist aufbewahrt hat, eine Schublade aufzogen, entstand eine Stichflamme. Doch das Feuer ging von allein wieder aus, bevor es Schaden anrichten konnte. Lance hat sich hinten im Garten umgesehen und im Grill Reste einer Boxer-Shorts entdeckt, die der Junge dort verbrannt hat.« Ebbans zeigte ihm eine Plastiktüte. »Da sind Flecken drauf, die wir für Spermaspuren halten. Ach so, wir sind übrigens auch auf Polaroidfotos von einem nackten Mädchen gestoßen.«

Polaroid!
»Von Jennie?«
»Läßt sich schwer sagen. Die Aufnahmen zeigen nur weibliche Brüste.«
»Nicht die von ...« Corde mußte den Blick senken, »... von einem kleinen Mädchen, oder?«
»Nein, entwickelte Brüste. Und dann haben wir ein Paar verschmutzte Stiefel gefunden. Ich lasse die Abdrücke und die Erdspuren untersuchen.«
Von der Veranda rief Slocum: »Stimmt alles mit dem Profil überein. Die Pornosammlung, die Situation zu Hause, einfach alles.«
Corde ignorierte ihn und fragte Ebbans: »Du hast ihn doch hoffentlich nicht allein verhört, oder? Er darf nur in Anwesenheit eines oder beider Erziehungsberechtigten befragt werden.«
»Nein, ich habe überhaupt noch nicht mit ihm gesprochen. Aber ich sage dir was: Der Vater wird ihm kein großer Beistand sein. Er hat uns nämlich auf den Grill aufmerksam gemacht und erklärt, er habe gesehen, wie Philip dort in der Nacht nach dem ersten Mord etwas verbrannt habe.«
Corde betrachtete den Stapel auf dem Rücksitz. Über seinem Arbeitsplatz hing ein Schild, das ihm vor ein paar Jahren von dem Magazin *National Law Enforcement Monthly* geschickt worden war. Auf dem gelben Pappschild war zu lesen: »Handfeste Indizien sind der Eckstein jedes Falles.« Hier bekam er jetzt handfeste Beweise zu sehen, die ausreichten, zwei Jugendliche für vierzig Jahre ins Gefängnis zu stecken. Und einer von den beiden war sein Sohn.
Ribbon und Ellison erschienen in einem der aufgemotzten County-Streifenwagen. An der Seite stand der Slogan: »Wenn Sie schon trinken, tun Sie uns allen einen Gefallen: Setzen Sie sich nicht ans Steuer.« Ebbans teilte den beiden mit, was sie entdeckt hatten.
Im Haus beugte sich Creth Halpern über seinen Sohn, der stur

geradeaus blickte. »Was um alles in der Welt hast du dir dabei gedacht?« Die Augen des Jungen waren glasig. Er sprach kein einziges Wort. Seine Miene zeigte weder Traurigkeit noch Angst. Im Gegenteil, er machte den Eindruck, besessen zu sein.

Philip kam ein- bis zweimal in der Woche zu den Cordes. Aber war er wirklich derjenige, der die Bilder von Sarah gemacht hatte? Der den drohenden Zeitungsausschnitt an den Rosenstrauch gesteckt hatte? Und der den Zettel in Dianes Diaphragmadose gelegt hatte?

War dieser Junge der Mörder von Jennie Gebben und Emily Rossiter?

Corde betrachtete Philips rundes, fettes Gesicht, das mit Dreck oder Schokolade beschmiert war. Keine Schuld war in seinen Augen zu lesen, vielmehr so etwas wie Verwirrung oder Entrücktheit.

Corde sagte: »Jamie, komm her.«

Slocum drehte sich zu ihm um. »Hör mal, Bill, vielleicht ist das keine so gute Idee, wenn du, na ja, wenn du dich mit ihm unter vier Augen unterhältst.«

Corde beherrschte sich mühsam und beachtete den Deputy nicht weiter. Er gab seinem Jungen ein Zeichen, und Jamie folgte ihm hinaus auf die Veranda. Ribbon stellte sich ihnen in den Weg.

Corde sah den Sheriff streng an. »Laß mich jetzt mit meinem Sohn allein.« Ribbon zögerte einen Moment und trat dann zur Seite.

Jamie lehnte sich ans Geländer. »Ich habe dir nichts zu sagen.«

»Jamie, warum benimmst du dich so? Ich will dir doch nur helfen.«

»Ja, genau.«

»Erzähl mir einfach, was vorgefallen ist.«

»Ich habe keine Ahnung, was vorgefallen ist.«

»Jamie, es geht hier um Mord. Die Deputies suchen nach jemandem, den sie deswegen ins Gefängnis stecken können.«

»Ich weiß, daß du dich dabei besonders anstrengst.«
»Was meinst du damit?«
»Willst du, daß ich alle Schuld auf Philip schiebe?«
»Ich will, daß du mir die Wahrheit sagst, und zwar hier und jetzt.«
»Bill ...« Ribbon stand in der Tür. »Du darfst beim Verhör anwesend sein, aber das hier ...«
»Ach, verfluchte Scheiße!« explodierte Corde. »Himmeldonnerwetter noch mal! Du hast nichts in der Hand, um ihn zu verhaften. Ruf den Staatsanwalt an. Frag ihn, was du tun darfst!«
»Wir können ihn wegen Verschwörung und Behinderung der Ermittlungen festnehmen«, erwiderte Ribbon spitz. »Und du machst es für alle beteiligten Seiten nur noch schlimmer.«
»Jamie, warum?« Corde sah seinen Sohn mit flehenden Augen an. Er streckte eine Hand aus, um sie ihm auf den Arm zu legen, zuckte aber kurz davor zurück. »Was habe ich dir getan? Warum willst du mir nichts sagen?«
Den Blick nach unten gesenkt, ließ Jamie sich von Ribbon in das verdreckte Haus zurückbringen, und die Fragen seines Vaters fielen wie eine getroffene Wachtel ins Nirgendwo.

Das hohe Gras wehte im Wind, und das Sonnenlicht tanzte über die Blätter der dürren Schößlinge. Sarah trat in ihren Steinkreis und hockte sich auf den Boden. Sie verschränkte die Beine, holte den Bären aus dem Rucksack, den sie dem Sonnenschein-Mann schenken wollte, und setzte ihn neben sich hin.
Nach einer Weile warf sie einen Blick auf ihre Uhr. Die Digitalziffern zeigten 2:40 an. Sarah schloß die Augen, rechnete nach und kam zu dem Ergebnis, daß dies zwanzig Minuten vor drei Uhr bedeutete. Sie haßte Zahlen. Manchmal mußte man bis hundert zählen, bis etwas vorüber war, dann wieder nur bis sechzig.
Noch zwanzig Minuten, bis der Sonnenschein-Mann sich zeigte.

Sie erinnerte sich an die Zeit in der Schule, in der sie die Uhr durchgenommen hatten. Die Lehrerin bewegte damals die Hände auf einer großen Uhr und zeigte dann auf einen Schüler, der ihr die Uhrzeit sagen mußte. Diese Stunde war für Sarah der blanke Terror gewesen. Natürlich hatte die Lehrerin irgendwann mit ihrem dürren Zeigefinger auch auf sie gezeigt. Und jetzt Sarah. Wieviel Uhr haben wir nun? Sie hatte kreischend geantwortet, daß sie das nicht wisse, daß sie das nicht sagen könne, daß sie nicht gefragt werden wolle ... Den ganzen Weg von der Schule bis nach Hause hatte sie ununterbrochen geweint. An jenem Tag hatte Daddy ihr die Digitaluhr gekauft, die sie jetzt trug.

Eine plötzliche Brise fuhr ihr ins Gesicht. Sie legte sich hin und benutzte den Rucksack als Kopfkissen. Es war nicht das erstemal, daß sie hier ein Nachmittagsnickerchen machte. Sarah sah sich um und fragte sich, aus welcher Richtung der Sonnenschein-Mann auftauchen mochte. Dabei entdeckte sie gerade über dem Horizont die dünne Sichel des Neumonds. Sie stellte sich den Himmel als gewaltigen Ozean vor – und der Mond war der Fingernagel eines Riesen, der unter der Wasseroberfläche schwamm. Dann fragte sie sich, warum man den Mond heute schon tagsüber sehen konnte.

Sie schloß die Augen und dachte an den Riesen, der die Himmelsfluten durchschwamm – wie er die Arme, die groß wie Gebirge waren, aus dem Wasser hob, wie er die viele Meilen langen Beine bewegte, um vorwärts zu kommen. Sarah fürchtete sich vor Wasser. Wenn die Familie gelegentlich den Freizeitpark in Downtown aufsuchte, wagte sie sich nicht aus dem Planschbecken heraus. Sie schämte sich zwar dafür, aber dieses Gefühl war immer noch leichter zu ertragen als der unendliche Schrecken, im großen Becken zu laufen, wo einem das Wasser ständig um die Nase schwappte und man fortwährend Gefahr lief, in den tieferen Teil abzugleiten.

Sarah wünschte, sie könnte schwimmen. Mit kraftvollen, langen Bewegungen, wie Jamie. Aber vielleicht konnte sie den

Sonnenschein-Mann ja auch darum bitten. Sie warf wieder einen Blick auf die Uhr. 2:48. Sie zählte mit den Fingern. Noch zwei Minuten. Nein, Mist! Noch zwölf Minuten. Sarah schloß die Augen, knetete das Gras neben ihren Hüften und tat so, als würde sie schwimmen, als würde sie mit der Geschwindigkeit eines Rennboots durch ein Becken sausen, hin und her, Kindern das Leben retten, die in den tiefen Teil gelangt waren, und gelegentlich an ihrem Bruder vorbeiflitzen ...

Fünf Minuten später hörte sie Schritte.

Ihr Herz begann in freudiger Erwartung laut zu klopfen, und als sie aus ihrem Phantasie-Pool kletterte, öffnete sie die Augen.

O mein Gott, sieh sich einer diese Halle an!

Bill Corde konnte einfach nicht fassen, wie riesig Wynton Kresges Büro war.

»Ist ja gigantisch.«

»Äh, ja«, sagte Kresge verlegen.

Der Raum maß ungefähr ein Drittel des gesamten Sheriff's Department von New Lebanon. Corde gefiel es, über den dicken grünen Teppich zu gehen, und er fragte sich, warum man auch noch zwei Orientläufer darüber gelegt hatte.

»Das ist der größte Schreibtisch, der mir je untergekommen ist.«

»Äh, ja.«

Corde setzte sich in einen der Besuchersessel, der größer und bequemer war als die Sessel, die er zu Hause hatte. Er versuchte, das mächtige Stück näher an den Schreibtisch zu bewegen, aber das Ungetüm rührte sich nicht von der Stelle. Corde mußte aufstehen und den Sessel mit beiden Händen dorthin schieben, wo er ihn haben wollte.

»Dieses Büro gehörte früher einmal irgendeinem Dekan«, erklärte Kresge, »dem für wissenschaftliche Angelegenheiten oder so. Er emeritierte, und die Verwaltung suchte gerade nach einem Platz für mich. Ich schätze, sie wollten auf diesem Flur einen Farbigen haben. Wenn sie dort drüben die Haupttreppe heraufkommen, fällt ihr Blick auf mich hinter meinem riesigen Schreibtisch. Macht sich gut fürs Image. Sieht so aus, als wäre ich irgendwie wichtig. Tja, woher sollen sie es auch besser wissen ... Also, man hat den Jungen gefaßt.«

»Ja, hat man. Er war ein Freund meines Sohnes.«

»Tja ...« Kresge schien zu überlegen, ob er fragen sollte, wie gut die beiden miteinander befreundet waren, entschied sich aber dann dagegen.

»Die Beweise gegen ihn sind erdrückend. Er ist außerdem ein eigenartiger Junge, und sein Vater macht ebenfalls einen merkwürdigen Eindruck.« Corde bemerkte, daß er immer noch seinen Hut aufhatte, als die Krempe gegen die Sessellehne stieß, nahm ihn rasch ab und warf ihn wie ein Frisbee auf den freien zweiten Besuchersessel. Dann öffnete er seine Aktentasche. »Ich möchte Sie um einen Gefallen bitten.«

»Was kann ich für Sie tun?« Kresges Stimme klang sehr eifrig. Corde mußte sich erheben, damit er sich weit genug vorbeugen konnte, um einen Plastikbeutel vor den Sicherheitschef zu stellen. In ihm befand sich ein angesengter Fetzen Computerpapier.

»Was ist denn das?«

»Ein Stück Papier, das wir hinter ...«

»Nein, ich meine das da.« Kresge zeigte auf das weiße Kärtchen, das mit einem roten Band an dem Beutel befestigt war.

»Ach so. Eine Beweismittelkarte.«

»Ihr Name steht drauf.«

»Das ist jetzt nicht so wichtig, Wynton. Das Stück Papier ...«

»Ist für das Gerichtsverfahren, nicht wahr?«

»Ja. So kann der Staatsanwalt das Beweisstück bis zum Tatort zurückverfolgen.«

»Verstehe. Wenn irgendwo eine Lücke auftaucht und seine Herkunft nicht mehr einwandfrei zu klären ist, kann der Verteidiger das Beweisstück von der Liste streichen lassen.«

»Ganz richtig.« Corde wollte etwas von Kresge, und deswegen ertrug er es geduldig, daß dieser sich in aller Ruhe das Kärtchen ansah. Schließlich räusperte sich Corde und fuhr mit seinem eigentlichen Anliegen fort: »Also, das Stück Papier. Ich möchte, daß Sie herausfinden, wo es herstammt. Ich habe da nämlich so eine Ahnung ...«
»Sie stützen sich gerade drauf.«
»... nach der es von dieser Hochschule ... Was?«
»Sie stützen sich gerade darauf.«
»Worauf?«
Kresge machte ihm mit der Hand ein Zeichen, sich wieder hinzusetzen. Dann zog er einen dicken Stapel Computerausdrucke unter dem Haufen Magazine heraus, auf die Corde gerade seine Arme gestützt hatte.
»Das kommt von der Buchhaltung der Universität. Jede Woche kriegen alle Abteilungen und Fakultäten einen solchen Ausdruck. Der meinige führt sämtliche laufenden und entstandenen Sicherheitsausgaben, das verbliebene Budget und eventuelle Nachtragshaushalte auf.«
»Wissen Sie denn, aus welcher Abteilung dieser Fetzen stammt?«
Kresge warf einen Blick darauf. »Nein, keine Ahnung.«
»Könnten Sie es eventuell herausfinden?«
»Offiziell habe ich keinen Zugriff auf die Unterlagen der Buchhaltung.«
»Und inoffiziell?« fragte Corde.
»Ich schau mal, was sich da machen läßt.« Nach einer kleinen Pause fügte er hinzu: »Aber was hat das noch für einen Sinn, wenn der Junge schon überführt ist?«
Corde, der draußen Schritte hörte, entfernte langsam eine Teppichfluse von seinem Stiefelabsatz, bis eine attraktive Blondine mit einem Arm voll Papiere, die Kresge unterzeichnen sollte, ins Büro kam. Der Sicherheitschef erhob sich und stellte die beiden, die nichts bis auf den Umstand miteinander gemein hatten, auf ein weiteres Wiedersehen keinen Wert zu

legen, unbeholfen einander vor. Corde war dennoch für die Unterbrechung dankbar, denn nachdem Kresge alles unterschrieben hatte, war diesem seine letzte Frage offensichtlich entfallen. Als sie ihre Unterhaltung wieder aufnahmen, brachte er das Gespräch jedenfalls nicht mehr darauf.

24

Sie spürte, daß er ganz in der Nähe war, gerade so, als schwebte er wie heißes Sonnenlicht direkt über ihr.

Sie drehte langsam den Kopf und suchte mit den Augen die Lichtung, die Bäume und das hohe Gras ab.

Schritte, raschelndes Laub, zerbrechende Zweige.

(Er kann also nicht fliegen, materialisiert nicht von irgendwoher und schwebt auch nicht. Er läuft wie alle anderen zu Fuß. Aber das macht eigentlich nichts.)

Als er erschien, hielt sie nach der goldenen Sonnenaura Ausschau, die ihn umgab, aber sie bekam nur Bäume, Äste, Blätter und Schatten zu sehen. Dann endlich erblickte sie ihn, eine Gestalt im Wald, die sich mühsam einen Weg durch das Unterholz bahnte. Er kam ihr jetzt weniger wie ein Zauberer als vielmehr wie ein großer Mann vor, der lautstark durch das Gehölz stampfte. (Aber das machte eigentlich auch nichts.)

»Hier bin ich!« Sarah stand auf und winkte.

Er blieb stehen, sah sie und bog zu ihr ab.

Sie hob den Stoffbären auf und rannte dem Mann entgegen.

Ein Blättervorhang wurde beiseite geschoben, und es erschien der Deputy, der sich kleine Zweige und Blätter von seiner Uniform entfernte.

»Tom!« rief Sarah, und ihr sank das Herz.

»Hallo, kleine Lady, wie bist du denn bis hierher gekommen, ohne dich schmutzig zu machen?« Er fuhr sich mit dem Ärmel über die Stirn. »Erwischt.«

Zutiefst enttäuscht sah Sarah ihn an.

»Du weißt doch, daß du eigentlich nicht hier sein darfst, nicht wahr? Damit kannst du mich in größte Schwierigkeiten bringen. Du mußt immer in der Nähe des Hauses bleiben. Aber genug geredet. Deine Mom will dich sehen. Sie sagt, du hast eine Verabredung mit der Ärztin.«
»Ich kann jetzt aber nicht heim.« Verzweifelt blickte sie in den Wald. Er zieht sich zurück, das spüre ich ganz genau. Der Deputy hat ihn erschreckt.
»Tja, und was nun?« sagte Tom geduldig. »Deine Mutter hat mir aufgetragen, dich zu holen.«
»Aber nicht gerade jetzt! Bitte! Sagen wir, in einer halben Stunde, ja?« Sarah war den Tränen nahe.
»Da hältst du aber einen hübschen kleinen Kerl im Arm. Wie heißt er denn?«
»Chutney.«
»Wie wär's denn, wenn Chutney, du und ich jetzt heimgehen und später zusammen hierher zurückkehren, damit ich dann ein Auge auf dich halten kann? Na, ist das ein Vorschlag?« Als sie keine Antwort gab, fuhr der Deputy fort: »Deine Mom wird ziemlich unzufrieden mit mir sein, wenn ich dich nicht nach Hause bringe, so wie sie es mir aufgetragen hat. Du möchtest doch nicht, daß sie mit mir schimpft, oder?«
Da war natürlich etwas dran. Wenn sie jetzt nicht heimging und somit den Termin mit Dr. Parker verpaßte, würde ihre Mutter sehr wütend auf Tom sein. Und Sarah konnte die Vorstellung nicht ertragen, daß jemand wegen ihr Ärger bekam. Die Menschen haßten einen nämlich, wenn man sie böse gemacht hatte, und manchmal lachten sie dann sogar über einen.
Sie sah sich noch einmal um. Der Sonnenschein-Mann war nicht mehr da. Er war geflohen und schon weit fort.
»Warum machst du denn so ein trauriges Gesicht, kleine Lady?«
»Mach ich doch gar nicht.« Sarah setzte sich in Bewegung. »Komm mit, hier entlang. Der Weg ist einfacher.« Sie führte

ihn durch das hohe Gras, dann an der Kuhweide entlang und bog schließlich zum Haus ab. Sarah war sich ganz sicher, daß sie und der Sonnenschein-Mann sich nie begegnen würden.

Sonderbericht des *Register* – Wie die Polizei der Stadt bekanntgab, wurde heute ein Schüler der High-School von New Lebanon im Zusammenhang mit den Morden an zwei Studentinnen von Auden festgenommen. Der Täter machte sich als »Mond-Mörder« einen Namen.

Der Fünfzehnjährige, dessen Identität mit Rücksicht auf sein Alter geheimgehalten wird, wurde gestern nachmittag von Beamten des Sheriffs und County Deputies im Hause seiner Eltern verhaftet.

»Er entspricht eindeutig dem Täterprofil, nach dem wir in diesem Fall vorgegangen sind«, erklärte Steve Ribbon, der Sheriff von New Lebanon. »In seinem Besitz befand sich eine Sammlung unzüchtiger Bilder und einschlägiger Zeichnungen von Mitschülerinnen. Es hat den Anschein, als hätte er eine ganze Serie von Morden geplant.«

Sheriff Ribbon fügte hinzu, daß sein Department zur Zeit noch prüfe, ob der Junge auch in den Mord im vergangenen Jahr verwickelt sei, dessen Opfer ebenfalls eine Studentin von Auden, Susan Biagotti, war.

»Damals ging man davon aus«, erklärte er weiter, »daß die junge Frau bei einem Raubüberfall ums Leben kam. Doch so, wie es jetzt aussieht, könnte sie durchaus die erste in einer ganzen Serie von Morden gewesen sein.«

Viele Bürger nahmen die Nachricht von der Verhaftung mit großer Erleichterung auf. »Natürlich sind wir froh, daß man ihn endlich gefaßt hat«, erklärte eine Hausfrau, die ihren Namen nicht genannt haben wollte, »aber es ist doch wohl eindeutig, daß noch eine Menge Fragen offengeblieben sind. Hat er die Morde allein begangen?

Ist es für unsere Kinder wieder sicher genug, in die Schule zu gehen?«

Andere Bürger hegten weniger Bedenken. »Endlich können wir wieder frei atmen«, sagte ein Geschäftsmann von der Main Street, der ebenfalls darum bat, anonym zu bleiben. »In den letzten Wochen sind bei mir immer mehr Kunden ausgeblieben. Ich hoffe doch sehr, daß der Bursche auf dem elektrischen Stuhl endet.«

Nach den Gesetzen dieses Staates kann ein Fünfzehnjähriger in einem Mordfall wie ein Erwachsener behandelt werden, aber die Todesstrafe ist für Minderjährige nicht gestattet. Wenn die Geschworenen ihn des vorsätzlichen Mordes für schuldig befinden sollten, erwartet ihn eine Freiheitsstrafe von fünfunddreißig Jahren. Erst frühestens nach fünfundzwanzig verbüßten Jahren Haft wäre eine Bewährung möglich.

Diane hatte in einer Zeitschrift einen Psychiater-Cartoon gefunden und ihn für Dr. Parker ausgeschnitten. Er zeigte einen kleinen Fisch, der bewaffnet mit Stift und Notizblock in einem Sessel saß. Ihm gegenüber lag ein großer Hai auf der Couch. Der kleine Fisch sagte zu dem Hai: »Natürlich ist es ganz normal, wenn Sie den Wunsch verspüren, Ihren Psychiater zu fressen.« Obwohl Diane sich den Cartoon mehrmals angesehen hatte, verstand sie den Witz noch immer nicht. Aber den Gesichtsausdruck des Hais fand sie so komisch, daß sie immer wieder laut darüber lachen mußte.

Doch ihr Lachen war nichts im Vergleich zu dem, was Dr. Parker ausstieß, als sie die Zeichnung vorgelegt bekam. Anscheinend gab es doch Frauen, sagte sich Diane, die einen Sinn für Humor hatten. Die Psychiaterin heftete den Cartoon gleich an ihre Pinnwand. Diane lief rot an, und sie kam sich vor wie damals in der Schule, wenn sie von der Lehrerin eine Belobigung erhalten hatte.

Sarah saß noch im Wartezimmer. Dr. Parker hatte den Wunsch

geäußert, zuerst mit Diane allein zu sprechen, unter vier Augen. Das beunruhigte sie, und sie fragte sich, welche schlimmen Neuigkeiten die Psychiaterin ihr mitzuteilen hatte. Aber als sie jetzt erlebte, wie herzhaft Dr. Parker lachte, sagte sie sich, daß es hier nicht um eine Krise ging. Dr. Parker kramte dann in ihrer Schreibtischschublade, und Diane berichtete ihr von Ben Brecks Anruf.

»Dr. Breck? Ja, ich glaube, ich habe den Namen schon gehört ... Wollen wir doch mal nachsehen.« Sie drehte sich mit ihrem Schreibtischsessel, zog ein dickes Buch aus einem Regal und blätterte darin. »Aha, da haben wir ihn ja. Er ist einundvierzig ... Oho! Abschluß mit summa cum laude in Yale ... Doktor der Psychologie ... Doktor der Pädagogik in Chicago gemacht ... Er hat an einer ganzen Reihe von Eliteuniversitäten Vorlesungen gehalten ... Gegenwärtig hat er einen Lehrstuhl in Chicago ... Hat Unmengen in Fachzeitschriften publiziert ... Und jetzt kommt er nach Auden? Da haben Sie aber großes Glück!«

»Sollte ich es denn mit ihm versuchen?«

»Für eine solche Kapazität sind die Gebühren ausgesprochen zivil. Ich würde Ihnen raten, zuzugreifen.«

»Ich habe ihm bereits zugesagt.«

»Dann freuen Sie sich auf einige dramatische Fortschritte bei Sarah.« Dr. Parker sah auf ihre Uhr. »Die heutige Sitzung wird sehr kurz, Mrs. Corde. Ich unterhalte mich ein paar Minuten mit Ihnen und dann mit Sarah. Dafür stelle ich Ihnen natürlich nichts in Rechnung.«

»In meinem Horoskop für diesen Monat steht bestimmt: ›Sie werden zwei großzügigen Therapeuten begegnen.‹«

Offensichtlich hatte sich Dr. Parkers Sinn für Humor mit dem Cartoon bereits erschöpft. Sie reagierte nicht auf Dianes Bemerkung und kramte statt dessen mit wachsender Irritation in der untersten Schublade ihres Schreibtischs. Schließlich zog sie einen schwarzen Kasten heraus.

»Sorgen Sie bitte dafür, daß Sarah den ständig bei sich hat.

Und sagen Sie Ihrem Mann und Ihrem Sohn, sie sollen das Gerät nicht anrühren. Sie ebenfalls nicht. Stellen Sie Ihrer Tochter keine Fragen darüber, und hören Sie es auch nicht ab, es sei denn, Sarah bittet Sie darum.«
Diane fragte in aller Naivität: »Ist das ein Kassettenrecorder?«
»Richtig.«
»Und wozu soll der gut sein?«
»Damit bauen wir Sarahs Selbstbewußtsein wieder auf.«
»Und wie funktioniert das?«
»Sarah wird ein Buch schreiben«, antwortete die Psychiaterin kurz und ohne weitere Erklärung.
Diane lächelte automatisch, bis sie erkannte, daß Dr. Parker keinen Witz gemacht hatte. Danach runzelte sie die Stirn. Dr. Parker schob Diane den Recorder, eine Leerkassette und eine Gebrauchsanweisung zu. Als sie auch jetzt noch auf weitere Erläuterungen verzichtete, entschloß sich Diane, vorsichtshalber nachzufragen: »Das ist kein Scherz von Ihnen, oder?«
»Ein Scherz?« Dr. Parker sah Diane an, als hätte sie soeben ihren ganzen Berufsstand beleidigt. »Mrs. Corde, ich dachte, Sie hätten inzwischen mitbekommen, daß ich höchst selten zu scherzen pflege.«

Diane war der festen Überzeugung, daß die Perfektion von Kinderfingern ein deutlicher Beweis für die Existenz Gottes war. Sie erhielt jetzt eine weitere Bestätigung dafür, als sie verfolgte, wie Sarah den Recorder in die blassen Hände nahm, ihn etwas mißtrauisch inspizierte und dann umdrehte. Diane ließ sich das Aufnahmegerät zurückgeben, stellte es vor sich auf den Couchtisch, schlug mit der Rechten die Gebrauchsanweisung auf und hielt in der Linken zwei Batterien und die Leerkassette.
»Ich glaube, wir sollten ...« Sie suchte in der Anleitung.
»Laß mich das machen«, sagte Sarah.
»Also, wir müssen zuerst ...«
»Laß mich das machen.«

Klick, klick, klick. »Siehst du?«
Diane schaute erstaunt auf das Gerät. Sarah hatte es zum Laufen gebracht und die Kassette eingelegt. Jetzt drückte sie gleichzeitig die Tasten Play und Record und sagte: »Test, Test.«
»Wie hast du das denn angestellt? Hast du die Gebrauchsanweisung denn schon gelesen?«
Sarah ließ die Kassette zurücklaufen. Einen Moment später hörte Diane ihre blechern verfremdete Stimme: »...anweisung denn schon gelesen?«
»Ach, Mom, das ist doch kinderleicht.« Sie sah erst den Recorder und dann ihre Mutter an. »Dr. Parker möchte, daß ich mir Geschichten ausdenke und sie dann in mein Buch schreibe.«
»Ja, das hat sie mir auch gesagt.«
»Ich weiß aber nicht, was ich in mein Buch schreiben soll ... Vielleicht über Buxter Fabrikant?«
»Ich glaube, daß Dr. Parker diese Geschichte sehr gerne hören würde. Das ist doch der Hund, der Präsident geworden ist, oder?«
»Ich mag Buxter.« Sie zog die Nase kraus. »Aber die Geschichte habe ich schon geschrieben. Vielleicht schreibe ich über Mrs. Drake Duck ... Nein, nein, nein! Ich denke mir eine Geschichte über Mrs. Keinensohn aus.«
»Sarah, du sollst doch nicht die Namen von Leuten veralbern.«
»Es wird ja auch eine schöne Geschichte.« Sarah stopfte das Aufnahmegerät in ihren Barbie-Rucksack.
Jamie erschien mit einem Sandwich und einem Glas Milch in der Wohnzimmertür. So, wie er Sarah ansah, wußte Diane, daß er unter vier Augen mit seiner Mutter reden wollte. Er drehte sich um und kehrte in die Küche zurück. Sie hörte, wie die Kühlschranktür geöffnet wurde und er den großen Milchbehälter herausnahm.
Diane erhob sich und folgte ihm in die Küche. Sie holte aus dem Tiefkühlfach eine Packung mit Hähnchenteilen und legte

sie auf ein paar ausgebreitete Küchentücher. Jamie saß am Küchentisch, starrte auf sein Glas und trank es schließlich leer. Diane ließ ihm Zeit und beschäftigte sich damit, die Frischhaltefolie vom Fleisch zu schneiden. Jamie stand auf, füllte sein Glas nach und nahm wieder Platz. Wie eigenartig, sagte sich Diane, manchmal könnte man meinen, nicht Sarah habe große Probleme mit der Sprache, sondern Jamie.

»Hast du heute kein Training?« fragte sie ihn schließlich.

»Doch, später.«

»Gewichtheben, oder?«

»Nein, nicht heute.«

Es gab nichts mehr, was sie jetzt noch mit dem Hähnchen anstellen konnte, und so begann sie Kartoffeln zu schälen. Diese Tätigkeit würde sie lange genug in der Küche festhalten, um Jamie Gelegenheit zu geben, mit der Sprache herauszurücken. Das Schweigen in dem Raum schien so undurchdringlich wie dicker Rauch. Endlich hielt Diane es nicht mehr aus und sagte: »Wir wissen, daß du nichts damit zu tun hast, Jamie.«

Der Staatsanwalt wollte ihren Sohn nicht unter Anklage stellen und ihn den Geschworenen präsentieren, aber er hatte den Cordes mitgeteilt, daß er den Jungen als Zeugen aufrufen werde. Natürlich nur unter dem Vorbehalt, daß kein neues, Jamie belastendes Beweismaterial auftauchen würde.

Jamie trank die Milch wie jemand, der kurz vor dem Verdursten steht. Als das Glas wieder leer war, erhob er sich. Diane betete darum, daß er es nur wieder auffüllen, nicht aber die Küche verlassen wollte. Plötzlich fragte er: »Hat es Dad eigentlich großen Spaß gemacht, in meinem Zimmer herumzukramen?«

»Was soll er getan haben?«

Als er nach einer Weile immer noch schwieg, ergriff sie die Initiative und erklärte: »Dein Vater würde so etwas nie tun. Wenn du ihm in irgendeiner Weise Sorgen machen würdest, würde er bestimmt zuerst mit dir darüber reden.«

»Hm.« Jamie saß wieder am Tisch und brütete vor sich hin. Diane hätte ihm so gern gesagt, wie sehr sie ihn liebte, wie stolz sie auf ihn war und daß der Vorfall am Teich – ganz gleich, was dort geschehen sein mochte – zu den weniger erfreulichen Dingen im Leben einer Familie gehörte, die dennoch nicht ihren Zusammenhalt oder die Zuneigung der Mitglieder untereinander beeinträchtigen konnten. Aber sie wagte es nicht, diese Worte auszusprechen, weil sie befürchtete, daß er sich dann noch mehr von ihr abwandte.

»Jamie ...«

Sarah kam in die Küche. »Er ist da, Mommy! Dr. Breck ist gekommen!«

Diane warf einen Blick ins Wohnzimmer und sah, daß draußen vor der Einfahrt ein Wagen angehalten hatte. »Okay, ich bin in einer Minute da.«

Sarah lief wieder hinaus, und Diane stellte sich zu ihrem Sohn. »Dein Vater liebt dich«, sagte sie und fuhr mit einer Hand durch sein Haar. Sie spürte, wie sich unter dieser Berührung seine Halsmuskeln anspannten. Und er schwieg weiter.

25

Ein Tatverdächtiger war verhaftet worden, aber Tom, der Deputy mit den rosigen Wangen, nahm seine Pflicht immer noch ernst.

Außerdem hatte ihn bislang niemand von dieser Überwachung entbunden. Er war sich bewußt, daß es mindestens einer Person gelungen war, sich an ihm vorbeizuschleichen. Gar nicht erst zu reden davon, daß Sarah unter seinen Augen in den Wald hatte entwischen können. Deshalb war er jetzt fest entschlossen, Ben Breck keinen Fuß auf die Veranda setzen zu lassen, solange er nicht von oben einen entsprechenden Befehl erhalten hatte.

Diane erschien und sagte: »Er ist okay. Wir haben ihn schon

erwartet.« Dann wandte sie sich dem Mann zu, der vor den Verandastufen stand. »Sie sind Dr. Breck?«

»Nennen Sie mich bitte Ben.« Er ging an dem Deputy vorbei ins Haus.

Breck war gut einsachtzig groß, und in seinem dichten dunklen Haar zeigten sich mehr als nur Spuren von Grau. Einundvierzig, hatte Dr. Parker gesagt, und doch hatte er noch eine Menge Jungenhaftes an sich. Seine Stimme und sein Gesicht zum Beispiel – wenn man ihn anschaute, konnte man immer noch erkennen, wie er mit zwölf ausgesehen haben mußte. Er machte den Eindruck, gut in Form zu sein; nur die Blässe seines Gesichts ließ auf Schwäche schließen. Er trug schwarze Jeans, ein dunkelblaues Hemd und darüber einen Tweedsportmantel. Seine Hände waren schmal, die Finger fast zierlich. Er ließ die Schultern hängen, und Diane, die die militärisch gerade Haltung ihres Mannes gewohnt war, fühlte sich davon sofort abgestoßen. Doch dieses Gefühl verging ebenso rasch, wie es gekommen war, und machte freudiger Erwartung Platz, als sie den Aktenkoffer bemerkte, den er in der Hand hielt.

Diane führte ihn ins Wohnzimmer. Er warf einen kurzen Blick aus dem Fenster. »Ist hier etwas passiert?«

»Oh, Sie meinen den Deputy? Nein, mein Mann ist bei der Polizei und ermittelt in den Morden an den beiden Mädchen.«

»Die Studentinnen?«

»Ganz genau. Das Sheriff's Department stellt manchmal einen Deputy ab, der das Haus des leitenden Ermittlungsbeamten bewachen soll.«

Sarah kam die Treppe heruntergestürmt und blieb im bogenförmigen Türrahmen des Wohnzimmers stehen. Sie hielt ihren Rucksack in den Armen und sah Dr. Breck an. Diane bemerkte, daß Sarah sich umgezogen hatte und nun ihr Lieblings-T-Shirt mit dem hellblauen Seepferd auf der Brust trug. Das Mädchen sagte nichts, schob sich nur ab und zu eine widerspenstige Haarsträhne aus dem Gesicht.

»Sarah, das ist Dr. Breck.«
»Sie sind also mein Lehrer.«
»Ganz recht. Ich freue mich, dich kennenzulernen, Sarah.«
Zu Dianes Überraschung schüttelte ihre Tochter dem Mann die Hand.
Jamie kam ins Wohnzimmer. Er trug seine Radlerhosen und ein Sweatshirt.
»Oh, Jamie ...«
Er warf den dreien nur einen kurzen Blick zu und lief grußlos weiter nach draußen. Diane sah, wie er auf sein Fahrrad sprang und rasch davonfuhr.
»Er muß zum Training, er ringt«, erklärte sie Dr. Breck.
»Aha«, sagte der Lehrer und wandte sich Sarah zu. »Was hältst du denn da in den Händen?«
»Meinen Rucksack.«
»Und was befindet sich darin?«
»Barbie. Und Redford T. Redford ...«
»Das ist ihr Lieblingsbär.« Diane glaubte den Dolmetscher spielen zu müssen.
»Das ist aber ein toller Name.«
»Er ist ja auch der gescheiteste Bär der Welt«, erklärte Sarah voller Besitzerstolz. »Und ich habe meinen Kassettenrecorder mitgebracht.«
»Deinen Recorder? Ach so, du willst wohl alles aufnehmen, was ich sage. Dann bist du vielleicht eine Spionin?«
»Nein«, entgegnete Sarah und strahlte dann. »Ich schreibe Geschichten.«
»Wirklich?« Breck machte große Augen. »Ich bin noch nie jemandem begegnet, der Geschichten verfaßt.«
»Dr. Parker möchte, daß ich ein Buch schreibe.«
»Ich schreibe auch Bücher«, sagte Breck. »Aber meine sind, glaube ich, ziemlich langweilig. Die Studenten müssen sie lesen. Ich wette, deine Geschichten sind viel interessanter. Warum setzt du dich eigentlich nicht zu mir, Sarah?«
»Kann ich Ihnen irgend etwas anbieten?« fragte Diane.

»Einen Salzstreuer«, antwortete Breck.
»Wie bitte?«
»Eigentlich hätte ich noch lieber eine ganze Packung Salz.«
»Äh, Salz ...«
»Ja, wenn Sie so freundlich wären.«
Diane begab sich in die Küche, und Breck drehte sich zu Sarah um. »Wie buchstabiert man Stuhl?«
»S-T-U-H-L.«
»Sehr gut.«
Sarah strahlte.
»Und Tisch?«
Sie schloß die Augen und dachte etwa eine Minute lang nach. Schließlich schüttelte sie den Kopf und sagte: »T-I-C-H-S. Nein: S-C-H.«
»Das ist richtig. Und jetzt Tischtuch.«
Sarah verzog das Gesicht, und ihre gute Laune verging wie bei einem Ballon, aus dem man die Luft läßt. »Weiß ich nicht.« Sie setzte eine verdrossene Miene auf.
»Tischtuch«, wiederholte Breck.
Diane, die gerade mit der Packung Salz zurückkehrte, lief rot an, weil sie sofort mit ihrer Tochter litt. Jetzt regt sie sich auf und schottet sich ab, und Sie, mein Lieber, dürfen dann mit einem ihrer Wutanfälle fertig werden.
Aber Breck öffnete seinen Aktenkoffer und zog ein großes Blatt schwarzes Papier heraus. Diane reichte ihm das Salz. Er schüttete etwas davon auf das Papier und verteilte es dann gleichmäßig. Mutter und Tochter sahen zu, die eine erstaunt, die andere zurückhaltend. »Jetzt wollen wir es zusammen buchstabieren«, sagte Breck.
»Ich weiß nicht, wie das geht.« Sarah starrte auf die weißen Körner. Diane stand daneben, bis sie einen Blick von dem Lehrer auffing, der ihr zu verstehen gab, sich zurückzuziehen. Sie verschwand in die Küche.
»Gib mir deine Hand«, bat Breck.
Zögernd reichte Sarah ihm ihre Rechte. Er nahm ihren

Zeigefinger und malte damit ein T in das Salz. »Hast du das gespürt?« fragte er. »Weißt du jetzt, wie sich ein T anfühlt?«
Sarah nickte. Breck strich das Salz wieder glatt. »Jetzt versuch es einmal alleine.«
Sie zögerte, fing dann aber an. Der Buchstabe ähnelte eher einem Pluszeichen als einem T.
»Jetzt ein I.«
»Das kann ich.«
Eine halbe Stunde lang beschäftigten sie sich damit, Buchstaben in das Salz zu malen. Hundertmal »TISCH«, hundertmal »TUCH« und hundertmal beide Wörter zusammen, aus denen dann ein drittes wurde. Obwohl Sarah sich die größte Mühe gab, alles richtig zu schreiben – was ihr in der Mehrzahl der Fälle auch gelang –, schien Breck nicht übermäßig an den Ergebnissen interessiert zu sein. Er wirkte überhaupt weniger wie ein Sprachlehrer als wie ein Bildhauer, denn er verlangte immer wieder von ihr, die Buchstaben zu ertasten und zu fühlen. Diane hatte die Küchentür einen Spalt weit offengelassen und verfolgte das Geschehen wie ein Voyeur.
Kurz vor Ende der Stunde gab er Sarah ein Malbuch und las ihr die Geschichte darin vor. Sarah erklärte danach, das sei aber eine »mächtig gute Geschichte« gewesen, obwohl sie schon nach der Hälfte das Ende erraten hatte. Breck gab ihr dann Hausaufgaben und ließ sie mit dem Buch, dem Recorder und dem Teddybär allein.
»Hallo, Mrs. Corde?« rief er.
»Ich bin in der Küche.«
Er ging zu ihr, und Diane setzte sich rasch an den Küchentisch und tat so, als hätte sie die ganze Zeit Kartoffeln geschält.
»Sie sind wirklich erstaunlich«, sagte sie. »Ich habe hier drinnen das eine oder andere mitbekommen.«
»Ich habe lediglich einige der gebräuchlichsten Techniken eingesetzt. Unmittelbaren Kontakt mit dem Kind herstellen. Multisensorische Stimulation. Betonung seiner motorischen

Fähigkeiten. Man muß die Begabungen des Kindes fördern, um die Defizite zu überwinden.«

»Sie kamen mir wie ein Künstler vor.«

»Nun, ich mag meine Arbeit. Und das ist die optimale Motivation für jede Art von Bemühung.«

Bemühung?

»Möchten Sie eine Tasse Kaffee?«

»Aber gern.«

Sie füllte zwei Tassen und fing an zu reden – über ihren Garten und eine Menge anderer Dinge. Diane wußte, wie uninteressant sich das alles für ihn anhören mußte, aber sie konnte einfach nicht damit aufhören. Breck saß an ihrem Küchentisch, trank automatisch und in kleinen Schlucken und ließ es mit einem immer länger werdenden Gesicht über sich ergehen. Dann fiel sein Blick auf das Küchenfenster, und er betrachtete ausgiebig den hinteren Teil des Gartens. Als sie einmal eine Pause einlegte, sagte er rasch: »Ich mag diese Fenster. Man kann durch sie auf so viel Land blicken. In meinem Haus in der Stadt habe ich auch Erkerfenster.«

»In welcher Stadt leben Sie denn?«

»In Chicago, Southside. Nur blicke ich dort nicht wie hier auf wogende Felder, sondern auf den großen See.«

»Ich habe mich immer gefragt, warum man Nasen auch scherzhaft Gesichtserker nennt. Ich meine, man kann durch eine Nase doch nicht sehen, oder?«

»Ich vermute, das hängt eher mit der Form zusammen, daß beide eben hervorragen.«

Diane entgegnete, das sei wahrscheinlich so, und schämte sich im stillen, daß ihre Bemerkung, die eigentlich lustig gemeint sein sollte, nicht die gewünschte Wirkung erzielt hatte.

»Sarah ist ein intelligentes Kind«, sagte Breck. »Ich glaube, über kurz oder lang wird sie deutliche Fortschritte machen. Dr. Parker hat ihr aufgetragen, Geschichten auf Band zu sprechen. Ich nehme an, damit will sie ihr Selbstbewußtsein stärken, oder?«

»Ja, ganz genau.«
»Sarah besitzt eine enorme Phantasie.«
»Sie denkt sich immer Sachen aus. Manchmal treibt sie mich damit an den Rand des Wahnsinns. Vor allem, wenn ich nicht mehr unterscheiden kann, was wirklich ist und was sie erfunden hat.«
»Eine Kümmernis, an der viele von uns leiden.«
Kümmernis.
Eine Zeitlang wußten beide nicht, was sie noch sagen sollten. Breck betrachtete nicht mehr die Viehweiden, sondern Dianes Augen. »Sind Sie eigentlich berufstätig?« fragte er schließlich.
»Ja. Sie haben sich gerade eine Stunde lang mit einem von meinen drei Bossen beschäftigt. Den zweiten – Jamie – haben Sie vorhin kurz gesehen, und der dritte ist mein Mann. Dieses Trio hält mich ganz schön auf Trab.«
»Ach ja, Ihr Sohn. Der Radfahrer. Hat er auch Lernprobleme?«
»Nicht im mindesten. Er ist sogar ein sehr guter Schüler. Und ein hervorragender Sportler.«
»Das ist nicht ungewöhnlich. Die Geburtenfolge spielt sogar bei Dyslexie-Patienten recht häufig eine nicht unerhebliche Rolle. Und Ihr Mann ist Polizist?«
»Detective. Er könnte aber auch Farmer sein, so oft, wie er von zu Hause fort ist.« Diane hätte beinahe gesagt: Und jetzt hat man ihn auch noch von seinem Fall abgezogen! Aber sie konnte sich rechtzeitig beherrschen und bemerkte nur: »Wir haben hier in New Lebanon nur selten einen Mord.«
»Wenn man die hiesige Zeitung liest, könnte man annehmen, die ganze Stadt sei deswegen in Aufruhr.«
»Wenn Sie meine Meinung hören wollen, ich halte das ganze Gerede von einem Mond-Mörder und irgendwelchen Kulten für blanken Unsinn.«
»Ist denn nicht doch vielleicht etwas dran?«
»Na ja, zumindest haben sie jetzt diesen Jungen geschnappt. Ich sollte Ihnen das ja eigentlich nicht sagen, aber das ist der

Grund, weswegen sich Jamie zur Zeit etwas unleidlich verhält. Der Verhaftete war nämlich ein Freund von ihm.«
»Tatsächlich?« Breck schüttelte teilnahmsvoll den Kopf. »Der arme Kerl.«
»Ich bin mir nicht ganz sicher, ob ich Mitleid mit ihm haben soll. Vorhin wollte ich vor Sarah lieber nichts sagen, aber wissen Sie, warum der Deputy draußen steht? Weil wir Drohungen erhalten haben.«
»Wie fürchterlich!«
»Der Betreffende wollte Bill damit zwingen, die Ermittlungen einzustellen.«
»Und die Polizei ist davon überzeugt, daß der Freund Ihres Sohnes hinter den Verbrechen steckt?«
»Ach, im Grunde ist Philip ein armer Teufel. Bei den Eltern kann es einen eigentlich kaum wundern, daß so etwas aus ihm geworden ist. Ich bin mir sicher, daß man ihn mißbraucht hat. Und seine Mutter ist Alkoholikerin. Doch meine Tochter zu bedrohen, das geht nun wirklich zu weit ... von mir hat dieser Junge keine Sympathie zu erwarten.«
»Aber wenn er doch jetzt verhaftet ist, warum steht der Deputy dann immer noch draußen vor dem Haus?«
»Tja, so ist mein Mann. Ich kann es Ihnen ja wohl sagen: Bill ist nicht hundertprozentig davon überzeugt, daß der Junge der Gesuchte ist. Er hat darum gebeten, den Deputy noch ein paar Tage länger vor dem Haus zu postieren. Und um ehrlich zu sein, ich bin nicht gerade unglücklich darüber ...« Diane zögerte einen Moment. »Ich weiß nicht, ob ich jetzt nicht zu viel gesagt habe ... Ich meine, das ist alles geheim und so ...«
Breck nickte, um Diane zu zeigen, daß er für ihre Diskretion durchaus Verständnis habe, und sie fuhr fort, von anderen Dingen zu reden. Nach zehn Minuten sah Breck auf seine Uhr und erhob sich. »Vielen Dank für den Kaffee. Ich wäre ja gern noch länger geblieben, aber ich muß eine Vorlesung vorbereiten.«

Diane nahm seine Hand und ertappte sich dabei, einzelne Partien seines Kopfes in Augenschein zu nehmen – das lockige Haar, die Lider und die Lippen – und für jede Schlußfolgerungen zu ziehen. Damit umschiffte sie die Klippe, Breck in seiner Gesamtheit zu bewerten, oder gar als Mann.
Plötzlich kam ihr der Gedanke, daß es schon sehr viele Jahre her war, seit sie zum letztenmal mit einem Mann in der Küche geredet hatte, mit dem sie weder verwandt noch verheiratet war. »Dann bis nächsten Dienstag?« fragte sie.
»Ich freue mich schon darauf. Es war mir ein großes Vergnügen, mich mit Ihnen zu unterhalten, und ich glaube, wir haben eine gute Beziehung zueinander hergestellt.«
»Ist das denn so wichtig?«
»Aber unbedingt.« Breck nahm wieder ihre Hand. Er hielt sie etwas länger und drückte sie fest, während er fortfuhr: »Sie wären überrascht, wenn Sie wüßten, von welcher Bedeutung die tiefe Beziehung zwischen Lehrer und Eltern ist.«

MEMO
An: Akten
Von: Dennis B. Brann, Esq.
Datum: 8. 5.
Betr.: Volk gegen Halpern, minderjährig

In der Anlage befinden sich relevante Teile der Abschrift meines Gesprächs mit Philip Halpern, dem Angeklagten in diesem Fall. Das Gespräch fand heute im Sheriff's Department von New Lebanon im Anschluß an die Kautionsanhörung statt, in deren Verlauf die Kaution auf eine Million Dollar festgesetzt und nicht hinterlegt wurde. Vor dem Geschworenengericht von Harrison County wird man Philip Halpern im Zusammenhang mit der Ermordung von Jennifer Gebben des vorsätzlichen Mordes in einem Fall, des vorsätzlichen Totschlags in einem Fall, der vorsätzlichen Vergewaltigung in einem Fall und

der vorsätzlichen Unzucht in einem Fall und im Zusammenhang mit der Ermordung von Emily Rossiter des vorsätzlichen Mordes und des vorsätzlichen Totschlags anklagen.
Die Untersuchung der DNS läßt den zwingenden Schluß zu, daß die Spermaspuren, die man im und am Körper von Jennifer Gebben gefunden hat, von Philip Halpern stammen (siehe Anlage A).

DBB: Philip, ich möchte mit Ihnen über das sprechen, was am Teich geschehen ist. Alles, was Sie mir sagen, bleibt unter uns. Selbst dann, wenn Sie vor mir das zugeben, dessen Sie angeklagt sind. Das Gericht wird nie davon Kenntnis erhalten.

PH: Ja, Sir.

DBB: Dann erzählen Sie mir bitte, was in der Nacht des 20. April vorgefallen ist.

PH: Ich war mit Jamie dort ...

DBB: Sie sprechen von Jamie Corde?

PH: Ja, und wir waren eigentlich zum Angeln dort. Aber kein Fisch wollte anbeißen. Also haben wir uns überlegt, daß, da es doch am Tag geregnet hat, bestimmt viele Regenwürmer an die Oberfläche gekrochen sein müßten. Wir wollten ein paar von ihnen ausgraben und sind zu diesem Zweck zum Damm gelaufen. Das war so gegen zweiundzwanzig Uhr. Wir sind also dorthin und haben die ganze Zeit auf den Boden geguckt, um Würmer zu entdecken. Und als wir oben auf dem Damm standen, haben wir ein weißes Gebilde gesehen. Wir dachten, ich dachte, es sei eine von diesen Puppen, na ja, Sie wissen schon, diese Puppen, für die auf den Rückseiten von gewissen Zeitschriften Reklame gemacht wird ...

DBB: Puppen?

PH: Ja, man bläst sie auf und stellt dann, nun, Dinge mit ihnen an ...

DBB: Aufblasbare Gummipuppen?

PH: Ja, genau. Ich sage also: »Laß uns das mal näher betrachten«, und zusammen sind wir dann hinuntergelaufen. Das war aber keine Puppe, sondern eine junge Frau, die da auf dem Boden lag und irgendwie tot aussah.

DBB: Wo genau hat sie gelegen?

PH: Neben dem alten Ford.

DBB: Und wie hat sie dort gelegen?

PH: Na ja, auf dem Rücken. Es hört doch wirklich niemand zu, oder? Ich meine, ist hier irgendwo ein Mikrofon oder sonst was angebracht?

DBB: Hier ist nichts dergleichen angebracht. Sie können in aller Offenheit mit mir reden.

PH: Also, sie lag da im Matsch auf dem Rücken. Ein Arm war auf dem Gesicht, und die Finger waren ganz eigenartig in die Erde gekrallt. Sah unheimlich aus. Jamie und ich haben uns ihr genähert und zuerst geglaubt, sie schlafe. Aber dann sagte ich mir, sie könnte auch tot sein. Zunächst habe ich mich nicht getraut, sie anzufassen. Wir standen also nur da und haben erst sie und dann uns angesehen. Und wir haben uns gefragt: Scheiße, was machen wir jetzt? Uns fiel nichts ein. Deshalb hockte ich mich schließlich neben sie und fing an, ihr am Hals den Puls zu fühlen, so wie sie das im Fernsehen immer tun. Da war aber keiner, und so habe ich dann ...

DBB: Fahren Sie fort.

PH: Also, dann habe ich angefangen, sie überall zu berühren. Und Jamie bückte sich und faßte ihr Bein an. Sie war kalt, aber noch nicht in der, wie heißt das noch, in der Totenstarre ...

DBB: Erzählen Sie weiter.

PH: Ich berühre sie also an den, Sie wissen schon, an den Titten. Dann ziehe ich ihr den Rock hoch, und Jamie stöhnt: »Mann, das ist zuviel!« Und dann sagt er: »Mir ist es verdammt ernst. Wir sollten Hilfe holen. Meinem Dad

Bescheid geben.« Aber ich berühre sie weiter. Ich kann einfach nichts dagegen machen. Schließlich nehme ich das Messer und schneide damit ihre Unterwäsche auf.

DBB: Das naryanische Messer?

PH: Ja, genau. Ich zerschneide also ihren BH und dann ihren Slip, und Jamie fängt an, sie zu berühren, na, da unten eben. Er hat auch ein paarmal seinen Finger hineingeschoben ... Und dann habe ich es eben getan. Ich mußte es einfach, ich konnte mich nicht beherrschen.

DBB: Sie hatten Geschlechtsverkehr mit der Leiche?

PH: Ja, könnte man sagen.

DBB: Hatten Sie eine Ejakulation?

PH: Hm.

DBB: Haben Sie mit der Leiche sowohl vaginalen als auch analen Verkehr gehabt? Sie wissen doch, was das ist, oder?

PH: (unverständlich)

DBB: Könnten Sie das bitte wiederholen?

PH: Zuerst wußte ich nicht so genau, nun, was soll ich sagen, wie das geht.

DBB: Und was geschah dann?

PH: Ich bin eben irgendwie fertig geworden. Und dann habe ich Jamie gefragt, ob er auch mal wolle. Aber er hatte keine Lust. Er stand irgendwie neben seinen Schuhen, wenn Sie wissen, was ich meine. Und so sind wir dann nach Hause gegangen.

DBB: Haben Sie die junge Frau danach noch mal berührt?

PH: O ja. Irgendwie kam es mir nicht richtig vor, wie sie so dalag. Also habe ich sie in die richtige Position gebracht. Ich habe ihren Rock heruntergezogen und ihre Arme auf der Brust gekreuzt.

DBB: Warum haben Sie das getan?

PH: Tja, in dem Film, den ich gesehen habe, *Die Verlorene Dimension* – ist übrigens ein wirklich guter Streifen –, bringt der Held die Prinzessin ins Leben zurück. Die Hononen hatten sie nämlich getötet. O Mann, die sind tatsächlich teuflisch. Und Dathar, der Held, hat sie so hingelegt.

DBB: Waren Sie der Ansicht, sie auf diese Weise ins Leben zurückholen zu können?

PH: Weiß nicht.

DBB: Sind Sie der jungen Frau vorher schon einmal begegnet, ich meine, als sie noch am Leben war?

PH: Nein.

DBB: Was können Sie mir von den Mädchenbildern erzählen, die Sie in Ihrem Schrank aufbewahrt haben? Und von den Zeichnungen.

PH: Also, die gehörten zu einem Spiel, das Jamie und ich uns ausgedacht hatten. Das Spiel basierte auf dem Film ...

DBB: *Die Verlorene Dimension?*

PH: Ja. Wir wollten ein Computerspiel daraus entwickeln und das dann teuer verkaufen, aber keiner von uns verstand etwas vom Programmieren, und so haben wir eben ein Brettspiel daraus gemacht. Wir haben einige Mädchen aus der Schule in das Spiel eingeführt und zu diesem Zweck ihre Bilder aus dem Jahrbuch ausgeschnitten.

DBB: Hatte das etwas mit einem Ritus oder einem Kult zu tun?

PH: Nein, Sir, es war nur ein Spiel. Wir wollten es an Parker Brothers oder Milton Bradley verkaufen. Ich habe mir ausgerechnet, damit einen Haufen Geld zu verdienen, mit dem ich mir ein eigenes Haus kaufen und dann so schnell wie möglich ausziehen wollte.

DBB: Haben Sie an jenem Dienstag sonst noch jemanden am Teich gesehen?

PH: Wir kamen an ein paar Typen vorbei, die in der Dämmerung geangelt haben.

DBB: Haben Sie eine Ahnung, wer sie ermordet haben könnte?

PH: Nein.

DBB: Erkennen Sie den Gegenstand auf dieser Fotokopie wieder?

PH: Klar, das ist mein Messer.

DBB: Sind Sie sicher, daß es sich dabei um Ihr Messer handelt? Oder sieht es nur wie das Ihre aus?

PH: Keine Ahnung, könnte durchaus meins sein.

DBB: Das Messer befindet sich nicht mehr in Ihrem Besitz?

PH: Ich habe es verloren. Vermutlich am Teich.

DBB: Philip, kennen Sie eine Frau namens Susan Biagotti?

PH: Wen?

DBB: Eine Studentin an der Auden University.

PH: Kenne ich nicht. Nie von ihr gehört.

DBB: Sie wurde letztes Jahr ermordet.

PH: Davon weiß ich nichts, und damit habe ich auch nichts zu tun. Ganz ehrlich, Mr. Brann.

DBB: Sind Sie am achtundzwanzigsten des Monats noch einmal zum Teich gegangen? Möglicherweise am Abend dieses Tages?

PH: Nein. Hat Jamie Ihnen das gesagt?

DBB: Niemand hat mir das gesagt. Der Staatsanwalt glaubt, Sie seien an dem Tag dort gewesen.

PH: War ich aber nicht.

DBB: Sie waren am achtundzwanzigsten also nicht am Teich?

PH: Ich bin mir nicht sicher. Kann mich nicht mehr daran erinnern.

DBB: Die Deputies haben neben der Leiche von Emily Rossiter ein paar Stiefelabdrücke gefunden. Allem Anschein nach stammen sie von den Stiefeln, die Sie in Ihrer Garage aufbewahrt haben.

PH: (längere Pause) Ich glaube, die haben die Stiefel dort hingestellt, um mich in die Pfanne zu hauen.

DBB: Philip, ich stehe auf Ihrer Seite. Sie müssen mir die Wahrheit sagen. Ich weiß, daß Sie große Angst haben und daß Ihnen in der letzten Zeit einiges widerfahren ist. Aber Sie müssen jetzt vor allem ehrlich zu mir sein.

PH: Ich habe keine Ahnung, was passiert ist.

DBB: Haben Sie jemals Detective Corde oder seine Familie bedroht?

PH: Nein, niemals. Wer behauptet so etwas?

DBB: Beruhigen Sie sich bitte, Philip. Gibt es noch irgend etwas, das Sie mir erzählen können und womit sich vielleicht beweisen ließe, daß Sie Emily Rossiter nicht umgebracht haben?

PH: Mir fällt nichts ein.

Die Dekanin telefonierte gerade, als er den Raum betrat. Sie warf Wynton Kresge einen kurzen Blick zu, winkte ihn herein und legte auf.

»Sie wollten mich sprechen?« sagte er.

Dekanin Larraby erhob sich und ging durch ihr Büro. Es war noch luxuriöser eingerichtet als das des Sicherheitschefs, aber Kresge war nicht im mindesten neidisch. Hier gab es für seinen Geschmack zuviel Zierat, zu viele Keramikvasen und zu viele überdimensionale Porträts aus dem 19. Jahrhundert. Die Dekanin erreichte die Tür, schloß sie und kehrte zu ihrem Schreibtisch zurück.

Kresge nahm unaufgefordert Platz.

»Wynton«, begann sie, »ich möchte mit Ihnen über die Vorfälle sprechen.«

»Was für Vorfälle?«

»Der Tod der Mädchen.«

»Natürlich. Selbstverständlich.«

»Ich habe bereits bei früheren Gelegenheiten deutlich gemacht, daß es für unsere Anstalt von größter Wichtigkeit ist, aus den Schlagzeilen zu kommen, und ich kann Ihnen gar nicht sagen, welche enormen finanziellen Einbußen wir zu verzeichnen hatten, als dieser Detective Corde hier seine sogenannten Ermittlungen führte. Etliche unserer Förderer haben Professor Sayles offen erklärt, daß sie mit ihren Spenden keine lesbischen Orgien finanzieren und deswegen nichts mehr geben wollten. Dem Himmel sei Dank, daß die Polizei diesen Jungen festgenommen hat.«

»Ich bin mir sicher, daß Bill Corde nichts von irgendwelchen Orgien verbreitet hat.«

»Das tut ja jetzt auch nichts zur Sache. Der eigentliche Grund, warum ich Sie zu mir gebeten habe, ist der, daß ich mich leider gezwungen sehe, Sie gehen zu lassen.«

»Gehen zu lassen? Wohin?«

»Mir liegt ein Bericht vom Finanzausschuß vor. Haben Sie mit Ihrer Unterschrift den Abdruck einer Anzeigenserie im *Register* autorisiert?«

Die Anzeigen, für die Bill nicht hatte bezahlen können. »Ja, das habe ich getan.«

»Sie sind aber nicht befugt, Ausgaben zu genehmigen, die außerhalb des Sicherheitsbereichs liegen.«

»Ich gehe im Gegenteil sehr wohl davon aus, daß es sich dabei um eine sicherheitsrelevante Ausgabe gehandelt hat. Immerhin sollte ich den Mörder von zwei unserer Studentinnen finden.«

»Wynton, Sie haben unbefugt Gelder ausgegeben. Das erfüllt den Tatbestand der Veruntreuung.«

»Das ist eine Verleumdung, Dekanin«, entgegnete Kresge, der eine ansehnliche Sammlung von Gesetzbüchern besaß.

»Sie haben sich auf schwerwiegende Weise nicht an die Bestimmungen gehalten. Die Personalabteilung wird Sie bezüglich der Abfindungssumme kontaktieren, die, gemessen an den Umständen, sehr großzügig ausfallen wird.«

Die Dekanin schwieg, lehnte sich in ihrem Sessel zurück und machte sich auf Kresges Wutausbruch gefaßt.

Doch der Exsicherheitschef ließ sie für ein paar lange Momente in ihren Tag-Alpträumen schmoren und sagte dann ganz ruhig: »Ich nehme an, die Entlassung ist ab sofort wirksam?«

»Ja, Wynton, und ich möchte hinzufügen, daß es mir sehr leid tut.«

»Nun, Dekanin, ich hoffe, daß dies das einzige bleiben wird, das Ihnen leid tun muß.« Damit erhob er sich und verließ das Büro.

26

Rumms!

Er lag auf dem unteren Bett, starrte auf die Xaser-Spulen über seinem Gesicht und hörte den Knall.

Philip Halpern blinzelte und hatte das Gefühl, einen Schlag in die Magengrube erhalten zu haben. Er erkannte das Geräusch sofort wieder. Jemand hatte die Tür des Halpernschen Chevrolet-Kombiwagens zugeknallt. Philips Hände fingen an zu schwitzen. Er stand auf, trat ans Fenster und blickte durch die dicken Gitterstäbe und das dünne Glas auf das, was er dort zu sehen erwartete: seine Mutter, die ihn besuchte.

Aber nein! NEIN! NEIN!

Gott im Himmel. Er hatte sie gefunden – die Abfalltüte mit der Handtasche des toten Mädchens darin! Sein Vater stand kaum zehn Meter vom Fenster entfernt und hielt den Beutel in der Hand, den Philip unter der Veranda versteckt hatte.

Sein Vater sprach mit Sheriff Ribbon. Den Mienen der beiden war nicht anzusehen, worüber sie redeten, aber das war ja wohl nicht schwer zu erraten. Plötzlich zeigte Ribbon auf die Zelle. Philips Vater starrte auf das Fenster, so als überlegte er, ob er seinen Sohn besuchen sollte oder besser nicht. Dann drehten sich Creth Halpern und Sheriff Ribbon um und entfernten sich vom Gefängnis.

Die beiden Männer saßen im Drugstore an einem Tisch und sahen für jeden Fremden wie zwei biedere Bürger aus. Mit ihren breiten Schultern beugten sie sich über dicke Kaffeetassen. Solche Männer würden sofort aufspringen und strammstehen, wenn aus dem Radio die Nationalhymne ertönte. Männer wie sie brauchten anderthalb Stunden, um einen Vergaser zu kaufen und fix und fertig in ihren Motorblock einzubauen. Und von solchen Männern erwartete man, daß sie sich über den Preis von Propangas oder über die besten Köder für Seebarsche unterhielten.

Doch diese beiden Männer hier redeten über Mord.
»Mein Junge hat weiß Gott Probleme genug«, sagte Creth Halpern gerade. »Er hat mehr Speck auf den Rippen, als man das für möglich halten möchte. Er besitzt überhaupt keine Kondition und ist schlaff wie ein Weib. Keine Ahnung, warum das so ist, aber du weißt ja, daß seine Mutter schon lange an der Flasche hängt. Ich nehme an, das hat einiges durcheinandergebracht in seinen Chromosomen.« Das letzte Wort sprach er »Chrom'zonen« aus.
Steve Ribbon nickte die ganze Zeit und rührte lustlos in seinem Kaffee, auf den er offensichtlich keinen Appetit hatte. Er hörte zu, und es war ein einziges Jammern und Klagen.
»Nimm nur diese Bilder«, flüsterte Halpern, als würde er hier Dinge eingestehen, die er noch nie in seinem Leben ausgesprochen hatte. »Ich meine die Bilder, die deine Jungs bei ihm gefunden haben. Die zeigen die Mädchen nicht so wie im *Playboy*, nein, das ist handfeste Pornographie. Echter Schmutz. Aufnahmen von Leuten, die es miteinander treiben. Ich habe keine Ahnung, wo Philip so etwas herhat. Eine Zeitlang habe ich befürchtet, irgendein Erwachsener habe sich an ihn herangemacht. Irgendein Mann von der ganz verdorbenen Sorte. Dir ist sicher aufgefallen, daß Philip ein bißchen weibisch wirkt.« Halpern lächelte schief und starrte auf die Ketchup-Flasche. »Aber die Aufnahmen zeigen ja keine Homos.«
»Worauf willst du eigentlich hinaus, Creth?« fragte Ribbon.
»Philip gehört nicht zu den Jungs, die anderen etwas antun könnten. Ich will nicht, daß er ins Gefängnis kommt.«
»Aber du hast uns doch auf die Shorts hingewiesen, die er verbrennen wollte.«
»Da war ich ja auch ziemlich sauer auf ihn. Da hatte ich vor, ihn zu bestrafen. Aber mittlerweile denke ich nicht mehr so.«
»Und warum erzählst du das alles mir? Du hast dir doch diesen Brann als Anwalt genommen.«
»Ich komme mit Anwälten nicht allzugut zurecht. Brann war mir auf Anhieb genauso unsympathisch wie ich ihm.«

»Creth, es sieht nicht besonders gut aus für deinen Jungen.«
»Er ist eigentlich kein schlechter Kerl. Zugegeben, er ist eine riesige Enttäuschung. Und du weißt doch, was mit ihm geschehen würde, wenn er ins Gefängnis käme.« Halpern sah Ribbon an, der schwieg, aber natürlich genau wußte, was die Mithäftlinge Philip im Staatsgefängnis von Warwick antun würden – vermutlich schon gleich am ersten Tag. »Ich kann nicht sagen, daß ich den Jungen von Herzen liebe«, fuhr Halpern fort. »Ich habe es vor langer Zeit aufgegeben zu versuchen, ihn gern zu haben. Aber trotzdem ... ich fühle, daß es irgendwie meine Pflicht ist ...«
»Brann ist ein ziemlich guter Anwalt. Er wird für den Jungen kämpfen.«
»Sieh mal her, was ich gefunden habe.« Halpern stellte die zerrissene und schmutzige Abfalltüte auf den Tisch. Altes Popcorn fiel in eine Kaffeelache und saugte sich dort voll. »Das habe ich an einem von Philips Lieblingsaufenthaltsorten entdeckt. Sein Versteck sozusagen. Unter der Veranda.«
Ribbon öffnete die Plastiktüte. Im Innern befand sich eine verdreckte Handtasche. Er schüttete sie auf dem Tisch aus und sah Halpern verwundert an. »Gehörte die einer der Ermordeten? Verdammt, warum gibst du mir die denn? Damit brichst du deinem Sohn das Kreuz, Creth!«
»Nein, nein«, entgegnete Halpern. »Das solltest du dir wirklich einmal gründlich ansehen.«

Sie standen vor einem eingeschossigen gelben Ziegelsteingebäude in Higgins und betrachteten ein Stück Papier. Einen Computerausdruck.
»Tja, irgendwas müssen wir damit anstellen«, sagte Steve Ribbon. »Verdammt, das kommt mir wirklich ungelegen.«
Charlie Mahoney gab Ribbon das Stück Papier zurück, nahm aus der Beweismitteltüte einen handgeschriebenen Brief und las ihn.
Ribbon wedelte mit dem Computerausdruck herum, als wollte

er die Tinte darauf trocknen. »Er meinte, die Chancen stehen fünfzig zu fünfzig, und ich denke, wir dürfen das nicht unbeachtet lassen.«

»Das sehe ich auch so. Wer ist er überhaupt? Hat er irgendwelche Referenzen vorzuweisen?«

»Er ist Graphologe und arbeitet für die Landesverwaltung. Das ist ein echter Beweis, Charlie. Wenn Brann das in die Finger bekommt, müssen wir wieder ganz von vorn anfangen, und das wird eine verdammte Plackerei. Für uns alle.«

»Ja, für uns alle«, wiederholte Mahoney langsam. Er bedachte Ribbon mit einem vielsagenden Lächeln, das am ehesten zu bedeuten schien: Warum gerade du, du rotgesichtiger, fetter Scheißkopf.

»Dann wird die Öffentlichkeit wieder in Aufruhr gebracht«, fuhr Ribbon fort, »und die Leute zerreißen sich erneut über Jennie und ihre Freundin die Mäuler. Ganz zu schweigen von den Auswirkungen auf die Hochschule. O Mann, dann sind wir aber echt beschissen dran.« Er blickte sorgenvoll auf den Brief.

»Ich wette, sein Vater hat das geschrieben«, brummte Mahoney, »um den Jungen vom Haken zu holen.«

»Nee, das war nicht sein Alter. Sie kennen den Mann nicht. Das ist nicht seine Art. Doch es könnte sein, daß der Bursche den Brief selbst geschrieben und ihn dort versteckt hat, wo wir ihn finden mußten.«

»Tja, aber sicher sind wir da nicht, und solange auch nur der Hauch einer Chance besteht, daß das Papier echt ist, müssen wir es Brann zeigen. So verlangt es das Gesetz.« Mahoney richtete den Zeigefinger auf Ribbon. »Sie können sagen, was Sie wollen, Sie haben die Ermittlungen durchgeführt, bevor das County und was weiß ich wer noch mit der Nase darauf gestoßen worden ist. Sie sind vor allem dran – aber wir anderen ebenfalls ...«

Ribbon wich Mahoneys stechendem Blick aus. »Dieses Schreiben entlastet den Jungen nicht von dem Mord an der Gebben.«

»Verdammt, Ribbon, Sie haben sich von Anfang an in diese Kultscheiße verbissen. Wenn der Junge die andere nicht umgebracht hat, was wird denn dann aus Ihrer schönen Theorie?«

»Sie haben den Kerl doch auch gesehen«, sagte Ribbon. »All diese Magazine und Bilder, all diese Pornographie. Und der Kultmist. Das Messer. Ist er nun schuldig?«

»Höchstwahrscheinlich.« Mahoney zuckte mit den Schultern.

»Und wenn wir ihn dazu bringen könnten, ein Geständnis abzulegen?« fragte Ribbon und wischte sich zu Mahoneys großer Erleichterung den Speichel weg, der sich in seinem Mundwinkel festgesetzt hatte.

»Ein Geständnis ...«

»Könnten Sie das schaffen?« wollte Ribbon wissen. »Haben Sie Erfahrung damit, Verdächtige zu einem Geständnis zu bewegen?«

Mahoney schnaubte nur.

»Ich glaube, Sie sind ziemlich gut darin, Leuten ein Geständnis zu entlocken.«

»Ja.« Mahoney begeisterte beides, sowohl die Anerkennung aus dem Mund des Sheriffs als auch die Verachtung, die er für den Mann empfand, weil er in seiner Not sich nicht anders zu helfen wußte, als zu diesem Mittel zu greifen.

»Er sitzt gerade bei uns in der Zelle.«

Mahoney warf einen Blick auf seine Uhr.

»Ich glaube, je eher, desto besser, oder?«

»Was ist mit den anderen Deputies?«

»Ich werde alles arrangieren, damit Sie mit ihm allein sein können.«

»Jetzt gleich?«

»Sie haben den ganzen Trakt für sich.«

Er besaß keine Fünfzigtausend-Joule-Xaserpistole.

Er hatte nicht einmal die .22er Ruger seines Vaters dabei.

Aber Philip Halpern war nicht ganz wehrlos.

Er wandte sich vom Fenster ab und zog das Laken von seiner

Koje. Philip nahm den Saum in den feuchten Mund und riß mit den Zähnen vier Löcher in den Stoff. Dann zerfetzte er das Laken und knotete die Streifen zusammen. Anschließend schob er den Tisch in die Mitte des Raums, und mit einiger Mühe gelang es ihm, sich darauf zu stellen. Mit einer Hand hielt er sich oben am metallenen Lampenschirm fest. Eine Staublawine rieselte auf ihn herab. Er atmete eine Menge davon ein und mußte husten und blinzeln. Als seine Augen nicht mehr tränten, legte er sich die Lakenschlinge um den Hals und warf das andere Ende um die Lampenschnur.

Philip blickte nach oben und las: »Penny-Saver Soft Light Eingetragenes Warenzeichen 60 Watt Made in USA«. Die billige Glühbirne war so nah, daß seine Sicht verschwamm. Die Worte lösten sich auf, und die Flecken und gebratenen Insektenleichen auf der Innenseite des Schirms verschmolzen ineinander. Das ganze Zimmer wurde hell wie der Himmel. Philip Halpern senkte die Arme.

Sie hörten das laute Stöhnen des Jungen.

Lance Miller legte den Kopf schief und sagte: »Klingt, als ginge es dem Jungen nicht so gut. Vielleicht braucht er irgendwas.«

»Klar«, meinte der County Deputy, »wie wär's mit 'ner kaltgemachten Braut?«

Lance Miller sah von seiner Zeitung auf. »Davon hatte er doch schon zwei.«

»Kann man sich eigentlich von 'ner Leiche 'nen Tripper holen?« dachte der County Deputy laut.

»Ist ja widerlich!«

Erneut ein Stöhnen. Diesmal lauter und geradezu unheimlich.

»Sollten wir nicht mal nach ihm schauen?«

»Hast du die Bilder von den Titten seiner Schwester gesehen?« fragte Miller.

»Nee, leider nicht.«

»Er hat versucht, sie zu verbrennen.«

»Was, die Titten?«
»Nein, die Bilder.«
»Wie sahen sie denn aus?«
»Waren Nahaufnahmen. Polaroids.«
»Nee, die Titten.«
»Nicht riesengroß. Außerdem war das Bild ziemlich dunkel. Der Trottel hat keinen Blitz verwendet.«
Als der Junge erneut stöhnte, blickten die beiden Männer sich an. »Er holt sich bestimmt gerade einen runter«, sagte der Deputy.
»Und wenn ihm wirklich was fehlt?«
»Wie wär's denn, wenn du mal nachschauen gehst. Ich sehe dann später noch mal nach ihm.«
»Wenn ihm schlecht ist, habe ich keine Lust, seine Kotze aufzuwischen.«
»Dann werfen wir eben eine Münze.«
Lance Miller begab sich zum Zellentrakt, schloß hinter sich ab und lief den Gang hinunter zu Philips Zelle.
Er sah den Jungen, das aus Laken gemachte Seil und den Tisch.
»O Scheiße! O verdammte Scheiße!« Miller hatte Mühe, den Schlüssel ins Schloß zu stecken. Dann stieß er die Tür auf, sprang auf den Tisch und packte den Jungen von unten an den Schultern.
In diesem Moment ließ Philip sich fallen.
Hinter ihm flatterte das Lakenende, das er nicht an der Lampenschnur befestigt hatte, wie der Schweif eines Dimensionsmantels. Er ging Miller mit seiner Geheimwaffe an – nicht mit fünfzigtausend Joule, nicht mit einem Xaser und nicht mit seiner Hononenpeitsche, sondern mit seinen über hundert Kilo. Der Deputy verlor sein Gleichgewicht, kippte nach hinten auf den Betonboden und fiel auf den Rücken. Philip landete direkt auf ihm. Knochen krachten. Lance Miller stöhnte einmal und verlor dann das Bewußtsein.
Philip schnappte sich Millers Schlüssel und die Smith & Wesson, verließ die Zelle, öffnete die Hintertür des Zellen-

trakts, gelangte ins Rathaus und lief zum Ausgang. Draußen rannte er, so schnell er konnte, von dem Gebäudekomplex fort und hinaus aus der City. Seine Lungen saugten wie verzweifelt Luft ein. Als die Schmerzen in seiner Brust immer schlimmer wurden, kam ihm kurz ein Gedanke. Es bereitete ihm ein diebisches Vergnügen, den Tag im Gefängnis verbracht zu haben und so dem Horror des Langstreckenlaufs im Sportunterricht entgangen zu sein. Er senkte den Kopf und rannte schneller als jemals in der Schule, ja, als je zuvor in seinem Leben. Philip lief und lief und lief.

Moment mal, was war denn das?

Bill Corde stand in der Tür zum Zellentrakt und sah, wie ein Deputy sich kniend über einen zweiten beugte – war das nicht Lance Miller? – und ihn küßte.

Nein, das konnte doch nicht sein.

Was ging hier eigentlich vor?

Ein Wiederbelebungsversuch. Lance Miller lag totenbleich und in Schweiß gebadet ausgestreckt auf dem Boden. Er ruderte mit den Armen, als wollte er einen Rettungshubschrauber auf sich aufmerksam machen, trat mit beiden Beinen um sich und röchelte zwischen den Schmatzern des County Deputys: »Runter von mir! Runter von mir!« Doch der gute Mann hielt ihm immer wieder aufs neue die Nase zu und blies ihm Luft in die Lungen.

»Ich schätze, das braucht er jetzt nicht«, sagte Corde.

»Keine Angst, ich habe so was schon mal gemacht«, entgegnete der Deputy und drückte mit beiden Händen auf Millers Brustkorb. Corde hörte, wie eine Rippe knackste. Miller wisperte: »Runter von mir.« Dann fiel er erneut in Ohnmacht.

»Hat für mich nicht so ausgesehen, als hätte er eine Herzattacke erlitten«, meinte Corde.

»Was habe ich da nur angerichtet«, murmelte der Deputy und machte ein kreuzunglückliches Gesicht.

Corde kniete sich neben Miller hin und fühlte seinen Puls. »Ich glaube nicht, daß er ernsthaft verletzt ist. Warum rufen Sie nicht den Krankenwagen?«
»Stimmt, das könnte ich tun. Der Junge ist ausgebrochen.« Er sprang auf und rannte zum Telefon.
»Was?«
»Welche Nummer soll ich wählen? Die vom Notruf?«
»Was soll das heißen, er ist ausgebrochen?«
Während der Deputy den Hörer zwischen Wange und Schulter hielt, sprudelte es aus ihm heraus: »Ist vor fünf Minuten abgehauen. Hallo? Ja, wir brauchen eine Ambulanz. Zum Sheriff's Department. Ich habe versucht, ihn wiederzubeleben, aber das hat nicht ausgereicht.«
Corde lief aus der Zelle, zur Tür, ins Rathaus, zum Ausgang und dann auf den Parkplatz. Gottverdammte Scheiße! Von dem Jungen war nichts zu sehen. Er kehrte ins Büro zurück, und die Feuersirene begann heiser zu heulen.
Corde befahl dem Dispatcher, Ebbans herzurufen, und wählte dann Ribbons Privatnummer. »Ja, hallo, Ettie, kannst du ihn so rasch wie möglich herschicken? Wir haben einen Ausbruch ... Ach so ... Zum Angeln. Und wo? Himmeldonnerwetter noch mal!«
Jim Slocum stürmte herein und lief an dem County Deputy vorbei, der in einsamer Wacht Ausschau nach dem Krankenwagen hielt. »Was ist denn los, Bill? Ich habe gerade den Ambulanzruf mitbekommen.«
»Der junge Halpern ist fort.«
»Fort? Zu den ewigen Jagdgründen ...«
»Nein, getürmt. Hat vorher noch Lance niedergeschlagen.«
»Wirklich?« Ein Grinsen zog sich über sein Gesicht. »Hätt ich diesem Fettsack gar nicht zugetraut. Wo steckt denn Steve?«
»An einem Samstagnachmittag? Was meinst du denn? In seinem verdammten neuen Truck natürlich. Hat er denn kein Telefon in der Karre?«
»Nein«, antwortete Slocum. »Er wollte das alte CB-Gerät

einbauen, aber irgendwie hat das nicht so richtig funktioniert.«

»Schick eine Beschreibung von dem Burschen raus, aber sag den Jungs, daß sie sich ihm vorsichtig nähern sollen.«

»Das kann ich ihnen gerne ausrichten, doch ob sie es auch tun, ist eine ganz andere Frage.« Slocum trottete in das Büro des Dispatchers.

Die Sanitäter kamen mit einer Trage herein und legten Miller vorsichtig darauf. Er erhielt eine Injektion, dann brachten sie ihn nach draußen und schoben ihn in den Wagen. Der Deputy hatte das Bewußtsein wiedererlangt und fluchte wie ein Rohrspatz.

Zwanzig Minuten später erschien Ebbans, fünf Minuten danach Mahoney.

»Toll, wir haben einen entsprungenen Mörder«, schimpfte Mahoney, nachdem er ins Bild gesetzt worden war.

»Oh, da muß ich den Prozeß wohl verpaßt haben«, sagt Corde laut genug für alle.

Mahoney verdrehte die Augen.

»Jetzt haben wir endlich den Beweis«, sagte Slocum strahlend. »Ich meine, warum soll er ausbrechen, wenn er unschuldig ist, oder?«

Corde sah ihn an, als hätte er gerade gefragt, wo eigentlich die Babys herkämen.

»Wir sollten besser die Landespolizei anrufen und durchgeben, daß ein Verdächtiger geflohen ist«, sagte Ebbans.

»Sie sollten vielleicht auch noch erwähnen«, meinte der County Deputy, »daß der Bursche eine Pistole hat.«

Alle Gespräche verstummten, und sämtliche Anwesenden drehten sich zu dem Mann um.

Der County Deputy lief rot an und murmelte: »Hab ich vorhin vergessen zu erwähnen, als Lance auf dem Boden lag und ich versuchte, ihn wiederzubeleben. Der Junge hat Millers Waffe. Hat sie sich einfach geschnappt und ist damit fortgelaufen.«

»Kein Polizist darf eine Zelle mit einer Waffe betreten!« sagte Corde. »Warum hat er sie nicht zurückgelassen?«
»Vielleicht hat er es vergessen.«
»Heilige Maria«, flüsterte Corde. »Setz dich ans Funkgerät«, befahl er Slocum. »Personenfahndung an die Landes- und die County-Polizei. Ein emotional gestörter und bewaffneter Ausbrecher. Gib durch, daß er nur eine Scheißangst hat und eigentlich niemandem etwas antun will.«
»Hört sich ganz so an, als hätten Sie jetzt hier das Sagen, Detective«, bemerkte Mahoney. »Dabei dachte ich, Sie seien suspendiert.«
Die anderen sahen vorsichtig zu Corde und warteten auf seinen Gegenschlag. Doch Corde hatte Mahoneys Worte gar nicht mitbekommen. Er war in Gedanken im Wald, wo er schnaufend und mit Seitenstechen direkt hinter Philip Halpern herlief. »Der Junge ist fünfzehn. Also hat er noch keinen Führerschein. Vermutlich versucht er zu Fuß aus dem Bezirk zu kommen. Wie könnte er das anstellen?«
»Keine Ahnung«, antwortete Slocum. »Wir hatten hier noch nie einen Ausbrecher.«
»Er könnte in Fredericksberg den Bus nehmen«, schlug Ebbans vor.
»Vielleicht«, sagt Corde. »Und was ist mit dem Wald, dem State Park?«
»Verdammt, das stimmt«, bestätigte Slocum. »Dort erreicht er den Fluß, und wahrscheinlich denkt er, ein Kanu oder ein Boot zu finden, mit dem er in Richtung Süden fahren kann.«
Die Tür flog auf, und Hammerback Ellison, der Sheriff des Harrison County, stampfte herein. Er war ein breiter, schwergewichtiger Mann. Im Gegensatz dazu standen das schmale Gesicht mit den zierlichen Zügen und die zu kleinen Füße mit den dünnen Knöcheln. »Ich hab's gerade gehört. Der Junge ist auf und davon?«
»Ist er«, bestätigte Ebbans und setzte seinen Hut auf. »Und er hat eine Waffe. Sie und ich sollten sofort rüber zum State

Park. Ist das okay, Bill?« fügte er hinzu, und seine Stimmlage machte allen Anwesenden klar, daß Corde jetzt wieder das Sagen hatte und er sich hinter ihn stellte. Möge der Herr dich segnen, T. T., dachte Corde und wandte sich Slocum zu. »Jim, du fährst auf die 302. Nur für den Fall, daß er per Anhalter fortkommen will. Ich fahre die 117 am Fluß entlang.«

Slocum sah Ebbans an, und der fragte: »Worauf wartest du noch, Jim?«

Dann sagte Corde zu Mahoney: »Charlie, vielleicht sollten Sie in Downtown nach ihm Ausschau halten. Womöglich will er uns austricksen und sich dort irgendwo bis zum Einbruch der Dunkelheit verstecken.«

»Soviel Grips traue ich ihm nicht zu, aber der Vorschlag klingt vernünftig.«

Alle liefen nach draußen auf den Parkplatz. Slocum sprang in seinen Wagen und brauste gleich los. Als nächste verschwanden Ellison und Ebbans in einer Staubwolke. Corde wartete, bis alle fort waren. Erst dann startete er seinen Wagen und fuhr langsam los.

Er bog nicht rechts nach Cress ab, wo er direkt auf die Route 117 gelangen würde, sondern nach links und trat das Gaspedal durch.

Mit der Macht Eurer Weisheit,
Mit der Stärke Eurer Größe,
Führt mich, Wächter,
In die Verlorene Dimension,
Ins Licht aus dunkler Nacht.

Philip bleibt stehen, um an der Pistole des Deputys zu riechen. Das Aroma von Öl, Plastik und erwärmtem Metall (wofür sein überlappender Bauch verantwortlich ist) dringt ihm in die Nase. Die Waffe ist nicht groß, aber ziemlich schwer.

Alle Systeme bereit. Xaser-Torpedos in den Abschußrohren ...

Philip hält sich in dem Waldstück auf, das ans Grundstück seines Elternhauses grenzt. Er ist umgeben von schlanken Kiefern, Sonnenblumen mit dicken Stengeln und hohem Gras. Zwischen den Stämmen kann er den Chevrolet ausmachen. Er erkennt sogar das herabhängende Ende des Klebestreifens, der den Kühlergrill an seinem Platz hält. Der Schaden ist zwei Jahre alt – seine Mutter hatte den Wagen in einen Graben gefahren. Daneben der Grill. Dahinter die Veranda. Die Kaninchendrahttür darunter steht weit offen. Sein Vater hat sich wohl nicht die Mühe gemacht, sie wieder zu schließen, nachdem er dort die Abfalltüte mit der Handtasche gefunden hat. Philips Blick verweilt bei dem baufälligen Schuppen im Garten. Unter der Dachrinne hängt ein großes, Gänsehaut verursachendes Wespennest, das schon seit einer Woche wie ein fetter Pickel auf sein Bewußtsein drückt. Nachdem er seinen Vater niedergestreckt und Jano, den hononischen Verräter, hingerichtet hat, wird er die verbliebenen Kugeln in das Wespennest feuern.

Ziel im Visier, treten jetzt in die Dimensionsebene ein ...

Nein, sagt er sich, nicht alle Kugeln landen in dem Nest. Eine wird er aufheben.

Philip tritt aus dem Wald und marschiert auf das Haus zu.

Vertraue auf die Verlorene Dimension. Ins Licht aus der finsteren Nacht.

27

»Das hilft jetzt überhaupt nicht weiter«, meinte Creth Halpern. Seine Frau sah ihn verwundert an, so als hätte er gar nichts gesagt, sondern nur vor ihr gestanden und lediglich die Lippen bewegt, und als summten die Worte wie in einem alten Cartoon um ihren Kopf.

Sie waren beide von seiner Bemerkung überrascht. Seit Jahren hatte er nichts mehr zu ihrem Trinken geäußert. Seine Frau leerte ein dickwandiges Glas und schluckte. Dann goß sie es wieder voll und stellte den Plastikbehälter in den Kühlschrank zurück, in dem sich Käsescheibletten, eine fast leere Packung Toastbrot, abgepacktes Rindfleisch und eine Flasche Milch befanden. Sie lehnte sich an die Wand, und Halperns Hand umschloß den Schraubenzieher, um ein Fenster zu öffnen, dessen Farbe festgetrocknet war. Er stieß das spitze Ende in die Ritze, stemmte sich auf den Griff und erreichte damit nicht mehr, als das Holz des Rahmens zu beschädigen. Das Fenster selbst rührte sich keinen Millimeter. »Verdammt.«

Seine Frau nippte an ihrem Drink und blickte zwischen den mit braunen Tipis bedruckten Vorhängen hindurch auf den blühenden Fliederbusch vor dem Fenster.

Halpern konnte beim besten Willen nicht begreifen, wieso sie immer noch so gut aussah. Am Morgen waren ihre Wangen nur eine Idee aufgedunsen. In der Nacht wirkten ihre Augen leblos. Aber ansonsten war ihr nichts von ihrem Alkoholismus anzumerken. Letzten Sommer hatte einer von Philips Freunden sich Hals über Kopf in sie verliebt. Ein schmächtiges High-School-Bürschchen! Halpern mußte zugeben, daß sie noch immer eine atemberaubende Figur hatte. Wie schaffte sie es nur, die Gläser Gin schneller in sich hineinzukippen als die Quartalsäufer drüben im Tap, und trotzdem die lieblichen Züge und das gepflegte Haar zu behalten? Oder die Fingernägel stets ordentlich manikürt zu haben. Oder sich die Beine zu rasieren?

»Unser Sohn im Gefängnis«, sagte sie, und es klang wie eine simple Feststellung.

»Er hat es nicht getan. Morgen läßt man ihn wieder frei.«

»Ach komm ... Er hat all diese Dinge mit dem Mädchen gemacht.« Keine Spur von Lallen. Sie klang nicht im mindesten betrunken. Halpern fragte sich, ob er sich vielleicht nur schon längst an ihre Stimme gewöhnt hatte. Er versuchte sich daran zu erinnern, wie sie geklungen hatte, als er sie kennenlernte. Damals, als er immer öfter das New Lebanon Inn

aufsuchte, wo sie als Kellnerin arbeitete. Es gelang ihm nicht, und das machte ihn sehr traurig.
Sie sagte zu dem Wandkalender: »Ich kann nicht mal Mutter anrufen. Wie sollte ich es ihr erklären? Ich würde mich in Grund und Boden schämen.«
»Ja, er hat einiges mit dem Mädchen angestellt. Dafür hat er eine Tracht Prügel verdient, und die wird er auch bekommen. Aber er hat niemanden umgebracht. Dafür lege ich meine Hand ins Feuer. Wir sollten dafür sorgen, daß er Hilfe erhält.«
»Ach ja? Und welche?«
»Es muß doch irgendein staatliches Resozialisierungsprogramm geben. Ich könnte mich an ... ach, ich weiß auch nicht, an wen ich mich wenden soll. An irgend jemanden eben.«
»Ach, einfach so? Na sicher. Man muß ja nur genug verdienen.« Ihre Stimme klang so klar wie der Gin, den sie sich einflößte.
»Ich habe ihm ein Dach über dem Kopf und genug zu essen gegeben. Dir übrigens auch. Und das ist noch lange nicht alles.«
»Wenn du genug verdienen würdest ...«
»Ich verdiene genug, verdammt noch mal. Du könntest ja auch ein bißchen Geld nach Hause bringen.«
»Wir beide könnten eine Menge Dinge tun.«
»Halte ich dich etwa davon ab, dir eine Arbeit zu suchen?«
»Du erinnerst dich nicht mehr, nicht wahr? Du erinnerst dich an überhaupt nichts mehr.«
»Es hat gar keinen Zweck, mit dir zu reden, wenn du so bist«, sagte Halpern.
»Wieso bumst du mich eigentlich nicht mehr?« Sie klang ehrlich neugierig.
Halpern wollte aufbrausend antworten, aber sein Zorn ließ schon wieder nach. Er überlegte kurz, ob er ihr eine Ohrfeige verpassen sollte, doch grenzenlose Gewissensbisse hinderten ihn auch daran. Er stellte sich neben seine Frau ans Fenster. Dabei kam ihm in den Sinn, daß jeder Streit zwischen ihnen so

endete: sie betrunken, er in Gedanken an anderen Orten und bei anderen Menschen und beide zusammen am Fenster. Und daß er ihr jedesmal eine runterhauen wollte, aber die erforderliche Energie nicht aufbringen, sie dafür nicht genug hassen konnte.

»Geh doch zur Hölle«, sagte sie, als wollte sie ihm eine Richtung vorgeben.

Halpern wandte sich wieder dem Schraubenzieher zu. Er stieß ihn noch ein dutzendmal in die Ritze und verfolgte, wie immer mehr Lack abplatzte und der Griff zurücksprang. Frustriert machte er einen Schritt nach hinten und stach so fest ins Fensterbrett, daß Holzspäne herumflogen.

Pfannen klapperten.

Das Geräusch der sich öffnenden Kühlschranktür bereitete ihm Übelkeit.

Er hörte das Gluckern von Flüssigkeit, die in ein Glas gegossen wurde.

Und unvermittelt der Schrei seiner Frau: »Philip!«

Halpern drehte sich um. Der Junge war gerade durch die Hintertür hereingekommen und stand jetzt mitten in der Küche.

»Wann hat man dich denn freigelassen?« fragte sein Vater. Er verspürte den furchtbaren Drang, auf ihn zuzugehen und ihm die Nase einzuschlagen. Allein die Vorstellung ließ ihm schon das Wasser im Mund zusammenlaufen. Und er wollte ihn anschreien. Aber was sollte er ihm vorwerfen? Wie konntest du das dem armen Mädchen antun? Warum hast du das getan, du dummer, kleiner, geiler Pisser? Oder: Was habe ich angestellt, daß du mir so etwas antun konntest? Ich habe dich geliebt! Immer geliebt! Ehrlich geliebt! Und jetzt so etwas!

Also blieb Creth Halpern einfach stehen, und der Schraubenzieher entglitt langsam seinen Fingern. Fünf Meter trennten ihn von seinem Sohn, auf dessen Oberlippe sich Rotz gesammelt hatte, dessen Gesicht vor Schweiß glänzte und dessen Tonnenbrust sich hob und senkte.

»Wie konntest du nur ...«
»O mein Gott«, flüsterte seine Frau.
Und jetzt sah auch Creth Halpern die Pistole.
»Was hast du da in der Hand, Junge?«
Philip drehte sich zu seiner Mutter um. Das schwere Glas fiel aus ihrer Hand, krachte auf den Boden, und sein Inhalt flog gegen den Kühlschrank. Die gepflegten Hände mit den festen rot lackierten Nägeln fuhren zu ihrem Mund. Philip wandte sich wieder seinem Vater zu. Seine Lippen bewegten sich, aber kein Laut kam aus seiner Kehle. Er sah aus wie ein Fisch im Wasser. Schließlich schluckte er und erklärte mit dünner Stimme: »Der Handlanger ist da.«
»Hör mir gut zu, du läßt jetzt sofort die Waffe fallen.«
»Der Handlanger ist da.«
»Philip, tu das nicht«, schluchzte seine Mutter. »Bitte tu das nicht.«
»Ich habe dir nie etwas angetan«, sagte sein Vater. »Mein Sohn ...«
Philip richtete die Waffe auf ihn. »Der Handlanger. Der Handlanger. Handlangerhandlangerhandlanger.«
»Ich wollte dir doch nur helfen.«
»Ich habe dir nie etwas angetan«, flüsterte Philip, seinen Vater nachäffend.
»Ich weiß, daß du die Mädchen nicht ermordet hast.«
»Du hast mit dem Sheriff gesprochen. Ich habe dich gesehen.«
»Ich habe ihm nur die Handtasche gegeben, die du versteckt hattest. Da war doch der Brief! Der Brief war doch in der Tasche. Du weißt, wovon ich rede. Er beweist, daß du sie nicht umgebracht hast.«
Doch Philip entgegnete mit einer Stimme, die selbstsicherer, erwachsener und angsteinflößender klang, als Halpern es je von seinem Sohn erwartet hätte: »Tut mir leid, Dad, aber jetzt ist der Handlanger hier.«
»Ich wollte dir doch nur helfen.«
»Streck die Hände nach vorn, Dad.«

Bill Corde schlich leise an dem schläfrigen Köter vorbei, der am Geländer der vorderen Veranda angekettet war. Er glitt durch die Haustür und ging vorsichtig über den rosafarbenen Läufer, der voller dunkler Flecken war, zum hinteren Teil des Hauses. Überall stank es nach Hundepisse, vergammelten Essensresten und Bleichmitteln. Dann konnte er Philip in der Küche sehen. Er hielt die dunkelgraue Waffe in der Hand. Creth Halpern stand vor ihm. Von seiner Mutter war nur ein weißer Arm zu erkennen und an dessen Ende rot lackierte Fingernägel. Corde blieb im Eßzimmer stehen, das direkt an die Küche grenzte. Er ließ seinen Revolver im Holster, nahm aber den Hut ab, legte ihn auf das verstaubte Fernsehgerät und lehnte sich an den Eßtisch, der von klebrigen Schachteln, Pizzaresten und anderem Abfall übersät war. Mitten auf der Platte hatte sich aus dunkelrot angelaufenem, verschüttetem Ketchup ein Paisley-Muster gebildet.

»Hallo, Philip«, sagte Corde ganz ruhig.

Creth Halpern fuhr vor Schreck zusammen, und das entsetzte Gesicht seiner Frau zeigte sich im Eingang zur Küche. Philip warf dem Detective lediglich einen desinteressierten Seitenblick zu und wandte sich dann wieder an seinen Vater: »Streck die Hände nach vorn.«

Ohne den Blick von seinem Sohn zu nehmen, sagte Halpern zu Corde: »Er hat eine Pistole.«

»Die Hände!«

Halpern hob die Arme.

»Nein, nicht die Arme heben. Der Handlanger ist hier. Also, streck die Hände nach vorn. Du weißt doch, wie das geht.«

»Philip«, sagte Corde. Der Junge betrachtete ihn ein wenig länger als vorher und verlor dann wieder das Interesse. Doch als Corde einen Schritt näher trat, richtete Philip die Pistole erneut auf die Brust seines Vaters.

»Philip«, versuchte es Corde noch einmal ganz ruhig, »warum nimmst du die Waffe nicht wieder runter? Tu es bitte.«

Philips Eltern sahen Corde hilflos an. Er bemerkte die Ver-

zweiflung in ihren Augen. Creth Halpern schien kurz vor einem Zusammenbruch zu stehen.
»Bitte, Schatz, bitte nicht«, wimmerte seine Mutter.
Philip sah sie an und lächelte. »Mach den Kühlschrank auf.«
»Bitte, Schatz ...«
»AUFMACHEN!«
Sie schrie und zog an der Tür. Philip zielte und feuerte einen ohrenbetäubend lauten Schuß auf den Gin-Behälter ab. Das beigefarbene Rubbermaid-Gefäß zerplatzte in einem Regen von klarer Flüssigkeit. Seine Mutter kreischte. Weder Corde noch Halpern rührte sich.
»Niemand will dir etwas tun«, sagte Corde.
Philip lachte triumphierend. »Sie denken wohl, ich wüßte nicht Bescheid, was? Genauso haben sie es auch bei Dathar versucht. Sie wollten ihn reinlegen. Sie haben ihn von vorn bis hinten belogen, aber er hat sich von ihnen nichts vormachen lassen.«
»Wir wollen dir doch helfen, Philip.«
»Jamie hat mich auch verraten.«
»Nein, das hat er nicht!« widersprach Corde streng. »Ich habe ...«
»Doch hat er.«
»Nein, hat er nicht!« brüllte Corde, ohne darauf Rücksicht zu nehmen, wie der Junge reagieren würde. »Ich habe über alles mit ihm geredet. Ein paar Leute im Sheriff's Department haben ihm eine Falle gestellt. Und er wußte nicht, daß sie ihm folgen würden. In Wahrheit ist er zu dir gelaufen, um dich zu warnen. Jamie hat mir eine Nachricht für dich mitgegeben.« Corde entbot ihm den naryanischen Gruß.
Die Pistole in Philips Hand zitterte. »Das hat er Ihnen aufgetragen?«
»Ja, das hat er.«
Philip nickte mehrere Male und lächelte schief. Dann wandte er sich wieder seinem Vater zu. »Du hast mich nicht einmal besucht.«

»Sie erklärten mir, das gehe nicht. Ich dürfe nur zu den Besuchszeiten kommen. Deswegen hatte ich heute abend vor, dich zu besuchen. Ab sechzehn Uhr hätte ich zu dir gedurft. Genauso wie damals im Krankenhaus, als wir Großmutter besuchten.«
Philip sah Corde an, und der sagte: »Das ist richtig, Philip. Der Sheriff hat das so bestimmt.«
Der Junge starrte auf den Boden.

Draußen vor dem Haus hörte Charlie Mahoney den Schuß und den Schrei. Er verstaute das Funkgerät, über das er gerade T. T. Ebbans und Hammerback Ellison gerufen hatte. Dann zog er die Automatic aus der Tasche und näherte sich den Stufen zur vorderen Veranda.
Nachdem er Corde bis hierher gefolgt war, hatte er ganz in der Nähe gewartet und darüber nachgedacht, was er jetzt unternehmen konnte. Der Schuß verscheuchte alle Zweifel in ihm. Vorsichtig kroch er auf die Veranda. Der hellgrüne Teppichboden war seit Urzeiten nicht mehr gesäubert worden, und die Knie von seiner teuren graukarierten Hose waren bald voller Flecken.
Er verfolgte, was die drei Halperns und Corde miteinander sprachen, bis die beiden Streifenwagen leise vorfuhren. Mahoney kehrte zur Haustür zurück und gab den Männern Zeichen. Ebbans und Ellison eilten hinter das Haus, während Slocum und der County Deputy auf ihn zukamen. Er gab ihnen zu verstehen, auf der Veranda zu warten.
Dann schlich er ins Wohnzimmer.
»Bitte, Philip, so erreichst du gar nichts ...«
»Philip, dein Vater, deine Mutter und ich wollen dir wirklich nur helfen.«
Der Junge fing an zu weinen. »Er schlägt mich immerzu. Auch wenn ich gar nichts angestellt habe, bekomme ich Schläge.«
»Ich wollte dich doch nur stark machen«, entgegnete Halpern. »Ich weiß, daß ein richtiger Mann in dir steckt. Glaub mir, alles

wird wieder gut. Wenn die Behörden den Brief gelesen haben, wissen sie, daß du die Morde nicht begangen haben kannst, und lassen dich frei. Erzählen Sie ihm von dem Schreiben, Corde.«

»Brief? Schreiben?« fragte Corde verwundert.

»Los, sagen Sie es ihm!« Halpern schien wieder kurz davor, die Beherrschung zu verlieren.

Mahoney lief jetzt leise über den Flur ins Eßzimmer. Er hielt die Luft an – einerseits, damit sein Atmen ihn nicht verraten konnte, aber noch viel mehr, um den Gestank von Hundepisse und verrotteten Nahrungsmitteln nicht in die Nase zu bekommen.

»Was für ein Schreiben, Halpern?« wollte Corde wissen.

»Hat der Sheriff Ihnen denn nichts gesagt?«

Mahoney trat noch einen Schritt näher. Eine Diele knarrte unter seinem Stiefel.

Corde fuhr herum und entdeckte ihn. »Nein!«

Der Junge bemerkte jetzt ebenfalls Mahoney und hob wieder den Revolver. Mahoney tat es ihm gleich. Corde nahm die Arme hoch, drehte Philip den Rücken zu und stellte sich zwischen die beiden. Seine Nerven kitzelten bei der Vorstellung, eine Smith & Wesson hinter sich und eine Browning Automatic vor sich zu haben. »Mahoney, verdammt, was wollen Sie hier?«

»Corde, Sie blödes Arschloch, gehen Sie mir aus dem Weg!«

»Verschwinden Sie von hier!« schrie Corde. »Sie haben hier nichts verloren!« Mahoney ruckte vor ihm hin und her, um den Jungen doch noch in die Schußlinie zu bekommen. Philip stand wie gelähmt da. Der Pistolenlauf war auf Cordes Rückgrat gerichtet.

»Philip!« rief Corde über die Schulter. »Laß sofort die Waffe fallen. Alles kommt in Ordnung, du mußt nur ...«

»GEHEN SIE MIR ENDLICH AUS DEM WEG!« brüllte Mahoney.

Philip ließ die Hand mit der Waffe sinken. Sein Vater sah ihn eindringlich an und sagte: »Leg sie weg, bitte.«

Der Pistolenlauf zeigte schon fast auf den Boden.

Ein Schatten eilte durch die Küche. Mahoney rief: »Fallen lassen!« und feuerte zwei Schüsse in die Decke.
Ebbans und Ellison stürmten in die Küche. Philip drehte sich erschrocken zu ihnen um. Ellison schrie in größter Panik: »Er schießt, er schießt!« Die Hände der Deputies verschwanden hinter Mündungsblitzen. Mahoney ließ sich auf den Teppich fallen. Eine Kugel pfiff an Cordes linkem Ohr vorbei, als er in Deckung ging. Philip drehte sich um die eigene Achse und brach dann zusammen. Corde kroch zu ihm und rief: »Aufhören! Aufhören!« Philips Vater stand wie gelähmt da, eine Hand nach seinem Sohn ausgestreckt.
In der alles umfassenden Stille, die dem Schußwechsel folgte, erhob sich Mahoney langsam und hielt sich am Eßtisch fest. Dabei stieß er gegen einen Blumentopf, der zu Boden fiel und Erde und eine Geranie über den Teppich verstreute. Die Blume war so rot wie das Blut, das aus Philips Hals und Brust strömte.

TEIL III

DICHT AUF DER SPUR

28

Harrison County
Schusswaffengebrauch-Vorverfahren
Abschlussbericht

Zur Beratung vor dem Untersuchungsausschuß kam der Tod des minderjährigen Philip Arthur Halpern, 15 (im weiteren »Verdächtiger« genannt), der nach seinem Ausbruch aus dem Stadtgefängnis von New Lebanon von County Deputies erschossen wurde. Der Verdächtige war in Haft genommen worden, weil er wegen Mordes, Totschlags, Vergewaltigung und Unzucht vor Gericht gestellt werden sollte.

Am Nachmittag des 8. Mai wurde der Verdächtige von Schüssen niedergestreckt, die aus den Dienstwaffen von Thomas T. Ebbans, Chief Deputy, und Bradford Ellison, dem Sheriff vom Harrison County, stammten. Die Untersuchungen ergaben, daß Deputy Ebbans zweimal feuerte und den Verdächtigen mit beiden Schüssen in der Brust traf, wohingegen Sheriff Ellison viermal feuerte und den Verdächtigen einmal im Hals traf. Alle Kugeln wurden gefunden. Den Verdächtigen hat man noch am Tatort für tot erklärt.

Die Umstände, die zum Schußwechsel führten, wurden zweifelsfrei geklärt. Als die Beamten das Feuer eröffneten, hielt der Verdächtige eine geladene Smith & Wesson in Händen, die er bei seinem Ausbruch einem Deputy von New Lebanon entwendet hatte. Denselben hatte er zuvor körperlich schwer mißhandelt. Der Verdächtige wies deutliche Anzeichen geistiger Verwirrung auf, und offenbar war es seine Absicht, seinen Vater zu erschießen. Neben den oben Erwähnten waren außerdem anwesend: die Mutter des Verdächtigen, Detective William Corde, New Lebanon, und Charles Mahoney, lizenzierter Privatermittler aus Missouri, der zu jener Zeit als Berater des Sheriff's Department von New Lebanon fungierte.

Während Detective Corde noch auf den Verdächtigen einredete, um ihn zur Aufgabe zu bewegen, näherten sich Sheriff Ellison und Deputy Ebbans der Hintertür des Hauses. Mr. Mahoney sagte vor dem Ausschuß aus, daß der Verdächtige unvermittelt die Waffe gehoben habe »und Anstalten machte, auf Detective Corde und mich zu schießen, woraufhin ich um unser beider Sicherheit fürchten mußte«. Mr. Mahoney hat zwei Schüsse auf den Verdächtigen abgegeben, ihn aber beide Male verfehlt. Sheriff Ellison und Deputy Ebbans hörten die Schüsse und mußten annehmen, daß der Verdächtige, der sich zu ihnen umdrehte und die Waffe auf sie richtete, das Feuer eröffnet habe. Sie erwiderten in gutem Glauben sein Feuer, was zum Tod des Verdächtigen führte.

Der Ausschuß ist zu dem Ergebnis gekommen, daß die Schüsse auf den Verdächtigen gerechtfertigt waren und daß sowohl Sheriff Ellison als auch Deputy Ebbans innerhalb der Grenzen der Polizeivorschriften handelten. Detective Corde sagte aus, daß es nicht in der Absicht des Verdächtigen gelegen habe, auf jemanden zu schießen, und wir stimmen dem insoweit zu, als Mr. Mahoney vielleicht etwas voreilig gehandelt hat, als er die Schüsse abfeuerte, die den Anstoß für die Erschießung des Verdächtigen gaben. Dennoch muß ihm zugute gehalten werden, daß er sich bedroht fühlte und er in einer extremen Lage war. Der Ausschuß befindet daher, daß sein Verhalten unter den gegebenen Umständen gerechtfertigt war.

Der Vater des Verdächtigen sagte aus, daß er einige

Stunden vor dem Vorfall Sheriff Ribbon vom New Lebanon Sheriff's Department ein Schriftstück übergab, das dazu dienen sollte, die Schuld des Verdächtigen in Frage zu stellen. Sheriff Ribbon erklärte, dazu befragt, daß ihm dieses Schriftstück als so wichtig erschienen sei, daß er es persönlich bei der Gerichtsmedizin zu Untersuchung abgegeben habe. Nur einem Mißverständnis sei es zuzuschreiben, daß zum Zeitpunkt des Vorfalls keiner der anwesenden Beamten etwas von der Existenz des Schriftstücks gewußt habe. Wie dem auch sei, die Existenz und die Authentizität des Schriftstücks entlasten den Verdächtigen nur in einem der beiden Morde, deren er beschuldigt wird. Angesichts seiner Flucht und der nachfolgenden Ereignisse, die zu seinem Tod führten, ist das Beweisstück jedoch irrelevant geworden.
Daher stellt der Untersuchungsausschuß abschließend folgendes fest:

1. Der Tod von Philip Arthur Halpern war gerechtfertigt.
2. Der Tod von Philip Arthur Halpern wird nicht zur Verhandlung vor die Grand Jury von Harrison County gebracht.
3. Es besteht keinerlei Anlaß, weder Sheriff Bradford Ellison noch Deputy Thomas T. Ebbans aufgrund der Geschehnisse im Hause des Creth A. Halpern am 8. Mai d. Jahres zu entlassen, vom Dienst zu suspendieren, mit einer Geldstrafe zu belegen oder sonstwie abzumahnen.

Hier sehen wir Bill Corde.
Er schreibt drei gebührenpflichtige Verwarnungen für falsches Parken aus, nachdem er vorher an der Parkuhrschraube gedreht hat, um festzustellen, ob die Parkuhr wirklich abgelaufen ist oder ob die Parker lediglich vergessen haben, sie ganz herumzudrehen. Nicht Großzügigkeit veranlaßt Corde dazu,

sondern vielmehr das Wissen darum, daß niemand so in Rage gerät wie ein erwischter Falschparker.
Er hält Trudy Parson in ihrem 74er Gremlin an, um ihr mitzuteilen, daß ihr rechter Blinker es nicht mehr tut und der linke auch bald seinen Geist aufgeben wird.
Er tankt den Plymouth auf und sitzt einen halben Tag auf der Lauer, um Geschwindigkeitssünder zu fassen. Doch er erwischt nur einen, einen Geschäftsmann aus Chicago. Er erteilt dem Fahrer ein Strafmandat – und nicht bloß eine Verwarnung –, weil der Mann einen fischgrauen Seidenanzug und am kleinen Finger einen Ring trägt und für diese Jahreszeit, Mitte Mai, unverschämt braun gebrannt ist.
Na, Jungs, sind das etwa Bierdosen, die ihr da im Wagen habt? Ich frage ja auch nur, weil ihr alle mir nicht den Eindruck macht, schon achtzehn zu sein. Ich hoffe also, daß ihr mir jetzt erklärt, ihr habt die Bierdosen auf der Straße gefunden und wollt sie zum Supermarkt bringen, um dort das Pfandgeld zu kassieren, oder?
Corde hat höheren Orts um eine Anhörung betreffs der gegen ihn erhobenen Vorwürfe nachgesucht, er habe Jennie Gebbens Briefe vernichtet. Da seine Suspendierung inzwischen aufgehoben und sein Gesuch abschlägig beschieden wurde, teilt ihm der Distriktstaatsanwalt mit, daß eine Anhörung somit hinfällig sei. Corde grübelt eine Weile darüber nach und schickt dann ein neues Gesuch ab. Einen Tag später ruft der Gerichtsdiener bei ihm an und erklärt ihm, daß sein Gesuch abgelehnt sei und er ihm auf Wunsch einen Antrag zusende, mit dem er sein Gesuch zurückbekommen könne.
Corde erhält ein weiteres offizielles Schreiben. Es stammt vom Generalstaatsanwalt des Staates Missouri. Darin wird ihm für seinen Brief gedankt, und er erfährt, daß jemand aus dem Büro des Generalstaatsanwalts die Lizenz zu Privatermittlungen und die Waffenlizenz des Charles Mahoney, wohnhaft in St. Louis, überprüfen werde.
Das County Sheriff's Department schließt offiziell die Fälle

Gebben und Rossiter ab. Als Corde darum ersucht, das Schriftstück (oder was immer Creth Halpern Sheriff Ribbon übergeben hat) einsehen zu dürfen, ruft Hammerback Ellison höchstpersönlich Corde zu Hause an und erinnert ihn, daß die Fälle offiziell erledigt seien. Er gebraucht genau dieses Wort: »erledigt«. Corde antwortet, das sei ihm durchaus bewußt, aber er würde das Schriftstück trotzdem gern einmal zu Gesicht bekommen. Der Sheriff entgegnet, es tue ihm leid, aber das sei bereits auf dem Weg ins Archiv.

Corde geht zu einem von Jamies Ringerwettkämpfen und muß mit ansehen, wie sein Sohn eine herbe Niederlage erleidet. Die Familie hat eigentlich vorgehabt, im Anschluß an den Kampf essen zu gehen, aber nach diesem Fiasko verspürt niemand großen Appetit. Jamie erklärt, daß er noch mit einigen Mannschaftskameraden etwas unternehmen wolle, und so fahren Corde, Diane und Sarah heim.

Corde hegt Dr. Parker gegenüber gemischte Gefühle, die gerade die Familie um exakt drei Fünftel ihrer Ersparnisse erleichtert und Sarah in eine Geschichten erzählende Besessene verwandelt hat. Sie hat schon vier Kassetten mit ihrer Erzählung besprochen. Als Corde sie fragt, wie lang die Geschichte denn werden soll, antwortet sie, eine Milliarde Millionen Seiten. Corde sagt, das wird aber ein dickes Buch, wie lange braucht man denn da, es zu lesen. Sarah antwortet: Ewig. Eines Tages sieht er, wie sie mit einem langen Gesicht aus dem Fenster schaut. Er will wissen, was los ist, denn er glaubt, der Privatunterricht falle ihr zu schwer. Sie aber sagt, daß sie befürchtet, ihr Zauberer, der Sonnenschein-Mann, sei auf Nimmerwiedersehen verschwunden. Corde möchte sie trösten, weiß aber nicht, was er ihr sagen soll. So fordert er sie nur auf, sich die Hände zu waschen, weil es gleich Abendessen gebe. Traurig macht sie sich auf den Weg ins Badezimmer.

Diane ist froh, daß Sarah kein Ritalin mehr nimmt, denn sie ist kürzlich der Einsatzgruppe für ein drogenfreies Amerika beigetreten, einer Unterabteilung des Festkomitees zur Hundertfünfzigjahrfeier. Man hat ihr sogar die Verantwortung für den »Sag nein«-Wagen übertragen, der am Festzug teilnehmen soll. Eines Morgens sitzt sie im Schlafzimmer und lackiert ihre Fingernägel (mit dem Rot Marke »Mach deinen Mann verrückt«), und Corde sieht ihr dabei zu. Doch ihn beschäftigt weniger die Farbe als vielmehr der Geruch, der aus dem Fläschchen aufsteigt und ihn an den Leim erinnert, mit dem er früher als Junge die Papierflügel seiner Balsaholzflugzeuge bestrichen hat, um sie hart zu machen. Und das bringt ihm Philip Halpern ins Gedächtnis zurück. Er erzählt seiner Frau nichts von diesen Überlegungen, sondern sagt nur: »Mann, du siehst aber wieder toll aus, wirklich.«

Diane ist auch seine Informationsquelle bezüglich Ben Breck, den Privatlehrer von Sarah. Er ist dem Mann noch nicht begegnet, würde ihn aber gern einmal kennenlernen. Seit er seiner Tochter Unterricht gibt, hat Sarah bemerkenswerte Fortschritte gemacht. Sie erzählt auch sehr viel von ihm.

Corde verspürt keine Eifersucht, obgleich er jetzt nicht mehr die Nummer eins im Leben seiner Tochter ist. Dennoch muß er oft an die vielen aufreibenden Monate denken, in denen er sich mit ihr abgemüht hat. Und dieser Breck schafft das alles und noch viel mehr in wenigen Wochen. Was soll man dazu sagen?

Corde geht mit seinem Sohn angeln. Sie steigen in das Kanu aus Aluminium und fahren tief ins Reservoir. Ihre Angelscheine sind noch gültig, und Corde hat eine geknotete Angelschnur dabei, damit niemand ihnen vorwerfen kann, sie hätten ihre Köder in unzulässigen Tiefen ausgeworfen. Er hofft, daß der Hecht wieder in den Süden gezogen ist. Ein solcher Fisch wäre die geeignete Trophäe für Jamies Wand. Der Junge gibt sich immer noch verdrossen und wenig gesprächig. Corde ringt eine Weile mit sich, dann fragt er Jamie ganz direkt, ob er über Philip reden wolle. Er sagt nein. Doch fünf Minuten später erklärt er, Philip habe wohl geglaubt, er habe ihn verraten.

Sie ziehen das Kanu an Land und setzen sich auf einen stahlgrauen Fels. Corde erzählt ihm, er habe Philip vor seinem Tod versichert, daß Jamie ihn nie verraten habe, sondern reingelegt worden sei. Philip habe das verstanden und auch geglaubt. Corde bringt seine ganze neununddreißigjährige Erfahrung in diese Worte ein. Doch Jamies mürrische Miene wandelt sich nicht, und sie setzen schweigend die Angeltour fort. Etwas später fragt Jamie seinen Vater, ob er beim Finale in zwei Wochen dabeisein werde. Corde antwortet, daß nichts, weder die Hölle noch Hochwasser oder der Schlußverkauf bei Sears, ihn davon abhalten könne. Endlich lächelt Jamie, und sein Nicken besagt, daß sie beide wieder auf einer Wellenlänge schwimmen.
Corde ruft Wynton Kresge in seinem Büro an und muß hören, daß dieser nicht mehr für Auden tätig sei. Corde will wissen, ob Kresge gekündigt oder man ihn gefeuert habe. Die Sekretärin wiederholt lediglich, daß Kresge nicht mehr für Auden tätig sei. Er ruft Wynton zu Hause an, aber er ist gerade nicht da oder er hat seiner Frau aufgetragen, alle Anrufer abzuwimmeln.
Hier sehen wir Bill Corde, wie er zu dem dunklen Blackfoot Pond, dem dunklen Damm, den dunklen Bäumen und dem dunklen Schlamm hinausfährt, aus seinem Wagen steigt und durch das Unterholz stapft. Dank der Neugierigen, der Angler, der Spaziergänger, zweier gewaltiger Regengüsse und eines Tornados, der vorgestern über New Lebanon wütete, sind am Tatort keinerlei Spuren mehr, nur in Saft stehende Zweige und etwa eine Million neuer kleiner Blätter.
Hier sehen wir Bill Corde, wie seine Finger mit einem Vierteldollar spielen, wie er über den Tatort schreitet und der Boden leise unter seinen Stiefeln bebt.
Beide Fälle sind abgeschlossen, und doch treibt es ihn wieder hierher zurück. Er bückt sich an manchen Stellen oder tritt lose Zweige und platt gedrückte Bierdosen beiseite. Einige Male bleibt er auch stehen und späht für einen Moment in den dichten Wald, bevor er weiterläuft. So ist Bill Corde, wie wir ihn hier sehen.

»Sie wissen doch, wovon ich spreche, oder?« fragte der Mann. Er war schlank und kahlköpfig, und sein blauer Polyesteranzug glitzerte. Vom Kragen seines weißen Hemdes hing stocksteif eine schwarz-rot gestreifte Krawatte. »Das Werk draußen an der 117?«

»Walt.«

»Lassen Sie es mich erklären. Ich will es Ihnen erklären.«

Professor Randy Sayles fühlte sich nicht allzu wohl in seiner Haut. Zwar hatte er mit großer Erleichterung erfahren, daß die Ermittlungen eingestellt und Philip Halpern begraben worden war, aber dann hatte er sich der Tatsache stellen müssen, daß die finanzielle Situation der Universität weit schlimmer aussah, als Dekanin Larraby zuerst gesagt hatte. Sie hatte gestern bei ihm angerufen und ihm mitgeteilt, daß eine weitere Million benötigt werde. Und so saß Sayles jetzt im Büro dieses Mannes und sagte geduldig: »Nun, dann erklären Sie es mir.«

»Das Werk hatte einen Nennwert von neun, wir haben daraufhin sieben geliehen, und als der Markt geschlossen wurde, war es nur noch fünf wert. Damit haben wir zweihunderttausend Verlust gemacht. Der Februar hat wegen solcher und ähnlicher Geschichten unsere gesamten Reserven aufgefressen. Wir haben ein Dutzend solcher Wertminderungen erlebt. Nein, anderthalb Dutzend.«

Das Büro sah nicht unbedingt wie das eines Bankpräsidenten aus, eher wie das eines Abteilungsleiters, vielleicht des Wertpapier-Managers. An einer Wand hing eine moderne Lithographie, aber Sayles entdeckte den Aufkleber am Rahmen und wußte so, daß er hier nur eine Kopie vor sich hatte. In der örtlichen Kunstgalerie bekam man eben nur selten echte Kapitalanlagen angeboten.

Sayles nahm einige Papiere aus seiner Aktentasche. »Ich wäre wohl kaum mit dem Bettelstab gekommen, Walt, wenn es nicht wirklich ernst aussähe. Wir erwarten für dieses Jahr ein Minus von annähernd dreizehn Millionen.«

»Aus allen Branchen hört man Klagen.«

Sayles bemühte sich, nicht verzweifelt zu klingen. Er stellte sich vor, im Hörsaal zu stehen – selbstsicher, lächelnd und humorvoll. Alles, was er in zwanzig Jahren Hochschule gelernt hatte, setzte er jetzt gegen diesen Mann ein. »Wir haben bislang von unseren Förderern Zusagen in Höhe von sieben Millionen erhalten. Und wir planen ...«

Der Bankpräsident war theatralische Auftritte gewöhnt. »Werfen Sie einmal einen Blick aus dem Fenster, und sagen Sie mir, was Sie dort sehen.«

Aber so leicht ließ Sayles sich nicht ins Bockshorn jagen. »Ich sehe dort eine Stadt, der das Herz bluten wird, wenn Auden seine Pforten schließen muß«, konterte er.

Der Banker lächelte kurz, schüttelte dann aber den Kopf. »Ich wollte Sie eigentlich auf das Gebäude aufmerksam machen, das fünfzig Meter die Straße hinauf steht. Plainsman's S&L. Die Treuhand hat das Anwesen übertragen bekommen, und sie will es abstoßen. Uns könnte ein ähnliches Schicksal drohen. Wir stehen zwar etwas solider da, sind aber noch lange nicht über den Berg. Deshalb wird der Aufsichtsrat keinen Kredit an Auden gutheißen.« Der Mann redete ruhig und monoton, während er mit Daumen und Zeigefinger seine Augenbraue zwirbelte. Er hatte gelbe Zähne und schütteres Haar. Unter dem furnierten Schreibtisch schlugen seine Füße einen konstanten, nervösen Takt. Sayles erkannte spätestens jetzt, daß dieser Banker in der Wall Street absolut fehl am Platz wäre.

»Wenn Auden schließt«, sagte Sayles, »wäre das eine Tragödie.«

»Ja, eine Tragödie, aber es wäre ein echtes Fiasko, wenn ich Ihnen einen Kredit gewähren würde. Wahrscheinlich würde sich dann der Staatsanwalt in Higgins meiner annehmen.«

»Ach, kommen Sie, Walt, es ist doch nicht so, als würden Sie sich einen zu teuren Wagen zulegen. Niemand wird gegen Sie Anklage erheben, bloß weil Sie einer Universität Geld geliehen haben.«

Der Bankpräsident sah ihn an, als würde er seinen Puls fühlen. Sayles dachte: Ich bin für ihn nicht mehr als einer der Farmer, denen er einen Kredit gewährt hat. Einer der Farmer, die sich nur aufgrund widriger ökonomischer Umstände und der Verzweiflung darüber, bald das Land, das sich seit zweihundert Jahren im Familienbesitz befindet, verlieren zu müssen, zu dieser Kreditaufnahme gezwungen sehen. Randy Sayles, stellvertretender Dekan, wußte, daß man nie das wahre Gesicht eines Menschen so deutlich sehen konnte wie in dem Moment, in dem man ihm einen größeren Scheck überreichte.

»Und wenn wir Ihnen einen Trakt des neuen Studentenheims überlassen?« fragte Sayles. »Die Kosten dafür haben immerhin dreiundzwanzig Millionen betragen.«

»Die Baukosten spielen hier überhaupt keine Rolle. Und wenn das Heim geschlossen wird, weil die Universität den Bankrott angemeldet hat? Was nützt uns ein Studentenheim ohne Hochschule?«

»Das Grundstück allein ist drei Millionen wert.«

»Doch nicht, wenn ein Studentenheim darauf steht.«

»Sie hätten dann aber einen Parkplatz direkt am Highway.«

»Es tut mir wirklich leid.«

Diese Worte trafen Sayles wie ein Pfeil ins Herz. Er erhob sich und erklärte mit einer Verzweiflung, die beiden Männern Unbehagen bereitete: »Sie waren meine letzte Hoffnung.«

Danach sprach für eine Weile keiner von ihnen. Sayles packte seine Papiere zusammen und schob sie in die Aktentasche.

Kurz bevor er die Tür erreichte, sagte der Banker: »Einen Moment noch, Professor.«

Sayles drehte sich um und kehrte zum Schreibtisch zurück. Er sah dem Mann an, wie es in ihm arbeitete. Ein paar Sekunden später schien er sich zu einem Entschluß durchgerungen zu haben. Er schrieb etwas auf ein Stück Papier und reichte es Sayles.

»Ich habe das nicht getan. Und das hier haben Sie nicht von mir bekommen. Am besten kennen Sie mich nicht einmal.«

Sayles las den Zettel. *Fred Barrett* stand darauf, und daneben eine Telefonnummer. Vorwahl Chicago.
»Wer ist der Mann?«
»Ich habe keine Ahnung, wovon Sie reden.«

Eigentlich stieß er nur durch einen Zufall darauf.
Da Brian Okun selbst das Gerücht in die Welt gesetzt hatte, zwischen Jennie Gebben und Leon Gilchrist sei etwas gelaufen, machte er sich gar nicht erst die Mühe, das zu erledigen, was er der Dekanin versprochen hatte – nämlich im Büro des Professors nach Beweisen für dessen Affäre zu suchen. Er würde ihr einfach mitteilen, er habe sich umsonst dort umgesehen und nichts entdeckt. Und wenn Gilchrist etwas sagen sollte, würde er erklären, der Professor wolle sich lediglich an ihm rächen.
Der ganzen Geschichte lag eine angenehme Symmetrie zugrunde.
Er lobte sich selbst für seinen ausgezeichneten Plan, verfiel aber sofort auf einen neuen, als er eines Morgens Hausarbeiten von Studenten auf Gilchrists Schreibtisch legte und dort einen Briefumschlag sah, auf dem in geschwungener Handschrift der Name des Professors stand. Okun nahm ihn und entdeckte zu seinem größten Vergnügen, daß der Brief parfümiert war. Gilchrist, der endlich aus San Francisco zurück war, hielt zur Zeit eine Vorlesung ab. Also nahm der Assistent in dem Sessel des Professors Platz und öffnete den unverschlossenen Umschlag.
Schon auf den ersten Blick erkannte Okuns Kritikerverstand, daß es sich um ein miserables Gedicht handelte.

> Wenn die Erinnerung an dich
> Mich verschlingt, so wie ich
> nahm deinen herrlichen Schwanz in den Mund ...

Er entschied, diesem Gedicht ein Ungenügend für die Form und ein Mangelhaft für den Inhalt zu geben. (»Ihre Denkweise ist wenig originell, Ihr Versmaß zu steif, und ehrlich gesagt, die von Ihnen gewählte Metapher für Sperma ist hoffnungslos abgedroschen.«) Aber er sagte sich, daß seine Bewertung nicht weiter wichtig sei, weil er sich sicher war, daß dieser Vers zumindest einen Leser finden würde, der darüber in Begeisterung geriet.

Okun saß nun in Dekanin Larrabys Büro und verfolgte, wie sie die Zeilen unter Zuhilfenahme ihres faltigen Zeigefingers las. »Sie haben doch hoffentlich nicht ...« Sie mußte schlucken. »Sie haben das doch hoffentlich nicht aus seiner Post entwendet?«

Ist auf dem Umschlag ein Poststempel oder eine Briefmarke, du blöde Kuh? dachte Okun, antwortete aber freundlich: »Ich tue nie etwas Illegales. Das Schreiben lag auf seinem Schreibtisch.«

»Wer ist denn diese Doris Cutting?«

»Eine seiner Studentinnen. Ansonsten ist mir so gut wie nichts über sie bekannt.«

»Wissen Sie, ob er sie mit nach San Francisco genommen hat?«

Ich habe doch gerade gesagt, daß mir nichts über sie bekannt ist. Leidest du etwa an Alzheimer? Okun legte die Stirn in Falten. »Nicht auszudenken.«

»Damit ist für mich das Maß voll.«

»Es fällt mir wirklich schwer, etwas gegen ihn zu sagen. Immerhin verdanke ich ihm eine Menge. Aber die Abhängigkeit einer Studentin auszunutzen, um sie in sein Bett zu bekommen ... Junge Menschen sind in diesen Zeiten sehr großen Gefahren ausgesetzt. Wie habe ich Leon früher respektiert und bewundert ...« Er verzog die Lippen zu einem Schmollmund.

»Wir feuern ihn. Uns bleibt gar keine andere Wahl. Es führt kein Weg daran vorbei. Aber wir warten noch, bis das Semester vorüber ist. Wann hält er seine letzte Vorlesung?«

»In zwei Tagen.«

»Dann werde ich ihn danach von unserem Beschluß in Kenntnis setzen. Sobald die Studenten den Hörsaal verlassen haben. Wir wollen die Angelegenheit nicht an die große Glocke hängen. Ich darf doch hoffentlich erwarten, daß Sie bis dahin den Mund halten?«

Er nickte. »Was immer Sie wünschen, Dekanin.« Okun erhob sich und ging zur Tür.

»Ach, Brian?« Als er sich umdrehte, fuhr sie fort: »Ich möchte Ihnen nur sagen, daß ich mit Ihnen fühle. Mir ist klar, daß es für Sie nicht einfach gewesen sein kann, die Anstalt über Ihre persönliche Loyalität zu stellen. Das werde ich Ihnen nicht vergessen.«

»Manchmal«, entgegnete Okun, »müssen wir, um es frei nach Kant zu sagen, zu einem höheren Nutzen Opfer bringen.«

29

»Du hast versprochen, sie zu putzen!«

»Das werde ich schon noch tun.«

»Du hast gesagt, heute.«

»Ich werde sie heute noch putzen«, entgegnete Amos Trout und machte es sich in seinem grünen Sessel bequem. Er nahm die Fernbedienung zur Hand und drehte die Lautstärke auf.

Seine hagere Frau schüttete eine Backmischung in eine Plastikschüssel und beschloß, ihm das nicht durchgehen zu lassen. Sie legte das Ei wieder beiseite und erklärte: »Als ich zur Kirche gegangen bin, hat Ada Kemple mir direkt auf die Füße gestarrt. Weit und breit gab es sonst auf dem Boden nichts zu sehen, also müssen es meine Füße gewesen sein. Und dabei trat ein ganz eigentümliches hämisches Funkeln in ihre Augen. Ich wäre vor Scham am liebsten im Boden versunken.«

»Ich habe doch gesagt, daß ich sie noch putzen werde.«

»Hier.« Sie reichte ihm ihre marineblauen Pumps wie Duellpistolen.

Trout nahm sie und wandte sich wieder dem Geschehen auf

dem Bildschirm zu. Alles wäre halb so schlimm gewesen, wenn nicht gerade Chicago gegen New York gespielt hätte, wenn nicht gerade das sechste Achtel seinen Höhepunkt erreichte, wenn nicht gerade die New York Mets in Führung lägen, am Spiel wären und ihnen nur noch ein Punkt fehlte …

Aber seine Herrin und Meisterin hatte gesprochen. Und so drehte Amos Trout die Lautstärke noch weiter auf und begab sich mit den Schuhen in den Keller. Reg dich nicht so über die zahnlose Hexe Ada Kemple auf. Die ist doch nur glücklich, wenn sie sich über irgendwas das Maul zerreißen kann.

»… Ausfall nach links … aufgehalten vom Shortstop! Rückhand! Was für ein Fang! Zu Hause wird jetzt was los sein … Der Läufer …«

Klick! Das Fernsehgerät war stumm. Über sich hörte er die Schritte seiner Frau, die in die Küche zurückkehrte.

Manchmal, also manchmal, da tut es richtig weh.

Trout verzog das Gesicht, nahm eine Zeitung aus dem Stapel, der sich während ihres Urlaubs in Minnesota angesammelt hatte, und breitete sie auf dem fleckigen braunen Linoleumboden aus. Dann erhob er sich langsam und suchte sich sein Arbeitsgerät zusammen: blaue Creme, Bürste und Polierlappen. Er baute alles ordentlich vor sich auf. Anschließend nahm er die Schuhe einzeln in die Hand und begutachtete, wieviel Arbeit vonnöten war. Er drehte sie um, und aus einem fiel ein abgebrochenes Stück Zehennagel heraus. Als er die Creme auf die Schuhe auftrug, sah er zufällig auf die Zeitung.

Trout las nur kurz, dann sprang er hoch und warf die Schuhe auf den Trockner. Einer von ihnen hinterließ einen langen blauen Streifen auf dem weißen Emaille. Er lief mit der Zeitung nach oben in die Küche, wo seine Frau mit übereinandergeschlagenen Beinen am Tisch saß und mit ihrer Mutter telefonierte.

»Das Spiel war mir zu laut«, teilte sie ihm kurz und bündig mit. »Deswegen habe ich das Gerät ausgestellt.« Damit wandte sie sich wieder ihrer Mutter zu.

Er sagte nur: »Mach Schluß!«
Ihre Nackenhaare stellten sich auf, und sie fing an zu blinzeln.
»Ich spreche gerade mit meiner Mutter.«
»Mach Schluß.«
Sie starrte auf ihr Telefonbuch, so als fände sie dort eine Erklärung für sein ungewohntes Verhalten. »Ich rufe dich später wieder an, Mom.«
Er riß ihr den Hörer aus der Hand und drückte auf die Gabel, um eine freie Leitung zu bekommen.
»Was tust du denn da?«
»Anrufen.«
»Wolltest du nicht eigentlich meine Schuhe putzen?«
»Nein, das geht jetzt nicht.« Und er fing an, die Nummer zu wählen.

Bill Corde befand sich in der Oakwood Mall. Er haßte Malls.
Oh, an den Läden lag es nicht, die waren gepflegt und hatten zivile Preise. Bei Sears konnte man immer ein Schnäppchen machen, ohne übers Ohr gehauen zu werden – und wo fand man das heutzutage noch? Dort gab es all die Leckereien, die als gesundheitsschädlich galten, dort konnte man seine Frau in den Arm nehmen, mit ihr Victoria's Secret betreten, sie vor das Mannequin mit den Seidenhöschen, dem Seiden-BH und den schwarzen Strapsen stellen und sie auf den Hals küssen. Sie errötete dann und wurde so verlegen, daß sie keine Einwände vorbrachte, wenn man ihr, na ja, nicht diese tollen Sachen, sondern nur ein mittelmäßiges Sexy-Nachthemd kaufte.
Aber Malls erinnerten Corde immer an den Fairway Mall in St. Louis, wo durch seine Schuld zwei Polizeibeamten ihr Leben verloren hatten. Und deswegen kam er nie hierher.
Er hielt vor dem Schaufenster von TOYS 'R' US an, wo Dathar-IV vor einer Armee von Kriegern aus der Verlorenen Dimension stand. Corde betrachtete die Szene einen Moment lang und ging dann weiter zu der Teppichbodenhandlung Floors for All. Er hatte kaum drei Schritte in den Laden getan, als

ein junger Mann in einem Sportsakko auf ihn zustürzte. »Ich weiß, wer Sie sind!« rief er. Corde schätzte ihn kaum älter als einundzwanzig. »Sie sind ein Mann mit einem nackten Boden.«

»Ich ...«

»Böden sind wie Sie und ich. Wir brauchen hin und wieder ein neues Gewand, und genauso ergeht es unserem Boden. Er wird des alten Belags müde. Was hängt zur Zeit in Ihrem Kleiderschrank? Ein doppelreihiger Anzug, ein paar Hosen, Bermudashorts, Hemden und, ha!, eine Khakiuniform oder sogar zwei, habe ich recht? Glauben Sie nicht, daß Ihr Boden darauf eifersüchtig ist?«

»Nein, eigentlich ...«

»Sie ahnen ja nicht, was ein neuer Teppich für einen Unterschied macht. Wie er auf Ihren Seelenfrieden einwirkt. Auf Ihre Ehe.« Der junge Mann mit dem dünnen blonden Schnurrbart sah nicht nur aus wie ein Bullterrier, er verhielt sich auch so. »Sollen wir vielleicht über Streß reden? Also gut, was für eine Farbe hat Ihr jetziger Teppich?«

»Ich bin eigentlich nicht ...«

»Nackte Böden? Wow! Jetzt sollten wir aber wirklich über Streß reden.«

»Ich suche keinen Teppich, sondern Amos Trout.«

»Sie sind nicht wegen eines Teppichs gekommen?«

»Nein.«

»Detective?« Trout erschien aus dem Hinterzimmer. Die beiden Männer gaben sich die Hände.

»Ach, Sheriff?« fragte der junge Mann. »Liegen auf der Wache eigentlich Teppiche?«

Trout gab ihm zu verstehen, daß er sich entfernen solle.

Als die beiden Männer Platz genommen hatten, sagte Corde: »Ein eifriger Junge.«

»Ha! Nein, eigentlich mehr ein Furunkel am Arsch. Aber er verkauft Teppiche wie kein zweiter. In drei Jahren arbeitet er drüben im Autohaus. Und wenn er achtundzwanzig ist, bringt

er wahrscheinlich Boeing-Flugzeuge an den Mann. Burschen wie ihn kann ich nicht über einen längeren Zeitraum halten.«
»Sie sagten am Telefon, daß Sie die Anzeige im *Register* gelesen haben.«
»Meine Frau und ich haben nach dem Mord für eine Weile in Minnesota Urlaub gemacht. Es war reiner Zufall, daß ich die Anzeige gesehen habe. Ich hatte gerade eine Zeitung ausgebreitet, um darauf ihre Schuhe zu putzen. Putzen Sie auch die Schuhe Ihrer Frau, Officer?«
»Sie lieben es, uns das tun zu lassen, nicht wahr? Aber jetzt erzählen Sie mir bitte alles. Sie fuhren in jener Nacht also auf der Route 302. Ich spreche von der Nacht des 20. April.«
»Richtig. Ich fuhr gerade nach Hause. Es muß so zwischen zweiundzwanzig und zweiundzwanzig Uhr dreißig gewesen sein. An dem Dienstag hatten wir unseren Acrylteppich-Sonderverkauf, und so mußte ich länger im Laden bleiben, um all die Rechnungen ins Buch einzutragen und daneben aufzuführen, ob mit Scheck oder bar gezahlt oder nur angezahlt wurde. Danach habe ich mir um die Ecke ein Eis gekauft und mich anschließend auf den Heimweg gemacht. Ich fuhr gerade am Teich vorbei, als ein Mann plötzlich vor mir auf die Straße läuft. Ich sollte wohl hinzufügen, daß mein linker Scheinwerfer hinüber ist. Außerdem ragen an der Stelle ein paar Äste in die Straße hinein – der Bezirk sollte sich wirklich mal darum kümmern. Was ich damit sagen will, es ist durchaus möglich, daß der Mann mich gar nicht hat kommen sehen.«
»Konnten Sie ihn denn sehen?«
»Aber ja. Plötzlich tauchte er vor mir auf und hüpfte über die Straße wie ein Frosch im Juli. Dann entdeckte er mich und erstarrte. Ich konnte gerade noch ausweichen, und das war's auch schon.«
»Stand ein Wagen in der Nähe?«
»Ja, aber ich konnte die Marke nicht erkennen.«
»Helle Farbe oder dunkel?«
»Eher hell, würde ich sagen.«

»Und das Nummernschild?«
»Ich weiß nicht einmal, ob er überhaupt Nummernschilder hatte oder ob es eine Limousine oder ein Pick-up war. Verstehen Sie, ich war so damit beschäftigt, den Mann nicht über den Haufen zu fahren, daß ich auf so etwas gar nicht geachtet habe. Was von dem Eis noch übrig war, landete auf dem Boden, und zum erstenmal war ich froh, den Wagen mit einem braunen Teppich ausgelegt zu haben.«
»War es ein Mann oder ein Junge?«
»Kein Junge. Nein, da bin ich ganz sicher. Eher ein Mann Ende Dreißig, Anfang Vierzig.«
»Können Sie ihn irgendwie beschreiben?«
»Kräftig, aber nicht fett. Längeres Haar, nicht dunkel, glatt zurückgekämmt. Er trug dunkle Hosen und eine helle Jacke. Die Jacke war voller Dreck.«
»Weiß?«
»Wie bitte?«
»Die Hautfarbe.«
»Ach so, ja, ein Weißer.«
»Irgendwelcher Schmuck? Ein Hut? Auffällige Schuhe?«
»Nein, nicht daß ich wüßte ... Wie gesagt, ich bin ziemlich schnell an ihm vorbeigefahren.«
»Wenn ich ihn Ihnen zeigen würde, meinen Sie, Sie würden ihn wiedererkennen?«
»Bei einer Gegenüberstellung? Nun, ich könnte es versuchen.«
»Gibt es sonst noch etwas, das Ihnen aufgefallen ist?«
»Nein.«
»Nichts Ungewöhnliches? Denken Sie bitte ganz genau nach.«
»Nein, eigentlich nichts ... Na ja, ich hatte den Eindruck, daß er sich zu helfen weiß. Ich meine, bei einer Autopanne. Er wollte eigenhändig das Zündkabel austauschen. Das kann beileibe nicht jeder. Deswegen hätte ich ja auch beinahe angehalten, um ihm zu helfen.«
»Zündkabel?«
»Aber es war schon so spät, und meine Frau kriegt Hummeln

im Hintern, wenn ich nicht bis elf zu Hause bin, ganz gleich, ob Sonderverkaufsaktion oder nicht.«
»Er war gerade dabei, eine Panne am Motor zu beheben?«
»Nicht direkt, er ging nur mit diesem Draht zu dem stehengebliebenen Wagen.«
»Können Sie mir diesen Draht beschreiben?«
»Draht eben, mit weißer Isolierung, dick ...«
»Könnte es sich dabei auch um eine Wäscheleine gehandelt haben?«
Amos Trout dachte einen Moment nach. »Könnte durchaus sein.«

Diane ging ins Wohnzimmer, wo Ben Breck gerade Buchstaben aus Sandpapier ausschnitt. »Ich fürchte, ich bin Ihnen eine neue Schere schuldig«, sagte er.
»Wie bitte?«
»Ich hatte nur das ziemlich rauhe Sandpapier dabei, und das hat die Klingen ruiniert.«
»Ach so. Zerbrechen Sie sich darüber nicht den Kopf«, entgegnete Diane. »Was machen Sie denn da genau?«
»Vorrat«, sagte er und reichte Sarah ein ausgeschnittenes T. »Berühr es, spür es.« Sarah rieb mit den Fingern über den Buchstaben und legte ihn dann ans Ende des begonnenen Wortes VORRA. Sie las es laut und berührte dabei jeden einzelnen Buchstaben. Anschließend sammelte Breck sie ein, hielt sie hinter seinem Rücken und reichte sie Sarah, so wie sie gerade kamen. Diese hatte die Augen geschlossen, berührte die Buchstaben und sagte ihm dann, um welchen es sich handelte.
Diane war von diesem Anblick ganz gefangen. Nach zehn Minuten sagte Breck: »Das reicht für heute, Sarah. Du hast dir viel Mühe gegeben, aber du mußt unbedingt noch ›b‹ und ›d‹ üben. Und auch ›q‹ und ›p‹. Die verwechselst du nämlich immer noch.«
»Das tue ich, Dr. Breck.« Sarah nahm die Sandpapierbuchsta-

ben und verstaute sie in ihrem Barbie-Rucksack, in dem sich der Kassettenrecorder, die Kassetten und alle anderen Arbeitsmaterialien befanden. Diane legte einen Arm um ihre Tochter.
»Bis Donnerstag?«
»Ja, gern, ich bin den ganzen Tag zu Hause«, antwortete Diane. Dann fügte sie rasch hinzu: »Ich meine natürlich, wir sind zu Hause.«
Sarah rannte nach draußen und rief von der Tür aus: »Bis später, Mom.«
»Entfern dich nicht zu weit vom Haus.«
Breck und Diane begaben sich in die Küche, und sie füllte, ohne ihn zu fragen, zwei Tassen mit Kaffee. Breck sah kurz auf ihre rot lackierten Fingernägel, dann wanderte sein Blick zu ihrer Bluse, bei der die beiden obersten Knöpfe geöffnet waren. Ihm schien zu gefallen, was seine Augen zu sehen bekamen. Diane kommentierte sein Verhalten mit keinem Wort, und sie unterließ es auch, ihre Reaktion auf seine Blicke zu bewerten.
Breck betrachtete nun das Foto, das Corde in Uniform zeigte. Es war am Kühlschrank befestigt, direkt neben dem Adler, den Sarah aus Papier ausgeschnitten hatte.
»Es ist bestimmt sehr aufregend, mit einem Polizisten verheiratet zu sein.«
»Kann auch ganz schön lästig sein. Wir bekommen zu allen Tages- und Nachtzeiten Anrufe, und unsere Freunde und Bekannten erwarten von Bill immer, daß er etwas wegen einer Verwarnung oder eines Strafmandats regelt. Sind Sie eigentlich verheiratet, Ben?«
Natürlich hatte sie schon am ersten Tag einen Blick auf seinen leeren Ringfinger geworfen.
»Nein, so viel Glück hatte ich bislang noch nicht.« Er trank einen Schluck Kaffee. Diane beobachtete ihn von der Seite.
»Wenn er Ihnen zu stark ist, geben Sie doch etwas Wasser hinzu. In unserem Boiler ist immer heißes Wasser.«
»Danke, er ist genau richtig so.«

»Wissen Sie«, begann Diane langsam, »das Problem mit Bill ist, daß er von seiner Arbeit geradezu besessen ist. Ich meine, er ...«

»Sie meinen, er steht wie unter einer Art Zwang.«

»Meine ich das?«

»Unter zwanghaftem Verhalten versteht man, etwas Bestimmtes wieder und wieder zu tun, wohingegen Besessenheit bedeutet, etwas Bestimmtes immer wieder zu denken.«

»Oh ... Nun, dann trifft beides auf ihn zu.« Sie lachte. »Er kann einfach nicht aufhören, wie ein Workaholic. Nicht, daß es mir viel ausmacht. So steht er mir wenigstens tagsüber nicht im Weg. Und wenn er abends zu Hause ist, ist er wirklich daheim, wenn Sie verstehen, was ich meine. Aber sobald er sich einmal was in den Kopf gesetzt hat, verbeißt er sich darin wie ein Terrier in eine Ratte. Als ich letzte Nacht ins Bett gegangen bin, hat er noch immer dagehockt und vor sich hin gegrübelt. Bill sagt immer, einen Fall anzugehen ist so ähnlich, wie eine Ziegelsteinmauer zu bauen. Und es finden sich immer genug Steine, wenn man sich nur die Mühe macht, nach ihnen Ausschau zu halten.«

»Und diese Mühe macht er sich?«

»Ja, genau, so kann man das nennen.«

»Ich bin schon einige Male als Sachverständiger vor Gericht aufgetreten, meist, um ein psychologisches Gutachten abzugeben. Es ist wirklich eigenartig, wie Zeugen Dinge bemerkt zu haben glauben, die gar nicht vorhanden waren, andere hingegen vollkommen übersehen haben. Unsere Sinne sind höchst unzuverlässig.«

»Alles, was ich weiß, ist, daß ich von seinen Fällen nicht allzuviel mitbekomme. Sie sind so, wie soll ich sagen, so ganz anders als in den Krimis im Fernsehen.«

Warum hat er wohl noch nicht geheiratet?

»Ich habe eine Menge Forschung über Gewalt betrieben«, sagte Breck. »Zwei meiner Mitarbeiter haben mit Soziopathen gearbeitet ...«

»Ist das so etwas Ähnliches wie ein Psychopath? Sie wissen schon, wie Tony Curtis in *Psycho.*«
»Ich glaube, das war Anthony Perkins.«
»Ach so. Ist ja auch egal.«
Einundvierzig und noch nicht verheiratet.
»Sie sind mit einigen wirklich absonderlichen Persönlichkeiten zusammengekommen ...«
Ist ja wirklich eigenartig.
»... und haben dann die Theorie aufgestellt, daß das kommerzielle Fernsehen uns in seiner Gewaltverharmlosung einen schlechten Dienst erweist. Das moralische Urteil wird durch gewaltbetonte Filme verzerrt, und in ihnen werden Situationen als schlüssig gezeigt, in denen Individuen zur Gewalt greifen, weil sie der Ansicht sind, daß alle anderen Mittel inkonsequent bleiben. Wir erleben ...«
Dianes Hände fingen an zu schwitzen, als sie sich vorbeugte, um seinen Worten besser folgen zu können.
»... viele Fälle von unbedachter Gewaltanwendung, besonders bei jungen Leuten, die als Reaktion auf die von ihnen gesehenen Filme ...«
»Äh, im Affekt reagieren?«
Er begriff, daß sie ihm nicht folgen konnte, und schüttelte entschuldigend den Kopf. »Affekt bedeutet eine emotionale Reaktion. Aber die Kinder sehen, wie Menschen in die Luft gesprengt oder ermordet werden, und es berührt sie in keiner Weise emotional. Sie empfinden überhaupt nichts dabei. Schlimmstenfalls lachen sie darüber.«
»Mir ist es auch nicht recht, wenn Jamie sich solche Streifen ansieht ... Nehmen Sie nur seinen Freund. Beide waren sie von der *Verlorenen Dimension* ganz fasziniert. Und Sie wissen ja selbst, was dann passiert ist.«
»Sie sprechen von dem Jungen, der die beiden Frauen ermordet hat? Nun, es könnte durchaus sein, daß er sich von dem Film hat inspirieren lassen.«
Auf einmal war da ein harter Zug um Dianes Mund. »Auch

wenn der Junge ums Leben gekommen ist, hält Bill ihn immer noch für unschuldig.«
»Tatsächlich?« fragte Breck verblüfft. »Aber Ihr Leibwächter ist doch nicht mehr da?«
»Warten Sie nur, bis es in den Nachrichten gebracht wird.«
»Was denn?«
»Ein neuer Zeuge ist aufgetaucht.«
»Aber in allen Zeitungen steht doch, daß der Junge die Morde begangen hat.«
»Nicht nur das, jeder hier in der Stadt ist davon überzeugt. Was meinen Sie, wie erleichtert alle waren, daß der Fall endlich abgeschlossen werden konnte. Nur mein Bill nicht, nein, nicht er. Detective Bill Corde muß weiterermitteln. Er kann einfach nicht aufgeben. Gleich heute morgen ist er losgefahren, um eine neue Spur zu verfolgen. Er ist der festen Überzeugung, daß er die Unschuld des Jungen beweisen kann.«
Diane entging der bittere Unterton in ihrer Stimme nicht, während sie nach draußen auf die Stelle blickte, wo in den vergangenen Wochen Tag für Tag Toms Wagen gestanden hatte. »Wenn man jung ist, wenn man in Sarahs Alter ist, sind alle Dinge klar, ist die Welt in Ordnung. Man weiß, wer die Bösen sind, und sollten sie mal ungestraft davonkommen, bleiben sie doch immer noch die Bösen. Aber in unserem Alter ist eigentlich gar nichts mehr klar und eindeutig.«
Breck trank seine Tasse aus. »Sie haben es wirklich schön hier.«
Es kam Diane so vor, als habe sie eine gewisse Sehnsucht aus seinen Worten herausgehört. Bevor sie darüber nachdenken konnte, fügte er hinzu: »Wissen Sie, was ich gerne hätte?«
»Sagen Sie es«, forderte sie ihn auf und lächelte kokett wie ein Barmädchen.
»Lassen Sie uns einen Spaziergang machen. Zeigen Sie mir Ihr Grundstück.«
»Aber gern.« Diane zog sich rasch eine Jacke an, und schon waren sie auf dem Weg nach draußen.
Diane zeigte ihm den Kräutergarten, dann das braune Stück

Land, wo einmal ein Rasen entstehen sollte, und schließlich die Stelle, an der eigentlich Blumen stehen würden, wenn nicht die Rehe im Winter die Zwiebeln aufgefressen hätten. Breck machte zu allem anerkennende Bemerkungen, und als sie das hintere Ende des Grundstücks und das niedrige Holzgatter erreichten, sagte er: »Und jetzt noch in den Wald, ja?«
»Hm«, machte Diane und führte ihn am Gatter entlang. »Dann müssen wir aber einen kleinen Umweg einlegen.«
»Wie? Etwa um das Gatter herumlaufen? Da können wir doch leicht drüberklettern.«
»Haben Sie die Kühe nicht gesehen?«
»Was ist denn mit denen?«
»Wie teuer waren Ihre Schuhe?«
»Ach so, verstehe.«
Sie lachten, liefen um die Weide herum und gelangten auf die Wiese mit den Eichenschößlingen, die an den Wald grenzte. Diane war nicht im mindesten überrascht, als er außerhalb der Sichtweite des Hauses ihre Hand nahm. Und es beunruhigte sie auch nicht, daß sie es zuließ.

»Was, dann war es der Junge doch nicht?«
»Nein, sie haben einen neuen Zeugen.«
Ihre Blicke wanderten in besorgten Kreisen durch den Raum, folgten dem grüngrauen Schachbrettmuster auf dem Linoleumboden und erreichten die dunklen Ecken der Rathaus-Cafeteria, ehe sie langsam zurückkehrten und auf die Colagläser gerichtet blieben, in denen die halbmondförmigen Eisklumpen langsam schmolzen.
»Da muß jetzt etwas unternommen werden.« Der Mann, der das sagte, war ziemlich fett. Sein mächtiger Bauch kämpfte gegen das kurzärmlige weiße Hemd und den Hosenbund an. Er hatte weißes Haar, das mit Gel zurückgekämmt war, hieß Jack Treadle, und neben anderen Tätigkeiten war er Landrat von Harrison County. Alle Flächen seines Gesichts schienen mehrfach vorhanden zu sein: die Tränensäcke, die Wangen und das Kinn.

»Das denke ich auch«, sagte der andere Mann. Dieser hatte ebenfalls Hängebacken und ein Doppelkinn, aber er war nicht ganz so fett wie sein Gegenüber. Er trug ein kurzärmliges weißes Hemd und darüber eine hellbraune Sommerjacke. Bull Cooper war Immobilienhändler und der Bürgermeister von New Lebanon. Man konnte diese beiden Gentlemen durchaus als die Hauptakteure der Verwaltung vom Harrison County bezeichnen.

»So wie es jetzt aussieht«, brummte Treadle, »war der Junge ...«

»Er hatte eine Pistole«, wandte Cooper ein.

»Mag sein, aber ich gebe keinen Pfifferling auf den Abschlußbericht des Untersuchungsausschusses. Wir hätten den Jungen nicht einsperren dürfen, wir hätten ihn nicht ausbrechen lassen dürfen, und wir hätten ihn nicht abknallen dürfen.«

»Na ja ...«

»O Mann, dafür wird jemandem der Arsch aufgerissen, das schwöre ich dir.«

»Den Jungen hat es schlimm erwischt«, sagte Cooper.

»Den Jungen hat es das Leben gekostet«, schnaubte der Landrat. Rundherum saßen Anwälte mit ihren Klienten, verzehrten Leberwurst-Sandwiches und Makkaroni mit Käse zu ein Dollar fünfundneunzig und wehrten die vitalen Frühjahrsfliegen ab. Treadle war in seinem Element, wenn er es mit ahnungslosen Freunden oder vernachlässigbaren Gegnern zu tun hatte. Hier in der Cafeteria fühlte er sich auf eigenem Parkett, und im Verlauf seiner Mahlzeit hatte er bereits der Hälfte der Anwesenden grüßend zugenickt.

»Hammerback und Ribbon haben ihre Show gehabt«, sagte er jetzt. »Ich meine, Scheiße, Mann, sie wollten die Helden spielen und in die Medien kommen. Sie wollten den Fall ganz spektakulär lösen und dem von ihnen erfundenen Serienmörder unbedingt noch den Mord an der Studentin im letzten Jahr anhängen, diese gottverdammten Scheißkerle. Gut, sie sind in die Medien gekommen, aber mittlerweile fragt sich die

Presse, warum ein unschuldiger Junge erschossen wurde. Oben sind sie bereits auf uns aufmerksam geworden, und in Higgins macht sich bestimmt schon irgendeine Kommission daran, uns den Finger in den Arsch zu schieben. Wir müssen ihnen irgendwen zum Fraß vorwerfen. Verdammte Scheiße.«

»Du denkst dabei an jemanden aus New Lebanon. Das sehe ich dir an.« Cooper hustete und spuckte in die Stoffserviette.

»Ist mir doch egal, wer dran glauben muß. Wenn wir einen aus dem County nehmen und ihn als den Schuldigen hinstellen, stehe ich gut da. Wenn wir einen aus der Stadt nehmen und ihn an den Pranger stellen, stehst du gut da. Du weißt, was ich meine. Wir kehren jetzt mit eisernem Besen, und nichts soll vertuscht werden.«

»Daran habe ich noch gar nicht gedacht.« Cooper wirkte sichtlich erleichtert über diese Lösung. »Was ist mit diesem Mahoney?«

»Was soll mit ihm sein?«

»Corde hat mir eine Kopie seines Briefs an den obersten Staatsanwalt von Missouri geschickt. Corde will diesem Mahoney an die Eier. Ich kann dir versichern, Ribbon geht deswegen schon ganz schön der Arsch auf Grundeis.«

»Wo liegt denn das Problem?«

»Mahoney hätte gar nicht bei den Ermittlungen mitmachen dürfen«, klärte Cooper ihn auf. »Er ist ja nicht mal Polizist.«

Treadle lachte schallend. »Mahoney ist mir doch nur ein müdes Arschrunzeln wert. Was geschehen ist, ist geschehen. Typen wie Mahoney fallen durch den Rost, so ist der Lauf der Welt.«

»Wen haben wir denn? Wer muß ins Gras beißen?«

»Nun, da wäre Ellison«, sagte Treadle langsam. »Und dann hätten wir noch Ribbon. Der Betreffende darf nicht zu weit oben sitzen, sonst sieht das gar nicht gut für uns aus. So als hätten wir beide, du und ich, nicht aufgepaßt, unsere Dienstaufsichtspflicht nicht genügend ernst genommen.«

»Da waren ja auch noch ein paar Deputies im Spiel. Und Bill Corde hat für einige Zeit die Ermittlungen geleitet.«

»Corde ist nicht blöd, und er ... er ...« Treadle suchte nach den richtigen Worten.
»Hat den neuen Zeugen aufgetrieben.«
»Ja, er hat den neuen Zeugen aufgetrieben. Und er ...«
»Er läßt sich nicht ein X für ein U vormachen.«
»Ganz richtig.«
»Aber damit wären wir auch schon bei dem Problem«, sagte Cooper zögernd.
»Was denn für ein Problem?«
»Hast du denn nichts davon gehört? Er hat zufällig oder absichtlich Beweismaterial vernichtet. Gerüchtweise soll er die Gebben gevögelt haben. Nun ja, es heißt aber auch, die hätte für jeden die Beine breit gemacht. Wie dem auch sei, irgendwelche Briefe, oder was weiß ich, die die Verbindung zwischen ihr und Corde beweisen könnten, sind verbrannt. Sie haben das Verfahren eingestellt ...«
»Was für ein Verfahren?«
»Das hab ich doch gerade erzählt. Gegen Corde, weil er Beweismittel vernichtet hat. Aber man hat ihn nicht von aller Schuld reingewaschen, sondern nur das Verfahren eingestellt.«
Treadles Augen strahlten. »Und du meinst, das wäre etwas für uns?«
»Kommt ganz darauf an, ob wir uns für ihn oder einen anderen entscheiden.«

Bill Corde rief Diane von einem Münzfernsprecher aus an. Es war schon dunkel, und er befand sich vor Dregg's Variety, gefährlich nahe an der 117. Jeder sechste oder siebte Wagen brauste in so geringer Entfernung an ihm vorbei, daß der Fahrtwind an seiner Uniform zerrte. Manchmal hatte er wirklich das Gefühl, die Fahrer machten sich einen Spaß daraus.
»Was ist mit Jamie?« fragte er.
»Er ist ziemlich spät nach Hause gekommen, ohne vorher anzurufen oder sonstwie Bescheid zu geben. Ich möchte, daß

du mal ein Wörtchen mit ihm redest. Das ist jetzt schon das zweitemal hintereinander.«

»Gut, das werde ich tun. Aber leider ...« Er wartete, bis der Zyklon von einem Dreißigtonner von ihm abgelassen hatte, dann fuhr er fort: »Aber leider habe ich im Moment ziemlich viel zu tun. Die neue Spur im Gebben-Fall. Ist mit dem Jungen alles in Ordnung?«

»Natürlich ist mit ihm alles in Ordnung, das habe ich doch gerade gesagt«, entgegnete sie gereizt.

»Ich stehe hier draußen am Highway«, erklärte er, um seine Unaufmerksamkeit zu entschuldigen. Dann fügte er rasch hinzu: »Ich rede heute abend mit ihm.«

»Ich will nicht, daß du nur mit ihm redest. Ich will ...«

»Was denn?«

»Ach, nichts.«

Corde bemühte sich, ihre Gereiztheit zu ignorieren, und erkundigte sich nach Sarah.

»Sie hat bei der Sitzung mit Dr. Breck wieder Fortschritte gemacht und zwei neue Kapitel ihres Buchs geschrieben. Das Geld von der Versicherung ist noch immer nicht gekommen. Ich denke, vielleicht solltest du da mal anrufen.«

Verdammt, ich stehe hier draußen am Highway!

»Schließlich geht es um über zweitausend Dollar«, fuhr Diane fort. »Mom hatte sich ihre Eierstöcke für dreitausendfünfhundert herausnehmen lassen. Ich bin wirklich froh, daß Ben nur zwanzig die Stunde nimmt. Sonst stünde uns das Wasser bis zum Hals.«

»Ja, das ist wirklich gut.« Wer ist Ben? Ach so, der Privatlehrer. »Ich muß jetzt aber los.«

»Warte, da gibt's noch etwas. Das Team kriegt keinen Bus für den Wettkampf in Higgins. Jamie möchte wissen, ob wir ihn und Davey hinbringen können.«

»Klar, ich wüßte nicht, was dagegen spricht.«

»Wirst du das auch nicht vergessen? Es ist das letzte Match in dieser Saison.«

»Ich werde es mir merken.«
Der nächste Wagen brauste heran. Doch er sauste nicht an ihm vorbei, sondern hielt neben dem Fernsprecher. Corde sah hin und erkannte Steve Ribbon und Jack Treadle. Der Sheriff machte ein ernstes Gesicht.
Was ist denn jetzt schon wieder?
Sie waren in Treadles Wagen gekommen, einem Mercedes mit einem Autotelefon. Erst jetzt bemerkte er, daß Diane ihm gerade etwas erzählte. Er sagte nur: »Ich muß wirklich los. Bis acht.« Dann hängte er ein.
Der Landrat blieb sitzen, der Sheriff stieg aus und ging zu Corde. Die beiden Männer nickten sich zum Gruß zu. »Wie läuft es mit deiner neuen Spur, Bill?« fragte Ribbon ohne größeres Interesse.
»Geht langsam, aber stetig voran.«
»Wie wär's, wenn wir beide einen kleinen Spaziergang machen?« Er zeigte auf eine schattige, frisch gemähte Wiese neben einer riesigen Eiche.
Das kommt mir irgendwie bekannt vor. Haben wir so etwas nicht schon einmal getan?
Sie liefen unter den breiten Ästen herum. Corde studierte Ribbons Miene. Er holte eine Münze aus seiner Tasche und ließ sie über die Finger wandern.
Es gab so vieles zu bedenken, aber die drängendste Sorge beschäftigte ihn am meisten: Wie sollte er Diane beibringen, daß man ihn rausgeschmissen hatte?

30

»Wir könnten den Wagen verkaufen.«
Diane war gerade dabei, die Schränke zu putzen. Kisten, Schachteln und Dosen bedeckten jede freie Fläche auf der Anrichte und dem Küchentisch. Corde zog die Schuhe aus und ließ sich am Tisch nieder. Eine Konservendose mit Schweine-

fleisch in Bohnen rollte auf ihn zu. Er fing sie auf, ehe sie herunterfallen konnte. Bevor er sie wieder hinstellte, betrachtete er geistesabwesend das Etikett.

»Den Wagen?«

»Na schön, man hat dich gefeuert«, sagte Diane, »aber das ist noch nicht das Ende der Welt. Wir könnten den zweiten Wagen verkaufen. Den brauchen wir sowieso nicht. Damit sparen wir die Versicherung und den Unterhalt ein.«

»Wie kommst du darauf, daß man mich gefeuert hat?«

»Wenn du so niedergeschlagen aussiehst wie jetzt, kann das eigentlich nur das eine bedeuten.«

»Sie haben mir die Sheriff-Stelle angeboten.«

Nach so vielen gemeinsamen Jahren gab es immer noch Momente, in denen sie nicht wußte, ob er einen Scherz machte oder es ernst meinte. Diane fing an, Dosen ins Regal zurückzustellen. Doch nach der vierten hielt sie inne und setzte sich zu ihm.

»Das war kein Witz«, sagte Corde.

»Und warum machst du dann so ein Gesicht? Da muß doch noch etwas anderes dahinterstecken.«

»Steve Ribbon hat eins auf den Deckel gekriegt, weil er den Fall vermasselt hat. Aber er steht gut mit Bürgermeister Cooper und Landrat Treadle. Sie haben ihm irgendeinen hübschen Posten in der County-Verwaltung gegeben. Ich soll der neue Sheriff sein, und Jim Slocum meine alte Stelle übernehmen. T. T. wurde entlassen. Da der neue Zeuge aufgetaucht ist, steht Philips Unschuld fest. Sie brauchten jemanden, dem sie die ganze Schuld anhängen konnten. Und da hat es eben T. T. erwischt.«

»Aber es hat doch diesen Untersuchungsausschuß gegeben.«

»Man wirft ihm offiziell nichts vor. Er ist einfach entlassen worden.«

»Das ist aber nicht schön. Ich habe ihn immer gemocht. Er ist ein guter Mann.«

»Er ist sogar ein verdammt guter Mann!« brauste Corde auf.

Sie saßen auf den Küchenstühlen, die sie selbst gestrichen hatten. Die Erinnerung an den Geruch der Beize und des Klarlacks kehrte in seine Nase zurück.
»Macht dir T. T. so zu schaffen?« fragte sie.
»Zum Teil. Es wurmt mich auch, daß ich die Ermittlungsarbeit aufgeben muß.«
»Du ärgerst dich also, daß du von nun an hinter einem Schreibtisch sitzen darfst.«
»Ja«, brummte er. Dann gab er sich einen Ruck und sagte sich, daß er ihr eigentlich die Wahrheit gestehen sollte, vor allem, wenn die Lüge so offensichtlich war. »Nein. Mich ärgert, daß Slocum jetzt den Gebben-Fall leitet.«
»Was ist denn daran so schlimm?«
Corde lachte kurz. »Ich arbeite seit vielen Jahren mit Slocum. Gott segne ihn, aber Jim könnte einen Mörder auf frischer Tat ertappen und würde immer noch alles vermasseln, selbst wenn der Mann mit dem Messer in der einen und der Brieftasche des Opfers in der anderen Hand direkt neben der warmen Leiche stünde.«
Diane starrte für einen langen Moment auf die Dosen und Schachteln, so als ließe sich dort etwas finden, das für den Deputy spräche. Dann sagte sie: »Vermutlich hast du recht.«
»Ich habe nicht vor, in diesem Fall die Hände in den Schoß zu legen.«
»Auch wenn diese Frage jetzt nichts damit zu tun hat, aber würdest du dann nicht auch etwas mehr Gehalt bekommen?«
»Ja, etwas.«
»Wieviel?«
»Fünf.«
»Hundert?«
»Tausend.«
»Oh!« In ihrer Stimme schwang so viel Respekt und Ehrfurcht mit, daß es Corde überall zu kribbeln anfing. Unvermittelt erhob sie sich und fuhr damit fort, die Konserven einzuräumen. Als sie fertig war, kamen die Gewürze an die Reihe. »Du

hast noch nichts gegessen. Was soll ich uns machen? Hättest du Appetit auf Burritos?«

»Ich will diesen Burschen. Er soll mir nicht durch die Lappen gehen.«

»Bloß weil Slocum jetzt den Fall bearbeitet, heißt das doch noch nicht, daß er euch durch die Lappen geht. Außerdem ermittelt Jim ja nicht allein, oder?«

»Tja, er wird wohl irgendeinen Neuling von der County Police zugewiesen bekommen. Der Fall ist für unsere Oberen zu einem Ärgernis geworden. Sie wollen ihn so rasch wie möglich vom Tisch haben.«

Diane hörte auf, Lebensmittel einzuräumen. »Ich möchte dir nur eine einzige Frage stellen: Wenn dieser Mann uns nicht die Bilder von Sarah hätte zukommen lassen, wärst du dann auch so versessen darauf, ihn zu fassen?«

»Vielleicht nicht.«

»Würdest du dann mit etwas mehr Begeisterung die neue Stellung antreten?«

»Ich wollte immer schon Sheriff werden.«

»Nun, er hat Sarah nichts angetan und sich nicht mehr blicken lassen. Vermutlich ist er längst auf und davon, oder?«

»Kann, muß aber nicht sein.«

Diane dachte einen Moment nach. »Du hast dir diese Stellung doch schon so lange gewünscht, und jeder in der Stadt hält dich für einen besseren Sheriff als Steve Ribbon. Wahrscheinlich wirst du bei jeder Wahl den Sieg davontragen.«

»Ich behaupte ja gar nicht, daß mir der neue Job egal wäre. Und die Stadt braucht nun mal nach Steves Versetzung einen neuen Sheriff. Dafür stehen nur Jim und ich zur Auswahl. Wir sind die beiden dienstältesten Deputies in der Truppe.«

»Nun, Schatz, ich denke, du solltest die Gelegenheit nicht verstreichen lassen. Ich kann mir einfach nicht vorstellen, daß du unter Jim Slocum arbeitest. Nein, wirklich nicht.«

Corde lächelte bitter. »So etwas darf New Lebanon sich nicht antun.«

Diane riß die Zellophanverpackung von einer Schale mit Rindfleisch. Das Fleisch fiel wäßrig glitzernd auf das Hackbrett. Sie nahm ein Messer, fing an, den Klumpen in kleine Würfel zu schneiden, und wünschte, sie könnte mit Ben Breck darüber sprechen. Nicht um sich bei ihm Rat zu holen, sondern um sich all ihre Gefühle von der Seele reden zu können. Ohne ihren Mann anzusehen, sagte sie: »Ich will ganz ehrlich zu dir sein, Bill ...« Sie redete ihn nur selten mit Vornamen an, meist, wenn er ihr ein teures Geschenk gemacht hatte, oder in Situationen wie diesen. »Jamie geht in ein paar Jahren aufs College, und du weißt, wieviel Dr. Parker uns abknöpft.«

Beide schwiegen eine Weile. Dann meinte Diane: »Okay, damit ist von meiner Seite alles gesagt. Warum gehst du nicht zu Jamie und redest mal mit ihm? Er hat gefälligst anzurufen, wenn es später wird. Er ist gerade nach Hause gekommen und, ohne hallo zu sagen, gleich auf sein Zimmer gegangen, wo er sich jetzt ganz fürchterliche Rockmusik anhört. Die schreien entsetzlich und heulen und was weiß ich noch.«

»Nun, das bedeutet doch wohl, daß er seine schlechte Phase überwunden hat.«

»Er könnte aber auch dadurch demonstrieren, daß er sich wieder besser fühlt, indem er pünktlich nach Hause kommt und sich die Bee Gees oder Sinatra anhört.«

»Ich bin ganz und gar nicht in der Stimmung, mich jetzt mit ihm auseinanderzusetzen. Vielleicht hole ich das morgen nach.«

Sie wischte sich die mit Mehl bedeckten Hände ab. Corde war gerade mit dem Inhalt einer Bierflasche beschäftigt und bekam so nicht mit, wie Diane den Mund verzog und eine Hand zur Faust ballte.

Es geht ihm gar nicht so sehr um die beiden toten Studentinnen am Teich. Und die wären ja auch nicht tot, wenn sie sich nicht an Orten herumgetrieben hätten, an denen sie nichts verloren haben, verdammte Campus-Nutten. Nein, er will immer noch die beiden Polizisten retten, die tot auf dem Betonboden des

Fairway Mall gelegen haben. Ja, wie zerbrochene Puppen haben sie dagelegen, zumindest sahen sie auf dem Foto auf der Titelseite der *Post-Dispatch* so aus. Aber für deine Kollegen ist es zu spät, Bill. Denen kann keiner mehr helfen.

Laut sagte sie: »Hör endlich damit auf, ein so finsteres Gesicht zu machen. Denk heute abend in Ruhe über alles nach. Und ganz gleich, wie du dich entscheidest, ich werde auf jeden Fall meine Spezial-Burritos machen. Nach dem Essen sehen wir uns einen Krimi mit Farrah Fawcett an, und du darfst raten, wer der Mörder ist. Und jetzt gieß Wasser auf den neuen Streifen Rasen, besser gesagt auf das, was die Vögel davon übriggelassen haben.«

Sie drehte ihm den Rücken zu, lächelte verlegen und ärgerte sich darüber, nicht den Mut aufgebracht zu haben, es ihm zu sagen.

Am nächsten Morgen ging Bill Corde um halb neun ins Büro im Sheriff's Department und hängte wie üblich seine Jacke und den Hut auf. Dann begab er sich in Steve Ribbons Büro und traf dort die versammelte Mannschaft an, mit Ausnahme der beiden Deputies, die auf Patrouille waren. Alle nickten ihm zu. Er blieb einen Moment in der Tür stehen und setzte sich dann zu ihnen – gegenüber von Slocum, der auf Ribbons Sessel Platz genommen hatte.

Auf dem Schreibtisch lag auffällig plaziert die heutige Ausgabe des *Register.* Die Schlagzeile lautete: *»Das Sheriff's Department rollt Mordfälle wieder auf.«* Und darunter hieß es: *»Tod des Jugendlichen als ›Tragischen Unfall‹ bezeichnet.«*

»Nun, Gentlemen«, begann Slocum, »ihr alle habt von Steves Versetzung gehört, und wir sind froh, daß es so gekommen ist. Ich habe euch herbestellt, um mit euch einiges durchzusprechen und euch von den Veränderungen in Kenntnis zu setzen, die ich hier vornehmen will. Und noch eins sollt ihr wissen: Wenn es irgendwelche Fragen gibt, zögert nicht, zu mir zu kommen. Ist das klar?«

Lance Miller, dessen Bauch und Brustkasten vom Korsett der

Bandagen zusammengehalten wurden, antwortete: »Natürlich tun wir das.«

»Gut. Also, was ich vorhabe, mag etwas radikal klingen, aber ich habe lange über unser Department nachgedacht, und es gibt ein paar Dinge, die sich als durchaus nützlich erweisen könnten, wenn wir sie etwas anders angehen würden.« Er sah auf ein Blatt Papier, das vor ihm lag. »Nummer eins, wir wechseln die Funk-Codes. Bislang gab es häufig eine Menge Geplapper bei den Funksprüchen, und ich denke, das sollten wir einstellen. Macht einen ziemlich unprofessionellen Eindruck, und dadurch kann man sich leicht in eine peinliche Situation bringen. Also, von nun an benutzen wir die Associated Public Safety Communications Officers' Codes. Laßt euch von diesem Wortungetüm nicht bange machen, es ist genauso, wie ihr es vom Fernsehen her kennt. Zehn-Vierzehn. Zehn-Dreizehn und so weiter. Es gibt vierunddreißig dieser Codes, und die müßt ihr leider auswendig lernen. Ach, und noch etwas. Ich möchte nicht, daß ihr noch länger A, B, C und so sagt. Ihr sprecht ab jetzt die Buchstaben aus: Anton, Berta, Cäsar, klar? Und wenn wir schon dabei sind, ich möchte nicht, daß ihr die militärischen Ausdrücke benutzt, also Alpha, Bravo, Charlie, Delta. Ich weiß, daß einige von euch beim Militär waren, aber wir hier sind keine Soldaten, und es gibt keinen Grund, uns deswegen zu schämen.«

Zwei Deputies nickten, um anzuzeigen, daß sie sich dessen nicht schämten.

Gott segne dich, Jim, aber ... Bill Corde verlagerte sein Gewicht auf dem Stuhl und verschränkte die Arme vor der Brust.

»Zehn-Vier?« sagte Slocum.

Die Männer lächelten höflich.

»Und dann noch etwas. Ich möchte nicht, daß einer von euch denkt, er dürfe mich jetzt nicht mehr mit Vornamen anreden. Ich war für euch alle immer Jim, und das soll auch so bleiben. Und daß mir keiner auf die Idee verfällt, mir mit ›Sheriff‹ oder ›Sir‹ zu kommen. Ist das klar?«

»Jawohl, Sir!« brüllte einer der Männer und salutierte.
Alle lachten.
»Ich habe auch vor, euch mit tragbaren Funkgeräten auszustatten. Bürgermeister Cooper hält das für eine gute Idee. Doch wo das Geld für die Dinger herkommen soll, steht auf einem ganz anderen Blatt. Ihr werdet euch wohl noch ein Weilchen gedulden müssen. Aber wenigstens wißt ihr nun, daß die Geräte auf unserer Weihnachtswunschliste stehen. Und jetzt zu unserer Arbeit.«
Während der nächsten zehn Minuten mußte Corde sich alle Mühe geben, um Slocums Ausführungen halbwegs aufmerksam zu folgen. Der neue Sheriff beschrieb bis ins kleinste, wie er New Lebanon in Reviere aufzuteilen beabsichtige, und daß er vorhabe, eine Sonderabteilung zur Drogenbekämpfung ins Leben zu rufen.
Ein Deputy runzelte die Stirn und sagte: »Ich glaube, ich habe noch nie jemanden wegen Rauschgift festgenommen, Jim. Ja gut, hier und da mal etwas Pot und bei Studenten gelegentlich eine Prise Koks.« Er drehte sich zu seinen Nachbarn. »Hat irgendwer Erfahrung damit?«
Alle erklärten, ihnen gehe es ähnlich wie ihm. »Was nicht ist, kann ja noch werden«, sagte Jim und hielt eine Ausgabe des *Time*-Magazins hoch. Der Aufmacher drehte sich um Crack in Kleinstädten.
In diesem Moment verabschiedete Corde sich geistig.
Nach einer halben Stunde war die Besprechung beendet. Die Deputies verließen mit ihren fotokopierten Funk-Codes, die Slocum nächste Woche abfragen wollte, den Raum. Corde rutschte mit dem Stuhl näher an den Schreibtisch heran.
»Ich bin froh, daß du geblieben bist, Bill. Es gibt da nämlich ein paar Dinge, die ich mit dir besprechen will.«
»Ich auch mit dir.«
Slocum begann: »Ich habe mir so meine Gedanken gemacht, und ich möchte dir gern mitteilen, zu welchen Schlüssen ich gelangt bin. Die Situation ist ziemlich eigenartig, nicht wahr?

Ich meine, da du doch eigentlich im Rang über mir stehst und trotzdem ich Sheriff geworden bin. Deshalb habe ich mir etwas überlegt, von dem ich glaube, daß dir das sehr gefallen wird.«
»Schieß los.«
»Ich habe vor, den Posten eines Vizesheriffs einzurichten.« Er legte eine kleine Pause ein, damit die Worte sich in Cordes Bewußtsein senken konnten. Als dieser aber nicht auf die Ankündigung reagierte, fuhr er fort: »Und dreimal darfst du raten, wen ich mir auf diesem Posten vorstelle.« Slocum strahlte. »Hört sich doch wirklich gut an, oder?«
»Und was genau habe ich mir unter diesem Posten vorzustellen?«
»Oh, glaub ja nicht, daß ich dir damit lediglich einen Gefallen erweisen will. Nein, Sir. Auf dich kommt einiges zu. Ich habe mir Gedanken darüber gemacht, wo deine Talente liegen, und eigentlich ist ganz klar, daß du ein viel besserer Verwaltungsfachmann bist als ich. In Zukunft wirst du also einen Haufen Arbeit von mir bekommen. Einsatzpläne, Überstundenabgleich, Personalprobleme, Gehaltsabrechnung. Na, wie hört sich das an, Vizesheriff?«
Corde erhob sich, schloß die Tür und nahm dann wieder Platz. Als er sprach, sah er Slocum direkt ins Gesicht: »Jim, du bist jetzt der Sheriff, und ich habe den Eindruck gewonnen, daß du deine Sache ziemlich gut machst. Aber ich werde mich hier einzig und allein um eine Angelegenheit kümmern – den Mörder von Jennie Gebben aufspüren. Ich werde ihn finden, ganz gleich, ob er sich in New Lebanon, Fredericksberg, Chicago oder Mexico City aufhält. Und ich bringe ihn vor Gericht. Jetzt sag mir bitte, wieviel wir noch im Budget für Deputies haben.«
»Was?« Slocum schien überhaupt nichts mehr zu verstehen.
»Das Budget!« drängte Corde ungeduldig. »Hat Steve dir denn nicht gezeigt, wo alles steht?«
»Ja, das muß wohl hier irgendwo sein ...« Er kramte in seinen Schreibtischschubladen und sah dabei ganz wie ein Mann aus,

der das, was er sucht, eigentlich gar nicht finden will. »Hör mal, Bill, das Problem ist, daß ich dich nicht für einen einzigen Fall abstellen kann. Wir müssen schon auf eine Kraft verzichten, ich meine Lance mit seinen gebrochenen Rippen. Du verlangst ziemlich viel von mir. Da muß ich erst gründlich drüber nachdenken.«

»Ich glaube, das dort hinten ist der aktuelle Budgetstand, der Computerausdruck da.«

Slocum nahm ihn und breitete ihn vor sich aus. »Wo, hier in der Spalte, über der ›Personal‹ steht?«

»Das sind die laufenden Kosten«, sagte Corde. »Ich möchte aber den Budgetstand erfahren.«

»Wo finde ich das denn?«

»Laß mich mal sehen.« Corde zog den Ausdruck zu sich. »Hm, was ich befürchtet habe. Ist kaum noch genug da für eine Erhöhung, und erst recht nicht für einen neuen Mann.«

»Erhöhung? Ich soll den Deputies die Gehälter erhöhen?«

Corde machte sich eifrig auf seinen Karteikarten Notizen.

»Uns bleiben für das laufende Jahr noch fünftausend für Dienstreisen und Ausrüstung ... Jim, ich möchte, daß du diesen Etat nicht anrührst.«

»Ausrüstung? Aber ich habe doch eben erklärt, daß ich große Mühe habe, das Geld für die neuen tragbaren Funkgeräte aufzutreiben. Und ich habe auch noch vor, alle mit Glocks auszurüsten. Die kosten über vierhundert das Stück.«

»Glocks? Jim, wir brauchen wirklich keine automatischen Schnellfeuergewehre.«

Slocum schwieg eine Weile, dann sagte er leise: »Ich bin der Sheriff, Bill. Ich habe gesagt, daß ich über deinen Wunsch nachdenken werde, aber versprechen kann ich dir nichts.«

Corde knallte die Ausdrucke auf den Schreibtisch. »Okay, Jim, ich weiß nicht, wie ich es dir höflich beibringen soll, deswegen muß ich es dir so sagen.« Er legte eine kleine Pause ein, in der er ernsthaft nach einem höflichen Weg suchte. »Das einzige, was mir einfällt, um der Sache die Spitze zu nehmen, ist dies:

Auch wenn Steve oder Jack Treadle hier säßen, würde ich das jetzt sagen. Und zwar folgendes: Du hast einen prima Job bekommen. Du weißt das, und ich weiß das, und ich freue mich auch für dich. Aber du darfst nur auf diesem Sessel sitzen, weil ich die Stelle vorher abgelehnt habe. Der Preis dafür ist, daß ich den Gebben-Fall bekomme und auch noch den Etat für Dienstreisen und den für Ausrüstung, und zwar jeden Penny davon. Sobald die Sache erledigt ist, übernehme ich gern den ganzen Verwaltungskram und lerne sogar deine Funk-Codes auswendig. Aber bis dahin läuft es so, wie ich es dir gerade erzählt habe.«

Corde sah den Schock in Slocums Gesicht. Dann gefroren seine Züge. Corde hoffte, daß sein Ausbruch sein Gutes haben würde, und sei es nur, damit dieser schwache Mann etwas Mumm in die Knochen bekommt.

»Es besteht kein Grund, mich so anzufahren, Bill.«

Der Slocum von vorhin war fort, und Corde las in seinen Augen das schmerzliche Wissen darum, nur aufgrund der Absage eines anderen auf diesen Posten gelangt zu sein. Und Corde erkannte darin noch mehr: Der Mann hatte alle Hoffnung verloren. Genauso hätte es ihm auch ergehen können, wenn sein Lebensweg nur ein wenig anders verlaufen wäre. Das machte ihn betroffen, um seinet- wie um Jims willen, aber er entschuldigte sich nicht für seine harten Worte. Corde erhob sich und ging zur Tür. »Ich erwarte von dir, daß du die beiden Etats nicht anrührst, bis ich sie brauche.«

So sah es auf Wynton Kresges Schuldenplan aus: $ 132,80 an die GMAC; $ 78,00 an Visa; $ 892,30 an die Union Bank and Trust (die Hypothek); $ 156,90 an die Union Bank and Trust (Kreditrate); $ 98,13 an Consolidated Edison; $ 57,82 an Midwestern Bell; $ 122,78 an Duds 'n' Things für die Kinder; $ 120,00 an Corissa Hanley Duke, die Haushälterin; $ 245,47 an American Express; $ 88,91 Benzinrechnung (gottverdammte Texaner, verwünschte Araber); $ 34,70 an Sears.

Und das alles allein im Monat Mai.
Er brachte nicht den Mut auf, das aufs Jahr hochzurechnen, und er wagte es auch nicht, die Ausgaben seiner Brut für Make-up, Hamburger, Ninja-Outfits, Skateboards, Airpump-Nikes, Handschuhe, Klavierstunden, Kartoffelchips, Apple-Software, Spike-Lee- und Bart-Simpson-T-Shirts, Run-DMC-, Ice-T-, Janet-Jackson-, Paula-Abdul-, The-Winnans-CDs, Gummibärchen, Cheddar-Käse, Popcorn, Diät-Pepsi und alles, was sonst noch vom schwarzen Loch kindlicher Genußsucht verschlungen wurde, der Liste hinzuzufügen.
Darla kam an die Tür seines Arbeitszimmers und teilte ihm mit, daß der Klempner gerade mit der Reparatur fertig geworden sei.
»Oh, gut«, sagte er. »Wieviel?« Kresge schlug sein Scheckbuch auf und riß das oberste Blatt heraus. Er unterschrieb ihn und reichte ihn blanko seiner Frau.
»Hundertvierundzwanzig, Schatz.«
»*Wieviel?*«
»Du möchtest doch sicher nicht in kaltem Wasser baden, oder?« Und damit verließ sie ihn.
Kresge notierte auf der linken Innenseite seines Scheckbuchs neben die Schecknummer 2025: *$ 124 für Blutsauger-Klempnerarbeiten.* Wie kam es nur, fragte er sich, daß man, wenn man mehr verdiente, auch immer mehr ausgab? Als Darla und er geheiratet hatten, hatten sie zuerst in einem Trailer auf dem Wohnwagenpark südlich der Umgehungsstraße von Columbia, Missouri, gewohnt. Er hatte als stellvertretender Sicherheitschef an der örtlichen Universität gearbeitet und dafür neunzehntausend Dollar im Jahr erhalten. Damals hatten sie ein Sparbuch. Ein richtiges Sparbuch, wo man Zinsen bekam – zwar nicht viel, aber immerhin. Man konnte sich die Entwicklung des Guthabens ansehen und zu dem Schluß gelangen, man käme voran im Leben. Aber heute: Ebbe. Nur noch Schulden.
Es war einfach mehr, als ein Mann ertragen konnte. Wenn er

zu lange an all die Rechnungen, die permanent hungrigen Kinder, seine Frau und seine Arbeitslosigkeit dachte, fingen seine Handflächen an zu schwitzen, und es drehte sich ihm der Magen um. Kresge erinnerte sich an den Tag, an dem er einen Studenten, der durchgefallen war, davon abgebracht hatte, vom Kanzlergebäude der Auden University zu springen. In zwanzig Metern Höhe hatte er auf ihn eingeredet. Und er war so ruhig wie immer gewesen. Ohne durch ein Seil oder sonst etwas gesichert zu sein, stand er an jenem Tag auf einem dreißig Zentimeter breiten Sims und holte den Jungen zurück. Ganz gelassen, als ob er sich lediglich mit ein paar Kumpeln zu einem Billardspiel verabredete. Die Angst, die er damals in seinem Innern verspürt hatte, war nicht so groß gewesen wie das Entsetzen, das ihn jetzt angesichts des dicken Rechnungsstapels und des daneben liegenden dünnen, bald endgültig kastrierten Scheckbuchs befiel.
Das Telefon läutete. Er nahm ab, hörte zu, sah auf seine Uhr und entgegnete: »Hm, ich weiß nicht.« Dann lauschte er wieder, sagte: »Meinetwegen«, und legte auf.

31

»Nun kommen Sie schon, Wynton, und hören Sie auf, Trübsal zu blasen. Sie sehen ja aus wie eine wandelnde Leiche.«
Corde bog scharf in eine Kurve ein und gab Gas. Der aufgemotzte Wagen, nun tauglich, Corvettes und Pontiacs einzuholen, machte einen Satz, der beide Männer in die Vinylsitze preßte. Komm schon, Wynton, verscheuch die Sorgen, lach wieder.
»Was ist denn das da, worauf Sie sitzen?« fragte Kresge und blickte auf Cordes Hintern.
Auf dem Sitz lag ein Bezug von miteinander verbundenen Holzkugeln. Er sah aus wie eine Türmatte. »Ist gut für den Rücken«, antwortete Corde. »Massiert einen während der Fahrt.«

Kresge schaute zu seinem Fenster hinaus, als hätte er die Frage bereits vergessen.
»Gehen Sie gern angeln?«
»Heute steht mir wirklich nicht der Sinn danach.«
»Wonach steht Ihnen nicht der Sinn?«
Nach einer kleinen Pause ließ Kresge sich doch auf Cordes Konversationsversuch ein. »Na, angeln gehen.«
»Das habe ich heute auch nicht vor. Ich wollte es nur ganz allgemein wissen.«
»Jagen ist mir lieber.«
»Ich stehe mehr auf Angeln. Aber Jagen ist auch nicht schlecht.«
Sie kamen an dem Teich vorbei, an dessen Ufer Jennie und Emily ihr Leben verloren hatten. Corde verlangsamte die Fahrt nicht. Keiner der Männer sprach ein Wort, während sie auf den Fredericksberg Highway zusteuerten.
Nach zehn Minuten strich Kresge über den Lauf des Pump-action-Gewehrs, das zwischen den Sitzen lag und von Klammern festgehalten wurde. »Womit ist das Ding hier geladen?«
»Null-Null.«
»Ich dachte, man nimmt Steinsalz- oder Plastikschrotgeschosse.«
»Nein, Bleikügelchen.«
»Keinen Stahl? Ich hab geglaubt, im Marschland und so sei Stahl angebrachter.«
»Na ja, kommt nicht so oft vor, daß wir Schrotladungen auf Menschen verballern.«
»Ja, vermutlich nicht. Haben Sie das Gewehr schon mal eingesetzt?«
»Hab ein paarmal jemanden ins Visier genommen, aber niemals abgedrückt. Und darüber bin ich auch sehr froh. Sie haben übrigens eine hübsche Frau.«
»Ja.«
»Und wie viele Kinder, alles in allem?«
»Sieben. Wo fahren wir eigentlich hin?«

»Nach Fredericksberg.«
»Und weswegen?«
»Deswegen.«
»Ach so.«
Zwanzig Minuten später hielten sie auf einem großen Parkplatz und marschierten in die County-Verwaltung. Sie kamen am County Sheriff's Department vorbei. Corde bemerkte, daß eines der Büros neu gestrichen wurde. Früher hatte T. T. hier gesessen. Man hatte noch kein neues Namensschild an der Tür angebracht. Die beiden Männer liefen weiter bis zum Ende des Flurs. In goldenen Buchstaben stand dort auf dem Glas der Tür: *Bezirksamt.*
Kresge blieb stehen und betrachtete einen Steckbrief, der an der Wand hing. »Wenn Sie da drinnen zu tun haben, Detective, dann warte ich gern hier draußen auf Sie.«
»Nein, nein, Sie kommen mit.«
Corde ging voran und betrat ein dunkles holzverkleidetes Büro. Die Stirnwand wurde von einem riesigen verstaubten Porträt eingenommen, das einen Richter zeigte, der so aussah, als hätte er sich die ganze Zeit über, in der er dem Maler Modell gesessen hatte, neue und noch grausamere Strafen ausgedacht.
Am Schreibtisch unter dem Fenster saß ein graugesichtiger, glatzköpfiger Mann mit einem verknitterten weißen Hemd, einer Fliege und Hosenträgern. Er winkte die beiden heran.
»Ruhen Sie Ihre Knochen aus, Gentlemen.« Der Bezirksschreiber fing an, den Berg Papiere zu durchwühlen, der seinen Schreibtisch bedeckte. »Wo ist es nur ... Was haben wir denn hier? ... Ach hier. Gut, wir können anfangen.« Er zog ein paar engbedruckte Formulare aus dem Riesenstapel und legte sie vor sich hin. »Sie müssen ja wirklich als Kind mit dem Klammerbeutel gepudert worden sein, wenn Sie sich eine solche Chance entgehen lassen, Corde.«
»Vermutlich haben Sie recht«, entgegnete der Detective.
»Die haben ganz schön dumm aus der Wäsche geguckt, das

kann ich Ihnen aber flüstern. Niemand wollte es so, wie es jetzt ist.«

»Tja ...«

»Ich sage das nur für den Fall, daß Sie nicht schon selbst darauf gekommen sind.«

»Ich hatte so eine Ahnung.«

»Worum geht es hier eigentlich?« fragte Kresge Corde.

Der Schreiber fügte laut genug, um im ganzen Flur gehört zu werden, hinzu: »Und niemand hier freut sich darüber, daß wir, Sie wissen schon wen, geerbt haben!«

»Das können Sie mir aber nun wirklich nicht anhängen«, sagte Corde, der genau wußte, auf wen der Schreiber anspielte.

Der Mann setzte nun eine ernste Miene auf und legte die Formulare in die richtige Reihenfolge. Dann blätterte er in einem Ringbuch, hielt an einer Seite an und ratterte los: »Okay, heben Sie die rechte Hand. Kraft des Amtes, das mir von ...«

Corde betrachtete das Porträt des sauertöpfischen Mannes. Kresge folgte seinem Blick. Der Beamte hörte auf, den Text runterzuleiern, und fragte Kresge: »Wollen Sie nun die Güte haben, Ihre Rechte zu erheben?«

»Wer? Ich?«

»Sie sind schließlich derjenige, der als Deputy vereidigt werden soll.«

»Ich?« Kresges Baritonstimme verwandelte sich in einen schrillen Tenor.

»Heben Sie die Hand, Wynton«, forderte Corde ihn auf. Kresge gehorchte.

»Kraft des Amtes, das mir vom Harrison County übertragen wurde, ernenne ich Sie, Wynton Washington Kresge, zum Special Deputy gemäß dem überarbeiteten State Code, § 12, Absatz 131.13. Und jetzt sprechen Sie mir bitte nach: ›Ich, Wynton Washington Kresge ...‹«

Der ehemalige Sicherheitschef räusperte sich und starrte Corde entsetzt an. »Was soll das hier?«

»Tun Sie nur das, was der Mann Ihnen sagt«, antwortete Corde.
»Ich, Wynton Washington Kresge, gelobe hiermit, die Gesetze dieses Staates zu wahren und gewissenhaft und ehrenhaft die Bürger des County Harrison und der darin liegenden Gemeinden zu schützen und ihnen zu dienen ...«
Der Schreiber räusperte sich und erklärte dann: »Wenn Sie auf den Zusatz ›So wahr mir Gott helfe‹ verzichten wollen, sagen Sie einfach: ›Auf meinen Eid‹.«
»So wahr mir Gott helfe«, erklärte Kresge.
Corde schüttelte ihm die Hand. Dann mußte er drei Formulare unterschreiben.
»Sie haben mir nichts davon gesagt«, raunte Kresge Corde zu.
»Ich brauche Sie, Wynton, und da habe ich mir gedacht, wenn ich Sie einfach herfahre, lassen Sie sich vielleicht überrumpeln und sagen nicht gleich nein, um sich irgendwo einen bequemeren Job zu suchen.«
»Hören Sie, Detective, ich bin Ihnen dankbar, sehr sogar. Aber ich kann es mir einfach nicht leisten, eine solchen Stellung anzutreten.«
»Und Sie können es sich noch weniger leisten, sie abzulehnen. Reden Sie doch mal mit Ihrer hübschen Frau darüber. Ihnen fällt sicher etwas ein, wie Sie in Zukunft zurechtkommen.«
Der Schreiber wirkte ungeduldig. »Könnten Sie das vielleicht später miteinander klären?« Er faltete einige Formulare wie Vorladungen zusammen und reichte eine davon Kresge. »Damit begeben Sie sich zur County-Erfassungsstelle und lassen sich dort Ihre Fingerabdrücke abnehmen. Und in der Personalstelle lassen Sie sich einen Dienstausweis mit Lichtbild aushändigen. Beide Ämter befinden sich im selben Gebäude. Bill wird Sie hinbringen. Und diese beiden Kopien hier lassen Sie notariell beglaubigen. Lucy kann das erledigen, wenn sie nicht gerade zu Tisch ist. In dem Fall gehen Sie in die Farmer's Bank und fragen dort nach Sally Anne. Eine von den Kopien will ich dann zurückhaben.«

»Ich hatte bis jetzt nicht einmal Gelegenheit, darüber nachzudenken.«
»Sie sind jetzt Special Deputy. Das hört sich zwar toll an. aber lassen Sie es sich nicht zu Kopf steigen. Ist der niedrigste Dienstrang, den wir zu vergeben haben. Besitzen Sie einen Waffenschein?«
»Ja. Ich habe in Higgins einen Kurs für Faustfeuerwaffen besucht, und meine Trefferquote beträgt ...«
»Sie müssen sich eine eigene Waffe kaufen, bekommen die Auslagen aber bis zu einer Höhe von zweihundert Dollar ersetzt. Automatic-Waffen sind gestattet, doch Sie dürfen nur die vorgeschriebene Munition benutzen. Sehen Sie hier.« Er reichte Kresge eine miserable Fotokopie. »Lassen Sie sich nicht dabei erwischen, schwere Geschosse zu verwenden ...«
Kresge nickte stumm zu allen Ausführungen. Corde registrierte erfreut, daß der Exsicherheitschef keine Einwände mehr vorbrachte.
»Ihr Gehalt beträgt neunundzwanzigtausendfünfhundert und wird in jedem Jahr, das Sie bei uns bleiben, erhöht. Sie unterstehen von nun an Bill. Dreimal dürfen Sie raten, wofür er Sie braucht. Wenn Sie beide den Gebben-Fall lösen und diesen Irren einbuchten, finden wir bestimmt hier im County eine feste Stellung für Sie, vorausgesetzt, Sie bestehen die Prüfung bei der Police Academy.
Des weiteren erhalten Sie Vergünstigungen, solange Sie mehr als fünfundzwanzig Stunden in der Woche arbeiten. Aber Sie müssen sich regelmäßig einem Check-up unterziehen. Und Sie sind angehalten, etwas in die Hinterbliebenenkasse einzuzahlen. Haben Sie Frau und Kinder?«
»Sieben.«
»Damit meint er die Kinder«, erklärte Corde. »Was Frauen betrifft, hat er nur eine.«
»Ach, fast hätte ich das vergessen ...« Der Schreiber gab Kresge ein in grünes Vinyl gebundenes, dreihundert Seiten starkes Buch. »Darin finden Sie den Strafkatalog dieses Staates

und das Deputy-Dienstreglement. Lesen Sie sich das bitte gründlich durch, und lernen Sie es auswendig.«
»Jawohl, Sir!« Mittlerweile war Kresge von Stolz erfüllt. »Muß ich jetzt salutieren?«
»Steht alles im Dienstreglement.«

Jennie,
Du wolltest jemanden, der Dich die Liebe lehrt, und statt dessen hast Du nur jemanden gefunden, der Dir den Tod gezeigt hat.
Warum bist Du in jener Nacht dorthin gegangen? Du hast doch gesagt, es sei vorbei.
Kann ich Dir noch glauben oder nicht?
Keine Antwort darauf zu bekommen, ist fast so schlimm, wie ohne Dich leben zu müssen.
Warum, Kleines, warum nur?

Auf daß wir uns bald wiedersehen
Em

»Wo war der?«
»In Emilys Handtasche. In der Nacht, in der sie ertrunken ist.«
»Und die haben gedacht, der junge Halpern habe das geschrieben?« fragte Kresge. »Ein fünfzehnjähriger Bursche soll so etwas verfaßt haben?«
»Hm«, machte Corde.
Sie saßen im Sheriff's Department von New Lebanon. Kresge trug seine Uniform, die genauso frisch gebügelt und makellos sauber aussah wie die von Corde. Er legte den Brief, der sich noch in der Plastiktüte befand, auf den Schreibtisch, während Corde den Bericht vorlas: »›Graphologische Analyse: Nach meiner professionellen Meinung besteht lediglich eine fünfzigprozentige Wahrscheinlichkeit dafür, daß die Handschrift von Emily Rossiter stammt. Signifikant sind die um fünf Grad geneigte Schrift, die kurzen Hoch- und Tieflinien und die geschwunge-

nen Großbuchstaben. Die Abweichungen von den mir vorliegenden anderen Schriftproben sind offenkundig, können aber auf seelische Aufgewühltheit, Drogenmißbrauch, emotionalen Streß oder eine unebene Schreibunterlage zurückzuführen sein.«

»Warum hat Philip nichts davon erwähnt?«

»Vielleicht hat er den Brief gar nicht zu Gesicht bekommen. Es kann aber auch sein, daß er ihn gesehen und sich nur nichts dabei gedacht hat.« Corde betrachtete die Zeilen lange, dann meinte er: »Gehen wir einfach davon aus, daß Emily das geschrieben hat, okay?«

»Okay.«

»Was sagt uns dieser Brief?«

»Nun, meines Erachtens zwei Dinge: Zum ersten handelt es sich dabei um den Abschiedsbrief einer suizidbereiten Person. Das heißt also ...«

»Wir *dürfen also darauf schließen*«, korrigierte Corde ihn.

»Wir dürfen also darauf schließen, daß Emily Rossiter sich selbst das Leben genommen hat und nicht ermordet wurde.«

»Gut. Und zweitens?«

»Zweitens sagt uns dieser Brief, daß Philip Halpern auch Jennie nicht ermordet hat. Ich meine, *es läßt darauf schließen*, daß er es nicht war.«

»Begründung?«

»Weil der ›Jemand‹, den Emily erwähnt, vermutlich, na ja, vielleicht, der Mörder ist. Ein Mann, mit dem Jennie einmal eine Affäre gehabt hat. Und es liegt ja wohl auf der Hand, daß sie sich nicht mit einem wie Philip Halpern eingelassen hat.«

»Wegen der Stelle: ›Du hast doch gesagt, es sei vorbei‹?«

»Ganz genau. Das heißt ja wohl, daß die Affäre zu Ende war.«

»Und dann steht da noch ›in jener Nacht‹«, sagte Corde. »Damit spielt sie wohl auf Dienstag nacht an.« Er öffnete seinen Aktenkoffer. Jennie Gebben auf dem mittlerweile verknitterten Foto blickte hinab auf die Stapel Karteikarten, die schon voller Eselsohren waren. Corde nahm einen Stapel heraus, blätterte ihn durch und hielt dann eine Karte in der Hand.

»Ist das Ihr Computer, Bill?«
»Ha, ja, so könnte man sagen. Also: Zwischen fünf und sechs Uhr am Abend vor der Ermordung hatte Emily eine ernste Auseinandersetzung mit ihr, möglicherweise einen Streit. Sie war in der Nacht sehr niedergeschlagen und ist nicht mit ihren Freunden zum Abendessen gegangen.«
»Also ist Jennie fort, um sich mit ihrem Liebhaber oder Exliebhaber zu treffen, worüber Emily sauer war.«
»Könnte sein.«
Corde zog eine andere Karte aus dem Stapel. »Die Studentin, die mir erzählt hat, Jennie sei bisexuell gewesen, teilte mir auch mit, sie habe sich am Sonntag vor ihrer Ermordung mit jemandem am Telefon gestritten. Dabei soll sie gesagt haben: ›Ich liebe sie, nicht dich.‹ Und wenn sie sich nun im Verlauf des Gesprächs hat überreden lassen, wenn sie zugestimmt hat, sich noch einmal mit ihm zu treffen ...«
»Oder ihr«, wandte Kresge ein.
Corde hob eine Braue. »Könnte auch sein. Aber Trout, der Teppichhändler, hat gesagt, er habe einen Mann gesehen ... Angenommen, sie hat sich ein letztes Mal mit *ihm* getroffen, und da hat er sie umgebracht ...«
»Hört sich irgendwie plausibel an.«
»Doch was ist mit dem genetischen Fingerabdruck? An der Leiche wurde Philips Sperma gefunden.«
»Das ist natürlich auch wieder richtig.« Kresge runzelte die Stirn.
»Stimmen Sie mir nicht vorschnell zu.«
Der neue Special Deputy dachte einen Moment nach. »Vielleicht hat der Ex sie umgebracht, und etwas später kam Philip und hat sie vergewaltigt ...«
»Wenn sie da schon tot war, kann man nicht von einer Vergewaltigung sprechen. Wir nennen das Leichenschändung.«
»Oh!« machte Kresge und verzog das Gesicht. »Ich fürchte, ich habe noch verdammt viel zu lernen.«
»Warum aber ist Emily nicht zu uns gekommen«, dachte Corde

laut, »um uns das alles zu erzählen? Es müßte doch eigentlich in ihrem Interesse gelegen haben, daß der Mörder gefaßt und verurteilt wird.«
»Vielleicht kannte sie seinen Namen nicht. Wenn die beiden Mädchen ein Verhältnis miteinander hatte, ist es vermutlich wegen des Mannes, mit dem Jennie sich außerdem traf, häufig zu Streit gekommen. Womöglich wollte Emily nichts von ihm hören.«
»Ein kluger Gedanke, Wynton. Aber sie hätte trotzdem immer noch zu uns kommen und uns mitteilen können, Jennie sei von jemandem ermordet worden, mit dem sie eine Zeitlang zusammengewesen sei.«
Kresge konnte nicht umhin, ihm wieder zuzustimmen.
»Aber sehen wir es doch einmal von dieser Seite«, fuhr Corde fort. »Emily hat Selbstmord begangen. Ich nehme an, der Kummer hat sie in eine Art Wahn getrieben. Da ist ihr vielleicht gar nicht der Gedanke gekommen, sich an die Polizei zu wenden. Sie war nur noch von der Vorstellung beherrscht, daß ihre Geliebte tot und nicht mehr bei ihr war.«
»Hört sich logisch an.« Kresge nickte. »Ja, ich denke, daß es genauso gewesen sein muß.«
»Wir wissen jetzt also, wo wir weiterzumachen haben.« Er zählte ein paar Karteikarten ab und schob sie Kresge zu. »Nach allem, was wir mittlerweile herausgefunden haben, ist Jennie mit einer Menge Personen intim gewesen.«
»Nun, aber nur wenige von ihnen waren Professoren.«
»Was soll das heißen.«
Kresge tippte auf die Plastiktüte. »Sie spricht doch hier von einem Professor, oder?«
Corde starrte auf die Zeilen, fand darin keine Antwort und schüttelte den Kopf. »Wie kommen Sie darauf?«
»Hier steht ›lehrt‹«, antwortete Kresge. »Und daraus schließe ich auf einen Professor.«
»Nun, Emily könnte ›lehren‹ im Zusammenhang mit Liebe auch in einem etwas allgemeineren Sinn gemeint haben.«

»Ist nicht auszuschließen, aber vielleicht sparen wir uns eine Menge Zeit, wenn wir einfach bei den Professoren anfangen.« Corde sammelte seine Karten ein und legte sie in den Aktenkoffer zurück. »Diesmal benutzen wir Sirene und Blaulicht, Wynton.«

Denkst du, es kümmert sie? Oh, bald weißt du es besser.
Du glaubst, sie wollen dich,
Doch was sie wirklich wollen, ist, dich unter dem
mondbleichen Messer ...

Jamie lauschte den Versen, die aus seinem Walkman dröhnten. Er lag auf dem Rücken und blickte in die untergehende Sonne. Zu gern hätte er gewußt, wie man am Stand der Sonne die Tageszeit abliest. Aber er hatte nie herausgefunden, wie man das macht. Er hätte auch gern die Fähigkeit besessen, am Wuchs der Bäume die Himmelsrichtung zu erkennen, doch er hatte längst vergessen, welche Art von Bäumen dafür in Frage kam. Jamie wollte in eine andere Dimension reisen. Er zog den Reißverschluß seiner Jacke hoch, weil eine kalte Brise aufgekommen war, und glitt tiefer in die Grasmulde hinab, um dem Wind zu entgehen. Vermutlich wurde zu Hause gerade der Tisch fürs Abendessen gedeckt, aber er hatte keinen Hunger. Jamie drehte die Lautstärke auf.

Also tu dir, tu dir doch,
Tu dir doch selbst einen Gefallen ...

Jamie fragte sich, wo das Band herstammen mochte. Als er heute nachmittag, nachdem er das Ringertraining geschwänzt hatte, heimgekommen war, lag es auf dem Fensterbrett. Das neueste Werk der Gruppe Geiger. Das kleine Cover zeigte fünf hagere deutsche Musiker mit langem, wehendem Haar und ganz in Leder gekleidet. Der Lead-Gitarrist trug eine Schlinge um den sehnigen Hals.

Seine Eltern hatten ihm die Kassette bestimmt nicht gekauft. Und dieses Werk war brandneu. In Florida, Atlanta und Dallas war es auf den Index gesetzt worden, und die Besitzer der meisten Plattenläden in Harrison County weigerten sich, die Gruppe Geiger in ihr Sortiment aufzunehmen. Vielleicht hatte Philip sie liegenlassen, als er ihn zum letztenmal besucht hatte. Ein Titel der Gruppe, der von einem Album stammte, das nicht ganz so große Kontroversen ausgelöst hatte, war auf dem Soundtrack des Films *Die Verlorene Dimension* zu finden, und dieses Stück hatten Philip und er sich wieder und wieder angehört.

Glaubst du, es kümmert sie?

Er hielt den Walkman mit beiden Händen, hob ihn an sein Gesicht und preßte ihn gegen die Wange.

Also tu dir, tu dir doch ...

Er dachte an die Schule und vor allem an den Science Club, der in diesem Moment zusammentrat. Die Mitglieder würden sich umsehen und sich fragen, wo denn Jamie steckt. Niemand würde eine Antwort darauf wissen, bis jemand etwas über Philip sagte, doch sie würden dieses Thema lieber meiden, denn heute sollte die Abschlußparty des Schuljahres gefeiert werden, und da trank man lieber Cola, stopfte sich mit Chips und Salzgebäck voll und redete über den anstehenden Sommer, aber nicht über fette Sonderlinge, die von der Polizei erschossen worden waren.
Tabu waren auch solche Mitglieder, die nicht zur Party erschienen und den Abend lieber an einem Grab verbrachten – also Freunde, über die man normalerweise während ihrer Abwesenheit Witze riß, so in der Art, sie seien stockschwul und überhaupt Idioten ...

Also tu dir, tu dir doch ...
Gib dir die Klinge, gib dir die Leine;
Hoffnung bleibt dir sowieso keine,
Außer du tust dir selbst einen Gefallen ...

Jamie starrte auf den Grabstein. Ihm fiel auf, daß er bis zum heutigen Tage nicht gewußt hatte, daß Philip mit zweitem Vornamen Arthur hieß. Er fragte sich, ob einer seiner Verwandten dafür Pate gestanden hatte. Es kam ihm eigenartig vor, daß Philips Eltern überhaupt daran gedacht hatten, ihm einen zweiten Vornamen zu geben, denn so etwas taten nur normale Eltern, nicht aber solche Wahnsinnigen wie Philips Vater und Mutter.

Jamie lehnte sich zurück und betrachtete den körnigen Granitstein. Doch jetzt las er dort: JAMES WILLIAM CORDE. Er stellte sich seine eigene Beerdigung vor und sah seinen Vater neben dem Grab stehen. Dieser machte keinen sonderlich traurigen Eindruck. Jamie blickte in die Ferne und dachte an Sarah. In seiner Phantasie hockte er allein vor seinem Grab und ertastete mit einem Finger die Buchstaben auf dem Stein. JAMES und CORDE. Den zweiten Vornamen ließ er weg.

Sie wichen geschickt dem Superverkäufer aus und marschierten geradewegs in Amos Trouts Büro. »Tut mir leid, Sir, daß wir Sie schon wieder belästigen müssen«, sagte Corde und stellte ihm Kresge vor.

»Interessieren Sie sich für einen neuen Bodenbelag, Deputy?« fragte Trout.

Kresge antwortete, nein, jetzt nicht, aber er wolle mit seiner Frau darüber reden.

»Wären Sie wohl so freundlich, dieses Buch durchzusehen und mir zu sagen, ob darin der Mann abgebildet ist, dem Sie in der fraglichen Nacht auf der Straße begegnet sind?« bat Corde ihn.

»Nun, wie ich Ihnen schon erklärt habe, ich kann mich nicht

mehr an viel erinnern. Der alte Buick ist noch ziemlich flott ...«

»Wenn Sie Ihre Auswahl auf die paar Personen beschränken könnten, die dem Mann, den Sie gesehen haben, am ähnlichsten sind, würde uns das die Arbeit erheblich erleichtern.«

Corde reichte ihm eine Ausgabe des Jahrbuchs der Auden University. Trout machte sich sofort an die Arbeit und blätterte die Seiten rasch um.

»Sie können sich ruhig etwas Zeit lassen«, sagte Corde.

Das Herz des Detectives schlug jedesmal ein bißchen schneller, wenn Trout einen Papierstreifen von einem Block riß, um eine bestimmte Seite zu markieren. Als er fertig war, hatte er sich für drei Männer entschieden, erklärte dann jedoch: »Irgendwie habe ich ein schlechtes Gefühl dabei, aber es könnte jeder von den dreien gewesen sein.«

Corde nahm das Buch, warf einen Blick auf die markierten Seiten und sah schließlich Kresge an, der kurz nickte. Er bedankte sich bei Trout und verließ mit Kresge im Schlepptau den Laden. Er brauchte sich gar nicht erst die Mühe zu machen, die Namen der Betreffenden auf eine Karteikarte zu notieren.

Kresge, der gerade seinen ersten offiziellen Beweismittel-Fototermin hinter sich gebracht hatte, konnte die besseren Bilder vorlegen.

Im April hatte Slocum am Tatort unterhalb des Damms vergessen, die automatische Fokussierung an seiner Kamera auszuschalten, und in der Dunkelheit hatte der Infrarotentfernungsmesser allzuoft einen Strauch oder einen Felsen anvisiert. So waren die Motive auf einigen seiner Bilder überhaupt nicht zu gebrauchen, während andere Aufnahmen absolut überbelichtet waren.

Kresge hingegen hatte sich mit seiner Polaroid beim Fotografieren Zeit genommen.

Sie saßen nun in ihrem provisorischen Hauptquartier (eigentlich das Gästezimmer in Cordes Haus), umgeben von den Abfällen zweier Hähnchen, Kaffee (für Corde) und Tee (für Kresge) und gingen die Bilder durch.

Sie hatten die Aufnahmen von den Fußspuren an eine Pinnwand geheftet, an deren Rand eine Anzeige von einem Garten-Service angebracht war, die einen Rasen so dicht und so dick wie Katzenfell versprach. In der Mitte befanden sich Kresges Polaroids.

»Ich denke, dies beiden hier sind's«, sagte Kresge und tippte auf eines von Slocum und eines seiner eigenen Bilder.

»Wieso?« wollte Corde wissen. »Die Sohlen sehen ziemlich ähnlich aus, aber die Schuhgrößen variieren. Der Abdruck hier am Tatort ist viel breiter.«

»Da war der Boden ja auch feuchter«, entgegnete Kresge. »Am Damm, meine ich. Ich habe ein Buch über forensische Chemie an Tatorten gelesen ... Der Begriff ist Ihnen doch sicher geläufig, oder?«

Corde hatte ihn irgendwann einmal gehört, seine Bedeutung aber längst vergessen. Er suchte ungefähr eine Minute lang nach einer Möglichkeit, sich mit einem Bluff aus der Affäre zu ziehen. Als ihm nichts einfiel, sagte er schließlich: »Nicht so ganz.«

»Es geht dabei um kriminaltechnische oder legale Verfahren bei der Spurensicherung. Die forensische Chemie ist Bestandteil der Gerichtsmedizin. Deswegen dachte ich früher immer, so etwas könne nur von Ärzten betrieben werden. Ist natürlich Blödsinn.«

»Natürlich«, bestätigte Corde und war insgeheim froh darüber, daß ihm vor Staunen nicht die Kinnlade heruntergefallen war.

»Ist ja auch egal. Ich habe also dieses Buch gelesen, und in dem steht, daß Fußabdrücke auf schlammigem Grund ihre Form verändern. Das hängt davon ab, wie nah die Wasserquelle liegt und ob der Abdruck schneller oder langsamer trocknet. Der Damm hat einen Überlauf, und nicht weit davon entfernt wurde Jennie gefunden.«

»Woher wissen Sie das?«
»Ich war dort und habe mir die Umgebung angesehen.«
»Gut, der Abdruck hat sich also verbreitert. Aber wie kommt es dann, daß die Füße auf Slocums Foto nicht so nach außen stehen wie auf Ihrer Aufnahme?«
»Ich bin eigentlich nicht der Ansicht, daß sie so sehr variieren. Der Unterschied besteht eigentlich allein darin, daß der Mann sich auf den beiden Bildern an verschiedenen Orten befindet. Sehen Sie, auf diesem Foto stammt der tiefste Eindruck von der rechten Seite seines rechten Fußes, hier aber von der linken Seite seines linken Fußes. Wir dürfen also von einem Mann ausgehen, der wie ein Pinguin watschelt.«
»Ja, das kommt mir auch so vor.«
»Und deswegen bin ich der Überzeugung, daß beide Abdrücke von ein und derselben Person stammen.«
»Das leuchtet mir ein.« Corde dachte über diese neue Information nach. »Ich schätze, wir sind ganz dicht an der Aufklärung des Falles dran. Aber ich würde wer weiß was für ein Motiv geben. Was haben wir sonst noch?«
Er ging seine Karteikarten durch und zog zwei heraus. »Erinnern Sie sich an diesen angesengten Fetzen Computerpapier, den ich Ihnen gegeben habe und den wir hinter Jennies Studentenheim gefunden haben?«
»Ich konnte leider nichts darüber in Erfahrung bringen, bevor man mich auf die Straße gesetzt hat.«
»Na gut, morgen früh überprüfen wir das.«
Kresge zuckte zusammen. »Bill, die Uni wird mich kaum noch Nachforschungen betreiben lassen. Immerhin hat sie mich gefeuert.«
»Wynton, der Uni bleibt gar keine andere Wahl. Wir besorgen uns einfach einen Durchsuchungsbefehl. Wann begreifen Sie endlich, daß Sie jetzt Polizist sind?«
Kresge nickte und wirkte verlegen. »Wissen Sie, ich habe diesen neuen Job noch nicht sehr lange.«
»Das ist keine Entschuldigung.«

Um zehn Uhr am nächsten Morgen liefen die beiden Männer die Stufen des dunklen Ziegelsteinhauses hinauf und klingelten an der Tür.
Kresge fiel auf, daß Corde sich nicht vor, sondern neben die Tür stellte, so als befürchtete er, jemand könnte von innen durch das massive Eichenholz feuern. Er bezweifelte, daß jemand überhaupt auf eine solche Idee kommen konnte, beschloß ab, Cordes Beispiel zu folgen.
Eine vierzigjährige blonde Frau in einer weißen Bluse und einem weiten karierten Rock öffnete. Sie neigte sich nach rechts, da sie einen schweren Aktenkoffer trug, den sie jetzt abstellte.
Corde sah Kresge erwartungsvoll an. Dieser räusperte sich und sagte dann: »Guten Morgen, Ma'am, ist Ihr Mann zu Hause?«
»Worum geht es denn?« Sie wirkte beunruhigt.
»Ist er da? Bitte ...« drängte Corde.
Kresge mußte sich eingestehen, daß er das nicht gesagt, sondern die Frage der Frau beantwortet hätte.
Sie ließ die Polizisten herein. »Er ist in seinem Arbeitszimmer im hinteren Teil des Hauses.«
Die Männer gingen an ihr vorbei. Sie lächelte neugierig, wobei der rote Lippenstift sich über die Grenzen ihres Mundes ausdehnte. »Dort drüben.« Sie zeigte den Beamten den Weg und ließ sie dann allein. Cordes Rechte legte sich auf den Kolben seiner Dienstwaffe. Kresge tat es ihm sofort gleich. Sie klopften an die Tür und traten ein, bevor von drinnen eine Antwort erfolgt war.
Ein Mann drehte sich langsam mit seinem schäbigen alten Schreibtischsessel, aus dem die Füllung quoll, zu ihnen um. Kresge fragte sich, ob er dieses Möbelstück in seiner Studentenzeit im Sperrmüll gefunden und dann aus Sentimentalität bis zum heutigen Tag behalten hatte. Er rümpfte die Nase angesichts des strengen Geruchs von altem Teppich und feuchten Kleidungsstücken und verspürte den dringenden Wunsch, das nächstbeste Fenster aufzureißen und frische Luft hereinzulassen. Bücher und Papiere füllten jede freie Fläche

und betonten so den Eindruck von Beengtheit, der zusätzlich durch die alten Fotos an den Wänden verstärkt wurde. Alles in diesem Raum war von einer feinen Staubschicht überzogen.
Randy Sayles' Finger spielten nervös mit einem Stift. Er legte ihn neben den dickleibigen Band, in dem er gerade gelesen hatte, markierte die Stelle mit einer Büroklammer und schloß das Buch.
Ein Eichelhäher landete vor dem Fenster auf einem Maulbeerbaum und pickte nach einer gelben Frucht.
»Professor Sayles«, sagte Bill Corde, »wir sind gekommen, um Sie wegen Mordes an Jennie Gebben zu verhaften.«

32

Sayles lehnte sich in seinem alten Sessel zurück. Seine Miene drückte Kummer aus, aber dieser schien nicht sehr tief zu gehen, eher wie bei einem entfernten Verwandten auf einer Beerdigung.
Er hörte geduldig zu, während Corde ihm seine Rechte vorlas. Dann zog der Detective ganz formell die Handschellen von seinem Gürtel. Sayles sprach sehr leise ein einziges Wort, das Corde für ein »Nein« hielt. Der Professor leckte über seine Lippen. Eine volle Umdrehung. Dann eine zweite. Danach legte er die Hände auf die Knie. Sie wirkten schmutzig, doch der Eindruck rührte von den feinen dunklen Haaren her, die seine Haut bedeckten. Corde fiel auf, daß die Füße des Mannes nach außen gerichtet waren. Er sagte: »Würden Sie bitte Ihre Hände ausstrecken?«
»Wie kommen Sie darauf, daß ich es war?« fragte er, und seine Verwunderung klang echt. Seine Hände nahm er nicht von den Knien.
»Ein Zeuge hat sich gemeldet und Sie auf einem Foto im Jahrbuch identifiziert. Er hat Sie in der fraglichen Nacht am Damm gesehen. Wenn ich jetzt um die Hände bitten dürfte?«

Sayles nickte. »Ja, natürlich, der Mann in dem Wagen. Er hätte mich beinahe überfahren.«
»Und die Abdrücke Ihrer Stiefel stimmen mit denen überein, die wir am Tatort gefunden haben«, fügte Kresge hinzu und sah dann Corde fragend an, weil er nicht wußte, ob es richtig war, diese Information preisgegeben zu haben.
»Meine Stiefelabdrücke?« Sayles sah unwillkürlich in eine schmutzige Ecke seines Arbeitszimmers, wo wohl bis vor kurzem noch seine Stiefel gestanden hatte. »Sie haben davon Abdrücke gemacht?«
»Ja, Sir«, bestätigte Kresge. »Um genau zu sein, wir haben Fotos davon gemacht.«
Sayles' Hände fingen an zu zittern, und auf seinem Gesicht zeigte sich ein Bedauern wie bei einem Marathonläufer, der einen halben Kilometer vor dem Ziel einen Wadenkrampf bekommt. »Wollen Sie mir bitte folgen?« Sayles erhob sich.
»Wozu soll das gut sein?« fragte Corde.
»Ich habe sie nicht ermordet.« Sayles ließ die Schultern hängen, als herrschte in seinem Innern nur noch Apathie.
»Das können Sie dem Richter erklären, Sir.«
»Ich kann es Ihnen aber jetzt schon beweisen.«
Corde sah ihm in die Augen und entdeckte dort mehr Enttäuschung als Verzweiflung. Er nickte mit dem Kopf in Richtung Tür und erklärte: »Okay, Sie haben fünf Minuten. Doch ich muß Ihnen die Handschellen anlegen.« Diesmal gehorchte Sayles.
Als sie aus dem Haus traten, flüsterte Kresge Corde zu: »Nur damit ich das richtig verstehe: Wenn ein Verdächtiger sagt, er sei es nicht gewesen, geben wir ihm dann die Chance, uns neues Beweismaterial vorzulegen? Ich möchte die Regeln kennenlernen.«
»Wynton«, entgegnete Corde geduldig, »es gibt keine Regeln.«
Sie folgten Sayles hinter das Haus – nur ein paar Meter von der Stelle entfernt, an der Kresge Fotos von Sayles' Fußabdrücken gemacht hatte. Corde erkannte gleich den alten Holunder-

baum wieder, der auf den Polaroids zu sehen gewesen war. Als er sich zum Haus umdrehte, erblickte er Sayles' Frau, die am Küchenfenster stand und rauchte.

Sayles führte sie zu dem Teil des Gartens, wo zwei sechs Meter lange Bodenstreifen umgegraben worden waren. Kleine grüne Schößlinge ragte in präzisen Abständen aus der Erde.

»Graben Sie hier«, sagte er und stieß eine Schuhspitze in die Erde.

Kresge fand einen rostigen Spaten. Corde kamen erste Zweifel. Sayles' Augen waren bis auf einen schmalen Spalt zugekniffen. Der Deputy begann zu graben. Als er etwa einen halben Meter ausgehoben hatte, stieß er auf einen Plastikbeutel. Er ließ den Spaten fallen, zog ihn heraus, klopfte ihn ab und reichte ihn Corde. In dem Beutel befand sich eine Wäscheleine.

»Das ist die Mordwaffe«, erklärte Sayles.

»Wollen Sie jetzt ein Geständnis ablegen?« fragte Corde.

Aber Sayles entgegnete nur: »Das ist der Beweis.«

»Ja, Sir. Verzichten Sie offiziell auf Ihr Recht, nur in Anwesenheit eines Anwalts eine Aussage zu machen?«

»Er hat Jennie damit getötet. Ich habe ihn gesehen. Da sind bestimmt noch seine Fingerabdrücke drauf.«

»Haben Sie nicht gesagt, daß Sie Jennie Gebben nicht ermordet haben?« fragte Kresge.

»Ja, ich habe sie nicht ermordet.« Sayles seufzte. »Jennie und ich hatten letztes Jahr eine Affäre.«

»Ja, Sir, das haben wir uns schon gedacht«, sagte Corde.

Die blonde Frau war noch immer am Fenster, stützte das Kinn auf eine Hand und hörte seine Worte, ohne im geringsten davon beeindruckt zu sein. Von ihrer Zigarette stieg ein dünner, tentakelartiger Rauchfaden auf.

»Ich war richtig verrückt nach ihr«, fuhr Sayles fort. »Sie haben sie ja gesehen. Es war einfach unmöglich, sich nicht Hals über Kopf in sie zu verlieben.«

Corde erinnerte sich an den Mond, das Aroma von Minze auf ihren toten Lippen und an den Duft ihres Parfums. Er dachte

an ihre leeren Augen, an die beiden Diamanten und an den Schlamm. Und er war nicht in der Lage, sich vorzustellen, wie anziehend Jennie Gebben auf Männer wirkte.
»Sie hat für mich im Spendenbüro gearbeitet«, sagte Sayles.
»Von dort kommen wir gerade. Der angesengte Papierfetzen, den wir hinter ihrem Studentenheim gefunden haben, ist identisch mit den Computerauszügen in Ihren Unterlagen. Sie sind in ihr Zimmer eingebrochen, haben dort ihre Briefe und Tagebücher gestohlen und sie anschließend verbrannt.«
Sayles lachte kurz und trocken wie jemand, der entdecken muß, daß seine kleinen Geheimnisse längst keine mehr sind. Dann nickte er. »Sind Sie mit der finanziellen Situation unserer Universität vertraut?«
Was brachte Lehrkräfte nur dazu, ständig davon auszugehen, daß jeder permanent an ihre Anstalt dachte?
»Seit Mitte der Achtziger stehen wir dauernd kurz vor dem Bankrott. Dekanin Larraby und ich haben den Plan vor zwei Jahren ausgetüftelt. Als Schatzmeister habe ich Studenten, die schlechte Noten hatten, Kredite gewährt. Insgesamt einige Millionen.«
Corde nickte. »Sie haben ihnen die Kredite gewährt, die Studenten haben das Geld der Uni in Raten zurückbezahlt, dann die Zwischenprüfung oder den Abschluß nicht geschafft und die Anstalt verlassen. Und Sie haben die Restsumme eingesackt. Wer ist bei diesem Unternehmen eigentlich geschädigt worden?«
»Das Geld kam vom Staat oder von Bundesbehörden«, antwortete Sayles. »Fast alle kleineren Colleges bedienen sich dieser Praxis.« Er teilte ihnen das alles ganz sachlich und ohne eine Spur von Reue oder schlechtem Gewissen mit. »Die Zeiten sind extrem hart für sämtliche Arten von Bildungseinrichtungen. Das Kultusministerium führt in gut einer Woche in Auden eine Buchprüfung durch. Und dabei wird man die, na, sagen wir ›Scheinkredite‹ entdecken. Ich habe verzweifelt versucht, eine Zwischenfinanzierung zuwege zu bringen, um die Löcher in den Kreditkonten zu stopfen, aber ...«

»Aber Jennie ist Ihnen auf die Schliche gekommen, und da haben Sie sie umgebracht«, sagte Kresge.

»Nein, Sir, das habe ich nicht.« Sayles klang erregt, und jetzt mischte sich ein militärischer Südstaaten-Akzent in seine Stimme. »Jennie wußte genau, was bei uns vorging, aber es interessierte sie nicht. Und mir war es egal, ob sie die Manipulationen entdecken würde oder nicht. Ich habe sie nur deswegen in meinem Büro eingestellt, damit wir uns möglichst oft sehen konnten. Jennie hat manchmal Arbeit mit nach Hause genommen, Buchhaltungsunterlagen und so. Deswegen bin ich nach ihrem Tod in ihr Zimmer eingedrungen und habe alles an mich gebracht und verbrannt. Auch die Briefe und Tagebücher – nur für den Fall, daß sie mich dort einmal erwähnt hat.«

»Deswegen haben Sie auch Steve Ribbon gedrängt, mich von dem Fall abzuziehen? Damit Ihr kleines Geheimnis gewahrt blieb?«

»Ich habe ihm und Sheriff Ellison die Unterstützung der Universität bei den Wahlen im November zugesagt.«

Kresge legte bei dieser ersten Begegnung mit den Verquickungen in der Lokalpolitik das ganze Gesicht in Falten. Zu seiner Entschuldigung muß gesagt werden, daß er das Amt eines Special Deputy erst vierundzwanzig Stunden bekleidete.

»Aber ich habe das Mädchen nicht ermordet. Das schwöre ich.« Er senkte die Stimme. »Unsere Beziehung ist nie über den Sex hinausgelangt. Wir hatten lediglich ein Verhältnis. Ein- oder zweimal ist mir der Gedanke gekommen, sie zu heiraten. Aber sie hatte mir gleich zu Anfang gesagt, daß es ihr nur ums Bumsen und nicht um mehr gehe. Unsere Bettgeschichte hat nicht sehr lange angehalten. Jennie war nämlich bisexuell, müssen Sie wissen. Irgendwann ließ sie sich mit Emily, ihrer Zimmergenossin, ein, und wir haben uns dann immer seltener getroffen.«

»Emily Rossiters Tod war Selbstmord, nicht wahr?«

»Ja, davon bin ich überzeugt. Emily hat mich in der Nacht ihres Todes angerufen. Ich bin zu ihr gefahren. Sie war furchtbar traurig wegen Jennie, geradezu aufgelöst. Plötzlich ist sie fortgelaufen. Ich bin mir ziemlich sicher, daß sie sich dann selbst umgebracht hat.«

»Nun gut, Professor, aber wer war dann ihrer Meinung nach der Mörder?«

»Ungefähr vier Monate nach dem Ende unserer Beziehung teilte Jennie mir mit, daß sie einen Neuen habe. Auch wenn zwischen uns nichts mehr lief, so waren wir doch so etwas wie Freunde geblieben, und sie hat mir einiges über ihr neues Verhältnis erzählt. Für mich hörte sich das alles so an, als würde diese Beziehung sie zugrunde richten. Irgendwann hat sie dann mit ihm Schluß gemacht, und ihr Liebhaber hatte einen Wutanfall. Am Tag ihrer Ermordung kam sie nach der Vorlesung zu mir und erzählte mir, daß sie sich mit ihm auf seinen drängenden Wunsch hin noch einmal treffen werde, und sei es nur deswegen, um ihm klarzumachen, daß die Geschichte zu Ende sei und er sie gefälligst in Ruhe lassen solle. Ich habe versucht, sie von dieser Begegnung abzubringen. Aber bei so etwas biß man bei Jennie immer auf Granit. Sie ließ sich keine guten Ratschläge geben. Wenn sie sich etwas in den Kopf gesetzt hatte, zog sie es auch durch und ließ sich dabei von nichts und niemandem reinreden. Den ganzen Abend habe ich mir um sie Sorgen gemacht. Schließlich hielt ich es nicht mehr aus und bin zum Teich gefahren, wo sie sich, wie sie mir gesagt hatte, mit ihm treffen wollte. Dort habe ich sie dann auch gefunden. Mit einer Schlinge um den Hals. Diese Wäscheleine hier. Sie war schon tot.«

»Hatte er sie auch vergewaltigt?« fragte Corde.

»Nein, dazu muß es erst später gekommen sein. Wahrscheinlich hat der Junge, der erschossen wurde, sich über sie hergemacht.«

»Warum haben Sie die Leine an sich genommen?« wollte Kresge wissen.

»Um sie zu vernichten. Doch dann sagte ich mir, daß ich sie eines Tages vielleicht einmal brauchen würde, um meinen eigenen Hals zu retten, indem die Polizei auf ihr die Fingerabdrücke des wahren Mörders identifizieren konnte. Deshalb habe ich sie in Plastik eingewickelt und hier vergraben.«

Kresge konnte es nicht fassen. »Sie wollten die Leine vernichten? Und damit einen Mord decken? Warum das?«

»Können Sie sich denn nicht vorstellen, was geschehen wäre, wenn die Öffentlichkeit erfahren hätte, daß ein Professor im Verdacht stand, eine seiner Studentinnen ermordet zu haben? Damit wäre Auden keinen Pfifferling mehr wert gewesen. Die Einschreibungen wären bis gegen Null zurückgegangen, und nach einigen Wochen hätten wir die Uni dichtmachen können. Natürlich war es nicht einfach für mich ... die arme Jennie. Aber ich mußte zuerst an die Universität denken.«

»Wer war es?« fragte Corde.

»Ich vermute, Sie haben bereits mit ihm gesprochen«, antwortete Sayles. »Sein Name lautet Leon Gilchrist.«

Jim Slocum, Lance Miller und ein County Deputy kamen zu ihnen in die Uni.

»Er behauptet, Gilchrist sei der Täter, einer von Jennies Professoren«, sagte Corde.

»Soviel ich weiß«, entgegnete Miller, »hielt er sich zur Tatzeit in San Francisco auf.«

Corde wandte sich an Kresge: »Ich habe die Passagierlisten überprüft. Gilchrist ist tatsächlich am Freitag vor dem Mord abgeflogen. Seine Sekretärin hat mir mitgeteilt, er sei erst vor ein paar Tagen von dort zurückgekehrt.«

»Ich schwöre es Ihnen, Officer«, sagte Sayles. »Er war an dem Dienstag, an dem sie umgebracht wurde, wieder hier.«

»Vielleicht hatte er schon länger geplant, sie zu töten, und hat unter einem falschen Namen eingecheckt.«

Corde nickte und gab Sayles dann in die Obhut von Slocum. »Sperren Sie den Mann wegen vorsätzlichen Mordes, Totschlags und Behinderung der Ermittlungen ein.«

Corde und Kresge ließen den laut protestierenden Sayles

unbeeindruckt zurück und gingen auf den hohen Bogen zu, der wie der Eingang zu einem mittelalterlichen Fürstensaal aussah. Ihre Schritte hallten von den hohen Betonwänden wider.

Plötzlich hörten sie fließendes Wasser.

»Was ist denn das?« flüsterte Kresge.

Je näher sie einem Vorlesungssaal kamen, desto klarer wurde ihnen, daß es sich bei dem Geräusch um Applaus handelte, der immer stärker anschwoll und von Pfiffen und Johlen begleitet wurde. Das Bild von siegreichen Gladiatoren, das er einmal in einem alten Film gesehen hatte, kam Corde in den Sinn.

Die Doppeltür ging auf, und Massen von Studenten in Jeans, Shorts, T-Shirts und Sweatshirts füllten die Gänge. Corde betrat den Vorlesungssaal, der in der Tat dem Kolosseum ähnlich sah. Sitzreihen stiegen steil von einer halbrunden Plattform auf, auf der sich lediglich ein unbesetztes Stehpult befand. Der Saal besaß eine sehr hohe Decke, deren ursprüngliche Farbe nicht mehr zu erkennen war. Die Wände waren mit dunklem Eichenholz verkleidet. Die geschwungene Schreibtischlampe am Pult brannte noch und schuf einen fahlen Lichtkegel im Halbdunkel, das den Saal beherrschte.

Corde hielt einen Studenten mit kurzgeschnittenem Haar an. »Verzeihen Sie, aber ist dies die Vorlesung von Professor Gilchrist?«

»Ja, Sir.«

»Können Sie mir sagen, wo er ist?«

Der junge Mann sah sich um, entdeckte einen Freund, grinste ihm zu und antwortete dann: »Tut mir leid. Ich schätze, er ist schon gegangen.«

»War er für eine Zeitlang nicht da?«

»Ja, Er hat sich bis vor ein paar Tagen in San Francisco aufgehalten. Heute war seine letzte Vorlesung.«

»Warum wurde hier so laut applaudiert?«

»Wenn Sie den Mann je gehört hätten, wüßten Sie den Grund. Er ist so intensiv.«

Corde und Kresge gingen weiter, bis sie Gilchrists Büro fanden. Die Sekretärin war nicht da, und der Professor hielt sich auch hier nicht auf. Kresge deutete auf die Adressenkartei der Sekretärin, die bei G aufgeschlagen war. Die Karte mit Gilchrists Adresse und Telefonnummer war fort. Corde sah im Schreibtisch nach. Er fand die Akten von allen Hochschullehrern, nur nicht die von Gilchrist.
Auf dem Rückweg kamen sie wieder an dem Hörsaal vorbei. Die Lampe am Pult brannte nicht mehr.

Das Apartment gehörte nicht der Universität. Es lag drei Meilen außerhalb der Stadt in einem Komplex von zweigeschossigen Häusern. Die Türen im zweiten Stock führten auf einen rundum laufenden Balkon hinaus. Das Apartment, das Gilchrist bewohnte, hatte die Nummer 2D. Alte Bäume und viel Grün umgaben die Anlage. Corde fiel auf, daß sie nur eine Meile von seinem Haus entfernt lag, lediglich durch den Wald getrennt. Das würde den Staatsanwalt sicher interessieren. Gilchrist hätte Cordes Haus in einem bequemen Spaziergang von nur zwanzig Minuten Dauer erreichen und dort die Bilder von Sarah ablegen können.
Corde fuhr am Eingang des Komplexes vorbei und stellte den Wagen außer Sichtweite der Apartments in einem Wäldchen ab. Er löste das Pump-action-Gewehr aus der Halterung und reichte es Kresge. »Sie haben doch gesagt, daß Sie gern auf die Jagd gehen, oder?«
»Stimmt.« Der Deputy nahm die Waffe. Corde verfolgte mit großem Vergnügen, wie er das Gewehr durchlud und sicherte, als hätte er sein ganzes Leben nichts anderes getan. Sie stiegen aus und gingen zu der Anlage.
Nach ein paar Metern sagte Kresge: »Ich habe da was im Wald gehört. Kommt von dort drüben.«
Corde spähte in die angegebene Richtung und schützte die Augen mit einer Hand gegen das Sonnenlicht. »Haben Sie was gesehen?«

»Ich bin mir nicht sicher. Die Sonne blendet so.«
»Was haben Sie denn gehört?«
»Schritte. Aber jetzt ist da nichts mehr.«
»Sichern Sie unseren Rücken.«
»Aber er ist doch bloß ein Professor.«
»Tun Sie, was ich sage!«
Geduckt liefen die beiden zu der Tafel mit den Namensschildern. Corde fand das Apartment von Gilchrist und drückte auf die Klingel. Niemand öffnete ihnen. Corde deutete auf den Balkon. Sie eilten die Stufen hinauf.
»Sie haben so etwas noch nie gemacht«, flüsterte der Detective, »deswegen gehen wir zusammen zur Wohnungstür.«
»Ist mir recht«, krächzte Kresge, weil seine Kehle ausgetrocknet war.
»Auf geht's.«
Hinter ihnen ertönte eine Autohupe.
Corde und Kresge fuhren herum. Jim Slocum steuerte seinen Streifenwagen in aller Seelenruhe auf den Parkplatz. Sayles hockte mit gefesselten Händen auf dem Rücksitz. Slocum hupte wieder, winkte und rief: »He, Bill, ich dachte, du könntest etwas Unterstützung gebrauchen.«
»O mein Gott!« flüsterte Corde rauh und entgegnete: »Jim, was machst du denn da? Er wird dich noch sehen!«
Slocum stieg aus dem Wagen und blickte sich um. »Was hast du gesagt?«
Corde sprang auf, rannte zu Gilchrists Wohnung und brüllte: »Nach hinten! Fahr ums Haus herum. Behalt die Hintertür im Auge.«
Corde und Kresge standen links und rechts neben der Tür. »Wenn er zu Hause ist«, sagt Kresge, »wird er wissen, daß er Besuch bekommt.«
»Ich hasse das«, knurrte Corde.
»Haben Sie so etwas denn schon einmal gemacht?«
Corde zögerte einen Moment. »Eigentlich nicht.« Er klopfte an die Tür. »Professor Gilchrist, Sheriff's Department. Öffnen Sie.«

Keine Reaktion.
»Lassen Sie mich mal.« Kresge hämmerte mit seiner mächtigen Faust an die Tür. »Professor, hier ist die Polizei! Ich meine, das Sheriff's Department. Sofort aufmachen!«
Wieder nichts.
Corde drehte am Türknauf. Dann hielten beide ihre Waffen nach oben, Corde stieß die Tür mit der Schulter auf, und mit einem Satz waren sie drin.

Jim Slocum drehte sich zum Rücksitz um und teilte Sayles mit: »Ich habe mir gesagt, sie brauchen Unterstützung.« Und damit fuhr er zur Hinterseite des Komplexes.
»Hören Sie«, beschwerte sich Sayles, »meine Lage hier ist alles andere als angenehm.«
»Ich brauche nur eine Minute«, entgegnete Slocum und stieg aus dem Wagen. Er zog die Pistole aus dem Holster und ließ den Blick über den ungepflegten gelben Rasen wandern.
»Sie können mich nicht so hierlassen. Ich bin unschuldig.«
»Ruhe!«
»Sie können mich hier nicht so festhalten!«
»Bitte, Sir, ich wäre Ihnen wirklich dankbar, wenn Sie endlich die Klappe halten würden.«
»Untersuchen Sie die Fingerabdrücke auf der gottverdammten Wäscheleine. Hören Sie mir zu? Hören Sie mir überhaupt zu?«
Jim Slocum hatte ihm zugehört, die ganze Fahrt über, und er hatte mittlerweile die Nase gestrichen voll von dem Mann. »Halten ... Sie ... die ... Klappe! Haben Sie das verstanden?«
»Sie können mich hier nicht so sitzen lassen.«
Slocum machte sich auf den Weg zu dem etwas abseits stehenden Geräteschuppen der Anlage. Er näherte sich ihm auf Zehenspitzen und spähte durch das Fenster. Als er sich versichert hatte, daß sich niemand darin aufhielt, ging er zur Rückseite, um zu pinkeln.

Als Corde und Kresge in das Apartment eindrangen, wurden sie von abgestandener Luft empfangen. Vor ihnen befanden sich ein hölzerner Garderobenständer und eine Schirmablage mit einem Basrelief, das einen Hund zeigte, der einen Bären auf einen Baum gejagt hatte. Corde warf einen Blick auf die glänzenden Mahagonizähne des Bären und lief dann weiter.

Im Wohnzimmer empfing sie der Geruch von Schimmel, feuchtem Papier und Staub. Darin mischte sich ein Gestank, so als wäre hier ein Haustier verendet. Die Sonnenstrahlen konnten kaum durch die zugezogenen Vorhänge eindringen. In dem trüben Licht wirkte das Apartment unbewohnt. Die Regale waren voll, doch alle Bücher waren in weißes Papier eingebunden, auf das jemand mit einer alten Schreibmaschine die Titel getippt hatte. Das hölzerne Mobiliar war von einer Staubschicht überzogen, und die Polster sahen aus, als hätte sich schon lange niemand mehr darauf niedergelassen.

Die Männer deckten sich gegenseitig, während sie die Zimmer absuchten, und Kresge lernte schnell, wie man sich dabei bewegte. Doch Corde bemerkte, daß Kresge unter großer Anspannung stand und permanent bemüht war, in drei Richtungen gleichzeitig zu blicken.

Dann war nur noch die Küche übrig.

Kresges Zeigefinger krümmte sich um den Abzug des Gewehrs. Corde zog ihn vorsichtig davon fort und legte ihn auf die Sicherung. Dann nickte er, und gemeinsam stürmten sie in die Küche.

Sie war leer.

Kresge hob eine Tasse vom Tisch, auf deren Grund sich ein schimmliger Bodensatz aus getrocknetem Kaffee gebildet hatte. Er stellte sie wieder hin. Auf dem Tisch lagen Literaturzeitschriften, Bücher und Texte, Delmore Schwartz' *Die Poesie der Besessenheit, Sonderprobleme bei der Übersetzung von Cantos, Die Wiedergeburt des Kriegerpoeten* ...

Corde hatte das Gefühl zum erstenmal, als er in dem leeren Notizblock neben dem Telefon blätterte. Auf dem Hörer klebte ein Gänseblümchen-Sticker. Er hielt inne, als das Frösteln sich vom Hals zum Rückgrat fortpflanzte. Dann verkrampfte sich auch noch sein Unterleib. Er löste die Finger einzeln vom Pistolengriff, und auf jeder Kuppe war Schweiß. Er sah sich um, blickte auf die hellen Türen und durch das Fenster auf eine knorrige Weide.

Er ist ganz in der Nähe. Das spüre ich genau.

Kresge ließ das Journal auf den Tisch fallen, das er gerade in die Hand genommen hatte. Corde ging zum Herd, prüfte die Platte und verbrannte sich daran. Auch der Teekessel darauf war heiß, aber als er ihn vorsichtig berührte, stellte er fest, daß lediglich die Warmhalteautomatik angesprungen war. Er verließ die Küche, eilte in Gilchrists Arbeitszimmer und untersuchte den Schreibtisch. Papiere, Briefe, Artikelentwürfe und Gekritzel. Aber keine Fotos. Nirgends ein Hinweis darauf, wie der Mann aussah.

Das Frösteln tauchte wieder auf seinem Rücken auf. Corde mußte es Kresge sagen. »Er ist hier.«

»Was?«

»Ich spüre ihn. Er hält sich hier irgendwo versteckt.«

Kresge deutete auf die Staubschicht, die den Holzboden und das Linoleum bedeckte. Darauf waren nur die Fußspuren von ihm und Corde zu sehen. »Er muß schon sehr lange nicht mehr in seinem Arbeitszimmer gewesen sein.«

»Wir rufen die Spurensicherung. Soll die sich doch alles ansehen. Irgendwo wird es doch in dieser Wohnung Fingerabdrücke von Gilchrist geben. Und jetzt nichts wie raus hier.«

Slocum kam ihnen auf dem Parkplatz entgegen. »Ich habe dort hinten ein Geräusch gehört und nachgesehen, aber ich konnte nichts entdecken. Wenn er einen Wagen hat, ist er jetzt auf und davon.«

»Wir sollten uns vom County mit all seinen Daten versorgen lassen«, erklärte Corde. »Führerschein, Autokennzeichen und so weiter. Und jetzt fahren wir zurück ins Büro und schicken ein Fax an die Staatspolizei und das FBI. Und laß dir in der Uni ein Foto von ihm geben.«

»Ja, Sir.«

Doch zuvor mußten sie noch einen Abstecher machen, nämlich Randy Sayles in die Notaufnahme des Krankenhauses von Harrison County bringen. Corde saß am Steuer und fuhr auf den geraden Strecken der 302 mit an die hundert Meilen in der Stunde, während Kresge auf dem Rücksitz hockte und versuchte, die aufgeschlitzten Halsschlagadern des Mannes zusammenzupressen. Da Sayles' Hände an die Armlehne gefesselt waren, hatte er sich nicht gegen seinen Feind wehren können, und dieser hatte seine Schnitte mit erschreckender Präzision durchgeführt.

Im Krankenhaus saß Corde auf einem blauen Plastikstuhl in der Lounge, während Kresge versuchte, sich zu säubern. Der Detective wartete lange. Endlich erschien der Arzt, sah die drei Polizisten der Reihe nach an und entschied sich dann für Corde, um ihm kurz und bündig zu erklären: »Es tut mir leid.«

Corde nickte und erhob sich. Als er durch die Tür nach draußen ging, glaubte er für einen Moment die silberne Sichel des Mondes zu sehen, bevor sie hinter dicken Sturmwolken verschwand.

33

So wie Sarah es sah, hatte sich ihre Welt auf einmal in einen Ort der Freude verwandelt.

Sie wachte ohne das Stechen im Magen auf, das sie stets an den Tagen verspürt hatte, an denen sie in die Schule mußte (und das sie manchmal auch nach schlimmen Träumen wie zum Beispiel über den Unterricht oder eine Klassenarbeit befiel). Heute morgen fühlte sie sich frei und sicher. Es kam ihr vor, als besäße sie all das Schöne einer Flucht von zu Hause und gleichzeitig noch ihre Familie, ihr Zimmer und den magischen Kreis im Wald hinter dem Haus.

Der Tag selbst präsentierte sich ebenfalls von seiner besten Seite. Die Sonne sah aus wie das Gesicht des Himmelstigers, und der Wind wehte so rasch durch die neuen Blätter, daß man beinahe die Stimmen der Bäume hören konnte.

Sarah lief nach draußen und spielte ein Spiel, daß Breck ihr beigebracht hatte. Sie sah auf den Rasen und sagte laut: »G-R-A-S.« Dem folgten B-A-U-M und W-O-L-K-E. Dann mußte sie kichern, zeigte auf Mrs. Clemington, die Nachbarin, und buchstabierte: »T-R-O-L-L.«

Sie deutete auf eine Kuh, die drei Meter von ihr entfernt hinter dem Gatter stand. Das Tier sah sie so eindringlich an, als wollte es gemolken werden.

Sarah legte sich in den Steinkreis und holte den Kassettenrecorder aus dem Rucksack.

Und dieser Tag hatte noch was Gutes – sie würde das letzte Kapitel ihres Buches schreiben. Und es war wirklich ihre Lieblingsgeschichte. Sie arbeitete schon seit Tagen daran und hatte bislang niemandem etwas davon erzählt. Die halbe Kassette war schon voll, und Sarah war noch nicht einmal zum Höhepunkt der Geschichte gelangt. Sie wollte die Kassette Dr. Parker geben, damit deren Sekretärin sie abtippen konnte. Dann würde sie ihre Geschichte in ein paar Tagen in schriftlicher Form vorliegen haben. Sarah hatte vor, sie anschließend in ihr Notizbuch abzuschreiben und dieses Dr. Breck zu zeigen. Ach, wie gern hätte sie ihn beeindruckt, und deswegen hatte sie bei dieser Geschichte auch wirklich ihr Allerbestes gegeben.

Sarah ließ das Band bis zum Kapitelanfang zurücklaufen, um festzustellen, was sie bis jetzt verfaßt hatte. »Kapitel fünfzehn. Der Sonnenschein-Mann ... Es war einmal ein Zauberer, der lebte im tiefen Wald ...«

Dem Sheriff's Department kam die Verstärkung durch Wynton Kresge durchaus gelegen. Er besaß mehr Gesetzbücher, als nach der Vorstellung seiner Kollegen überhaupt existierten, und er konnte jeden auf dem Schießstand in Higgins schlagen, sowohl rechts- wie auch linkshändig. Keiner der Deputies vermochte sich daran zu erinnern, daß es in New Lebanon je einen schwarzen Polizisten gegeben hatte, und so mancher von ihnen fühlte sich in seiner Anwesenheit wie in einem Buddy-Film aus Hollywood.

Kresge und Corde saßen an diesem Abend beisammen, um ihr weiteres Vorgehen nach Gilchrists Verschwinden zu bereden. Staatsanwalt Dwayne Lovell hatte einen richterlichen Haftbefehl erwirkt und entsprechende Faxe nach Boston und San Francisco geschickt, den beiden Städten, in denen der Professor längere Zeit gelebt hatte. Corde selbst hatte Gilchrists Daten an die *Criminal Warrants Outstanding Bulletin and Database* übermittelt, die von allen staatlichen und städtischen Polizeibehörden bezogen wurde.

»Was werden sie unternehmen?« wollte Kresge von Corde wissen.

»In Boston und San Francisco wird man sich sofort an die Arbeit machen. Und die andern? Na ja, erst mal nichts. Aber wenn der Professor ihnen irgendwo irgendwie auffällt und sie ihn dann überprüfen und seinen Namen auf der Suchliste entdecken, werden sie uns sofort informieren. Das ist natürlich nur ein schwacher Trost, doch wir haben zumindest allen Dienststellen Bescheid gegeben und können deshalb ein wenig besser schlafen.«

»Ist wohl eher so wie die Suche nach der Nadel im Heuhaufen«, murmelte Kresge und rief dann die Polizei in Boston an. Nach einem kurzen Gespräch hatte er in Erfahrung gebracht, daß Gilchrist dort nicht straffällig geworden war und deswegen keine Akte über ihn existierte.

Früher am Tag hatte Corde Kresges dringendem Wunsch nachgegeben, die Dekanin höchstpersönlich wegen Gilchrist vernehmen zu dürfen. Die Befragung dauerte sehr lange, und auch wenn Dekanin Larraby ihm nicht viel weiterhelfen konnte, genoß Kresge es doch sehr, sie sich winden zu sehen. Nach der Durchsuchung von Gilchrists Büro in Auden entdeckten sie, daß der Professor fast alle Akten und Unterlagen hatte verschwinden lassen, die irgendwelche Informationen über ihn enthielten. Sowohl die Personalabteilung als auch die akademische Abteilung sowie die Englische und die Psychologische Fakultät waren in bezug auf Gilchrist ausgeplündert. Entsprechende Computerdateien waren gelöscht, die Ablagen in den Aktenschränken leer.

Kresge und Corde befragten danach die anderen Professoren. Keiner von ihnen wußte sonderlich viel über Gilchrist zu sagen, und niemand besaß ein Foto, auf dem er zu sehen war. Auch war der Mann nach übereinstimmenden Aussagen nie durch irgendwelche Aktivitäten aufgefallen, die jenseits seiner Seminare und Vorlesungen lagen.

Bei einer zweiten Befragung von Brian Okun, während der sich dieser ebenso widerstrebend und fast feindselig verhielt wie beim erstenmal, erfuhr Corde lediglich, daß er Gilchrist nicht besser kannte als die anderen und daß er ihm keinerlei Hinweise darauf zu geben vermochte, wohin sein Vorgesetzter gegangen sein könnte. »Er ist sehr findig«, sagte Okun schließlich und fügte mit unheimlicher Ernsthaftigkeit hinzu: »Es bekümmert Sie, seinen Aufenthaltsort nicht zu kennen. Das Böse, das wir nicht sehen können, ist stets schlimmer als das, das wir erfassen können, meinen Sie nicht auch, Detective?«

Corde konnte damit nicht viel anfangen, wußte mittlerweile aber mit hundertprozentiger Gewißheit, daß Gilchrist Jennie umgebracht hatte. Sayles' Aussage erwies sich als korrekt. Auf der Leine waren Gilchrists Fingerabdrücke. Des weiteren fanden sich darauf zwei Hautschuppen von Jennie, die davon herrührten, daß sie wohl versucht hatte, sich gegen die Strangulierung zu wehren. Und da war auch ein Haar von ihr. Noch mehr Haare von Jennie entdeckte man auf einem seiner Hemden, das sich in seinem Kleiderschrank befand. Sein Schreibtisch enthielt darüber hinaus mehrere rote Marker, deren Tintenzusammensetzung mit jener auf dem Zeitungsausschnitt, den Corde am Morgen nach dem Mord an einem Ast entdeckt hatte, und auf den Polaroids übereinstimmte. Gilchrists Fingerabdrücke wurden auch auf der hinteren Seitentür, dem darüber befindlichen Fenster und der Armlehne auf dem Rücksitz von Jim Slocums Einsatzwagen festgestellt. Man brauchte sie nicht erst langwierig zu bestäuben, sie waren klar und deutlich mit Sayles' Blut hinterlassen worden.

Aber wie Corde schon längst wußte und Kresge jetzt schmerzlich erfahren mußte, war es eine Sache, die Identität eines Kriminellen herauszukriegen, und eine ganz andere, diesen auch zu finden.

Gilchrist war wie vom Erdboden verschwunden.

Corde trug einem Deputy auf, sich bei den Autoverleihfirmen nach dem Gesuchten zu erkundigen. Nein, meldete der Polizist ihm später, nirgendwo habe ein Gilchrist einen Leihwagen genommen. Corde und Kresge sahen sich an, und beide wußten in diesem Moment, daß der Professor einen falschen Namen angegeben haben mußte.

Corde klopfte mit dem Zeigefinger auf den Kolben seines Revolvers und sagte: »Als wir Sayles in die Notaufnahme gebracht haben ...«

»... haben die dort seine Papiere nicht gefunden«, vervollständigte Kresge Cordes Satz.

»Wir müssen noch einmal bei allen Firmen anrufen«, sagte Corde, »und nachfragen, ob ein Sayles bei ihnen gewesen ist.«

Kresge rief sofort bei dem Autoverleiher Hertz an. Dort erfuhr er von dem Manager, daß am Vortag ein Randolph Sayles in Lambert Field bei St. Louis einen Leihwagen genommen habe. Er habe angegeben, ihn für zwei Wochen zu benötigen, und sei sogar bereit gewesen, die Zusatzgebühr zu entrichten, damit er das Auto in Dallas bei der dortigen Firmenvertretung stehenlassen konnte. Kresge ließ sich das Kennzeichen und den Wagentyp geben und erklärte dem Manager, das Auto sei auf illegale Weise gemietet worden. »Rufen Sie uns sofort an, sobald er den Wagen abgegeben hat! Habe ich das richtig gemacht?« wandte er sich dann an Corde. »Ich meine, habe ich die Vorschriften eingehalten?«

Corde blickte auf und merkte, daß Kresge ihn gefragt hatte. Da er noch nie mit einem Fall von vorsätzlicher Leihwagenerschleichung konfrontiert worden war, nickte er nur. »Hat sich für mich alles ganz okay angehört.«

»Also, er fährt einen grünen Pontiac«, verkündete Kresge.

Corde ließ ihn das, was er bei Hertz erfahren hatte, an die staatlichen Dienststellen und die des Countys durchgeben.

Sie fragten bei der Fluggesellschaft Midwest Air nach. Aber niemand, auf den Gilchrists Beschreibung zutraf, war in den vergangenen zwei Tagen vom Harrison County Airport nach Lambert Field geflogen, und in dem Zeitraum war auch keine Privatmaschine gechartert worden.

Das Verkehrsamt teilte mit, daß auf den Namen Gilchrist ein grauer Toyota zugelassen sei, aber sie hatten keine Unterlagen über den Führerschein des Fahrzeughalters. Nach zwei Stunden am Telefon hatte Miller herausbekommen, daß Gilchrist seinen Führerschein in Massachusetts gemacht hatte. Das dortige Verkehrsamt wollte ein Bild des Betreffenden nach Harrison County faxen, das innerhalb der nächsten drei Tage eintreffen sollte.

»Geht's denn nicht ein bißchen schneller, Lance?«

»Ich mußte sie schon treten, daß sie sich überhaupt dazu bereit erklärt haben.«

»Also ist er mit seinem Wagen nach St. Louis gefahren«, sagte Kresge, »hat ihn dort irgendwo abgestellt, sich einen Leihwagen genommen und sich dann auf den Weg nach Texas gemacht.«

»Schon möglich«, erwiderte Corde, »aber es könnte auch sein, daß er uns nur auf eine falsche Fährte locken will. Wir werden auf jeden Fall Dallas anfaxen ... Möglicherweise ist er Gott weiß wohin geflogen und hat nur den Wagen gemietet, um seine Spur zu verwischen. Dann hat er ihn sicher am Flughafen stehenlassen. Ruft alle Fluglinien an, jede noch so kleine

Gesellschaft, die in St. Louis abhebt. Wir können nur beten, daß er wieder Sayles' Kreditkarte benutzt hat. Ach so, fragt auch bei der Flughafenverwaltung nach, ob sein Auto oder der Leihwagen auf dem Platz für Dauerparker steht.«

»Das ist ja enorm«, staunte Kresge. »Wie sind Sie nur so schnell auf all das gekommen?«

»Wenn man einmal mittendrin steckt, fliegt einem der Rest einfach zu«, antwortete Corde.

»Ich habe wirklich noch eine Menge zu lernen.«

»Er hat die Staatsgrenze überschritten«, sagte Corde und fügte dann zögernd hinzu: »Wir haben jetzt die Möglichkeit, das FBI einzuschalten.«

»Warum denn das?«

»Die Bundesagenten interessieren sich erst dann für einen Fall, wenn ein Verbrecher durch mehrere Bundesstaaten flieht oder wenn es um Kidnapping, Bankraub oder Drogen geht.«

»Und wieso sind Sie von der Vorstellung, das FBI einzuschalten, so wenig begeistert?«

Corde entschied nach kurzem Überlegen, daß es für Kresge noch zu früh war, in diesem Stadium seiner Laufbahn schon über die Verwicklungen bei der Zusammenarbeit verschiedener Behörden aufgeklärt zu werden. »Deswegen eben.«

Slocum gesellte sich zu ihnen. »Bill, mir ist da was durch den Kopf gegangen.«

»Und das wäre?«

»Ich bin mir gar nicht so sicher, daß Gilchrist wirklich auf der Flucht ist.«

Corde fragte sich im stillen, ob der neue Sheriff kürzlich eine alte Fernsehserie gesehen hatte.

»Ich habe versucht, mir ein Bild von ihm und seiner Denkweise zu machen«, fuhr Slocum fort. »Ich meine, erinnere dich nur daran, was er mit Sayles gemacht hat.« Als Corde ihn verständnislos ansah, fügte er hinzu: »Es könnte sich doch dabei auch um einen Racheakt, um die Begleichung einer alten Rechnung gehandelt haben.«

»Sayles war ein wichtiger Zeuge«, entgegnete Corde. »Gilchrist mußte ihn einfach beseitigen.«
»Bill, eigentlich hätten wir Sayles doch gar nicht mehr gebraucht, um ihn zu verhaften«, bemerkte Kresge. »Uns liegen genug andere Beweise vor. Und das wird auch Gilchrist klar gewesen sein.«
Corde geriet darüber ins Nachdenken und kam zu dem Ergebnis, daß dieser Einwand nicht von der Hand zu weisen war. »Okay. Und was denkst du über die ganze Sache, Jim?«
»Seine Existenz ist ruiniert. Er wird nie wieder an einem Pult stehen, nie wieder eine Vorlesung halten können. Das Beste für ihn ist, sich nach Mexiko oder Kanada abzusetzen. Wenn er nur einmal bei Rot über die Ampel läuft, haben wir ihn. Ich glaube, er hat einen Punkt erreicht, an dem es kein Zurück mehr gibt. Und jetzt will er sich nur noch an allen rächen. Sayles gehörte zu denen, die auf seiner Liste standen. Ich würde darauf wetten, daß er den Leihwagen bloß genommen hat, um uns mit Texas in die Irre zu führen. In Wahrheit hält er sich noch hier in der Gegend auf und will alte Rechnungen begleichen.«
»Dann sollten wir die Hotels im County abklappern«, schlug Kresge vor. »Vielleicht hat er sich dort auch unter dem Namen Sayles eingetragen.«
»Nein«, widersprach Slocum, »nicht in Hotels, da könnten wir ihm zu leicht auf die Spur kommen. Ich tippe eher auf Wochenendhäuser oder etwas in der Art. Die Urlaubssaison steht vor der Tür, und da schöpft kein Mensch Verdacht, wenn jemand sich in ein Feriendomizil einquartiert.«
»Wird Zeit, daß wir die Telefonleitungen heißlaufen lassen«, sagte Corde.
Eine halbe Stunde später legte Kresge nach einem angenehmen Gespräch mit Anita Conciliano von Lakeland Real Estate in Bosworth den Hörer auf. Er hatte sich auf einem der Blätter, die im Department für Memos benutzt wurden, ein paar Notizen gemacht und reichte es Corde jetzt hinüber.

Dieser las die Notizen zweimal. Als er von dem Zettel aufblickte, bemerkte er Slocum, der wie früher Steve Ribbon im Türrahmen lehnte.
»Wir haben ihn«, sagte Corde grinsend zu Slocum. »Er steckt in Lewisboro.« Dann salutierte er. »Vielen Dank, Sheriff!«

Bevan's Tavern lag sechzig Meilen nördlich von New Lebanon im Lewisboro County. Der Platz war von Pinien und Ahornbäumen eingerahmt und befand sich genügend landeinwärts von der Route 128, daß man dort seinen Camper hinstellen konnte, ohne befürchten zu müssen, das Heck abrasiert zu bekommen.
Heute saßen vier Männer in einem der vorderen Ferienhäuser des Wohnparks und tranken Eistee, Mineralwasser und Kaffee. Vor ihnen auf dem Tisch stand ein fettverschmierter Teller, auf dem sich bis vor kurzem geröstete Zwiebelringe befunden hatten. Stanley Willars, der Sheriff von Lewisboro County, fragte: »Woher wollen Sie wissen, daß er sich hier aufhält?«
»Special Deputy Wynton Kresge ist ihm auf die Spur gekommen. Er hat mindestens tausend Ferienhaus-Firmen angerufen. Gilchrist hat wieder Sayles' Namen benutzt und die Hütte für zwei Monate gemietet.« Corde hätte gern noch eine Portion Zwiebelringe mit Ketchup verdrückt, denn seit achtzehn Stunden hatte er nichts Richtiges mehr gegessen. Aber er wollte auch nicht unmäßig erscheinen und wartete deshalb lieber darauf, daß ein anderer eine weitere Portion bestellte.
»Der Mann hat keine Familie«, sagte Kresge. »Zumindest haben wir keinen Verwandten von ihm ausfindig machen können. Und er hat auch keinen weiteren Wohnsitz. Wir sind der festen Überzeugung, daß er sich hier einquartiert hat, und wir«, er warf Corde einen Blick zu, »wollen ihn festnehmen.«
»Das hier ist Ihr Bezirk«, fügte Corde rasch hinzu, »und so benötigen wir natürlich Ihr Einverständnis.«
»Ich habe noch nie gehört, daß ein Professor jemanden umbringt«, bemerkte Assistant Sheriff Dudley Franks, ein

schlanker Mann, der niemals lachte und Corde an T. T. erinnerte. »Man sollte doch annehmen, Akademiker stünden über solchen Dingen.«

Willars sagte trocken: »Also schickt Hammerback seine Streitmacht hierher?«

Corde grinste. »Wir hätten von Ihnen auch gern etwas personelle Unterstützung.«

»Huch?«

»So sieht's nun mal leider aus, Stan.«

»Will jemand noch ein paar Zwiebelringe?« fragte Willars, und als Corde eifrig nickte, bestellte der Sheriff eine weitere Portion. Dann blickte er durch das Fenster auf Cordes Streifenwagen und lachte. »Sieh sich einer bloß diesen Dodge an. Ist brandneu, was?«

»Haben wir uns dieses Jahr zugelegt«, bestätigte Corde.

»Sie haben doch unten in Harrison diese Uni. Kein Wunder, daß Sie sich laufend neue Wagen besorgen können.« Er wandte sich Franks zu. »Aus welchem Jahr stammen unsere Karren?«

»Siebenundachtzig.«

»Das ist ziemlich alt«, sagte Kresge.

»Diese verdammte Uni«, knurrte Willars. »Erinnert sich noch jemand an die Grand Furies? Das waren noch Streifenwagen. Damit haben wir jeden erwischt.«

»Ja, war wirklich ein verdammt gutes Auto«, stimmte Corde ihm zu.

»In so einem hatte ich mal einen Vier-Vierzig«, erinnerte sich Franks.

»Was ich mir wirklich wünschen würde«, sagte Willars, »wäre einer von diesen Notfallwagen. Sie sollten mal all die Wracks sehen, die bei uns an der 607 liegen.«

»Sedge Billings hat neulich fast den kleinen Finger verloren«, erzählte Franks, »als er versuchte, mit seiner Motorsäge einen Caprice aufzuschneiden, der sich überschlagen hatte. In der ganzen verdammten Gegend gibt es keinen anständigen Seitenschneider. Sedge war gezwungen, seine eigene Black & Decker benutzen.«

Die Kellnerin brachte die Zwiebelringe.

»Nein«, korrigierte Willars ihn, »das war kein Chevrolet, sondern ein Taurus.«

»Stimmt, du hast recht«, gab Franks zu.

Corde sagte: »Ich glaube nicht, daß Ellison gewillt oder finanziell überhaupt in der Lage ist, Ihnen einen solchen schönen neuen Servicewagen zu kaufen. Der Van, den sie in Harrison haben, ist aus zweiter Hand. Und was New Lebanon angeht, so weiß ich zufällig hundertprozentig, daß wir kein Geld mehr in der Kasse haben.« Schweigen senkte sich über die Runde, und die Männer machten sich über die Zwiebelringe her.

Schließlich meinte Willars: »Ist trotzdem jammerschade, daß Sie ihn uns nicht wenigstens von Zeit zu Zeit ausborgen können, am besten nach dem Motto, drei Wochen im Monat behalten Sie ihn, und eine Woche geben Sie ihn uns.«

»Ich fürchte, die Bürger von New Lebanon wären nicht allzu glücklich über eine solche Regelung«, entgegnete Corde. »Schließlich sind sie für den Wagen aufgekommen.«

»Das ist richtig«, sagte Willars freundlich, »aber ich kann mir auch vorstellen, daß die braven Bürger von Harrison noch weniger glücklich über das sind, was dieser Gilchrist angestellt hat.« Und breit lächelnd fügte er hinzu: »Und der Bursche läuft immer noch frei herum.«

»Man mag gar nicht daran denken, daß im November Wahlen anstehen«, bemerkte Franks.

»Ich vermute mal«, begann Corde langsam, »daß Hammerback unter Umständen bereit wäre, den Wagen mit Ihnen zu teilen. Aber höchstens für eine Woche im Monat. Natürlich müßte ich ihm da erst ein wenig gut zureden.«

»Ich muß an die armen Familien denken, deren Sprößlinge eine Spritztour machen und auf der 607 aus der Kurve getragen werden. Ist kein schöner Anblick, das kann ich Ihnen versichern.« Willars schüttelte den Kopf.

»Warum bringen Sie denn in der Kurve keine Baken oder Leitplanken an, wenn es dort immer wieder zu Unfällen kommt?« fragte Kresge ganz naiv.
»Wir sind eben ein armes County«, antwortete der Sheriff mit traurigem Blick.
»Ich denke, wir können uns irgendwie einigen«, sagte Corde.
»Ihr Wort reicht mir«, entgegnete Willars. »Dann wollen wir mal unsere M-16 holen und einen wild gewordenen Professor fangen.«

Warnung. Betreten verboten.
Corde und Kresge kamen aus einem Waldstück heraus und fanden sich vor dem Sommerhaus, das Gilchrist unter dem Namen seines letzten Opfers gemietet hatte – eine schäbige zweigeschossige Bude aus Fertigbauteilen, an deren Südseite die ganze Farbe abging. Das Haus wirkte baufällig, und nur der Teil um den Kamin herum stand noch mehr oder weniger aufrecht. Das Fliegengitter an der Verandatür war aufgerissen und jedes zweite Fenster gesprungen. Eine typische Ferienhütte des Lewisboro County – kein Traumhaus, sondern eine heruntergekommene Bruchbude, die von Rechts wegen abgerissen gehörte.
Willars, Franks und ein Deputy, ein junger Mann mit Bürstenfrisur, der vor lauter Muskeln kaum laufen konnte, traten auf sie zu. Corde und Kresge hielten ihre Dienstpistolen in den Händen, die drei Polizisten aus Lewisboro hatten sich hingegen mit ausrangierten dunkelgrünen Armee-Sturmgewehren bewaffnet.
Kresge warf einen Blick auf die schweren Maschinengewehre und sagte: »O Mann!«
»Frieden schaffen durch überlegene Waffen«, flüsterte Willars ihm zu. »Also, Bill, es ist Ihre Show. Wie wollen wir vorgehen?«
»Ich schleiche mich mit Wynton und noch jemandem vorn hinein. Ein Mann bleibt an der Eingangstür, einer am Hinterausgang.«
Willars schickte den stämmigen Deputy hinter das Haus und

postierte sich am Vordereingang. Zu Franks sagte er: »Wärst du wohl so freundlich, unsere Vettern hier zu begleiten?«
»Schaut mal«, flüsterte Corde. Ein Licht blitzte in einem der oberen Fenster auf. »Er ist zu Hause.« Die Männer gingen in Deckung.
Aber dann sagte Kresge: »Nein, das ist nur das Sonnenlicht. Es spiegelt sich in der Scheibe wider.«
»Glaub ich eigentlich nicht«, murmelte Franks. »Sieht mir wirklich wie ein Licht aus.«
»Egal, was es ist«, sagte Corde, »wir gehen jetzt rein.«
Willars wandte sich an seine Männer. »Waffen überprüfen. Durchladen und sichern. Auf Feuerstoß stellen.« Das Klicken und Einschnappen der Metallteile erfüllte die ganze Lichtung. Dann trat wieder Stille ein, und die Polizisten machten sich auf den Weg. Ein dunkler Singvogel flog vorüber, und ein Eichelhäher schrie. Sobald die Männer das Unterholz hinter sich gelassen hatten, rannten sie auf das Haus zu, bewegten sich geduckt über die Veranda und schlichen die paar Stufen hinauf. Überall roch es nach altem feuchtem Holz und faulender Farbe.
Sie standen mit dem Rücken zur Wand links und rechts neben der Tür. Neben Kresges Wange war ein Schild angebracht: *Vorsicht, bissiger Hund.* Er drehte am Knauf. Die Tür war verschlossen.
»Was machen wir wegen des Hundes?« wollte Franks wissen.
»Wenn es einen gäbe, hätte er längst gebellt«, entgegnete Corde.
»Klopfen wir an oder nicht?« fragte Kresge.
Corde mußte an das Mädchen auf dem Foto denken, das seine Tochter sein konnte. »Nein.«
Kresge nickte zustimmend und zog die Fliegengittertür auf, die Franks dann festhielt.
»Bullterrier bellen nicht«, meinte Franks. »Das hab ich neulich in einem Film gesehen.« Er entsicherte mit nervösen Fingern sein Sturmgewehr.

Kresge wollte Anlauf nehmen, aber Corde hielt ihn zurück, schüttelte den Kopf und trat an seine Stelle. »Ich hab fünfzehn Jahre mehr Diensterfahrung als Sie. Bleiben Sie nur dicht hinter mir.«

»Aber ich bringe dreißig Kilo mehr als Sie auf die Waage, Detective«, sagte Kresge und warf sich mit der Schulter gegen die Tür. Sie flog krachend auf, und der Türpfosten wackelte unter der heftigen Erschütterung. Er sprang hinein und ging in die Hocke. Corde und Franks folgten ihm ins Wohnzimmer.

Ein halbes Dutzend zerschlissener, scheußlich gepolsterter Möbelstücke und Hunderte von Büchern erwarteten sie dort.

Franks hielt sein M-16 schußbereit, schwenkte es hin und her und lauschte nervös auf das Knurren eines gefährlichen Hundes.

Die Sonne versank am Horizont, und im Haus vergingen die Farben der Teppiche, Bilder und Tapeten. Die Männer bewegten sich wie ein Stoßtrupp durch diese Monotonie. Corde horchte angestrengt, ob er etwas von Gilchrist vernahm, hörte aber nur das Knarren der alten Dielenbretter unter ihren Stiefeln, das Tropfen eines Wasserhahns und das Summen und Schwirren der elektrischen Geräte im Haus.

Franks blieb unten, während Corde und Kresge sich hinauf zu dem Zimmer begaben, durch dessen Fenster sie ein Licht zu sehen geglaubt hatten. Sie blieben auf dem Absatz stehen, lauschten und gingen dann weiter. Corde konnte inzwischen die einzelnen Gerüche identifizieren: Möbelpolitur mit Zitronenfrische, muffige Kleidungsstücke, Rasierwasser oder Parfum.

Sie stießen die Tür zum Schlafzimmer auf. Der Raum war leer. Der Rasierwasserduft war hier besonders intensiv. Corde fragte sich, ob es Gilchrist gehörte. Sein Geruch ähnelte dem, das er selbst einmal benutzt hatte. Sarah hatte es ihm zum Geburtstag geschenkt. Die Ähnlichkeit beunruhigte ihn zutiefst. Die Sonne war jetzt halb hinter dem Horizont versunken und leuchtete ihm direkt ins Gesicht. Vielleicht hatte es sich bei dem Licht ja wirklich um eine Widerspiegelung der Sonnenstrahlen gehandelt. Dann war sie hinter den Bäumen weggetaucht, und die Dämmerung zog ins Haus ein. Corde tastete nach der Nachttischlampe, um sie einzuschalten.

»Verdammt!«

Die Birne war ganz heiß.

Er wies Kresge darauf hin. Die beiden Männer sahen sich an, stellten sich Rücken an Rücken und spähten mit entsicherten Waffen durch die Dämmerung auf das halbe Dutzend menschenähnlicher Gebilde, die sich beim zweiten Hinsehen als Garderobenständer, Kleiderschrank, Schatten oder dicker rosafarbener Vorhang entpuppten.

Kresge fand den Lampenschalter und lachte nervös. »Die Wand ist auch warm. Muß wohl wirklich das Sonnenlicht gewesen sein. Sie ist genau auf die Lampe und das Stück Wand dahinter gefallen.«

Corde sagte nichts dazu. Er öffnete den Mund, atmete leise und lauschte. Keine Schritte, keine Bewegungen, keine verräterischen Geräusche. Er bewegte sich an den Wänden entlang, weil dort die Gefahr nicht so groß war, daß die Dielen laut knarrten, und sah in den beiden Schränken nach. Sie waren leer. Er verließ den Raum und untersuchte der Reihe nach die Schränke in den anderen Zimmern. Sie enthielten muffig riechende Mäntel und Jacken, Blusen mit verblichenen Blumenmustern und Decken, die nach Kampfer stanken.

»Die Dachkammer?« fragte Kresge.

Zur Hölle damit! Durch eine Falltür auf den Boden zu steigen, der wahrscheinlich mit ausrangierten Möbeln und Kisten vollgestopft war, die einem Schützen eine perfekte Deckung boten ...

Aber das blieb ihm erspart. Er fand die Falltür und entdeckte, daß sie von außen verriegelt war.

Corde atmete erleichtert aus.

Wieder im Erdgeschoß, untersuchten sie das Eß- und das Wohnzimmer.
Himmelherrgott, dachte Corde, der Keller. Vermutlich war auch der nur durch eine Falltür zu erreichen. Und die wird nicht wie die der Dachkammer von außen verriegelt sein. Und da unten steckt Gilchrist. Er muß dort sein. Es gibt gar keine andere Möglichkeit.
»Was ist mit dem Keller?« fragte er.
»Gibt's bei diesen Häusern nicht«, antwortete Franks.
Gepriesen seist du, Herr, vielleicht ist es höchste Zeit, sich das mit dem Kirchgang noch einmal zu überlegen.
»Ich fühle mich hier absolut nicht wohl in meiner Haut«, sagte Kresge. Es klang, als wäre er selbst am meisten davon überrascht, und Corde und Franks mußten lachen. In der Küche entdeckte Corde Konservendosen mit bunten Etiketten, Aluminiumpfannen, Kanister mit Dellen und an der Kühlschranktür Magnete mit Bauernhoftieren, die im Laufe der Jahre von den Küchendünsten braun angelaufen waren.
»Raus hier«, sagte Corde zu Kresge. Er hielt die Pistole krampfhaft fest, und der Zeigefinger krümmte sich um den Abzug, wovor er Kresge immer gewarnt hatte. »Ich habe eben etwas gesehen, das ich überprüfen muß.«
»Hinten ist noch ein Raum«, berichtete Franks. »Ich habe an der Tür gehorcht, aber nichts gehört. Sie ist von innen verriegelt.« Mit der Mündung seines Gewehrs zog er einen fleckigen gelben Vorhang beiseite.
»Warten Sie einen Moment, dann kommen wir mit!« rief Corde ihm aus dem Wohnzimmer zu. Er stand vor dem offenen Kamin, ging in die Hocke und wühlte in der Asche. Kresge deckte ihn. Mitten in dem Haufen stieß Corde auf den versengten Umschlag eines Fotoalbums. Seine Finger zitterten wieder, doch nicht vor Anspannung, sondern vor Vorfreude darüber, endlich ein Bild von Gilchrist zu entdecken. Aber die Hoffnung trog. Alles war zu Asche verbrannt.
Nein, ein Bild war übriggeblieben, offenbar durch den Rost

gefallen. Obwohl es sich von der Hitze verzogen hatte, war doch noch etwas darauf zu erkennen: eine Straße in einer Stadt, Häuserzeilen und vorn ein paar Bäume. Ein sechsgeschossiger glänzender Büroturm ragte aus den Häuserwällen.

Auf der Rückseite stand: »Komm mich doch mal besuchen, Leon. Alles Liebe.«

Er wickelte sein Taschentuch um das Foto, steckte es in die Tasche und erhob sich. Das vertraute Knacken seines Knies hallte im ganzen Raum wider.

Doch das Knacken war nicht so laut wie das Krachen, als Franks durch die verschlossene Tür drang, und das Donnern der Schrotflintenladung, die ihm die halbe Schulter wegriß.

Corde sprang sofort hinter die Couch. Kresge bekam den krampfhaft zuckenden Assistant Sheriff an einem Bein zu fassen und zog ihn in die Küche. Auf dem Weg dorthin fügte Franks der Tapete ein neues dunkelrotes Muster hinzu.

»Okay! Okay! Okay!« brüllte Corde, ohne damit jemanden im besonderen zu meinen. Dann rollte er von der Couch fort und nahm bäuchlings die aufgebrochene Tür ins Visier.

Sein Ellenbogen landete auf einem scharfen Knochensplitter aus Franks' Schulter. Corde ignorierte den Schmerz und gab fünf Kugeln auf die Gestalt hinter der Tür ab. Drei gingen daneben und streiften den Sessel, an dem die doppelläufige Remington befestigt und durch einen Draht mit dem Türknauf verbunden war. Die beiden anderen trafen mitten ins Ziel – bei dem es sich jedoch nicht um Professor Leon David Gilchrist handelte, sondern eine gut einen Meter hohe Porzellaneule, die im Halbdunkel tatsächlich einem lachenden Mann ähnlich sah. Unter den beiden Kugeln zerplatzte sie in tausend braune und goldene Scherben.

34

Bill Corde saß in der Bibliothek der Auden University.
Er befand sich in einem verstaubten viktorianischen Bauwerk mit Eichenholzverkleidung an den Wänden und schmiedeeisernen Geländern, die sich wie Efeu die Treppen hinauf und an den Balkonen entlang wanden. Gut möglich, daß dieses Gebäude Ziegelstein für Ziegelstein in London abgetragen und auf diesem grasbewachsenen Stück Erde wieder aufgebaut worden war, umgeben von Tausenden Hektar Ackerland.
Dies war die Bibliothek der Universität, an der Bill Corde nie angenommen worden wäre. Und wenn doch, hätte er auf gar keinen Fall die Studiengebühren aufbringen können.
Er hatte bis jetzt mit Sheriff Willars in Lewisboro telefoniert und von ihm erfahren, daß Dudley Franks Zustand kritisch, aber stabil sei, was immer das auch heißen mochte. Willars meinte: »Das Campen und die Ferienhäuser sind mir gründlich verdorben, Bill, das können Sie mir glauben.« Corde begriff, daß es zwischen den beiden Counties einige größere Schadensersatzforderungen und Zahlungen geben würde.
Nach der Schießerei war die Stimmung im Sheriff's Department von New Lebanon spürbar gesunken. Die Jagd nach Gilchrist, die vor ein paar Tagen noch den meisten Deputies wie ein Spiel vorgekommen war, hatte sich in etwas Bösartiges und Gefährliches verwandelt. Gilchrist war allem Anschein nach erheblich verrückter und enthemmter, als sie alle vermutet hatten. Auch wenn man diese beiden Adjektive nur selten in modernen Polizeiberichten antraf, war Corde dennoch überzeugt, daß sie den Sachverhalt genau wiedergaben.

»Gilchrist, Leon David, geb. 1951 in Cleary, New York. B.A. summa cum laude, M.A., Northwestern University. Doktor in Englischer Literatur, Harvard University. Doktor der Psychologie, Harvard University. Assistant Professor and Fellow, Englische Fakultät, School of Arts &

Sciences, Harvard University. H3-Professor, Englische Fakultät, School of Arts Sciences, Auden University. Ordentlicher Professor, Fakultät für Sonderpädagogik, Auden University. Gastprofessur, Vanderbilt University, Universität zu Neapel, La Sorbonne Université, College of William & Mary ...«

Und so ging das noch zwei Absätze weiter.
Corde beendete seine Notizen und schloß dann das Verzeichnis der *geisteswissenschaftlichen Professoren.* Auch in diesem Werk war kein Foto von Gilchrist (weswegen Corde eigentlich die Bibliothek aufgesucht hatte), und in den drei Büchern des Professors ebenfalls nicht, die hier geführt wurden. Diese Werke besaßen überhaupt keine Umschläge und waren einzig und allein für ein akademisches Publikum geschrieben worden, das auf so etwas keinen Wert zu legen schien. Corde schrieb auf eine freie Karteikarte: »Unbedingt den Sheriff in Cleary anrufen, um von ihm zu erfahren, ob in seiner Stadt noch Gilchrists wohnen.«
Corde blätterte im Index der Periodika. Er wollte das Verzeichnis schon wieder schließen, als ihm der Titel eines Artikels ins Auge fiel. Er ging zum Zeitschriftenschalter und bat um das Heft, in dem der betreffende Artikel erschienen war. Der Bibliothekar verschwand kurz in einen anderen Raum und kehrte mit einem gebundenen Band von *Psyche: The Journal of Psychology and Literature* zurück.
Corde setzte sich wieder an einen Tisch und las den ersten Absatz von »Der Dichter und das violente Es« von Dr. Leon Gilchrist. Danach mußte er nochmal zum Schalter und sich ein Fremdwörterlexikon ausleihen. Dann startete er einen zweiten Versuch.

»Der Dichter, ein weitläufiger Begriff, den ich mir die Freiheit nehme auf alle jene anzuwenden, die mit Worten fiktionale Erscheinungen erschaffen, ist in sich selbst schon ein Geschöpf der Gesellschaft, in der er lebt. Im Grunde ist es sogar die Verpflichtung des Dichters, mit ihr zu emulgieren ...«

»Emulgieren.«
Corde markierte die Stelle und blätterte in dem Fremdwörterlexikon. Die Seite »Blaffert/Bola« fiel heraus, und er steckte sie achtlos zwischen »Downing Street/Drastik« und »Drawback/Dschaina«.
»emulgieren (lat.): a) eine Emulsion herstellen; b) einen (unlöslichen) Stoff in einer Flüssigkeit verteilen.«
Das wäre damit geklärt.

»... die Verpflichtung des Dichters, mit ihr zu emulgieren, um so alle Aspekte der Gesellschaft durchdringen zu können ...«

Schon beim nächsten Satz mußte Corde wieder das Fremdwörterlexikon bemühen.
Zehn Minuten lang kämpfte er sich durch den Artikel, und seine schwitzenden Hände hinterließen etliche Abdrücke auf dem Umschlag des Bandes. Sein Magen verknotete sich, nicht etwa aufgrund dessen, was er hier über Gilchrist erfuhr (was eigentlich nicht viel war), sondern dank der wenig faßbaren und obskuren Bedeutung seiner Worte. Zum erstenmal begriff Corde, mit welcher Behinderung seine Tochter fertig werden mußte.
Er machte einen Moment Pause, damit die Frustration in ihm sich wieder legen konnte. Dann atmete er tief durch und nahm die Lektüre wieder auf.

»... schließt nicht das Es des Verfassers eines Schund-Thrillers die Lust mit ein, über das Land zu ziehen und Frauen zu erwürgen ...«

Worte.
Was verrieten ihm diese Worte über Gilchrists Aufenthaltsort? In welchen Bundesstaat wollte er fliehen, in welche Stadt? Wie würde er versuchen zu entkommen? Was für eine Waffe würde er benutzen?
Buchstaben – Silben – Worte – Sätze.
Was sagten sie aus über eine schöne junge Frau, die hingestreckt zwischen Hyazinthen liegt? Was sagten sie aus über den Mann, der seine Hände um ihren Hals geschlossen, der unter seinen Ellbogen das Beben ihrer Brüste gespürt hat, der ihr Röcheln gehört und dann ihren letzten Atemzug auf seinen Handgelenken gefühlt hat, während sie wie eine Geliebte niedersank und für einen kurzen Moment das dunkelnde Leuchten des Halbmonds erblicken durfte?

»... die Metaphern für Gewalt liegen in Fülle vor ...«

Corde suchte mit dem Zeigefinger unter M und hatte das Gefühl, daß die Druckerschwärze Hitze ausstrahlte.
»Metapher (gr.-lat.): bildliche Übertragung, besonders eines konkreten Begriffs auf einen abstrakten, aufgrund einer Analogie ...«
WOVON ...
»Analogie (gr.-lat.): Korrespondenz von Verhältnissen, Ereignissen ...«
... REDET ER ...
»Korrespondenz: (veraltet) Übereinstimmung ...«
... EIGENTLICH?
Corde beugte sich vor und preßte die Handballen gegen die Augäpfel.

»Die Motive des Dichters sind die von uns allen. Der Geist des Dichters ist der kollektive Geist. Aber es ist der Dichter – sei er in seinem Herzen nun ein Heiliger oder ein Mörder –, der die Welt im Licht des reinen Verstehens erkennt, während die anderen sie nur in ihrem Widerschein wahrnehmen.«

Bill Corde kam zur letzten Seite des Artikels.
O mein Gott ...
Er erstarrte, als hätte ihn der Blitz getroffen, und spürte das wilde Pochen des Blutes in seinem Hals. Langsam streckte er eine Hand aus und nahm das Foto, das zwischen den Seiten eingeklemmt war.
Die Aufnahme war erst kürzlich gemacht worden, vielleicht vor zwei Tagen, als die Familie draußen gegrillt hatte. Corde erkannte die Mülltonne, die nach dem Sturm in der letzten Woche immer noch schief an der Wand lehnte. Sarah und Jamie standen am Grill und blickten auf die glühenden Kohlen. Das Bild mußte vom Wald hinter der Kuhweide aufgenommen worden sein. Vermutlich von der Stelle, an der Corde in der Nacht seiner langen und unruhigen Wache etwas zu sehen geglaubt hatte.
In verschmierter Tinte war quer über das Foto geschrieben: »Sagen Sie auf Wiedersehen, Detective.«

Diane Corde, die sich plötzlich ziemlich kindisch vorkam, teilte Ben Breck mit, daß sie mit Sarah und Jamie für ein paar Wochen nach Wisconsin fahren würde.
»Wie bitte?« fragte Breck und runzelte die Stirn.
Diane strich sich eine Strähne von den Augen. Der burgunderrote Nagellack war neu aufgetragen, und ihre von der Hausarbeit oft geröteten und spröden Hände wirkten jetzt dank einer Mandel-Lotion weich und geschmeidig. »Der verdammte Fall schon wieder, Sie wissen doch ...«
Sie erzählte ihm, daß der Mörder eine weitere Drohung hinterlassen habe. »Bill meint deshalb, daß wir uns für eine Weile bei meiner Schwester aufhalten sollten.«
Zögernd und leise fragte er: »Wie lange? Zwei Wochen?«
Diane zuckte mit den Schultern. »Mindestens. Es sei denn, sie

fassen diesen Mistkerl vorher oder finden heraus, daß er die Stadt verlassen hat.«

Seine niedergeschlagene Miene in dem jungenhaften Gesicht und die bedrückte Stimme waren genau wie die bei ihrem ersten Mann, als sie ihm mitgeteilt hatte, daß sie für eine Woche zu ihrer Mutter fahre, die gefallen war und sich die Hüfte gebrochen hatte. Zum erstenmal würden sie für längere Zeit voneinander getrennt. Seine Miene hatte deutlich gezeigt, wie schwer ihm allein schon bei der Vorstellung das Herz geworden war. Brecks Augen drückten das jetzt ebenfalls aus. Das bekümmerte Diane, erregte sie aber auch.

Sie hörten draußen eine Stimme.

Sarah lief hinten im Garten auf und ab und sprach wie ein Hollywood-Regisseur, der Anweisungen diktiert, in das Mikrofon ihres Kassettenrecorders. Deputy Tom, der wieder Wache vor dem Haus hielt, lehnte am Zaun, und sein Kopf bewegte sich langsam wie bei einem Kundschafter aus einem alten Western hin und her, der den Horizont nach Banditen oder Indianern absucht.

Breck und Diane befanden sich im Eßzimmer und sahen Sarah schweigend bei ihrem Treiben zu. Diane spürte, wie er ganz sanft ihr Haar berührte, so als hätte er Angst, ihr weh zu tun. Sie lehnte ihren Kopf kurz an seine Schulter, trat aber schon im nächsten Moment etwas zur Seite. Beide waren enttäuscht, und sie war dankbar, als er sagte: »Sarah macht wirklich enorme Fortschritte. Was für eine Phantasie sie hat! Die Geschichten, die sie sich ausdenkt, sind wirklich unglaublich.«

»Ich habe Dr. Parker bereits vier Kassetten geben können. Ihre Sekretärin schreibt gerade die letzte ab.«

Er wischte sich in einer jungenhaften Geste eine Strähne aus der Stirn.

»Sarah ist sehr begabt«, sagte Breck, während sein Blick über Dianes Gesicht wanderte. »Sie besitzt ein außergewöhnliches auditives Verarbeitungssystem, und gerade darauf stütze ich mich bei meinem Unterricht. Ich kann nur sagen, wir kommen prächtig voran.«

Diane war etwas an ihm aufgefallen. Wenn er die Wahl zwischen einem wenig gebräuchlichen Begriff und einem Allerweltswort hatte, entschied er sich stets für ersteres. »Begabt« statt »talentiert«, »auditives Verarbeitungssystem« statt »Hörsystem«. Er sagte »beschwerlich« oder »bedrückend« statt »lästig« oder »mühsam«, »mannigfaltig« statt »allerlei«. Bei jedem anderen hätte sie das als affig empfunden, aber bei ihm verstärkte es nur noch seinen Charme.

Nein, verbesserte sie sich, sein »Charisma«.

Er fuhr fort, von Sarah zu sprechen. Das war eigentlich ungewöhnlich, und Diane sagte sich, das müsse von seiner Nervosität herrühren. Sie kamen zwar regelmäßig nach den Stunden zusammen – meist in der Küche, gelegentlich zu einem Spaziergang im Wald –, redeten dann aber so gut wie nie über Phoneme oder den Visual-Aural-Digit-Span-Test oder Sarahs Buch, sondern eher über persönliche Dinge: Die Hochschulen, an denen er unterrichtet hatte, seine früheren Beziehungen, ihre erste Ehe, ihr Leben als Tochter eines Flußschiffers, die Orte, zu denen sie einmal reisen wollten, und was sie in den nächsten Jahren zu erreichen sich vorgenommen hatten, in zehn, in fünf oder im kommenden.

Jetzt dagegen vergingen die gemeinsamen Minuten in Ungewißheit und Verkrampfung. Sie vertrauten sich zwar sehr persönliche Dinge an, aber Breck hatte sie noch nicht ein einziges Mal geküßt, und wenn sie miteinander flirteten, verhielt er sich schüchtern wie ein Schuljunge. Natürlich kam es zwischen ihnen zu leisen Berührungen, aber denen haftete immer etwas Zufälliges, Ungewolltes an. Finger streiften kurz eine Hand, wenn sie ihm eine Tasse Kaffee reichte. Schultern fanden zusammen, wenn sie nebeneinander standen. Einmal, als sie sich vorgebeugt hatte, um einen Blick auf einen Artikel über Lernschwächen zu werfen, war sie sogar so schamlos gewesen, ihre Brüste auf seinem Arm ruhen zu lassen. Sie glaubte, er hatte die Muskeln angespannt und dagegen gedrückt, aber ganz sicher war sie sich nicht. Fest stand lediglich, daß er nicht vor der Berührung zurückgeschreckt war. Allerdings hatte er diesen Moment auch nicht in die Länge gezogen.

Diane wußte nicht, ob sie von ihm einen eindeutigen Annäherungsversuch erwarten durfte oder nicht.

Selbstverständlich würde sie ihn zurückweisen.

Diane glaubte, daß sie ihn nicht an sich heranlassen würde. Und doch wünschte sie sich nichts mehr, als daß er sie küßte. Sie berührte ihn am Arm, und er lehnte sich an sie. In diesem Moment spürte sie die Grenze, die zwischen ihnen bestand und permanent neu definiert wurde. Sie benahmen sich wie Teenager.

Heute zum Beispiel war die Grenze undurchlässig. Schließlich hielt sich Jamie nur ein paar Meter entfernt in seinem Zimmer auf, und auch wenn Bill noch Dienst hatte, war es nicht ungewöhnlich für ihn, zu dieser Tageszeit nach Hause zu kommen, zusammen mit der Familie zu Abend zu Essen und dann ins Department zurückzufahren. Breck und Diane sahen sich für einen langen Moment an. Dann blickte er zu ihrer großen Erleichterung auf seine Uhr und sagte: »Ich muß mich jetzt leider verabschieden, Madame ...« (Es freute sie sehr, daß er diese Worte mit Sorgenfalten im Gesicht und Enttäuschung in der Stimme sprach.) Breck packte seine Bücher zusammen. In diesem Augenblick küßte Diane ihn.

Wie ein Schulmädchen warf sie erst einen Blick über die Schulter, um festzustellen, ob Sarah gerade beschäftigt war, dann drängte sie Breck in eine Ecke des Zimmers, küßte ihn rasch auf den Mund und trat gleich darauf einen Schritt zurück.

O mein Gott – O mein Gott – O mein Gott!

Panik flammte in ihr auf und drohte überzukochen. Sie hatte furchtbare Angst, aber nicht davor, daß ihre Kinder sie gesehen haben könnten oder daß sie ihrem Vater davon erzählen

würden. Nein, Diane beherrschte die schreckliche Vorstellung: Was, wenn ihm das nicht recht gewesen ist, wenn er das nicht gewollt hat?
Breck blinzelte verblüfft. Dann legte er eine Hand an ihren Nacken und zog sie rasch zu sich heran. Und jetzt küßte er sie, lang, fest und intensiv. Sein Unterarm war von ihrem Busen eingeklemmt. Seine Hand wanderte langsam über die Vorderseite ihrer Bluse und schob sich dann nach hinten auf ihren Po. So verharrten sie einen langen Moment, dann löste Diane sich unter Aufbietung aller Willenskraft von ihm. Die beiden standen einander gegenüber und sahen sich überrascht und verlegen an.
»Kann ich dich noch einmal sehen, bevor ihr fahrt?« flüsterte er.
»Ich weiß nicht. Der Deputy draußen paßt auf wie ein Schießhund.«
»Ich muß dich aber noch mal sehen. Können wir uns nicht woanders treffen?«
Sie dachte nach. »Und wie sollen wir das anstellen?«
»Hör zu, ich möchte mit Sarah ein paar Tests im Labor durchführen. Wenn ihr für ein paar Wochen weg seid, müßte ich das möglichst bald tun. Komm doch einfach mit. Wir könnten ein Picknick machen oder so.«
»Ich weiß nicht.«
»Ich will dich«, flüsterte er.
Diane trat noch einen Schritt zurück und rieb die Hände aneinander. Sie warf einen Blick durch das Fenster. Sarah lief immer noch auf und ab.
»Habe ich etwas Verkehrtes gesagt?«
All seine vornehmen Ausdrücke. All die geschickten Dinge, die er unternimmt, um Sarah weiterzubringen, all die Orte, an denen er schon gewesen ist ... und im Grunde reduziert sich das Ganze nur auf das eine: Er ist ein Mann, und ich bin eine Frau.
Will ich mich darauf einlassen oder nicht? Ich weiß es einfach

nicht. Sosehr ich mich bemühe, ich kann es einfach nicht sagen …

Aber Diane erwähnte nichts davon. Sie küßte ihn noch einmal kurz, nahm ihn dann an die Hand und führte ihn zur Tür hinaus. Draußen bei seinem Wagen sagte sie: »Es sind ja nur ein paar Wochen.« Und mit einem Flüstern, das ihm beweisen sollte, wie ernst sie darüber nachdachte, fügte sie hinzu: »Ich meine, so ist es am besten. Du auch?«

»Nein«, entgegnete er bestimmt, »das tue ich nicht.«

35

Das Schlimmste an diesem Laden, dem My-T-Fine-Tap, waren die verdreckten Fenster. Sie ließen nur fahles Sonnenlicht herein, das allen Gästen an diesem Nachmittag eine ungesunde Gesichtsfarbe verlieh.

Und wenn man an einem Tisch saß, konnte man unter den Tresen sehen und dort das in mindestens zwanzig Jahren entstandene dichte Kaugummimuster erkennen.

Corde bestellte sich ein Bier und dachte in seiner Müdigkeit gar nicht daran, daß heute ein ganz normaler Wochentag war.

Kresge sagte: »Hören Sie, nur damit ich das richtig verstehe. Dürfen Polizisten im Dienst Alkohol trinken, und sei es auch nur ein kleines Bier?«

Corde bestellte das Bier ab und ließ sich einen Eistee bringen.

Sie saßen auf gepolsterten Barhockern, die mit rotem Vinyl bespannt waren, und kniffen die Augen bis auf einen schmalen Spalt zu, um in diesem Licht etwas erkennen zu können. Die Stammgäste hatten Sammy, dem Wirt, früher öfter vorgeschlagen, doch Pflanzen in die Fenster zu stellen (»Hab ich schon mal versucht, sind alle eingegangen.«) oder wenigstens Jalousien anzubringen (»Sind zu teuer.«). Außerdem pflegte er zu erklären, daß das hier sowieso ein Scheißladen und eine

häßliche Kneipe obendrein sei, und deswegen könne man doch alles so lassen. Da konnte ihm niemand widersprechen.
»Was wollen wir hier eigentlich?« fragte Corde.
»Wir warten auf jemanden«, antwortete Kresge, »auf sie.« Er deutete auf eine Frau, die Ende Fünfzig sein mußte, klein und schmal war und sich eine Dauerwelle in ihr graues Haar hatte machen lassen. Sie hatte sich bei einem noch älteren Mann eingehakt, der ebenso schmal und fast glatzköpfig war.
»Hallo, Wynton!« rief sie schon von weitem. »Wie geht's, Darla?«
»Tina, Earl, kommt doch für einen Moment an unseren Tisch.«
Das Pärchen trat heran, und Kresge teilte Corde mit: »Die beiden essen hier jeden Tag. Tina und Darla spielen zusammen Bridge.« Er stellte Tina und Earl Hess Corde vor. Earl war über sechzig und bereits Rentner. Seine abstehenden Ohren und die große Hakennase waren von der Maisonne stark gerötet.
»Was hast du denn da für eine schicke Uniform an, Wynton? Wollte die Uni dir etwas Gutes tun?«
»Ich hab einen neuen Job.«
»Was denn?«
»Ich bin jetzt Deputy.«
»Ehrlich, so wie Kojak?«
»Wynton hat noch ein bißchen mehr Haare auf dem Kopf«, sagte Corde, »aber nicht viel mehr.«
»Wir wollen die Thunfisch-Platte essen«, erklärte Tina. »Habt ihr auch Hunger?«
Corde schüttelte den Kopf und ließ Kresge fortfahren. »Wir haben ein Foto gefunden und uns gedacht, du könntest uns vielleicht sagen, wo die Aufnahme gemacht worden ist, Tina.« Er wandte sich Corde zu. »Tina hat früher für Allied Office Supplies gearbeitet.«
»Ich war fünfzehnmal hintereinander Vertreterin des Jahres. Letztes Jahr hat D. K. Potts mich geschlagen, aber nur, weil er Instant Copy Franchises oben in Higgins bekommen hat, und

der Laden gehört Japanern. Und dazu möchte ich lieber nichts sagen.«

»Tina ist kreuz und quer durchs ganze Land gereist«, erklärte Kresge. »Sie kennt jede Stadt.«

»Vor drei Jahren bin ich mit meinem Ford hundertsiebenunddreißigtausend Meilen gefahren. Hat das einer von euch schon mal geschafft, bevor der Wagen auf den Schrott mußte? Ich wette nicht.«

»Nein, Ma'am«, gab Corde zu.

»Sie hat euch nicht erzählt, wie ihr Getriebe nachher ausgesehen hat«, warf Earl ein.

Kresge sagte: »Wir müssen das Gebäude finden, das auf diesem Foto abgebildet ist.«

»Jetzt bin ich aber mal lieber vorsichtig«, entgegnete Tina. »Muß ich in den Zeugenstand oder aufs Revier?«

»Nein.«

»Da fällt mir aber ein Stein vom Herzen. Schauen Sie im Fernsehen manchmal *Matlock?*«

»Ich fürchte, ich hab's bisher immer verpaßt«, antwortete Corde. Kresge legte das Bild auf den Tisch.

»Warum ist das denn da drin?« wollte Earl wissen und tippte mit einem Zeigefinger auf die Plastiktüte.

»Beweismaterial.«

»Und warum ist es angesengt?«

»Weil wir es in einem offenen Kamin gefunden haben«, antwortete Corde. »Also, können Sie uns sagen, wo das ist?«

»Ist ja nicht viel darauf zu erkennen.« Tina legte den Kopf schief und betrachtete die Aufnahme. »Nein, keine Ahnung. Warum ist das denn für euch so wichtig?«

»Weil es uns bei Ermittlungen weiterhelfen würde.«

Tina gab das Foto zurück. »Tut mir wirklich leid.«

Kresge schien sich Vorwürfe zu machen. »War ja nur ein Versuch.«

Corde ließ sich von seiner Enttäuschung nichts anmerken. »Trotzdem vielen Dank.«

»Gehörst du zu den Betroffenen bei dieser Massenentlassung in Auden?« fragte Earl Kresge.

»Massenentlassung?«

»Soweit ich weiß, hat die Uni dreihundert Leute auf die Straße gesetzt. Nicht nur Angestellte, sondern auch Professoren.«

Kresge pfiff durch die Zähne. »Dreihundert? Davon hab ich nichts gehört. Ich bin schon vorher von dort weg.«

»Nachdem bekanntgeworden ist, daß ein Professor das Mädchen ermordet hat«, klärte Earl ihn auf, »haben eine Menge Eltern ihre Kinder abgemeldet. Stand alles im *Register*. Hast du das denn nicht gelesen?«

»Ich würde meine Kinder auch nicht auf eine Uni schicken, wo solche Professoren beschäftigt werden. Ich kann die Eltern gut verstehen«, sagte Tina. Dann verabschiedeten sich die beiden und nahmen an einem anderen Tisch Platz.

Als Kresge und Corde zum Tresen gingen, um zu zahlen, rief Tina quer durch den Raum: »Hey, Wynton, mir ist da gerade etwas eingefallen. Warum erkundigst du dich nicht bei der IHK in Fitzberg, was auf dem Bild zu sehen ist?«

»Was?« rief Corde zurück.

»IHK, Industrie- und Handelskammer.«

»Das ist in Fitzberg?« fragte Corde und zeigte auf Kresges Brusttasche, in der sich das Bild befand.

»Ja. Habt ihr das denn nicht gewußt?«

Kresge lachte laut. »Verdammt, nein. Und ihr habt gesagt, ihr würdet nichts darauf wiedererkennen.«

»Ich dachte, ihr wolltet wissen, wie die Straße heißt. Aber natürlich ist das Foto in Fitzberg gemacht. Was glaubt ihr denn, was das Ding im Hintergrund sein soll? Natürlich die Fireman's Indemnity Plaza. Kennt doch wohl jeder. Welche andere Stadt hat denn schon so einen Kasten?«

»In Fitzberg gibt es einen Marshall Field«, fügte Earl hinzu. »Der beste Laden im ganzen Mittelwesten.«

Dekanin Catherine Larraby ging langsam an den Rändern des kreisförmigen Orientteppichs entlang, den 1887 der damalige Kanzler der Universität angeschafft hatte. Der Legende nach soll der erste Besucher, der seinen Fuß auf dieses kostbare Stück gesetzt hat, William Dean Howells gewesen sein. Der bedeutende Autor hielt zu jener Zeit in Auden Vorlesungen über den zeitgenössischen Roman. Larraby erzählte diese Geschichte, während sie im Kreis herumlief und den Blick auf den ausgefransten Teppich gerichtet hielt.
Ihr Besucher an diesem Tag war bei weitem nicht so berühmt wie Howells, zumindest in Literaturkreisen nicht, und trotzdem behandelte die Dekanin ihn mit mehr Aufmerksamkeit, als sie das vermutlich bei dem Geist des Literaten getan hätte, wenn der unvermittelt vor ihr aufgetaucht wäre.
Sie sprach über Howells, über Dickens, über die exzellente akademische Tradition, auf die Auden zurückblicken konnte, und über die Anzahl von Harvard-Graduierten, die in Auden weiterstudierten (und umgekehrt), als Fred Barrett, ein Geschäftsmann aus Chicago, sie unhöflich unterbrach: »Was hat es mit diesen Morden auf sich?«
Dekanin Catherine Larraby, die Erbin und Nachfolgerin bedeutender Universitätsleiter und Professoren, die Hüterin und Pflegerin dieser Bastion der Kultur und Literatur im Mittelwesten, mußte jetzt der bitteren Niederlage ins Auge blicken. Sie seufzte, verließ den Teppich und kehrte zu ihrem Schreibtisch zurück.
Da war er also, ein weiterer schwerreicher Geschäftsmann, der einen großen Scheck ausstellen konnte, in ausreichender Höhe, um ihre und Randy Sayles' Kreditbetrügereien vor den Rechnungsprüfern zu verbergen. Da saß er also, vom Himmel geschickt, und sie mußte ihm nun gestehen, daß ein Professor eine Studentin ermordet und später die lesbische Geliebte dieser Studentin Selbstmord begangen hat.
Und daß besagter Professor danach einen Kollegen getötet hat.

Und daß aufgrund dieser ganzen unerfreulichen Geschichte die Einschreibungen um vierzehn Prozent zurückgegangen sind.
Fred Barrett würde daraufhin seinen weiten Mantel anziehen, sich den eleganten Hut aufsetzen und mit seinem Scheck über fünf Millionen Dollar auf Nimmerwiedersehen verschwinden. Und mit ihm würden ihr Posten und die letzte Rettung für die Auden University gehen. Die Inspekteure kamen in drei Tagen. Der Geschäftsmann war ihre letzte Chance gewesen.
Die Dekanin seufzte und begann: »Ich fürchte, in diesem Frühjahr ist es auf unserem Campus zu einigen Tragödien gekommen. Sehr zu unserem Bedauern. Aber Sie verstehen jetzt sicher, warum wir so dringend auf eine Finanzspritze angewiesen sind. Denn sobald wir diese unerfreulichen Vorkommnisse hinter uns gelassen haben ...«
»Ihr Professor Sayles hat mich angerufen«, sagte Barrett. »Ich bin den ganzen Weg von Cicero bis hierher gereist, bloß um zu erfahren, daß er tot ist.« Er sprach mit einem Akzent, den sie nicht einordnen konnte.
»Es tut mir leid, daß Sie umsonst gekommen sind, Mr. Barrett.«
Er schüttelte den Kopf. »Steht noch nicht fest, ob es ganz umsonst gewesen ist. Lassen Sie uns lieber darüber reden, wie Sie sich das mit dem Kredit vorstellen.«
Hoffnung glomm in ihr auf. Sie überlegte, welche Taktik jetzt wohl geboten war, und sagte dann: »Sie kennen die Auden University?«
»Eigentlich nicht. Ist doch so was wie ein College, oder?«
Die Dekanin glaubte im ersten Moment, er habe einen Scherz gemacht, aber dann traute sie sich doch nicht, ein Lächeln aufzusetzen. Sie sah sich leicht hilfesuchend im Zimmer um, begriff intuitiv, daß der Mann die Frage durchaus ernst gemeint hatte, und nahm wieder ihre Geschäftshaltung ein. »Nun, wir sollten die Kreditangelegenheit vielleicht in den richtigen Rahmen stellen. Auden gehört zu den vorzüglichsten Hochschulen im ganzen Land, und ...«

»Ich bin sicher, daß Sie einen großen Namen haben. Wieviel wollen Sie?«

Nein, nicht Chicago. Dort redeten sie doch ein wenig anders.

Dekanin Larraby suchte Zuspruch in den hohen Papierstapeln auf ihrem Schreibtisch. »Ich fürchte, es hört sich sehr viel an. Aber ich kann Ihnen nicht sagen, wie wichtig es für diese Anstalt ist, diese Summe zu erhalten ...«

Barrett hob eine Augenbraue.

Die Dekanin beantwortete seine Frage mit einem leisen: »Fünf Millionen.«

Er schüttelte den Kopf.

»Ich weiß, es ist eine enorme Menge Geld«, fügte sie fast flehentlich hinzu. Sich so bloßgestellt zu haben, schockierte sie, und sie fuhr ruhiger und langsamer fort: »Aber Auden macht gerade eine schwierige Phase durch. Das müssen Sie bitte verstehen. Ohne ...«

»Zuwenig. Zehn Millionen, sonst brauchen wir gar nicht erst weiterzureden.«

Die Dekanin glaubte Barrett nicht richtig verstanden zu haben. Sie ging seine Worte in Gedanken mehrmals durch, um festzustellen, ob sie sich irgendwo verhört haben mochte. »Sie geben keine Kredite unter zehn Millionen?«

»Ist sonst den Aufwand nicht wert.«

»Aber ...«

»Mit Kleinkram können wir uns nicht abgeben.«

Auf diese eher unangenehme Wendung des Schicksals war die Dekanin nun wirklich nicht vorbereitet gewesen. »Und Sie können in unserem Fall keine Ausnahme machen?«

»Vielleicht gelingt es mir, meine Geschäftspartner dazu zu bewegen, auf acht Millionen herunterzugehen.«

Sie war sich nicht sicher, ob ihre Frage naiv klang: »Nun, wenn wir mit Ihnen in eine Geschäftsbeziehung treten, wäre es dann unter Umständen möglich, die acht Millionen zu borgen und zumindest einen Teil davon vorzeitig zurückzuzahlen?«

»Kein Problem. Sie nehmen den Kredit am Montag auf und

zahlen am Dienstag zurück. Eine Menge unserer Klienten verfährt so.«

»Tatsächlich?« Die Dekanin konnte keinerlei Logik hinter einem solchen Vorgehen entdecken und verdrängte diesen Gedanken daher rasch aus ihrem Bewußtsein. Sie faßte sich und war jetzt wieder die Leiterin einer der bedeutendsten Hochschulen. Sie zog den Finanzbericht der Universität aus einem Stapel und reichte ihn Barrett. Dieser blätterte das Dokument durch, als wäre es in chinesisch abgefaßt worden, und gab es ihr dann mit einem Kopfschütteln zurück. »Damit kann ich nichts anfangen. Sagen Sie mir nur, ob Sie das Geld nehmen oder nicht?«

»Ja wollen Sie denn nichts über die fiskalische Potenz der Hochschule erfahren? Über unsere Schulden und über unsere Außenstände? Über unseren Überschuß?« Dekanin Larraby, eine Vollblutgeisteswissenschaftlerin aus dem Vereinigten Königreich, war stolz darauf, sich einige finanzwissenschaftliche Grundkenntnisse angeeignet zu haben. Dieses Wissen kam ihr jetzt nicht zum erstenmal zugute.

»Nein«, antwortete Barrett. »Ich muß bloß wissen, wieviel Sie brauchen.«

»Hört sich ganz so an, als wollten Sie von mir eine Zahl genannt haben.«

Barrett hob jetzt beide Brauen.

Sie beschloß, ihn noch ein wenig hinzuhalten. »An welchen Zinssatz haben Sie denn gedacht?«

»Höchstsatz plus zwei Prozent.«

»Sie sollten aber wissen, daß es einige Bürgschaftsprobleme gibt.«

»Bürgschaften spielen für uns keine Rolle. Wir sind nur daran interessiert, daß Sie die Raten pünktlich zahlen.«

»Das werden wir mit Sicherheit tun. Wir kürzen bereits unsere Ausgaben und haben mittlerweile dreihundertzwölf Personen entlassen. Darüber hinaus haben wir einen Finanzberater eingestellt, der ...«

Barrett sah auf seine Uhr. »Wieviel?«
Die Dekanin atmete nervös ein. »Acht Millionen.«
»Abgemacht.« Jetzt lächelte Barrett zum erstenmal.
»Wie, das ist alles? Schreiben Sie uns einfach so einen Scheck aus?«
Barrett lachte schnaubend. »Natürlich keinen Scheck.«
»Wie, acht Millionen Dollar in bar ...« Die Stimme versagte ihr. »Ist das nicht etwas riskant?«
»Schecks sind viel riskanter, das können Sie mir glauben.«
»Ich vermute, wir bringen es direkt auf die Bank, oder?«
»Nein, davon würde ich abraten.« Er klang ungehalten, und als Dekanin Larraby ihn verständnislos ansah, fuhr er fort: »Die meisten unserer Klienten bewahren dieses Geld in ihrem Safe auf und bedienen sich nur in geringen Summen davon. Wenn Sie die acht Millionen unbedingt auf die Bank bringen müssen, zahlen Sie sie auf verschiedene Konten ein, von denen dann keines mehr als zehntausend Dollar aufweisen darf.«
»Das hört sich für mich nach einer recht eigenartigen Bedingung an.«
»Nun, die in Washington denken sich eben manchmal eigenartige Dinge aus.«
Die Dekanin wurde sich immer stärker ihrer Herkunft und Erziehung bewußt. »Der Geschäftssitz Ihres Unternehmens befindet sich in Chicago?«
»Unter anderem.«
»Und in welchem Gewerbe ist Ihr Unternehmen tätig? Vielleicht im Bankwesen?«
»Unter anderem.«
Die Dekanin nickte. »Ich nehme an, ich sollte mich nicht nach der Herkunft des Geldes erkundigen.«
»Sie können fragen, was Sie wollen.«
»Also, woher ...«
»Von verschiedenen Firmengruppen und Unternehmen.«
Die Dekanin nickte immer noch. »Die Sache ist doch nicht illegal, oder?«

»Illegal?« Barrett setzte eine Miene wie ein tödlich beleidigter Oberkellner auf. »Sehen wir die Geschichte doch einmal so: Ich leihe Ihnen Geld zu einem fairen Zinssatz, und Sie zahlen alles mit Zins und Zinseszins zurück.« Sein Blick wanderte zu dem Porträt eines ihrer Vorgänger. »Was sollte daran illegal sein?«

»Vermutlich nichts.« Sie sah hinaus auf das Geviert und dann wieder auf den kostbaren Teppich, den einst William Dean Howells betreten hatte. Zu gern hätte sie ihn jetzt offen und direkt gefragt, ob sie Auden soeben einem größeren Geldwäsche-Projekt in die Hände gegeben habe. Aber dann sagte sie sich, daß er das womöglich falsch verstehen oder als Beleidigung auffassen könnte. Und das wollte sie lieber nicht riskieren, stand doch ihre Existenz auf dem Spiel.

Dekanin Larraby blickte wieder aus dem Fenster und sah einen Fliederbusch, der sich unter einer Frühjahrsbrise bog. Das erinnerte sie an Whitmans Gedicht über Lincolns Tod, und dies wiederum rief ihr den Tag ins Gedächtnis zurück, an dem sie zum letztenmal geweint hatte. Das war der 22. November 1963 gewesen, ein regnerischer Tag. Jetzt spürte sie wieder, wie sich ihre Augen mit Tränen füllten. Doch diesmal weinte sie vor Erleichterung und vielleicht auch vor Freude.

»Ich glaube, wir sind uns einig«, sagte die Dekanin.

Barrett setzte ein unverbindliches Lächeln auf. »Wenn Sie doch die zehn Millionen nehmen, senke ich die Zinsen auf Höchstsatz plus eindreiviertel Prozent.«

»Man sollte nie allzu gierig sein«, entgegnete die Dekanin. »Immerhin müssen wir das Geld ja auch zurückzahlen.«

»Ja, Ma'am, das müssen Sie.«

Wynton Kresge sagte: »Er überprüft es gerade. Der Mann scheint sich und seinen Verein mit der Army zu verwechseln. Legen Sie also Respekt in Ihre Stimme, wenn Sie mit ihm sprechen.«

Corde nahm den Hörer, doch da war zunächst nur Stille. Er

befand sich in seinem Büro, und Kresge hielt sich am Nachbartisch auf. Beide Männer waren viel zu nervös, um sich zu setzen.
Nach zwei Minuten meldete sich eine scharfe Stimme: »Deputy Kresge?«
»Ja, Sir, am Apparat. Detective Bill Corde ist bei mir. Er leitet die Ermittlungen.«
»Detective Corde, hier spricht Detective Sergeant Franklin Neale in Fitzberg. Sind Sie befugt, über die Angelegenheit zu sprechen?«
»Ja, das bin ich.«
»Nun, Sir, es hat den Anschein, als hätten wir hier unten einen Ihrer Verdächtigen.«
»Das hat mein Mitarbeiter mir bereits mitgeteilt, Detective. Um wen genau handelt es sich?«
»Nun, das Foto, das Sie uns geschickt haben, hat uns nicht weitergebracht. Wir haben überprüft, ob ein Gilchrist in der gezeigten Gegend eine Wohnung oder einen Firmensitz unterhält. Negativ. Wir haben an alle Wohnungstüren der Häuser, die auf dem Foto zu erkennen sind, geklopft und nach Gilchrist gefragt. Ebenfalls negativ. Dann haben wir ein Brainstorming veranstaltet und anschließend bei den Kreditkartengesellschaften nachgefragt. Dabei sind wir auf einen Mann gestoßen: weiß, Anfang Vierzig, keine besonderen Körpermerkmale, benutzt Visa- und Amex-Kreditkarten unter den Namen Gilchrist, L. und Sayles, R. R.«
»Handelt es sich bei dem Mann, der diese Kreditkarten benutzt, um ein und dieselbe Person.«
»Darauf deutet alles hin, Sir.«
Corde schlug mit der Faust in die Luft und zwinkerte Kresge zu.
»Haben Sie feststellen können, wo er untergekrochen ist?« fragte Kresge.
»Im Holiday Inn Eastwood, nahe beim Fluß. Hat sich als Sayles eingetragen.«

»Und ist noch nicht wieder ausgezogen?«
»Nein, Sir. Aber wir können nicht sagen, ob er sich zur Zeit dort aufhält.«
»Okay«, sagte Corde. »Wir haben einen Haftbefehl. Deputy Kresge und ich sind in etwa zwei Stunden bei Ihnen. Behalten Sie ihn bitte weiterhin im Auge. Ich faxe Ihnen den Haftbefehl gleich durch. Wenn er vor unserer Ankunft das Hotel verlassen sollte, halten Sie ihn bitte unter irgendeinem Vorwand fest, ja?«
»Gern, Sir, wird mir ein Vergnügen sein. Welchen Gefahrenstatus nimmt er ein?«
»Wie bitte?« fragte Corde.
»Ist der Mann bewaffnet oder sonstwie gefährlich?«
Corde sah Kresge an und antwortete dann: »Er ist extrem gefährlich.«

36

Das Schlimmste an der ganzen Sache war, ihn anlügen zu müssen.
Dem Jungen zu sagen, daß sein Vater doch nicht zum Ringer-Wettkampf mitkommen konnte, ging ihr noch leicht über die Lippen. Und es brach ihr auch nicht das Herz, mit ansehen zu müssen, wie tapfer er seine Enttäuschung hinunterschluckte – nur ein kurzes Nicken, kein Zornesausbruch (was ihr lieber gewesen wäre, weil sie selbst eine mächtige Wut im Bauch hatte). Aber sich eine Entschuldigung für Bill ausdenken zu müssen, ging ihr durch und durch.
»Dein Vater hat mir gesagt, ich soll dir ausrichten«, fing Diane umständlich an, »daß der Mörder immer noch frei herumläuft, sie aber jetzt eine echte Chance haben, ihn zu fassen. Er hätte es lieber anders gehabt, doch er trägt die Verantwortung und kann die Sache keinem anderen überlassen. Aber er wünscht dir viel Erfolg und sagt, er sei in Gedanken die ganze Zeit bei

dir. Und dann hat er noch versprochen«, fügte sie hinzu und war noch immer nicht in der Lage, Jamie anzusehen, »daß er es wiedergutmachen wird.«

In Wirklichkeit war Bill einfach nach Fitzberg gefahren, ohne zu Hause anzurufen oder auch nur Emma zu bitten, das für ihn zu erledigen.

Wie lange sie gewartet hatte. Die Stunde kam, zu der Corde hätte zurückkehren müssen. Alle möglichen Wagen fuhren am Haus vorbei, doch darunter war kein einziger Streifenwagen vom Sheriff's Department. Die Minuten verstrichen. Anfangs saßen Jamie und sein Mannschaftskamerad Davey auf der Couch und alberten herum. Dann machten sie sich über den Gegner lustig und erzählten sich, wie sie der Higgins High die Ärsche versohlen wollten. Danach schauten sie immer öfter nervös zum Fenster hinaus, und schließlich verfielen sie in Schweigen. Es wurde halb sieben, und Diane beschloß, Bill anzurufen und darauf zu beharren, daß er sofort alles stehen- und liegenließ und die Jungs höchstpersönlich mit dem Streifenwagen und Blaulicht und Sirene zum Austragungsort brachte.

Um Viertel vor sieben nahm sie schließlich den Hörer von der Gabel und wählte die Nummer vom Sheriff's Department. Emma, die Sekretärin, teilte ihr mit, daß Bill und Deputy Kresge in aller Eile nach Fitzberg aufgebrochen waren und dort über Nacht bleiben würden.

Diane bedankte sich für die Auskunft, lauschte noch ein paar Sekunden dem Freizeichen und inszenierte dann das erfundene Gespräch. »Oh, Bill, was ist denn los?« – »Wirklich? Dann habt ihr ihn ja so gut wie sicher.« – »Bitte, sei vorsichtig, Schatz.« – »Nun, Jamie wird natürlich enttäuscht sein, aber er trägt es sicher wie ein Mann. Er hat sich schon so etwas gedacht, nachdem du bereits eine halbe Stunde überfällig bist.« – »Ist gut.« – »Ja, ich sage es ihm.« – »Nein, ist schon okay.«

Sie teilte Jamie mit, was sein Vater ihm (angeblich) ausrichten

ließ, und bat dann den Deputy ins Haus, um auf Sarah aufzupassen.
»Lassen Sie mich noch einen Deputy herrufen, der Sie begleitet, Mrs. Corde. Ihr Mann hat gesagt ...«
»Mein Mann ist an dem ganzen Schlamassel schuld«, fuhr sie ihn an. »Und wir können nicht noch länger warten.«
Diane und die beiden Jungs stiegen in den Kombiwagen, und los ging die Wahnsinnsfahrt zur Turnhalle der Higgins High-School. Diane ignorierte jede rote Ampel, und in ihr brodelte es von Minute zu Minute mehr. Wehe dem Polizisten, der es jetzt wagen sollte, sie rechts ranzuwinken.
Bill, ich habe mit dir ein Hühnchen zu rupfen.

Diane saß auf der harten Zuschauerbank und nippte an einer wäßrigen Cola. Sie verfolgte, wie die Menge hereinströmte, und dachte über den Geruch nach – ganz typisch für Turnhallen. Eine Freundin hatte ihr vor Jahren erklärt, es rühre von den Suspensorien der Jungs her. Diane hätte das jetzt zu gern jemandem erzählt. Sie wünschte, Ben Breck wäre hier und säße direkt neben ihr.
Nach zehn Kämpfen folgte eine Lautsprecheransage, von der Diane wegen des Rauschens nur »Jamie Corde« verstehen konnte. Sie stellte den Colabecher ab und pfiff auf zwei Fingern, was ihre Lunge hergab. Die aus der Gästestadt angereisten Zuschauer jubelten New Lebanon zu.
Diane verfolgte, wie ihr Sohn die Matte betrat – konzentriert, in sich gekehrt und mit fließenden Bewegungen. Diane pfiff wieder aus Leibeskräften, und in ihrer Umgebung hielt man sich die Ohren zu. Sie feuerte, so laut sie konnte, New Lebanon an und trommelte mit den Fersen gegen die Bank – in dieser Saison die Art und Weise, Begeisterung auszudrücken. Jamie wirkte fest entschlossen, wie er überhaupt stets alle möglichen Anstrengungen unternahm, um ein Ziel zu erreichen. Jeden Tag lief er fünf Meilen. Jeden zweiten Tag stemmte er Gewichte. Eigentlich trainierte er unablässig. Und wie wunderbar er

die Katastrophe mit Philip überwunden hatte. Nicht einmal das unentschuldbare Fernbleiben seines Vaters beim heutigen Ereignis konnte ihn aus der Bahn werfen. Eine Woge von Stolz auf ihren Sohn überkam Diane, die sie telepathisch an ihn weiterleitete, während er den Kopfschutz aufsetzte und seinem Gegner die Hand schüttelte.

Jamie warf einen Blick auf die Zuschauerränge. Diane winkte ihm zu. Er erkannte sie und reagierte auf die einzige Weise, die einem jugendlichen Ringer in einem solchen Fall zustand. Er nickte knapp und wandte sich dann ab. Diane nahm ihm das nicht übel. Sie wußte, daß er ihr damit bestätigte, die Gedankenbotschaft empfangen zu haben.

Jamie zog sich die blaue Armbinde über, warf dann den Kopf in den Nacken und atmete tief durch.

Der Startpfiff ertönte, und die beiden Kontrahenten gingen wie wilde Wölfe aufeinander los. Jamies Beine spannten sich an und fuhren auseinander, als er seinen Gegner – einen großen Blonden – wie eine aggressive Schlange anging. Sie packten sich an den Armen und am Nacken, und ihre Köpfe kamen sich ganz nah. Die beiden drehten sich wieder und wieder im Kreis. Ihre Füße bohrten sich in die weich blaue Matte, und sie bewegten sich wie ineinander verschlungene Krebse. Bald konnte man die einzelnen Gliedmaßen nicht mehr auseinanderhalten. Schweißtropfen flogen durch die Luft. Die Gesichter liefen unter dem Schutz dunkelrot an, und die Sehnen am Hals traten wie Taue hervor. Und dazwischen immer wieder die flinken Hände, die den Gegner in die Kniekehle zu fassen oder am Fußgelenk zu packen versuchten.

»Vorwärts, Jamie!« schrie Diane. »Go, go, go!«

Jamie hob den Blonden mit einem brutalen Griff von der Matte und warf ihn auf den Rücken. Der Junge kam mit dem Kopf auf und sah sich einen Moment lang verwirrt um. Mit von Schweiß glänzendem Gesicht preßte Jamie ihn auf die Matte. Der Blonde schlug um sich. Mehr als einmal trafen seine

Fäuste Jamies Rücken. Harte Schläge, die jedoch keinerlei Wirkung zeigten.
Was ging da unten vor sich?
Diane runzelte die Stirn und bemerkte plötzlich, wie still es auf den Rängen geworden war. Dann sprangen die ersten auf und schrien auf die Trainer und die beiden Ringer ein. Der Blonde versuchte mit purer Muskelkraft, den Mattenrand, die Auslinie zu erreichen. Zentimeter für Zentimeter kam er voran. Es gelang ihm, sich auf die Seite zu drehen, und er rief Jamie etwas zu. Anscheinend gab er auf und wollte nur noch fort. Etliche Zuschauer warfen Diane entsetzte Blicke zu, so als wäre sie für die Aggressivität ihres Sohnes verantwortlich.
»Hör auf, Jamie!« schrie sie.
Unter Jamies erbarmungslosem Griff verfärbte sich der Arm des Gegners, und er trat verzweifelt mit den Beinen in die Luft. Schrill ertönte die Pfeife des Schiedsrichters. Aber Jamie ließ nicht von dem Blonden ab. Er hielt den anderen fest am Boden und verdrehte dessen Arm noch weiter. Die rote Binde am Arm des Blonden leuchtete wie ein Alarmsignal.
»Jamie!« kreischte Diane. »Jamie!«
Der Schiedsrichter rannte zu den beiden Kämpfern. Die Trainer brüllten, sprangen auf und ab und entschlossen sich schließlich zum Eingreifen. Der Unparteiische ging in die Knie und packte Jamie mit beiden Händen an den Schultern. Dieser fuhr wütend herum und stieß ihn gegen die Brust. Der Schiedsrichter verlor die Balance und fiel auf den Rücken.
Diane schrie gellend den Namen ihres Sohnes.
Jamie stützte sich auf ein Knie und konzentrierte so alle Kraft auf einen Hebelgriff am Arm seines Gegners. Drehte, drehte und ... *Knack!* Das Geräusch des brechenden Knochens drang bis zu Diane hinauf. Sie erstarrte, riß eine Hand vor den Mund und blickte fassungslos auf ihren Sohn, der siegessicher lächelnd und triumphierend über der bewußtlosen Gestalt seines vernichteten Feindes stand. Jamie drehte sich zu den Trainern hin, und die blieben stehen. Der Junge hob seinen

Arm, ballte die Hand zur Faust und streckte sie vor. Diane sah, daß er ihr noch einen Blick zuwarf und dann durch die Doppeltür auf das Footballfeld hinauslief. Die ganze Zeit über präsentierte er seinen makabren Siegesgruß.

Detective Sergeant Frank Neale sah fast genauso aus, wie Corde ihn sich vorgestellt hatte: Bürstenschnitt, blond, fleischig und rötliche Haut. Zu sehr Profi, um an seinem Dienstwagen einen Aufkleber wie *Wenn wir Schußwaffenbesitz zum Verbrechen machen, besitzen bald nur noch Verbrecher Schußwaffen* anzubringen (aber jede Wette, daß ein solcher Spruch auf seinen Privatwagen, natürlich mit Allradantrieb, aufgeklebt war).

Doch, und dafür sollte ihn der Himmel segnen, er empfing Corde und Kresge, die eine hektische Zweistundenfahrt hinter sich hatten, mit vier dicken Roastbeef-Sandwiches und dem besten Kaffee, den Bill je getrunken hatte. Sie nahmen beides unterwegs durch die leeren Straßen der zerfallenden Innenstadt von Fitzberg zu sich. Ihr Ziel war nach Neales Worten der MKP auf dem Parkplatz gegenüber vom Holiday Inn.

»MKP?« fragte Kresge.

»Mobiler Kommando-Posten.«

»Ach so.«

Corde vermutete, daß es sich dabei um kaum mehr als einen Streifenwagen handelte, der mit zwei Funkgeräten ausgestattet war. So hätte nämlich in New Lebanon ein MKP ausgesehen. Aber nein, sie erwartete ein großer Ford-Bus mit Airconditioning, der innen Platz für sechs Beamte bot. Auf dem Dach war eine große Antennenschüssel angebracht. Kresge deutete auf die Scheiben aus Panzerglas.

»O Gott!« flüsterte Corde. »Die haben bestimmt auch Geschütze an Bord.«

Nun, Artillerie besaß das Fahrzeug zwar nicht gerade, aber dafür M-16-Sturmgewehre mit Laserzielsuchgerät, Granaten mit Aufschlagzünder, eine ganze Batterie von Funkgeräten,

diverse Computerbildschirme und allerlei weiteres elektronisches Gerät. »Soviel Aufwand für einen einzigen Täter?« staunte Kresge.
Neale, der so gerade dastand, als hätte er einen Ladestock verschluckt, entgegnete: »Verbrecher ist Verbrecher, Deputy, und von denen kann ich Mörder am allerwenigsten leiden.«
»Ja, Sir«, sagte Kresge, »da stimme ich ihnen hundertprozentig zu.«
Corde wünschte sich, Kresge eines Tages so weit zu haben, daß dieser mit ihm zusammen in passenden Momenten die Augen verdrehte. Er wandte sich an Neale: »Wo hält sich Gilchrist zur Zeit auf?«
»TakÜber meldet, er befindet sich in seinem Hotelzimmer.«
»Tak was?« fragte Kresge.
»Taktische Überwachung. Sie haben gemeldet, daß er sich in seinem Zimmer aufhält. Leider gibt es ein Problem. Gilchrist hat zwei Unbeteiligte mitgebracht. Prostituierte.«
»In seinem Profil steht nichts von Lustmorden, aber bei seinem instabilen Charakter kann man nie wissen.«
»Wir verfolgen alles, was in seinem Zimmer gesprochen wird, über ein Richtmikrofon. Er hat die Damen bereits bezahlt, und jetzt stehen wohl ein paar Spielchen an. Wenn er durchdreht, treten wir die Tür ein und schnappen ihn uns. Wenn das nicht passiert, warten wir, bis die beiden möglichen Geiseln gegangen sind. So halten wir es hier in Fitzberg. Trauen Sie ihm eine Geiselnahme zu?«
»Wenn er in die Ecke gedrängt wird, ist er zu allem fähig«, antwortete Corde.
»Okay«, sagte Neale. »Bis Sie das Startzeichen geben, bleiben wir hier sitzen und warten.«

Der Wind wirbelt in die Senke des Friedhofs und schiebt sich unter Jamies Ringeranzug.
Der Junge zittert und erhebt sich. Vorsichtig geht er um das Grab herum, in dem Philip liegt, und verläßt den Friedhof in

Richtung Des Plaines. Hier ist der Fluß recht schmal, und seine Stromschnellen können sich für einen Wasserlauf des Mittelwestens durchaus sehen lassen. Eine Viertelmeile stromaufwärts gabelt sich der Fluß und umspült eine kleine Insel, die dicht mit Bäumen und Unterholz bewachsen ist. Man kann den Fluß dort nicht durchwaten, aber über eine umgestürzte dicke Birke die Insel erreichen. Philip und Jamie haben diesen Steg unzählige Male überschritten, um zu ihrem Dimensionskreuzer zu gelangen (die Insel weist ziemlich genau die Form eines solchen Raumschiffs auf). Jamie betritt nun die Behelfsbrücke und wirft einen Blick auf das schäumende, phosphatverseuchte Wasser. Drüben auf der anderen Seite läuft er den altbekannten Weg, vorbei am Kontrollraum, am Maschinenraum, an den Xaser-Torpedorohren, an der Notschleuse ...
Jamie bleibt abrupt stehen. Er hat auf der anderen Seite der Insel einen nächtlichen Angler entdeckt, der es sich offensichtlich am Ufer bequem gemacht hat. Jamie fühlt sich verraten und wird furchtbar wütend. Dieser Ort gehört nur ihnen, Philip und ihm. Niemand sonst hat hier etwas verloren. Seit Philips Tod kommt Jamie jeden Tag hierher und inspiziert die Schiffsdecks. Er empfindet den Angler als Störenfried, als Aggressor, der wie ein Hononen-Krieger den Kreuzer besetzt hat. Der Mann dreht sich um, lächelt verblüfft und winkt dem Jungen dann zu. Jamie ignoriert ihn und marschiert verdrossen in die andere Richtung weiter.
Jetzt steht er unter den Pinien, deren Spitzen von den Lichtern der Stadt Higgins bestrahlt werden. Es sieht aus, als trügen die Bäume einen verschwommenen Strahlenkranz. Jamie läßt flache Steine über das Wasser hüpfen. Im Gurgeln der Strömung glaubt er die Rhythmen von Geiger zu hören, die brennenden Gitarren-Riffs, die kreischenden Schreie des vollkommen wahnsinnigen Sängers. Er spürt zwei Moskitostiche auf seinem Arm, läßt die Tiere einen Moment sich laben und erschlägt sie dann mit roher Gewalt. Zwei dunkelrote Flecken bleiben auf seinem Unterarm zurück. Jamie lauscht wieder dem Wasser.

Tu. Dir.
Tu Dir doch.
Tu. Dir. Tu. Dir. Doch.

Der Himmel, längst nicht mehr blau, zeigt nun die graue Färbung eines Xaser-Torpedos kurz vor der Detonation. Die Wolkendecke reißt für einen Moment auf, und Jamie erblickt den ersten Stern dieses Abends. Ein gräßlicher Schmerz durchfährt ihn. Er gerät in Panik und flieht zu der Baumbrücke.

Tu dir doch selbst einen Gefallen. Tu es jetzt.

Jamie betritt den Stamm und hält in der Mitte inne. Er hebt die Arme wie Dathar-IV, als der oben auf der State Governance Building Bridge stand, dreihundert Meter über den Solarkristallen, und von beiden Seiten rückten Hononen-Krieger heran. Jamie schließt die Augen, hebt die Hände über den Kopf und stellt sich auf die Zehenspitzen. Unter ihm ist nichts als der Abgrund des tosenden Wassers.

Mit der Macht Eurer Weisheit,
Mit der Stärke Eurer Größe
Führt mich, o Wächter,
In die Verlorene Dimension,
Ins Licht dunkler Nacht . . .

Jamie stürzt wie ein Meteorit in das dunkle Wasser. Er spürt einen scharfen Schmerz am Ohr, als sein Kopf gegen Holz prallt, dann umschließt eine Kälte, wie er sie nie kennengelernt hat, seinen Körper und preßt das letzte Quentchen Luft aus seiner Lunge.
Jamie sieht nach oben und erkennt Wasser, Blut und in dem Tunnel aus Schwärze einen einzelnen Stern. Er weiß, daß es sich dabei um das Auge eines Wächters handelt, der sich ihm zeigt, um ihn in eine neue Dimension fortzutragen.

Eine zweite Thermoskanne Kaffee tauchte wie aus dem Nichts auf. Neale fuhr mit den Fingern durch sein extrem kurzes Haar und erzählte ihnen von dem Tag, an dem einer seiner Scharfschützen einen Verdächtigen auf achthundert Meter Entfernung getroffen hatte. »In diesem Moment hielt sogar Gott den Atem an«, erklärte er in unverhohlener Bewunderung.

Auf dem Armaturenbrett, das aussah wie das in einer 747, blinkte ein rotes Lämpchen auf, gefolgt von einem elektronischen Piepen. Ein Sergeant nahm den Hörer ab. »MKP Eins. Diese Leitung ist nicht abhörsicher. Reden Sie.« Er lauschte einen Moment, dann: »Detective Corde, für Sie.«

»Für mich?« Corde nahm den Hörer und meldete sich.

»Bill ...« Dianes Flüstern klang so hohl, daß sich darin hundert verschiedene Mitteilungen verbergen konnten.

»Schatz, was ist? Warum bist du so ...«

»Bill!«

Corde erkannte allein daran, wie sie seinen Namen aussprach, daß etwas passiert war. Dann hörte er im Hintergrund Stimmen und Geräusche. Er haßte sie. Es waren die typischen Krankenhaus-Geräusche. »Sarah?« fragte Corde.

»Jamie.«

»Was ist denn geschehen?«

»Er liegt im Koma. Jamie ... Ach, Bill, er hat versucht, sich umzubringen! Ein Angler hat ihn gefunden, und ...«

»O mein Gott!«

Dann kam die Erinnerung, und einen Moment später verkrampfte sich sein Magen. »Der Wettkampf ... Ich habe ihn verpaßt ...«

Es dauerte einen Moment, bis Diane wieder sprach: »Komm nach Hause, Bill. Ich brauche dich hier.«

»Wird Jamie es schaffen?«

»Die Ärzte wissen es noch nicht. Er ist beinahe ertrunken. Beim Sprung ins Wasser hat er sich den Kopf aufgeschlagen. Komm sofort nach Hause.«

Als Corde aufgelegt hatte, sagte er zu Kresge: »Wynton, Jamie ist verletzt. Ich muß zurück.«

»O nein, Bill! Steckt er dahinter?« Er nickte in Richtung Hotel.

»Nein, es war etwas anderes. Scheint ziemlich ernst zu sein. Auf jeden Fall muß ich hin. Sie übernehmen jetzt hier das Kommando.«

Die Liebe des siebenfachen Vaters für seine Kinder schwang in Kresges Worten mit, als er entgegnete: »Ich werde an Sie denken.« Corde versagte die Stimme, und er konnte seinen Dank nur dadurch ausdrücken, daß er dem Deputy eine Hand auf die breite Schulter legte. Kresge spürte, wie dabei eine schwere Last auf ihn überging, die auch dann noch bei ihm blieb, als Corde den Wagen längst verlassen hatte. »Wir kriegen ihn, Bill. Wir kriegen ihn.«

37

»Diesmal habe ich wirklich Mist gebaut, nicht wahr?« sagte Corde.

Sie saßen in dem kleinen Wartezimmer der Intensivstation im Gemeindekrankenhaus. Nur eine dicke gelbe Tür trennte sie von ihrem Sohn. Die Ärzte waren jetzt bei ihm. Hin und wieder kam eine Schwester oder ein Mediziner heraus und eilte schweigend und ohne die Eltern anzusehen an ihnen vorbei. Für Bill war dies die allerschlimmste Bestrafung.

Er hielt Dianes Hand, aber sie erwiderte den Druck seiner Finger nicht. Corde sagte sich, daß er auch kaum mehr von ihr erwarten durfte. Bis auf die Mitteilung, daß Jamies Zustand kritisch sei und er das Bewußtsein noch nicht wiedererlangt habe, hatte sie kaum mehr als fünf Worte mit ihm gesprochen, seit er in einer halsbrecherischen Fahrt von Fitzberg zurückgekehrt war. Sie ließ ihn ihre intensivste Form von Verärgerung spüren: Schweigen und ein ganz ruhiger Blick, den man im

ersten Moment für Verwunderung halten konnte, hinter dem sich aber in Wahrheit Zorn verbarg.
Zum erstenmal in seiner Ehe fragte sich Corde, ob er seine Frau verloren hatte.
»Ich habe mich wohl viel zu sehr von dem Fall einspannen lassen.«
Er meinte damit vor allem, Jamie enttäuscht und ihn dadurch zu seinem Schritt getrieben zu haben, aber insgeheim mußte er sich eingestehen, daß er auch schon den Sheriff-Posten abgelehnt hatte, um sich nur noch um die Aufklärung von Jennies Tod kümmern zu können. Corde vermutete, daß Diane ähnlich dachte. »Ich wünschte, du würdest endlich etwas sagen.«
»Ach, Bill, wer hätte das denn ahnen können? Wir haben soviel Zeit für Sarah erübrigt, weil wir davon ausgegangen sind, daß sie uns mehr braucht als Jamie. Und jetzt stellt sich heraus, daß er in Wahrheit viel mehr auf uns angewiesen war, während sie ganz gut ohne uns zurechtkam.«
»Das ist alles meine Schuld«, sagte Corde. »Ich wußte von dem Kampf. Ich hatte mich sogar schon darauf gefreut, Jamie ringen zu sehen. Doch dann kam die Meldung, daß Gilchrist gefunden worden sei, und da bin ich zum Jagdhund geworden, der eine Witterung aufgenommen hat.«
Diane stand wortlos auf und ging zum Münzfernsprecher. Wen immer sie zu erreichen wünschte, er war nicht da. Diane verzog das Gesicht, hängte ein, nahm das Geld heraus, kehrte zurück und setzte sich wieder schweigend.
Das Warten zog sich immer mehr hin. Corde nahm einen Vierteldollar aus seiner Tasche und ließ ihn über die Fingerrücken wandern. Die Münze fiel hinunter. Er hob sie auf und steckte sie wieder ein. Dann öffnete sich die Tür, und drei Ärzte kamen heraus. Corde und Diane blickten ihnen in die Gesichter und suchten dort nach Hinweisen, doch sie hatten ihre gottverdammten steinernen Mienen aufgesetzt. Einer von ihnen, der Chef-Neurologe, nahm auf dem Stuhl neben Diane Platz und begann zu reden.

Corde hörte eine Menge Worte. »Gehirnstamm ... Minimal ... Schwere Gehirnerschütterung ... Keine Lebenserhaltungssysteme ...« Der Arzt redete mindestens fünf Minuten lang und gab ihnen eine Menge guter Ratschläge, was sie für Jamie tun könnten. Alles hörte sich für Corde ganz gut an, zumindest nicht hoffnungslos, doch als er fragte: »Wann wird unser Sohn aufwachen?« antwortete der Neurologe: »Das kann ich Ihnen leider nicht sagen.«

»Aber was sollen wir denn tun?«

»Warten.«

Corde nickte. Diane begann zu weinen. Als der Arzt sie fragte, ob sie ein Beruhigungsmittel wollten, antworteten beide zugleich: »Nein.«

»Es würde nicht schaden, wenn Sie etwas schliefen«, meinte der Arzt. »Ich glaube, ich kann Ihnen versichern, daß sein Zustand sich nicht verschlechtern wird.«

»Warum fährst du nicht nach Hause, Schatz«, sagte Corde, »und legst dich ein bißchen hin?«

»Ich bleibe bei meinem Jungen.«

»Ich auch.«

Als der Arzt fort war, rollte Diane sich auf einem der orangefarbenen Stühle aus Fiberglas zusammen und schlief sofort ein. Corde erhob sich leise und ging in Jamies Zimmer, um an seinem Bett zu wachen.

»Okay, Deputy, Zielort ist frei.«

Wynton Kresge öffnete die Augen. Franklin Neale stand vor ihm und rüttelte ihn wach.

»Wie spät ist es denn?«

»Sechs Uhr. Die Nutten sind gegangen, und der Zielort ist jetzt frei.«

»Wie bitte?«

Wie durch Zauberhand tauchte die Thermoskanne wieder vor ihm auf und füllte seinen roten Plastikbecher. Kresge gab drei Tütchen Zucker rein.

»Wollen Sie hineingehen und ihn festnehmen oder lieber warten, bis er herauskommt?« erkundigte sich Neale.
Kresge stellte Corde in Gedanken eine Menge Fragen, erhielt aber auf keine davon eine Antwort. Er wandte sich Neale zu, der frisch wie ein Rekrut bei einer Parade aussah, ja, sich sogar rasiert hatte. »Was würden Sie denn für besser halten?«
Der Sheriff zuckte mit den Schultern. »Nun, in taktischer Hinsicht sehen Sie sich hier mit der klassischen Situation konfrontiert. Wenn wir sein Zimmer stürmen, müssen wir davon ausgehen, daß er sich verbarrikadiert hat und das Feuer auf uns eröffnet. Wenn wir ihn auf der Straße verfolgen, besteht die Gefahr, daß er uns entwischt oder daß bei einem Schußwechsel Unschuldige verletzt werden.«
Nach diesen klaren und militärisch knappen Worten fühlte Kresge sich gleich besser. Er gelangte sogar zu dem Schluß, hier eigentlich doch nicht fehl am Platz zu sein. »Ich glaube, ich geh lieber rein und nehm ihn in seinem Zimmer fest.«
»Hört sich vernünftig an, Deputy. Das SWAT-Team steht schon bereit. Wollen Sie die Leute vorausschicken?«
»Nein, ich gehe als erster in das Zimmer«, antwortete Kresge. »Das SWAT-Team soll mich decken.«
Der so militärisch auftretende Detective Sergeant nickte ihm zu und sagte: »Genauso hätte ich mich auch entschieden.« Dann betrachtete er kurz Kresges hünenhafte Gestalt. »Okay, dann wollen wir mal was zu Ihrem Schutz tun. Ich denke, irgendwo haben wir auch was in Ihrer Größe.«
Während Kresge die Klettverschlüsse an seiner kugelsicheren Weste Typ II (mit superstoßfester Platte über dem Herzen) zumachte, kam ihm plötzlich ein Aspekt der Polizeiarbeit in den Sinn, über den er früher nie nachgedacht hatte. Wenn die wichtigste Aufgabe eines Polizisten darin bestand, Leben zu retten, dann konnte die Konsequenz daraus nur lauten, zur Erfüllung dieser Aufgabe auch in die Lage zu kommen, gezwungen zu sein, ein Leben zu nehmen.
Damals, als er noch in Ruhe und Beschaulichkeit an seinem

Schreibtisch in Auden saß und den Druck der Taurus-Automatic an seinem Bauch spürte, glaubte er nie ernsthaft daran, diese Waffe auch einmal gebrauchen zu müssen. Natürlich hatte er sich Phantasien von heldenhaften Einsätzen gegen Terroristen oder gewaltbereite Demonstranten hingegeben, doch nun, hier und jetzt, verspürte er Furcht. Er hatte keine Angst davor, in fünf Minuten den Kugeln seines Gegners ausweichen zu müssen. Vielmehr beschäftigte ihn das Gegenteil, nämlich daß er dann den Körper eines anderen Menschen mit seinen Kugeln durchbohren würde. Allein schon die Vorstellung war ihm zuwider.

»Deputy ...«

Kresge wurde sich bewußt, daß Neale mit ihm sprach. »Ja?«

Neale zeigte ihm auf seinem Bildschirm den Grundriß des Holiday Inn. »Schauen Sie bitte mal.«

»Wo haben Sie das denn her?«

»Unser SWAT-Team ist mit den Grundrissen aller Hotels in der Stadt ausgestattet und auch mit denen der wichtigsten öffentlichen Gebäude.«

Kresge hielt das für eine ausgezeichnete Maßnahme. Er würde Corde vorschlagen, in New Lebanon das gleiche zu tun.

»Okay, unser Mann hält sich hier auf. In Zimmer 258. Es gibt keine Verbindungstür zu den Nachbarräumen. Aber was ist denn das hier?«

Einer der Polizisten antwortete: »Die Zimmer sind mit Mikrowelle und einem kleinen Kühlschrank ausgestattet. Das dürften Rohre und die Spüle aus rostfreiem Stahl sein. Die halten Hohlspitzgeschosse auf, aber wegen der Straße auf der anderen Seite dürfen wir keine Stahlmantelgeschosse einsetzen.«

»Deputy?«

»Wir sollten ihn nicht vorher warnen«, sagte Kresge. »Kein Gas und keine Granaten. Wir brechen die Tür auf und stürmen hinein, ehe er eine Chance hat, das Feuer auf uns zu eröffnen.« Er hatte das einmal in einem Film mit Mel Gibson gesehen und fragte jetzt vorsichtig nach: »Entspricht das den Einsatzvorschriften?«

»Für mich hört sich das gut an, Deputy«, antwortete Neale. »Dann wollen wir mal ...«

»Sergeant!« rief der junge Beamte am Funkgerät. »Er hat das Hotel verlassen und bewegt sich nun zu Fuß in Richtung Eastwood.« Er lauschte den neuen Meldungen, die aus seinem Kopfhörer kamen, und fuhr dann fort: »TakÜber weist SWAT-Team ein. Sie sind drei Blocks entfernt und verfahren nach Aufmarschplan.«

»Roger«, sagte der Detective Sergeant. »Wohin will er?«

»Vermutlich zum Fluß. Er hat einen Koffer bei sich und bewegt sich sehr schnell.«

»Wie weit ist das von hier entfernt?« fragte Kresge.

»Nur eine Straße.«

»Worauf warten wir dann noch?«

Neale setzte sich eine blaue Mütze mit der Aufschrift POLICE auf.

»TakÜber meldet, daß Gilchrist verschwunden ist. Kurz vor der Brücke bog er ab und lief in eines der alten Lagerhäuser am Fluß. Sie vermuten, daß er sich in nördlicher Richtung bewegt.«

Kresge riß die Wagentür auf und blinzelte ins blendende Tageslicht. »Wohin müssen wir?«

»Folgen Sie mir.« Neale rannte schon über die Straße. Sie kamen an einem freien Grundstück vorbei, auf dem Unkraut wucherte und diverse Metallteile vor sich hin rosteten. Kresge erkannte vor sich mehrere Reihen von ein- und zweigeschossigen Lagerhäusern. Die meisten waren verfallen, einige ausgebrannt.

Ein perfektes Versteck für jemanden, der sich auf der Flucht befand.

Und der Traum eines jeden Heckenschützen.

Ein Lieferwagen kam nicht weit von ihnen mit quietschenden Reifen zum Stehen. Fünf SWAT-Beamte sprangen heraus.

Kresge hörte die Kommandos: »Durchladen und sichern. Grünes Team nach Süden. Blaues Team nach Norden. Haltet euch dicht am Fluß.«

Neale blieb vor dem ersten Gebäude stehen. »Deputy?«

Kresge sah ihn fragend an und bemerkte dann, daß er auf sein Holster deutete. »Oh!« Kresge zog seine Waffe und legte den rechten Zeigefinger an den Abzug. Ein Energiestoß fuhr durch seine Brust. Neale zeigte auf sich und dann nach rechts. Kresge nickte und wandte sich in die entgegengesetzte Richtung, zum Fluß hin. Einen Moment später fand er sich auf einer langen Straße wieder, über die die verrosteten Schienen einer Schmalspurbahn verliefen. An beiden Seiten reihten sich Tausende von schwarzen Türen, eingeworfenen Fenstern und Laderampen auf.

»Oh, Junge!« seufzte er, sprang über einen Steinvorsprung und erreichte das Kriegsgebiet.

Die ersten fünf Hallen waren die reinste Hölle. Ständig wirbelte er herum, duckte sich und richtete seine Pistole auf Schatten, Müllsäcke und Schließklappen. Als er so weit gekommen war, ohne erschossen worden zu sein, wurde er zunehmend kühner. Gilchrist wollte nicht in eine Falle geraten. Sein einziges Ziel besteht darin, dachte Kresge, zu entfliehen. Deswegen wird er sich nicht in einem Lagerhaus verschanzen, aus dem es für ihn kein Entkommen gibt.

Dennoch stieß Kresge in einem der Gebäude auf ihn.

Der Deputy gelangte in eine große, verlassene Halle. Gezacktes Sonnenlicht drang durch die oberen Fenster herein.

Und da war der Mann. Nur fünfzehn Meter vor ihm versteckte er sich hinter einem alten Kessel. Er hatte den Koffer bei sich, aber keine Waffe. Neben dem riesigen Boiler wirkte er unschuldig und klein, ein schmächtiger Mann mit aschfahler Haut und sichtlich nervös. Kresge sagte sich, daß er der erste war, der in diesem Fall Leon Gilchrist zu sehen bekam – nun ja, in Anbetracht des diffusen Lichts in diesem Gebäude traf das wohl nicht ganz zu.

»Keine Bewegung!« rief der Deputy.
Der Mann rührte sich tatsächlich nicht, aber nur vor Schreck und auch nicht länger als einen Moment. Dann drehte er Kresge ganz langsam den Rücken zu und lief zögernd davon wie jemand, der nur widerwillig die Liebste verläßt.
»Stehenbleiben, oder ich schieße!«
Der Mann setzte Fuß vor Fuß und drehte sich nicht einmal um. Kresge richtete die Waffe auf ihn. Ein perfektes Ziel, noch klarer als auf dem Pistolenschießstand in Higgins. Sein Zeigefinger löste die Sicherung und krümmte sich um den Abzug. Er hatte ihn halb zurückgezogen, als er »Scheiße« murmelte und zur Verfolgung ansetzte.
Vor ihm verflüchtigte sich die Silhouette zu einem Schatten und verschwand dann ganz.

Einer der Polizisten, die zeitweise dem SEK, Fitzbergs Sondereinsatzkommando, unterstellt waren, hieß Tony LaPorda, ein großer schwergewichtiger Mann, der seinen Dienstrevolver vorschriftsmäßig am Gürtel und die nicht erlaubte .380 Automatic in einem Seitenholster unter der schwitzenden Achselhöhle trug. Er war ein typischer Kleinstadtbulle, eine Mischung aus den ruhigen New Yorker Polizeibeamten und den unerschütterlichen Cowboys aus Atlanta oder San Antonio.
LaPorda trug eine Lederjacke mit Pelzkragen, eine schwarze Hose und einen Hut mit Lederkrempe und schachbrettartig gemustertem Zierband. Er war ein typischer Vertreter der fünf Patrolmen aus Northside Greater Los Angeles, denen man befohlen hatte, sich für einen Einsatz freiwillig zu melden, der nur ein paar Stunden dauern würde und bei dem es darum ging, einen Professor aus New Lebanon zu stellen, der eine seiner Studentinnen kaltgemacht hatte.
Für diesen Einsatz hatte man LaPorda eine Sonderfrequenz auf dem Funkgerät gegeben, aber kein M-16 (keiner im SWAT-Team war mit einem solchen Sturmgewehr ausgerüstet, weil, wie es offiziell hieß, Gilchrist schließlich kein Terrorist,

sondern bloß ein durchgedrehter Professor sei). LaPorda zeigte sich nicht allzu begeistert von diesem Einsatz, vor allem dann nicht, als er erfuhr, daß der Verdächtige sich auf der Flucht befand. Der Patrolman haßte es, hinter jemandem herlaufen zu müssen. Das war ihm fast noch mehr zuwider als das Flußufer.

So trottete er lethargisch auf eines der alten Lagerhäuser zu, denn er sagte sich, daß er dort den ganzen Einsatz aussitzen konnte. Er kam mit leichtem Seitenstechen an und dachte: Gottverfluchte Scheiße, die verdammten SWAT-Teams werden nur für die verkackte Aerobic à la verschissener Jane Fonda bezahlt!

Er lehnte sich gegen die Wand und lauschte den statisch gestörten Stimmen der, wie ein Kumpel es genannt hatte, Sonder-Arbeits-Reserve-Gruppe. LaPorda meldete sich ebenfalls über Funk, gab seinen Standort durch und teilte mit, daß er noch kein Anzeichen des Verdächtigen entdeckt habe und sich nun weiter in Richtung Fluß bewege. Dann kramte er in seiner Jackentasche nach dem Camelpäckchen. Er schüttelte eine Zigarette heraus und steckte sie sich zwischen die Lippen.

Der Patrolman fuhr sichtlich zusammen, als eine freundliche Stimme neben ihm fragte: »Feuer?«

Als LaPorda sich umdrehte, bekam er den Sprecher nicht zu sehen. Nur ein zehn Zentimeter dickes und über einen Meter langes Stück Rohr, das genau auf seine Stirn zusauste. Das dumpfe *Klonk* hallte von den Wänden wider. LaPorda sackte zusammen, und Blut spritzte aus seinem Gesicht. Er war noch für einen Moment bei Bewußtsein und bekam mit, wie Hände seine Taschen ausplünderten. Weiche, schmale Finger. Der Mann, dem sie gehörten, konnte nicht sehr stark sein.

Professorenhände, dachte er noch, ehe alles um ihn herum schwarz wurde.

Wynton Kresge stieß wieder auf Gilchrist, als der dem niedergestreckten Patrolman den Dienstrevolver aus dem Holster zog. Er fragte sich, ob er den Beamten umgebracht hatte. »Halt! Hände hoch!« Der Mann drehte sich um, und ihre Blicke trafen sich. Sie waren ganz allein. Von nirgendwo ertönten Schritte oder das Krachen eines Walkie-talkie. Die anderen Polizisten mußten weitergegangen sein. »Keine Bewegung!« befahl Kresge. Er zielte zwischen die Augen des Mannes. Dann erinnerte er sich an die Dienstanweisung, § 34-6: »Vor einer Festnahme sollte besser auf die Brust als auf den Kopf gezielt werden.«

»Waffe fallen lassen«, sagte Kresge.

Ein Sonnenstrahl wurde von einem hohen Fenster gebrochen und tauchte die beiden Männer kurz in fahles Licht.

»Fallenlassen.«

»Wir können doch darüber reden.«

Kresge deutete mit einer Kopfbewegung auf die Pistole. »Sofort!« Gilchrist hielt einen Double Action Revolver in der Hand. Er brauchte nur auf ihn zu zielen und abzudrücken, ohne eine Sicherung lösen zu müssen. § 34-2: Als erstes die Waffe des Verdächtigen identifizieren. »Ich werde das nicht noch mal sagen.«

»Wollen Sie Geld? Wieviel? Tausend? Kein Problem.« Er deutete mit einer Kopfbewegung auf den Patrolman. »Das hier war ein Unfall. Er ist gestürzt. Ich wollte ihm nur helfen. Wie wär's mit zweitausend?« Er zeigte langsam auf den Koffer, und dabei drehte sich die Revolvermündung in Richtung Kresge.

Dieser erinnerte sich an die Silhouetten-Zielscheiben im Schießstand und sagte: »Ich zähle bis drei.«

»Hören Sie, warum zählen Sie nicht bis zehn und geben mir damit eine Chance, abzuhauen? Wäre das nicht viel einfacher für uns alle? Und zweitausend Dollar bar auf die Hand. Ich habe das Geld hier in meinem Koffer.«

»Wenn Sie die Waffe nicht augenblicklich fallenlassen, schieße ich auf Sie.«

»Oh, das glaube ich nicht, Officer.«

38

»Er hat sich bewegt. Und etwas gesagt.«

»Detective Corde?«

»Ich habe es leider nicht genau verstanden.«

»Telefon für Sie, Sir.«

»Er hat sich bewegt. Und gesprochen.«

Die Schwester, die genau über Halluzinationen, ausgelöst durch Schlafmangel, Bescheid wußte, warf einen Blick auf Jamies reglose Gestalt. »Das ist ja wunderbar.«

»Er hat sich sogar aufgerichtet.«

Sie hatte das Krankenblatt gelesen und wußte, daß das absolut ausgeschlossen war. Genausogut hätte sein Vater behaupten können, er habe gerade gesehen, wie sein Sohn einen Steptanz aufgeführt habe. »Das freut mich aber sehr.«

»Ja, wollen Sie denn nicht den Arzt darüber informieren?«

»Ein Polizist aus Fitzberg ist am Apparat. Er meinte, es sei wirklich dringend.«

»Okay«, sagte Corde und schleppte sich müde zu dem roten Telefon.

»Nein, Sir, hier draußen, wir stellen keine Anrufe zur Intensivstation durch.«

»Ach so.«

Er folgte ihr zum Schwesternzimmer, nahm den Hörer und meldete sich mit »Hallo?«

Wynton Kresge erkundigte sich nach dem Befinden seines Sohnes.

»Er schläft jetzt. Aber eben hat er sich aufgesetzt und mit mir gesprochen. Ich habe es ganz deutlich gehört, auch wenn ich kein Wort verstehen konnte.«

»Großartig, Bill. Übrigens, Gilchrist ist tot.«

»Gut. Sie haben ihn also erwischt.«

»Er versuchte zu fliehen. In seiner Brieftasche haben wir Sayles' Kreditkarte gefunden, und da waren auch noch die von ein paar anderen Personen. Vielleicht hat er sie gestohlen oder sie von einem Kriminellen beschaffen lassen. Auf jeden Fall scheint er vorgehabt zu haben, seine Spuren gründlich zu verwischen.«

»Wie ist denn alles vor sich gegangen?«

»Genau darüber wollte ich mit Ihnen reden, Bill. Über das, was ich getan habe. Gilchrist hatte eine Waffe. Fuchtelte damit vor mir herum. Ich habe auf ihn geschossen. Viermal.«

»Gut gemacht, Wynton.«

»Ich konnte mich einfach nicht bremsen, habe immer wieder abgedrückt. Er ist vornüber gestürzt und gestorben. Ich habe ihn viermal getroffen.«

»Sie haben das Richtige getan.«

»Aber, Bill, verstehen Sie, ich war mir nicht sicher. Ich meine, ich weiß nicht, ob er die Waffe gegen mich einsetzen wollte ...«

»Haben die Kollegen in Fitzberg die Sache ihrem Staatsanwalt übertragen? Ich meine, man stellt Sie doch wohl nicht unter Anklage, oder?«

»Nein, nein, ich rede hier nicht über die juristische Seite der Geschichte. Ich habe einen Menschen erschossen, obwohl ich nicht sicher sein konnte, ob er auch auf mich feuern wollte.«

»Wynton, er hat Jennie und Sayles umgebracht. Er hätte keinen Moment gezögert, auch Sie zu töten.«

»Ja, aber mir fehlt die letzte Gewißheit.«

Corde drehte sich zu dem Zimmer um, in dem sein Sohn lag. Er konnte nur einen Berg unter einem grauen Laken ausmachen. Das war sein Jamie. »Die bekommt man nie, Wynton.«

»Ich wollte Sie ja auch nicht weiter damit behelligen, Bill. Aber ich mußte es einfach einmal aussprechen, um den Druck auf meiner Seele loszuwerden.«

»Wenn Sie wieder hier sind, gehen wir beide auf die Jagd, und dann reden wir über alles.« Corde schloß die Augen und lehnte sich erschöpft an die Wand.

»Ich hoffe, Jamie ist bald wieder obenauf.«

»Er hat mit mir gesprochen«, sagte Corde. »Habe ich Ihnen das schon erzählt? Jamie richtete sich auf und hat mir was mitgeteilt. Wenn ich doch nur etwas verstanden hätte.« Er bekam nicht mit, wie die Schwester ihn mit zusammengepreßten Lippen traurig ansah.

»Richten Sie ihm aus, daß ich an ihn denke«, sagte Kresge.

»Das werde ich, Wynton.«

Er legte auf und kehrte in das Zimmer seines Sohnes zurück.

Bill Corde, ein großer Mann, dessen Schultern jetzt herabhingen, dessen kurzgeschnittenes Haar jetzt unordentlich abstand, dem eine Last genommen worden war, bloß um durch eine andere ersetzt zu werden, ließ sich schwer auf den Stuhl neben Jamies Bett fallen.

Corde wußte nicht genau, was er sich unter einer Modepuppe vorzustellen hatte, aber wenn diese Bezeichnung auf Dr. Parker zutraf, dann war darunter keine Beleidigung zu verstehen. Im Gegenteil, er wünschte, in New Lebanon liefen ein paar mehr solcher »Modepuppen« herum.

Die Psychiaterin saß an ihrem sauberen, aufgeräumten Schreibtisch und trug ein luftiges pinkfarbenes Sommerkleid mit so tiefem Ausschnitt, daß Corde die Sommersprossen zwischen ihren Brüsten hätte erkennen können, wenn er hingesehen hätte – was er nach nicht einmal einem halben Moment des Zögerns auch tat. Sie hatte sich das Haar zu einem Pferdeschwanz zusammengebunden und ein schweres goldenes Armband angelegt. Corde fragte sich, ob er es ihr womöglich finanziert hatte, nach alldem, was er bereits an Honorar an sie entrichtet hatte. Sie trug dazu passende Ohrringe, und er stellte sich vor, daß sie auch die ihm zu verdanken hatte.

»Ich bin sehr froh, Sie schließlich doch noch kennenzulernen, Officer.«

Im Gegensatz zu ihren freundlichen Worten musterte sie ihn sehr kritisch. Ob Diane sich wohl bei ihr über ihn beschwert hatte? »Nun, ich habe schon viel Gutes über Sie gehört. Sarah ist ein ganz neuer Mensch geworden, seit sie bei Ihnen in Behandlung ist.«

Dr. Parker, ganz Psychiaterin, nickte nur kurz dazu und fragte unvermittelt: »Sie haben Sarah doch mitgebracht, oder?«
»Sie sitzt draußen im Wartezimmer.«
»Warum ist Ihre Frau nicht gekommen? Ach so, sie ist wohl im Krankenhaus, oder?«
»Ja. Jamie erlangt immer mal kurz das Bewußtsein wieder, leider nie für sehr lange. Aber die Ärzte meinen, er ist über den Berg. Vielleicht bleiben ein paar Gedächtnisprobleme zurück. Andere Komplikationen sind auch nicht ganz auszuschließen. Ein Neurologe will jedenfalls einige Tests mit ihm durchführen. Ein Dr. Weinstein. Kennen Sie ihn? Er soll der Beste im ganzen County sein. Das hat man uns jedenfalls gesagt.«
Dr. Parker sah ihn teilnahmslos an und schwieg.
»Sie wissen ja, was passiert ist, und ...« Plötzlich versagte ihm die Stimme.
»Er hat versucht, sich das Leben zu nehmen«, fuhr die Psychiaterin für ihn fort. »Ihre Frau hat mir davon berichtet.«
»Ich weiß nicht, wie es sein wird, wenn er erst mal wieder zu Hause ist. Ich habe ja noch nicht einmal eine Ahnung, was genau geschehen ist und warum. Aber wenn Sie sich zur Verfügung stellen ...«
»Es wird mir eine Freude sein, Sie beide zu betreuen«, entgegnete sie, jedoch in einem Tonfall, als wäre das ganz und gar nicht ihre Ansicht.
Uns beide? »Vielen Dank.«
Dr. Parker zog eine Schublade auf und entnahm ihr einen dicken Stapel Papier. Corde befürchtete im ersten Moment, noch mehr Rechnungen präsentiert zu bekommen. Sie legte die Blätter vor ihn auf den Schreibtisch. Über der ersten Seite stand Sarahs Name. Ohne den Blick davon abzuwenden, fragte er: »Das hat sie geschrieben?«
»Das stammt von Sarahs neuesten Bändern. Meine Sekretärin hat sie abgeschrieben. Ihnen wird bei der Lektüre auffallen, daß sie mittlerweile wirklich sehr gut spricht. Man findet nur

ein paar Stellen, an denen sie etwas durcheinandergebracht hat. Einige Male korrigiert sie sich.«

Corde blätterte in dem Stapel. »Das sind ja mindestens hundert Seiten.«

»Knapp hundert.«

Bislang hatte er immer gedacht, diese Maßnahme sei der reinste Unsinn. Wenn Sarah sich schon all die Arbeit machen sollte, warum ließ man sie dann nicht lieber ein Schulbuch abschreiben? Was Praktisches eben, womit sie auch im Unterricht etwas anfangen konnte? Was nutzten ihr diese Kindergeschichten schon? Aber das behielt er natürlich für sich. Er wußte, daß er die Anweisungen der Psychiaterin befolgen mußte. Schließlich war sie die Expertin. Und davon abgesehen, war Bill Corde alles andere als ein Spielverderber.

»Könnte man das denn schon als richtigen Roman bezeichnen?«

»Na ja, eher als eine Aneinanderreihung von Kurzgeschichten, in denen aber immer dieselben Charaktere vorkommen. Wie zum Beispiel bei den Winnie-Puh-Geschichten ... oder *Song of the South.*«

»Sind sie denn gut?«

»Mr. Corde, für eine Neunjährige mit solchen Problemen sind sie herausragend.«

»Was soll ich denn mit ihnen tun?«

»Sie? Gar nichts. Dr. Breck setzt die Geschichten bei seinem Unterricht mit Sarah ein. Ihre Lernfähigkeit wird exponentiell zunehmen, wenn sie mit Wörtern arbeiten kann, die sie selbst geschaffen hat.«

Exponentiell. »Sicher. Macht wahrscheinlich eine Menge Spaß.«

Das hätte er wohl besser nicht sagen sollen. Dr. Parker verzog das Gesicht. »Für gewöhnlich ist damit vor allem eine Menge Arbeit verbunden.«

»Natürlich, das denke ich auch.« Corde blätterte wieder in dem Stapel und ließ den Geruch von Schreibmaschinenöl und teurem Papier in seine Nase dringen. Er erhob sich und ging

zum Wartezimmer, in dem Sarah saß. »Und sie hat sich das alles ganz allein ausgedacht?« fragte er an der Tür. »O Mann, mir bricht schon der Schweiß aus, wenn ich bloß einen Bericht schreiben muß.«
»Vielleicht können Sie ja von Ihrer Tochter noch etwas lernen, Mr. Corde«, entgegnete Dr. Parker und schenkte ihm ein mildes Lächeln.

Bill Corde weiß nicht, was er davon halten soll.
Er befindet sich in seinem Arbeitszimmer und blättert immer wieder in Sarahs Buch. Ihm sind bei der Lektüre Zauberer begegnet, die ihre Gestalt verändern können, Drachen, Prinzessinnen und sprechende Autos. Dann fliegende Brotlaibe, tanzende Amseln und Rotluchse, die unter dem Vollmond Opern singen.
»Wie kommst du denn auf Rotluchse?«
»Weil es eben solche Tiere sind«, antwortet Sarah.
»Und wieso singen sie Opern?«
»Deswegen eben«, sagt sie so entrüstet, daß Corde, der die Frage eigentlich nur gestellt hat, weil ihm keine bessere eingefallen ist, sich schämt und lieber nicht auch noch den Grund für den Vollmond erfahren will, obwohl ihn das nun wirklich sehr interessieren würde.
»Das machen Dr. Breck und ich gerade«, erklärt Sarah und zeigt erst auf den Stapel und dann auf ein leeres Blatt. »Wir bringen alle diese Wörter wie mit einem magischen Zug von hier nach da.«
»Ein Zug. Aha.«
Corde hat sich die Schuhe ausgezogen und sich auf der Couch ausgestreckt. Er fühlt sich behaglich wie ein Hund vor einem prasselnden Kaminfeuer. Sarah sitzt an dem wackligen Schreibtisch. Corde war am Morgen im Krankenhaus. Eigentlich ist er total erschöpft, aber Sarahs Begeisterung für ihre Geschichte hält ihn wach. Ihre Beine zittern, während sie die Wörter auf das leere Blatt überträgt.

Für Corde sind ihre Geschichten mit den magischen Ottern, fliegenden Adlern, Trollen und strahlenden Zauberern ein Rätsel. In seinem Bücherregal finden sich fast nur Werke über das Angeln oder die Jagd. Keine Romane, sondern Sachbücher. Die Tiere, über die er liest, sind Wölfe und Grizzlybären oder verdammt clevere Forellen, die auch den besten Fliegen entkommen. Seine Geschöpfe tragen keine Flughüte oder Regenanzüge, sie feiern auch keine Partys in Baumstämmen oder singen aus Leibeskräften in mondhellen Nächten.
Wenn Sarah Filmregisseurin wäre, würde er sich ihre Streifen bestimmt nie ansehen.
Aber er kann sie zumindest für ihr Werk loben, was er auch ehrlich und ausgiebig tut. Fasziniert sieht er zu, wie sie sich vorbeugt und die Wörter überträgt.
Corde verfolgt, welche Techniken sie dabei benutzt. Mit dem Zeigefinger malt sie Buchstaben und Worte auf ihre Handfläche, dann wiederholt sie den Vorgang in Salz, das sie auf dem Schreibtisch ausgeschüttet hat, oder sie löst ein hingeschriebenes Wort in seine Bestandteile auf und studiert die Fragmente. Wie heißen Wortteile gleich noch? fragt er sich in Gedanken. Sibyllen? Nein, Silben. Obwohl Sarahs Buchstabierkünste noch ziemlich zu wünschen übriglassen, hat ihr Selbstbewußtsein enorm hinzugewonnen. Corde hat noch nie erlebt, daß sie bei irgendeiner Tätigkeit so viel Spaß gehabt hat. Er betrachtet die erste Seite von Sarahs Roman.

Mein Buch
Von Sarah Rebecca Corde,
Vierte Klasse
Gewidmet meinem Lehrer,
Dr. Breck

Corde starrt mehrere Minuten lang darauf und horcht in sich hinein, ob er Eifersucht verspürt. Doch das ist nicht der Fall.
Als Sarah fertig ist, erhebt sich Corde und will gehen. Er

betrachtet sie einen Moment, beugt sich dann vor und umarmt sie fest. Sarah ist überrascht, aber auch erfreut, und erwidert die Umarmung stürmisch. Corde sagt seiner Tochter nicht, daß die übergroße Dankbarkeit, die er empfindet, nur zum Teil mit ihr zu tun hat.

39

Es war ein Officer in der demographisch-statistischen Abteilung der Polizei von Fitzberg, der auf den Fehler stieß.

Der DemStat-Beamte hatte die Fingerabdrücke kürzlich getöteter Verbrecher mit denen bekannter, noch per Haftbefehl gesuchter Straftäter verglichen. Da sich seine Schicht bereits dem Ende zuneigte, bemerkte er eine Unstimmigkeit, die ihm normalerweise viel früher aufgefallen wäre, erst recht spät. Er notierte seine Erkenntnisse auf dem entsprechenden Formblatt und wollte es schon in den Postkorb legen, als er sah, daß die Leiche noch an diesem Tag freigegeben werden sollte.

Mist!

Widerstrebend rief er Sergeant Superdetective Franklin Neale an.

»Detective? Hier ist Tech Officer Golding von DemStat.«

»Ja, Golding? Was steht zu vermelden?«

Links, zwo, drei, vier ...

»Wir haben hier eine fehlerhafte Identifizierung bei dem Toten, der vor zwei Tagen eingeliefert wurde.«

»Eine fehlerhafte Identifizierung?« knurrte Neale. »Erstatten Sie Bericht, Officer!«

»Wir hatten doch eine vorläufige Identifizierung aufgrund der Papiere und Kennzeichen des Toten sowie nach den Aussagen eines auswärtigen Deputys, nicht wahr?«

»Ja, korrekt. Es handelt sich um den Täter bei einem Vier-elf in zwei Fällen. War ein richtig übler Bursche.«

Sag mal, polierst du jeden Abend deine Orden? »Jawohl, Sir«, erwiderte Golding laut, »es ist nur so, daß die Abdrücke, die der Leichenbeschauer raufgeschickt hat, zu einem per Haftbefehl gesuchten Straftäter passen, einem gewissen Eddie Scavello. Zwei bewaffnete Raubüberfälle, ein Einbruch, zehn Fälle von Hehlerei. Ist 'ne ganze Latte zusammengekommen.«

»Sind Sie sicher?«

»Ich habe hier eine Übereinstimmung von achtundneunzig Prozent.«

Einen Moment herrschte Schweigen am anderen Ende der Leitung. Dann sagte Neale: »Okay, tun Sie mir den Gefallen und faxen Sie Ihr Ergebnis an die Sheriff's Departments vom Harrison County und von New Lebanon.«

»Gibt's denn in New Lebanon ein Faxgerät?«

»Officer«, erklärte Neale, »die Richtlinien besagen, daß in jedem Ort mit mehr als fünftausend Einwohnern ...«

Der Mann ist ein einziger Witz.

»... ein Faxgerät aufgestellt sein muß.«

»O ja, Sie haben recht. Danke, daß Sie mich daran erinnert haben. An welche Empfänger soll ich die Sachen schicken?«

»Wynton Kresge beim County, William Corde in New Lebanon. Um genau zu sein, *Deputy* Kresge und *Detective* Corde. Schreiben Sie sich das auf, und bringen Sie es nicht durcheinander.«

»Natürlich, Sir. Wird nicht passieren, Sir.«

»Und fügen Sie eine Kurzmitteilung hinzu – Vermerk: dringend –, die besagt, daß dieser Gilchrist noch immer auf freiem Fuß ist. Sie haben da gute Arbeit geleistet, Officer.«

»Schön, Ihnen eine Hilfe gewesen zu sein, Detective.«

Brian Okun feierte die Bekanntgabe, daß die Auden University für mindestens ein Jahr weiterbestehen würde, auf die Weise, die ihm angemessen schien: Er vögelte eine Studentin auf Leon Gilchrists Schreibtisch.

Er hatte allerdings noch einen weiteren Anlaß für diese kleine Feierstunde. Sobald seine Doktorarbeit in diesem Sommer offiziell angenommen worden war, wäre er ordentliches Mitglied der Fakultät für Englische Literatur in Auden.

Okun war jetzt allein. Die blonde Studentin, die, was nicht einer gewissen Ironie entbehrte, in seinem Seminar auf dem Platz neben Jennie Gebben gesessen hatte, war gegangen, und nun drehte sich Okun, nackt bis zur Hüfte, in Gilchrists Sessel träge im Kreis. Die Jalousien waren heruntergezogen, und da man die Klimaanlage abgestellt hatte (die Universität war offiziell bis zum Beginn des Sommersemesters für zwei Wochen geschlossen), herrschten im Büro Temperaturen wie in den Ozark-Sümpfen im August. Okun betrachtete ein paar feuchte Flecken auf der Tischplatte und überlegte, ob es sich dabei um Samen oder Schweiß handelte.

Die Nachricht, daß Gilchrist der Mörder war, hatte Okun zutiefst schockiert. Im ersten Augenblick hatte er sogar überlegt, ob sich etwa die von ihm in die Welt gesetzten Gerüchte verselbständigt hätten. Doch nach der Lektüre des *Register* war ihm klargeworden, daß Gilchrist und Jennie tatsächlich ein Verhältnis gehabt hatten. Aber Jennie und Professor Sayles umzubringen! Wirklich unfaßbar. Okun hatte zwar bei Gilchrist einen gewissen Hang zu Gewalttätigkeit vermutet und ihn sogar im Prinzip eines Mordes für fähig gehalten, doch er hätte nie gedacht, daß er tatsächlich jemanden töten würde.

Und jetzt war dieser Hurensohn selber tot, erschossen von der Polizei. Okun durchforschte seinen Wortschatz nach einem passenden Begriff, der Gilchrist umfassend beschrieb, doch ihm wollte nichts Zutreffendes einfallen.

Okun zog sein T-Shirt an, reckte sich und betrachtete die zahllosen Bücher, die jetzt gewissermaßen zu Gilchrists Nachlaß gehörten. Eine alte Freud-Ausgabe, vermutlich wertvoll. Werke jüngeren Datums über Psychosen und Literatur. Selbst als Gilchrists akademischer Nachfolger hatte Okun keinen Anspruch auf diese Bände, aber ein paar ausgewählte Exemplare könnte er wohl beiseite schaffen, bevor die Dekanin das Büro ausräumen ließ. Angenehm erwärmt und erschöpft und umschmeichelt von einer Frühlingsbrise, die sich mit dem Duft des Geschlechtsverkehrs mischte, schloß Okun die Augen und gab sich erfreulichen Gedanken über den Zuwachs seiner eigenen Bibliothek hin.

Einige Zeit später weckte ihn ein leichtes Stechen am Hals. Im ersten Moment glaubte er, es sei eine Biene oder Mücke, doch als er die schmerzende Stelle berühren wollte, fühlte er sich so schwach, daß es ihm schwerfiel, die Hand auch nur bis zur Brusthöhe zu heben.

Okun blickte an sich hinab und entdeckte, daß sein T-Shirt mit Blut getränkt war. Er schrie auf und zwang seine Hand an den Hals. Seine Finger berührten einen losen Hautlappen an der Stelle, wo seine Halsschlagader verletzt war. Okun versuchte aufzustehen, stürzte aber sofort zu Boden. Er bekam die Telefonschnur zu fassen und zog das Gerät vom Tisch zu sich herab.

»Großer Gott, hilf mir ...« Seine Stimme klang so schwach, daß ihm angst und bange wurde.

Er drückte die 9.

Der Hörer glitt aus seiner blutverschmierten Hand. Irgendwie schaffte er es, ihn wieder aufzunehmen.

Dann drückte er die 1.

Die Tastatur des Telefons verschwamm vor seinen Augen. Als er versuchte, die letzte Ziffer einzugeben, verweigerte ihm sein Arm den Dienst. Er vernahm ein Summen und ein Klicken, gefolgt von drei Tönen und einer Frauenstimme vom Band, die die letzten Worte sprach, die Okun je hören sollte: »Die von Ihnen gewählte Nummer ist unvollständig. Bitte legen Sie auf, und wählen Sie dann erneut.«

Diane Corde schlang ihre Arme um Ben Breck und drückte ihn an sich.

Es kam ihr völlig normal vor, so zu handeln – aufzuspringen, als

sie sah, wie er in die Einfahrt einbog, zu ihm zu eilen, ihn zu umarmen und zu spüren, wie er diese Begrüßung erwiderte. Völlig normal. Und das erschreckte Diane. »Ich habe eine Nachricht für dich in der Bibliothek hinterlassen«, sagte sie.
»Ich war drüben bei Arts and Sciences. Wie geht's Jamie?«
»Deshalb hatte ich angerufen. Es geht ihm schon viel besser. Ich bin gerade aus dem Krankenhaus zurückgekommen.«
Schockiert stellte Diane fest, daß sie sich noch immer umarmten. Schnell machte sie einen Schritt zurück. O Gott, die Nachbarn ... Wenigstens hat er mich nicht geküßt ... Sie sah sich rasch um und trat dann in die Deckung der Wacholderbüsche. Breck folgte ihr.
Und warum hat er mich nicht geküßt?
Schleppend und mechanisch berichtete sie von Jamies Diagnose, ohne die Worte bewußt wahrzunehmen, die sie an diesem Tag schon mindestens ein dutzendmal wiederholt hatte.
Während sie sich unterhielten, schob Breck die Hände in die Hosentaschen, was seine Jungenhaftigkeit noch unterstrich und ihn geradezu unverschämt anziehend machte. Er trug dunkle Jeans und einen dicken burgunderfarbenen Sweater mit abgesetztem Kragen. »Du hast mir ausrichten lassen, Wisconsin sei gestorben?«
»Sieht ganz so aus. Offenbar haben sie den Kerl oben in Fitzberg erwischt.«
Auf Brecks Gesicht zeigte sich Erleichterung. »Ich bin froh, daß du nicht fährst.«
»Ich auch. Doris hat nie aufgehört, die ältere Schwester herauszukehren. Und das, obwohl sie gerade mal dreizehn Monate älter ist als ich.«
»Ich bin aus einem anderen Grund froh, daß du nicht fährst.« Seine Stimme klang verführerisch.
Diane schluckte. »Ich glaube, Ben, wir sollten mal reden.«
»Irgendwo, wo wir allein sind.« Er lächelte. »Ganz privat.« Der Gedanke schien ihm spontan gekommen zu sein. »Wie wär's bei mir?«

»O nein«, erwiderte sie in kokettem Entsetzen und fuhr dann nüchtern fort: »Ich meine es ernst.«
Das Lächeln verschwand. »Soll das heißen, du willst nicht mit mir zusammensein?«
»Nein«, antwortete Diane rasch. »Ich meine nur, wir sollten miteinander reden, bevor die Dinge zu ... du weißt schon, zu kompliziert werden.«
»Das erscheint mir fair.«
Diane trat ein paar Hügel aus feuchter Erde fest, die um die Wurzeln frisch gepflanzter Zinnien aufgehäuft waren, und fragte, ob sie ihm etwas zu trinken anbieten könne. Dabei tauchte ein Bild vor ihrem inneren Auge auf, das sich ständig zu wiederholen schien. Es zeigte sie, wie sie Breck nach jeder Sitzung Kaffee oder Wein einflößte, um seinen Aufbruch zu verzögern. Wenn sie jetzt an diese Flüssigkeitsmengen dachte, kam ihr das reichlich komisch vor.
»Nein, danke, es ist wohl besser, wenn ich Sarah jetzt mitnehme. Ich habe mir die Videokamera für zweieinhalb Stunden reservieren lassen.«
»Liebes«, rief Diane, »Dr. Breck ist da.«
»Okay«, kam die Antwort.
»Was sind das für Tests, die du mit Sarah machen willst?« fragte Diane.
»Es sind im wesentlichen die gleichen, die Dr. Parker schon mit ihr durchgeführt hat. Ich möchte die Ergebnisse der Sitzungen dokumentieren. Der erste Teil meines Artikels für das *New England Journal of Child Psychology* ist morgen fällig, und ich beabsichtige, darin auch die jüngsten Fortschritte von Sarah aufnehmen. Außerdem sind diese Daten auch für mich selbst von Bedeutung – auf diese Weise kann ich besser einschätzen, wie wir in Zukunft vorgehen müssen.«
Die Daten sind von Bedeutung ... Manche Jungs hören nie mit der Angeberei auf.
»Glaubst du, Sarah könnte dadurch belastet werden?« fragte Diane besorgt.

Er schüttelte den Kopf. »Wir arbeiten mit einer verborgenen Kamera. Sie wird gar nicht merken, daß sie gefilmt wird.«
Sarahs Gesicht tauchte hinter der Scheibe der Vordertür auf. »Dr. Breck!«
»Hallo, Sarah. Bring dein Buch mit. Wenn die Zeit reicht, werden wir noch etwas daran arbeiten.«
»Ich habe alles dabei.« Sie klopfte auf ihren Rucksack.
»Nichts vergessen?«
»Nein, nichts. Auch nicht die neuen Seiten von Dr. Parker.«
»Schön, dann wollen wir uns jetzt mal beeilen.«
Sarah lief zum Wagen. Breck zögerte, und sein Gesicht verdüsterte sich. Diane bemerkte es und fragte: »Stimmt etwas nicht?«
Seine Augen waren in weite Ferne gerichtet. Er schien Diane gar nicht zu hören, und so wiederholte sie ihre Frage und berührte ihn dabei leicht am Arm. Er blinzelte und meinte: »Ich habe gerade an Jamie gedacht.«
»Kein Grund zur Sorge. Er wird schon wieder. Es geht ihm immer besser.«
Brecks Lächeln kehrte zurück, doch Diane sah in seinen Augen noch eine Spur von – ja was? Bedauern? Kummer? Vor ihr entstand das Bild eines kinderlosen Mannes, der sich den mittleren Jahren näherte, was in ihren Augen eines der traurigsten Dinge war, die sie sich überhaupt vorstellen konnte. Alles in ihr drängte danach, ihn zu umarmen, doch sie wehrte sich gegen diesen Impuls und meinte lachend: »Der Junge wird das schon überstehen. Er ist hart im Nehmen.«
»Irgendwann demnächst muß ich ihn besuchen. Und ich werde ihm ein Geschenk mitbringen, vielleicht etwas über diesen Film, der ihm so gefällt.«
»Jetzt hör aber auf!«
Nachdem Breck ihr versprochen hatte, nicht zu spät zurückzukommen, begab sie sich wieder in den frisch umgegrabenen Garten.

Corde saß gerade auf dem Boden und mühte sich damit ab, die Unterlagen über den Gebben-Fall in den Aktenschränken im kleinen Ablageraum des Sheriff's Departments zu verstauen, als er bemerkte, daß Tom, der junge Deputy, der sein Haus bewacht hatte, zu ihm wollte. Er legte eine Pause ein und runzelte die Stirn angesichts der düsteren Miene, die der Deputy aufgesetzt hatte.

Jamie!

Zweifellos war gerade ein Anruf vom Krankenhaus gekommen, um mitzuteilen, daß sein Sohn gestorben sei. Als Corde den Jungen zuletzt gesehen hatte, wirkte er auf besorgniserregende Weise desorientiert. Sein Blick konnte kaum auf das Gesicht seines Vaters gerichtet bleiben, und zweimal war er in Bewußtlosigkeit hinabgeglitten.

Von der Angst getrieben, erhob sich Corde zu schnell, und sein Knie knackte so scharf wie ein Pistolenschuß. »Was ist los?« fragte er. Die Verzweiflung in seiner Stimme ließ den Deputy innehalten.

»Es gibt ein Problem bei Ihrem Fall, Bill«, antwortete Tom.

Fall?

Corde war verwirrt. Im Moment arbeitete er an keinem Fall. Der einzige, auf den sich Tom beziehen konnte, war der Gebben-Mord, doch der war abgeschlossen. Corde wußte das genau, denn immerhin war er es gewesen, der dieses Wort sorgfältig und in Druckbuchstaben auf das Formblatt FI-113 geschrieben hatte, das jetzt in Sheriff Jim Slocums Eingangskorb lag.

»Wir haben gerade ein Fax bekommen«, sagte Tom. »Eine Meldung aus Fitzberg über eine fehlerhafte Identifizierung. Der Mann, den Wynton Kresge erschossen hat, war nicht Gilchrist, sondern irgend jemand anders mit einer langen Latte von Verurteilungen, die meisten davon wegen Kreditkartenbetrugs. Das konnte anhand der Fingerabdrücke nachgewiesen werden.«

»O nein!« Corde schloß die Augen und lehnte sich gegen den Türrahmen. »Haben Sie das Wynton schon mitgeteilt?«

»Ja, Sir. Und Emma meldet, gerade sei ein Anruf gekommen. Ein graduierter Student ist vor ein paar Minuten in Gilchrists früherem Büro aufgefunden worden. Ermordet, wie es aussieht.«

»Okun? Ist das der Tote?«

»Ja, ganz genau, Sir.«

Cordes Miene ließ nur erahnen, welche Verzweiflung er empfand. Und welche Angst. Gilchrist war nach New Lebanon zurückgekehrt. Und Corde wußte, weshalb.

»Okay, Tom, fahren Sie sofort zu meinem Haus, und behalten Sie Diane und Sarah im Auge. Ich nehme an, Gilchrist ist hinter ihnen her. Und schicken Sie jemanden zum Krankenhaus, der bei Jamie bleiben soll.«

»Wird erledigt.«

Als Corde ins Einsatzzimmer eilte, rief Emma: »Detective Corde? Wynton Kresge ist am Apparat. Er ist drüben in der Universität.«

Corde brachte Tom bis zur Tür, lief dann in sein Büro hinüber und hob den Hörer ab. »Was ist da los, Wynton?«

»Er ist genau wie Sayles getötet worden, Bill.« Kresge klang entmutigt. »Die Kehle durchgeschnitten. Mit einem Rasiermesser. Zeugen haben beobachtet, wie ein Wagen vor dem Gebäude hielt und ein Mann ausstieg, auf den Gilchrists Beschreibung paßt. Der Mann ist nach drei oder vier Minuten wieder aus dem Haus gekommen und davongefahren. Es war eine grüne Limousine, ein ziemlich neues Modell. Keine Nummernschilder, keine besonderen Kennzeichen. Das Ganze ist vor ungefähr vierzig Minuten passiert.«

»Weiß irgend jemand, welche Richtung er einschlug?«

»Nur, daß er den Campus verlassen hat. Danach hat ihn niemand mehr gesehen.«

Eine längere Pause entstand, während der beide Männer ihren Gedanken nachhingen. Schließlich meinte Kresge: »Sieht so aus, als hätte ich den Falschen erwischt, was, Bill?«

Cordes Streifenwagen rast mit siebzig Meilen pro Stunde. Das Blaulicht flackert, und die Sirene heult. In diesem schweren amerikanischen Straßenkreuzer mit der straffen Fahrwerksabstimmung hat man trotz der hohen Geschwindigkeit nicht das Gefühl, schnell zu fahren. Corde befindet sich in den Außenbezirken der Stadt und kommt an kleineren Häusern und Geschäften vorbei. Ihm fällt eine Tierarztpraxis auf. *Dog 8 Cat Hospital* steht auf dem Schild. Die Zahl ersetzt das »&«-Zeichen, das irgendwann einmal gestohlen worden ist. Dann taucht ein langgestrecktes Gebäude auf, dessen Neonschrift TRIBUTION CENT R verkündet. Die ausgebrannten Buchstaben sind nie ersetzt worden. Corde schießt an der letzten Ampel vorbei. Vor ihm breitet sich die Landschaft aus. Hier herrscht kein Verkehr, und Corde findet jetzt Gelegenheit, mit sich selbst zu debattieren. Er ist hochgradig gereizt.

Denk nach, verdammt noch mal. Denk nach.

Leon Gilchrist besitzt den brillantesten Verstand, den die Auden University aufzubieten hat. Also los, denk an was Schlaues, denk an etwas Ungewöhnliches. Versuch so zu denken wie er.

Denk!

Seine Hände schwitzen. Ihm ist übel.

Ich kann nicht denken.

Der ausgeschnittene Zeitungsartikel. Die hingekritzelte Drohung.

»Sie sind in Gefahr.«

Corde kommt fast von der Straße ab, als er an Andy Dexters Mähdrescher vorbeirast, der mit zehn Meilen die Stunde dahintuckert. Der Fahrtwind des Streifenwagens läßt die Klingen erzittern.

Ich kann nicht so denken wie er ... Er ist zu schlau für mich ...

Corde hat das Foto vor Augen, auf dem Sarah und Jamie so sicher und albern wirken wie die Darsteller in einem Werbespot. Und er sieht Gilchrists Handschrift: »Sagen Sie auf Wiedersehen, Detective.«

Corde erreicht den Hügelkamm bei Sutters Farm und wird von

einem schräg einfallenden Sonnenstrahl geblendet. Die streifige, mit Insekten übersäte Windschutzscheibe erscheint plötzlich undurchsichtig. Doch schon ist er wieder aus dem Lichtstrahl hinaus und donnert den Hügel hinab. Vor ihm liegt eine drei Meilen lange gerade Strecke aus gewölbtem grauem Asphalt. Sein Fuß senkt sich auf das Gaspedal, zögert und drückt dann die Bremse bis zum Boden durch.
Corde fängt den ausbrechenden Wagen so ab, wie er das in einem Kurs der State Police gelernt hat. Schließlich kommt der Dodge genau in der Mitte der Straße am Ende zweier schwarzer Bremsspuren zum Stehen. Die Wolke aus verbranntem Gummi und Staub treibt von hinten heran, hüllt den Wagen ein und wird dann von der fast nicht zu spürenden Brise weitergetragen.

Cordes Wagen stand mit laufendem Motor halb auf dem Rasen vor seinem Haus. Gleich daneben parkte Toms Streifenwagen, der allerdings ordentlich in der Einfahrt abgestellt war.
Diane blickte hoch, als ihr Mann mit weit aufgerissenen Augen durch die Tür stürmte. Corde nahm ihre Hände und zog sie auf die Couch.
»Du machst mir angst, Bill«, sagte sie mit einer Stimme, als spräche sie zu einem Fremden. »Geht es um Jamie? Was ist passiert?«
Corde saß dicht neben ihr. Sein Atem ging schwer, und er ließ ihre Hände nicht los. Sie krächzte: »Was?« und sagte dann mit festerer Stimme: »Was ist los?«
»Ich glaube ...« Corde drückte ihre kalten Finger. »Ich glaube, Ben Breck ist Leon Gilchrist.«

40

»O mein Gott ...« stöhnte Diane. »Nein, das kann nicht wahr sein ...«

»Gilchrist hat in Auden Vorlesungen über spezielle Erziehungsmethoden gehalten. Ist das nicht die Abteilung, in der auch die Privatlehrer arbeiten?«

Diane nickte. Ihre Augen waren auf den Boden vor ihren Füßen gerichtet.

»Es wäre möglich, daß er Sarahs Akte gelesen hat und daher alles über ihre Probleme weiß.«

»Nein, Bill«, protestierte sie. »Nein!«

»Wie sieht er aus?«

»Nein, nein, nein ... Das würde er mir nicht antun. Er würde das nie tun ...« Sie schluchzte hysterisch.

»Diane«, sagte Corde mit rauher Stimme, »du mußt mir jetzt helfen. Denk nach.«

»O nein, Bill, nein!«

Corde packte ihre Schultern. »Beschreib ihn mir!«

Sie tat es, so gut sie konnte. Ihre Worte wurden immer wieder von Schluchzern unterbrochen. Am Ende schrie sie: »O Gott, das kann nicht sein! Ich weiß, daß es nicht sein kann!«

Dianes Beschreibung war nur vage, paßte aber auf jemanden, der Gilchrist ähnelte. »Wo wohnt er?«

»Ich weiß nicht. Irgendwo in der Nähe. Er hat es mir nie gesagt.«

»Er hat es dir nie gesagt?« brüllte Corde. »Wie konntest du ihn dann anrufen?«

»Normalerweise hat er angerufen. Wenn ich ihm etwas mitteilen wollte, habe ich eine Nachricht in der Bibliothek hinterlassen. In seinem Büro bin ich nie gewesen.« Je mehr Beweise sich ansammelten, desto leiser wurde Dianes Stimme.

»Was für einen Wagen fährt er?«

»Weiß ich nicht! Hör auf, mich ins Kreuzverhör zu nehmen!«

Corde schüttelte seine Frau. »Denk nach. Du mußt den Wagen doch gesehen haben. Ist er grün?«
»Keine Ahnung. Es war irgendein Wagen. Ein amerikanischer, glaube ich. Mit vier Türen. An die Farbe kann ich mich nicht erinnern. Dunkel, glaube ich. Nein ... Oh, und gerade eben habe ich ihn noch gesehen! Als er sie mitnahm ...« Ihre Hand fuhr zum Mund. »O Bill!«
»Redest du von Sarah?« rief Corde. »Sarah ist jetzt bei ihm?«
Corde riß den Telefonhörer hoch und wählte die Nummer von Auden. Es klickte. »Hier ist die Auden University. Wir haben bis zum Beginn der Einschreibung für das Sommersemester am 10. Juni geschlossen. Wenn Sie eine Nachricht hinterlassen möchten, wählen Sie bitte die Durchwahlnummer der Abteilung, die Sie erreichen wollen, und sprechen Sie nach dem Signalton ...«
Corde knallte den Hörer auf die Gabel. Er wartete einen Moment und hob dann wieder ab, um die Vermittlung anzurufen. In seiner Aufregung wählte er jedoch versehentlich die Notrufnummer 911. Er drückte auf die Gabel, doch die Leitung war noch nicht unterbrochen. Also legte er auf und wartete drei Sekunden. Noch immer kein Freizeichen. Fünf Sekunden. »VERDAMMTES MISTDING!« Dann endlich hörte er den Wählton.
Vier. Eins. Eins.
»Vermittlung? Hier ist Detective Corde vom New Lebanon Sheriff's Department. Wir haben einen Notfall. Ich brauche die Nummer und die Adresse eines Mannes namens Breck. In New Lebanon.«
»Breck? Und der Vorname?«
Wie viele Brecks habt ihr denn? »Ben. Benjamin.«
Die Zeit des Wartens erschien Corde wie eine große schwarze Leere. Er hörte Schlüsselklappern und das Blättern von Papier. Dann einen Teil eines Gesprächs – eine andere Telefonistin sagte: »Ich kann sie heimbringen, aber kochen mußt du für sie. Dafür habe ich keine Zeit.«

»Sir?«
»Ja?« antwortete Corde.
»Wie wird der Name buchstabiert?«
»Buchstabiert? Was meinen Sie denn wohl, wie man das buchstabiert? B-R-E-C-K.«
»Es ist kein Ben, Benjamin oder B. Breck in New Lebanon oder Fredericksberg aufgeführt. Könnte er ...«
Corde drückte auf die Gabel und wählte kopfschüttelnd eine andere Nummer. Die Sekretärin erklärte, Dr. Parker habe einen Patienten bei sich, worauf Corde erwiderte: »Sagen Sie ihr bitte, daß es sich um einen Notfall handelt.«
Die Psychiaterin kam an den Apparat. »Ja, Mr. Corde?«
»Kennen Sie Dr. Breck persönlich?«
»Wieso, worum geht's denn?«
»*Kennen* Sie ihn?«
Dr. Parker zögerte irritiert einen Moment, schien aber die Dringlichkeit in seiner Stimme gespürt zu haben. »Nein. Ich habe jedoch mehrfach wegen Sarahs Behandlung mit ihm gesprochen.«
»Es wäre also möglich, daß es in Wirklichkeit nicht Breck war, mit dem Sie geredet haben.«
»Sie meinen, ein Hochstapler? O nein, das glaube ich nicht. Ich hatte den Eindruck, daß er eine ganze Menge über Ihre Tochter weiß. Und nicht nur über Ihre Tochter, sondern über Ihre ganze Familie, Detective.«

»Was macht dein Daddy heute?« erkundigte sich Dr. Breck.
»Keine Ahnung. Ich nehme an, er ist arbeiten gegangen.«
»Liebst du deinen Daddy?«
»O ja, klar.«
»Und liebt deine Mommy deinen Daddy auch?«
»Sicher. Glaube ich jedenfalls.«
Dr. Breck fuhr ziemlich schnell. Die Landschaft flog an Sarah vorbei, als würde sie auf Wolkengänger, dem Adler, reiten. Eine Scheune in der Ferne war erst ein roter Punkt, wuchs zu einem

roten Ball und dann zu einem riesigen roten Wal heran und war im nächsten Moment wie durch einen Zauber verschwunden.

Schließlich bremste Dr. Breck ab und bog auf das Universitätsgelände ein. Er fuhr zu einem Teil der Anlage, der verlassen wirkte und wo es mehr Bäume als Häuser gab. Sarah konnte immerhin eines der Schilder lesen. *Auden University.* Sie wußte nicht, was das Wort »University« bedeutete, aber sie hatte es auswendig gelernt, weil das der Ort war, an dem Dr. Breck arbeitete, und dadurch wurde er auch für sie wichtig.

»Ich mag diese Gebäude«, verkündete Sarah. Sie kamen ihr wie Burgen vor, nur daß die Tore, die Zugbrücken und die Wassergräben fehlten. Einige besaßen oben auf dem Dach sogar Zinnen, wie in *Robin Hood* (dem alten *Robin Hood,* dem besten), wo die Soldaten des Sheriffs dort gestanden und mit Pfeil und Bogen auf den Helden geschossen hatten, den sie für sich in Arrow Flynn umbenannt hatte. Sarahs Buch enthielt zwei Geschichten über Burgen.

Dr. Breck hatte während der Fahrt geschwiegen. Er schien in Gedanken versunken, und Sarah wollte ihn nicht stören. Statt dessen versuchte sie, das Schild über dem Gebäude zu entziffern, an dem sie gerade vorbeikamen. Doch das konnte sie nicht lesen, und so fragte sie ihn danach. »Darauf steht Graduate School of Education«, erklärte Dr. Breck. »Und jetzt lies das Schild dort.«

Sarah runzelt die Stirn. »Arts. Oh, und School of. Das kann ich lesen. Und Sciences.«

»Sehr gut. School of Arts and Sciences.«

»Ich habe meine letzte Geschichte von Dr. Parker zurückbekommen«, erzählt Sarah. »Können wir die heute lesen?«

»Wenn du möchtest.«

»Es ist meine Lieblingsgeschichte. Sie handelt von einem Zauberer, den ich drüben am Blackfoot Pond gesehen habe. Er lebt in den Wäldern hinter unserem Haus und paßt auf uns auf. Ich habe ewig gebraucht, um die Geschichte zu schreiben,

aber ich wollte alles richtig machen. Wolkengänger, der Adler, kommt auch darin vor ...«
Mit unerwarteter Neugier fragte Dr. Breck: »Wer ist dieser Zauberer in deiner Geschichte?«
»Er heißt ›Der Sonnenschein-Mann‹.«
»Und den hast am Blackfoot Pond gesehen?«
»Das war eines Morgens, irgendwann im letzten Monat. Er ist auch hinter unserem Haus gewesen.«
»Wie schaut er denn aus?«
»Ich habe ihn noch nie aus der Nähe gesehen.« Sarah strich sich eine Haarsträhne aus dem Gesicht. »Wissen Sie, Dr. Breck, ich wollte den Sonnenschein-Mann bitten, mich schlau zu machen, aber ich hatte zuviel Angst. Doch ich glaube, er hat es auch so gewußt. Und darum hat er Sie zu mir geschickt.«
»Das glaubst du?« Dr. Breck bog auf einen leeren Parkplatz neben einem verlassen daliegenden Gebäude ein und hielt den Wagen an. Sarah streckte die Hand nach dem Türgriff aus, doch bevor sie ihn erreichen konnte, berührte Dr. Breck ihren Arm. »Nein, Sarah, warte noch eine Minute.«
Sarah gehorchte.

Corde lief zur Vordertür und sagte zu Tom: »Deputy ...« Seine Stimme zitterte, und er holte tief Luft, um sich etwas zu beruhigen, bevor er erneut ansetzte: »Ich glaube, bei diesem Breck, der den letzten Monat über hergekommen ist, handelt es sich in Wirklichkeit um Gilchrist.«
»Was?«
»Ich kann jetzt nicht in die Einzelheiten gehen.« Er wandte sich Diane zu. »Wann sind er und Sarah weggefahren?«
Unter Tränen antwortete sie: »Vor einer halben Stunde.«
Wo sind sie jetzt, wo könnten sie hingefahren sein?
Wohin hat er meine Tochter gebracht?
»Sie wollten nach Auden.«
»Zur Universität?«
»Ja, er hatte vor, dort einige Tests zu machen. Oh, Bill.« Diane

schluchzte und umklammerte das Kissen. »Er sagte, er wolle sie aufnehmen. Er hat eine Kamera ...«
Corde wandte sich wieder an den Deputy. »Geben Sie Großalarm. Staats- und Bundespolizei. Äußerste Vorsicht ist geboten. Geben Sie die entsprechenden Codes für Kidnapping durch. Sie sollen zuerst Auden überprüfen, obwohl ich bezweifle, daß er, nachdem er heute morgen Okun dort umgebracht hat ...« Diane stöhnte auf. »... sich jetzt irgendwo in der Nähe des Campus aufhält.«
»In Ordnung, Sir.«
»Und melden Sie auch, daß es *meine* Tochter ist, die er entführt hat.«
»Jawohl, Sir.«
»Wenn er sie noch immer in seiner Gewalt hat, übernehme ich die Verhandlungen, verstanden? Machen Sie das Slocum und Ellison klar, und falls ihnen das nicht paßt, sollen sie mich anrufen. Außerdem möchte ich, daß jemand zu Wynton Kresges Haus fährt und seine Frau und die Kinder bewacht.«
Wo ist sie? Wo ist meine Tochter?
»Bleiben Sie hier, Sir?« erkundigte sich der Deputy. »Oder möchten Sie, daß wir ein paar Männer herschicken?«
»Oh, Bill«, flüsterte Diane. »Lieber Gott ...«
»An alle Einheiten ...«
Die Meldung drang gleichzeitig aus den Funkgeräten beider Streifenwagen, was fast einen Stereo-Effekt ergab.
»An alle Einheiten. Zehn-dreißig-drei. School of Education Building. Auden University. Mann mit Messer oder Rasierklinge in einer neuen Limousine. Keine Nummernschilder ...«
Corde und Diane sahen sich an.
»Weitere Meldung zu Zehn-dreißig-drei. Krankenwagen ist unterwegs. Wir haben unbestätigte Berichte, wonach ein Jugendlicher mit ihm Spiel ist ... Berichtigung: Es handelt sich um ein weibliches Kind, etwa zehn Jahre alt. Ich wiederhole die Mitteilung. Zehn-dreißig-drei ...«

Es sah aus wie ein Autounfall. Die Fahrertür stand offen, die Gestalt lag blutig und reglos neben dem Wagen, einen Fuß noch auf dem Sitz. Rotierende rote Lichter, Männer und Frauen in Uniform.
Diane schrie und riß die Tür auf, bevor Corde den Wagen auf dem Universitätsparkplatz zum Stehen bringen konnte. Sie rannte über den rissigen Asphalt auf die Stelle zu, wo die in Weiß gekleidete Mannschaft des Ambulanzwagens sich zusammengedrängt hatte und fieberhaft arbeitete. Diane schaute nach unten, schloß dann die Augen und murmelte unverständliche Worte vor sich hin.
Corde lief zu dem Wagen hinüber und sah auf die blutige Gestalt zu seinen Füßen hinab. Dann holte er tief Luft und richtete seinen Blick nach oben.
Es war nicht Sarah.
Der auf dem Rücken liegende Ben Breck öffnete die Augen. Er blinzelte und spuckte etwas Blut. Dann flüsterte er stockend: »Leon Gilchrist ... ist uns gefolgt ...« Er hob den Arm und betrachtete die tiefen Schnitte in seiner Handfläche mit ernsthafter Verwunderung. »Ich spüre überhaupt keinen Schmerz.« Er schaute Diane an. »Wir saßen im Wagen ... er ist plötzlich aufgetaucht. Einfach so. Hatte ein Rasiermesser ...«
»Wo ist Sarah?« schrie Diane.
Corde wandte sich an einen der Deputies. »Haben Sie eine Ahnung, wer der Mann ist?«
»Das ist Ben Breck!« brüllte Diane Bill an.
»Sie hat recht, Detective.« Der Deputy reichte Corde eine blutbefleckte Brieftasche. Corde klappte sie auf. In ihrem Innern befand sich ein in Illinois ausgestellter Führerschein mit Brecks Foto, ein ebenfalls mit Bild versehener Ausweis der Universität von Chicago sowie eine weitere Plastikkarte, die ihn als Gastdozent in Auden auswies.
Gastdozent. Also nur eine vorübergehende Adresse und kein Eintrag im Telefonverzeichnis.
Corde kniete sich neben Breck hin. »Wo ist Sarah?«

»Sie ist weggelaufen. Aber ich glaube, er hat sie erwischt«, keuchte Breck. »Ich weiß nicht genau, was passiert ist. Er war ...« Er hustete und spuckte Blut. »Wir hielten an ... und er tauchte hinter dem Wagen auf. Er war ... einfach plötzlich da. Stieß mit dem Messer nach mir. Griff nach Sarah ...«

»Hat er sie verletzt?« schluchzte Diane.

»Ich weiß nicht ... Ich konnte nichts ... sehen.«

Einer der Sanitäter hatte eine Aderpresse angelegt und machte sich jetzt daran, eine tiefe Schnittwunde zu verbinden.

»Wohin sind sie gegangen?« fragte Corde. »Haben Sie ...«

»Dorthin.« Breck streckte eine blutige Hand aus. Im ersten Moment dachte Corde, er wollte auf diese Weise eine Richtung anzeigen, doch dann bemerkte er auf dem Rücksitz des Wagens zwei Blätter, auf denen was mit Maschine geschrieben war. »Die hier?«

Breck nickte. »Nehmen Sie sie. Lesen Sie ... Ich kann nicht mehr klar denken. Mein Mund ist so trocken ...« Er schloß die Augen.

Corde nahm die Blätter und begann zu lesen. Dann wurde seine Aufmerksamkeit abgelenkt, und er sah nach unten. Diane nahm Brecks Gesicht in ihre Hände und rief: »Es wird alles wieder gut. Sie schaffen das schon. Hören Sie mich? Können Sie mich verstehen?«

Diane blickte zu ihrem Mann auf. Corde legte eine Hand auf ihre Schulter. Diane stieß sie beiseite, ließ ihren Kopf auf Brecks Brust sinken und fing an zu weinen.

Erst als der Ambulanzwagen eine Minute später mit heulender Sirene auftauchte, drehte sich Corde abrupt um, ging zu seinem Wagen, setzte sich hinein und las weiter.

Sie zwängten sich durch das Buschwerk zwischen zwei Bäumen, die ziemlich genau auf der Grenze von Cordes Grundstück standen, und betraten den Wald exakt an jener Stelle, an der Corde einen Monat zuvor ein Gesicht zu sehen geglaubt hatte. Dann liefen sie über einen Teppich aus getrockneten Blättern

und kurzem, gelb verfärbtem Gras, das von Wildtieren abgefressen worden war.
Neben Corde ging Kresge, gekleidet in Uniform und brauner Windjacke. Er trug eine Remington-Pump-action-Schrotflinte. An dem Gewehr war ein Halteriemen befestigt, doch Kresge hatte die Waffe nicht über der Schulter, sondern hielt sie wie ein Soldat in beiden Händen, wobei sein rechter Zeigefinger ausgestreckt auf dem Schutzbügel des Abzugs ruhte. Die beiden Männer schritten rasch voran, während Corde immer wieder zwei vollgeschriebene Blätter mit dunklen Flecken zu Rate zog, als enthielten sie die Anweisungen für eine Schnitzeljagd.
Der Himmel war bedeckt. Die Sonne, die als weiße Scheibe nahe dem Horizont zu sehen war, versuchte die Bewölkung fortzubrennen, aber es schaute ganz so aus, als würde sie diesen Kampf verlieren. Der Wald, die Viehweide und der grüne Teppich vor ihnen wirkten wie mit blassen Wasserfarben gemalt. Ein pechschwarzer Star, der genau auf sie zuflog und erst im letzten Moment abdrehte, erschreckte die beiden Männer fast zu Tode.
An einer heruntergebrannten Scheune, in der zu spielen Corde seinen Kindern verboten hatte, bogen sie nach rechts ab, überquerten eine alte Eisenbahnbrücke und folgten dann dem Kiesbett der Schienen hinab zum Des Plaines. Corde faltete die Blätter zusammen und steckte sie in die Tasche.
Das Haus war wie die meisten in dieser Gegend im Kolonialstil erbaut, besaß zwei Stockwerke und wirkte ziemlich heruntergekommen. Es stand auf einer ungepflegten Lichtung, hinter der man die Öltanks entlang dem Fluß erkennen konnte. Ein Schlepper zog einen rostigen Frachtkahn flußauf hinter sich her. Das monotone Stampfen der Maschine erfüllte die Luft.
Im Vorgarten stand ein grüner Wagen. An der Windschutzscheibe klebte ein Sticker der Firma Hertz. Corde überprüfte das Nummernschild.

»Das ist der Wagen, den Gilchrist gemietet hat.«
Corde ging in die Hocke, und Kresge kniete sich neben ihn hin, wobei er einen abgebrochenen Ast als Deckung benutzte. Corde blickte auf den Boden. »Sie bleiben draußen, ganz gleich, was Sie hören. Wenn er allein herauskommt, halten Sie ihn auf. Er ist der einzige, der weiß, wo Sarah steckt. Ich will ihn lebend haben.«
»Es wäre mir lieber, wir würden Unterstützung anfordern«, sagte Kresge. »Jedenfalls schreibt das Handbuch das in derartigen Fällen vor.«
Corde betrachtete das Haus. Lieber Himmel, wirkte das bedrohlich! Hoch aufragend, ausgebleicht, bösartig. »Auf die eine oder andere Weise werde ich meine Tochter zurückbekommen. Es wäre möglich, daß ich eine Weile mit Gilchrist allein sein muß.«
Kresge warf Corde einen forschenden Blick zu und dachte über dessen Worte nach. Dann sah er wieder auf das Haus. »Woher wußten Sie, daß es das hier ist?«
Corde machte ihm ein Zeichen zu schweigen. Zusammen schlichen sie näher an das Gebäude heran. Kresge duckte sich hinter den Wagen und stützte das Gewehr auf die Motorhaube. Dann zeigte er zur Vorder- und Hintertür, um Corde zu verstehen zu geben, daß er beide im Blick hatte. Corde nickte und rannte geduckt auf die Vorderfront zu. Neben der verrottenden grauen Veranda blieb er stehen, bis er wieder zu Atem gekommen war, dann bewegte er sich langsam in Richtung Tür. Mit einem kräftigen Tritt sprengte er sie auf und betrat das ranzig riechende Haus.
Drinnen herrschte eine trübe Helligkeit, als würde man durch Rauch oder Nebel hindurchblicken. Das ohnehin durch die Wolken gefilterte Licht wurde von den silbrigen Ahornblättern reflektiert und fiel dann fast grau in den Raum. Der Teppich, die Wände, die Möbel aus furniertem Holz und die Bilder wirkten bei dieser schwachen Beleuchtung wie ausgezehrt.
Ein furchtbarer Moment verstrich. Corde glaubte, das Haus sei

verlassen und Gilchrist ihnen abermals entkommen. Doch als sich seine Augen an das Dämmerlicht gewöhnten, bemerkte er am anderen Ende des Zimmers einen grauen Umriß, der sich bewegte. Es schien ein rundes Gebilde zu sein, so undefinierbar gefleckt wie der Mond. Dann erkannte Corde, daß es der Kopf eines Mannes war, der ihn ansah.
Der Mann erhob sich langsam und blieb hinter einem ramponierten Tisch stehen. Er war etwa einsachtzig groß, hatte kurzgeschnittenes graumeliertes hellbraunes Haar, dürre Arme und lange schmale Hände. Auf seinem Gesicht zeigte sich keine Spur von Überraschung. Er betrachtete Corde aus braunen Augen, die das einzig Dunkle an seiner Gestalt waren. Er sieht aus wie ich, schoß es Corde durch den Kopf.
»Gilchrist«, sagte er mit ruhiger Stimme, »wo ist meine Tochter?«

41

Gilchrist ging durch einen breiten, von Staub erfüllten Lichtstreifen, blieb ein paar Schritte vor Corde stehen und verschränkte die Arme. Auf seinem Gesicht zeigte sich ein heiteres Lächeln. »Welch eine Überraschung. Detective Corde.«
»Ich will wissen, wo sie ist.« Cordes Stimme zitterte. »Und ich will es jetzt sofort wissen.«
»Das kann ich mir durchaus vorstellen.«
»Sarah!« brüllte Corde und blickte zur Treppe, die in den ersten Stock führte.
»Ich hatte gerade an Sie gedacht«, sagte Gilchrist freundlich. »Sie würden sich wundern, wie oft Sie in meinen Gedanken auftauchen. Ungefähr so oft wie ich in Ihren, nehme ich an.«
Corde machte einen Schritt vorwärts und richtete seinen Revolver auf Gilchrists Brust. Gilchrist schaute kurz auf die Waffe, steckte die Hände in die Hosentaschen und bedachte Corde anschließend mit einem Blick, als wäre der Detective ein

Käfer, der gerade im Cyanidglas eines Insektenforschers seine letzte Runde dreht. Dann fragte er: »Wie geht's Ihrem Sohn, Detective?«

Eine Spur von Unsicherheit zeigte sich in Cordes Augen.

»Das Radfahren bereitet ihm wohl immer noch Freude, was? Ungeachtet der Gefahren.«

»Wovon reden Sie eigentlich?«

»Wie mir zu Ohren gekommen ist, geht er auch gern schwimmen. Aber die Musik, die sich diese jungen Leute anhören ...«

Er versucht, mich zu provozieren. Ganz ruhig, immer schön ruhig bleiben.

»Selbstmord durch Ertrinken. Das war seine Interpretation. In dem Lied werden, wenn ich mich recht erinnere, Seile und Rasierklingen erwähnt ... Sehr passend für das Denken Heranwachsender.«

»Was hatten Sie damit zu tun?« Cordes Griff um die Waffe wurde fester, und er hatte das beunruhigende Gefühl, langsam die Kontrolle über sich zu verlieren. In seinen Ohren rauschte es, als stünde er unter immensem Druck. Er richtete den Lauf auf das Gesicht des Professors, dessen Züge sich minimal anspannten, ansonsten jedoch keine Reaktion zeigten. Corde hielt in der Bewegung inne, kurz bevor der Lauf die Haut berührte. »Ich könnte Sie töten ...«

Langsam sagte Gilchrist: »Ich kann mir kaum vorstellen, daß Sie die Arbeiten von Paul Verlaine kennen. Der französische Symbolist? Nein, natürlich nicht. Ich finde seine Dichtkunst beeindruckend, aber ich glaube auch, daß er ganz ähnliche Probleme hatte wie Sie. Nach außen hin stoisch und ungerührt, doch innerlich voller Wut. Er hat in einem heftigen Gefühlsausbruch versucht, seinen engen Freund Rimbaud zu töten. Geendet hat er schließlich als hoffnungsloser Trinker. Doch ohne seine Psychosen wäre es ihm nicht möglich gewesen, der Welt ein solch erstaunliches Werk zu schenken. Kompensation ist etwas Wundersames – genau wie die Kompensation, die ihre kleine Sarah so überdeutlich zeigt.«

Cordes Atem ging schwer, und er spürte, daß er hyperventilierte. Er packte Gilchrists Kragen und drückte ihm die Revolvermündung gegen das Ohr.
»Aha«, sagte Gilchrist mit sanfter Stimme, »jetzt erinnern wir uns also wieder an Sarah. Unsere Unterhaltung hat uns wohl so sehr abgelenkt, daß wir darüber ganz vergessen haben, daß ich der einzige bin, der weiß, wo sie ist. Abgelenkt. Wissen Sie, was das bedeutet, Detective? Wissen Sie das?«
Corde stieß Gilchrist beiseite, trat selbst einen Schritt zurück und wischte sich mit dem Ärmel über den Mund. Es kam ihm so vor, als wäre er das in die Enge getriebene Tier und Gilchrist derjenige, der mit ihm spielte.
»Detective, Sie begreifen einfach nicht, mit wem Sie es zu tun haben. Ich bin kein Schlächter, der sich in irgendeinem Lagerhaus verbarrikadiert. Und ich unterscheide mich grundsätzlich von Menschen wie Jennie Gebben oder Ihnen, Ihrem Sohn, Ihrer kleinen Sarah oder Ihrer hübschen Diane.
Seit dem Morgen nach Jennies Tod habe ich Sie und Ihre Familie studiert. Ihre Tochter habe ich am Teich gesehen, nachdem ich dort meine erste Nachricht an Sie zurückgelassen hatte. Sie hat wunderschönes Haar. Und die Sonne strahlte so schön auf ihre enge weiße Bluse. Mode vom letzten Jahr, nicht wahr? Stammt wohl aus dem Frühjahrseinkauf bei Sears, richtig? Wissen Sie, seit diesem Zeitpunkt bin ich ständig mit Sarah in Kontakt geblieben. Weshalb sind Sie jetzt schockiert, Detective? Darauf hätten Sie doch selbst kommen können. Wissen Sie, genau das ist das Problem, das mir wirklich Sorgen gemacht hat. Sie sind nicht intelligent, aber beharrlich – im Gegensatz zu Ihren Kollegen, die weder Intelligenz noch Ausdauer besitzen.
Zweifellos könnten wir Sie auf die Couch legen und den Grund für diese Zähigkeit herausfinden. Haben Sie mal geschlafen, als es auf Sie ankam? Und wann war das? Nicht daß der genaue Zeitpunkt von übermäßiger Bedeutung wäre. In Ihrer Teenagerzeit? Nun, vielleicht auch später. Doch was immer es war,

Sie bezahlen schon sehr lange dafür. Jedenfalls war ich mir sicher, daß Sie Ihren Weg so lange fortsetzen würden, bis Sie schließlich über mich stolperten.
Sarah war die perfekte Ablenkung. Zuerst habe ich sie überredet, fortzulaufen. Als das nicht klappte, beschloß ich, Sie auf eine falsche Fährte zu locken. Die Stadt wollte einen Mond-Mörder haben, also häutete ich eine Ziege und gab den Leuten, was sie erwarteten. ›Luna.‹ Und mit dem restlichen Blut habe ich mich ein wenig künstlerisch betätigt. *Mezza luna* ... Oh, ich könnte wetten, daß Ihr Boß wegen meiner Fresken angefangen hat zu sabbern. Aber nicht Sie, Detective. Sie sind unbeirrt weitermarschiert und immer näher und näher gekommen. Also war ein direkter Angriff vonnöten. Ich versuchte Sie so einzuschüchtern, daß Sie den Fall aufgeben würden.«
Gilchrist deutete auf eine Polaroid-Kamera. »Ich bin nicht übel als Fotograf, finden Sie nicht auch? Ach, übrigens, mir fiel auf, daß Ihre Frau das Diaphragma nicht eben häufig eingesetzt hat. Stecken wir etwa mitten in der für das sechzehnte Ehejahr typischen Krise? Sind Ihnen im Verhalten Ihrer Frau seit kurzem Veränderungen aufgefallen? Ausgiebiges Feilen der Fingernägel beispielsweise? Oder ein plötzliches Interesse an Augen-Make-up? Und wußten Sie eigentlich, daß sie und Breck des öfteren im Wald spazierengegangen sind?«
Der Professor lächelte und hob die Hand wie ein Fernsehprediger. »Ist Ihnen klar, daß ich Ihr Schlafzimmer durchstöbert habe, während dieser Trottel von Deputy Ihr Heim bewachen sollte? Ich habe Ihren Kleiderschrank geöffnet und Dianes Unterwäsche neu sortiert. Ich habe an ihrem Kissen gerochen und mir mit ihrer billigen L'Air-du-Lis-Seife die Hände gewaschen. Natürlich habe ich auch auf Sarahs Bett gesessen und den Schlafanzug Ihres Sohnes liebkost. Das alles war ungeheuer faszinierend für mich. Wissen Sie, ich halte, Verzeihung, ich habe jeden Tag Vorlesungen über Psychologie gehalten und Artikel für die angesehensten Fachzeitschriften verfaßt ...« Gilchrist zog amüsiert eine Augenbraue hoch.

»... Zeitschriften, die Sie vielleicht auch einmal zu lesen versucht haben. Aber ich praktiziere nicht selbst. Deshalb hat es mir sehr viel Freude bereitet, mit Ihrer Familie zu spielen. Ich habe sie in die ganze Geschichte eingewoben. Und Sie, Detective, habe ich aus dem Nest geworfen und nach Lewisboro geschickt. Diesem in Kunstfaser gekleideten Gauner habe ich in einer Bar in Fitzberg ein paar Kreditkarten verkauft, und Sie sind Hals über Kopf dorthin gestürmt. Unterdessen bin ich zurückgekommen und folgte diesem Narren Breck ...« Gilchrist schnaubte verächtlich. »... um ihn zu töten. All das habe ich praktisch direkt vor Ihrer Nase getan, Detective, und bin trotzdem entkommen.«

»Mag sein«, entgegnete Corde, »aber jetzt bin ich hier.«

Das Lächeln im Gesicht des Professors schwächte sich nicht ab. »Doch ich ... ich habe Ihre Tochter.«

»Ich will wissen, wo sie ist!« brüllte Corde wütend.

»Das Offensichtliche zu verkünden, setzt dich selbst herab, wie ein verstorbener Kollege zu sagen pflegte.«

Sarah, ruf nach mir, Kleines! Schrei, brüll ...

»Verdammter Dreckskerl!« Die Drohung in Cordes Stimme stieg bis zur hohen, schmutzigen Decke empor und schien die Balken schwachen Lichts zu knicken, die auf den blutroten Teppich fielen. Der Revolver schnellte in die Höhe. In Gilchrists Augen war ein Aufflackern von Angst zu erkennen, dann wurde er wieder ruhig und zuvorkommend. Er hob eine Hand und sagte: »Es geht ihr gut. Das schwöre ich.«

»Wo ist sie?«

Gilchrists Blick wanderte über den Detective. Das Lächeln war verschwunden, er wirkte jetzt gelassen und machte eine Miene des Bedauerns. »Das kann ich Ihnen leider nicht sagen.«

»Wenn Sie ihr etwas angetan haben ...« Corde tat einen Schritt vorwärts, und sein Finger schlossen sich noch fester um den Revolver.

»Es geht ihr gut«, wiederholte Gilchrist in beruhigendem Ton. »Denken Sie doch mal nach, Detective. Warum sollte ich ihr etwas tun? Ich habe sie entführt, weil ich eine Art Versicherung brauchte. Anders konnte ich Sie doch nicht aufhalten.« Er streckte die gespreizten Hände aus. »Sehen Sie ... Sie hatten herausgefunden, wo ich mich aufhielt. Also mußte ich mich irgendwie schützen.«

»Ich schwöre, daß ich Sie umbringe, wenn Sie mir nicht sagen, was Sie mit ihr gemacht haben.« Corde unterdrückte den Wunsch, Gilchrist eine Kugel ins Bein oder in den Arm zu jagen.

Der Professor versicherte in überzeugendem Ton: »Ich habe absolut nichts mit ihr gemacht. Sie ist in Sicherheit.« Er nickte zu seinem Koffer hinüber. »Wenn ich hier herauskomme, wird es ihr auch weiterhin gutgehen. Verletzen Sie mich aber oder sperren Sie mich ein, dann werden Sie sie nie wieder sehen. So einfach ist das.«

Corde machte abermals einen Schritt vorwärts und hob die Waffe bis dicht vor Gilchrists Gesicht. »Wo ist sie?« schrie er.

Gilchrist wich zurück. »So lautet meine Bedingung, und darüber gibt es keine Verhandlungen. Meine Freiheit für Ihre Tochter. Akzeptieren Sie, oder lassen Sie es bleiben.«

»Sie Dreckskerl, Sie verdammter Dreckskerl«, knurrte Corde.

»Das mag in der einen oder anderen Hinsicht zutreffen, ist im Moment aber ohne Bedeutung.«

Der Lauf des Revolvers senkte sich.

Cordes Atem wurde ruhiger. Immerhin lebte Sarah. Und zumindest bestand die Chance, sie gesund heimzubringen. Er sah sie plötzlich vor sich, wie sie auf dem Bett saß und mit einem Plüschbären sprach. Tränen traten ihm in die Augen.

»Ich mache Ihnen einen Vorschlag«, bot Gilchrist an. »Erhöhen wir den Einsatz. Als Gegenleistung für meinen Vorsprung sage ich Ihnen, wo sich Ihre Tochter befindet, und ich gebe zudem eine Erklärung ab. Ich erzähle Ihnen genau, wie und warum ich Jennie getötet habe.«

In Cordes Gesicht zogen jetzt der Polizist und der Vater am selben Strang.

Gilchrist betrachtete das vorsichtige Zögern in Cordes Augen als positive Antwort. Er setzte sich in einen Sessel und wirbelte dabei ein paar Staubflocken auf.

»Ich habe Jennifer Gebben sehr geliebt. Es war das erstemal, daß ich so für eine Frau empfunden habe. Lächerlich, wenn man genau darüber nachdenkt. Schließlich war sie ein ganz einfaches Mädchen und nicht einmal übermäßig hübsch. Ihr Naturell schwankte, mal war sie sehr präsent, dann wieder übellaunig und geistesabwesend. Aber im Bett war sie hundertprozentig da. Verstehen Sie, was ich meine? Sie war praktisch das Zentrum des Universums. Im Bett konnten wir alles, wirklich alles miteinander treiben. Sehr viele Frauen tolerieren so etwas bestenfalls ihrem Mann zuliebe – das hängt natürlich mit der verdrängten Vaterbindung zusammen. Doch Jennie schätzte das nicht nur, sie lebte geradezu dafür.«

»Gilchrist ...«

»Bitte. Lassen Sie mich ausreden. In diesem Frühjahr hat sie mich eiskalt abserviert. Ist einfach zurück zu ihrer verdammten Zimmergenossin. ›Tut mir leid, aber es ist vorbei.‹ Doch so lasse ich nicht mit mir umspringen. Ganz bestimmt nicht. Mich läßt man nicht so einfach fallen, wie sie das mit Okun und Sayles gemacht hat. ›Tut mir leid, aber es ist vorbei.‹ Nicht mit mir. So etwas nehme ich nicht hin, nicht einmal von einer Grenzpersönlichkeit wie ihr. Ich habe sie von San Francisco aus angerufen. Sie war zu verzagt, um ... Nein, entschuldigen Sie, Detective. Sie war schlicht zu *feige*, um es mir direkt ins Gesicht zu sagen. Ich habe mich volle vierundzwanzig Stunden lang vor Wut verzehrt. Doch schließlich beruhigte ich mich wieder und flog zurück.«

»Sie haben Ihr Ticket unter falschem Namen gekauft. Das heißt, Sie hatten vor, Jennie zu töten.«

Gilchrist schwieg eine Weile, wirkte aber weder überrascht noch beunruhigt darüber, daß dieser Umstand bekannt war. »Es gibt da allerdings noch einen Punkt. Ob Sie wohl darauf kommen?«

Corde nickte. »Sie haben Susan Biagotti getötet, und Jennie fand das heraus.«
Ganz offensichtlich war Gilchrist enttäuscht, daß Corde diese Schlußfolgerung gezogen hatte. Dennoch fuhr er ohne besondere Gemütsbewegung fort. »Wenn ich mit Jennie im Bett lag ...« er lächelte angesichts der Erinnerung, »... oder in der Badewanne, oder auf dem Fußboden in der Küche, dann habe ich ihr mitunter irgendwelche Dinge erzählt. Sie haben das ja auch getan. Irgendwie war Jennie regelrecht entwaffnend. Nun ja, Susan und ich hatten ein paar ernstere Sachen miteinander getrieben. Das habe ich Jennie gegenüber mal erwähnt. War dumm von mir, aber ich hab's nun mal getan.«
»Warum haben Sie Susan getötet?«
»Das war ein Unfall. Wir sind ein bißchen übers Ziel hinausgeschossen, und dabei habe ich sie erwürgt.«
Corde sah ihn verständnislos an und flüsterte: »Susan muß Ihnen doch etwas bedeutet haben. Und trotzdem machen Sie Dinge, die zu ihrem Tod führen? Wieso? War der Sex wirklich dermaßen gut?«
»Zumindest für sie offenbar nicht.« Gilchrist bedachte Corde mit einem eisigen Lächeln und fügte hinzu: »Den Hammer habe ich benutzt, um die Druckstellen zu kaschieren, und anschließend habe ich dafür gesorgt, daß alles nach einem Raubüberfall aussah.«
»Jennie haben Sie aber nicht erzählt, daß Sie Susan getötet hatten?«
»Natürlich nicht.« Gilchrist verzog angesichts einer solch dummen Frage das Gesicht. »Aber sie konnte uns miteinander in Verbindung bringen. Damals, an dem Sonntag, als ich sie von San Francisco aus anrief und sie mir sagte, daß sie Schluß machen wolle, haben wir uns gestritten. Sie erklärte, sie wolle zu Emily zurück, und wenn ich sie nicht in Ruhe lasse, gehe sie zur Verwaltung und erzähle, mit welchen Studentinnen ich geschlafen habe. Tja, und unsere heilige Dekanin hegt nun mal die sonderbare Vorstellung, daß wir zwar mit dem Verstand

unserer Studenten anfangen können, was immer uns beliebt, ihre Körper jedoch absolut tabu sind. Wenn Jennie also geplaudert und die Dekanin von mir und Susan erfahren hätte, dann hätte ich jede Menge Probleme am Hals gehabt. Und so flog ich zurück nach New Lebanon und bat Jennie um ein Treffen. Ich erzählte ihr, es sei mir nicht recht, wenn wir im Streit auseinandergingen, und außerdem habe ich ihr ein Buch mitgebracht, gewissermaßen als Erinnerung an unsere Beziehung. Sie willigte ein, und wir unternahmen einen Spaziergang, der dann am Teich endete.«

»Und dort haben Sie Jennie getötet.«

»Und dort habe ich Jennie getötet, ja.« Gilchrist schien zu überlegen, ob es noch etwas über Jennie Gebben zu sagen gab, und kam zu dem Ergebnis, daß das nicht der Fall war. »Sayles und Okun habe ich getötet, weil sie meine Feinde waren.« Er machte eine Handbewegung, die ausdrückte, daß dieses Thema für ihn erledigt war.

»Dann war da noch der Deputy in Lewisboro, der in Ihre Selbstschußanlage gelaufen ist.«

»Darüber war ich sehr froh – daß es nicht Sie erwischt hat, meine ich. Mir war nicht ganz wohl bei dem Gedanken, daß Sie vielleicht als erster durch die Tür gehen würden.«

»Ich gebe Ihnen eine Stunde Vorsprung«, sagte Corde.

»Ist noch jemand draußen?«

»Nur ein Deputy.«

»Dann ist das ein inoffizieller Besuch?« Gilchrist betrachtete Corde mit einem gewissen Respekt. »Na schön, also legen Sie jetzt Ihren Fahrzeugschlüssel hier auf den Boden.«

»Wir sind zu Fuß gekommen. Ohne Auto.«

»Sie belieben zu scherzen.«

Corde warf die Schlüssel auf den Boden. Gilchrist steckte sie ein.

»Es geht ihr wirklich gut?«

»Selbstverständlich geht es ihr gut. Ich habe sie lediglich an Händen und Füßen gefesselt. Und geknebelt.«

Menschen ersticken häufig an Knebeln. Darauf hatte erst kürzlich ein FBI-Bulletin hingewiesen, und Corde hatte sich das auf einer seiner Karteikarten notiert.
Gilchrist nahm seinen Koffer. »Im Keller«, sagte er, ging zu der entsprechenden Tür und öffnete sie. Am Anfang der Treppe blieb er stehen und knipste das Licht an.
Corde rief: »Sarah! Ich bin's, Daddy.« Es kam keine Antwort.
»Ich habe Ihnen doch gesagt, daß sie geknebelt ist«, erklärte Gilchrist ungeduldig.
Corde zog die Handschellen heraus und ging auf Gilchrist zu. »Legen Sie eine um Ihr rechtes Handgelenk und die andere um das Heizungsrohr dort drüben.«
»Nein. Wir haben eine Abmachung.«
»Ich gebe Ihnen mein Wort darauf, daß Sie Ihre Stunde Vorsprung bekommen«, sagte Corde. »Aber zuerst hole ich meine Tochter. Oder ich töte Sie auf der Stelle.«
Gilchrist blickte forschend in Cordes Augen. »Ich glaube, das würden Sie wirklich tun, Detective. Na schön, dann kommen Sie mit. Ich werde es Ihnen zeigen. Ist nicht ganz einfach zu finden.«
»Nein. Sie bleiben hier.«
Gilchrist zuckte mit den Schultern. »Am Ende der Treppe müssen Sie sich nach links wenden und den Korridor entlanggehen ...«
Corde gab ihm die Handschellen.
»... dann wieder ein paar Stufen hinauf. Machen Sie sich keine Sorgen. Es geht ihr gut, wirklich.« Gilchrist redete wie ein Kinderarzt, der einen kleinen Patienten beruhigen will.
Corde roch die Ausdünstungen des Mannes. Schweiß, verschmutzte Kleidung. Plötzlich wurde ihm bewußt, wie dicht sie beieinander standen.
Gilchrist, der nach den Handschellen griff, schloß seine langen Finger um Cordes Handgelenk, daß sich die Nägel tief in die Haut hineingruben, und warf sich nach hinten in Richtung Treppe, wobei er Corde mit sich riß.

Der Detective versuchte vergeblich, sich am Geländer festzuhalten. Der Revolver ging los, und die Kugel schlug in die Wand ein. Zusammen stürzten sie polternd die steile Kiefernholztreppe hinunter. Corde spürte, wie sein linkes Handgelenk nachgab. Die Waffe entglitt ihm. Dann knallte sein Kopf mit einem heftigen Schlag gegen das brüchige Geländer. Fast im gleichen Moment hörte er das Geräusch eines weiteren Aufpralls, als Gilchrist mit einem Arm oder Bein irgendwo anstieß. Sie überschlugen sich mehrmals und krachten schließlich unten auf den Betonboden, wo sie reglos liegenblieben, ineinander verschlungen wie Liebende an einem kalten Wintermorgen. In dem kleinen düsteren Keller befanden sich verrostete Werkzeuge, ein paar verstreute Kohlen und ein halbes Dutzend Farbdosen. Doch kein anderes lebendes Wesen.

Wynton Kresge lag schußbereit quer auf dem Kofferraum des grünen Pontiac. Ungefähr in der gleichen Haltung pflegte er das ausgenommene Wild auf seinem Wagen festzubinden, wenn er von einem Jagdausflug heimfuhr. Der geriffelte Griff der Remington hatte sein Muster tief in Kresges Handfläche eingegraben. Er roch das Waffenöl und dachte, daß Corde schon viel zu lange in dem Haus war.

Dann hörte er den Schuß. Ein kurzer, scharfer Knall aus dem Innern des Hauses, bei dem die Fenster im Erdgeschoß leicht erzitterten.

Vorne oder hinten, vorne oder hinten?

Verdammt, entscheide dich endlich!

Kresge erhob sich, zögerte noch einen Moment und lief dann über den vertrockneten Rasen und durch die geöffnete Vordertür.

»Bill!« rief er, und als Antwort erwischte ihn der Schürhaken am Augenwinkel und riß eine sechs Zentimeter lange Wunde in seine Gesichtshaut. Kresge stürzte zu Boden. Die Schrotflinte ging los, und der Schuß zerfetzte einen Teil der Holztäfelung. Blut lief ihm heiß in Mund und Auge, und er nahm nur undeutlich wahr, wie Gilchrist vorwärts humpelte, um die Waffe aufzuheben. Die rechte Hand des Professors war angeschwollen und dunkel verfärbt, und auch sein Gesicht war blutverschmiert.

»Bill!« rief Kresge und spuckte Blut.

Gilchrist hob das Gewehr und richtete es auf Kresges Gesicht. Der Deputy rollte sich auf den Bauch und versuchte fortzukriechen. Er hörte Gilchrists Murren, als er abdrückte und dann erkannte, daß sich nur eine leere Patronenhülse in der Kammer befand. Kresge schickte ein Stoßgebet zum Himmel, daß der Professor nicht genug von Waffen verstand, um die Flinte neu zu laden.

Dann drang das doppelte Schnappen an sein Ohr, und die leere Hülse landete klappernd auf der Veranda.

»Nein!« stöhnte Kresge und tastete nach seiner Automatic. Doch sie war aus dem Holster gerutscht, und er konnte sie nicht finden. Er kroch noch ein paar Zentimeter und drückte sich eng gegen das schmiedeeiserne Gitter. Der Lauf der Schrotflinte bohrte sich hart in seinen Rücken.

Dann krachte der Schuß.

Und wieder. Und noch einer. Gilchrist krümmte sich und preßte seine Hände auf die Stelle an Brust und Bauch, wo Cordes Geschosse ausgetreten waren. Das Gewehr landete auf Kresges Rücken, der blind danach griff und den Lauf auf den Wald richtete. Gilchrist fiel auf die Knie und kippte nach vorn.

Wynton Kresge war plötzlich von betäubender Stille umgeben, die einen Augenblick später von einer Stimme unterbrochen wurde, einer Stimme, die Kresges Gefühl der Erleichterung zunichte machte. Bill Corde schrie: »Sarah, was habe ich dir angetan? Was habe ich getan?«

42

Er bewegte sich unsicher. Grasbüschel und gewundene Wurzeln schienen nach seinen Füßen zu greifen, um ihn aufzuhalten. Seine Stimme klang heiser, als er wieder und wieder »Sarah? Sarah?« rief. Scheue Vögel stiegen von ihren Bodennestern auf, als er vorbeistolperte. Manchmal hörte er Echos seiner eigenen, verzweifelten Stimme und war dann für wenige Sekunden von unbegründeter Hoffnung erfüllt.

Bei dem Sturz auf der Treppe hatte er sich das Handgelenk verrenkt, doch ohne sich weiter darum zu kümmern, war er sofort nach draußen geeilt, um seine Tochter zu suchen.

Oder, wie er langsam und mit wachsender Verzweiflung befürchtete, die Leiche seiner Tochter. Sie war weder im Haus noch in der Garage gewesen.

Vom Gefühl des drohenden Verlustes gequält, durchkämmte Bill Corde die fünf Hektar rings um das Haus, die mehr als genug Verstecke boten – fast undurchdringliches Unterholz, vom Wind aufgetürmte Haufen aus Piniennadeln, eine Reihe tiefer Brunnenlöcher und viele Stellen mit lockerem Erdreich, in dem sich ein flaches Grab verbergen mochte. Wynton Kresge, dessen heftig schmerzende Wunde gerade erst genäht worden war, durchstreifte das gleiche Gebiet, und genau wie Corde fürchtete er, auf einen kleinen Erdhügel zu stoßen. Obwohl es für ihn geradezu undenkbar war, einem Vater eine derart schreckliche Nachricht überbringen zu müssen, setzte er seine Suche verbissen fort. Andere Deputies hatten sich ihnen angeschlossen, sogar Lance Miller, der wegen des elastischen Verbandes um seine Rippen beim Gehen heftig schnaufte und keuchte. Jim Slocum und zwei Deputies, die dienstfrei hatten und um diese Zeit eigentlich daheim mit einem Bier vor dem Fernseher sitzen wollten, durchkämmten ebenfalls das unwegsame Gelände.

Corde stolperte durch hohes Gras und peitschende Zweige, zwängte sich durch mannshohes Unterholz und riß sich bei dem Versuch, sein Gesicht zu schützen, als er über eine Rolle Stacheldraht stürzte, auch noch die rechte Hand auf. Jeder helle Farbfleck zwischen den Ästen, jedes ferne Heulen eines Hundes und jeder hohle Schrei einer Eule erfüllte ihn mit Schrecken. Einmal schrie Corde laut auf, als er im hohen Gras etwas entdeckte, was sich dann als eine mit Abfall gefüllte Einkaufstüte erwies.

»Sarah? Sarah?« flüsterte er vor sich hin, als er hinter einer Baumreihe auf ein frisch gepflügtes Feld stieß.

Gegen sieben Uhr abends steht die Sonne schon tief am Horizont, und die dichten Schatten der Bäume werden länger und länger. Bill Corde sitzt auf einem Erdhügel, der von Löwenzahn, Katzenminze und Wolfsmilchbüscheln überwachsen ist. Seine Stimme versagt, und auch seine Kräfte sind erschöpft. Er streckt die Hand aus und schlägt wütend nach einem gelben Blatt. Eigentlich sollte er seine Suche fortsetzen, doch er weiß, daß sie sinnlos geworden ist. Er kann nichts mehr tun, nichts als hier zu sitzen und um seine Tochter zu trauern. Und zugleich um einen anderen Verlust, denn Sarahs Tod wird auch das Leben vergiften, das er mit Diane und Jamie teilt. Sie werden nie wieder eine Einheit bilden.

Solange er gesucht hat, war die Hoffnung das einzige Hilfsmittel, über das er verfügte. Doch auch sie hat ihn jetzt verlassen.

Zehn Minuten lang sitzt er wie gelähmt da, dann sieht er einen Streifenwagen, der sich, von Lance Miller vorsichtig gesteuert, über den unebenen Grund auf ihn zubewegt. Er hält an einem Abhang. Die Tür öffnet sich. Diane steigt aus.

Und hinter ihr Sarah.

Corde steht unsicher auf und geht auf sie zu. Er umarmt Sarah fest, ja, umschlingt sie. »Liebes! Liebes! Liebes!« ruft er weinend. Sein Gefühlsausbruch verwirrt sie, und er zwingt sich zu einer gelasseneren Haltung. Dann überkommt ihn die Erleichterung so stark, daß er albern kichert und schließlich laut lacht.

Diane erzählt, daß Sarah zwanzig Minuten zuvor die Straße zu ihrem Haus heruntergerannt ist. Sie flüsterte Corde zu: »Sarah ist ziemlich mitgenommen. Sie hat gesehen, wie Gilchrist Ben angriff, ist fortgelaufen und hat sich auf dem Uni-Gelände versteckt. Später ist sie heimgelaufen.« Corde hebt besorgt die Augenbrauen, und Diane versteht, was er damit meint. Sie formt mit den Lippen die Antwort: Es geht ihr gut. Er hat sie nicht angerührt.
Dann nickt Diane in Richtung des Krankenwagens, der in der Einfahrt zu Gilchrists Haus steht. »Sie haben ihr ein Beruhigungsmittel gegeben, damit sie sich entspannt. Nicht wahr, Liebes?«
»Ich bin müde, Mommy.«
Obwohl er ihr noch tausend Fragen stellen will, weiß Corde, daß er seine Tochter jetzt nicht damit quälen darf. »Es ist Zeit fürs Abendessen. Wie wär's, wenn wir heimgehen und den Grill anzünden?«
»Okay, Daddy. Du hast dich an der Hand verletzt.«
»Ist nicht weiter schlimm.«
In gelöster Stimmung gehen sie zum Dodge, doch plötzlich wird die Last der Ereignisse zu schwer für Sarah. Sie blickt zu Gilchrists Haus hinüber, als würde sie einen Freund anschauen, der sie hintergangen hat. Obwohl das Gebäude ein gutes Stück entfernt ist, schiebt sich Corde zwischen Sarah und das Haus, da er befürchtet, sie könnte das Blut sehen.
»Er hat Dr. Breck weh getan. Und ich dachte, er sei mein Freund.«
»Ist schon in Ordnung, Liebes. Es wird alles wieder gut.«
»Ich bin müde. Und ich habe meinen Rucksack verloren.«
»Den suchen wir später, Liebes.«
»Ich habe ihn, glaub ich, in Dr. Brecks Wagen gelassen. Mein Kassettenrecorder ist noch darin. Dr. Breck hat gesagt, ich solle weglaufen, als der Sonnenschein-Mann ...« Ihre Stimme versagt.
Dianes Hand bewegt sich langsam zu ihrem Mund, doch sie ist

fest entschlossen, nicht noch mehr schlimme Dinge vor Sarah zu erwähnen.
»Wie geht es Breck?« fragt Corde Diane.
Sie zögert. Corde ist klar, daß sie überlegt, wieviel sie zugeben soll. »Ich habe im Krankenhaus angerufen«, flüstert sie. »Er wird es überleben. Sie haben ihn mit Hunderten von Stichen genäht.«
Sarah schaut erschöpft beiseite. »Es gefällt mir hier nicht. Ich habe Angst, daß er zu diesem Haus zurückkommt.«
»Wer?« fragt Diane.
»Der Sonnenschein-Mann.«
Corde hockt sich neben ihr hin. »Er ist fort, Liebes, und er wird nie wieder zurückkehren. Ich habe ihn fortgeschickt.«
Diane sieht zum Haus hinüber. »Er wohnt *dort,* dein Zauberer?«
Sarah antwortet: »Ein paarmal habe ich ihn hinter der Viehweide gesehen. Ich wollte ihn bitten, einen Zauber zu sprechen, der mich klug macht, und so bin ich ihm eines Tages hierher gefolgt. Aber ich hatte Angst, ihn zu fragen, und bin wieder gegangen.«
»Und sie hat eine Geschichte darüber geschrieben.«
Corde zieht die beiden blutverschmierten Blätter aus der Brusttasche und liest die Worte vor, die er am Nachmittag fast auswendig gelernt hat. »Und das Mädchen kletterte auf den Rücken des Adlers Wolkengänger und legte die Arme um seinen von Federn bedeckten Hals. Sie segelten von dem gelben Haus fort und folgten dem Sonnenschein-Mann. Sie flogen über den Garten und die Viehweide und dann an dem alten Brunnen und der niedergebrannten Scheune vorbei, die wie das Gerippe eines Wals aussieht, und dann über die alte Eisenbahnbrücke und den Pfad am Fluß entlang. Schließlich kamen sie zu einer Lichtung im Wald. Wolkengänger landete sanft. Und dort war das Häuschen des Sonnenschein-Manns ...«
»Du bist ganz allein hierhergekommen, Sarah?« Dianes Ge-

sicht verdüstert sich bei der Vorstellung, daß einzig ein gütiges Schicksal sie vor einer Tragödie bewahrt hatte.
»Ich wollte doch nur, daß er mich schlau macht, Mommy.«
Diane legt den Arm um ihre Tochter, und gemeinsam gehen sie zum Streifenwagen hinüber. Corde humpelt allein hinterher. Mutter und Tochter trennen sich für einen Moment, Sarah läuft voraus.
Corde ist jetzt an der Seite seiner Frau, deren Gesichtsausdruck der gleiche ist wie an Jamies Krankenlager. Corde kennt den Grund dafür, doch er will im Moment nicht darüber nachdenken. Der Schmerz in seinem Arm macht sich nun verstärkt bemerkbar, und später neben Diane auf dem Rücksitz ist er halb ohnmächtig. Sarah hat darauf bestanden, vorn zu sitzen. Diane streicht ihrer Tochter über das Haar.
Als Corde näher zu seiner Frau rutscht, schreckt sie leicht zurück.
Miller startet den Wagen und fährt langsam über den unebenen Boden. Der Dodge schwankt wie ein Kanu im Kielwasser eines Motorboots. Corde stützt seine Stirn auf einen Daumen, als wollte er sich mit dem Aschenkreuz segnen. Er denkt: Ich mache meine Arbeit, so gut ich es verstehe. Was kann man von einem Mann mehr erwarten? Trotzdem argwöhnt Corde, daß ein Mann mehr tun muß, vermutlich sogar sehr viel mehr. Wenn es deiner Tochter bessergeht, wird dein Sohn krank, und wenn der Wagen abbezahlt ist, steigen die Hypothekenzinsen, und wenn du deine Frau lieben willst, ist sie mit einem anderen Mann auf und davon ... Die Lasten, die das Leben dir aufbürdet, werden nie geringer. Es gibt so viel zu tun, und danach noch mehr und immer mehr ... Doch das scheint ihm nicht das eigentliche Problem zu sein. Viel schwieriger ist es, jemanden zu finden, der einem genau erklärt, was man tun muß. Corde bezweifelt, daß ihm das je gelingt.
»Alles in Deckung«, verkündet Miller und biegt auf den Highway ein.

Corde hatte einen neuen Abschlußbericht geschrieben, und das war ein hartes Stück Arbeit. Er hatte sich besonders viel Mühe gegeben, denn dieser Bericht bildete die Grundlage dessen, was Jim Slocum und auch Hammerback Ellison der Presse erklären würden, und deshalb sollte er so klar und eindeutig wie möglich abgefaßt sein. Anfangs hatte er versucht, alles auf Sarahs Kassettenrecorder zu diktieren, doch dafür war er offenbar sprachlich nicht geschickt genug, und so kehrte er schließlich zu Papier und Schreibmaschine zurück.

Der *Register* war nicht mehr das einzige Blatt, das über die Angelegenheit berichtete. Da die Morde einem Professor zur Last gelegt wurden, der in Harvard gelehrt und Buchkritiken für die *New York Times* geschrieben hatte, tauchten Vertreter von Associated Press in der Stadt auf, begleitet von Reportern überregionaler Zeitungen und einer ganzen Horde junger TV-Reporter (darunter auch einer von CNN, wie man im Ort stolz vermerkte), die wichtige Mienen, mit Haarspray fixierte Frisuren, modische Kleidung und eine Menge Elektronik zur Schau stellten. Einer der Reporter bezeichnete Gilchrist als den »Kultmörder von New Lebanon«, woraufhin Jim Slocum erklärte: »Das waren keineswegs kultische Morde, sondern vielmehr ein Verbrechen aus Leidenschaft, gefolgt von einigen anderen Morden, mit denen die ursprüngliche Tat verschleiert werden sollte.«

Corde, der die Funk-Codes nicht auswendig lernen mußte, war jetzt für die neugeschaffene Abteilung zur Verfolgung von Kapitalverbrechen zuständig, eine Idee, die Jim Slocum gekommen war, nachdem er sich eines Abends die Fernsehsendung *America's Most Wanted* angeschaut hatte. Allzuviel Arbeit hatte diese Abteilung zur Zeit allerdings noch nicht. Der im Moment einzige Kapitalverbrecher war ein Farmer namens Dell Tucker, der ein AR-15-Gewehr zu einer vollautomatischen Waffe umgebaut und sie dann an ein paar Ratten ausprobiert hatte. Corde betrachtete die ganze Angelegenheit eher als

Ordnungswidrigkeit, und so fragte er sich, weshalb er sich deswegen groß ins Zeug legen sollte. Davon abgesehen, hatte er selbst seine Probleme mit Ratten.

Wynton Kresge war von Hammerback Ellison eine besonders harte Aufgabe zugedacht worden. Als Neuling mußte er sich einen Monat lang um Geschwindigkeitssünder in den abgelegenen Teilen des Harrison County kümmern. Corde hatte daraufhin erklärt, es könne nun einmal nicht jeder Auftrag glanzvoll und ruhmverheißend sein.

»Das ist einfach nicht fair«, hatte Kresge geknurrt. Im Moment saß er auf Cordes Schreibtisch im New Lebanon Sheriff's Department und überflog den Untersuchungsbericht. »Gilchrist ist am Tag vor Jennies Ermordung hierher zurückgeflogen ...« sagte er mehr zu sich selbst. »Sein Ticket hat er unter falschem Namen gekauft.«

»Wir hätten die Passagierlisten und die Art der Bezahlung überprüfen sollen. Die Informationen, die wir brauchten, waren praktisch alle vorhanden.«

»Sieht so aus, als könnte man einfach nicht an alles denken«, meinte Kresge.

Corde zögerte einen Moment. »Stimmt, das ist unmöglich«, sagte er dann. »Aber man sollte es trotzdem versuchen.«

»Er ist also zurückgekommen ...« begann Kresge.

»... und dann die ganze Zeit über hier in New Lebanon geblieben«, setzte Corde den Gedanken fort. »Er hat das Haus, in dem wir ihn schließlich gestellt haben, für einen Monat gemietet. Wenn er jemanden anrief, hat er behauptet, er sei noch in San Francisco, was ihm auch jeder glaubte.«

»Wie haben Sie das herausgefunden?«

»Ich habe es nicht herausgefunden, sondern Schlußfolgerungen aus dem gezogen, was er mir erzählt hat. Die beste Informationsquelle bei einem Mordfall ist der Täter. Merken Sie sich das.«

»Mach ich.«

»Ich nehme an, er wollte noch für kurze Zeit in dem Haus

bleiben und dann so tun, als käme er gerade von der Konferenz zurück. Doch gleich an jenem ersten Morgen hat er Sarah im Wald gesehen und sich entschlossen, sie zu benutzen, um an mich heranzukommen. Sie und auch Jamie.«

»Wie denn das?«

»Seine Sarah betreffenden Drohungen hätten mich aufhalten können. Außerdem wäre ich kaum noch in der Lage gewesen, den Fall weiterzuverfolgen, wenn den Kindern etwas passiert wäre. Alle anderen suchten damals schließlich nach dem Mond-Mörder. Nur T. T. Ebbans und ich – und auch Sie – dachten eher an jemanden wie Gilchrist. Und das wußte er. Ich war derjenige, den er aufhalten mußte, und nicht etwa Ribbon.«

»Oder den Werwolf-Jäger Slocum«, flüsterte Kresge. »Als Sie mit Gilchrist in dem Haus waren, hat er doch behauptet, er habe Sarah. Warum hat er das gesagt?«

Corde schnitt eine Grimasse. »Um sich einen Vorteil zu verschaffen. Ich habe mich auch nicht übermäßig klug verhalten. Mir war gar nicht in den Sinn gekommen, daß Sarah fortgelaufen sein könnte. Ich bin hineinmarschiert und habe als erstes gefragt, wo sie ist. Damit hatte er etwas gegen mich in der Hand, und das hat er auch sehr geschickt ausgenutzt, vor allem, wenn man bedenkt, daß er seinen Plan entwickeln mußte, noch während er mit mir sprach. Er hat regelrecht mit mir gespielt, mich erst in Rage gebracht, dann mit dem Hinweis, Sarah gehe es gut, wieder etwas beruhigt, und mich schließlich abgelenkt, indem er von dem Mord an Jennie erzählte. Bei alldem hat meine Wachsamkeit schließlich nachgelassen.«

»Wer ist dieser Breck?« erkundigte sich Kresge nach einem weiteren Blick in den Bericht.

Diese Frage hat mir gerade noch gefehlt.

»Ich habe mich vorhin noch mit ihm unterhalten. Er war Sarahs Lehrer. Breck hat in Sarahs Buch jenen Teil gelesen, in dem sie von dem Zauberer erzählt, der über unser Haus wacht.

Als er sie danach fragte, stellte sich heraus, daß sie sich diesen Teil eben nicht ausgedacht hatte. Und so kam Breck zu dem Schluß, daß dieser Mann die Drohungen hinterlegt haben mußte und demnach der Mörder war.«

»Und warum hat er uns das nicht mitgeteilt?«

»Weil er das verdammte Ding erst fünf Minuten, bevor Gilchrist ihn aufschlitzte, gelesen hat.«

»Er war also zur falschen Zeit am falschen Ort«, meinte Kresge.

»So könnte man das ausdrücken.«

Zu Breck ließe sich allerdings noch viel mehr sagen, dachte Corde. Doch das hatte nichts mit Gilchrist oder der Untersuchung zu tun. Es bedurfte noch vieler Gedanken und vieler Gespräche, bis Corde sich darüber klarwerden würde, was er wegen Ben Breck unternehmen sollte – sofern es überhaupt etwas gab, das er da tun konnte. Und die Person, mit der er darüber reden mußte, war nun wahrhaftig nicht zu Gesprächen aufgelegt.

Wer ist dieser Breck?

»Gilchrist«, sagte Kresge fast ehrfürchtig, »war uns die ganze Zeit über immer einen Schritt voraus.«

»Ja, und zugleich war er uns auch ständig auf den Fersen.«

»Wie sind Sie eigentlich auf die Idee gekommen, daß er in dem Haus war? Ich wohne jetzt seit zehn Jahren in New Lebanon, aber ich wußte nicht einmal, daß es dort am Fluß überhaupt Häuser gibt.«

»Es ist ziemlich schwierig zu erklären, wie man zu bestimmten Schlußfolgerungen gelangt, Wynton.«

»Sie meinen, so etwas ist angeboren?«

»Nein, nein, man kann das schon lernen. Je mehr man übt, desto besser wird man. Merken Sie sich das.«

»Mach ich.«

Corde betrat den hinteren Teil seines Gartens und inspizierte den Flecken Erde neben dem Ausguß des Wäschetrockners. Er verscheuchte ein paar Stare, beugte sich dann vor, um den

Boden genauer in Augenschein zu nehmen. Es kam ihm so vor, als wäre der grüne Flaum in den letzten Wochen nicht einmal um einen Millimeter gewachsen. Vermutlich war es einfach verrückt, hier in dieser dunklen, steinigen Ecke zwischen zwei Häusern, in denen halbwüchsige Jungen lebten, die Abkürzungen liebten, Gras zu säen. Er sollte einfach Kies darauf schütten.

Trotzdem stellte Corde den Sprinkler auf und schloß den Wasserschlauch an.

Dann setzte er sich auf einen mit Stoff bezogenen Gartenstuhl, dessen Aluminiumbeine auf den Fliesen quietschten. Er warf einen Blick auf die Uhr. Heute abend wollten sie alle zusammen Jamie im Krankenhaus besuchen. Sie hatten vor, einen Videorecorder hineinzuschmuggeln und an das Fernsehgerät im Krankenzimmer anzuschließen. Dann wollten sie sich gemeinsam einen Film ansehen, den Diane ausgeliehen hatte, irgendeine Bullenkomödie. Da sie ihren Besuch erst für die Zeit nach dem Abendessen geplant hatten, blieben ihm jetzt noch ein paar Minuten, um auszuspannen. Er öffnete die Bierdose, trank sie zur Hälfte leer und stellte sie dann auf den Boden, während er den funkelnden Regenbogen über dem Sprinkler betrachtete, der das Wasser hoch genug in die Luft schleuderte, um noch die letzten Sonnenstrahlen einzufangen. Als er einen Blick zum Haus hinüberwarf, sah er Diane hinter der Glastür, die mit den Vorbereitungen für das Abendessen beschäftigt war.

Corde spürte, wie ein Stapel Karteikarten gegen seinen Schenkel drückte, und zog ihn aus der Tasche. Die meisten der Karten würden in den hohen grünen Aktenschränken verschwinden, welche er im Sheriff's Department für sich reserviert hatte. Eine allerdings, die er mit sorgfältigen Blockbuchstaben beschriftet hatte, würde er an der Pinnwand über seinem Schreibtisch anheften. Er würde sie direkt neben seinen Lieblingsspruch hängen – den über handfeste Beweise. Auf der Karte stand:

»DER DICHTER ERKENNT DIE WELT IM GLANZ DES WAHREN VERSTEHENS; WÄHREND ALLE ANDEREN NUR IHRE REFLEXION WAHRNEHMEN.«

L. D. GILCHRIST

Er schob die Karte in die Tasche zurück, nahm die Bierdose und nippte ein paarmal daran, während er den Lauten der Dämmerung lauschte: Zikaden, Grashüpfer, der hohle Schrei einer Eule und die Worte, mit denen die Nachbarskinder zum Essen hereingerufen wurden. Diane klopfte gegen die Fensterscheibe und verkündete: »Noch zehn Minuten.«

Corde nickte zur Bestätigung. Nach fünf Minuten stand er auf und reckte sich. Dann ging er bis zum Rand des gefliesten Bodens, beugte sich etwas vor, wedelte mit den Karteikarten und scheuchte mit ein paar lauten Rufen ein halbes Dutzend Stare auf, die vom eingesäten Rasenstück flüchteten und im mondlosen Himmel verschwanden.